btb

JENS LAPIDUS

MR. ONE

THRILLER

Aus dem Schwedischen
von Max Stadler

btb

Die schwedische Originalausgabe erschien 2022
unter dem Titel »Mr Ett« im Albert Bonniers Förlag, Stockholm.

MIX
Papier | Fördert
gute Waldnutzung
FSC® C083411

Penguin Random House Verlagsgruppe FSC® N001967

1. Auflage
Deutsche Erstausgabe August 2025
btb Verlag in der Penguin Random House Verlagsgruppe GmbH,
Neumarkter Str. 28, 81673 München
produktsicherheit@penguinrandomhouse.de
(Vorstehende Angaben sind zugleich
Pflichtinformationen nach GPSR)

Published by agreement with Salomonsson Agency
Covergestaltung: Semper Smile, München
Covermotiv: Plainpicture (Mark Owen),
Shutterstock/AGehring, Ensuper
Satz: Uhl + Massopust, Aalen
Druck und Einband: CPI books GmbH, Leck
MA · Herstellung: han
Printed in the EU
ISBN 978-3-442-77408-1

www.btb-verlag.de
www.facebook.com/penguinbuecher

»Meine Hand zittert nie – niemals.«

Billy Costigan in *Departed – Unter Feinden*

Der Anfang vom Ende

Teddy ließ die schwarze Mündung der Glock nicht aus den Augen. Die Distanz war kurz. Kerim Celali würde nicht zögern.

Gleich könnte es vorbei sein. Vielleicht *sollte* es vorbei sein.

Teddy war selbst schuld – frohe Weihnachten, Idiot.

»Ich habe den Film über Elizabeth Holmes gesehen. Weißt du, es stimmt alles.« Kerim hielt die Waffe entspannt, den Ellbogen seitlich aufgestützt, den Lauf angewinkelt, fast so, als würde er sie gleich fallen lassen. Aber Teddy ließ sich nicht täuschen. Kerim war einer dieser stacheligen Fische, die er als Achtjähriger im Aquarium in Skansen gesehen hatte, ruhig und gelassen, sozusagen im Wasser schwebend. Doch ehe man sich versah, stach er zu, und das Gift war tödlich.

»Elizabeth wer?« In einer anderen Situation hätte sich Teddy gewundert, dass Kerim von Dokumentarfilmen sprach, aber jetzt war es ihm egal – er wollte nur das Ende hinauszögern.

Der Schnee war körnig, der Himmel dunkel. Das Licht hier kam aus den Fenstern der Wohnungen und von einer schwachen Lichterkette an dem Baum, den die Wohngenossenschaft aufgestellt hatte. Die Dunkelheit sorgte dafür, dass Kerim noch ruhiger wirkte.

Der Boss lachte auf. »Scheiß drauf. Bruder, ich werde dich jetzt nicht nur ausknipsen und auf deinem Grab tanzen. Ich werde mir auch deine Familie holen, jeden, den du kennst.«

»Meine Familie?« Teddy sprach langsam und versuchte, so etwas wie Würde zu bewahren. »Ich habe keine Familie.«

»Deinen Sohn.«

»Erzähl mir lieber von dem Film.«

Kerim Celalis Tätowierungen zuckten an seinem Hals, als er lachte. »Es ging um die Frage, wie Menschen lügen können. Sie haben Tests mit Würfeln und einem Lügendetektor gemacht. Weißt du, was dabei rausgekommen ist?«

»Keine Ahnung.«

»Sie haben festgestellt, dass Menschen sehr leicht lügen können, wenn sie glauben, dass sie für eine gute Sache lügen, verstehst du?«

»Nein.«

Kerim hörte auf zu lachen. »Menschen haben kein Problem damit zu lügen, solange sie glauben, dass sie etwas Gutes tun.«

Teddy fröstelte, und das lag nicht an der Kälte. Der Boss hatte noch nie so ernst gewirkt, und obendrein hatte er recht. Es war nicht schwer zu lügen, jedenfalls nicht für Teddy, das war es noch nie gewesen.

Kerim streckte den Arm aus, hob die Glock.

Teddy belog sich sogar selbst. Er redete sich ein, dass er ruhig bleiben würde, dass er keine Angst hatte, dass er Kerim dazu bringen konnte, noch zu warten, aber das war Quatsch im Quadrat. Eigentlich sollte er sich jetzt in die Hose scheißen, er sollte rumheulen und sich in den Schnee knien. Kerim Celali meinte es ernst, das hatte er schon einmal bewiesen.

Die Lichter am Baum blinkten. Ein Versuch, Weihnachtsstimmung zu erzeugen.

Alle hier stammten aus unterschiedlichen Traditionen: sunnitische Muslime, Orthodoxe, Zoroastrier. Alle waren in Schweden aufgewachsen, in Teddys Fall: hier geboren. Sie waren umgeben, umarmt, durchdrungen von dem, was man ein *normales Weihnachten* nannte.

Ein normales Weihnachten – was war das genau? Es gab einen Weihnachtsbaum, es gab Geschenke. Dazu aß man Lachs und Schinken, trank vielleicht ein Gläschen Schnaps. Keiner von Teddys Freunden benutzte das Wort »Schnaps«. Gewürzschnaps in kleinen Gläsern nannten sie *shots*. Weihnachten: Das bedeutete Schnee, Weihnachtsmann, Lebkuchen und Glühwein. An Heiligabend war es draußen dunkel, und drinnen funkelten die Lichter. Linda hatte ihm immer drei Geschenke geschickt, während er im Bau gesessen hatte – alle geöffnet und von den Wärtern kontrolliert. Eine Parfümflasche, ein Hemd, eine Schachtel Pralinen – Aladdin. Er mochte nur die Pralinen. Was sollte er mit einem Hemd und Parfüm in einer Zelle anfangen?

Er dachte an das letzte Mal, als er mit seinem Vater, Linda und Nikola gefeiert hatte, bevor er in den Knast gegangen war, es war über dreizehn Jahre her. Bojan hatte gefüllte Paprika und Sauerkrautknödel gekocht und einen Lamm- und Schinkenbraten zubereitet, dann hatte er gegrinst, für einen kurzen Moment glücklich trotz all des Unglücks: »Heute ist zwar nicht wirklich Heiligabend, aber da du …« Er hatte den Satz mittendrin abgebrochen, nur Nikola hatte nicht kapiert, was er meinte. Da Teddy seine Haft antreten würde, hatten sie beschlossen, sich bereits früher zu treffen.

Heute Mittag hatte er ein ganz normales Weihnachten gefeiert. Das war sein Leben in Kurzform: versuchen, etwas Schönes zu tun, und dann alles kaputt machen. Er dachte an Bojan und Linda, an Emelie und Nikola. Aber vor allem dachte er an Lucas.

Das hier fühlte sich an wie der friedlichste Ort in ganz Stockholm. Der Schnee, die Weihnachtsstimmung, der windstille, kalte Hof.

Kerim quatschte weiter, ohne die Waffe zu senken. »Ich hätte dich schon längst abknallen sollen. Du bist von der alten Schule, Mann, du schnallst es nicht.«

Teddy blickte zum Auto.

»Was verstehe ich nicht?«

»Du glaubst, es gibt Spielregeln.«

Gehirnmasse. Schädelfragmente. Blut. Und Lucas, was würde mit ihm geschehen?

Ein Klicken hallte durch die Stille, als Kerim den Hahn spannte. »Jetzt weiß ich, wer du bist«, sagte der Boss.

Trotz der Kälte lief ihm ein Schweißtropfen über den Rücken. Jetzt war es wirklich vorbei. Kerim wusste Bescheid.

Keine Bilder zogen vorbei. Das Einzige, was Teddy sah, war das Weihnachtsgeschenk, das sein Vater ihm vor langer Zeit gegeben hatte. Ein Buch: *Magellan*. Stefan Zweig.

»Hast du davon gehört?«, hatte Bojan gefragt.

Teddy hatte den Kopf geschüttelt.

»Es handelt von einem Mann, der etwas getan hat, was noch nie ein Mensch zuvor getan hat. Er ist um die Welt gesegelt.«

Teddy hatte das Buch beiseitegelegt. Es klang nicht nach etwas, das ihm gefallen würde, er las sowieso keine Bücher.

»Du kannst Dinge tun, die niemand für möglich hält«, sagte sein Vater. »Jeder Mensch kann das. Auch du, Najdan.«

Die Glock.

Der Schnee auf dem Boden, der sich blutig färben würde. Was war eigentlich möglich, und was war unmöglich?

Das Auto stand ein Stück entfernt.

Kerim trat vor, drückte die Mündung gegen Teddys Kopf.

Viereinhalb Monate zuvor

EINS

1
Teddy

Trotz des Werbebanners, auf dem »das Premium-Feeling der kostenlosen Internetverbindung« angepriesen wurde, war das WLAN im Flugzeug so langsam, dass Teddy nicht einmal auf die Website der Fluggesellschaft zugreifen konnte. Er hatte nichts heruntergeladen, das er sich offline ansehen konnte, und auch nichts zum Lesen gekauft. Er hätte ohnehin nicht gelesen.

Dennoch erinnerte er sich deutlich an das Quietschen der Räder des Bibliothekswagens, wenn dieser den Gang hinunterrollte – ein bisschen wie das fröhliche Signal eines Eiswagens, sozusagen das Premium-Feeling im Knast. Damals hatte er Bücher verschlungen, das Weihnachtsgeschenk seines Vaters war der Anfang gewesen, aber das lag daran, dass er nichts anderes zu tun hatte, als Karten zu spielen und sich einen runterzuholen. Damals hatte er sich seinem Vater näher gefühlt. Vielleicht glaubte Teddy immer noch, dass er eines Tages so werden würde wie er. *Du kannst Dinge tun, die niemand für möglich hält*, und in gewisser Weise stimmte das auch. Dass er auf dem Weg zu diesem Treffen war, schien in den Augen vieler ein Ding der Unmöglichkeit. Und doch saß er hier.

Die Zeiten hatten sich geändert. In den letzten Monaten hatte er total mies geschlafen, war nicht zur Ruhe gekommen, hatte versucht, seine Gedanken zu ordnen, die sich ohne Struktur im Kreis drehten. Er hatte begonnen, unsaubere Geschäfte zu machen, die dunkleren Stunden des Tages bekamen eine andere

Bedeutung, wurden zu Arbeitszeiten, Geschäftszeiten. Er hatte nicht geglaubt, wieder dort zu landen. Acht Jahre Gefängnis sollten eigentlich wie eine Impfung gegen die Straße wirken – aber offenbar nicht für ihn. Er schien Antikörper gegen Impfungen zu haben, war immun gegen Veränderungen. Er würde nie sein wie sein Vater oder wie Emelie, aber er wusste, warum er das hier tat, warum er sich in die Todeszone begab. Er hatte seine Gründe.

Lucas – sein Sohn – sollte eines Tages stolz auf ihn sein.

Aber das beantwortete eine Frage nicht: War es das wert?

Er kippte die Rückenlehne seines Sitzes nach hinten, er musste versuchen zu schlafen.

»Was machen Sie da?« Ein Gesicht lugte durch den Spalt zur Reihe hinter ihm. »Passen Sie doch mit dem Sitz auf. Jetzt habe ich etwas verschüttet.«

»Tut mir leid«, sagte Teddy.

Ein alter Mann, braun gebrannt, als wäre er in die falsche Richtung unterwegs, das graue Haar zurückgekämmt, Wutfalten zwischen den Augen: »Sie sind nicht allein in diesem Flugzeug.«

Teddy sollte aufstehen, sich umdrehen und dem Idioten eine rechte Gerade verpassen. Er sollte ihm das Tablett um die Ohren hauen und ihm die kleine Flasche Cava in den Arsch schieben. Wobei, der Alte hatte sich vor den Augen aller anderen über ihn beschwert, da reichte eine Ohrfeige nicht aus. Teddy sollte ihn durch den Notausgang ins Freie befördern. Dort gab es keine Stuhllehnen, gegen die man klopfen konnte. Dort gab es keine Cava-Flaschen, die er verschütten konnte.

Stattdessen drehte er sich wieder nach vorne und starrte auf die leuchtenden kleinen Zeilen: *Premium-Feeling*. Er war jetzt anders, er war nicht mehr derselbe Teddy wie früher.

Es gab Gründe, warum er nicht ausflippen durfte. Seine Mission auf der Insel war zu wichtig, er durfte jetzt keine Aufmerksamkeit erregen, er wollte keine Probleme mit den Behörden bekommen, wenn er landete.

Das Dröhnen der Flugzeugturbinen übertönte die anderen Geräusche: das Gequassel auf dem iPad eines Mädchens ganz außen in der Reihe, das Gequengel eines Kindes ein paar Reihen weiter wegen irgendwelchen roten Bonbons, das Gegröle einiger junger, im Gang stehender Männer über Jet-Skis und Palmas Stripclubs. Auflösung, Lärmreduktion, Ausblendung der Realität. Das war es, was er brauchte.

Er legte den Kopf in den Nacken und schloss die Augen.

Bei seinem letzten Aufenthalt auf Mallorca war Emelie dabei gewesen. Der Schlamassel, in den sie geraten waren, hatte sie gezwungen zusammenzuarbeiten, um den Pädophilenring zu zerschlagen. Zwischendrin hatten sie sich gefunden, und eins hatte zum anderen geführt.

Sie zogen zusammen, nachts liebten sie sich oder schliefen nebeneinander, sie frühstückten jeden Morgen gemeinsam, bevor Emelie zur Arbeit ging, sie sprachen darüber, wie es wäre, Eltern zu sein, sie diskutierten ihre Vorstellungen von Kindererziehung und darüber, wie und wo sie in der Welt leben wollten, wenn sie die Wahl hätten. Mallorca war auf jeden Fall eine Option. Dann kam Lucas zur Welt.

Sie statteten Emelies Wohnung mit Kissen und einem Kinderbett aus, sie schoben einen *ultraschicken* Kinderwagen durch Vasastan, sie kuschelten sich auf dem Sofa zusammen, alle drei wie eine kleine Familie, wie das *Zielbild*, von dem die Hebamme gesprochen hatte. Sie saßen in den Cafés entlang der Rörstrandsgatan, während Lucas schlief, und tranken Caffè Americano. Emelie grüßte Bekannte, die sich tief in den Wagen beugten und das Wunder dort bestaunten. Sie fuhren zu Linda raus, die Lucas so süß fand, dass sie ihn am liebsten behalten wollte, sie gingen zur Kinderärztin und fühlten sich harmonisch, sie übten, damit Teddy Lucas die Flasche geben konnte, obwohl er tief in seinem Inneren der Meinung war, dass sein Sohn nur gestillt werden sollte.

Es war wohl Stockholms flüchtigstes Zielbild, eher ein *Zielschnappschuss*, eine Sekunde der Euphorie. Nach wenigen Wochen holte ihn die Realität ein. Emelie bekam Elterngeld, aber das würde nicht ewig reichen. Teddy suchte einen Job, aber er fand keinen anständigen, er hatte ein achtjähriges schwarzes Loch in seinem Lebenslauf. Auch die Anwaltskanzlei Leijon wollte ihn nicht zurück, und er konnte das verstehen – sie wussten, dass er irgendwie in die Explosion der gesamten Kanzlei vor ein paar Jahren verwickelt war. Vielleicht sollte Emelie in ihren Beruf zurückkehren und er Elternzeit machen? Emelie weigerte sich.

Nach neun Monaten sagte Emelie, dass sie zwei Tage pro Woche arbeiten müsse, sonst würde sie »einige Mandanten für immer verlieren, und das will keiner von uns«.

Das war eine klare Ansage, außerdem hatte Teddy nur Gelegenheitsjobs gefunden. Gleichzeitig fiel es ihm schwer zu akzeptieren, dass sie von ihm verlangte, jeden Tag bis 17:30 Uhr zu Hause zu bleiben, um im Haushalt zu helfen – er war kein Kind. Er musste etwas tun, Geld verdienen, sich wie ein Mann benehmen.

An einem Tag meinte Emelie, er solle Lucas in eine sogenannte offene Kita im Vasapark bringen. »Ich habe heute eine Anhörung, darum kann ich nicht«, sagte sie. »Es würde ihm guttun, andere Kinder zu treffen.« Lucas war vierzehn Monate alt und liebte es, Dinge von den Tischen zu stoßen und Emelies Gesetzesbücher aus dem untersten Fach des Bücherregals zu reißen. Er liebte es, Squeezies mit Aprikosengeschmack zu essen und einfach süß zu sein. Er musste nicht ständig andere Kinder sehen. Lucas war auch so glücklich. Trotzdem packte Teddy ihn in die schlafsackähnliche Einlage des Kinderwagens und machte sich auf den Weg in den Park. Auf dem Asphalt lag noch eine blasse Raureifschicht, der Himmel war wolkenlos, keine Vögel, keine Flugzeuge in Sicht. Sie könnten einfach spazieren gehen, auch wenn Lucas noch wach war, er würde erst in ein paar Stunden seinen Mittagsschlaf machen, und stillsitzen war nicht sein Ding.

Die offene Kita war eigentlich nur ein kleines Häuschen auf dem Spielplatz des Parks. Es roch darin nach nassen Overalls und Mikrowellenessen. Nachdem Teddy seine Schuhe ausgezogen hatte – er hasste es, in Socken herumzutapsen, aber es gab Schilder, auf denen stand, dass man keinen Sand hereinbringen sollte – und Lucas ausgepackt hatte, stellte sich heraus, dass er zu spät gekommen war. Die anderen Eltern saßen schon mit ihren Kindern auf dem Schoß im Kreis auf dem Boden und wippten im Takt mit dem Kopf.

»Hallo, hallo«, sagte die Erzieherin und legte ihre Gitarre beiseite. »Wie heißt ihr?«

»Wir sind Teddy und Lucas.« Teddy setzte sich zwischen zwei Mütter, die wie Zwillinge aussahen: blonde Haare, helle Strickpullover mit hohem Kragen aus teurer Wolle.

»Und welches Lied möchte Lucas sich aussuchen?«, fragte die Erzieherin. Hatte sie nicht gecheckt, wer von beiden wer war, oder war das eine pädagogische Methode, mit den Kleinen über die Eltern zu kommunizieren?

Teddy kannte kein einziges Lied. Und Lucas konnte nicht einmal das Wort »Lied« aussprechen.

Die Erzieherin hatte unnatürlich weiße Zähne.

Teddy klopfte Lucas auf den Rücken. Die blonden Mütter starrten ihn an. Gegenüber saßen ein paar Väter mit runden Brillengläsern und dünnen Armen und warteten auf einen Liedvorschlag. Teddy fragte sich, ob sie ahnten, dass seine Stimme extrem nasal klang, dass er sang wie ein kastrierter Pfau, weil seine Nase in seinem Leben schon öfter gebrochen worden war, als sie ihre Brille gewechselt hatten.

Die Erzieherin lächelte immer noch. »Hat Lucas ein Lieblingslied?«

Das Ganze war völlig absurd. Teddy hatte keinen blassen Schimmer von irgendwelchen Kinderliedern.

Das Lächeln der Erzieherin blendete ihn.

Ihm fiel nur eines ein: »*Živeo, Živeo, i srećan nam bio*«, sagte er schließlich. Das einzige Lied, das Bojan ihm und Linda an ihren Geburtstagen vorgesungen hatte.

Die Erzieherin griff zur Gitarre. »Das kenne ich sogar.« Sie wandte sich an die anderen. »Das ist ›Zum Geburtstag viel Glück‹ auf Serbisch, oder?«

Teddy nickte.

Die Erzieherin fragte: »Kannst du die Melodie vorsingen?«

Das war zu viel. Teddy stand auf und ging.

Er wollte sich nicht wie ein Hund benehmen, aber er konnte auch nicht alles machen, was sie ihm befahlen. Weder Emelie noch die Behörden noch die Arbeitgeber, nicht einmal diese Erzieherin in dieser offenen Kita respektierten ihn. Als Emelie nach Hause kam, sagte er zu ihr: »Ich bin nicht wie ihr.«

»Ich würde mich auch unwohl fühlen, wenn man mich zum Singen auffordern würde«, sagte sie.

»Das geht tiefer«, sagte Teddy. »Es geht darum, wer ich in meinem Innersten bin.«

Emelie öffnete die obersten Knöpfe ihrer Bluse. Sie trug einen dunkelgrauen Anzug. »Komm schon. Es liegt nicht in deinen Genen, falls du das glaubst – du willst ja auch ein normales Leben wie alle anderen führen.«

»Du vergleichst mich mit deiner Art von Leuten.«

»Gib dir ein bisschen Mühe.«

»Ich kann nicht ändern, was ich bin.«

»*Was* du bist? Du bist kein Ding, Teddy. Du bist ein Mensch, und Menschen können sich ändern.«

Er verstand, was sie meinte. *Aber was ist, wenn das, was ich bin, dazu führt, dass ich mich nicht ändern will?*, dachte er, sagte aber nichts, sie kamen nicht weiter. Emelie wollte arbeiten und ein normales Leben führen. Die Arbeit einer Frau musste respektiert werden, aber Teddy war altmodisch – musste sie *so* respektiert werden? Er fühlte, was er fühlte, und das ließ sich nicht wegzaubern. Er *musste* für seine Familie sorgen, er musste das Gefühl haben, etwas beizutragen.

Die Diskussionen gingen weiter. »Gib mir mehr Zeit«, sagte er am nächsten Tag.

Er bewarb sich auf mehr als sechzig verschiedene Stellen, aber er war nun mal kein illegaler Einwanderer, der sich für sechzig Kronen die Stunde abrackerte.

Ein paar Wochen später wollte Emelie wieder Vollzeit in ihrer Kanzlei arbeiten.

Teddy wurde Hausmann.

Die Stewardess schob den Wagen gelangweilt vor sich her.

»Ein Mineralwasser, bitte«, sagte Teddy.

Ihr Gesicht war seltsam blass für ein so sonniges Reiseziel.

Er reichte ihr das Geld.

»Tut mir leid, wir nehmen kein Bargeld.« Die Zähne der Stewardess wirkten gelb im Vergleich zu ihrem Gesicht. »Aber Sie können gerne mit Karte bezahlen.«

Teddy schüttelte den Kopf, er war ein Bargeldtyp, auch das noch.

Er und Emelie hatten sich nach weniger als zwei Jahren getrennt, als sie versuchten, aus dem Stadtzentrum wegzuziehen, in eine Gegend in Richtung Södertälje. Vielleicht war das der Moment, in dem sich wirklich etwas in ihm veränderte. Er wurde aktiv, versuchte, nebenher ein Business aufzubauen, mit anderen Worten: Er versuchte, in seine alte Welt zurückzukehren. Er musste die Fassade nicht mehr aufrechterhalten, außer wenn er Emelie traf. Aber trotzdem – nichts war mehr wie zuvor, wirklich *nichts*.

Vielleicht war es eine Strafe. Gott glaubte nicht, dass acht Jahre genug waren für eine Entführung. Gott glaubte nicht, dass er genug gelitten hatte: all die Male, die er Bojan verraten hatte, all die Male, die er Linda und Darko gezwungen hatte, seine falschen Alibis zu sein, all die Male, die er nicht nur getan hatte, was *Kum* ihm befohlen hatte, sondern es auch noch mit Genugtuung getan hatte. Sein Sündenrucksack war zu schwer. Andererseits war Gott ein fieser Mistkerl – denn Teddy hatte es versucht. Wie viele Typen wie er bekamen ein Kind und lebten zwei Jahre lang ein normales Leben mit einer Anwältin aus Jönköping?

Das war nun unwichtig.

Die einzigen Menschen, die zählten, waren Lucas und sein Neffe Nikola.

Was Teddy auf der Insel vorhatte, konnte alles verändern. Er wusste nur noch nicht, ob es das Richtige war.

Sie setzten zur Landung an. Die Rückenlehnen der Sitze wurden hochgeklappt, die *Fasten-Seatbelt*-Lämpchen leuchteten rot.

Das Mädchen neben ihm packte ihr iPad in ihren Rucksack. Der Junge weiter hinten war verstummt, selbst der Trupp junger Schweden schwieg jetzt. Das Geräusch des Fahrwerks, das unter dem Flugzeug ausgefahren wurde, erinnerte ihn an eine Bohrmaschine, die sich in eine Trockenbauwand fräste.

Er dachte über die unterschiedlichen Optionen nach, wie er das, was er vorhatte, angehen konnte. Es gab viele Ebenen, viele Fallen. Er hatte sich selbst in diese Lage gebracht. Am liebsten würde er im Flugzeug sitzen bleiben und zurück nach Schweden fliegen.

Er beugte sich vor und stieß mit dem Fuß gegen etwas unter dem Sitz. Vielleicht war es die Schwimmweste, von der sie immer sprachen. Warum hatten sie keine Fallschirme unter den Sitzen? Er hatte noch nie von einer Notlandung auf dem Meer gehört, von abgestürzten Flugzeugen hingegen schon.

Sie setzten mit einem dumpfen Aufprall auf. Draußen sah er die verschwommene Silhouette des Flughafens.

Das Flugzeug bremste scharf, es waren die klammen Sekunden, bevor alles still wurde.

Kurz darauf erloschen die Lämpchen der Anschnallgurte.

Teddy stand schnell auf.

Er holte seine Tasche aus dem Gepäckfach. Drängte sich nach vorne.

Seine Aufmerksamkeit galt jetzt zu hundert Prozent dem Ausgang des Flugzeugs. Kein Polizist, kein behördlicher Mitarbeiter war in Sicht. Niemand wirkte gestresst.

Er musste den Flughafen durchqueren, ohne aufgehalten zu werden, und auf der anderen Seite herauskommen. Er musste die Person treffen, die er treffen sollte, und tun, was er tun musste. Er wollte nie wieder Hausmann sein.

Die Hitze schlug ihm entgegen wie ein Saunaaufguss. Die Treppe war wackelig.

Er trug die Tasche über der Schulter, in der er den Schuh verstaut hatte, der unter dem Sitz gelegen hatte. Das geschah dem Idioten hinter ihm nur recht. Man konnte Teddy die Straße nicht austreiben.

Der alte Dreckskerl würde das Flugzeug barfuß verlassen müssen.

Am Boden wartete die zickige Stewardess. Ihr weißes Gesicht strahlte. »*Gracias*«, sagte sie, obwohl sie vorher Schwedisch gesprochen hatte.

Scheiße, die Straße konnte man Teddy nicht austreiben, aber was *war* die Straße eigentlich? Nichts war schwarz oder weiß, er wusste selbst kaum, wer er war. Er kramte in seiner Tasche, zog den Schuh heraus und reichte ihn der Stewardess. Sie zog die Augenbrauen hoch.

»Geben Sie das dem Idioten aus Reihe zwölf«, sagte er.

2
Gabriel

Es waren keine Mikrofone eingeschaltet, die Tür war geschlossen, und die Richterin sprach leise, fast flüsternd, als hätte sie Angst, dass jemand draußen stand und zuhörte.

Es war eine besondere Sitzung. Sie hieß nicht einmal Verhandlung, sondern *Besprechung*, und es war die geheimste Art von Besprechung, die in einem schwedischen Gericht stattfinden konnte.

Gabriel brauchte sich nicht umzudrehen, um alle Anwesenden zu sehen, der Raum war so klein, dass er alles mit einem Wimpernschlag erfassen konnte.

Keine Parteien. Nur die Staatsanwältin und ein sogenannter öffentlicher Ombudsmann, der eigentlich ein simpler Anwalt war, und dann die Richterin. Gabriel selbst war als Sachverständiger geladen. Es war nicht üblich, dass Polizeibeamte an solchen Sitzungen teilnahmen, aber heute wollte seine Chefin, die Staatsanwältin Cilla Frank, die Grenzen ausloten.

»Polizeiinspektor Gabriel Dolk«, sagte Cilla und nickte in seine Richtung, »hat langjährige Erfahrung in der Arbeit mit Bandenkriminalität. Er gehört zu der speziellen Aktionsgruppe im Rahmen der Stockholmer Initiative gegen Bandenkriminalität: Aktionsgruppe Acht.«

Die Richterin sah Gabriel träge an, eine Müdigkeit in ihren Augen, die nicht nur gleichgültig, sondern geradezu feindselig wirkte. Er bedauerte, dass er sich nicht, wie immer, wenn er nicht rauchen konnte, eine Portion Snus unter die Oberlippe gesteckt hatte, aber die Richterin würde ihn noch mehr verachten, wenn ihm der Tabak an den Zähnen herunterlief.

»Und warum kann die Frau Staatsanwältin den Sachverhalt nicht selbst schildern?«

Cilla Franks Augenbrauen zuckten. »Es gibt niemanden, der besser über unsere Bemühungen gegen die kriminellen Netzwerke im Süden Stockholms Bescheid weiß als Kriminalkommissar Gabriel Dolk. Er ist der Beste, den wir haben.«

Die Richterin verzog keine Miene, aber Cilla Frank hatte sich am Morgen noch optimistisch gezeigt. »Wir werden diese Telefonüberwachung durchsetzen. Glauben Sie mir.«

Jetzt war Gabriel nicht mehr so zuversichtlich.

Die Richterin lehnte sich zurück, die Lehne des Schreibtischstuhls wackelte bedenklich, vielleicht war sie falsch eingestellt. Die Anwältin, Emelie Jansson hieß sie offenbar, trug ein Jackett und hatte ihr Haar zu einem Dutt gebunden. Sie sah grimmig aus, war aber unverschämt attraktiv, mit markanten Wangenknochen und einer geraden Nase, das musste Gabriel zugeben, obwohl er Anwälte nicht mochte. Sie glaubten, Gerechtigkeit sei ein Spiel, Moral eine Frage von Beweisen und Rechtsprinzipien. Noch schlimmer war es, wenn sie bei Vernehmungen und im Gerichtssaal selbstbewusst auftraten und, wie dieses Exemplar vermutlich, nach außen hin sympathisch und erfolgreich wirkten und nicht nur cool *spielten*. Auf dem Revier kursierten die aktuellen Einkommenslisten der Strafverteidiger. Einige von ihnen verdienten mehr als zehn Millionen Kronen im Jahr. ZEHN MILLIONEN KRONEN an Steuergeldern, um Schwerverbrechern zu helfen. Wenn man den Stundensatz aufs Jahr umlegte, wurde es komplett verrückt. Es gab niemanden, der wirklich achtzehn

Stunden am Tag arbeitete und nur an Heiligabend frei hatte, und schon gar nicht Pflichtverteidiger. Es stimmte zwar, dass keine der Spitzenpositionen in der Rechtsprechung mit Juristinnen besetzt war, aber es war doch eine große Heuchelei, mit der einen Hand das Verbrechen zu bekämpfen und mit der anderen diejenigen zu belohnen, die dafür sorgten, dass es weitergehen konnte, und die sich durch offensichtlich überhöhte Rechnungen selbst des Betrugs schuldig machten.

»Nun, vielen Dank. Dann fangen wir mal an«, seufzte die Richterin. »Bitte sehr, Frau Staatsanwältin.«

Cilla Frank räusperte sich. Sie war ein paar Jahre älter als Gabriel und strahlte stets die Kraft und Klarheit aus, wie es sich für eine Vertreterin des Staates gehörte.

»Die Staatsanwaltschaft beantragt die Ermächtigung zur präventiven geheimen Telefonüberwachung, zur geheimen Raumüberwachung und zum geheimen Auslesen von Daten gegen Kerim Celali und alle seine Aliasnamen für die Dauer von drei Monaten.« Sie fuhr fort, eine Reihe weiterer Personen aus Celalis Netzwerk aufzulisten, für die sie ebenfalls diverse Abhörgenehmigungen erwirken wollte.

Die Richterin nickte Rechtsanwältin Jansson zu, die sich schnell über den Tisch beugte und kurz ihren Standpunkt darlegte: »Der Antrag wird abgelehnt.«

Die Richterin sank in ihren Stuhl zurück und schnaufte tief, als wäre sie nicht nur dieses Streits, sondern ihrer ganzen Arbeit überdrüssig. »Dann bitte ich die Staatsanwältin, ihren Antrag zu erläutern.«

»Vielen Dank, Euer Ehren«, sagte Cilla Frank. »Ich möchte Polizeiinspektor Gabriel Dolk ein paar Fragen stellen, wenn Euer Ehren es erlaubt.«

Die Richterin nickte.

»Können Sie, Gabriel Dolk, uns etwas über die aktuelle Situation in Söderort in Bezug auf schwere Bandenkriminalität sagen?«

Gabriel hatte darauf gewartet, er war voller Energie, aber er wusste, dass er sich zurückhalten, langsam und eindringlich sprechen musste. »Die Situation ist sehr ernst«, sagte er. »Auf der Straße nennen die Leute den Süden der Stadt inzwischen offen Little Juárez.«

»Juárez?« Plötzlich war die Richterin neugierig.

»Ja, die Stadt im Norden Mexikos, in der die Drogenkartelle ihre Kriege geführt haben.« Er fuhr fort. »Es gibt mehr als dreißig aktive Netzwerke in diesem Teil der Region, und vor etwas mehr als einem Jahr hat der Anführer des sogenannten Södertälje-Netzwerks, Isak Nimrod, erklärt, dass er seine Position aufgeben wolle. In der Unterwelt brach daraufhin Chaos aus, und viele verschiedene Gruppen stritten sich darum, wie sie dieses mögliche Vakuum füllen sollten. Insgesamt wurden siebenundfünfzig Personen wegen schwerer Straftaten angeklagt. Mit anderen Worten: Die Lage ist äußerst instabil und gewalttätig. So wurde im Mai ein Sprengsatz in der Polizeiwache gezündet, eine Woche später wurden in Norsborg zwei Kinder erschossen.«

»Kommen Sie zum Punkt«, sagte die Richterin.

Gabriel verlor fast die Fassung. Neben ihm beugte sich Cilla Frank über den Tisch und starrte die Richterin entgeistert an.

»Im Rahmen der behördenübergreifenden Arbeit ist es der Polizei gelungen, neue Anführer zu identifizieren, die versuchen, die Region unter ihre Kontrolle zu bringen. Einer von ihnen ist Kerim Celali. Er hat alles auf eine neue Ebene gehoben.«

»Alles? In einem Gerichtssaal muss man präzise sein.«

Gabriel atmete durch die Nase ein. »Euer Ehren, die Gewalt und Brutalität ist mit nichts zu vergleichen, was wir bisher gesehen haben. Kerim Celalis Netzwerk umfasst mehr als hundert Männer und eine Reihe von Frauen. Es herrscht eine militärische Hierarchie, sie haben verschiedene Ränge, Kapitäne und Soldaten, und Zehn- oder Elfjährige werden unter anderem benutzt, um Drogen und Waffen zu verwahren. Sie benutzen Vespas und Elektroroller statt Autos, um sich unregistriert fortzubewegen, sie kommunizieren über digitale Dienste, die schwer zurückzuverfolgen sind, sie nutzen Sport- und Kulturvereine, um Männer zu rekrutieren und Drogen zu verstecken. Was aber auffällt, ist die Gewalt. Wir haben ähnliche Negativspiralen schon früher erlebt, aber nicht in diesem Ausmaß. Wir vermuten, dass neunzehn Morde mit der Eskalation des Konflikts zusammenhängen. Wir hatten noch nie so viele ungeklärte Morde in der Region Stockholm-Süd.«

Es waren verdeckte Morde, wie immer bei Bandenschießereien, aber die Analysten der Aktionsgruppe Acht waren sich sicher, denn sie hatten Zugang zu allen Ermittlungen und Geheimdienstinformationen: Kerim Celali war involviert.

»Danke, ich glaube, das reicht«, brummte die Richterin. »Was sagt die Verteidigung?«

Die Anwältin Emelie Jansson saß reglos da wie eines von Kerim Celalis steifen Opfern, aber ihre Stimme war nicht nur klar, sondern auch scharf und verdammt nervig. »Wir widersprechen der Darstellung des Polizeiinspektors Gabriel Dolk im Wesentlichen nicht, außer in einem Punkt. Kerim Celali selbst ist keiner schweren Straftat verdächtig.«

Das Räuspern der Richterin war so laut, dass es wahrscheinlich bis in den Warteraum hallte. »Was sagen Sie da?«

Emelie Jansson wiederholte den letzten Satz. »Soweit ich weiß, behaupten weder die Staatsanwältin noch der Polizeiinspektor, dass Kerim Celali derzeit persönlich einer Straftat verdächtigt wird. Viele Menschen, die ihm nahestehen, viele aus seinem Bekanntenkreis schon, aber nicht Herr Celali selbst.«

Der Blick der Richterin war nicht mehr müde oder neugierig. Jetzt starrte sie Gabriel und Cilla an, als wären sie Idioten. »Deshalb beantragt die Staatsanwaltschaft eine präventive Abhöraktion, nicht wahr?«

Cilla Frank nickte. »Das ist richtig. Nach dem Präventivgesetz, erster Absatz.«

»Das verstehe ich. Aber es gibt keinen direkten Tatvorwurf gegen Kerim Celali? Nicht einmal etwas Kleines?«

»Nein. Wir beantragen die Abhörung aus rein *präventiven* Gründen. Kerim Celali ist der Kopf eines Netzwerks von Personen, von denen mehrere einer Straftat verdächtigt werden, aber Celali selbst ist derzeit nicht hinreichend verdächtig.«

»Aus präventiven Gründen«, wiederholte die Richterin. »Ich denke, Sie wissen, dass das Präventionsgesetz hauptsächlich den Zuständigkeitsbereich der Sicherheitspolizei betrifft, zum Beispiel bei terroristischen Straftaten. Das hier ist nichts dergleichen, oder?«

Die Anwältin verneigte sich triumphierend in ihre Richtung.

Cilla ignorierte dies und wandte sich an die Richterin. »Wie Euer Ehren bekannt ist, wurden in den letzten zwei Jahren verschiedene Arten von verschlüsselten Chat-Diensten in großem Umfang abgehört. Dabei handelte es sich um schwedische Bürger, die zum Zeitpunkt des Abhörens keiner Straftat verdächtigt wurden. Dennoch wurden die Abhörmaßnahmen von zahlreichen schwedischen Gerichten, einschließlich des Obersten Gerichtshofs, als Beweismittel anerkannt. Darüber hinaus hat die Regierung aufgrund der hohen Gewaltrate in den Stockholmer Vorstädten das Gesetz über präventive Zwangsmaßnahmen beschleunigt. Das Präventionsgesetz soll demnächst geändert werden.«

Emelie Jansson unterbrach sie. »Es wurde noch nicht geändert. Zwangsmaßnahmen wie Abhören dürfen nur zu den im Gesetz genannten Zwecken eingesetzt werden, das wissen Sie so gut wie ich.« Sie wandte sich an die Richterin. »Deshalb, Euer Ehren, muss der Antrag auf Abhörung abgelehnt werden. Es spielt keine Rolle, was das Parlament in ein paar Wochen tun wird. Das schwedische Recht geht von der Gegenwart aus.«

Die Richterin sah abwechselnd Emelie Jansson und Cilla Frank an, jetzt schien sie sich zu amüsieren.

Es war verrückt. Jeder wusste, was Kerim Celali und sein Netzwerk trieben. Wollte diese Richterin Abhörmaßnahmen verhindern, nur weil man nicht genau sagen konnte, wo, wann und wie Kerim Verbrechen begangen hatte? Es war ein Zirkelschluss, zumal Kerim Celali an der Spitze stand, er machte sich bei schweren Straftaten nie die Finger schmutzig, er *kontrollierte* sie.

Aus irgendeinem Grund dachte Gabriel an Alma. Sollte seine Tochter in dieser Scheiße aufwachsen? Dann korrigierte er sich: Sie *war* schon aufgewachsen, mitten in der Pubertät, und der Süden Stockholms sah schon lange so aus. Gabriel konnte sich nicht länger zurückhalten, er stand auf.

Die Augen der Richterin weiteten sich.

»Euer Ehren, bei allem Respekt.« Er sprach schnell. »Wir können zwar keinen konkreten Tatverdacht gegen Kerim Celali vorbringen, aber innerhalb der Polizei wissen wir, dass er täglich schwerste Straftaten anstiftet und vorbereitet. Wenn wir ihn nicht abhören dürfen, werden wir nie Beweise dafür bekommen, dass er diese Taten in Auftrag gibt, und sie werden weitergehen.«

Gabriel spürte Cilla Franks Hand auf seinem Arm, aber es war zu spät, er konnte sich nicht mehr bremsen. Er hörte seine eigene Stimme, viel zu laut: »Kerim Celali ist die größte Bedrohung für die Menschen im Süden Stockholms. Wenn wir ihn nicht zur

Strecke bringen, werden noch mehr Menschen erschossen, noch mehr in die Luft gesprengt, noch mehr Drogen werden die Straßen überschwemmen. Sie müssen verstehen, wie ernst die Lage ist.«

Es herrschte Stille.

Die Richterin nahm ein Taschentuch, putzte sich vorsichtig die Nase und faltete es wieder zusammen. »Ich glaube, Sie setzen sich besser, Inspektor Dolk.«

Gabriel hörte seinen eigenen Atem. Was für ein Idiot er war, vor einer Richterin die Stimme zu erheben, aufzustehen und emotional zu werden. Er setzte sich. Aber es reichte einfach nicht, der Hydra die Zehennägel zu schneiden, um sie aufzuhalten.

Er hatte einen Plan, wie er es anstellen wollte, er brauchte diese Abhöraktion, sie war wichtig, mehr als Cilla Frank ahnte.

Die Richterin erhob sich. »Dann erkläre ich die Sitzung für geschlossen. Ich werde mich zurückziehen und dann meine Entscheidung treffen. Ich danke Ihnen einstweilen.«

Gabriel stand auf. Die Entscheidung würde wahrscheinlich in ein paar Minuten fallen, aber trotzdem mussten sie draußen warten.

Die Anwältin lächelte.

Diese eingebildete, aufgeblasene Anwältin besaß die Frechheit zu lächeln.

3
Emelie

Der Polizist drinnen hatte ausgesehen, als würde er sich gleich in die Hose machen: angespannter Körper, rotes Gesicht, hinkender Gang. Er war aufgestanden wie ein Anfänger, obwohl jeder in der Justiz wusste, dass man so etwas in Schweden im Gerichtssaal nicht tat. Es war nicht wie in den USA, wo die Anwälte und Staatsanwälte vor den Geschworenen auf und ab liefen und die Zeugen im Zeugenstand stramm standen und einen Eid schworen.

Der Polizeiinspektor und die Staatsanwältin tuschelten drüben bei der Cafeteria. Sie hatten Emelie nicht gegrüßt, als sie aus dem Sitzungssaal kam, ihr nicht einmal zugenickt. Es war nicht ungewöhnlich, dass Polizisten bei Verhandlungen Schwierigkeiten machten – sie verstanden die Spielregeln nicht. Andererseits war es nicht üblich, dass Staatsanwälte so stur wurden, und wenn es vorkam, dann meistens in richtigen Hauptverhandlungen, wenn es um ein wichtiges Urteil ging. Hier handelte es sich nur um die Frage einer Maßnahmengenehmigung.

Sie ging auf die beiden zu, sagte nichts und bestellte einen Kaffee.

Bald würde das Gericht seine Entscheidung verkünden, und obwohl Emelie glaubte, dass alles gut gegangen war, war sie sich nicht sicher. Gleichzeitig war es ihr auch egal. Sie war zur *öffentlichen* Vertreterin ernannt worden, was bedeutete, dass sie die Unversehrtheit des Einzelnen gegen die Forderung der Öffentlichkeit nach Abhörung verteidigte, wobei sie Kerim Celali oder einen der anderen noch nie getroffen hatte. Sie wusste nicht einmal, wie sie zu der Maßnahme standen. Das lag in der Natur der Sache, denn es war geheim. Kerim Celali durfte nicht wissen, dass sie sich mit ihm befassten. Für Emelie war das alles dadurch weniger heikel, völlig unpersönlich und rein professionell. Für Polizeiinspektor Gabriel Dolk und die Staatsanwältin schien es das Gegenteil zu sein.

Plötzlich kam ihr ein unangenehmer Gedanke: Sie war dabei, ihren Ehrgeiz zu verlieren. Sie hatte das Wirtschaftsrecht aufgegeben, weil sie an die Rechte und die Integrität des Einzelnen glaubte. Sie erinnerte sich an die kleine Rede oder besser gesagt die Rüge, die sie Magnus Hassel, einem Partner der Kanzlei Leijon, erteilt hatte. Dass sie die wichtigste Aufgabe eines Anwalts darin sehe, ein soziales System zu verteidigen, das die Interessen des Einzelnen schütze, dass sie nicht Anwältin geworden sei, um mit Geld zu arbeiten, dass sie es leid sei, stinkreichen Risikokapitalgebern dabei behilflich zu sein, noch reicher zu werden. Sie wollte mit Menschen arbeiten, mit denen, die sie wirklich brauchten. Ein System, das jeden unterstützte, auch diejenigen, die von der Staatsanwaltschaft und der Polizei für schuldig befunden worden waren, ein System, das dem Einzelnen half, sich zu äußern, und kontrollierte, was ihm vorgeworfen wurde. Ein gerechtes System, das sich auch um die Schwachen und Einsamen kümmerte.

Sie hatte geglaubt, das Abhören würde sie nicht tangieren, weil sie keine Beziehung zu Herrn Celali hatte. Aber jetzt erkannte sie, dass dieser Gedanke falsch war. Das Recht des Einzelnen war immer noch ein Recht, das es zu verteidigen galt.

Der Kaffee hatte eine dünne ölige Schicht und schmeckte bitter. Heute Morgen hatte sie keine Zeit zum Frühstücken gehabt.

Lucas hatte geweint, als sie ihn in den Kindergarten gebracht hatte. Allen anderen Eltern schien es nichts auszumachen, wenn ihre Kinder weinten, aber Lucas weinte mehr als alle anderen zusammen, so schien es. Einige meinten, dass die Eltern dem Kind zuliebe Kälte zeigen sollten, dass es dadurch lernen müsse. Wahre Liebe bedeute, einen langfristigen Plan zur Stärkung des Kindes zu haben, selbst wenn es dabei Tränen gab. Trotzdem wurde Emelie das Gefühl nicht los, dass sie ihn verriet. Wie konnte es Lucas stärken, sich von seiner Mutter verlassen und abgeschoben zu fühlen, vor allem nachdem er schon von seinem Vater verlassen worden war?

Teddy sah das nicht so, das wusste sie. Für ihn war *sie* diejenige, die mit ihm Schluss gemacht hatte, die ihn gebeten hatte auszuziehen. »Trennen«, hatte er mit zusammengebissenen Zähnen gesagt, als würde das Wort in seinem Mund eklig schmecken. »Das hätte ich nie von dir gedacht.«

Aber was wusste er wirklich von ihr, und was wusste sie von ihm? Es war möglich, dass er es gut meinte, aber er schaffte es nicht, und schon das enttäuschte sie. Er sollte in der Lage sein, sich die Fähigkeit anzueignen, zu einem Psychologen, einem Lebensberater, einem Priester oder sonst jemandem zu gehen, wenn er es brauchte. Er musste sich zusammenreißen können wie jeder andere auch. Er war ein erwachsener Mann, aber er hatte nie einen richtigen Job gehabt. Natürlich wusste Emelie, dass es nicht einfach war mit seiner Vorgeschichte: ein schweres Verbrechen, zwölf Jahre Gefängnis, nach acht Jahren auf Bewährung entlassen. Doch wenigstens als Aushilfe bei einem Handwerker oder als Wachmann bei der U-Bahn sollte er arbeiten können. Aber nein, stattdessen machte er »Business«, wie er es nannte. Sie weigerte sich, Lucas mit einem Vater aufwachsen zu lassen, der bald wieder ins Gefängnis musste.

Sie wünschte sich, es wäre schon Abend. Ihre Lieblingszeit war die Schlafenszeit, wenn Lucas müde und ruhig war und sie einfach nur abhängen, Geschichten vorlesen und kuscheln konnten. Lucas schlief immer in ihrem Bett. Mag sein, dass sie ihn in die Kita abschob, aber nachts ließ sie ihn nicht im Stich.

»Die Entscheidung wird in Raum sieben verkündet«, teilte eine formell klingende Stimme über die Lautsprecheranlage mit.

Emelie wartete, bis die Staatsanwältin und der miesepetrige Polizist hineingegangen waren, um nicht mit ihnen an der Tür zusammenzustoßen.

Die Richterin machte einen entspannten Eindruck. Emelie vermutete, dass sie einfach froh war, wenn sie die Sache gleich hinter sich gebracht hatte.

Sie wandte sich einem nach dem anderen zu und sagte dann mit ihrer rauen Stimme: »Der Antrag wird abgelehnt.«

Die Staatsanwältin rührte sich keinen Millimeter. Der Polizist hingegen zuckte sichtlich zusammen.

»Jeder schwedische Bürger wird vor dem heimlichen Abhören, Aufzeichnen von Telefongesprächen oder anderen vertraulichen Nachrichten und dem Auslesen von Daten geschützt«, fuhr die Richterin fort.

Der Polizist erblasste, obwohl ihm klar gewesen sein musste, dass dies passieren könnte.

»Eine Einschränkung dieses Rechts muss durch das Gesetz gestützt sein. Nach geltendem Recht können die beantragten Maßnahmen genehmigt werden, wenn sie für die Ermittlungen von besonderer Bedeutung sind.«

Das war zum Teil die Schuld des Polizeibeamten, der sich in seiner Tirade angehört hatte, als ob in Stockholm Krieg herrschte. Jeder wusste, dass das stimmte, aber die Richter wollten es nicht so hören, sie wollten Fakten sehen, keine Weltuntergangsszenarien.

Plötzlich wurde die Richterin lauter. »Ich zweifle nicht daran, dass Kerim Celali ein gefährlicher, krimineller Mensch ist. Aber es gibt kein strafrechtliches Ermittlungsverfahren gegen ihn. Er steht nicht im Verdacht, schwere Straftaten begangen zu haben, und es spielt keine Rolle, dass das Parlament in ein paar Wochen das Gesetz ändern könnte. Die Dinge sind, wie sie sind.«

Alle saßen still da und warteten darauf, dass sie noch etwas sagen würde. Stattdessen stand sie auf. »Das war's. Die Staatsanwaltschaft kann jederzeit einen neuen Antrag stellen, wenn Sie etwas Handfestes vorweisen können.«

Emelies Aktentasche war weniger schwer als zu Beginn ihrer anwaltlichen Tätigkeit. Inzwischen hatte sie alle Protokolle des Ermittlungsverfahrens auf einem Tablet. Aber ganz so federleicht war die Tasche dann doch nicht: Dazu kamen noch ein Laptop, diverse Ladekabel und eine Reihe von Papierdokumenten, die das Gericht unbedingt per Post verschicken wollte, obwohl es schon vor einigen Jahren auf digitale Aktenführung umgestellt hatte. Außerdem hatte sie Energieriegel, Energydrinks und einige Dosen mit Nahrungsergänzungsmitteln dabei. Zeit zum Mittagessen fand sie nur selten. Der Boden des Amtsgerichts war wunderschön, die Fossilien im Marmor sammelten sich unter ihren Füßen, als wäre die Institution direkt auf einem prähistorischen Meer erbaut worden, als gäbe es das Stockholmer Amtsgericht, die Hallen der Justitia, schon länger als die Stadt selbst. Das war ein Irrtum: Das Recht war ein menschliches Produkt. Es gab kein Richtig und Falsch außerhalb der Regeln des Gesetzgebers, keine von der Natur gegebene Ethik. Moral war persönlich und variabel oder Teil eines religiösen oder philosophischen Systems. Das Gesetz hingegen war klar und einfach zu verstehen; es war, was es war, unabhängig von Religion, Philosophie oder persönlicher Meinung. Sie mochte starr und unsensibel sein, aber sie liebte ihre Arbeit.

Jetzt musste sie nur noch in ihr Büro fahren, ein paar Dinge erledigen und dann Lucas abholen. Die Wachen an der Sicherheitskontrolle nickten ihr zu, sie war hier ein bekanntes Gesicht.

Die Luft draußen war kühl, die Sonnenstrahlen sanft, aber sie wärmten nicht. Ein schöner Hochsommertag. Emelie stand oben auf der Treppe. Unten lag die Scheelegatan. Teddy nannte sie immer eine Avocado, einen Menschen mit einem harten Äußeren *und* einem harten Inneren. Lucas dagegen sagte, sie arbeite als *Advokado* – seine Art, sich auszudrücken, gefiel ihr viel besser. Nicht nur, weil er das Wort falsch aussprach, sondern auch, weil er ihren Titel und ihren Beruf kannte.

Hinter sich hörte sie Schritte, die zu ihrem eigenen Takt passten, jemand folgte ihr die Treppe hinunter.

Es war der Polizist, Gabriel Dolk. Vielleicht war er wütend – falls ja, dann war es nicht das erste Mal, dass ein Polizist ihr einen bösen Blick zuwarf.

Die Haarfarbe des Polizisten war schwer zu bestimmen, ähnlich wie ihre eigene, in manchen Lichtverhältnissen dunkelblond, in manchen kompakt dunkel, aber sein Kinn war wie das von Teddy, stark und ausgeprägt.

»Das haben Sie gut gemacht«, sagte er.

»Danke.«

Sie kamen unten an der Straße an. Gabriels Haltung war gerade, er wirkte größer, als er war.

»Aber es kann nicht ewig so weitergehen.«

»Was meinen Sie damit?«

»Die Banden müssen verschwinden. Und Sie stehen dieser Säuberung im Weg.«

»Jeder hat ein Recht auf Verteidigung, das ist immer noch wichtig. Auch auf Privatsphäre.«

Gabriel Dolk spuckte Kautabak auf den Boden. »Hören Sie auf mit den Plattitüden. Was Sie heute gemacht haben, hat nichts mit Verteidigung zu tun. Das Einzige, was passiert, ist, dass ein Schwerverbrecher weiter Menschen schaden kann.«

Sie überlegte, ob sie diesen Idioten zurechtweisen oder einfach auf dem Absatz kehrtmachen und gehen sollte.

Da klingelte ihr Telefon, eine unterdrückte Nummer, normalerweise jemand von der Polizei.

»Hallo, hier ist das Polizeirevier Flemingsberg. Wir haben einen Verhafteten, der Sie als Pflichtverteidigerin verlangt. Anscheinend ein alter Mandant von Ihnen.«

»Aha. Wie ist sein Name?«

»Er weigert sich, ihn zu nennen. Sie können mit ihm sprechen.«

Emelie hörte eine andere Stimme am Telefon.

»Hallo, Emelie.«

Sie schnappte nach Luft – *Nikola*. Teddys Neffe und Lucas' geliebter Cousin. Nikola, den sie vor langer Zeit bei einem Raubüberfall verteidigt hatte. Nikola, von dem sie glaubte, dass er sich gebessert hatte. Er hatte sogar seinen Nachnamen von Maksumic in Lind geändert, wahrscheinlich wollte er nicht mehr mit seinem Onkel in Verbindung gebracht werden.

Gabriel Dolk stand ihr immer noch gegenüber und wartete darauf, das Gespräch fortzusetzen.

»Ich habe keine Zeit für eine Diskussion«, sagte sie und ging. Dabei flüsterte sie ins Telefon: »Was hast du angestellt?«

4
Isak

Die Aussicht in dem Besprechungszimmer war herrlich. Unter Isak erstreckte sich Stockholm, so weit er sehen konnte. Das war seine Stadt, vielleicht sollte er sie auch seine *Hölle* nennen. Die Reise, die er hinter sich hatte, wurde ihm besonders bewusst, wenn er hier oben stand, hoch über den Gebäuden und Straßen. In einem solchen Raum fühlte er sich immer wie ein Fremder, ganz gleich, in wie vielen Luxushotels er übernachtete, wie viele Luxusrestaurants er besuchte, wie viel Geld er hatte, als wäre er nicht mehr Teil dessen, was ihn hierher gebracht hatte.

Isak erinnerte sich an alles, auch an Details, die er lieber vergessen hätte. War er ein schlechter Mensch? Er kannte die Antwort auf diese Frage nicht, aber er wusste, dass er das Beste getan hatte, was er unter den gegebenen Bedingungen tun konnte. Vielleicht hatte er nicht immer richtig gehandelt, doch die Umstände hatten ihm keine Wahl gelassen. Vielleicht belog er sich aber auch selbst, wie die Mädchen, die er manchmal zum Golfspielen nach Smådalarö mitnahm und die so taten, als gehörten sie zur schwedischen Oberschicht, nur weil sie in einem Range Rover vorfuhren. Oder dass er so tat, als wäre er selbst Schwede, nur weil seine Eltern zufällig hierher geflohen waren. Aber so durfte er jetzt nicht denken, das war destruktiv – er wusste, wie das Land für manche Menschen sein konnte. Er war ganz unten gewesen und hatte sich wieder hochgearbeitet. Jetzt war er bereit, auf die andere Seite zu wechseln.

In zwei Stunden würde er etwas tun, was kaum jemand in seiner Welt getan hatte. Er würde aussteigen, gehen, sauber werden. Oder technischer ausgedrückt: Er würde ein Immobilienportfolio durch eine komplizierte Regelung, die er selbst nicht verstand, die ihm aber seine Anwälte mehrfach erklärt hatten, übertragen und damit die letzten Spuren der Straße auslöschen. Im Klartext: Die Überreste seines früheren Lebens würden gewaschen, verändert und in etwas Legales verwandelt werden, und in dem Moment, in dem dies geschah, würde auch er in gewisser Weise seine Geschichte zurücklassen und zu etwas Neuem werden. Zum ersten Mal in Isaks Leben als Erwachsener würde er *legit* sein, praktisch unantastbar, ein normaler Bürger. Er würde nicht mehr Teil der Nacht sein, sondern Teil des Tages. Er würde den Stress des Ghettos und die Albträume loswerden. Er würde endlich ruhig schlafen können.

Die meisten Menschen, die das durchgemacht hatten, was Isak erlebt hatte, die gesehen hatten, was er gesehen hatte, und die vor allem getan hatten, was er getan hatte, waren entweder unter der Erde oder in einer Zelle gelandet. So wie Dragan Joksovic vor langer Zeit oder Berno, wie Jonas Falk und Radovan.

Es gab einige, die entkommen waren, aber die meisten von ihnen waren völlig fertig mit der Welt, sie hatten nicht genug Reichtum geschaffen, um finanziell unabhängig zu sein, oder nicht genug Einfluss, um sicher zu sein. Sie waren gezwungen, wie jeder andere zu schuften und auf der untersten Ebene zu arbeiten wie in jüngeren Jahren, während die schwedischen Strafverfolgungs- und Steuerbehörden sie jagten. Dann gab es einen winzigen Prozentsatz, der es schaffte durchzukommen, der nie zu langen Haftstrafen verurteilt wurde, der nicht erschossen wurde oder in der Hierarchie abstieg, sondern immer umzog, das Land verließ, nach Serbien oder Dubai ging, nach London oder in den Libanon.

Nur einer hatte die Wende geschafft und war zugleich an der Spitze geblieben, nur einer hatte die Straße in *good standing* verlassen und war hier in Schweden ein ganz normaler Mensch geworden. Jeder kannte seinen Namen: Emilijan Mazer-Pavić, den die meisten nur *Kum* nannten. Isak würde so einzigartig sein wie Stockholms ehemaliger Pate. Er würde es schaffen, weil er jahrelang alles geplant und sich vorbereitet hatte und weil er die richtigen Anwälte hatte. Es gab noch einen Grund, warum er der Zweite sein würde, der es schaffte – aber darüber wollte er jetzt nicht nachdenken.

Die Tür öffnete sich fast lautlos, und einer der Anwälte schlenderte herein – jedenfalls kam es Isak so vor, als schwebte Magnus Hassel geradezu, und doch trug er ein Paar handgemachte Schuhe für fünfzehntausend Kronen mit Ledersohlen und Zeheneisen – »die müssen vertieft werden, Isak, sonst werden die Zeheneisen zu überflüssigem Unsinn«.

Der Anwalt lächelte. »Sind Sie irgendwie krank, mein Freund?«

Isak grinste. »Weil ich pünktlich bin, meinen Sie?«

»Ja, ein bisschen. Das sieht Ihnen nicht ähnlich, aber ich verstehe, dass Sie nichts verpassen wollen, heute ist ein großer Tag.«

Das stimmte, wenngleich der eigentliche Grund für sein pünktliches Erscheinen die Besichtigung einer dreihundert Quadratmeter großen Wohnung in der Grevgatan war, die er gerade hinter sich hatte. *Grevgatan* – das klang *sehr* gut. Ein Graf – das war er, und von nun an würde er zum *Frälset* gehören, dem höchsten Adelsstand im kriminellen Stockholm. Oder vielmehr der höchsten Kaste des Systems, das er verlassen wollte.

Seine zweite Anwältin kam herein, eine fünfunddreißigjährige Frau namens Josephine. Sie hatte einen Rollwagen voller Akten und Papiere bei sich, trug wie immer einen schicken Anzug, aber unnötig große Ohrringe, die im Licht der Panoramafenster funkelten. Jossan, wie Magnus sie nannte, schob den Wagen mit leichter Hand vor sich her, und das Schönste an ihr war nicht nur, dass sie sich so sicher bewegte, sondern auch, dass sie so verdammt teuer aussah. Isak wusste, dass sie das Gehirn war. Magnus Hassel hatte es nie laut ausgesprochen, aber Isak hatte es sofort gemerkt: Josephine war diejenige, die hier das Denken übernahm.

Sie hatte hier gearbeitet, als vor ein paar Jahren die ganze Kanzlei in die Luft geflogen war. Isak wollte nicht an diese Scheiße denken, aber er wusste, dass Teddy irgendwie damit zu tun hatte. Gleichzeitig war das der Grund, warum er sich gerade diese Kanzlei ausgesucht hatte – er fühlte sich schuldig.

Sie warteten. Alles war für das *signing* vorbereitet, der Käufer und seine Anwälte würden bald eintreffen, ein paar Kleinigkeiten würden überprüft und die Verträge *in due order* unterzeichnet werden, wie Magnus es ausdrückte – er benutzte gerne englische Wörter, um die Dinge schwieriger erscheinen zu lassen, als sie waren, das merkte man.

Josephine redete nur Schwedisch. Wahrscheinlich begriff sie, dass dies ein *schwedisches* Wunder war. Isak hatte heute absichtlich ein T-Shirt angezogen, seine Tätowierung war deutlich zu erkennen, der syrische Adler. Nur weil er die Straße verließ, hieß das nicht, dass er nicht weiterhin wie er selbst aussehen würde.

»Haben Sie irgendwelche Tätowierungen?«, fragte er, als er sah, dass sie den Adler bemerkt hatte.

Josephine zeigte auf ihren Arm. »Zwei Tattoo-Ärmel, um genau zu sein. Haben je sechzig Riesen gekostet.«

Damit hatte er nicht gerechnet, wirklich nicht. Sie lachte. »Das war ein Scherz, Isak.«

Die Tür zum Besprechungsraum öffnete sich, diesmal geräuschvoll. Der Käufer, Kim Barent, unterhielt sich lautstark mit seinen Anwälten, die hinter ihm her tappten.

»Wissen Sie, warum sich Mädchen immer im Gesicht kratzen, wenn sie aufwachen?«, sagte Barent und zwinkerte Josephine zu. »Weil sie keine Eier haben.«

Er lachte laut und brüllend.

Magnus Hassel war der Einzige, der lächelte, und das war gut so, denn jetzt sollte die Stimmung locker und gelöst sein, und es war nicht der Moment, eine Szene zu machen. Isak wusste, dass in der Konferenzküche drei Flaschen Dom Pérignon kühlten.

Sie gaben sich die Hand, und Kim Barent nahm Platz. Der Stahltisch war modern und minimalistisch. Barents Anwälte begannen, die Verträge und Anhänge durchzugehen, aber nicht, um sie genauestens zu prüfen, denn das hatte seine Anwältin in den letzten Nächten schon drei- oder viermal getan. Josephine übersah kein Komma. Es war nur ein Spiel. Wahrscheinlich wollten die Anwälte ein letztes Detail aushandeln, obwohl sie wussten, dass alles geregelt war.

Josephine hatte ihre Lakaien rote und grüne Post-it-Zettel an die Stellen kleben lassen, wo sie unterschreiben sollten. Selbst ein Blinder konnte nicht übersehen, wo der Stift anzusetzen war.

In einer Stunde war Isak *einer, der es geschafft hatte.*

Die Anwälte diskutierten und stritten über Kleinigkeiten.

Kim Barent beugte sich über den Tisch und sprach ihn direkt an. »Ich finde, wir sollten mit einem richtigen Füller unterschreiben.« Er holte ein ledernes Etui hervor und zog einen dicken Füllfederhalter heraus, einen Montblanc mit einem Diamanten an der Spitze, eingefasst in Glas, als wäre er ein winziges Museumsstück oder eine dieser Spielzeugkugeln, die man schüttelt, damit es schneit. Der Diamant funkelte stärker als Josephines Ohrringe.

Plötzlich: eine Hand auf Isaks Schulter. Es war Josephine, die sich vorbeugte.

»Sie müssen mal kurz mit rauskommen.« Ihre Stimme klang unsicher, nicht so selbstbewusst und voller Autorität wie sonst.

»Was?«

»Lassen Sie uns das draußen klären«, flüsterte sie. Ihre hochhackigen Schuhe glänzten.

An den Wänden des Flurs hingen düstere Gemälde. Ein weißer Hintergrund mit breiten schwarzen Linien in dicker Farbe. Ein halbnackter Mann, dessen Gesicht mehrere Profile auf einmal hatte.

»Ihr Sohn hat angerufen«, sagte Josephine.

»Wen, Sie?«

»Ja, gerade eben, er sagt, er kann Sie nicht erreichen. Sie sollen ihn zurückrufen.«

»Worum geht es, hat er etwas gesagt?«

Josephine runzelte die Stirn, sie sah älter aus, als sie war, obwohl sie sich bestimmt an manchen Stellen Botox spritzen ließ. »Nein«, sagte sie. »Er hat nichts gesagt, nur dass es sehr dringend ist.«

»Warum hast du dein Handy ausgeschaltet?«, war der erste Vorwurf, den Max ihm entgegenschleuderte.

»Was ist passiert?«, fragte Isak, der sich nicht streiten wollte, obwohl er und sein Sohn seit Monaten nicht miteinander gesprochen hatten und Max' Ton unverschämt war.

»Sie sind hinter mir her, Papa.«

»Wer?«

»Hol mich einfach«, zischte Max, und jetzt konnte Isak hören, wie er keuchte. »Es wird nichts passieren, wenn ich bei dir bin.«

»Was könnte passieren?«

»Ich habe jetzt keine Zeit … Papa.«

»Max?«

Im Hintergrund war ein Rauschen zu hören, die Stimme des Sohnes verschwand für ein paar Sekunden, dann: »Papa, hol mich vor dem Fittja-Einkaufszentrum ab. Bitte.«

Er erstarrte nicht, das war ein Ausdruck, den sich Leute ausgedacht hatten, die selbst noch keine ernsten Situationen erlebt hatten. Niemand erstarrte, es fühlte sich nie so an. Stattdessen zog sich alles um ihn herum zusammen, die Wände des Korridors neigten sich, die Luft drückte gegen seine Schläfen, das durch das Fenster hereinfallende Licht verursachte ein Schwindelgefühl in ihm. Er fröstelte nicht, er erstickte.

»Ich komme«, brachte er hervor.

»Jetzt?«

»Jetzt.«

Es gab ein Prinzip: Isak fiel nie. Er handelte.

Kim Barents Anwalt entblößte seine Zähne – sie waren amerikanisch weiß. »Dann sind wir uns ja einig. Kommt der feine Füller jetzt zum Einsatz?«

Isaks wichtigster Deal aller Zeiten, die Unterzeichnung aller Verträge würde vielleicht zehn Minuten dauern.

Magnus Hassel hatte Schweißperlen auf der Stirn wie Morgentau, während Josephine vollkommen cool war – sie erinnerte an einen erfahrenen Verbrecher kurz vor einem Raubüberfall.

Kim Barent strahlte, stand auf und beugte sich über die Papiere, bereit zu unterschreiben. Der Deal war perfekt.

»Ich kann jetzt nicht«, sagte Isak.

Kim Barent hob den Kopf. Seine Augen waren grau, nicht grün-blau oder gesprenkelt, sondern einfach grau, und in diesem Moment standen sie aus seinem Gesicht hervor wie Glaskugeln, die in Schlamm getaucht waren.

»Mein Sohn braucht mich«, sagte Isak. »Ich muss gehen.« Barent wollte etwas sagen, aber Isak hörte nicht zu.

Die Blicke brannten in seinem Nacken, als er den Raum verließ.

5
Teddy

Der Taxifahrer behauptete, auf diesem Straßenabschnitt habe die Geschwindigkeitsbegrenzung bei hundertzwanzig gelegen, bis die Idioten in Madrid letzten Monat beschlossen hätten, sie auf achtzig zu senken.

»Ich bin hier geboren und aufgewachsen, ich lasse nicht zu, dass das Festland die Geschwindigkeitsbegrenzung auf Mallorca bestimmt.«

Teddy konnte Madrid verstehen. Die Autobahn oder *la carótida*, wie der Fahrer sie nannte, war alles andere als für hohe Geschwindigkeiten geeignet. Schmale Spuren, scharfe Kurven und Autos, die so nah von hinten heranfuhren, als wollten sie die Arschhaare des Vordermanns studieren. Teddy fluchte innerlich. Geschwindigkeitsbegrenzungen – was war das für ein Müll? Hatten die Jahre mit Emelie aus ihm einen Festlandspanier gemacht?

Die warme Luft strömte durch das heruntergekurbelte Fenster herein, als würde jemand einen Fön auf ihn richten. Die Berge hoben sich von einem Himmel ab, der so unglaublich blau war, als hätte jemand einen Instagram-Filter über die ganze Insel gelegt.

Ihm war übel. Er wusste immer noch nicht, ob er sein Vorhaben wirklich durchziehen konnte. Teddy hatte dieses Leben schon einmal gelebt, es hatte ihm acht Jahre Gefängnis eingebracht. Er war ein Idiot, weil er wieder hier war, weil er es erneut versuchte. Er sollte dem Fahrer sagen, dass er ihn zurück zum Flughafen bringen solle.

Nach der Trennung hatte er sich in seine eigene Welt zurückgezogen und versucht, das bisschen Familienleben zu bewahren, das ihm mit Lucas geblieben war. Auf Nachrichten von seinen alten Freunden Dejan, Loki, Tagg und den anderen hatte er nicht geantwortet. Er zog sich zurück, ging abends und nachts spazieren, fuhr nach Södertälje, Norsborg, Fittja, in seine alten Viertel. Er konnte die Nacht, die Straße nicht komplett sein lassen, er beobachtete den Drogenhandel, die Gruppen, die Verhältnisse.

Emelie hatte Lucas, und wenn sie anrief, sagte er, er trinke ein Bier mit Dejan oder gehe mit den Kampfhunden seines Freundes, The Mauler und Khabib, Gassi. Er war allein, in seiner eigenen Blase. Sie würde ihn nicht verstehen, Bojan und Linda auch nicht. Nur Nikola, denn der war auch da draußen, frei, aber mit ihm wollte Teddy nicht so reden. Er war Nikolas Onkel, kein gleichrangiger Freund.

Er hatte verstanden, dass er seinen eigenen Weg gehen musste. Er wusste diesmal, warum er tat, was er tat. Er handelte langfristig, auf einer ganz anderen Ebene als früher.

Irgendwann würde er mit Lucas nach Mallorca fliegen, nur sie beide. Vielleicht würde Nikola mitkommen. Er war nett zu seinem kleinen Cousin, sie hatten eine natürliche Verbindung, sie fanden sogar dieselben Witze lustig, wirklich. Teddy und Nikola würden in der Sonne sitzen, und Lucas würde am Strand spielen, im Sand buddeln, im Meer planschen – Strände waren magische Orte, sie boten so viel mehr Unterhaltung als zehn Bildschirme. Vor ein paar Jahren waren sie zusammen an einem solchen Ort gewesen, die ganze Familie: Emelie, er selbst, Lucas und dazu Linda und Nikola. Eklundsnäsbadet hieß der Ort. Badeplätze in Schweden waren so weit von Teddys Lebensraum entfernt wie nur möglich, er fühlte sich eher auf einer Zirkusbühne zu Hause als am Strand. Es war nicht so, dass er sich für seinen Körper schämte – er war einer der Fittesten dort –, es war etwas anderes: der Familiensinn. Alle schienen so selbstverständlich mit ihren Familien umzugehen.

Sie hatten nebeneinander auf den Klappstühlen gesessen, die Linda mitgebracht hatte, und Lucas beobachtet. Der Sand, der Steg und der Rettungsring, der an einem Baum hing, die anderen Kinder, eine sehr angenehme Stimmung – vielleicht konnte Teddy es doch genießen. »Weißt du, das ist ein See, das Wasser ist warm. Du kannst mit Lucas schwimmen gehen«, sagte Emelie. »Aber wir haben doch gerade gegessen«, sagte Teddy. Linda schnaubte. »Das ist ein Märchen, Bruder. Nikola, geh mit deinem Onkel und deinem Cousin ins Wasser.«

Teddy und Nikola nahmen Lucas an die Hand und gingen ins kühle Nass.

»Nicht gerade das Mittelmeer, aber wenigstens nicht eiskalt«, sagte Nikola.

»Eis«, rief Lucas.

Nikola lachte und bespritzte seinen Cousin mit Wasser.

Lucas rief »Eiswasser« und begann, Nikola nass zu spritzen. Teddy mochte es nicht, nass zu werden, aber er liebte es, ihnen bei ihrer Wasserschlacht zuzusehen.

Es wurde tiefer, das Wasser reichte Lucas bis zum Bauch, er verzog das Gesicht, schaute aber zugleich neugierig drein. Sie gingen weiter. Das Wasser erreichte seine Brust, Nikola hob seinen Cousin hoch und ging weiter, Teddy blieb dicht bei ihm. Ein Stück weiter knieten sie sich hin, die Kälte umhüllte sein Glied und seinen Bauch. Nikola hielt Lucas, bewegte ihn hin und her, auf und ab, immer darauf bedacht, den Kopf des Kleinen nicht einzutauchen. Dennoch: Lucas' Gesichtsausdruck veränderte sich. Er verwandelte sich in ein Äffchen, das sich mit ängstlichem Blick an Nikola schmiegte und den Hals und die Arme seines großen Cousins mit einer Kraft umklammerte, von der Teddy nicht wusste, dass er sie besaß.

»Soll Papa dich halten?«, fragte er.

»Nein, Nikola ist stark«, sagte Lucas.

Nikola war stark, das stimmte. Er hatte viel durchgemacht. Es war schön, Lucas und seinen Cousin einander so nah zu sehen. Doch eine Familie zu haben.

Die Abfahrt nach Bendinat war so steil, dass Teddy gegen die Beifahrertür gedrückt wurde, oder vielleicht lag es auch nur daran, dass der Taxifahrer darauf bestand, seine mallorquinische Geschwindigkeit nicht zu reduzieren. Gleich hinter der Kurve tauchte ein Tunnel auf, es wurde dunkel um sie herum.

Als das Auto auf der anderen Seite herauskam, bot sich ihm ein unglaublicher Ausblick. Die Farbe des Himmels war so klar, das Blau des Mittelmeers etwas dunkler, und in der Ferne, am Horizont, löste sich der Übergang vom Meer zum Himmel vollkommen auf, es gab keine Grenze mehr dazwischen. So wie in Teddys Leben jetzt.

Er dachte an das letzte Mal, als er auf dieser Insel gewesen war. Tintenfisch und Garnelen mit Knoblauch, Weißbrot in einem Korb in der Mitte des Tisches, dort drüben in Portixol. Eine Flasche Rioja. Emelie ohne Schuhe, ihre Zehen hatten sein Bein unter dem Tisch berührt, die Pflastersteine waren noch warm. Später, im Hotel, wo die Rezeptionistin sie versehentlich im selben Zimmer untergebracht hatte, war sie sehr direkt gewesen. »Bist du noch wach? Dein Bett knarrt. Vielleicht ist es besser, wenn du rüberkommst.« Teddys drei Schritte waren so leicht gewesen, dass er nicht einmal den Teppich unter seinen Füßen gespürt hatte. Ihr warmer Körper neben seinem. Emelies Berührung war das Entspannendste, was er je erlebt hatte. Es war nicht die Nacht, in der sie schwanger wurde, aber es war die Nacht, in der alles begonnen hatte. Emelies Berührung war weder Anfang noch Ende, aber ein Höhepunkt gewesen.

Teddy stand vor der Mauer. Er hatte das Taxi bar bezahlt – der Fahrer hatte sich geweigert, etwas anderes zu akzeptieren, und das spöttische Lächeln der Stewardess wirkte nun wie die ultimative Ironie, wenn man bedachte, dass er auf dem Weg hierher gewesen war.

Die Metalltore und die Thujabäume waren hoch, er konnte nicht einmal das Dach sehen, aber er wusste, dass er sich an der *first line* befand, in der sogenannten ersten Reihe der Häuser, die zum Meer hinausgingen. Ein Haus hier kostete nicht weniger als acht Millionen Euro, hatte Dejan ihm gesagt.

Sie war da. Die Frau, die er treffen sollte.

Das Tor öffnete sich. Die Sonne brannte nicht nur heiß auf seiner Haut, sie erstickte ihn fast. Er musste sich jetzt zusammenreißen – seinen mentalen Entschluss fassen.

Sie kam übertrieben langsam auf ihn zu, ihre Hüften wippten rhythmisch. Er war ihr schon zweimal begegnet: Michaela Mazer-Pavić. Einmal im Vorbeigehen, als er noch aktiv war, vor dem Gefängnis, und einmal hier, aber in einer anderen Villa.

Sie war nicht irgendwer, sie war *Kums* Tochter.

Emilijan Mazer-Pavić alias Vater Em alias Mazern – für alle Eingeweihten damals einfach *Kum* –, der Mann, den Teddy als seinen Paten betrachtete. Damals, Anfang der 2000er Jahre, wusste jeder, wer der Herr im Haus war, anders als heute. Mazers Geschichte: *Srpska dobrovoljačka garda*, Teddy war damals ein kleiner Junge, aber er wusste noch, was passiert war. Emilijan

Mazer-Pavić war einer der führenden Elitesoldaten der Arkan Tigers gewesen, dann der führende Boss in Stockholm. Jetzt leitete seine Tochter Michaela die Geschäfte. Und nicht nur das, Michaela brachte diese auf ein neues Level: internationale Klasse. Man sprach von ihr als *Kim Kardashian der Weißen* oder Königin des Mittelmeers. Dejan nannte sie die neue Patin – *Nova Kuma*. Sie schien das zu haben, was ihrem Vater nie gelungen war: direkte Kontakte zu den Kartellen. Es wurde sogar gemunkelt, dass sie einen Sitz im Vorstand der NCO hatte, obwohl sie weder Italienerin war noch einer der fünf Familien der *Nuova Camorra Organizzata* angehörte.

Teddy machte unwillkürlich zwei Schritte rückwärts. *Hau ab, hau ab, das hier wird verdammt schiefgehen.*

»Willst du weglaufen?«, fragte Michaela.

»Nein, nein, dein Look haut mich nur um«, sagte er.

Ein kurzer Kuss auf die Wange mal drei.

Ihre Sonnenbrille war groß, sah eher aus wie eine Skibrille. An dem goldenen Gestell funkelten Diamanten, und zusammen mit dem riesigen Haus und dem Blick aufs Meer lieferte sie eine klare Botschaft. Die Dinge liefen nicht nur gut, sie liefen *extrem* gut.

Er folgte ihr zum Pool.

Im Schatten der Palmen waren Männer zu sehen, immer mit verschränkten Armen, scheinbar lässig, aber sichtlich angespannt. Bodyguards der professionelleren Art – er wusste nicht einmal, wie viele es waren, aber er sah die Riemen der Holster.

»Teddy, du alter Charmeur. Setz dich, um Himmels willen.« Michaela gestikulierte mit der Hand, und er erkannte das Bewegungsmuster des *Kum* wieder, das gleiche gekrümmte Handgelenk, die gleichen gespreizten Finger.

Der Infinity-Pool gluckste, als wollte er an der Unterhaltung teilnehmen. Ein Mann mit Schnurrbart kam herbei und stellte zwei Gin Tonic und eine Schale mit Oliven ab. Michaelas Haut war glänzend und glatt, ihr Alter war wegen der Gesichtsbehandlung schwer zu bestimmen, aber Teddy wusste, dass sie ungefähr so alt war wie Emelie, ein paar Jahre jünger als er.

»Weißt du noch, wie du das letzte Mal hier warst?«, fragte Michaela. »Mit der Anwältin.«

Teddy nippte an seinem Getränk. Der einsame Eiswürfel ragte wie ein Eisberg aus dem Glas, klar und durchsichtig, wahrscheinlich so durchsichtig wie sein Anliegen hier. Trotzdem musste er mitspielen.

Michaela nahm sich eine Olive. »Sie ist die Mutter deines Sohnes, nicht wahr?«

Teddy nickte.

»Ist sie eine gute Mutter?« Michaela nahm den Kern aus dem Mund und legte ihn direkt auf den Tisch. Der Mitarbeiter hätte eine Schale dafür bereitstellen sollen. »Weißt du«, fuhr sie fort, »das Wichtigste ist, dass die Mutter gut ist. Das hat mein Vater auch immer gesagt. Es ist egal, was man macht, solange man eine gute Mutter hat.«

Teddy fragte sich, ob sie sich über ihn lustig machen wollte. Die Ironie in ihren Worten war offensichtlich – *sie* war *genau* wie ihr Vater geworden.

»Weißt du, was mein Vater auch immer gesagt hat?« Sie knabberte an einer weiteren Olive. »Er hat gesagt, dass es keine Rolle spielt, wie schlau Männer sind oder ob sie sich trauen, Dinge zu tun, die sich sonst niemand traut. Das Einzige, was zählt, ist, dass sie loyal sind.« Diesmal spuckte sie den Olivenkern auf den Boden.

Odanost, Loyalität – sie kannte die alte Sprache natürlich nicht so gut wie ihr Vater, aber Teddy wusste, was sie meinte, und noch besser wusste er, dass er acht Jahre für *Kum* gesessen hatte.

Plötzlich stieg ein flaues Gefühl in seinem Magen auf, fast hätte er vor Schmerz das Gesicht verzogen. Jetzt musste er seine Sorgen loslassen, in die Rolle gleiten.

Michaela stand auf. »Komm mit. Ich dachte, wir machen eine kleine Rundtour.«

Da bemerkte er ihre Füße. Michaela – *Nova Kuma*, wahrscheinlich eine der reichsten Frauen Europas – trug Flip-Flops. Wie ein Strandhippie oder eine einfache Touristin.

Er wusste immer noch nicht, ob er das hier schaffte. Und noch weniger wusste er, ob es überhaupt eine gute Idee war, es zu versuchen.

6
Gabriel

Er trug ein Geheimnis mit sich herum.

Die Richterin wohnte wahrscheinlich in einem wohlhabenden Viertel in der Innenstadt. Diejenigen, die die Gesetze schrieben, lebten in noch wohlhabenderen Vierteln. Die Staatsanwältin Cilla Frank wohnte, wie er zufällig wusste, in Gamla Enskede, an der Grenze zu pathetischem Wohlstand und Rechtschaffenheit. Dasselbe galt für die Anwältin – und die Journalisten, die über alles schrieben. Sie gehörten nicht zum wirklichen Schweden. Sie lebten in der oberen, geschützten Welt. Ihre Gesetze, Regeln und Meinungen basierten nie auf eigenen Erfahrungen.

Gabriel dagegen lebte in Södertälje und arbeitete tief im Dreck. Er hütete sein Geheimnis.

Sie standen an der Kreuzung am Enhörnaleden außerhalb von Ronna, er und André, in Zivil. Die Tanke thronte vor ihnen wie ein Relikt aus den Neunzigern, als die Tankstellen noch OK, Statoil und Uno-X hießen.

André war einer seiner Kollegen in der Aktionsgruppe Acht und hatte wohl alle verfügbaren Schulungen zum Thema digitale Überwachung absolviert. Heimliches Abfangen von Daten über Trojaner. In der Praxis handelte es sich dabei um Textnachrichten, andere Mitteilungen oder Benachrichtigungen, die auf den Mobiltelefonen der Ganoven wie Updates aussahen, beim Anklicken aber geheime Abhörprogramme installierten. Seit 2021 als eine Art verdeckte Zwangsmaßnahme zugelassen – ein Werkzeug, um die Chats der Banden zu entschlüsseln. Ein Geschenk des Himmels, um den Dreck zu beseitigen, der sich angesammelt hatte.

André war ein Technik-Guru, aber für die Analyse war Gabriel zuständig. Er stand in der Befehlskette über André, das Ganze hier geschah auf Gabriels Anweisung, er übernahm die Verantwortung. Das war aus mehreren Gründen wichtig.

»Bald ist Schicht im Schacht«, sagte der Kollege. Niemand benutzte mehr klischeehafte Junggesellenausdrücke als André. Gabriel mochte ihn, den achtundzwanzigjährigen Polizeikommissar, das jüngste Mitglied der Aktionsgruppe Acht. André stellte härtere Methoden nicht in Frage, er hatte verstanden, dass sie nicht auf die Erlaubnis einer weltfremden Richterin warten konnten, wenn sie diesen Krieg gewinnen wollten.

»Der Krug geht so oft zum Brunnen, bis er bricht«, sagte er, ohne dass Gabriel wirklich verstand, worauf er damit anspielte.

Die Fassaden der weiter entfernten Häuser entlang der Robert-Anberg-Gatan verrieten nichts. Sie waren nicht gebaut worden, um dem Einzelnen das Gefühl zu geben, etwas Besonderes zu sein: Sie waren gebaut worden, um zu zeigen, dass in Schweden alle gleich waren, in Schweden sollte niemand sich für etwas Besseres halten.

Gabriels Geheimnis lastete schwer auf ihm, er war ein *besonderer* Polizist. Am Ende ging es nur darum, Gewalt zu bekämpfen. Deshalb setzten er und André sich über die Entscheidung des Bezirksgerichts hinweg. Sie wollten Kerim Celali und seine Jungs präventiv abhören, obwohl das Gericht das nicht erlaubt hatte. Sie hatten vereinbart, mit ihren Kollegen nicht darüber zu sprechen, vor allem nicht mit Cilla Frank. Sie würden die Informationen, die sie bekämen, dafür nutzen, um die Bande zu zerschlagen. Der Zweck war gut, das war das Wichtigste.

Die Autos fuhren vorbei, die meisten zu schnell, aber das war egal. Gabriel und André wussten, welche Art von Wagen sie stoppen mussten.

Die Luft war angenehm. Bald war der Sommer vorbei. Ab morgen würden Schule und Routine wieder alles beherrschen. Er dachte an die Beurteilungsgespräche, zu denen er am Ende des Schuljahres gerufen worden war. Früher nannte man sie *Viertel*, wohl um zu betonen, dass sie kurz sein sollten, höchstens fünfzehn Minuten. Inzwischen fanden sie gar nicht mehr statt, nur in Krisenfällen. Almas sogenannte Mentorin, eine Schwedisch- und Englischlehrerin namens Zeinab, meinte, es sei mehr als eine Krise. »Denn die Sache ist die, Alma«, wandte sie sich direkt an Alma, »dass du kaum in die Schule kommst, und wenn, dann sitzt du ganz hinten im Klassenzimmer mit deinem Handy auf dem Schoß, die Kopfhörer unter deinen Haaren versteckt, und hörst nicht zu, was ich oder ein anderer Lehrer sagt. Du bist nicht da, auch wenn du da bist.«

Seine sechzehnjährige Tochter saß mit gesenktem Kopf neben ihm.

Gabriel blickte zu Zeinab: grüne Lehreraugen, furchtlos, wachsam und etwas anderes, das er nicht verstand. Sie musste schon viel Schlimmeres durchgemacht haben.

Er hatte im Frühjahr mehrere E-Mails über die Probleme erhalten, er hatte versucht, mit Alma zu sprechen, aber erst kurz vor Ferienbeginn wurde ihm das ganze Ausmaß bewusst. Sie durfte sich nicht alles kaputt machen.

»Sie können Almas Anwesenheit in der App sehen«, sagte Zeinab. »Sie können ihre Noten auf der Schulplattform verfolgen. Wir schicken ihr für jeden Test Lernaufgaben per Mail, aber ich glaube nicht, dass Alma viel lernt.« Pause. »Vielleicht sollten Sie Hilfe hinzuziehen.«

Alma zuckte mit den Schultern, zum ersten Mal in diesem Gespräch schien sie zuzuhören. »Mein Vater braucht keine Hilfe.«

Zeinab beugte sich über den Tisch, sie roch genauso wie Almas Mutter Erika, er war sicher, es war Eros von Versace, und ihr Tonfall war derselbe, engagiert, selbst die schwarzen Haare, die ihr über die Ohren fielen, erinnerten ihn an Erika. »Wenn es unangenehm ist, zu einem Fremden zu gehen«, sagte sie, »können Sie vielleicht einen Verwandten oder Freund um Hilfe bitten. Ich glaube, Alma braucht jetzt eine Kraftanstrengung.«

Alma schob ihren Stuhl zurück und stand auf. »Ich weiß nicht, wovon Sie reden.«

»Ich will dir doch nur helfen.«

»Mein Vater kann auf sich selbst aufpassen. Und ich brauche keine Hilfe.« Sie drehte sich zu Gabriel um und suchte seine Zustimmung.

»Ich komme gleich«, sagte er.

Alma stapfte hinaus. Er hoffte, dass sie die Tür nicht zuschlagen würde, aber sie tat es.

Zeinab strich sich das Haar zurück, ihre Fingernägel waren lackiert, und die Selbstverständlichkeit, mit der sie vorschlug, Hilfe zu suchen, gab ihm das Gefühl, mit ihr reden zu müssen.

Die Probleme waren ja nicht neu. Ihm wurde klar, dass er sie verdrängt hatte, dass er sich nach Erika gesehnt hatte, aber nie ausgesprochen hatte, was er ihr jetzt sagen würde, nicht einmal gegenüber sich selbst. »Ich weiß nicht, ob ich das alles schaffe«, sagte er. »Und ich habe keine Verwandten oder Freunde, die mir helfen könnten. Almas Mutter ist tot.«

»Das tut mir leid. Vielleicht haben Sie einen Kollegen oder eine Kollegin?«

»Mit meinen Kollegen bin ich nicht so eng.«

Zeinabs Augen waren wie Kryptonit. Gabriel fühlte sich schwach, durchsichtig, weit offen.

»Ich bin ziemlich einsam«, sagte er.

»Sie haben doch Alma.«

»Alma macht, was sie will. Manchmal weiß ich nicht einmal, wo sie schläft.« Er war ein Polizist, den viele für einen der härtesten hielten, aber er konnte nicht auf seine eigene Tochter aufpassen. Er hoffte, dass man nicht sehen konnte, wie sehr er sich schämte.

Zeinab blinzelte nicht. »Die Schule kann eine spezielle Kontaktperson benennen. Vielleicht kann ich in diesem Fall Ihre und Almas Unterstützung sein? Was meinen Sie?«

Gabriel schluckte.

»Wenn Sie einverstanden sind, werde ich mich einmal die Woche bei Ihnen melden, um zu sehen, wie es Alma geht, und genauso oft werde ich mit ihr in der Schule sprechen und unsere Gespräche fortsetzen. Aber natürlich erst nach den Sommerferien.«

Die Haarsträhnen. Die ernste Stimme. Der Duft: Versace Eros, aber er war sich nicht mehr sicher.

Was hielt er davon? Was würde Alma davon halten?

Er nickte. Er wollte die Hilfe dieser Frau.

Ein BMW M-Modell rollte heran, zehn Jahre alt. Es war ein sogenanntes Profilauto: BMWs, Audis und Benz der feineren Art, aber in die Jahre gekommen. Das Lieblingsfahrzeug der Ganoven: Autos ohne 360-Grad-Ansicht im Display, aber mit 560 PS unter der Haube – in dreißig Prozent der Fälle fanden er und seine Kollegen in einem solchen Wagen einen Verdächtigen oder Gesuchten. In fünf Prozent der Fälle fanden sie scharfe Waffen. Gabriel tastete nach seiner Dienstwaffe im Holster unter seiner Jacke. Er winkte den Wagen heraus.

Wie war es so weit gekommen? Dass ein Polizist nach seiner Waffe greifen musste, sobald er ein Auto anhalten wollte. Was war mit diesen Menschen los, was hatten sie in sich, das sie *nicht* vom Töten abhielt? Vielleicht war es Teil der menschlichen Natur, seine Mitmenschen töten zu können, vielleicht war es Teil der steinzeitlichen DNA, aber die große Mehrheit schreckte immer noch vor exzessiver Gewalt zurück, die Mehrheit kam nie auch nur in die Nähe, jemand anderem ernsthaft zu schaden. Das war in allen Gesellschaften und Religionen so: Man konnte, aber man *tat* es nicht. Doch etwas in diesen Kerlen, diesen »Brüdern«, durchbrach diese menschliche Barriere, diese instinktive Abneigung gegen Gewalt, verwischte die Grenzen und ersetzte sie durch etwas anderes. Im IS-Kalifat hatte das Regelwerk verlangt, dass das Gewissen abgeschafft und durch ein neues Gesetz ersetzt wurde: *Ihr sollt töten.* Dasselbe schien in der russischen Armee passiert zu sein. Ganze Gesellschaftssysteme waren darauf aufgebaut, den inneren Widerstand eines jeden Menschen gegen das Töten eines anderen in sein genaues Gegenteil zu verwandeln. Und etwas Ähnliches war nun hier, in den Vororten Stockholms, in den Gangs geschehen. Es hatte nichts mit Geld oder Drogenhandel zu tun, wie viele Politiker glauben machen wollten. Keiner der Morde stand in direktem Zusammenhang mit solchen geschäftlichen Überlegungen. Stattdessen waren die Individuen zu Objekten geworden, zu Schachfiguren auf einem Brett. Etwas in den »Brüdern« war kollabiert und eine andere Version ihrer selbst an ihre Stelle getreten. Eine Distanz zur Welt war entstanden, ein Qualitätsunterschied, sie fühlten sich wie Götter. Vielleicht waren sie deshalb bereit, sich für ihre Ehre oder ihren Platz zu opfern, denn Götter stehen über dem Tod. Aber etwas musste in ihnen gestorben sein, bevor sie sich entschlossen hatten, andere zu töten. Sie empfanden keine Reue, keine

Scham, weil der Mensch in ihnen nicht mehr existierte; in dem Augenblick, in dem sie den Thron des Gottes bestiegen, war der Mensch in ihnen gestorben.

Einige kämpften darum, diese Menschlichkeit wiederzuerlangen, aber das war nicht die Aufgabe der Polizei, das war nicht Gabriels Spiel. Wenn es sich um Menschen handelte, die sich bereits wie Tote verhielten, konnte er sie auch als solche behandeln.

Der Wagen hielt an. Der Motor lief, die Scheinwerfer waren noch eingeschaltet. Er trat an die Fahrertür und hielt seinen Ausweis hoch.

»Steigen Sie bitte aus.«

Der Fahrer sah keinen Tag älter als zwanzig aus. »Wir haben nichts getan.«

»Okay, aber steigen Sie trotzdem aus. Ich will nur den Führerschein kontrollieren.«

Der Junge öffnete langsam die Tür und stellte sich auf den Bürgersteig. Die vorbeifahrenden Autos bremsten ab, die Leute schauten aus den Fenstern. Das war heikel: Wenn Gabriel zu weit ging, konnte die Situation eskalieren, heutzutage konnte alles als Provokation aufgefasst werden – was zu wahnsinnigen Angriffen auf die Einsatzkräfte führen konnte.

Er schaute in den Wagen. »Könnten Sie da hinten bitte auch aussteigen?« Er sprach höflich, wich aber nicht mit dem Blick aus.

Ein Typ mit dunklen Locken stieg aus: dünne Weste, enge Adidas-Hose, Adidas NMDs an den Füßen, eine Gucci-Minitasche vor der Brust. Immer das Gleiche: ultraleichte Laufschuhe mit verstärkten Sohlen und Mesh. Profilauto plus Jogginghose plus Gucci-Accessoires – Mütze, Gürtel und Bling-Bling-Tasche – plus Aggro-Attitüde. Die Rechnung war einfacher als eins plus eins. Außerdem kannte er den Beifahrer von den Bildern aus dem Fahndungsregister: ein Schwergewicht, einer von denen, die er suchte.

»Zeigen Sie mal.« Gabriel griff nach seinem Arm. Es war ihm nicht entgangen: Der Idiot trug eine roségoldene Rolex Day-Date. Neu mit Beleg kostete das Teil mindestens dreihunderttausend Kronen.

»Wie heißen Sie?«

Der Typ murmelte etwas. »Ali.« Eine wahrheitsgemäße Antwort, Gabriel wusste, dass er Ali Zwei genannt wurde, sein richtiger Name war Ali Abdulrahman, irgendwo zwischen zwanzig und fünfundzwanzig, seit einigen Jahren ein Kapitän in Celalis Netzwerk. Sein Vorstrafenregister war wahrscheinlich ziemlich dünn, aber die Liste der Verdächtigungen war etwa zehnmal so lang. So war es in der Regel, wenn sich niemand traute, als Zeuge auszusagen.

Der Fahrer fuchtelte in der Luft herum. »Was zum Teufel ist Ihr Problem, wir haben nichts getan. Durchsuchen Sie den Wagen, wenn Sie wollen. Sie werden nichts finden.«

»Euer Auto interessiert mich nicht«, sagte Gabriel und ließ Alis Arm nicht los. »Mich interessiert die Uhr.«

André hatte bereits begonnen, im Computer zu recherchieren, das wusste er.

Der Fahrer wippte von einem Fuß auf den anderen. »Lass uns in Ruhe, *chansir.*«

Gabriel riss die Sig Sauer aus dem Holster. Die Augen des Fahrers blitzten auf.

Gabriel drückte dem Jungen die Dienstwaffe an den Bauch. »Ich verstehe diese Art von Sprache.«

Ali Zwei verzog das Gesicht. War sein Auge feucht?

André nickte im Hintergrund. Gabriel wusste, was das zu bedeuten hatte. »Sie werden der Geldwäsche verdächtigt«, sagte er zu Ali. »Wir haben gerade das Register gecheckt. Sie haben nie auch nur einen Cent Ihres Einkommens versteuert, und trotzdem stehen Sie hier mit einer Uhr im Wert von Hunderttausenden von Kronen.«

Das war eine der neuen Methoden, die die Aktionsgruppe Acht anwandte, wenn es wirklich keinen Verdacht gab. Stattdessen fabrizierten sie sozusagen einen Verdacht auf Geldwäschedelikte.

Alis Gesicht war grau wie ein Regenwurm, sein Blick flackerte, er bewegte sich wie ein Anfänger, sein Verhalten war noch nicht routiniert lässig. Aber dann veränderte sich sein Ausdruck. Er sprach langsamer, deutlicher. »Fick dich.«

»Was hast du gesagt?«

»Du hast es gehört.«

Gabriel hielt immer noch seine Dienstwaffe in der Hand. »Gib mir die Uhr«, sagte er.

Die Rolex funkelte in der Abendsonne. Ali Zwei reckte das Kinn in die Höhe, die Nase in die Luft, als hätte er Nasenbluten.

»Mach kein Theater«, sagte Gabriel ruhig.

Dann geschah es: Ali riss sich los und rannte weg.

Verdammt, wie nervig.

Der Kerl war schnell, aber Gabriel war es auch, zumal er das schon einmal erlebt hatte. Er wusste, dass die ersten hundert Meter entscheidend waren, dass Ali Zwei vielleicht Energie sparen würde, um die Distanz zu überstehen – während Gabriel alles gab. Er musste den Kerl nur zum Stolpern bringen, dann war es geschafft.

Über den Graben. Über den Parkplatz. In die Bäume. Es reichte – Gabriel schnappte sich die Tasche des Kerls, drehte sich einmal halb. Jon Jones war eine Schnecke dagegen. Ali schlug um sich, trat – jetzt auch noch *Widerstand gegen die Staatsgewalt* –, aber das machte nichts, keiner der Schläge war hart, Gabriel schützte nur seinen Kopf und fing alles mit der Schutzweste ab.

Innerhalb von zehn Sekunden waren dem Typen die Handschellen angelegt.

»Verdammter Idiot«, schrie Ali Zwei.

»Schon gut, ganz ruhig.« Gabriel war nicht einmal außer Atem.

»Die Uhr habe ich von Kerim Celali bekommen. Weißt du, wer das ist?«

André holte sie ein. Gabriel merkte, dass er erstarrt war.

Die Gedanken überschlugen sich, rauschten durch sein Gehirn, aber nichts passierte.

Gabriels Geheimnis: Er war ein besonderer Polizist mit besonderen Methoden.

»Okay, Ali.« Er atmete langsam. »Steh auf.«

Mühsam und keuchend erhob sich der Kerl. Die Arme hinter dem Rücken gefesselt.

Gabriel spürte, wie André die Szene analysierte.

»Ich werde keine große Sache daraus machen«, sagte Gabriel. »Ich kann dich gehen lassen, die Handschellen lösen, aber vorher will ich etwas von dir.«

»Was?«

»Deine Telefonnummer.«

»Verpiss dich.«

Gabriel zog an den gefesselten Armen. Ali schrie vor Schmerz auf.

»Ich sagte: deine Telefonnummer.«

Ali nickte und ratterte ein paar Zahlen herunter. Er benahm sich wie ein echter Anfänger.

Gabriel löste die Handschellen.

Sie gingen zurück zum BMW. Ali ging neben ihm her, die

Hände in den Hosentaschen. Bevor er einstieg, drehte er sich zu Gabriel um. »Du kannst auch diese Nummer nehmen.« Die Stimme des Jungen klang mechanisch, als er eine weitere Zahlenreihe herunterbetete, dann zeigte er seine Zähne. »Du *Schwanzlutscher.*«

Gabriel trat einen Schritt vor, um ihn zu packen, den kleinen Bastard, aber er überlegte es sich anders. Es reichte.

Ali und sein Freund fuhren davon. Die Autoreifen auf der Straße klangen wie das Rauschen von Blut in einer breiten Arterie. Gabriel drehte sich zu André um. »Man kann nicht immer Glück haben.«

»Warum hast du ihn gehen lassen?«

»Ich habe seine Nummer.«

»Jetzt mach mal halblang. Glaubst du, er hat dir seine richtige Nummer gegeben?«

»Nein, die erste nicht. Aber die zweite könnte echt sein. Damit können wir machen, was wir vorhaben.«

»Warum sollte er uns eine echte Nummer geben?«

»Vielleicht will er, dass wir zuhören.«

Sie hatten bekommen, wofür sie gekommen waren: eine Nummer, über die sie Trojaner einschleusen konnten. Sie wollten niemanden verhaften, sondern nur dafür sorgen, dass André die kleinen Programme unterbringen konnte, die hören, lauschen, kopieren und entschlüsseln konnten. Und auch wenn Ali Zwei sich für schlau hielt, konnte das Spionageprogramm sicher etwas Nützliches herausfinden.

»Wir hätten sie verhaften sollen«, sagte André. »Er hat dich einen S-Lutscher genannt. Das hat dem Fass den Boden rausgehauen, wenn du mich fragst.«

Gabriel hielt sein Handy hoch. »Ich liebe deine Sprüche, aber jetzt muss ich telefonieren.«

Im Schatten der Linden, hinter der Tankstelle. Außer Hörweite. Er hatte zwei Telefone. Beide verschlüsselt. Natürlich kein Encro oder Anom. Das eine war ein Ghost, die Server standen in Dubai, wo kein verdammter heuchlerischer Rechtsstaat darauf zugreifen konnte, und das andere war ein HushX – der Punkt war, dass er das Netz des einen benutzte, aber die Chat-App war auf dem anderen. Es war seine eigene private doppelte Sicherheitslösung. Eines der Telefone konnte kompromittiert werden, aber das Risiko, dass beide überwacht wurden, war weniger als minimal. Außerdem war er der Experte: Er wusste, welche Telefone zu knacken waren und welche nicht. Solange die Franzosen oder die Amerikaner sich nicht einmischten.

»Ich bin es«, sagte er.

»Das höre ich.«

»Nur damit du es weißt. Ich hoffe, wir können jetzt mit Ali Zwei anfangen.«

»Bruder, so etwas musst du mir vorher sagen.«

»Das tue ich ja gerade. Wir haben ihn eben angehalten, aber ich habe ihn laufen lassen.«

»Du kannst mich mal mit deinem *laufen lassen.* Du musst es mir vorher sagen, Bruder, wenn ihr jemanden abhört. Heute wird Isak Nimrod alles übergeben, jetzt habe ich bald den größten Schwanz hier.«

»Rede nicht so mit mir. Es wäre angebrachter, wenn du dich bedanken würdest.«

»Wofür?«

»Dass wir diese Abhörung trotz Gerichtsbeschluss durchführen.«

»Genau, mein Freund, Bruder. Mein Schwanz wird herrschen.«

»Du hast Tourette.«

»Das haben mir die Behördenschlampen, Lehrer und mein Imam mein ganzes Leben lang erzählt. Glaubst du, das interessiert mich?«

Gabriel sah zu André hinüber, der neben dem Wagen stand und an einer Zigarette zog. »Wir müssen uns treffen.«

»Sag jetzt, was du zu sagen hast.«

»Nein. Wir müssen uns treffen und besprechen, wie das mit dem Abhören funktioniert. Außerdem schuldest du mir noch was.«

»Du kannst gern meinen Schw…, *sorry*. Ist gut, Mann. Schon okay, Bruder. Wir können uns heute Nacht treffen. Ich kümmere mich darum.«

Zurück zu André.

»Alles klar an der Heimatfront?«

Gabriel seufzte laut. »Kleine Kinder, kleine Probleme, große Kinder, große Probleme.«

André gluckste. »Ist Alma schon so alt?«

»Auf jeden Fall, sie ist schon lange ein Teenager, aber jetzt ist sie ein *Riesen*teenager.«

»Ist das stressig?«

André hatte keinen blassen Schimmer. Gabriel war so gestresst, dass er kurz vor dem Zusammenbruch stand, obwohl Alma nicht die Ursache war. Sein wirkliches Geheimnis waren nicht seine Arbeitsmethoden, die Irrungen seiner Tochter oder die Missachtung von Gerichtsbeschlüssen. Es war, wer er war – oder besser gesagt, was er tat.

Es gab Gründe: Stockholm hatte sich verändert.

7
Josephine

Brasserie Astoria in der Nybrogatan – über 550 Stunden hatte es angeblich gedauert und über sechs Millionen gekostet, nur um die Treppe zum ersten Stock mit Mahagoni zu verkleiden.

»Es wäre schön, so etwas zu Hause zu haben«, fand Josephine.

Die Einrichtung war genau richtig, und man fühlte sich wohl. Vor allem aber stimmten die Leute. Die Brasserie Astoria hatte sogar Türsteher vor dem Eingang, die regelmäßig Leute abwiesen. In Nachtclubs und Bars war das üblich, aber Josephine hatte noch nie gesehen, dass ein normales Stockholmer Restaurant Türsteher hatte. Vielleicht gehörte das heutzutage zum Geschäft: Wenn man wollte, dass sich die Gäste willkommen fühlten, musste man ihnen das Gefühl geben, exklusiv und ausgewählt zu sein, und dann musste man einige von ihnen ausschließen.

Josephine saß auf derselben Seite wie Peder, ihr Freund und Lebensgefährte. Gegenüber saßen Fredrika und ihr Mann, Conrad-Christoph von Königsmarck. Fredrika war eine alte Freundin von Peder, und inzwischen waren sowohl sie als auch Conrad-Christoph manchmal Mandanten von Jossan.

Um in diesem Restaurant einen Tisch zu reservieren, vor allem im VIP-Bereich Lilla A, mussten sich Normalsterbliche drei Monate gedulden. »Aber für *special people* wie uns haben sie immer Plätze frei«, meinte Fredrika ohne Ironie. Ihr alter Herr stand auf der Liste der schwedischen Dollarmilliardäre, und das schon seit den Neunzigern, als Schweden noch von den Sozis regiert wurde und es nur ein Dutzend wirklich herrlich reicher Leute gab.

»Der Rest lebte in Monaco, der Schweiz und Brüssel«, wie Peder zu sagen pflegte. »Aber jetzt haben sie nicht nur die Vermögenssteuer abgeschafft, sondern auch die Körperschaftssteuer auf zwanzig Prozent gesenkt, da könnte sogar ich mir vorstellen, weiter hier zu leben, sobald ich meinen Exit gemacht habe.«

Sein *Exit* – Josephine hatte viel Spaß mit Peder, aber er sprach eindeutig zu oft von seinem Exit. Jetzt erwiderte sie genervt: »Es geht nicht nur um den Prozentsatz, Schatz. Es geht auch um die Absetzbarkeit.«

Peder lächelte sie mit seinem Haifischlächeln an – wahrscheinlich in erster Linie, um Fredrika zu beeindrucken. »Ich liebe es, wenn du so redest, meine süße kleine Anwältin, aber ich setze ab, was ich will.«

Fredrika kicherte unerwartet laut, und Josephine fragte sich, ob das ein Flirt war. Warum sonst lachte sie so künstlich? Hatten Peder und Fredrika etwas miteinander? Fredrika hatte vor weniger als vier Monaten ihr zweites Kind geboren.

Conrad-Christoph sah wie immer aus, als verstünde er nicht einmal zwanzig Prozent von dem, was gesagt wurde. Er war ein Schweizer Graf, hatte die feinsten internationalen Privatschulen besucht und Zeit mit der echten Jetset-Elite verbracht, mit Prinzen, Prinzessinnen, Oligarchenkindern und Scheichs, aber er schien weniger Sprachgefühl zu haben als ein Hamster. Er war wichtig für Fredrika: Sie musste entweder jemanden heiraten, der reicher war als ihr Vater – und davon gab es in Schweden nicht viele –, oder jemanden von königlicher Abstammung. Letzteres war es geworden.

Der Nachmittag bei Nya Leijon war chaotisch gewesen. Der Mandant, ein zwielichtiger Typ namens Isak Nimrod, hatte in letzter Minute einen Deal gecancelt, obwohl sie sich mit dem Käufer, Kim Barent, in jedem Punkt geeinigt hatten und die Verträge unterschriftsreif waren. Nimrod war aus heiterem Himmel einfach abgehauen. Josephine und ihr Chef Magnus Hassel mussten daraufhin über zwei Stunden lang Therapeut für den Käufer spielen. Nicht nur, dass Barent durch Nimrods Verhalten fast einen Herzinfarkt erlitten hatte, er drohte auch, die ganze Firma zu verklagen, wenn der Deal platzte. Seine Anwälte hatten gekreischt wie irre Möwen – aber sie kamen aus einer beschissenen kleinen Kanzlei in Västerås, weder Magnus noch Josephine juckte, was sie zu sagen hatten.

Es ging um ein Immobilienportfolio in Södertälje und Umgebung in einem Umfang von etwa zwanzigtausend Quadratmetern. Ein eher kleiner Deal, zweihundert Millionen Kronen ungefähr, aber für den Mandanten extrem wichtig. Sie konnte wirklich nicht verstehen, warum Isak Nimrod das Ganze abgeblasen hatte. Es hatte mit seinem Sohn zu tun, das wusste sie, aber so etwas hätte warten können.

Zwei Gläser Cognac und eine Portion Snus.

Der Geschmack der Mischung aus Snus und Cognac war angenehm, wie nach einem Saunagang. Der Körper hatte das Schlimmste überstanden, war entspannt. Eine Weile schaute und hörte sie nur zu. Die Gesprächsthemen waren die üblichen: Sollte man auf Mallorca oder in Marbella kaufen, das Chalet in Verbier oder in Zermatt, eine eigene Schäreninsel oder am Strandvägen in Torekov? Peder tat wie immer sein Bestes, um mitzuhalten, seine Firma ScreenKit lief gut. Josephine könnte ihren Beruf als Anwältin jederzeit aufgeben, das Einkommen reichte, um eine Wohnung in Marbella zu kaufen, es reichte für einen eigenen Padelplatz neben ihrem Sommerhaus. Und es reichte auch für das Liebesarmband, das er ihr geschenkt hatte, nicht das übliche lahme Goldarmband, das alle trugen, sondern eines mit zehn Steinen. Fredrika hatte sogar drei Liebesarmbänder an einem Handgelenk, und alle drei waren rundum mit Diamanten besetzt. »Wenn ich meinen Exit mache, kaufen wir das Nachbargrundstück auf dem Land, habe ich mir gedacht«, sagte Peder. Davon redete er schon seit einem Jahr, *»das Nachbargrundstück auf dem Land …«*

Ja, Peder war ein Schnösel, das ließ sich nicht leugnen. Trotzdem hielt Josephine an ihm fest, und als sie zu analysieren versuchte, warum, fand sie zwei Antworten. Erstens: Sie war keine Drückebergerin, sie hatte sich für Peder entschieden, er und sie waren ein Team. Auch wenn seine übertriebene Oberflächlichkeit anstrengend sein konnte – und dabei liebte auch sie *la dolce vita* –, er gehörte *ihr*. Sie war keine, die losließ, sie war nicht dazu erzogen worden, Abmachungen zu brechen. Und dann gab es noch einen anderen Grund, der, kurz gesagt, darin bestand, dass sie sich bei ihm wohl fühlte. Mit niemand anderem lachte sie so viel, keiner brachte sie so sehr zum Schmunzeln. Wenn Peder morgens kam, die Haare hochgesteckt, den Bademantel um den Bauch gebunden, und ihr Kosenamen gab: »Jossipussi«, »Josefideline« oder »Josephinastisch«, wenn er ihr den Rücken massierte, während er ihr erzählte, wie er bei einem Freund eine Ritterrüstung gefunden hatte, die er angezogen hatte und darin betrunken durch die Altstadt gewankt war, um die hohe Garde zu einem »Ritterturnier« herauszufordern. Wenn er die nasale Stimme seines eigenen Vaters oder die Diphthonge von Conrad-Christoph mit unerwarteten Einfällen imitierte. Kurzum, Peder war der lustigste Mensch, den sie je getroffen hatte, er brachte sie zum Lachen.

Sie musterte Conrad-Christoph. Er war nicht sonderlich lustig. Das einzige Haar, das der Graf an seinem Kopf hatte, war ein kleines dreieckiges Bärtchen unter der Unterlippe. Peder pflegte zu sagen, dass das leider überflüssig sei. Fredrika umsorgte ihn, so gut sie konnte, gab sie zu, ließ Schneider aus Mailand kommen und schickte ihn mit *personal shopper* nach Paris. »Trotzdem sieht er aus wie ein sechzigjähriger Dreißigjähriger«, hatte Peder neulich gemeint, als er mit Josephine über den Grafen gescherzt hatte.

Fredrika winkte die Bedienung herbei und bestellte eine Flasche Barbaresco.

»Und dann teilen wir uns immer die Rechnung«, würde sich Peder später zu Hause beschweren. Sie konnten nur gute Miene zu diesem Spiel machen, aber es wäre schön gewesen, wenn Fredrika wenigstens einmal die Getränke hätte bezahlen können. Schließlich war sie im Moment sicher die reichste Person im Restaurant.

Josephine beteiligte sich am Gespräch: Jetzt ging es um Training. »Also, ich finde es so ärgerlich, wenn man zwölfhundert Kronen die Stunde für einen Personal Trainer bezahlt, der die ganze Zeit nur herumsteht und redet.«

Jemand verpasste ihr unter dem Tisch einen Tritt. Peder.

Fredrika lächelte, während Josephine ihren Fehler bemerkte: Fredrika und der Graf hatten zu Hause ein eigenes Fitnessstudio mit einem eigenen Trainer. Übrigens nicht nur zu Hause, sondern auch in ihrem Sommerhaus und in ihrem Haus auf Mallorca. Sogar auf ihrer Yacht hatten sie ihren eigenen Trainer.

Sie verstand, warum Peder ihr einen Tritt verpasst hatte, aber jetzt war es zu spät. Sie war peinlich, besaß keine Klasse.

»Ach«, sagte Peder dann. »Als Fredrika und ich noch zusammen zur Schule gingen, war ich ihr Personal Trainer. Komplett umsonst.«

Sie lachten. Peder hatte sie ein bisschen gerettet, aber trotzdem: Er hatte verdammt nochmal was mit Fredrika. Konnte das sein?

Das Abendessen neigte sich dem Ende zu. Conrad hatte gerade sein Dessert aufgegessen: die warme Schokoladentorte mit tahitianischem Vanilleeis, leicht geschlagener französischer Sahne und Bourbon, der dreihundert Kronen kostete.

Jossan selbst verzichtete sowohl auf die Nachspeise als auch auf den Dessertschnaps. Über viele Jahre hinweg hatte sie eine App gehabt, die ihre Kalorienzufuhr maß. Die brauchte sie nicht mehr, denn jetzt wusste sie genau, wie viel Energie in den verschiedenen Lebensmitteln steckte, und noch genauer, wo ihr Tageslimit lag. Sie hatte es schon mitten im Hauptgang erreicht, morgen würde sie sich einschränken müssen. Außerdem würde das hier eine Stange Geld kosten.

Fredrika winkte dem Ober zu. »Die Rechnung, bitte.«

Zehn Sekunden später stand ein kleines Kästchen auf dem Tisch. Es war offensichtlich, dass es die Quittung enthielt, die ihnen verraten würde, was der ganze Spaß kostete.

Niemand rührte sich.

Niemand streckte die Hand aus, um das Kästchen zu öffnen.

Normalerweise bezahlten sie abwechselnd, und das letzte Mal, als sie ausgegangen waren, hatte Fredrika alles bezahlt. Doch da hatten sie nur ein paar Drinks auf der Außenterrasse des Sturehofs gehabt.

Trotzdem war implizit klar, dass Josephine oder Peder heute die Rechnung übernehmen würden.

Conrads Dessertteller stand leer vor ihm.

Peder nestelte unter dem Tisch herum.

Eine Nachricht brachte ihr Handy zum Vibrieren, sie war von Peder. *Wir müssen die Rechnung übernehmen, aber ich habe meine Karte vergessen. Kannst du bezahlen?*

Wie konnte er seine Karte vergessen haben? Das war ihm noch nie passiert.

Was sollte sie jetzt tun?

Sie hatte das Gefühl, dass das Stimmengewirr im Hintergrund immer lauter wurde.

Schließlich beugte sie sich vor, achtete darauf, entspannt zu wirken, zog das Kästchen zu sich heran und warf einen lässigen Blick auf die Rechnung.

ZUR HÖLLE – es waren fast vierzigtausend Kronen. Was für einen Wein hatte Fredrika eigentlich bestellt?

Das war krank.

Peder wandte demonstrativ den Blick ab. Das war *ihre* Sache, darüber mussten sie später reden. Josephine wusste nicht einmal, ob ihre private Karte so hohe Zahlungen zuließ, es sei denn, sie rief die Bank an und warnte sie vor.

Peder unterhielt sich nun mit Fredrika und Conrad-Christoph.

Es war unmöglich, Fredrika zu bitten, die Rechnung zu begleichen, das gehörte sich einfach nicht, aber es wäre noch peinlicher, wenn die Karte nicht funktionierte.

Sie hatte eine Idee und kramte in ihrer Handtasche.

Sie musste die Kreditkarte der Kanzlei benutzen, es gab keine andere Möglichkeit. Sie würde später erklären müssen, was passiert war. Hauptsache, sie und Peder gerieten jetzt nicht in Verlegenheit.

Wenn sie hier raus waren, würde sie vielleicht ohnehin in der Kanzlei vorbeischauen müssen. Sie hatte vor, ihren Mandanten Nimrod anzurufen, obwohl es schon spät war. Vielleicht ließ sich das Geschäft noch abwickeln. Wenn er sich zusammenriss.

8
Teddy

Die Sonne ging hier früher unter als in Schweden, die Hitze jedoch blieb. Es war zehn Uhr und immer noch über zwanzig Grad warm. Es war ein gutes Fleckchen Erde, vielleicht würde er hierher ziehen, wenn er so weit war. Aber wie sollte er Lucas mitnehmen, wenn Emelie ihn kaum jedes zweite Wochenende mit ihm verbringen ließ?

Auf der Straße vor dem Restaurant saßen die Leibwächter in einem Porsche Taycan – Michaela hatte über sich selbst gelacht, als sie vorhin herumgefahren waren. »Im Herzen bin ich immer noch Schwedin. Es gibt zwar nur eine Ladestation auf der ganzen Insel, aber ich möchte trotzdem, dass meine Mitarbeiter Elektroautos fahren.« Sie waren in einem alten Land Rover Defender unterwegs, der so sehr ruckelte und quietschte, dass Teddy dachte, er würde auseinanderbrechen, sobald sie auf eine Schotterstraße abbogen.

Am Nebentisch saß eine Gruppe von Mittvierzigern in weißen Anzügen, mit sonnengebräunten Handgelenken, an denen schwere Uhren glänzten. Sie sprachen Schwedisch und verströmten eine Aura von Selbstsicherheit, wie sie typisch war für die Vororte, aus denen auch Teddy stammte.

Michaela senkte die Stimme. »Auf der Insel gibt es so etwas normalerweise nicht, Marbella ist ihr Treffpunkt. Hier bleiben wir unauffällig.«

Sie hatte zwar den teuersten Albariño von der Weinkarte bestellt, aber andererseits hatte sie im Weinkeller des Restaurants offenbar mehrere Regale für ihre eigenen Flaschen. »Also bestelle ich eigentlich nur von mir selbst.«

Während der Autofahrt hatte sie ihm ihre neueste Anschaffung gezeigt, aber Teddy musste erst mehr trinken, um den Mut zu haben, seine Frage zu stellen. Nicht nur wegen des Respekts, den er für *Nova Kuma* empfand, sondern auch, weil er wusste, dass es, wenn er einmal angefangen hatte, kein Zurück mehr gab. Dann vollzog er den endgültigen Schritt. Oder besser gesagt, es war ein *doppelter* Schritt. Er hätte ein bisschen was einwerfen sollen. Die Gedanken an das, was kommen würde, schossen durch seinen Kopf wie Billardkugeln auf Speed.

Die Finca, die sie oben in den Bergen besucht hatten, hatte von Weitem wie eine Ruine ausgesehen. Ein riesiges Steinhaus, bestimmt dreitausend Quadratmeter groß, mit halb eingefallenem Dach und zerbröckelten Steinmauern, die sich den Berg hinaufzogen. »Es heißt *La Granja*«, sagte Michaela. »Die ältesten Teile wurden im 13. Jahrhundert erbaut.« Die stacheldrahtbewehrten Tore öffneten sich automatisch, als sie ankamen.

Der Kies staubte. Ein paar Wachen kamen ihnen entgegen, durchsuchten Teddy zum zweiten Mal an diesem Tag und tasteten ihn mit einem Handscanner ab.

»Als die Christen diese Insel im Mittelalter von den Muslimen zurückerobert hatten, wurde sie einigen Adelsfamilien überlassen«, sagte Michaela. Sie gingen auf ein paar Büsche an der Mauer zu. »Neunzig Prozent des Landes sind immer noch in Privatbesitz, und es gibt kein öffentliches Zugangsrecht. Was dir gehört, gehört dir, und niemand hat das Recht, dein Land zu betreten, aber ich habe auch Kameras installiert, um sicherzugehen. Und ich habe Hunde.«

Einer der Leibwächter öffnete ein Tor in der Mauer, sie gingen an Palmen und niedrigen Bäumen vorbei. Nach dem Bewuchs gelangten sie auf ein Plateau. Vor ihnen lagen drei riesige Gewächshäuser, so groß wie Eishockeyfelder.

»Ich habe dieses Land von einer Frau namens Nunyo Sans gekauft, oder Nuño Sánchez, wie die Spanier sagen. Der Adel vererbte das gute Land an seine Söhne – Ackerland, Stadtviertel –, während man den Frauen die Küsten und Berge überließ, wo niemand sein wollte.«

Einer der Wächter tippte einen Code in ein Bedienfeld an der Tür.

Michaela setzte eine Schutzmaske auf. »Aber *ich* will hier sein.« Es klang, als würde sie lächeln.

Teddy trat nach ihr ein und ließ die Maske unter seinem Kinn hängen. Der Geruch, der ihm entgegenschlug, war unverkennbar.

Michaela nahm die Sonnenbrille ab. »*Las hierbas* können hier genauso gut wachsen wie in Marokko. Mit Gewächshäusern und Gaia-Nahrung schaffe ich sechs Ernten im Jahr.«

Tausende von Plastiktöpfen. Die Pflanzen waren höher, als er es für möglich gehalten hatte, und der Geruch war so beißend, dass er in der Nase kratzte. Teddy fühlte sich wie zugedröhnt.

»Bald wird es in ganz Europa legal sein. Luxemburg und Malta haben es letztes Jahr entkriminalisiert, Frankreich und Holland werden bald folgen«, sagte Michaela. »Schweden ist vielleicht das Schlusslicht, aber bei uns wird es auch passieren, und wir werden die Ersten sein. Ich denke, dass wir in fünf Jahren an die Börse gehen können.«

Der Gin Tonic vorhin, ein anderer starker Drink, dessen Namen er nicht kannte, vor dem Gewächshaus oben bei der Finca, dann der Champagner im Defender auf dem Weg den Berg hinunter, wobei er gesehen hatte, dass Michaela nur am Champagner nippte, sie nahm keine richtigen Schlucke. Jetzt ihr Wein im Restaurant, und davor die Dämpfe oben im Gewächshaus. Für Teddy war das genug, er trank und rauchte ansonsten nicht mehr viel. In seinem Kopf drehte sich alles, aber fühlte er sich entspannt? War er bereit, die Frage zu stellen?

Er wusste, dass sie etwas ahnte. Sie zeigte ihm die Gärten nicht nur um der alten Freundschaft willen. Freundschaft, übrigens, so etwas gab es nicht. Teddy war am Ende hart zu ihrem Vater gewesen, auch wenn sie das vielleicht nicht wusste. Er hatte *Kum* angegriffen und die Wohnung zerlegt, in der der Pate mit dem schlaffen Schwanz für seine Geliebte bezahlt hatte. Teddy und Michaela kannten sich nicht, aber sie hatte mit dem Fall Mats Emanuelsson zu tun gehabt. Sie hatte ihren Mann an die Bestie verloren, die Teddy schließlich zur Strecke gebracht hatte. *She owed him.*

Gleichzeitig war sie die *Kim Kardashian der Weißen*. Sie war die Königin des Mittelmeers – sie spielte in der obersten Liga. Er sollte sich für das Essen bedanken und gehen.

Das Kribbeln in seinem Magen kehrte zurück. Trotzdem hob er sein Glas und prostete Michaela zu. Sie war nicht mehr süß, nicht nach all den sogenannten Gesichtsverschönerungen, aber sie hatte Sexappeal, eine Anziehungskraft, die nicht alltäglich war.

»Ich habe Käufer in Schweden«, sagte er. »Kannst du dir vorstellen, an mich zu verkaufen?«

Sie stieß mit ihm an. »*Cin cin.*« Dann wurde sie ernst. »Ich weiß, was du durchgemacht hast, Teddy, und ich weiß, dass du die Leute bestraft hast, die meinen Mann ermordet haben.«

»Wir haben eine alte Verbindung, du und ich.«

»Ich finde, du solltest vorsichtig sein.«

»Kannst du dir vorstellen, an mich zu verkaufen?«, wiederholte er, ohne auf ihre Worte einzugehen.

Michaela sah ihn an, das Glas immer noch halb erhoben. »In der Nachbarschaft gibt es ein tolles Bordell, das mir gehört«, sagte sie. »Willst du heute Abend hingehen?«

9
Gabriel

Kurve, weiter hoch. Und wieder.

Kurve, weiter hoch. Und wieder.

Das Parkhaus war sieben Stockwerke hoch, und sie sollten sich oben auf dem Dach treffen. Einer der sichersten Orte, dachte offenbar die Person, die er treffen würde, wie in *Gomorrha* – die Fernsehserie, nicht der Film.

Gabriel glaubte, am Ende der Einfahrt einen Jungen zu erkennen. Ein *falcone* oder Schmieresteher – Falkenaugen, Späher, Typen, die jedes Auto beobachteten, das ein- und ausfuhr. Gabriel sah sie jeden Tag in Södertälje, an Straßenecken und auf Plätzen: dreizehnjährige Bälger, die eigentlich in der Schule sein sollten.

Er war in Zivil unterwegs. In den Kurven schwirrte ihm der Kopf. Der Mundschutz und die Sonnenbrille ließen ihn wie einen paranoiden Corona-Idioten aussehen, aber er wollte wirklich nicht erkannt werden, schon gar nicht von den Schmierestehern. Die wussten, nach welchem Auto sie Ausschau zu halten hatten, das genügte.

Kurve, nach oben. Und wieder.

Im obersten Stock befanden sich die Ladestationen, ein paar Teslas und E-Trones standen da, teuer und sauber gewaschen wie in einem Autohaus, sonst war alles leer. Es war halb elf.

Ein Kälteschauer kroch ins Auto und unter seine Jacke. Direkt in seine Seele – nicht zu bekämpfen, genau wie diese Situation.

Er sollte nicht hier sein. Sich zu treffen, war nicht nur dumm und riskant, es konnte auch richtig gefährlich werden. Der Kerl, den er gleich traf, pflegte zu sagen, Polizisten seien *haram*. Aber Gabriel musste es tun. Zu viel stand auf dem Spiel.

Er sollte umdrehen und zu Alma zurückfahren.

Er parkte den Wagen.

Wartete.

Wie war er hier gelandet?

Vielleicht hatte es schon mit der Scheidung angefangen. Sein Gefühl des Versagens und der Scham. Wie er es in den ersten Jahren sogar vermieden hatte, Alma zu sehen, weil er nicht an die Scheiße erinnert werden wollte. Er war Polizist, und ein geordnetes Familienleben gehörte zum Gesamtbild. Die Kollegen und Vorgesetzten sollten begreifen, dass man eine gute Frau gefunden hatte, dass man attraktiv und vernünftig genug war, sie zu behalten und nicht herumzuhuren. Ein Familienvater war jemand, dem man vertrauen konnte. Gleichbedeutend mit Stabilität.

Nach der Scheidung hatte er Stabilität in seinem Beruf gesucht – das konnte er im Nachhinein erkennen. Er wollte Ordnung in das Chaos der südlichen Vorstädte bringen. Er arbeitete mehr Stunden, mehr Wochenenden, steigerte Intensität und Engagement, ging mehr Risiken ein. Seine Chefs liebten ihn, seine Kollegen sahen in ihm ein Arbeitstier und einen zuverlässigen, motivierten Kollegen. Er selbst sah sich als halbverrückten Polizisten, der noch etwas bewegen konnte. Er war ein perfekter Partner im Einsatz, ein Kollege, der etwas verändern wollte. Er stieg in der Hierarchie auf und wurde für die Aktionsgruppe Acht rekrutiert.

Dann der nächste Schock. Bei Erika wurde Lungenkrebs diagnostiziert, sie war gerade mal vierunddreißig Jahre alt. Die Ärzte gaben ihr eine 50:50-Prognose. Er fuhr mit Alma ins Krankenhaus und besuchte sie. Erika hatte sich von ihm getrennt, aber er und Alma waren die Einzigen, die sie hatte.

Der Krebs breitete sich aus, die Ärzte änderten die Prognose. Auf zwanzig zu achtzig. Er begann Nachtschichten zu arbeiten, um tagsüber bei Erika im Krankenzimmer sein zu können. Sie war schwach und dünn. Sie sprachen hauptsächlich über Alma, alte Erinnerungen, wie sie mit ihr im Kajak auf einem Fluss gefahren waren, Paris besucht hatten, allgemein das Leben.

Erika starb sieben Monate, nachdem sie den ersten Tumor entdeckt hatten.

Er weigerte sich, um sie zu trauern. Zum einen war sie eine doofe Kuh gewesen, zum anderen ahnte er, dass ihn die Trauer auffressen würde, wenn er sie zuließ. Er würde seiner Rolle als alleinerziehender Vater nicht gerecht werden können. Alma war neun Jahre alt, als sie Erika auf dem Waldfriedhof begruben. Sie bekam einen schlichten Stein: *Geliebt. Auf ewig vermisst.*

Er arbeitete noch härter. Kämpfte noch härter, um die Gangster zur Strecke zu bringen, die Banden zu zerschlagen, die Bosse ins Gefängnis zu bringen. Gleichzeitig nahmen die Schießereien zu, der Drogenhandel blühte, niemand in den Vierteln wagte es, auszusagen oder mit der Polizei oder anderen Behörden auch nur über das Wetter zu sprechen. Diesen Krieg würde Schweden verlieren. Die Gangs und Clans würden die neuen Grundstrukturen werden, die neue Ordnungsmacht. Es war ein Witz, eine Parodie auf eine Gesellschaft, die vor ihren eigenen Fehlern kapituliert hatte. Schweden hatte mehrere Jahre lang große Einwanderergruppen aufgenommen, zu denen auch Gabriels eigener Vater gehörte. Anfangs hatte man sich Sorgen um die Integration gemacht, während das Land härter, privatisierter und deregulierter geworden war, mit größerer Fallhöhe und höheren Eintrittsbarrieren. Das war der perfekte Cocktail für Chaos und Anarchie.

Er war kein Politiker, aber er wusste aus tiefstem Herzen, dass etwas getan werden musste. Als Polizist stand er an vorderster Front und ging auf die Barrikaden, um Schweden zu retten, vor allem aber, um all die armen Menschen zu retten, die Opfer dieser zynischen Gewalt wurden.

Die Jahre vergingen. Alma wuchs. Das Verbrechensproblem wuchs. Gabriel arbeitete unermüdlich. Er kämpfte. Fightete. Sammelte Kräfte, um alles zu bewältigen. Die Politiker gaben ihm und seinen Kollegen nicht, was sie brauchten: mehr Leute, bessere Ausrüstung und vor allem mehr Befugnisse. Dann wachten sie auf, glaubten sie zumindest selbst, in den vergangenen zwei Jahren wurden viele neue Gesetze verabschiedet, aber in Wirklichkeit geschah das nur, weil das Land zum Stillstand gekommen war. Dänemark, Norwegen, Finnland, alle anderen hatten sich bewegt, hatten den Ernst der Lage erkannt, und sie alle hatten nicht einmal die Hälfte der Probleme, die Schweden plagten. Die Nörgler meinten, Schweden würde totalitär werden, aber die Wahrheit war, dass die schwedischen Gesetze im Vergleich zu den anderen nordischen Ländern drei Jahrzehnte lang auf Kindergartenniveau gewesen waren.

Als Alma elf Jahre alt war, kam die erste E-Mail von der Schule. Sie war im Sportunterricht ausgerastet. Als sie zwölf Jahre alt war, meldete sich das Sozialamt wegen ihres *auffälligen Verhaltens* im Freizeitzentrum. Sie waren der Meinung, dass sie sich auf eine *neuropsychiatrische Funktionsstörung* untersuchen lassen sollte. Als sie dreizehn war, fand er etwas Braunes in einer Reißverschlusstasche ihrer Jacke, und er wusste sofort, was es war, denn es war genauso eingewickelt wie die Sachen, die er den Ganoven auf der Straße abnahm. Eigentlich hätte er das dem Jugendamt melden müssen. Gleichzeitig war er Polizist: Seine Scham war so groß, dass er sich eine Woche krankschreiben ließ und überlegte, ob er weitermachen konnte. Es gab keine Anzeige, und die Psychologen kamen zu dem Schluss, dass sie viele Beeinträchtigungen hatte, aber keine stark genug war, um eine Diagnose zu stellen.

Sein äußeres und inneres Leben, seine Arbeit und seine private Situation: Alles kollidierte. Auch hier konnte er im Nachhinein die Beweggründe erkennen, Gabriel verstand sich nun selbst.

Ein halbes Jahr später saß er Kerim Celali alias Großer Bruder in einem Verhörraum im Erdgeschoss des Gefängnisses gegenüber. Celali war ein Gangster aus der oberen Schicht in den südlichen Vororten Stockholms, die Aktionsgruppe Acht kannte ihn gut. Er war auch berüchtigt, weil er vor einigen Jahren mit einem Hubschrauber aus dem Gefängnis Flemingsberg geflohen war, aber gleichzeitig war er immer noch ein Typ, der auf der Straße unterwegs war. Vielleicht war er nicht anders als die anderen – und doch hatte Gabriel eine besondere Fähigkeit in ihm gespürt. Die Arroganz und der Hang zur Gewalt waren bei allen da, aber der Große Bruder konnte auch reden. Er konnte führen, kontrollieren.

»Du wirst verdächtigt, ein Drogendelikt begangen zu haben«, hatte Gabriel gesagt, während sie allein dasaßen und auf Kerims Anwalt warteten.

»Ich dachte, ich werde verdächtigt, deine Frau gevögelt zu haben«, sagte der Ganove.

»Sie ist tot«, sagte Gabriel.

Kerim zuckte zurück. *»For real?«*

Gabriel nickte. »Krebs, Lunge.«

Der Big Brother schnalzte mit der Zunge. »Tut mir leid«, sagte er. »Menschen werden geboren, Menschen sterben, ich habe auch viele verloren, aber keine Frau.«

Jeder wusste, dass die Schießereien die Kriminellen persönlich trafen, sie verloren immer wieder Freunde, Brüder, Cousins.

»Tut mir leid«, sagte Gabriel ebenfalls.

Kerim schnaubte. »Das muss es nicht. Ein König muss Krieg führen, wenn es nötig ist. Verstehst du das?«

»Nein.«

»Hier herrscht Chaos.«

»Ich weiß. Du solltest aussteigen.«

»Niemals. Ganz im Gegenteil.«

In diesem Moment war Gabriel die Idee gekommen. Sie war in ihm aufgeflackert wie eine Flamme aus dem Nichts, ein neuer Gedanke, den er noch nie gehabt hatte. Er sagte: »Ich werde das jetzt nur einmal sagen und nicht wiederholen, wenn dein Anwalt dabei ist. Ich lasse dich heute frei. Wenn du dich bereit erklärst, mich draußen unter vier Augen zu treffen.«

Kerim grinste. »Was heißt *unter vier Augen*?«

Der Ganove hielt sich an die Abmachung. Zwei Wochen später trafen sie sich an einem Ort, an dem niemand einen von ihnen wiedererkennen würde: Ica Esplanad, das wohl teuerste Lebensmittelgeschäft Schwedens, mitten im Oberschichtenreservat Karlavägen in Östermalm. Die alten Frauen starrten Kerim an, als würde er nackt herumlaufen, aber die jüngeren, perfekt geschminkten Tussis mit frisch gewaschenen blonden, hochgesteckten Haaren, Lululemon-Trainingsanzügen und Gucci-Taschen starrten noch mehr: als wäre Kerim etwas Giftiges, eine Kobra, der man sich nicht zu nähern wagte. Was er an und für sich auch war, wenn auch nicht hier.

»Ich rede nicht mit Bullenschweinen«, zischte Kerim, als sie hinter dem Käseregal bei den Keksen standen und sich flüsternd unterhielten.

»Warum bist du dann hier?«

»Du hast mich gehen lassen. Ich habe dir versprochen, dich zu treffen. Ich halte immer mein Wort, *wallah.*«

Kerim nahm eine Packung Kekse aus dem Regal und tat so, als würde er den Inhalt untersuchen. Er drückte die Packung zusammen, sie knackte. »Was willst du?«

Jetzt musste Gabriel raus mit der Sprache. »Eigentlich habe ich die Nase voll von der ganzen Sache, aber ich glaube, du bist weniger ein Arschloch als viele andere.«

Hinter einer Käsetheke in Stockholms teuerstem Viertel hatte alles angefangen. Es war unwirklich, aber Gabriels Ziel war klar: von Celali genug Informationen über die anderen Netzwerke, Clans und Gangs zu bekommen, um sie strafrechtlich zu verfolgen. Informationsaustausch. Die Logik war einfach: Wenn die Polizei durch die Zusammenarbeit mit einem der mächtigsten Akteure den Rest der Bande zerschlagen konnte, war es das wert.

Diese Logik hatte ihren Preis. Drei Wochen später kam die erste konkrete Anfrage von Kerim Celali. Könnte Gabriel vielleicht einen der Syrer in Södertälje ausfindig machen? Eine einfache Suche im allgemeinen polizeilichen Auskunftsregister ASP. Im Gegenzug erzählte Celali Gabriel von einem Versteck in einem Lagerraum im Keller von Tumba. Die Suche im Register dauerte zwei Minuten und würde niemandem schaden. Bei der Razzia in Tumba wurden vier Kilo Kokain sichergestellt, zwei Ganoven wanderten für insgesamt zwanzig Jahre ins Gefängnis.

Nachdem Gabriel einmal angefangen hatte, war es schwer aufzuhören. Die Logik funktionierte.

Die Monate vergingen. Die Informationen, die der Große Bruder lieferte, waren meist fantastisch. Gleichzeitig half Gabriel

Kerim Celali immer wieder, seinen eigenen Kollegen zu entkommen.

Er wurde zum Maulwurf.

Oder anders gesagt: Er wurde zum Verräter. Ein Kollaborateur. Am Anfang schlief er schlecht, wachte mitten in der Nacht mit Magenschmerzen auf. Das war ihm noch nie passiert – Magenprobleme waren nicht sein Ding, trotz unzähliger Einsätze und Gewaltsituationen im Laufe der Jahre. Gleichzeitig war da die Angst: Er verriet seine Kollegen. Er verstieß gegen seinen eigenen vermeintlichen moralischen Kompass. Aber das tat er nicht. Seine Hauptaufgabe war es, das Verbrechen zu bekämpfen, und das tat er auch. Nur auf eine neue, *wirksamere* Weise.

Dieses Doppelspiel bewältigte er, indem er härter trainierte, jede Nacht Melatonin nahm und jede Verhaftung und jeden Fortschritt in einem Notizbuch festhielt, das er in seinem Nachttisch aufbewahrte. Kerim Celali würde vielleicht davonkommen, aber die anderen wollte er einsperren.

Irgendwann war es, als käme sein Körper wieder ins seelische Gleichgewicht. Die Magenschmerzen verschwanden, die Übelkeit trat nur noch auf, wenn er einen Kater hatte, das Melatonin ersetzte er durch Abendtee. Das Notizbuch füllte sich mit Texten. Er tauschte die Gedanken an Verrat gegen die Hoffnung auf ein Stockholm ohne Gangster.

Kerim Celali stieg aus seinem Auto, einem Fiat. Er war einer der wenigen seines Kalibers, die keinen RS6, keinen Benz der AMG-Klasse oder M5 fuhren. Vielleicht war der Große Bruder zu schlau für ein Protzauto, vielleicht wollte er aber auch nur Abwechslung schaffen, um nicht beschattet zu werden.

Kerim war groß. *Defend Kurdistan* stand auf seinem College-Shirt, darunter zwei gekreuzte Kalaschnikows. Gabriel dachte an das *Jahr des Schwertes*, an den Völkermord Anfang des 20. Jahrhunderts. Viele glaubten, dass Syrer im Allgemeinen keine Kurden über sich akzeptierten, und Gabriels Vater war in den frühen 1980er Jahren aus Midyat gekommen. Gabriel wurde von einigen als Syrer eingestuft. Kerim war Kurde. Der Schriftzug auf seinem T-Shirt war vielleicht ein Signal.

Kerim machte keinen Schritt auf ihn zu, machte keine Anstalten, ihn zu umarmen oder ihm auf die Schulter zu klopfen, streckte ihm nicht einmal die Hand entgegen. Sein Gesicht war ruhig.

Gabriel hatte selten Angst. Jetzt spürte er, wie sein Magen wieder knurrte: Chili-Gefühl, Zwiebel-Schmerz.

»Beeil dich, Bruder«, sagte Kerim. Er benutzte das Wort »Bruder« in so vielen Zusammenhängen, dass Gabriel oft nicht folgen konnte.

»Ich werde ab jetzt ein paar deiner Jungs abhören, Kerim.«

»Bruder, Bruder, ich weiß«, sagte der Boss.

»Ich tue das, um sie im Auge zu behalten, wie wir abgemacht haben, um zu wissen, wem ich trauen kann, aber dafür will ich mehr von dir.«

»Natürlich.«

»Nur ich werde sehen, was in den Chats und Nachrichten steht, die wir abfangen. Und was dich betrifft, wir hören nur eines deiner Telefone ab. Du weißt, welches, du kannst kontrollieren, was wir sehen und hören.«

»Gut, Bruder.«

Gabriel fuhr fort, die Bedingungen durchzugehen: Wen er abhören wollte, welche Decknamen im Spiel waren, wie Kerim sich ausdrücken sollte, damit kein Verdacht aufkam, dass er wusste, dass er abgehört wurde.

Es gab noch etwas zu besprechen. Isak Nimrod hätte sich längst verabschieden sollen. Man munkelte, dass er eigentlich heute diese Welt hinter sich lassen wollte. »Soweit ich weiß, will Nimrod sein gesamtes Vermögen verkaufen, es würde mich nicht wundern, wenn er Stockholm verlässt.«

»*Hamdullah,* er ist ein Niemand, aber ich habe verdammten Stress. Der Mistkerl geht mir auf den Sack.«

»Warum?«

»Bruder, Isak Nimrod ist komplett durchgedreht.«

»Was?«

»Ja, es stimmt, Bruder.«

Wenn Kerim Celali noch einmal *Bruder* sagte, würde Gabriel ihn auf der Stelle erschießen, ihm waren die Soldaten egal, die sich vermutlich hinter einigen der Teslas versteckten, bereit anzugreifen, wenn etwas schiefging.

»Was ist passiert?«

Kerim kratzte sich die Eier. »Es ist Chaos.«

»Es ist immer Chaos.«

»Nein. Jetzt ist Isak Nimrod verrückt geworden. Er hat seinen Deal nicht durchgezogen.«

»Warum?«

»Ich weiß es nicht, aber Nimrod ist noch nicht aus dem Game. Er ist immer noch da. Ich hätte ihn schon längst nach Dschahannam schicken sollen, aber das macht man bei Mister One einfach nicht.«

Gabriel wurde klar, was das bedeuten könnte: Er hatte vorgehabt, die Zusammenarbeit mit Kerim zu verstärken, sobald Nimrod weg war, wenn der Große Bruder noch mehr Einfluss hatte. Er wollte so viel wie möglich aus Kerim herauspressen, um den Krieg gegen den Abschaum zu gewinnen. Das ultimative Ziel war es, Kerim Celali selbst für immer zu brechen, aber bis dahin würde er Gabriels nützlicher Idiot sein. Das musste der Kriminelle tief in seinem Inneren begriffen haben. Ein Polizist konnte ihn nicht ewig begünstigen. Jetzt würde es wohl länger dauern, als Gabriel gedacht hatte.

»Mein Schwanz ist schon größer als seiner«, sagte der Big Brother und fuhr fort: »Bruder, Bruder. Ich muss gehen. Jetzt bist du nicht nur meine Augen und Ohren, jetzt wirst du auch meine Jungs abhören. Zusammen werden wir diese Stadt besitzen.«

Der Boss war wirklich verrückt. Gabriel wollte Kerim Celali nicht besitzen, sondern ihn bis nach Dschahannam ausbeuten.

10
Emelie

Viele Menschen wissen ungefähr, wie ein Gefängnis aussieht. Ein kleines möbliertes Zimmer, vielleicht ein kleiner Fernseher an der Wand, ein Hof, ein Gemeinschaftsraum, in dem sich die Gefangenen treffen, Karten spielen, prahlen und neue Straftaten planen können. Manche wissen, wie es in Untersuchungshaftanstalten aussieht. Kleinere Zimmer, aber immer noch ein Bett und ein kleiner Schreibtisch, ein vergittertes Fenster ohne Aussicht, ein strengerer Tagesablauf, keine Gemeinschaftsräume und kein Hof, sondern abgegrenzte individuelle Ruhebereiche.

Nur wenige wissen, wie es ist, im Arrest zu hocken. Es gibt keine Möbel, nur eine Matratze auf dem Boden, keinen Fernseher, kein Fenster, nur Beton. Es gibt keine Routine, nur eine verschlossene Tür. Es gibt keinen individuellen Ruhebereich innerhalb der Umzäunung, nur einen drei Quadratmeter großen Raum mit doppelten Gittern, die bis zum Himmel reichen. Eine Viertelstunde Raucherpause, einmal am Tag. Jeder auf dem Gang weint abwechselnd im selben Zoo-Käfig.

Emelie stellte ihre Aktentasche auf den glänzenden Plastikboden des Besucherraums. Es war Nacht – aber die Haftanstalt war besetzt, und als Pflichtverteidigerin hatte sie immer das Recht, ihren Mandanten zu sehen.

Sie hatte erst vorhin eine Babysitterin für Lucas gefunden. Jossan war anscheinend mit Peder und ein paar »lieben Bekannten«, wie sie immer sagte, essen gegangen. Wer sagte *liebe Bekannte*? Normale Menschen sagten *Freunde* oder *Kumpels*, aber nicht Jossan – obwohl Emelie sie genau dafür liebte. Außerdem war sie einer der fürsorglichsten Menschen, die sie kannte. Jossan war mit einem Uber Premium Lux gekommen. Sie war sich nicht sicher, warum sie einen 7er BMW brauchte, um zu einem einfachen Babysitterjob zu kommen, aber laut Jossan waren es die Alcantara-Ledersitze, die den Unterschied ausmachten. »Sie sind so bequem, dass ich ernsthaft darüber nachdenke, mein Bett damit auszustatten.«

Sie hatten sich kennengelernt, als Emelie bei Leijon war. Sie hatten sich beide den Arsch aufgerissen, um die Karriereleiter hochzuklettern, obwohl Jossan ihr ein paar Jahre voraus war, weil sie sich im Parteikomitee, im Kulturverein, beim Fußballturnier und in der ehrenamtlichen Arbeit der Firma engagierte. Emelie hatte gekündigt, um sich dem Familienrecht zuzuwenden, aber Josephine ließ nicht locker. Nach acht Jahren bei Leijon wurde sie schließlich im Alter von dreiunddreißig Jahren Partnerin. Sie interessierte sich überhaupt nicht für das Geschäft und die Aktivitäten, mit denen ihre Mandanten tatsächlich Geld verdienten. Jossan liebte nur das Rechtswesen. Vielleicht war sie deshalb noch perfekter – sie wurde nie eifersüchtig auf ihre Mandanten, auf die Typen, die hundertmal mehr verdienten, halb so viel arbeiteten und im Vergleich zu ihr leicht geistesgestört wirkten.

Sie liebte das gute Leben, Josephine, sie liebte auch ihren Peder, obwohl er ein Superschnösel war und in einer Blase lebte. Emelie hatte nie wirklich verstanden, warum, aber sie konnte sehen, dass er und Jossan Spaß miteinander hatten, das Lachen war nicht zu überhören.

Lucas war längst eingeschlafen, als sie ankam. Jossan liebte ihr Patenkind und er sie. Besonders die Nerf-Guns, die Josephine ihm geschenkt hatte, obwohl sie eigentlich erst ab acht Jahren empfohlen wurden. Noch hatte Lucas nicht die motorischen Fähigkeiten, sie selbst zu laden, aber es war nur eine Frage der Zeit, bis Emelie die »Pittolen« seiner Patin verstecken musste.

Die Tür zum Besuchsraum war genauso schwer wie die Zellentür. Sie schlug mit einem hallenden Geräusch zu, als Nikola in den Haftraum schlurfte.

Sie erkannte ihn kaum wieder. Hohläugig, blass, strähniges Haar. Er sah zehn Jahre älter aus, als er war. Emelie hatte ihn vor ein paar Jahren wegen schweren Diebstahls verteidigt, als er noch wie ein Baby ausgesehen hatte.

Er setzte sich, ohne zu grüßen. »Du hättest nicht mitten in der Nacht kommen müssen.«

Sie tätschelte seinen Unterarm – er wich aus. Vielleicht war es ein Fehler, Nikola war kein Teenager mehr.

»Meine Mandanten wollen sich oft so schnell wie möglich treffen.«

»Wer kümmert sich jetzt um Lucas?«

»Jossan ist bei ihm, sie kam, so schnell sie konnte. Warum hast du deinen Nachnamen geändert?«

»Ich wollte nicht so heißen wie Teddy.«

»Warum?«

»Alle verwechseln uns.«

Emelie widerstand dem Impuls, den Blick zu senken. »Und jetzt das Wichtigste: Was wirft man dir vor?«

»Ach, nichts.«

Sie wollte ihren Stuhl heranziehen, merkte aber, dass er am Boden festgeschraubt war. »Ich muss wissen, was sie dir vorwerfen.«

Nikola schnaubte. »Messerstecherei oder so was.«

Emelie blinzelte. »Messerstecherei? Wo wurdest du denn verhaftet?«

»In einer U-Bahn-Station.«

»Was für ein Messer war es?«

»Ein Klappmesser.«

Emelie blinzelte. »Machst du Witze?«

»Nein.«

»Du kannst nicht verhaftet werden, nur weil du ein Klappmesser bei dir hattest. Ist das wirklich alles?«

»Ja.«

»Dann stimmt etwas nicht. Hast du der Polizei immer noch nicht deinen Namen gesagt?«

Nikola schniefte, es klang, als würde er so viel Rotz hochziehen, dass er zu ersticken drohte. »Ich habe mich geweigert, irgendetwas zu sagen.«

Emelie konnte nicht anders, als ihn anzustarren. Was tat er da? Wenn die Polizei jemanden nicht identifizieren konnte, durfte sie ihn verhaften oder sogar einsperren.

»Warum sagst du ihnen nicht, wer du bist? Sie dürfen Leute festnehmen, deren Identität sie nicht kennen.«

»Das ist mir scheißegal. Ich habe die Schnauze voll von diesen Bullenschweinen und ihren Fragen. Ich werde nichts sagen.«

»Willst du lieber eingesperrt werden?«

Er antwortete nicht.

»Wenn du ihnen deine Identität verrätst, werden sie dich freilassen, das kann ich mit neunzigprozentiger Sicherheit sagen«, sagte sie.

Nikola schnaubte wieder. »Hör auf zu nörgeln, glaubst du nicht, dass ich das verstehe? Ich halte es nicht mehr aus.«

11
Isak

Er brauchte fast fünfzehn Minuten, um die richtige Station im Huddinge-Krankenhaus zu finden. Der Stress zerrte an ihm, ein heißer Strom im Kopf, ein Kratzen in Magen und Hals. Es fiel ihm schwer, sich zu konzentrieren.

Isak hatte im Einkaufszentrum von Fittja auf seinen Sohn gewartet, aber Max war nicht gekommen. Zwanzig, dreißig, vierzig Minuten. Max ging nicht ans Telefon, die Nachrichten schienen nicht zugestellt zu werden. Schließlich fuhr er zu seiner Ex, vielleicht war Max bei seiner Mutter. Dann fuhr er zu sich nach Hause. Auch dort war er nicht. Dann kam der Anruf aus dem Krankenhaus. »Ihr Sohn Max Lucrezia García ist hier operiert worden. Er wurde angeschossen. Er hat uns gebeten, Sie anzurufen.«

Der Weg zum Krankenhaus war ein langer Tunnel der Furcht; Isak wagte nicht einmal, den Anruf von Josephine, der Anwältin, entgegenzunehmen, aus Angst, von der Straße abzukommen. Seine ganze Aufmerksamkeit war darauf gerichtet, sein Ziel zu erreichen.

Auf dem Flur kam ihm eine Krankenschwester entgegen.

»Ich suche Max Lucrezia García«, sagte er.

»Sind Sie sein Vater?«

Isak nickte. »Max ist mein Sohn. Wo ist er?«

Das Gesicht der Krankenschwester lief vor Sorge knallrot an. »Er ist nicht hier. Wir wissen wirklich nicht, wo er hin ist.«

Ein Schlag in die Fresse.

»Wir haben ihn operiert und die Wunde an der Wade genäht«, sagte die Krankenschwester. »Wir wollten ihn morgen entlassen, aber er sollte zur Beobachtung hier bleiben.«

Isak wusste nicht, was er sagen sollte. Das war krank. Max war weg.

»Dann habe ich gerade entdeckt, dass er nicht mehr im Bett liegt. Ich weiß nicht …«

»Ist er vielleicht zu seiner Mutter gefahren?«, unterbrach er sie. Marías Stimme war hinter ihm zu hören: »Nicht, dass ich wüsste.«

Isak drehte sich um. Seine Ex-Freundin – Max' Mutter – hatte graue Strähnen im Haar, die es durchsichtiger aussehen ließen.

Sie umarmten sich, was ihn für einen Moment aus dem Gleichgewicht brachte – als er sie angerufen hatte, um ihr zu sagen, dass Max im Krankenhaus lag, hatte sie hysterisch geklungen; jetzt umarmte sie ihn. Isak wusste nicht mehr, wann es das letzte Mal gewesen war, vielleicht war es an jenem Sommertag gewesen, als sie das Wort »Trennung« zum ersten Mal erwähnt hatte; das war nicht, als alles schon den Bach hinuntergegangen war, sondern mittendrin, als sie – zumindest er – noch gehofft hatten, sie könnten alles wieder zusammenflicken. *Trennung* – das war ein Wort der schwedischen Mittelschicht. Alle richtigen Männer waren entweder ledig oder verheiratet. Da ließ man sich *scheiden.*

»Max geht nicht ans Telefon«, sagte María.

»Ich weiß. Ich habe es schon hundertmal versucht.«

»Was sollen wir tun?«

»Woher soll ich das wissen?«

Auf dem Briefkasten stand Lucrezia García, das war Marías und jetzt auch Max' Nachname. Sein Sohn hatte sich *gegen* seinen

Namen *entschieden*. Vielleicht war es Isaks eigene Schuld, er war nicht der präsenteste Vater gewesen. Aber im Vergleich zu vielen anderen Vätern in der Gegend war er ein echter Captain Fantastic gewesen, und dafür sollte Max dankbar sein.

Sie hatten beschlossen, zu ihm nach Hause zu fahren für den Fall, dass Max dorthin unterwegs war. Die Krankenschwester hatte sich Sorgen gemacht. »Er sollte noch einmal ins Krankenhaus kommen, damit wir nachsehen können, ob alles in Ordnung ist. Nicht die Wunden sind gefährlich, sondern wie der Körper nach einem Trauma reagieren kann.« Jemand hatte auf seinen Sohn geschossen – kein Wunder, dass Max nicht im Krankenhaus bleiben wollte. Wie eine Beute in einem Käfig, eine an die Wand gehängte Zielscheibe.

Im Flur hing ein Poster mit dem Bild der Madonna, den Kopf bedeckt, die Haut weiß wie Milch, die Hände zu Fäusten geballt. Auf dem Boden lag viel Müll, schmutzige Kleider und Schuhe, es roch nach alter Pizza. Isak war sich nicht sicher, ob die Madonna für diese Minifamilie betete, sie hatte schon zu viele Chancen bekommen.

»Hast du mit der Polizei gesprochen?«, fragte er.

»Nein.«

»Gut, dann müssen wir versuchen, den Fall selbst zu lösen.«

María stand in der Küche, die Arme verschränkt, das dunkle Haar zu einem Pferdeschwanz gebunden, die Augen zusammengekniffen.

»Aber er wurde angeschossen, Isak.«

Sie war immer noch eine der schönsten Frauen, die er kannte, oder vielleicht war »schön« nicht das richtige Wort – es hatte etwas mit der Art zu tun, wie sie sich bewegte, wie sie den Kopf neigte, sich vorbeugte und manchmal wirklich darüber nachdachte, was er sagte, anstatt nur routinemäßig zu reagieren.

Wenigstens zwei Dinge waren klar. Max war nicht hier, und jemand hatte ihn verletzen, vielleicht sogar töten wollen.

María wiegte sich hin und her, sie war schön, aber heute nicht attraktiv.

»Du benimmst dich wie eine Geisteskranke«, sagte er. »Hör auf damit.«

»Du bist sein Vater.«

»Das hast du ihm nicht unbedingt beigebracht. Hast du mit einem seiner Freunde gesprochen?«

»Nein.«

»Warum nicht?«

»Das ist für mich genauso neu wie für dich. Ich habe ihre Telefonnummern nicht.«

»Wie kannst du die Nummern seiner Freunde nicht haben, was bist du für eine Mutter?«

»Ich gehe zur Polizei«, murmelte María, als wäre sie plötzlich sehr müde geworden.

Er ballte die Hände zu Fäusten. »Das wirst du nicht.«

Sie hörte auf, sich hin und her zu wiegen. »Du fragst, was für eine Mutter ich bin, aber was für ein *Vater* bist du?«

Er musste sich zurückhalten, um nicht auf sie loszugehen, hielt inne, um tief durchzuatmen, versuchte zu blitzmeditieren, um in den Zustand der Achtsamkeit zu kommen, von dem die Leute sprachen.

»Lass uns anfangen, nach Telefonnummern zu suchen«, sagte er.

Die Stunden vergingen.

Sie weckten Max' Freunde und deren Eltern, sie riefen andere Krankenhäuser an, Lehrer, wieder Freunde und eine seiner Mentorinnen, eine verschlafen klingende Frau namens Zeinab. Niemand wusste etwas. Die Freunde waren offenkundig ratlos, vielleicht auch nur müde. Er rief Max' alten Fußballtrainer an.

»Er hat seit drei Jahren nicht mehr mit der Mannschaft trainiert, Isak«, sagte María.

Isak wusste das nicht.

Er rief einige seiner alten Kontakte an, Leute, die für ihn gearbeitet hatten. Er rief sogar ein paar alte Feinde an.

María kochte Tee und Kaffee, aber Isak trank keinen Tropfen. Er saß auf ihrem Sofa, in ihrem Wohnzimmer, im Wohnzimmer seines Sohnes, das Telefon in der zitternden Hand.

Beruhige dich, Isak, beruhige dich, es war wahrscheinlich nichts. Max hatte seine Hilfe gebraucht, und er war zu spät gekommen. Eine Schusswunde – es war schlimm, aber immerhin: Max hatte überlebt, er war operiert worden. Warum war er nicht nach Hause gekommen? Hatte er solche Angst?

Mehr als zwei Jahrzehnte hatte Isak auf der Straße gelebt. Er hatte sich hochgearbeitet, von den ersten Jahren mit Elektronik-Diebstahl und Porsche-Raub über Haschisch dealen und Erpressung bis zu den großen Coke-Deals und schließlich zum Schwarzmarkt. Er war wachsam gewesen, dann gefährlich, gefürchtet. Er war ein Boss gewesen, mit möglichst vielen Kontakten und über dreißig Jungs, die jeden Befehl befolgten. Er war derjenige gewesen, der dafür gesorgt hatte, dass etwas passierte, dass Leute beseitigt wurden, Chamon zum Beispiel – der Junge war in Max' Alter gewesen. Er musste an Chamons besten Freund Nikola denken, der ihn verschont hatte, als er mit dem kleinen Baby seiner damaligen Freundin bei Ikea war, obwohl er wusste, was Isak getan hatte. Vielleicht hatte Isak damals beschlossen, aus dieser Scheiße auszusteigen, in Immobilien zu investieren, sich etwas aufzubauen, das er eines Tages verkaufen konnte, um von hier wegzukommen. Ein junges Leben, das *seinetwegen* ausgelöscht worden war – jetzt hatte jemand versucht, seinen Sohn umzubringen.

Sein Telefon klingelte. María sah angespannt und hoffnungsvoll zugleich aus.

Es war Josephine, das Gehirn von Leijon.

»Wie geht es Ihrem Sohn?«

»Ich weiß nicht. Schlafen Sie nicht?«

»Eine Elitesoldatin schläft nie. Ist Ihr Sohn krank?«

»Vielleicht.«

»Könnten Sie herkommen und unterschreiben?«

Er hatte schon bei ihrer Begrüßung gehört, dass sie gestresst war, sie konnte ihn nicht täuschen mit ihrem bedächtigen Gang, ihrer klaren Sprache und ihren feinen Worten über das Eliteniveau: Er hatte sein ganzes Leben lang den starken Macker gespielt, hier machte ihm niemand etwas vor, aber das war auch etwas anderes.

»Jetzt nicht«, sagte er.

»Ich verstehe. Ich bin selbst bei einer Bekannten, ich passe auf ihr Kind auf, aber ich kann immer dafür sorgen, dass jemand Sie in der Kanzlei empfängt.«

»Es ist zu spät.«

»Dann muss ich Ihnen mitteilen, dass Kim Barent angekündigt hat, dass er nicht länger warten will. Morgen COB ist seine Deadline. Danach wird es keinen Deal mehr geben. Haben Sie das verstanden?«

»COB?«

»*Close of business.* Das heißt, Ende des Arbeitstages um achtzehn Uhr. Morgen.«

»Alles klar«, sagte er.

Es war alles andere als klar.

Das Sofa war viel zu weich, durchgesessen und unbequem.

Isak stand auf. Vielleicht schlief Max manchmal darauf. Marías Wimpern zuckten, sie sollte versuchen, etwas zu schlafen.

»Ich schau mal in Max' Zimmer«, sagte er.

Es gab keine Marvel-Figuren auf den Regalen, keine Lego-Kisten unter dem Bett und auch keine Poster von Ronaldo oder Messi. Das Zimmer seines Sohnes hatte er seit über vier Jahren nicht mehr gesehen. Max hatte schon lange nicht mehr bei ihm gewohnt, nicht einmal übernachten wollen.

Das Einzige, was ihn daran erinnerte, dass hier ein Junge lebte, waren die PS5 und der 65-Zoll-Fernseher, den er selbst Max letztes Jahr zu Weihnachten geschenkt hatte. Er dachte daran, wie er ihn früher beim Fußball trainiert hatte, an das eine Mal, als Max das Tor zum 2:1 für den FC Newroz gegen Mälarhöjden geschossen hatte, es war wie ein Derby. Oder als Max sich nach der Niederlage gegen BP auf den Kunstrasen geworfen und nicht aufgehört hatte zu weinen, bis sie nach Hause kamen und María heiße Schokolade mit Sahne gemacht hatte. Er hatte versucht, die Jungs, vor allem Max, dazu zu bringen, härter und offensiver zu spielen. Er erinnerte sich, was er ihnen immer gesagt hatte. *»Wenn man zuschlägt, dann richtig.«* Und: *»Wenn man eine Chance bekommt, darf man nicht warten, man muss den Job selbst erledigen.«*

Man muss den Job selbst erledigen.

ZWEI

12
Teddy

Es war der siebzigste Geburtstag seines Vaters, und Linda hatte eine Party organisiert. So etwas kam in der Familie Maksumic nicht oft vor – Teddy konnte sich nur an zwei frühere Anlässe erinnern: seine eigene Entlassungsfeier und Lindas vierzigsten Geburtstag. Er mochte es nicht, er konnte seinen Vater allein treffen, wenn er wollte, oder ihn anrufen, um sich nach ihm zu erkundigen, aber er konnte es nicht ertragen, so zu tun, als wäre er der perfekte Sohn, während andere zusahen. Und doch war er hier.

Linda kam ihm im Flur entgegen. Bojan stand weiter hinten, er schlurfte mühsam heran. Sein Vater, der immer ein Kraftpaket gewesen war, der Teddy schon im Alter von fünf Jahren beigebracht hatte, seine Schultern zurückzuziehen.

Er zog seine Jacke aus. Sein Vater umarmte ihn – ihre Beziehung entwickelte sich offensichtlich doch noch, denn er hatte gerade mal einen Klaps auf die Schulter bekommen, als er aus dem Gefängnis entlassen wurde.

»*Dobrodošao.* Willkommen zur Party.«

»Herzlichen Glückwunsch, *tate.*« Teddy überreichte sein Mitbringsel. Das perfekte Geschenk, dachte er: ein Gutschein für ein sechsmonatiges Abonnement für Streaming-Hörbücher.

Sein Vater hatte den Flur umgestaltet: eine Garderobe mit Spiegeltüren eingebaut, Spots an der Decke angebracht und die Wände grau gestrichen. Es sah wirklich schön aus. Vielleicht hatten ihm Linda und Nikola geholfen – Teddy schämte sich eine Sekunde lang, dass er nicht dabei gewesen war.

Vor ein paar Jahren hatte Bojan beschlossen, dass Södertälje kein guter Ort mehr war, obwohl er sein ganzes Erwachsenenleben dort verbracht hatte und seine Tochter und seine Enkelkinder immer noch dort lebten. »Ich bin Schwede«, hatte er in seiner gewohnt selbstbewussten Art mit schwerem Akzent gesagt, »und wenn die Schweden aus Sö'tälje wegziehen, dann tue ich das auch.«

Nur ein eingefleischter Södertäljer sprach den Namen der Stadt so aus, aber Teddy hatte keine Lust, mit ihm zu diskutieren.

Bojan war Ende der Siebzigerjahre im Alter von siebenundzwanzig Jahren nach Schweden gekommen. »Ich gehörte zur letzten Welle von Arbeitsmigranten in diesem kalten Land«, sagte er. »Seitdem hat Schweden keine Menschen unseres Kalibers mehr aufgenommen.« Bojan begann bei Scania-Vabis in Södertälje mit der Montage von Motoren für die Stockholmer Busflotte. Ein paar Jahre später lernte er Teddys Mutter kennen, die in der Finanzabteilung arbeitete. Sie stammte aus Sundsvall, genauer gesagt aus Matfors. Im Jahr darauf wurde Linda geboren. Teddy eineinhalb Jahre später. Darko kam als Letzter. Zur gleichen Zeit hatten einige Freunde seines Vaters erkannt, dass man mit einem Restaurant mehr Geld verdienen konnte als mit der Arbeit in einer Autofirma. Bojan begann bei seinem besten Freund, der ein Mittagsrestaurant in einem Industriegebiet in Solna betrieb. Jeden Tag fuhr er insgesamt vier Stunden zur Arbeit und zurück, aber er dachte nie daran, aus Södertälje wegzuziehen. Damals war es noch gut genug für ihn, aber vielleicht war er inzwischen nicht mehr vom selben Kaliber.

An der einen Wand des Wohnzimmers hingen die beiden Säbel, die nach der Legende seines Vaters aus der Schlacht von Novi

Pazar im Jahre 1912 stammten. An der anderen Wand hing ein Gemälde aus dem Elternhaus von Teddys Mutter: Rännesjön. »Sie war die beste Schlittschuhläuferin von ganz Norrland«, behauptete sein Vater – Teddy war sich sicher, dass er nie nördlich von Uppsala gewesen war, aber es war trotzdem schön.

Zwei Onkel mit ihren Frauen, alte Freunde seines Vaters, nippten am Begrüßungsdrink. Teddy trat vor, küsste die Frauen auf die Wangen, küsste die alten Männer ebenso und sagte die wenigen Worte auf Serbisch, die er gut genug beherrschte.

Die Frauen lachten. »Du bist so groß geworden, Najdan. Man erkennt dich gar nicht mehr.«

Bei seinem richtigen Namen nannte ihn in diesen Tagen kaum jemand: *Najdan*, aus dem erst *Björne* wurde und daraus schließlich *Teddy*.

Als er in die Küche kam, hätte er am liebsten gleich wieder kehrtgemacht. Er bereute es, hierhergekommen zu sein. Da stand Emelie.

Wer hatte sie denn eingeladen?

In diesem Moment kam Lucas angerannt. »Papa«, rief er und lächelte so breit, dass Teddy gar nicht anders konnte, als das Lächeln zu erwidern.

Lucas wollte zwei Minuten lang getragen werden, dann wollte er wieder runter und mit Opas Säbeln spielen, was Emelie verbot, Linda verbot, Teddy verbot und Bojan erlaubte.

Lucas und sein Opa gingen auf den Balkon, hoben die Säbel und schwangen sie gegen eine Melone, die Bojan aufgestellt hatte. Das Wetter war mild, die Sonne schien durch die Wolken. Lucas' Kichern war bis ins Haus zu hören, er war kurz davor, vor Lachen zusammenzubrechen. Linda und Emelie standen am Fenster. Linda lächelte. Es war ärgerlich, dass Linda den Kontakt zu Emelie wie eine verdammte Freundin aufrechterhielt, obwohl sie und Teddy sich schon lange getrennt hatten. Sie schien tatsächlich mehr Zeit mit Emelie als mit ihm zu verbringen. Er warf einen Blick auf Lucas – wäre er nicht gewesen, wäre er gegangen. Er hatte nicht vor, wie ein Idiot neben Emelie zu stehen.

»Er erinnert mich an Nikola, als er so alt war«, sagte Linda.

»Wo ist er?«, fragte Teddy.

Linda schüttelte den Kopf. »Keine Ahnung, aber er wusste, dass wir heute feiern.«

»Merkwürdig, oder?«

Lindas Falten um die Augen wurden noch tiefer. »Ja, ein bisschen, er redet nicht viel mit mir, aber ich glaube nicht, dass es ihm gut geht. Vor ein paar Monaten war er noch super fröhlich, dann hat sich alles verändert, er ist ständig gereizt und schlecht gelaunt. Jetzt schläft er die meiste Zeit des Tages. Vielleicht hat er sich mit einem Freund gestritten, ich weiß es nicht.«

»Oder er denkt an Chamon«, sagte Teddy.

»Das könnte sein. Könntest du nicht mal mit ihm reden?«

Teddy nickte und betrachtete Emelie, deren Gesicht scharfe Züge angenommen hatte, die Mundwinkel und Lippen hart. Es gefiel ihr nicht, dass Lucas mit dem Säbel spielte, das war mehr als offensichtlich.

Er trat einen Schritt auf sie zu. »Kann er nach der Feier bei mir bleiben?«

Keine Antwort.

Lucas und Opa zerhackten die Melone, und der Saft spritzte bis zum Fenster.

Teddy erhob seine Stimme. »Kann Lucas bei mir bleiben, wenn die Party vorbei ist?«

Emelie sah aus, als würde sie sich verkrampfen. »Klar, das ist okay.« Dann drehte sie sich zu Linda um. »Was arbeitet Nikola eigentlich derzeit?«

Linda schüttelte den Kopf, nicht sicher, ob es an Emelies Frage lag oder daran, dass Teddy lauter geworden war und Ärger machte. »Nikola tut, was er kann«, sagte sie. »Er ist bei George Samuel und arbeitet dort als Elektriker, aber manchmal denke ich, dass er wieder Unsinn anstellt.«

»Warum?«

»Es scheint in unserer DNA zu liegen.« Dann unterbrach sie sich und rief: »Es ist Zeit für den Kuchen, kommt vom Balkon runter.«

In unserer DNA. Linda hörte sich an wie er, wenn er mit Emelie gestritten hatte, aber jetzt klang es dumm. Und zugleich hatte sie keine Ahnung, wie recht sie damit hatte.

Teddy wusste, dass Nikola krumme Dinger drehte, auch wenn er versuchte, ihn dazu zu bringen, nicht noch schlimmere Sachen anzustellen. In Teddy selbst floss das schmutzige Blut in Strömen. Der Deal, den er auf Mallorca eingefädelt hatte, würde ihn wieder auf die Landkarte setzen. Michaela hatte ihm unerwartet viele Kilos versprochen, dreißig, als Geste der Freundschaft. Auf der Straße würde das Gras mindestens eine halbe Million wert sein. Der Stoff würde in Medikamentenschachteln kommen. Es war unglaublich, dass er Proben von einem internationalen Player kaufen konnte – aber die Wahrheit war, dass er keine Ahnung hatte, wie er auch nur die Hälfte der dreißig Kilo verkaufen sollte. Michaela hatte ihm einfach vertraut, es war eine Frage der Ehre.

Jetzt wartete der nächste Schritt. Seine alten Freunde waren nicht mehr im Business, sie waren weitergezogen, nicht einmal Isak Nimrod würde sich dafür interessieren. »Mister One ist nicht mehr in Form«, hatte Dejan ihm gesagt. Offenbar hatte Nimrod in den letzten Jahren sein Geld in Mietshäuser gesteckt. Großer Renovierungsbedarf, schwierige Mieter. Die Häuser lagen in den sogenannten Problemvierteln, wo die Gewalt, für die Nimrod mitverantwortlich war, die Preise zusätzlich drückte. Die Mieteinnahmen sprudelten, und vor allem konnte er die Häuser nach und nach mit Schwarzgeld renovieren und die Mieten erhöhen. Nun wollte er den gesamten Bestand verkaufen. Nimrod, so Dejan, habe seinen Jungs schon vor Monaten gesagt, dass sie zu anderen Gangs wechseln könnten – »*Mister One wird nichts leiten, was auch nur im Entferntesten mit Kriminalität zu tun hat.*«

Teddy brauchte also Zugang zu dem Markt, den er vorher beherrscht hatte. Das Einzige, was ihn störte, war, dass er die Kontakte über Nikola bekommen hatte. Nikola sollte sich zusammenreißen, aber wer war Teddy, ihm das zu sagen? Sein Neffe war erwachsen genug, um die Heuchelei zu durchschauen. Gleichzeitig: Die Zeiten waren brutaler geworden, das wusste jeder. Noch tödlicher. Es gab zehn-, vielleicht zwanzigmal mehr Morde als zu Teddys Zeiten. Nikola befand sich im äußeren Kreis um einen der gefährlichsten Anführer: Kerim Celali. Teddy wusste, dass sie sich kennengelernt hatten, als Nikola im Gefängnis saß und Kerim mit dem Hubschrauber geflohen war – der Boss war ein heller Stern am dunklen Himmel der Straße, aber Nikola war einer der kleinen Jungs.

»Was machst du?«, hatte Nikola gefragt, als Teddy ihn vor ein paar Wochen gebeten hatte, ihn abends begleiten zu dürfen.

»Ich will leben.«

»Du solltest bei Lucas zu Hause sein.«

»Ich bin so oft bei Lucas, wie Emelie es erlaubt, keine Sorge.« Teddy gefiel das nicht: Nikola schimpfte ihn aus, nachdem er sich selbst gedemütigt hatte, indem er darum gebeten hatte, mitkommen zu dürfen.

»Na gut, Onkel«, sagte Nikola. »Wenn du mich das nächste

Mal zu Lucas mitnimmst, sorge ich dafür, dass du bald Ali Zwei sehen kannst. Er ist ein Freund von mir.«

Es war beunruhigend, dass Nikola tiefer in diese Gangsterkreise verstrickt war, als ihm bewusst gewesen war. Teddy benutzte ihn: Sein Neffe kannte offensichtlich Leute, die Celali nahestanden. War das falsch? Teddy tat es aus einem guten Grund, das musste ausreichen. Aber vorher gab es noch andere Probleme. Das größte war im Moment, dass er kein Geld hatte, um Michaela zu bezahlen. Niemand half ihm, sie wollte alles auf einmal. Sie war ihm entgegengekommen, also musste er *ihr* entgegenkommen.

Jetzt musste er lächeln. Für Lucas ein großes Stück Kuchen abschneiden und nicht mehr an die Arbeit denken.

An die Arbeit?

Bojan nickte Teddy zu. Die Zustimmung seines Vaters brauchte er nicht.

Cannabis importieren – *arbeiten*? War das alles, was er tun konnte? Drogen schmuggeln, dealen wie ein B-Gangster?

Er war ein guter Vater für Lucas – wenn auch nicht so geduldig wie Bojan, nicht so stabil wie Emelie. Vielleicht liebte er zu wenig. War das der Grund, warum die Beziehung zu Emelie zerbrochen war? War er ein Mann, der nicht lieben konnte, nur verletzen, stehlen, schmuggeln?

Sie sangen »*Živeo, živeo, i sretan nam bio*«. Sein Vater sah glücklich aus. »*Jamåhanleva!*« Teddy dachte an den Vorfall in der offenen Kita.

Sie stießen an. »*Tate*, können wir kurz reden?«, sagte er, als das Lied zu Ende war.

Bojan zuckte zusammen, als hätte Teddy ihn geschubst, sein Serbisch war altmodisch. »Was willst du jetzt?«

Teddy legte ihm die Hand auf den Rücken und schob ihn wieder hinaus auf den Balkon. Die Melonenstücke lagen noch da, knallrot und zerrissen.

»Ich habe die Chance, mich in eine gute Sache einzukaufen«, sagte er.

»Was für eine Sache?«

»Ein Wettsystem, Fußballwetten, du weißt schon.«

Teddy zog den gefalteten Schein aus seiner Gesäßtasche. Er war echt, er hatte ihn von Michaela bekommen, wieder ein Gefallen, den sie ihm getan hatte.

Es war eine Quittung von einem ATG-Agenten, dass er hunderttausend Kronen gewonnen hatte.

»Siehst du«, sagte er. »Das ist keine Erfindung, Papa, das funktioniert.«

Bojan nahm die zerknitterte Quittung in die ebenso zerknitterten Finger, seine Augen funkelten. »Wie viel brauchst du?«, fragte er.

Teddy wusste genau, wie viel er brauchte. Michaela wollte zweihunderttausend für die dreißig Kilo.

13
Gabriel

Die Tür krachte fester ins Schloss, als er gewollt hatte. Er musste etwas an den Scharnieren machen – oder etwas gegen sein Temperament tun. Zugleich war Gabriel klar, dass der Knall durch die geschlossene Tür im Obergeschoss zu hören gewesen war. Er wusste, dass Alma zu Hause war, denn er konnte sie auf seinem Handy verfolgen, der GPS-Punkt hatte sich den ganzen Tag nicht bewegt. Aber es war kein »Hallo, Papa« zu hören, nicht einmal ein »Hallo«.

Grabesstimmung vermutlich dort oben.

Es dauerte lange, bis er seine Stiefel aufgeschnürt hatte.

Das Reihenhaus war einhundertvierzig Quadratmeter groß, genau richtig, als er und Erika eingezogen waren: Alma hatte es geliebt, dass man von der Küche über das Wohnzimmer bis zum Flur im Kreis gehen konnte. Jetzt fühlte es sich trostlos an, wie eine leere Kirche, aber ohne das Schöne, ohne das Heilige. Eher wie eine verlassene Turnhalle, ein Ort, der für das Leben gemacht war und von dem nur der Geruch blieb.

In der Küche standen Teller und Gläser auf dem Tisch. Er musste mit Alma sprechen: Er hatte heute vier Anrufe von der Schule wegen unerlaubten Fernbleibens erhalten. Ihre Mentorin Zeinab war streng, aber sie schien sich wirklich zu sorgen. Alma hatte sich nicht ein einziges Mal bei ihm gemeldet. Er war sich sicher, dass sie nicht wirklich krank war. Und das Schuljahr hatte gerade erst angefangen.

Warum war sie so dumm? Sie wusste doch, dass die Schule ihn

sofort informieren würde. Gabriel stieg die Treppe hinauf. Obwohl das Haus erst fünfzehn Jahre alt war, knarrten einige Stufen, und an zwei Stellen gaben die Dielen fast nach. Er dachte an Kerim Celali, er dachte daran, wie er Alma hatte beschützen wollen und nur noch tiefer in die Scheiße geraten war, er dachte daran, wie oft er Celali Informationen gegeben hatte: über laufende Hausdurchsuchungen, über Telefonabhörungen und Observationen, über Leute, die sie zum Verhör vorladen wollten. Er dachte daran, wie oft er Tipps über die Aktivitäten anderer Banden gegeben hatte, über Lieferungen und Verstecke anderer Banden, über Informationen aus dem Bewachungsregister und anderen Geheimdienstberichten. Natürlich hatte er Gegenleistungen erhalten – Informationen, die durchaus nützlich gewesen waren und zu Festnahmen, Inhaftierungen und Verurteilungen geführt hatten. Er rechnete für sich: Kerims Hilfe hatte dazu geführt, dass andere Kriminelle insgesamt zweihundertdreißig Jahre ins Gefängnis mussten. Das war Gabriels Triumph – sein Verdienst gegenüber Kollegen und Vorgesetzten, sein Beitrag für Schweden und die südlichen Vororte Stockholms. Aber die Abhöraktion war nur der Anfang. André war, wenn auch unwissentlich, daran beteiligt. Kerim Celali hatte noch nicht mit wertvollen Informationen bezahlt. Ging das zu weit? War es das auf lange Sicht wert?

Aus Almas Zimmer drang Musik. Er klopfte leise: Wenn er zu laut klopfte, würde sie es als Provokation empfinden.

Sie lag auf dem Bett, die Beine angezogen, das Telefon in der Hand.

»Hallo«, sagte er.

Null Reaktion.

»Hallo«, sagte er lauter.

»Hallo.« Ihre Stimme klang wie ein leises Ausatmen.

»Du warst heute nicht in der Schule.«

Alma wandte sich ab. »Ich hatte Bauchschmerzen. Ich musste mich übergeben.«

Er trat näher. An der Wand hing ein mehrere Jahre altes Poster von Ariana Grande mit kalkweißen Haaren, oder war es Lady Gaga?

»Dreh dich nicht weg, wenn ich mit dir rede.«

»Mir ist schlecht.«

Gabriel wollte nicht explodieren, aber er wusste, dass es passieren würde, er konnte hören, wie seine eigene Stimme lauter wurde. »Wenn du nicht zur Schule gehen kannst, weil du krank bist oder so, dann kannst du mit mir reden. Du kannst nicht einfach die Schule schwänzen. Wir sind ehrlich in dieser Familie, das weißt du. Wir haben schon hundertmal darüber gesprochen.«

»Du kapierst gar nichts.«

Er setzte sich aufs Bett und versuchte, ruhiger zu atmen.

Wir sind ehrlich in dieser Familie – und er arbeitete mit dem schlimmsten Gangster im Süden Stockholms zusammen. Andererseits: Was er tat, war für eine gute Sache. Alma schwänzte die Schule aus anderen Gründen, aber vielleicht konnte sie nichts dafür, dass sie so war, wie sie war.

»Es tut mir leid«, sagte er. »Du kannst nicht einfach so die Schule schwänzen.« Die Wut war schon wieder verflogen, so war er eben. Schnell auf hundertachtzig, aber ebenso schnell wieder beruhigt.

Alma war genauso. Ihre Stimme wurde leiser. »Papa, da gehen verrückte Dinge vor sich.«

»Was meinst du?«

Sie setzte sich auf die Bettkante. »Wenn ich dir von schweren Verbrechen erzähle, musst du dann etwas dagegen unternehmen?«

»Ich muss eingreifen.«

»*Musst?*«

»So sind die Regeln.«

Alma stöhnte auf.

Schnüre und Schminkutensilien, Papierschnipsel und Wasserflaschen bedeckten den Boden. Auf Sessel und Bett lagen Kleidungsstücke, die er kaum wahrnahm, obwohl es schöne Marken zu sein schienen, er erkannte Monogramme und Logos. Dann fiel sein Blick auf eine besondere Art von Müll. Ein Stück Plastik, nicht größer als eine Briefmarke. Aber er sah, was es war, er sah es deutlich. Wieder Irritation.

»Hattest du einen Freund da?«

»Das geht dich nichts an.«

»Du kannst nicht von der Schule zu Hause bleiben, nur weil du dich mit einem Kerl triffst.«

»Wer hat was von einem Typen gesagt?«

Gabriel zeigte auf die Kondomverpackung.

Alma zuckte zusammen. »Du bist so krank im Kopf, Papa, das weißt du. Ich werde bald siebzehn, du solltest dich nicht einmischen, was ich mit Jungs mache.«

»Es ist mir egal, was du machst, aber es ist mir nicht egal, dass du die Schule schwänzt.«

Alma sprang vom Bett auf und ging aus dem Zimmer. »Verdammter Idiot«, hörte er sie auf der Treppe schreien.

Er sehnte sich nach seiner Ex. Almas Mutter. Erika. Sie hätte gewusst, was in dieser Situation zu tun war. Sie hätte gewusst, ob er Kerim Celali sagen sollte, er solle sich verpissen, ob er Alma ins Ausland bringen sollte, nach Spanien, in den Libanon, nach England, wohin auch immer. Nur um wegzukommen. Um neu anzufangen.

Wieder die Kondomverpackung.

Er fragte sich, wer dieser Typ war. Ob seine Tochter mit ihm schlief, brauchte er gar nicht erst zu fragen.

14
Josephine

Peder hielt sein Asthmaspray in der Hand, als wäre es ein ekliges, kleines Schnapsglas: Kräuterschnaps oder nur Wodka.

Josephine wusste, dass Peder viele Dinge hasste. Er hasste Männer mit großen Händen, Menschen, die aus dem südlichen Stadtteil kamen, er hasste die Sozis, wie alle in ihrem Umfeld, aber auch die Schwedendemokraten, weil sie »sozi-artig« waren. Peder hasste Leute, die die Nachnamen du Rietz, Murray und Wachtmeister nicht aussprechen konnten, er hasste Leute mit schmutzigen Autos und Leute, die kein Land besaßen. Aber aus irgendeinem Grund hasste er sein Asthma nicht. Er machte nur Witze darüber. »Ich verpasse mir eine Dosis«, grinste er. »Das ist kein Doping, hat mir mein Sportarzt versprochen.«

Jossan lachte darüber, dass Peder lachte. Fredrika war vielleicht tausendmal reicher, als sie es je sein würden, aber sie würde verdammt nochmal nicht beim Padel gewinnen, nur weil Peder bei jedem zweiten Bandeja einen Hustenanfall bekam. Außerdem wollte sie sich ein wenig rächen, weil Fredrika sich neulich im Restaurant geweigert hatte, die Rechnung zu bezahlen.

Sie befanden sich auf dem Dach eines Parkhauses mitten in der City, gleich neben NK. Die exklusivsten Außenplätze der Stadt – die Aussicht war atemberaubend. Irgendwie hatten die Organisatoren auch einen Porsche hierher gebracht – hatten sie ihn mit einem Kran oder Hubschrauber hochgehoben, oder war das alte Parkhaus noch in Betrieb? Josephine wusste, dass die Sponsorengelder nicht sehr weit reichten. Eigentlich war sie es gewesen, die dem Verein geholfen hatte, alle Genehmigungen von der Stadtverwaltung zu bekommen, es war kein einfaches Match gewesen – haha –, so eine Anlage auf einem Dach zu bauen. Der Kompromiss war, dass der Boden der Padelplätze schwarz war statt blau oder grün und das Dach vier Meter niedriger als üblich. Der Stadt war es wichtig für das *Stadtbild*, dass *die Ästhetik eines Parkplatzes gewahrt wurde*. Sie wusste nicht, was verrückter war: dass die Stadtverwaltung unbedingt die Aura eines Parkplatzes erhalten wollte oder unbedingt ein blauer Porsche dastehen musste, wenn man Freizeitsport trieb.

Conrad-Christoph rief etwas von der anderen Seite des Netzes, das niemand verstand, dann ließ er den Ball auftupfen und schlug auf. Peder begann zu husten, während Josephine einen Slice direkt in die Ecke schlug, wie es sich gehörte. Die Ecken waren beim Padel Gold wert.

Das Spiel ging weiter, es war erschreckend ausgeglichen. Sie durfte die Konzentration nicht verlieren, sich nicht von Porsches und Baugenehmigungen ablenken lassen. Trotzdem musste sie immer wieder an den Tag denken, an dem Peder seine Kreditkarte vergessen hatte und sie die Restaurantrechnung begleichen musste. Am nächsten Tag hatte sie sich eine Ausrede ausgedacht und behauptet, dass sie aus Versehen die Karte der Kanzlei genommen habe und dass sie natürlich jeden Cent privat überweisen würde. Kein guter Zug, aber auch keine Katastrophe. Was sie jedoch entdeckt hatte, als sie sich auf der Website der Bank einloggte, um ihrer Verpflichtung nachzukommen, war äußerst unangenehm. Sie und Peder hatten zwar kein gemeinsames Konto, aber sie waren bei derselben Bank. Sie hatte einhundertfünfzigtausend Kronen auf dem Konto, genug für die Überweisung. Peders Handy lag auf dem Küchentisch, sie nahm es und öffnete seine BankID, was funktionierte, denn sie benutzten denselben Code: eine Kombination aus Peders Geburtstag und der Hausnummer, an der sie wohnten. Dann warf sie einen Blick auf seine Konten, hauptsächlich aus Neugier.

Was sie dort entdeckte, war eine Katastrophe.

Sie scrollte hin und her und konnte nicht glauben, was sie sah.

Peders Sparkonto war mehr oder weniger leer, sein Treuhandkonto ebenfalls. Das Privatkonto war im Minus. Die Fonds waren verkauft, Aktien abgestoßen, Bargeld in Raten von mehreren Hunderttausend Kronen auf Konten überwiesen worden, die sie nicht einmal kannte.

Was zum Teufel trieb er?

Es war später am Abend. Peder schlief oft sofort nach dem Sex ein, also musste sie sich beeilen. »Besser als Oxycontin«, sagte Peder. »Und kostenlos ist es auch.«

Sie musste fragen, was passiert war. »Hast du deine Kreditkarte gefunden?«

Peder drehte sich zu ihr um, in der Dunkelheit konnte sie seinen Gesichtsausdruck nicht richtig erkennen.

»Ja und nein«, sagte er leise.

Das war immerhin ein Anfang.

»Was heißt das?«

»Ich habe die Karte, aber …« Er zögerte, seine Stimme versagte.

Es tat weh, Josephine wollte ihn nicht drängen, aber gleichzeitig war sie verärgert und besorgt. »Es ist kein Geld auf dem Konto, oder?«

Peder wandte sich ab. »Ich bin müde. Sex ist besser als Oxycontin.«

»Was hast du mit dem Geld gemacht?«

Peder gähnte.

»Das bereden wir morgen, Josephinchen.«

Sie konnte nicht einschlafen. Sie dachte darüber nach, was sie mit Peder hatte. Sie wollten beide Kinder haben, aber es passierte nichts, obwohl sie genau wusste, wann im Monat sie es tun sollten. Sie dachte an Lucas, Emelies Sohn, um den sie sich gekümmert hatte: Er war das süßeste Geschöpf der Welt. Sie versuchte zu verstehen, was mit Peders Geld, ihrem Geld, passiert war. Nachdem sie sich eine Stunde lang im Bett hin und her gewälzt hatte, stand sie auf, setzte sich in die Küche und rief noch einmal die Bankseiten auf dem Computer auf. Sie ging die Papiere durch, die Peder in der Schublade im Arbeitszimmer hatte.

Aktienzertifikate, Fondsverkäufe, Transaktionsnotizen. Und sein Auto.

Ihr wurde ganz flau im Magen, als sie das Dokument sah. *Svensk Fordonsbelåning AB*. Ein Darlehensvertrag mit Verpfändungsklausel.

Josephine wusste, dass Peder seinen McLaren mehr als alles andere liebte, mehr als sie wahrscheinlich. Er hatte ihn bei einem Autohändler in Deutschland gekauft und auf einem Lastwagen nach Schweden bringen lassen, um nicht unnötig Kilometer zu verschwenden. Normalerweise stand er in einer Spezialgarage im Zentrum von Mörby, und er benutzte ihn nur zu besonderen Anlässen, zum Beispiel, wenn sie seine Eltern auf dem Gut in Upplands Väsby besuchten und Peder stilvoll reisen wollte.

Nun sah sie, dass er ihn verpfändet hatte. Sein geliebter McLaren gehörte ihm nicht mehr.

Es war schlimmer, als sie gedacht hatte. Es war eine Sache, Geld zu verschieben, aber eine ganz andere, sein Auto zu verpfänden. War seine finanzielle Lage so schlecht? War *ihre* finanzielle Lage so schlecht?

Peder *ohne* sein Auto – er tat ihr unwillkürlich mehr leid als sie sich selbst.

Fredrika und Conrad-Christoph gewannen.

»Nehmen wir bei uns noch einen Drink?«, fragte Fredrika.

»Ja«, rief Peder.

Josephine sah ihn überrascht an. »Ich dachte, wenn du verlierst, bekommst du schlechte Laune.«

»Genau, und deshalb brauche ich jetzt einen großen Gin Tonic.«

Fredrika rief: »Das kriegen wir hin!« Conrad-Christoph lachte, er trank gern.

Die Wohnung von Fredrika und dem Grafen war nicht nur groß, bestimmt über fünfhundert Quadratmeter, und lag an einer der schönsten Adressen Stockholms – mit Blick auf Humlegården –, sie hatte auch riesige Terrassen. Als Fredrika die Wohnung gekauft hatte, war in mehreren Zeitungen darüber berichtet worden. Die Renovierung hatte über drei Jahre gedauert. Schweden war ein kaltes Land, und große Terrassen waren ein seltener Luxus, aber Fredrika hatte Infrarotheizungen und Gasschwämme in die Fassade einbauen lassen. Selbst Josephine verstand nicht, wie sie die Baugenehmigung dafür bekommen hatte.

Jeder wusste, dass es neben dem Strandvägen drei Straßen gab, die zu den exklusivsten der Stadt gehörten: Danderydsgatan, Tysta gatan und Fredrikshovsgatan. Josephine schätzte, dass bis zu zwanzig Prozent der schwedischen Milliardäre an einer dieser Adressen wohnten. Fredrika sah sich als Rebellin, die fünfhundert Meter weiter gezogen war.

»Ich will Punk sein«, hatte sie einmal gesagt, als sie bei Chanel einen roten Strickpulli mit Lederriemen für sechstausend Euro gekauft hatte. Sie sagte nie, was etwas kostete, das wäre unpassend, aber Josephine wusste es immer. Oft war es Peder, der es ihr sagte.

Die Fahrstuhltüren öffneten sich, und sie traten direkt in die Wohnung.

Die Bilder von David Hockney und Kerry James Marshall hingen dicht an dicht wie die Streifen auf einer Polo-Ralph-Lauren-Tapete. Die Jeff-Koons-Hunde und Kaws-Figuren standen nebeneinander aufgereiht, als wären sie Spielzeug.

In der Mitte des Eingangsbereichs thronten vier niedrige Podeste. Josephine hatte sie schon einmal gesehen, aber nie darüber nachgedacht, was sich darauf befand. Es waren keine Kunstwerke, sondern Modelle von Sportwagen. Sie war keine Expertin, aber einen erkannte sie eindeutig als Lamborghini. Sofort war ihr klar – das waren Conrad-Christophs Autos in Miniatur. Autos, die er wirklich besaß.

»Schön«, sagte sie und zeigte darauf.

Conrad sah glücklich aus.

»Wie viele hast du denn?«

»Ich zähle meine Sondermodelle nicht auf diese Weise«, sagte der Graf.

15
Teddy

»Wie war es auf Malle?« Ali Zwei schüttete seinen Energydrink in ein Glas und füllte es mit Hustensaft auf – *Lean*. Teddy würde diesen Morphiumscheiß nie anrühren, aber in diesen Kreisen war das gebräuchlicher als Fanta. Die Lehne des Bürostuhls wippte im Takt der Musik.

Das Studio befand sich im Keller eines Gebäudes, das sich *Kulturverein* nannte. Teddy wusste nicht, wer der Betreiber war, aber den Schildern im Obergeschoss nach zu urteilen, wurde es von der Gemeinde finanziert. Ein schöner und integrativer Treffpunkt für junge Menschen in den Vorstädten, um sich zu entwickeln und kulturell zu engagieren. Computerbildschirme, ein Keyboard – oder was auch immer es war – und ein Mischpult. Aus den Lautsprechern dröhnte leise Musik. Eigentlich war das eine Rekrutierungsbasis für die Jungs, ein Ort, an dem sie ungestört reden konnten. Es war eine Art Karma – je schwerer die Kriminellen, desto mehr war der Staat bereit zu zahlen.

Ali Zwei war mehr als zehn Jahre jünger als er. Sein richtiger Name war natürlich nicht A2, aber so nannten sie ihn auf der Straße. Nikola hatte sie einander vorgestellt, und nun begann Ali Zwei, ihn zu akzeptieren, was man an seiner Art zu sprechen erkennen konnte. Teddy hatte ihn in letzter Zeit fast jeden Tag gesehen, um mit ihm über Geschäfte zu reden, Döner zu essen und noch mehr über Geschäfte zu reden. Jeder in diesem Teil Stockholms wusste, wer Teddy war, er galt als erfahren und hundertprozentig zuverlässig – acht Jahre im Gefängnis waren eine Garantie dafür.

Er hatte absichtlich wie ein Anfänger über seine Reise geplaudert, jetzt öffnete er eine Dose Monster, aber ohne Cocillana zu schlucken. »Mallorca war gut.« Er fügte »Bruder« hinzu, um Nähe zu signalisieren.

Ali Zwei nippte an seinem Drink. »Wie viel?«

»Das werden wir am Ende sehen, aber ich kriege Proben.«

»Bruder, willst du nicht sagen, wie viel?«

»Doch. Aber ich will mit den richtigen Leuten reden. Ich brauche mehr Muskeln. Die Kontakte habe ich, aber das Geld nicht. Verstehst du? Es gibt nicht viele Leute, die Stoff in so großen Mengen von so einer Quelle bekommen können.«

Ali Zwei legte einen neuen Beat auf. Rap drang aus den Lautsprechern. *Du spielst den König, ich hab noch ein Ass im Ärmel / Ich baue mir fix einen Kundenstamm, als wäre es Lego.*

Passende Zeilen, dachte Teddy. Ali Zwei war kein Platzhirsch.

»Ich glaube, wir haben eine Chance auf P3-Gold«, sagte Ali.

Mann, ich gehe all-in, die Semi-Automatik ist bereit, die Sturmhaube ist auf / Ich bin Capo dei Capi, ziele auf den Kopf, ficke den Mann in Blau.

Teddy interessierte sich nicht für diese Musik, aber er wusste, dass Nikola einige der Künstler verehrte.

»Und wenn ich keinen Preis bekomme, können wir immer noch genug waschen«, sagte Ali.

»Wie?«

»Fünfzigtausend Streams kosten im Darknet nur ein paar Tausend Dollar. Über Spotify waschen wir Millionen.«

Teddy stellte das Glas ab. »Kann ich mit jemandem reden, der so viel Ware verticken kann? Ich habe einen richtig großen Dealer auf der Insel.«

Er ging hier über viele Grenzen, aber die äußerste rote Linie hatte er vor wenigen Tagen überschritten. Sein Vater hatte ihm Geld geliehen, und nun waren dreißig Kilo Marihuana auf dem Weg nach Europa. Für das Marihuana hatte Bojan seine Wohnung verpfändet. Sein Vater war ein Drogenengel.

Ali schaltete die Musik aus und nahm einen vorgedrehten Joint in die Hand. Erst *Lean*, jetzt Gras – er war wohl immer auf irgendwas. »Kommt drauf an. Es gibt viele Checker da draußen, aber nur wenige kommen mit einer großen Lieferung klar.«

»Ich weiß. Wer kann mir helfen?«

»Ich kann dir helfen.«

Teddy fing an zu lachen. Ali Zwei war auf jeden Fall aktiv, er klaute Handys, verkaufte Gras und anderen Kram, machte Musik. Vielleicht besorgte er auch Waffen und trug so indirekt zu dem Krieg bei, der da draußen tobte. Als Teddy vor langer Zeit anfing, drohte man noch, in den 2010er Jahren schoss man einander in die Beine, in den letzten acht oder neun Jahren zählte es nur noch, wenn man mindestens drei Kugeln im Gesicht abbekam. Er verstand nicht, warum es so schlimm geworden war – es waren ja nicht die Drogen, die die Leute dazu brachten, sich wegen der kleinsten Minibeleidigung umzubringen. Die Drogen hatte es schon vor fünfzehn Jahren gegeben, bevor er ins Gefängnis kam. Damals hatte noch niemand jemanden erschossen.

Ali nahm einen Zug von dem Spliff und legte ihn in den totenkopfförmigen Aschenbecher neben dem Mischpult. Teddy dachte wieder an Michaelas riesiges Gewächshaus.

»Du kannst gehen«, sagte A2.

Teddy hörte auf zu lachen. »Nein, so habe ich das nicht gemeint. Ich mag dich, Bruder, ich würde gerne Geschäfte mit dir machen, aber weißt du …«

Ali spuckte aus, während er sprach. »Ich verstehe, dass du

Geschäfte machen willst, bin ja nicht bescheuert, oder? Aber mich willst du nicht.«

Teddy könnte sich entschuldigen, sagen, es tue ihm leid, aber dann würde er nie wieder Respekt bekommen. Die Regeln des Spiels. Er hatte gelacht, er hatte geredet, ohne Ali Zwei zu fragen – das war vielleicht ungeschickt, aber auch Absicht –, er konnte jetzt nicht nachgeben. Er musste an die großen Jungs ran, also hielt er den Mund.

Im Hintergrund begann ein neues Lied. *Ich verkaufe Bolivisches, achtzigprozentig / wenn die Bullen kommen, ist nichts passiert.*

Ali blinzelte und inhalierte tief.

Teddy sagte: »Ich verspreche dir, wenn du einen Kontakt herstellst, lasse ich dich rein, aber ich will ehrlich zu dir sein, Ali, so viel kannst du nicht verticken. Wir reden hier von mehr als einer Tonne.«

Ali Zwei bekam einen Hustenanfall, der Rauch des Joints quoll aus seinem Mund wie aus einem Schornstein. »Machst du Witze? Mehr als eine Tonne?«

Teddy nickte und grinste.

»Verdammt.«

Teddy nickte wieder und grinste noch breiter. »Ich mag dich, Ali. Wir kennen uns nicht, aber ich hab das richtige Feeling.«

»Vertrau mir. Ich werde mich darum kümmern. Ich werde mit dem Großen Bruder sprechen.«

»Dem Großen Bruder, wer ist das?«

»So nennen wir ihn. Kerim Celali, er ist ein Freund.«

»Stell mich ihm vor.«

Ali Zwei antwortete nicht. Er zog wieder am Joint, bis er zu glimmen begann. »Willst du?«

Teddy schüttelte den Kopf. Es war schon so schwer genug, er

musste sich konzentrieren. Außerdem hatte er wieder angefangen, Pillen zu schlucken, er wollte keine Wechselwirkungen mit dem Gras.

»Ich werde sehen, was ich tun kann«, sagte Ali. »Aber denk dran, ich bin wie ein *wise guy*, weißt du? Und ein *wise guy is always right, even when he is wrong*. Hast du *Donnie Brasco* gesehen? Ich mache, was ich will, und du solltest mir dankbar sein.«

Vor fünf Jahren hätte Teddy jemanden, der so redete, noch vermöbelt. Jetzt saß er einfach still da.

»Übrigens«, sagte Ali. »Weißt du, wo Nikola hin ist?«

16
Gabriel

Cilla Frank hatte eine Art, ihn anzusehen, die ihn ganz hibbelig machte, und dabei war er extrem brenzlige Situationen gewohnt. Trotzdem ahnte sie ganz sicher nichts, denn wenn sie ihn verdächtigen würde, wäre schon längst gegen ihn ermittelt worden.

Die Aktionsgruppe Acht war zu einem Treffen in der großen Polizeistation in Flemingsberg gerufen worden. Oder besser gesagt, er und André. Cilla Frank trug ein unerwartet großes goldenes Kreuz um den Hals und sehr kleine Kreuze in den Ohren, aber eine besonders nachsichtige Person war sie deshalb noch lange nicht. Gabriel konnte nur erahnen, worum es bei diesem Treffen gehen würde, es war schon spät am Abend, was ebenfalls ein schlechtes Zeichen war.

»Unsere Anfrage wurde vom Gericht abgewiesen«, sagte Cilla. »Keine geheime Datenüberwachung, keine Telefonüberwachung, keine Raumüberwachung von Kerim Celali oder anderen Personen.«

Das waren *old news.* Gabriel dachte an Alma. Sie hatte eine kurze Textnachricht geschickt, um ihm zu sagen, dass ein Freund heute bei ihr übernachten würde.

Welcher Freund?

Ein Typ.

Und wie heißt der Typ?

Hör auf zu fragen. Du bist nicht meine Mutter.

Ironie.

Er wusste nicht, ob er es rechtzeitig nach Hause schaffen würde, um den Kerl noch wach anzutreffen, aber immerhin war es besser als erwartet: Alma hatte ihm erzählt, was sie für den Abend vorhatte, und das war ja schon mal etwas. Doch wo verlief die Grenze? Sie war sechzehn Jahre alt und hatte ein Recht darauf, einen Freund zu haben, aber gerade Gabriel wusste, wie schlimm es werden konnte. Er sah die Gewalt, die Drogen, den Missbrauch jeden Tag. Er wünschte sich, dass Alma wenigstens ab und zu daran dachte und verstand, dass er Angst um sie hatte. Sie könnte einfach schreiben, dass er sich keine Sorgen zu machen brauchte, dass dieser Typ ein guter Kerl war.

»Ich habe diese Sitzung einberufen«, sagte Cilla Frank und atmete schwer, »weil ich erfahren habe, dass jemand im Süden Stockholms entgegen einem Gerichtsbeschluss präventiv geheime Daten von mindestens drei Personen abgehört hat.«

Das Gesicht der Staatsanwältin auf der anderen Seite des Tisches war nicht weit entfernt. »Wenn wir keine Genehmigung bekommen, nutzen wir andere Wege, um an Informationen zu kommen. Stimmt's?«

André und er nickten, aber Cilla Frank war noch nicht fertig. »Ich glaube, einer von Ihnen hat das nicht verstanden. Wer?«

André wirkte wie ein verlegener Schuljunge, etwas vorsichtig in seinen Bewegungen. Gabriel sah wahrscheinlich genauso aus.

Die Lüftung zischte. Die Sekunden fühlten sich an wie Minuten.

Er räusperte sich. »Ich weiß nicht, wer den Lauschangriff veranlasst hat, vielleicht jemand von einer anderen Einheit, aber ich weiß, dass es notwendig ist. Wir kommen sonst nicht an die Leute ganz oben in der Hierarchie heran, und das wissen Sie auch.«

Es war André, der die Dateien mit den Trojanerprogrammen verschickt hatte, aber es war Gabriel, der sich um die Überwachung kümmerte.

Cillas Pupillen bewegten sich nicht. »Ich will dasselbe wie Sie, Gabriel. Ich bin Staatsanwältin, eine ganz normale Vertreterin unserer Behörde. Ich bin so ehrlich, wie man es von einer Repräsentantin wie mir erwarten kann. Ich habe manchmal Dinge getan, die grenzwertig waren, aber es läuft auf ein Prinzip hinaus – ich will, dass das Gesetz siegt. Und das Gesetz gilt für *alle*. Deshalb will ich, dass diejenigen, die an der Spitze stehen, die mit Drogen handelnden Mörder wie Isak Nimrod oder Kerim Celali, in denselben Gefängniszellen verrotten wie die Frauenschläger und Autodiebe. Das ist es, was ich will. Sie und ich haben lange genug gearbeitet, um zu wissen, dass das nur in Ausnahmefällen passiert, zumindest in diesem Land. So ist das eben. Aber das bedeutet nicht, dass ich selbst ins Gefängnis gehe. Und das sollten auch Sie nicht riskieren. Es war illegal, die Trojaner abzuschicken. Verstehen Sie das?«

Gabriel würde nichts zugeben. Er wusste, dass er auch für André sprach und eigentlich für die ganze Aktionsgruppe Acht. »Ich habe es schon einmal gesagt, aber Sie sind ein Büromensch, Sie sind nicht dabei, wenn sie auf uns schießen, wenn wir in ihre Reviere gehen, um die Schießereien zu stoppen, Sie spüren die Steine nicht, die Ihren Helm und Ihren Körper treffen. Zwölfjährige spucken uns ins Gesicht und werden von ihren Müttern dafür gelobt. Und man weiß, dass alle im Treppenhaus, auch die Opfer, die Tür schließen, wenn wir kommen. Vor allem weiß man, wer die Opfer sind. Es sind nicht Menschen wie Sie und ich, Cilla, bei allem Respekt, es sind Väter und Mütter, Geschwister und Freundinnen. Es sind all jene, die keine Verbrechen begehen, aber eingeschüchtert, bedroht, denunziert, getötet werden.« Er hielt inne und holte Luft. »Ich stimme Ihnen zu, ich will auch, dass das Gesetz gewinnt, aber manchmal muss man sich für eine kurze Zeit über das Gesetz hinwegsetzen, um dieses Ziel zu erreichen.«

Schweigen.

Cilla Franks Wut ließ sich daran messen, wie reglos sie dasaß, das wusste Gabriel von früher. Jetzt war sie steif wie eine Skulptur. Nach viel zu vielen Sekunden hob sie das Kinn, als würde es ihr schwerfallen, als wäre es eine Anstrengung. »Sind Sie fertig?«

Er antwortete nicht.

»Es ist ganz einfach«, fuhr sie fort. »Ich leite die Arbeit dieser Gruppe. Ich verstehe, dass Sie mir nicht sagen wollen, wer von Ihnen die Abhörprogramme abgeschickt hat, und im Moment ist es mir auch scheißegal, aber es gelten meine Regeln. Tun Sie so etwas nie wieder. Und ab sofort werden Sie das Abhören einstellen. Haben Sie das verstanden?«

André nickte.

Gabriel nickte ebenfalls. Er war ein Feigling.

»Sehr gut«, sagte die Staatsanwältin.

Er stand nicht auf.

»Sonst noch etwas, Gabriel?«

»Das Gericht verbietet uns das Abhören. Sie verbieten es uns. Die Jungs sagen nichts, selbst wenn sie Opfer eines Verbrechens sind. Erklären Sie mir bitte, wie wir überhaupt Aufklärung betreiben können. Erklären Sie mir, wie wir vorankommen sollen.«

Cilla Frank fuhr sich mit der Zunge über die Vorderzähne, vielleicht hatte sie eine Portion Snus unter der Oberlippe, vielleicht war es auch nur eine Art, ihn hinzuhalten. »Wir haben einen neuen Kanal eingerichtet.«

Was meinte sie damit?

»Ich habe einen Informanten angeworben, so eine Art Infiltrator. Jemand aus dem Netzwerk von Kerim Celali.«

Gabriel hätte fast laut aufgeschrien.

»Das ist unser bester Zugang seit Langem.« Sie klang triumphierend und zufrieden.

Gabriel schloss für einen kurzen Moment die Augen. »Wer ist das?«

Cilla schüttelte den Kopf. »Sie kennen die Prozeduren für diese Art von Operation. Ich bin die Einzige, die wissen darf, wer der Infiltrator ist. Ich kann nicht das Leben der Person riskieren, indem ich ihre Identität preisgebe, nicht einmal Ihnen gegenüber.«

Ihm schien es, als würde der Raum erbeben, als würde sein Schädel zu brummen beginnen.

»Wir werden nicht nur Kerim Celali vernichten«, sagte Cilla, »sondern auch jeden, der ihm hilft, aber jetzt warten wir erst einmal ab und lassen den Infiltrator weiterarbeiten. Puzzlestücke sammeln.«

Eine Stunde später saß Gabriel in seinem Wagen vor der Polizeistation. Er musste sich beruhigen, bevor er den Anruf tätigte, obwohl er schon zu lange gewartet hatte. Er zitterte immer noch, zumindest seine Hände.

Er lehnte den Kopf an die Kopfstütze. Gabriel musste jetzt wirklich anrufen, bevor er losfuhr, obwohl er eigentlich noch mehr darüber nachdenken wollte, wie er sich ausdrücken sollte.

Das Ghost-Handy sah im Licht der Straßenlaternen abgenutzt aus, obwohl er es nur selten benutzte. Das andere Gerät, das HushX, steckte in seiner Tasche, mit dem Internet verbunden.

»Aa.« Die Stimme des Bosses war träge, er war hörbar stoned.

»Kannst du sprechen?«

»Bruder, glaubst du, ich würde sonst antworten?«

»Bist du allein?«

»Mein Schwanz ist bei mir.«

»Komm mir nicht mit diesem Scheiß, verdammt. Bist du allein?«

»Ja, ich bin allein. Was ist passiert?«

»Du hast zwei Probleme.«

»Bruder, ich habe tausend Probleme.«

Gabriel zögerte. Er hatte immer versucht, Kerim auf eine ausgewogene Weise auszunutzen. Was er jetzt tun würde, war das genaue Gegenteil: dem Boss wertvolle Informationen geben. Er riskierte, eine Geheimdienstaktion zu zerstören, die wahrscheinlich über Jahre aufgebaut worden war. Gleichzeitig konnte er sich damit die ultimative Loyalität schaffen, der Boss würde ihm noch mehr helfen wollen, der Boss würde ihn *brauchen*.

»Schläfst du oder was? Was ist das Problem?«, fragte Kerim.

»Erstens will die Staatsanwältin, dass ich die Abhöraktion gegen deine Leute beende.«

»Okay.«

»Zweitens spielt einer deiner Männer ein doppeltes Spiel.«

»Was?«

Wieder zögerte Gabriel, aber jetzt musste er fortfahren. »Einer deiner Männer ist ein Infiltrator«, sagte er. »Einer deiner Männer gibt Informationen an uns weiter. Verstehst du das?«

Am anderen Ende gab es ein Rascheln.

»Hast du gehört, was ich gesagt habe?«

»Ich habe es gehört«, sagte der Boss. »Und ich habe gerade beschlossen, diesem Ficker die Kehle durchzuschneiden und in seinem Blut zu tanzen. Jetzt, auf der Stelle. Wer ist es? Bruder, sag es mir.«

»Ich weiß es nicht. Ich weiß nicht einmal, ob es ein Er ist. Ich habe ein paar deiner Jungs abgehorcht, aber ich habe keinen Verdacht. Cilla Frank will nichts sagen, und ich werde sie nicht umstimmen können.«

Kerim zischte: »Es ist mir egal, ob die Schlampe sich weigert. Du musst rausfinden, wer die Ratte ist.«

»Aber ich habe dir doch gesagt, dass ich gezwungen sein werde, die Abhöraktion abzubrechen.«

»Du wirst verfickt nochmal gar nichts abbrechen.«

»Reiß dich zusammen.«

»Noch mal zum Mitschreiben: Du wirst das Abhören allein durchziehen. Hast du verstanden? Ohne dass die anderen es merken. Es ist gut für uns beide, wenn wir die Ratte finden.«

Das Verrückte war, dass der Große Bruder recht hatte.

Jemand klopfte ans Fenster, Gabriel drehte sich um. Verdammt, er hatte nicht gesehen, dass André zum Auto gekommen war.

Er ließ das Fenster herunter und drückte gleichzeitig das Gespräch weg.

»Streitest du dich mit jemandem?«, fragte André.

Ab mit dem Ghost-Handy in die Brusttasche. »Jede Menge Ärger.«

»Schon wieder Alma?«

Er versuchte zu lächeln. »Warte, bis du Kinder im Teenageralter hast.«

»Ich wollte mich nur bei dir bedanken«, sagte André. »Dass du Cilla nichts von den Trojanern erzählt hast.«

»Ich würde nie einen Kollegen reinreiten.«

André legte die Handflächen aneinander und verbeugte sich leicht. »Prinzipien sind wichtig.«

Gabriel startete den Motor.

»Übrigens«, rief André durch den Lärm. »Hast du ein neues Handy?«

Gabriel sah nach unten: Das Ghost ragte drei Zentimeter aus seiner Tasche.

Der Motor wummerte. Gabriels Gehirn brummte noch lauter.

17
Emelie

Während ihre Tasche noch auf dem Boden lag, griff Emelie nach ihrem iPad, einem Notizbuch und ein paar Stiften. Sie hatte bereits das Haftprotokoll in der Hand, es sah durchgeblättert und gelesen aus, als hätte sie monatelang daran gearbeitet. Eine Büroklammer löste sich von den Papieren und fiel mit einem Klirren auf den Tisch. Zehn Minuten: So lange hatten sie und Nikola tatsächlich Zugang zu den Dokumenten gehabt – es war ein Witz, aber es war gängige Praxis. Rechtssicherheit war ein relativer Begriff, wenn es um Untersuchungshaft ging. Andererseits handelte es sich nicht um ein dickes Memorandum. Nikola wurde lediglich verdächtigt, gegen das Messerverbot verstoßen zu haben.

Er musste betrunken gewesen sein, oder Nikola hatte den Verstand verloren. Mitten in der S-Bahn hatte er begonnen, mit dem Messer herumzufuchteln, nicht gegen eine bestimmte Person, aber doch bedrohlich genug, damit jemand die Polizei rief. Was hatte er vor? Jeder wusste, dass es dumm war, in der Öffentlichkeit ein Messer zu zeigen. Damit herumzufuchteln, war einfach nur reine Idiotie.

Emelie hatte schon einmal mit diesem Richter zu tun gehabt, einem jungen Kerl, der kaum Bartwuchs zu haben schien und keinen Tag älter aussah als sie. Sein Gesichtsausdruck verriet, dass er diese Angelegenheit für überflüssig hielt, und sie konnte ihm nur recht geben. Warum weigerte sich Nikola, seine Identität preiszugeben? Er selbst hatte nur fragwürdige Erklärungen parat.

»Ich traue den Bullen nicht. Ich will nicht mit ihnen reden.« Und: »Sie sollen selbst herausfinden, wer ich bin, ich stehe in ihren Akten.«

Sogar der Staatsanwalt war ein bekanntes Gesicht, auch die Polizeibeamten waren alte Hasen, einer war sogar dabei gewesen, als sie Nikola das letzte Mal verteidigt hatte.

Der Haftbefehl wurde verlesen. »Der Anwesende ist dringend verdächtig, gegen das Messerverbot verstoßen zu haben, die betreffende Person ist unbekannt und weigert sich, ihren Namen und Wohnort anzugeben. Er ist daher ohne Rücksicht auf die Schwere des Vergehens in Haft zu nehmen.«

Emelie könnte leicht erklären, dass der Verdächtige Nikola Lind, ehemals Maksumic, hieß und in Södertälje wohnte. Sie könnte zehn Zeugen vorladen, die seine Identität bestätigen würden, oder noch einfacher: Linda bitten, mit seinem Pass zu kommen. Dann wäre er frei. Aber aus irgendeinem Grund wollte Nikola nicht freigelassen werden, und sie war seine Pflichtverteidigerin. Die Regeln für Anwälte waren klar, aber das machte die Sache nicht einfacher.

Die erste Pflicht eines Anwalts ist es, dem Mandanten gegenüber loyal zu sein, stand es geschrieben. Das war die primäre Pflicht, e contrario war die primäre Pflicht nicht, Treue und Loyalität gegenüber dem Gericht zu zeigen, und auch nicht, Treue und Loyalität gegenüber der Gesellschaft zu zeigen. Die primäre Pflicht eines Anwalts war nicht einmal die Treue zur *Wahrheit*. Die erste Pflicht war die Treue und Loyalität gegenüber Nikola. So weit, so klar, aber die Regeln gingen noch weiter. *Der Anwalt hat als unabhängiger Berater die Interessen des Mandanten im Rahmen des Gesetzes und der guten Rechtspraxis zu vertreten und zu wahren*, stand es geschrieben. *Die Interessen des Mandanten* – es lag nicht in Nikolas Interesse, eingesperrt zu werden. Niemand wollte inhaftiert werden. Was war die Schlussfolgerung? Sie musste loyal sein, aber sie musste auch so handeln, dass es gut für ihn war.

Alles drehte sich in ihrem Kopf.

»Nun?«, sagte der Richter.

Sie hatte Nikolas Motiv nicht kundgetan, sondern hatte nur schweigend dagesessen wie eine verwirrte Person, eine Anfängerin, eine unerfahrene Juristin.

»Mein Mandant gesteht den Verstoß gegen das Messergesetz.« Jetzt könnte sie problemlos mitteilen, wer er war. »Aber er legt Widerspruch ein gegen die Untersuchungshaft und verlangt seine sofortige Freilassung.«

Sie hörte, wie Nikola nach Luft schnappte. Er beugte sich zu ihr und flüsterte ihr ins Ohr: »Warum legen wir Widerspruch ein?«

Emelie sah ihn verständnislos an.

»Ich verstehe nicht, warum du sagst, dass ich Widerspruch gegen die Untersuchungshaft einlege«, zischte er wieder.

Emelie beugte sich ganz nah an sein Ohr. »Sonst bleibst du ja dort.«

»Dann soll es so sein.«

Es war offensichtlich so, wie sie es von Anfang an vermutet hatte. Nikola hatte mit dem Messer herumgefuchtelt und sich geweigert, seine Identität preiszugeben, weil er eingesperrt werden *wollte*. Er wollte verhaftet werden.

Der Staatsanwalt ergriff das Wort und erzählte von dem Vorfall und der polizeilichen Vernehmung, bei der Nikola sich geweigert hatte, seinen Namen und seine Identität preiszugeben.

Er wollte also verhaftet werden – aber *warum*? Gleichzeitig war sie daran gewöhnt, dass sich die Menschen hier seltsam verhielten – im Gerichtssaal verhärteten sich viele. Als sie als Strafverteidigerin anfing, stellte sie sich vor, dass sich im Gerichtssaal dramatische Szenen abspielen würden: Zeugen würden im Kreuzverhör zusammenbrechen, Opfer und Täter sich nach emotionalen Einsichten plötzlich umarmen. Vor allem hatte sie geglaubt, dass die Angeklagten, wenn schon nicht aus freien Stücken, so doch angesichts des Ernstes des Augenblicks und der massiven Beweislast der Staatsanwaltschaft häufiger gestehen, Reue zeigen und vielleicht um Vergebung bitten würden. Tatsache war jedoch, dass dies nie geschah, dass niemand im Gerichtssaal Reue zeigte, es sei denn als Schauspiel. Vielleicht basierten ihre Erwartungen auf der Tatsache, dass sie selbst oft von Schuldgefühlen geplagt wurde, dass sie keine gute Mutter war, dass sie keine gute Verteidigerin war oder, manchmal, dass sie *zu* gut war.

Aber das hier war etwas anderes – der Wunsch, eingesperrt zu werden. Sehr schräg.

»Entschuldigen Sie«, unterbrach sie die Ausführungen des Staatsanwalts. »Ich muss Sie bitten, den Antrag meines Mandanten zu ändern. Er ficht den Haftbefehl nicht mehr an und beantragt auch nicht seine sofortige Freilassung.«

Die Stimme des Richters klang nicht mehr gelangweilt. »Weigert er sich deshalb, sich auszuweisen? Glaubt er, er kann mit Schweigen davonkommen?«

Eine ungewöhnliche Reaktion von einem Richter.

»Ich kann nur wiederholen, dass mein Mandant die Verfügung zur Untersuchungshaft nicht anfechten wird.«

Emelie sah, wie sich jemand an einem der Eingänge erhob. Es war einer der Gefängniswärter, derselbe alte Mann, der Nikola beim letzten Mal bewacht hatte. Sein grauer Schnurrbart wippte, und die Bilder auf seinen Unterarmen sahen aus wie aus der Zeit gefallen, Seemannstätowierungen. Er räusperte sich.

»Verzeihung, Euer Ehren.« Die Stimme des Wachmanns war

knurrig. »Ich habe gehört, dass er sich weigert, sich auszuweisen. Aber ich weiß, wer er ist.«

Die bleichen Augenbrauen des Richters hoben sich fast bis zum Haaransatz.

»Wie bitte?«

Emelie hatte noch nie erlebt, dass ein Wachmann im Gerichtssaal das Wort ergriff, aber der Wärter fuhr fort. »Ich habe das letzte Mal hier Wache gestanden, als Nikola vor Gericht stand, ich erinnere mich gut an ihn. Ich kann bestätigen, wer er ist.«

Nikolas Kleidung befand sich in dem braunen Pappbeutel, den der Wachmann ihm reichte. Aus der Nähe sah sein Schnurrbart gelblich aus.

»Kann ich einfach gehen?«, fragte Nikola.

Emelie nickte. »Ja, wenn du nichts in der Zelle gelassen hast, was du mitnehmen willst.«

Die Anhörung war beendet. Der Richter hatte den Antrag auf Untersuchungshaft abgelehnt und Nikola ohne Angabe von Gründen entlassen, aber Emelie kannte den Grund: Der Verdächtige war kein Unbekannter mehr und wurde nicht wegen Bagatelldelikten festgehalten.

Nikola kramte in seiner Tasche, zog seine Häftlingspantoffeln aus und schlüpfte in seine normalen Schuhe.

Emelie machte die Tür auf, die für den Publikumsverkehr geöffnet war, und beide traten in den Warteraum des Amtsgerichts.

Sie drehte sich zu Nikola um. »Wie geht es dir eigentlich?«

Er öffnete den Mund, als wollte er etwas sagen, schloss ihn aber wieder. Er schaute hinaus in den Warteraum.

Nein, er schaute nicht. Er checkte, prüfte.

Nikola hatte Angst, deshalb hatte er sich einsperren lassen wollen. Er suchte hinter den Mauern des Gefängnisses Schutz.

18
Isak

Früher war er die Ruhe selbst gewesen. Nicht umsonst hatte er den Spitznamen Mister One bekommen, Chef, *el jefe*. Egal, was passierte, er blieb immer cool, und das gab ihm Durchsetzungskraft. Schon als sie fünfzehn waren, er, Teddy und die anderen, und die Screwbacks aus Södertälje vertrieben hatten, hatte Isak das gewusst. Teddy war wilder, gefährlicher, unberechenbarer, er hingegen behielt immer einen kühlen Kopf. Er bewegte sich langsam und sprach so deutlich, dass selbst die Neuankömmlinge aus dem Irak, die nicht einmal das schwedische Alphabet kannten, ihn verstanden. Seine Gelassenheit machte ihn zu dem, der er war. *Der Chef der Chefs*. Seine Superstärke war, dass er sich nie aus der Ruhe bringen ließ.

Jetzt nicht mehr.

Vier Tage waren vergangen, und sie hatten Max noch immer nicht gefunden. Er konnte nicht einmal mehr mit María sprechen, sie hyperventilierte und weinte nur noch. Die Anwältin hatte angerufen, um ihm mitzuteilen, dass der Deal geplatzt sei: »Kim Barent will Sie verklagen«, sagte Josephine.

Er wusste nicht, wie lange er das noch ertragen konnte, denn wenn er Max heute nicht fand, würde er zur Polizei gehen müssen, obwohl das der *Erzfeind* war.

Er war vierzig Jahre alt. Der einst gefährlichste Mann Stockholms. Die Angst, die in ihm herrschte, war die schlimmste, die er je erlebt hatte. Seinem Sohn durfte nichts geschehen.

Sie stand an der Kasse und bediente einen Kunden, der ein Joghurteis in einem fußballgroßen Becher bestellt hatte.

Ein Freund von Max hatte gestern angerufen und etwas verraten. »Ich glaube, es geht um ein Mädchen«, sagte der Freund mit zittriger Stimme. »Aber ich weiß nicht, wie sie heißt.«

Isak und María hatten beide zum Telefon gegriffen. Wieder riefen sie seine Freunde an, wieder riefen sie die Eltern seiner Freunde an, wieder riefen sie seine Lehrer an. »Hat Max eine Freundin?«

Er hatte eine, erfuhren sie.

Sie hieß Alma und ging offenbar auf Max' Schule. Isak hatte sie am Telefon, per Textnachricht und sogar auf Snapchat gejagt, aber sie war ihm aus dem Weg gegangen, bis er herausgefunden hatte, wo sie arbeitete.

Er beobachtete sie. Alma bewegte sich ruhig und professionell, sie war hübsch, aber nicht so hübsch wie auf den Bildern auf Instagram, was heutzutage wohl immer der Fall war. Zu Isaks Zeiten gab es nur wenige Menschen, die Experten im Lügen waren, und er war einer von ihnen. Heutzutage schien jeder zu denken, dass man es zu nichts bringen würde, wenn man in den sozialen Medien nicht ein erfolgreiches Leben vortäuschte. In dieser Hinsicht war er ein Dinosaurier: Er log nur, wenn er musste.

»Kann ich eine Packung General Snus haben?«

Alma schien ihn nicht zu erkennen. Vielleicht hatte ihr Max keine Fotos gezeigt, oder sie spielte ihr Unwissen nur, obwohl es, wie erwähnt, nicht leicht war, so etwas vor Isak zu verbergen – sein innerer Lügendetektor war bis zur Perfektion geschärft, *it takes one to know one.*

Das Mädchen klappte die Schnupftabakdose zu und reichte sie ihm. Auf dem Tresen lagen handballgroße Schokoladenkekse,

Brötchen und Muffins in Reih und Glied. Was war das hier für ein Ort, warum musste alles so groß sein?

Er reichte ihr einen Schein.

»Tut mir leid, wir nehmen kein Bargeld«, sagte sie.

»Alma.«

Das Mädchen sah ihn fragend an. Ihr grün gestreiftes 7-Eleven-Shirt und die Mütze mit dem Logo wirkten zu groß, vielleicht hatte sie in der Umkleidekabine die Uniform einer anderen erwischt.

»Kenne ich Sie?«

Er beugte sich vor und sprach leise, der Joghurteis-Typ war weiter hinten an einem der Stehtische.

»Ich bin der Vater von Max.«

Ihre Augen wurden groß. »Oh«, sagte sie. Isak wartete auf mehr, aber sie schloss den Mund nur zu einem schwachen Lächeln.

»Können wir uns irgendwo ungestört unterhalten?«

»Leider nicht, ich bin heute Abend allein hier.«

»Okay, ich verstehe, nimmst du deshalb meine Anrufe nicht entgegen?«

»Sie rufen von einer unbekannten Nummer an.«

»Ich habe dir auch Nachrichten geschickt und auf deinen Anrufbeantworter gesprochen.«

»Ich höre den AB nie ab, niemand tut das.« Sie hatte offensichtlich keine gute Ausrede.

»Weißt du, wo Max ist?«, fragte er.

»Nein.«

»Wann hast du ihn zuletzt gesehen?«

Ein Mann stellte sich an der Kasse an und bestellte zwei Muffins.

»Ich habe gehört, dass er ins Krankenhaus musste«, sagte Alma, sobald der Muffinkäufer verschwunden war.

»Beantworte einfach die Frage. Wann hast du ihn zuletzt gesehen?«

Almas Gesicht lief rot an. »Vorgestern.«

Eine Last fiel von Isak, er fühlte sich leichter, freier. Obwohl er den Gedanken immer verdrängt hatte, dass das Schlimmste passiert sein könnte, dass Max wieder überfallen worden war, musste er lächeln, als er hörte, dass Alma ihn getroffen hatte, auch wenn das Mädchen ihn anfangs belogen hatte.

»Wie geht es ihm?«

»Die Wade ist in Ordnung, aber er geht mit Krücken.«

»Wer hat auf ihn geschossen?«

»Darüber haben wir nicht gesprochen.«

»Was hat er dir erzählt?«

»Nichts. Wir sind nicht mehr zusammen.«

Isak spürte, wie er sich wieder verkrampfte.

»Du hast doch gesagt, dass er bei dir übernachtet hat.«

»Ja, aber das war vorgestern.«

»Vorgestern wart ihr also noch zusammen, aber jetzt nicht mehr?«

»Ja.«

»Warum ist es vorbei?«

Alma schaute auf die Kasse. »Das ist privat, zwischen Max und mir.«

Isak wollte noch mehr wissen. »Weißt du, warum er untergetaucht ist?«

»Nein, keine Ahnung, ich dachte, er geht zur Schule.«

»Aber er war nicht in der Schule, oder?«

»Ich weiß es nicht.«

»Du gehst nicht zur Schule?«

Sie wirkte verlegen. »Na ja, meistens schon, aber ich arbeite auch hier.«

Vielleicht war sie doch nicht so ein braves Mädchen, wie er gedacht hatte. »Hat er gesagt, was er vorhatte, als du ihn gesehen hast?«

»Nein. Das war ja das Komische. Er hat mich nicht einmal geweckt. Ich weiß nicht, wann er gegangen ist, es kann irgendwann gewesen sein.«

»Hast du seitdem mit ihm gesprochen?«

»Nein, ich habe ihm heute auf Snapchat geschrieben, aber er hat nicht geantwortet.«

»Unter welcher Nummer?«

Alma nahm ihr Handy, öffnete ihren Snapchat und überprüfte die Nummer, an die sie ihre Fotos geschickt hatte. Isak beugte sich vor und starrte auf ihr Display. Es war dieselbe Nummer, die er und María hatten, aber er sah auch etwas anderes.

Eine Nachricht an einen *Skorpionfixer*.

»Wer ist der *Skorpionfixer*?«

»Ich habe keine Ahnung.«

Eine Alarmglocke klingelte in Isaks Kopf.

»Du hast doch eine Nachricht an ihn geschickt.«

Alma fingerte am Tresen herum. »Nein, das war ich nicht, das war Max. Er hat sich mein Handy geliehen, weil er seines nicht benutzen wollte.«

»Warum nicht?«

»Keine Ahnung.«

»Darf ich mal sehen?«

Alma sah besorgt aus. Sie gab das Telefon weiter.

Isak öffnete die Nachricht, von der sie behauptete, Max habe sie von ihrem Handy aus geschickt.

Ich brauche was zu essen. Am üblichen Ort?

In seinem Kopf drehte sich alles. Die riesigen Muffins verschwammen, die Farben im 7-Eleven verschmolzen.

Alma kratzte sich nervös am Kopf.

Stockholms Straßensprache hatte sich verändert. Isak benutzte selten Slang, besonders seit er beschlossen hatte, sein Leben zu ändern. Als er jung war, hatte man das Wort »Essen« nicht so benutzt, aber er wusste, was es bedeutete.

Alma klang jetzt ganz anders, vielleicht hatte sie selbst begriffen, was die Botschaft bedeutete. »Bitte«, sagte sie, »können Sie Max aufhalten?«

Sein Sohn wollte etwas Schlimmes kaufen, etwas sehr Gefährliches.

Es war ein Kreis, ein Rad des Karmas. Alles, was Isak getan hatte, um so weit zu kommen, all die Menschen, die er verletzt, betrogen, bestohlen hatte. Er hatte alles getan, damit sein Sohn nicht den gleichen Weg einschlug, hatte sogar die Grundstücke gekauft, hatte sich vorgenommen, clean zu werden. Doch nun hatte es ihn eingeholt.

Max war nicht nur angeschossen und verletzt worden, er war offensichtlich in etwas Größeres verwickelt.

Isak konnte kaum noch klar denken. Aber er wusste, was er tun musste.

19
Teddy

Er wollte sich nicht so schnell bewegen, aber er konnte nicht anders. Vor ein paar Tagen hatte er nach Geschäften ohne Überwachungskameras gesucht, und heute war er dort gewesen, um neue SIM-Karten zu kaufen. Er hatte einem Typen in der Innenstadt ein CQ-Telefon abgekauft, hatte mit einem Kerl auf der Insel telefoniert, der für Michaela arbeitete, hatte Ali Zwei im Studio getroffen, ihn umschmeichelt, nett gelächelt, Bilder von der Ware gezeigt, vom Gewächshaus, von den Tuf-Tuf-Schläuchen, die Marihuana-Knospen, hatte wieder gebeten, jemanden von weiter oben zu treffen, diesen Kerim Celali. »Warum reiche ich dir nicht?«, fragte Ali Zwei wieder.

Teddy fuhr ins Industriegebiet von Västberga und schaute, wo die Überwachungskameras angebracht waren, sprach mit zwei Lastwagenfahrern, die ihm von Dejan empfohlen worden waren. Er verhandelte, bestach, rief Ali Zwei mit einer der neuen SIM-Karten an: »Komm schon, wenn ich mit Celali reden kann, können wir hier in ein paar Monaten einen Tsunami an Waren haben, ich gebe dir einen *cut* von vier Prozent.«

»Warum reiche ich dir nicht?«, fragte Ali zum zwanzigsten Mal.

Teddy musste Klartext reden. »Bist du blöd oder was? Es könnten bis zu zwei Tonnen werden.«

Alis Stimme klang drohend. »Das letzte Mal meintest du *eine* Tonne, du bist derjenige, der blöd ist«, aber Teddy hörte auch, wie heiß er darauf war, dabei zu sein. *Zwei Tonnen*, krass.

Jetzt war er auf dem Weg zu Emelie, um Lucas zu sehen. Er hatte es eilig.

Es gab ein Wort für das, was er fühlte, aber nicht aussprechen oder denken wollte: *Ghetto-Stress*.

Wenn jemand den Unterschied zwischen diesem Stress und normalem Stress kannte, dann Teddy. Er hatte versucht, mit Emelie das Leben eines Suedi zu spielen. Der Unterschied war nicht, dass er viel zu tun hatte, auch Emelie hatte viel zu tun. Es ging nicht darum, viele Bälle in der Luft zu haben, wie sie sagte, oder schlecht zu schlafen oder schwierige Beziehungen zu haben. Das hatten alle. Ghetto-Stress war etwas anderes. Er trickste und schummelte, gleichzeitig hatte er immer Angst. Angst vor der Polizei, Angst vor seinen Feinden, Angst vor seinen Freunden. Er hatte sogar Angst wegen Nikola, nicht weil sein Neffe ihm etwas antun würde, sondern weil Nikola verletzt werden könnte. Der Ghetto-Stress war so präsent wie früher, eine Eidechse, die in seinem Magen herumkroch, ein Skorpion, der in seiner Kehle lauerte. Und dann war da noch der andere Stress, der sich in seinem Hinterkopf verbarg und sich eher wie ein leichter Kopfschmerz anfühlte. Die Furcht, die den Ghetto-Stress verdoppelte.

Er konnte nur Tabletten schlucken. Er rauchte nicht und spielte nicht rund um die Uhr *GTA* auf seiner PS5. Er trank nicht und hatte keine Freundin. Teddy tat, was er tat, weil er es musste, er musste die Scheiße mit Xanor, Stesolid und den grünen Pillen betäuben, die der Privatarzt in Schachteln mit einem Aufdruck aus chinesischen Schriftzeichen verschrieb. »Die Kasse sponsert nichts«, sagte der Arzt stolz. Wenigstens sorgten die Pillen dafür, dass er arbeiten konnte, auch wenn er durch das grüne Zeug nachts schwitzte wie ein Hund. Er legte abends ein Handtuch neben das Bett, und um vier Uhr morgens war das Laken so nass, als hätte er sich eingepinkelt, dann breitete er das Handtuch darüber und versuchte, wieder einzuschlafen.

Es musste nur noch das Treffen mit Kerim Celali organisiert werden, den Ali Zwei seinen »Freund« nannte.

Emelie öffnete die Tür vorsichtig, zögernd und widerwillig.

Sie hatte dunkle Ringe unter den Augen, einen Ausschlag auf der Stirn, ungewaschene Haare und etwas Feindseliges im Blick. Verdammt, wie schön sie war.

Lucas saß weiter hinten im Flur.

»Komm schon, Mann«, rief Teddy.

Lucas rührte sich nicht von der Stelle, er baute etwas mit großen Legosteinen.

»Papa ist da«, sagte Emelie. Verdammt, ihre tiefe Stimme klang sexy.

Lucas wandte sich ab.

»Willst du Papa nicht umarmen?«, sagte Emelie. »Ihr unternehmt jetzt was Tolles.«

Lucas schleuderte ein Stück Lego auf den Boden. »Nein.«

Teddy stand in der Tür, wollte sich nicht einmischen, aber er spürte, wie ihm die Luft aus den Lungen gesaugt wurde. Wollte sein Sohn nicht bei ihm sein?

»Papa soll mit uns essen. Wir sollen zusammen sein«, sagte Lucas.

Emelie aß immer auf, egal wie groß die Portion war. Trotzdem sah sie fit aus, die Muskeln an Hals und Unterarmen zeichneten sich als lange Linien unter der Haut ab. Ihre Anziehungskraft wirkte auf Teddy wie ein Elektromagnet.

»Trainierst du viel?«, fragte er.

Emelie schüttelte den Kopf. »Ich habe keine Zeit.«

Sie hatte Nudeln mit vegetarischen Frikadellen zubereitet.

»Er kriegt doch manchmal richtiges Fleisch, oder?«

»Keine Sorge.«

Ihre Unterhaltung war während des ganzen Abendessens zäh und steif gewesen, zum Glück hatte Lucas sie gerettet. Ihm zuliebe tat Emelie so, als wolle sie Teddy dabeihaben.

»Aber du nicht?«

Teddy legte das Besteck ab. »Was meinst du damit?«

»Du trainierst nicht, oder? Es sieht nämlich nicht danach aus.«

»Willst du gemein zu mir sein? Ich habe keine Zeit.«

»Hast du so viel zu tun?«

»Kann man so sagen. Und ich schlafe nicht gut.«

»Hast du eine Theorie, warum?«

»Stress.«

»Aber du schluckst nicht viele B, oder?«

Lucas blieb am Tisch sitzen, als wollte er hören, was sein Vater zu sagen hatte, aber Teddy hatte nicht vor, solch ein Spektakel zu bieten. Nicht, dass Lucas wusste, dass B für Benzodiazepine stand, aber Emelie war unnötig brutal.

Sie räumte den Tisch ab, offensichtlich nicht an seiner Antwort interessiert. »Lucas«, sagte sie stattdessen, »du kannst aufstehen, wenn du willst.«

Lucas griff mit den Händen nach der Tischkante, als wollte er sie zu sich heranziehen. »Ich will bei Papa sein«, sagte er.

»Natürlich«, sagte Teddy und wandte sich Emelie zu. »Ich nehme, was ich brauche.«

»Das klingt nicht besonders schlau«, erwiderte sie umgehend.

Teddy wollte ihre Haut berühren, griff aber stattdessen nach Lucas. »Komm, setz dich zu mir, Gauner.«

Sollte er Lucas irgendwohin mitnehmen? Er hatte noch eine Stunde mit ihm. Dann wurde ihm klar, oder besser, er gestand sich etwas ein, was er die ganze Zeit gewusst, in seinem Körper gespürt hatte – dass er Emelie nicht mehr aus den Augen lassen konnte, dass er sie mehr denn je zurückhaben wollte. Er wollte die restliche Stunde mit ihr verbringen.

»Was gibt es zum Nachtisch?«, fragte Lucas.

Emelie hielt eine Spülbürste in der Hand, sie hatte schon mit dem Abwasch begonnen. »Man kann nicht jeden Tag Nachtisch haben.«

Teddy stand auf. Er hielt Lucas' Hand und ging auf sie zu, um sie beide zu umarmen.

Sie wich einen Schritt zurück. Sie fummelte herum, war sie wegen irgendetwas nervös?

»Hey«, sagte sie. »Ich darf es dir eigentlich nicht sagen, aber ich habe Nikola neulich vertreten. Er wurde verhaftet, aber wieder freigelassen.«

»Wie? Wegen was?«

In ihrem Gesicht veränderte sich etwas.

»Du weißt, dass ich der Schweigepflicht unterliege, also lassen wir das. Wenigstens weißt du es jetzt.«

»Du kannst es mir doch sagen, Nikola ist mein Neffe. Und du bist meine Ex.«

»Hör auf, Teddy.«

Sein Kopf brannte. »Du wusstest also, wo Nikola bei der Feier zum siebzigsten Geburtstag meines Vaters war? Du wusstest, dass er verhaftet worden war, aber du hast es mir nicht gesagt.«

»Schrei mich nicht an.«

Sein Herz schlug dreimal so schnell wie sonst, sein Kopf war kurz davor zu explodieren. »Wenn du mich anlügst, schreie ich, so viel ich will.«

Emelies Augen waren weit aufgerissen, aber sie schaute nicht zu ihm.

Lucas hatte Teddys Hand losgelassen. Jetzt umklammerte er Emelies Beine.

Sie hob ihn hoch. »Ist ja gut, Kleiner, ist ja gut«, sagte sie mit ihrer sanften Stimme, dann in einem ganz anderen Ton zu Teddy: »Du gehst jetzt besser.«

Lucas weinte nicht, aber sein Blick brannte ein Loch in Teddys Herz.

So ein Vater wollte er nicht sein.

Im Aufzug roch es leicht nach Rauch, aber er konnte den Geruch von Lucas immer noch an seinem Hemd riechen. Es war seltsam, wie der Duft eines Menschen sich so deutlich von allem anderen unterscheiden konnte.

Das Telefon, in das er die neue SIM-Karte eingelegt hatte, klingelte.

»Er will dich treffen.« Ali Zwei war am Apparat.

»Wann?«

»Morgen.«

»Wo?«

»Komm ins Studio. Dort erzähle ich dir mehr.«

Sie legten auf.

Er hätte Lucas mitnehmen sollen, wenn auch nur für eine Stunde. Er wusste nicht, wann er ihn wiedersehen würde.

Kerim Celali wollte sich mit ihm treffen. Vielleicht könnte Teddy einen Deal aushandeln, der alles rettete.

Gefährlicher konnte es nicht mehr werden.

Endlich.

20
Gabriel

Die Buchstaben auf dem Schild hatten verschiedene Farben: fröhlich, spontan, abwechslungsreich. *Hier kannst du deine Freizeit mit Sport, Kultur, Veranstaltungen und der Teilnahme an verschiedenen Projekten selbst gestalten. Wir sind inklusiv.*

Gabriel parkte den Zivilwagen vor der Schranke. Der Kulturverein war etwa hundert Meter entfernt. André kaute Kaugummi. Der Himmel hatte dieselbe Farbe wie der Asphalt. Hier kannst du deine eigene Kriminalität gestalten, mit Drogenhandel, Erpressung und Beteiligung an verschiedenen Mordprojekten. Wir sind inklusiv.

Doppelte Mission: herausfinden, wer der Infiltrator war, und Kerim Celali zu Fall bringen. Gabriel verstand, warum Cilla Frank so auf ihn fixiert war. Den meisten in der Behörde war klar, dass der Große Bruder auf dem besten Weg war, der neue Mister One zu werden. Was natürlich nicht so klar war, war die Tatsache, dass Gabriel ihn dorthin gebracht hatte.

Sie stiegen aus dem Auto, André und er, und gingen auf den eingezäunten Fußballplatz neben dem Kulturverein zu.

André zündete sich eine Zigarette an, sie stellten sich nebeneinander und starrten schweigend in die Gegend. Warteten darauf, dass die richtigen Leute vorbeikamen. Gabriel wusste, wen er suchte.

Kinder tauchten auf, einige brachten einen Ball mit und fingen an zu spielen, andere hingen nur herum und taten nichts.

Er spürte das Ghost-Handy in seiner Tasche und dachte daran, wie André es beinahe entdeckt hätte. Gabriel sollte es wegwerfen, aber zuerst wollte er sich vergewissern, dass Celali dasselbe machte. Der Boss durfte die Beweise nicht alleine kontrollieren.

Der Große Bruder hatte sich unnötig aufgeregt, als er herausgefunden hatte, dass es einen Infiltrator in seiner direkten Umgebung gab, aber auch Cilla Frank war enorm gereizt. Er hatte heute Morgen an ihre Tür geklopft.

»Haben Sie drei Minuten Zeit?«

Cillas Augenbrauen waren fein gezupft, an ihren Ohren baumelten wie immer kleine Kreuze. »Drei Minuten.«

Gabriel schloss die Tür und pflanzte sich vor ihren Schreibtisch. »Irgendetwas ist in Celalis Netzwerk im Gange.«

»Können Sie ein wenig konkreter sein?«

»Sie planen, Cannabis einzuführen.«

»Was ist daran neu?«

»Es geht um ziemlich große Mengen.«

»Wie verlässlich ist Ihre Quelle?«

»Verlässlich.«

»Ich hoffe, Sie haben dazu nicht die illegale Abhörmaßnahme benutzt?«

Er vermied es, die letzte Frage zu beantworten. »Sie meinten neulich, Sie hätten einen Infiltrator eingeschleust.«

Die Kreuzohrringe regten sich nicht.

»Ich dachte, es wäre gut, wenn wir in der Aktionsgruppe wüssten, wer es ist, damit wir nicht den Falschen verhaften«, fuhr Gabriel fort.

Cilla Frank klappte ihren Laptop zu und stand auf. Sie ging um den Schreibtisch herum und stellte sich neben ihn, ein Geruch von Shampoo und etwas anderem erfüllte den Raum zwischen ihnen, vielleicht war es Schweiß, vielleicht war es Macht.

»Eine Kontaktperson verrät nie ihre Quelle, nicht einmal intern. Das wissen Sie bestens, Gabriel.«

»Und wenn wir einen großen Schlag machen?«

»Dann können Sie sich darauf verlassen, dass ich das löse. Im schlimmsten Fall wird mein Infiltrator eine Strafe absitzen, das ist mir scheißegal. Es wird keinen ehrlichen Bürger treffen, da können Sie sicher sein.«

Sie öffnete ihm die Tür. Das Gespräch war beendet.

»Warum sollen wir ausgerechnet Ali Zwei verhaften?«, fragte André. Zigarettenrauch stieg ihm aus der Nase. »Das letzte Mal haben wir ihn laufen lassen.«

Gabriel fragte sich, wie sein Kollege in der gleichen Situation gehandelt hätte. André war als Erwachsener zum Islam konvertiert, das wusste jeder auf dem Revier. Dachte er deshalb anders? Gabriel sah ihn an. Er hatte auffallend kleine Füße im Verhältnis zu seinem Körper, einige Kollegen nannten ihn »Neununddreißig«. Seine Unterarme waren übersät mit Tätowierungen. *Memento Mori. Pro Patria. Drei Kronen.* Gabriel hatte dazu eigentlich eine festgefasste Meinung: Normalerweise waren Tätowierungen ein Zeichen von mangelndem Selbstbewusstsein. Wer nicht einmal mit seiner eigenen Haut zufrieden war, wer sich mit oberflächlichen Mitteln aufwerten wollte, konnte unmöglich über innere Stärke verfügen. Ein bisschen wie Alma mit ihren Ideen, sich Lippen und Kinn aufspritzen zu lassen. Sie sei perfekt, sie müsse lernen, sich so zu lieben, wie sie sei, hatte Erika immer gesagt. Aber André war nicht so. Vielleicht war es sein neuer Glaube, oder er war schon immer selbstbewusst gewesen. André strahlte nie Unsicherheit aus, und das war nicht nur eine Attitüde, sondern echtes Selbstwertgefühl.

Sein Kollege drückte die Zigarette aus. »Also, antwortest du jetzt oder was? Warum A2?«

Gabriel drehte sich zu André um. »Weil er ein Kapitän ist, das habe ich beim Abhören herausgefunden.«

»Was wir eigentlich nicht mehr dürfen.«

»Nein. Aber ich habe es schon vorher herausgefunden. Ali ist direkt unter *ihm*.«

»Was wird ihm vorgeworfen?«

Gabriel griff unwillkürlich nach dem Ghost-Handy, es war wie ein Tick, eine Übersprungshandlung. »Die Situation ist die gleiche wie neulich, das heißt, er ist nicht verdächtig. Aber wir werden ihn festnehmen, eine Durchsuchung machen und sehen, ob das etwas bringt. Ich will ihn unter Druck setzen.«

Andrés hellblaue Augen funkelten. »Okay, aber fang nicht wieder an, ihn nach Telefonnummern zu fragen, wie beim letzten Mal. Einfach volle Kanne. Wir gehen *all-in*.«

Der König der nichtssagenden Floskeln. Der vor Selbstbewusstsein strotzende tätowierte Polizeibeamte.

Der Nachmittag kroch dahin wie ein Maserati in der 30er-Zone. Es wimmelte jetzt von Kindern, aber nichts war offen. Es war Samstag, vielleicht würde der Kulturverein am Abend aufmachen. Wahrscheinlich hatten sie gemerkt, dass André und er Beamte in Zivil waren. Es ging nicht nur um die ethnische Zugehörigkeit, Gabriel war genauso dunkelhaarig wie viele andere hier, es ging um das Aussehen. Die allzu stylishen Stiefel und die durchtrainierte Körperhaltung, die Garmin-Uhr und die Under-Armour-Jacke von André waren zu triathlonmäßig. Kein Ganove in ganz Schweden machte Triathlon – darauf konnte man Gift nehmen. Triathlon war der Lieblingssport der mäßig Privilegierten, genau wie Padel – nicht wie Tennis, Segeln oder Skifahren, die für die Oberschicht waren, denn die Oberschicht wollte nur Dinge tun, die eine Mitgliedschaft erforderten oder teuer waren. Mit Triathlon markierte man seine Zugehörigkeit zu einer Schicht ähnlich deutlich wie mit einer Adresse.

Es war egal, ob die Kinder es schnallten. Die meisten hier wussten ohnehin, dass er Polizist war. Er fragte sich, ob Zeinab, Almas Mentorin, auch wusste, dass er Polizist war. Sie hatte ihn noch nicht angerufen, wie sie es vor dem Sommer versprochen hatte, wahrscheinlich würde sie sich sowieso nur über Almas Verhalten beschweren, aber er freute sich trotzdem auf den Anruf. Wie ein Egoist wollte er die Erleichterung spüren, mit jemandem offen über seine Probleme sprechen zu können. Vielleicht dachte er mehr an sich als an Alma. Nein, er wollte ihr wirklich helfen – oder besser gesagt, er *musste* ihr helfen –, und im Moment hatte er keine Ahnung, wie er das anstellen sollte. Wenn Zeinab nur ein Zehntel von dem bot, was Erika gewesen war, wäre das fantastisch.

Die Mopeds knatterten.

Die Kids verkauften Gras.

Soldaten lieferten Waffen.

André rauchte die siebte Zigarette an diesem Tag. Gabriel nahm Snus.

In den Pausen zwischen dem Jaulen der Vespa-Motoren war das Dröhnen der Autobahn zu hören. Die E4 war keine zweihundert Meter entfernt, die Innenstadt von Stockholm keine zwanzig Minuten. Eine andere Welt war ganz nah. Södermalm, Vasastan, Gamla stan, Östermalm: Hier ging das Leben weiter wie in den Achtzigerjahren. Stockholm war keine segregierte Stadt, es war nicht einmal *dieselbe* Stadt – verschiedene Planeten. Getrennt durch das Wasser des Mälarsees, die messerscharfe Einteilung der Autobahnen und die klaren territorialen Linien, die durch ethnische Zugehörigkeit und Klasse gezogen wurden.

Dann kam Ali Zwei endlich anspaziert. Er war nicht allein, wie üblich mit einem Gefolge. Sie waren Musiker, Rapper – behaupteten sie, aber jeder wusste, dass sie in Wirklichkeit Drogendealer waren.

»Das sind meine Vollblutjungs«, pflegte Kerim immer zu sagen. Gabriel wusste, was das bedeutete: *Vollblutjungs* – das war eines der neuen Wörter hier draußen.

»Da ist er«, sagte André und tastete unter seiner aufgeknöpften Jacke nach dem Holster.

Gabriel war schon losmarschiert und rief: »Bleib stehen!«

Ali drehte sich um. Seine Jungs drehten sich um. Sie rannten nicht, sie waren cool wie Eis, wie André es wohl ausdrücken würde.

Gabriel beschleunigte.

Ali gab seine lässige Attitüde auf und brüllte: »Mach mal locker.«

Gabriel machte ganz und gar nicht locker. Er landete mit vollem Gewicht auf Ali, drückte ihn zu Boden, tastete nach den Handschellen. Der gleiche Kampf wie beim letzten Mal.

»Verdammte Bullenschweine«, schrien seine Kumpels, »wir haben nichts getan«, aber André stand breitbeinig da, die Dienstwaffe in beiden Händen.

Gabriel wandte übermäßige Gewalt an, drückte ihm das Knie in den Rücken, rollte den Ganoven unnötig herum. Er checkte den Arm des Mannes. A2 trug eine neue Uhr am Handgelenk, eine Taucher-Rolex.

»Überprüfe mal Ali Abdulrahman«, sagte Gabriel.

André grinste. »Jepp. Jetzt gibt es Butter bei die Fische.« Die Art, wie er redete, war eine andere Sprache, wie ein alter Film von Lasse Åberg. Gabriel konnte in seinen Augen sehen, dass André sich über die härtere Gangart freute.

Gabriel wandte sich an Ali. »Diesmal kommst du mit.«

»Fick dich.«

Bald würde er in einer Zelle sitzen. Wer war dann gefickt?

Gabriel würde sich diesem Verbrecher ausführlich widmen, aber nicht so, wie André glaubte.

21
Josephine

Frühstück in Djursholm. Frühstück begleitet vom Geschrei der Kinder, die beim Nachbarn auf einem Trampolin herumhüpften. Das störte Josephine sehr. Warum mussten sie und Peder hier wohnen, wenn sie keine eigenen Kinder hatten – wenn sie keine Kinder bekommen *konnten*, obwohl sie jede Ovulations-App aus dem App Store benutzte. Die Villen hier waren die größten in Schweden, die Gärten die üppigsten: Natürlich lebten hier Familien mit Kindern. Viele Kinder zu haben, gehörte neben einem fitten Körper und einem Sommerhaus am richtigen Ort zu den drei sichersten Klassenattributen. Peder hatte sich klar ausgedrückt: »Das ist eine Investition, Jossegold, die Abwanderung aus der Stadt hat sich nach der Pandemie fortgesetzt. Die Preise werden hier schneller steigen als in Östermalm.«

Die einstöckige Villa war nur einhundertsechzig Quadratmeter groß, hatte aber mehr als das gesamte Lebenseinkommen eines schwedischen Durchschnittsverdieners gekostet. Eine Untertreibung: Die Villa hatte mehr als das *Doppelte* des Lebenseinkommens eines Durchschnittsverdieners gekostet und war trotzdem eine der kleinsten in der Gegend. Peinlich klein, fand Peder, aber die Tatsache, dass sie noch keine Kinder hatten, rettete sie. Und jetzt hatte Peder aus irgendeinem Grund seinen Sportwagen verpfändet, sein Konto leergeräumt und seine Ersparnisse verloren. Sie wollte nicht einmal darüber nachdenken, was das zu bedeuten hatte, aber sie musste ihn ordentlich befragen.

Er schluckte das Essen geräuschvoll. Ein Bote auf einem Moped war mit frisch gepresstem Ingwer- und Spinatsaft und frisch gebackenem Brot aus der nahe gelegenen Nobelbäckerei vorbeigekommen.

Jossan selbst rührte das Brot natürlich nicht an. Keiner von ihnen aß unnötig schnelle Kohlenhydrate, aber es sah gut aus auf dem Schneidebrett und trug zur Idylle und zum Frühstücksgefühl bei.

Josephine nahm die Huel-Tüten aus dem obersten Regal der Speisekammer. Aus irgendeinem Grund standen sie immer oben und waren schwer zu erreichen, obwohl sie und Peder mehr oder weniger von Huel's Hafer- und Reisprotein – oder was auch immer es war – lebten. Menschlicher Treibstoff, hieß es in der Werbung.

Sie nippte an dem Espresso, den Peder gemacht hatte, er war noch etwas zu heiß. Sie trank ihn trotzdem aus. »Kannst du noch einen machen?«

»Heute brauchen wir noch zwei«, sagte er.

Auf dem Fernseher an der Wand liefen die Nachrichten. Es war viel zu spät – das war kein Frühstück, sondern ein verspätetes Mittagessen. Bald würden sie aufbrechen, um mit Peders Eltern zu dinieren. Seine Mutter wurde heute neunundsechzig Jahre alt.

Josephine wusste, wie gern er mit dem Sportwagen dorthin gefahren wäre, in seinem McLaren die Auffahrt hinunter und auf dem Vorplatz geparkt hätte, damit er seiner Mutter, seinem Vater und vor allem seinem Bruder unter die Nase reiben konnte, wie erfolgreich er war. Jetzt war das Auto verpfändet.

Sie musste etwas sagen.

Es war eine harte, aber auch eine gute Nacht gewesen. Fredrika und Conrad-Christoph hatten ihre Kinder in einer separaten

Wohnung untergebracht, die sie im letzten Herbst gekauft hatten, die drei philippinischen Kindermädchen und die Leibwächter arbeiteten im Schichtdienst. Das war übrigens ein weiteres sicheres Zeichen von Klasse: Die Kinder waren gut verstaut. Wenn sie klein waren, wurden sie von Kindermädchen und privaten Tennistrainern betreut, sobald sie älter wurden, schickte man sie in Internate. Der Punkt war, dass sie nicht anwesend sein sollten, sie hatten nichts mit dem Leben der Erwachsenen zu tun.

Es gab Drinks auf der Terrasse, Kokain im Bad für die, die es wollten, und später eine spirituelle Überraschung. Fredrikas Lebensguide Brian Lifewomb – ein weltweit führender Schamane mit einem *Ph.D* in *Natural Healing* – war Anfang der Woche aus New York eingeflogen, um private Sitzungen mit ihr abzuhalten. Er sollte am nächsten Tag eigentlich wieder abreisen, aber Fredrika hatte seinen Flug umgebucht.

Sie zündeten Kerzen in einem Kreis auf dem Boden an und legten extradicke Yogamatten aus. Brian Lifewomb hatte einen halben Meter langen Bart und holte eine Art Saiteninstrument hervor, das einer Balalaika ähnelte. Dann nahm er ein rotes Pulver und mischte es mit einer Flüssigkeit. »*Yagé*, Wein der Wahrheit, *Madre*, es hat viele Namen«, sagte Lifewomb und band sich die Haare zu einem kleinen Knäuel auf dem Kopf zusammen, sodass er wie ein bärtiger Mumin aussah. »Ayahuasca wird getrunken«, fuhr er in seinem australisch klingenden Englisch fort und wandte sich an Fredrika. »Hast du *la dieta* geehrt?«

Fredrika hatte den Alkohol sicher *nicht* gemieden, das wusste Jossan, aber sie nickte brav.

Josephine mochte das Ganze eigentlich sehr, vor allem aus reiner Neugier. Mit Peder lebte sie in strenger Ordnung, aber sie wollte mehr spüren. Im letzten Jahr war ihr klar geworden, dass das Leben, das sie jetzt führte, zu einem Alltag geworden war, der nichts mehr zu bieten hatte, außer vielleicht Kinder. Das hatte ihre Träume verblassen lassen, ihre Vorstellung, dass sie bald das *wirkliche* Leben erreichen würde, wo sie große Dinge tun, stärkere Gefühle erleben, einfach mehr leben würde. Sie wollte wirklich nicht in ihrer jetzigen Lage stecken bleiben, obwohl ihr Dasein nicht schlecht war.

Sie setzten sich in einem Kreis hin. Der Schamane mischte die Getränke, stellte kleine Schüsseln mit Früchten bereit und stellte Behälter für den Abfall neben jede Matte. Jede Bewegung schien besonders wichtig zu sein, als würde er einen Atomtest oder ein Experiment mit einem Virus durchführen.

»Bevor wir beginnen, sollten wir alle einen Blick in unser Inneres werfen und uns fragen, was wir erleben wollen, wenn wir den Wein der Wahrheit trinken.« Lifewomb trug Haremshosen und eine Art Halskette mit Federn und Perlen. »Über welchen Teil deines Lebens würdest du gerne mehr erfahren? Hast du destruktive Gedankenmuster oder Verhaltensweisen, von denen du dich nur schwer befreien kannst?«

Josephine begann zu bereuen, dass sie hergekommen war.

»Betrachtet mich als euren psychedelischen Concierge. Ich werde euch durch diesen Prozess führen, aber die Reise ist eure eigene. Und sie wird kraftvoll sein.« Er deutete auf die Müllbehälter.

»Legt euch hin, dann fangen wir an.«

Josephine hatte Drogen schon ausprobiert, Gras, einmal Kokain, Pilze und ein paar Pillen. Vor ein paar Jahren war sie fast süchtig nach Amphetaminen gewesen, vor allem, um die Arbeit durchzustehen, aber es hatte auch ihr Selbstvertrauen beeinflusst: erst hoch, dann runter. Aber das hier – *Yagé*, wie Lifewomb es nannte – war anders. Die Schatten lösten sich auf, der Raum krümmte sich, ein Kaleidoskop, ein fraktales Muster, eine Unzahl bunter Vertragsformulare. Peder lag neben ihr, die Arme ausgestreckt, nach etwas Unsichtbarem in der Luft greifend, und er sah aus, als würde er ein neues Gericht probieren, überrascht und zufrieden zugleich.

Verglichen dazu waren ihre anderen Drogenerfahrungen ein kleiner Hüpfer in die Luft, während sich das hier wie fliegen anfühlte.

Fredrika kicherte. Conrad-Christoph kotzte in einen Mülleimer, diese waren also nicht für die Schalen und Kerne vorgesehen, wie Jossan gedacht hatte. Ihr war nicht übel, im Gegenteil, sie fühlte sich gut, besser als je zuvor. Gleichzeitig keimte etwas anderes in ihr. Ein Kaktus, der Wurzeln schlug, sie sah das Wachstum im Zeitraffer, seine Wurzeln wurden lang und breiteten sich nach unten aus, Kakteen brauchten doch keine so tiefen Wurzeln, oder? Es war nicht fair: Fredrika und Conrad-Christoph hatten all das hier, ohne sich selbst angestrengt zu haben. Die Rechnung, die sie neulich im Restaurant hatte bezahlen müssen, weil Peder irgendwie sein Geld verloren hatte. Fredrika hatte verdammt nochmal den Wein bestellt, der ein Vermögen gekostet hatte. Das war nicht nur frech, das war geradezu unverschämt. Und jetzt: Peder, der seinen Sportwagen nicht mehr fahren konnte, auf den er sich so gefreut hatte, auf den er so stolz war, obwohl er ihn gebraucht in Deutschland gekauft hatte. Der Kaktus versetzte Josephine tiefe Stiche mit seinen Stacheln. Die Fraktale kreisten an der Decke, sie sah Peders Auto im Raum, es leuchtete, es wechselte die Farbe, wurde rot, dann grün, schwebte in verschiedenen Versionen.

»Conrad?« Sie versuchte, Kontakt aufzunehmen, aber der Graf übergab sich immer noch.

»Peux-tu me dire …?«

Conrad drehte den Kopf, wischte sich über den Mund, sein

Gesicht war in Bewegung, Nase und Mund wechselten die Plätze, Augenbrauen und Kinn drehten sich, es ging ihm wirklich nicht gut, seine Augen waren geschwollen, er schien direkt in seinen eigenen Tod zu starren.

»Duze mich nicht«, zischte er.

»Conrad-Christoph«, wiederholte Jossan. »Peux-tu me dire, ob wir eines deiner Autos ausleihen können?«

Peders Lachen war im Hintergrund zu hören, aber sie drehte sich nicht um. Sie griff nach Conrads Arm. »Können wir, Peder und ich. Ein. Auto. Ausleihen?«

»In der Halle«, krächzte er. »Sie stehen in der Halle.«

»Nein. Ich meine in echt. Eines deiner richtigen Autos.«

»Warum?«

Sie würde ihm nie sagen, was Peder aus irgendeinem Grund mit ihrem Vermögen gemacht hatte. Der Kaktus war in ihr, eine Wüstensonne schien vom Dach herab. Vielleicht konnte man aus der Pflanze eine heilende Substanz gewinnen.

»Weil es Spaß wäre«, sagte sie. »Du hast die coolsten Autos.«

Conrad-Christoph wirkte erleichtert. »Na schön. *Have fun.*«

»Wirklich?«

»Ja.«

»Wo sind denn die Schlüssel?«

»In meinem Dressing Room.«

Alles drehte sich, die Yogamatte fühlte sich an wie ein Boot auf stürmischer See. Josephine begab sich auf alle viere. Sie krabbelte vorwärts.

»Normalerweise fühlt es sich besser an, wenn man sich hinlegt und doppelt *inhale* und *sigh of relief* vollzieht«, hörte sie Brian Lifewombs sanfte Stimme, die weit weg und hallend klang.

Sie versuchte aufzustehen und testete ihr Gleichgewicht auf einem SUP-Board.

»Musst du auf die Toilette?«, fragte Lifewomb.

Josephine surfte davon.

Conrad-Christophs Dressing Room hatte die Größe eines Wohnzimmers mit drei Fenstern zum Innenhof. Neben den Reihen von Jacken, Hemden und Mänteln, die auf Bügeln hingen, und den Regalen mit Schuhen und Taschen standen in der Mitte des Raumes zwei Tische – die eigentlich keine Tische waren, sondern Vitrinen. Sie sah Uhren, Armbänder, Sonnenbrillen und jede Menge Schals unter der Glasplatte. Sie versuchte zu zählen, aber es gelang ihr nicht. Unfähig, die Farben zu unterscheiden, setzte sie sich hin. Warum hatte Conrad-Christoph so unmenschlich viele Schals?

Sie sah Bilder, bewegte sich auf ein schwarzes Loch zu. Erinnerungen, klare, oder vielleicht waren es keine Erinnerungen, vielleicht geschahen die Dinge hier und jetzt, vor ihr, in diesem seltsamen Raum.

Sie war im Bauch ihrer Mutter, es war warm und gemütlich, sie war auf dem Weg nach draußen, ihre Mutter wollte sie weghaben, sie nahm Spannungen wahr, Ängste, Menschen, die nervös waren, die draußen Stress hatten. Die Vertretungslehrerin kam auf sie zu. Sonst konnte Jossan immer antworten, sie wollte antworten, hob oft schnell die Hand, aber heute hatte sie keine Ahnung, und die Vertretungslehrerin hatte irgendeine verdammte Methode, bei der sie ausloste, wer die Frage bekam. Kein Handzeichen, keine freie Entscheidung. »Josephine, weißt du, was ein Erdrutsch ist?« Es hatte etwas mit Erdbeben zu tun, da war sie sich ziemlich sicher, aber ein *Erdrutsch* – was war das? Sie spürte, wie sich ihr Gesicht verfärbte, die Hitze, wahrscheinlich war sie rot wie der Nagellack ihrer Mutter. Sie schämte sich, alle hörten besonders genau zu, wenn sie falsch antwortete. Etwas regte sich in ihr, ihr Magen rebellierte, sie schwitzte. Sie kroch zur Tür, musste es aufs Klo schaffen. Es war zu spät: Das Erbrochene schoss aus ihrem Mund, so stark wie der Strahl aus dem Gartenschlauch in Lervik im Sommer, wo ihr Vater aus irgendeinem Grund immer vom Druck überrascht war, wenn er die »Stauden« goss. Sie sah nicht, wo das Erbrochene landete, es war ihr egal. Der Boden im Ankleidezimmer des Grafen glänzte.

Sie stand auf und blickte direkt auf Fredrika und Conrad-Christoph – oder besser gesagt, in ihre angemessen lächelnden Gesichter auf einem Hochzeitsfoto. Frack, Fliege, Brautjungfern in passender Kleidung, Fredrika in einem konservativen, aber sehr gut sitzenden Kleid. Auf einem Hochzeitsfoto konnte man sofort erkennen, ob jemand aus Peders Clique heiratete: Die Ästhetik ging nie verloren. Wie bei einer Sekte – den Amischen in Pennsylvania oder den Chassiden in Williamsburg – trug man bestimmte Kleider, heiratete bestimmte Leute, lebte nach einem gewissen Muster: ging auf bestimmte Schulen, wohnte in bestimmten Vierteln, sprach auf eine bestimmte Art. Aber anders als die Amischen oder die Chassiden weigerte sich die Oberschicht, sich als Oberschicht zu bezeichnen.

Der Schlüsselschrank stand offen. Die Autoschlüssel hingen in einer Reihe. Sie hatte keine Ahnung, welchen sie nehmen sollte, aber sie wählte wahllos einen aus und setzte darauf, dass es ein passendes Auto war. Inzwischen stand sie stabiler.

Der Schlüssel, der eigentlich nur ein schwarzes, mit Leder überzogenes Ding war.

Sie schlüpfte hinaus auf den Flur.

Jeff Koons' Hunde starrten sie leer an.

Die Modellautos auf den Sockeln warfen sich nach vorn.

Banksys monochrome Figuren schrien ihr hinterher.

Sie hörte Stöhnen aus dem Foyer, wo sich die anderen wahrscheinlich noch in der Welt der Phänomene befanden, der Wurzel des Lebens, *Yagé*, Ayahuasca. Sie legte sich in der Eingangshalle auf den Boden, neben die Podeste.

Die Autoschlüssel hielt sie fest in der Hand. Um Peders willen, dachte sie, um der Liebe willen.

Nach diesem Frühstück würde sie immer noch hungrig sein.

Peder saß über sein Handy gebeugt. Ging er die leeren Konten durch? Grämte er sich über sein verpfändetes Auto, mit dem er heute nicht fahren konnte?

Draußen hatte es angefangen zu regnen – sogleich verstummten die jungen Teufel auf dem Trampolin.

Josephine stand auf. »Ich habe eine Überraschung für dich.«

Peder tippte weiter auf dem Telefon herum, aber man hörte die Überraschung in seiner Stimme. »Sollen wir uns ein bisschen ins Bett legen und herumtollen?« Peders Euphemismen für Sex waren meistens lustig.

»Nein«, sagte sie. »Es ist etwas noch Besseres.«

Am Vorabend, als sie sich offenbar in einer anderen Dimension befunden hatte, war ihr das Ganze sinnvoll erschienen. Jetzt kam es ihr wie eine idiotische Idee vor. Gleichzeitig fühlte sie sich nach dem Ayahuasca-Trip anders, weniger ängstlich, weniger gestresst. Vielleicht hatte sie sich *ihrer dunklen Seite* gestellt, wie Brian Lifewomb gesagt hatte. Jetzt musste sie sich der unbekannten Seite von Peder stellen.

»Ich weiß, dass wir Probleme haben, Peder.«

»Du meintest, du willst mich überraschen?«

»Ja, aber zuerst möchte ich mit dir reden. Du brauchst dich vor mir nicht zu schämen. Erzähl mir einfach, was passiert ist. Warum hast du Geld verschoben und deinen McLaren verpfändet?«

»Ist die Kritik deine Überraschung?« Er war enttäuscht.

»Nein, zur Überraschung komme ich noch. Aber was hast du mit deinen Bankkonten, deinem Geld und deinem Auto gemacht?«

»Das hier ist ja wie ein Amtsenthebungsverfahren im Kongress. Egal, was ich sage, es taucht eine neue Frage auf.«

Er duckte sich weg und versuchte, alles mit einem Scherz abzutun.

»Sag schon.«

Peder nippte an seinem Kaffee, Tasse Nummer drei. »Ich habe alles in die Firma gesteckt. Der Vorstand hat beschlossen, dass das Tempo zu langsam ist und organisches Wachstum nicht ausreicht, deshalb haben wir jetzt eine kleine Firma aufgekauft und werden weiter expandieren.«

»Hat der Vorstand diese Entscheidung getroffen?«

»Ja.«

»Aber du bist das einzige Vorstandsmitglied.«

»Du bist Stellvertreterin.«

»Genau. Und diese Stellvertreterin, im Übrigen zugleich auch deine Lebensgefährtin, hätte es zu schätzen gewusst, wenn sie darüber informiert worden wäre, dass unser Privatvermögen in deine Firma übergegangen ist.«

Peder hob seine leere Espressotasse. »Tut mir leid«, sagte er leise. Dann entblößte er seine Zähne. »Was ist mit der Überraschung? Die vergisst du doch nicht?«

Sie hätte ihn gern noch mehr gefragt, es war eine Sache, Geld nachzuschießen, aber etwas ganz anderes, sämtliche Fonds zu verkaufen und Autos zu verpfänden. Stattdessen sagte sie: »Geh in die Garage, dann wirst du es sehen.«

Es nieselte still und leise.

Sie liefen geduckt zur Garage und gingen hinein.

Da stand er. »Die Überraschung ist, dass ich diesen Wagen von Conrad-Christoph geliehen habe. Das ist sein Lamborghini«, sagte sie. Die Garage sah größer aus, jetzt wo der Wagen drinstand. »Wir fahren damit heute Abend zum Geburtstagsessen deiner Mutter.«

Peders Augen strahlten mit dem Lack des Wagens um die Wette.

Sie hatte ihn vor einer Stunde abgeholt, als er noch geschlafen hatte. In aller Ruhe.

»Dürfen wir uns den wirklich ausleihen?«, fragte Peder.

Jossan zeigte ihm den Autoschlüssel, den sie gestern Abend genommen hatte.

Sie verspürte überhaupt keine Bedenken.

22
Teddy

»Setz dich«, sagte Kerim Celali.

Teddy sah sich im Friseursalon um. Außer den drei Friseurstühlen gab es keine Sitzgelegenheiten. An den Wänden hingen Spiegel und Poster mit Bildern vom Weihnachtsmann. Teddy trug keinen Bart, er hatte nie verstanden, wozu das gut sein sollte, obwohl er normalerweise aus purer Faulheit unrasiert war.

»Ich meine, setz dich neben mich«, sagte Celali wieder und regte sich unter der Friseurhaube. Er sah aus wie ein Priester, nur dass er arabische Schriftzeichen im Nacken tätowiert hatte.

Der Friseurstuhl gab nach, als Teddy sich setzte.

Endlich lernte er den Großen Bruder kennen. Vielleicht der neue Mister One, wie Ali Zwei ihn schon nannte. Jemand, der einen Deal über eine Tausend-Kilo-Lieferung so einfach abschließen konnte, als würde er eine Dose nikotinfreien Snus im Kiosk kaufen. Aber wahrscheinlich verfügte er selbst doch nicht über die wirklich wichtigen internationalen Kontakte, sonst müsste er Teddy nicht treffen. Außerdem kam es ihm merkwürdig vor, dass Celali diesen seltsamen Ort für ein Treffen gewählt hatte.

In dem Raum waren keine Kunden. Zu sehen waren nur zwei Männer, die an den Spiegeln standen und Rasiermesser schärften, wahrscheinlich Friseure, und drei Männer in Schutzwesten, die am Eingang standen, offensichtlich Celalis Leibwächter. Aus irgendeinem Grund hatten die Friseure selbst lange, spitze, hässliche Bärte. Warum war das so? Friseure hatten auch immer die hässlichsten Frisuren – war es, weil sie privat keinen Bock auf Haareschneiden hatten?

»Wie wäre es mit einer Rasur?«, sagte Celali. »Ich spendiere dir auch eine Kopfmassage.«

Einer der Friseure stellte sich hinter Teddy und hielt ein dampfendes weißes Handtuch bereit. Jetzt war nicht die Zeit, Nein zu sagen.

Was Teddy jetzt tat, war sehr dumm.

Der Stuhl wurde zurückgeklappt. Am liebsten hätte er seinen Blick auf den Großen Bruder gerichtet, stattdessen musste er an die Decke starren. Er verspürte einen Anflug von Unbehagen. Celali war nicht nur mächtig – er war auch unberechenbar, wie alle diese Psychopathen. Teddy erinnerte sich deutlich an Isak Nimrods Prozac-Gelassenheit, als sie jung waren, eine Gelassenheit, die jederzeit in Gewalt umschlagen konnte.

Das warme Handtuch wurde um sein Kinn und seinen Hals gewickelt, dann weiter über seine Augen und die Stirn. Nur der untere Teil der Nase blieb frei. Er konnte nichts mehr sehen.

»Hast du gehört, dass sie Ali Zwei verhaftet haben?«, fragte Kerim gedämpft.

Teddy wusste es bereits. »Ja. Die Buschtrommel war schneller als du.«

»Nichts ist schneller als ich.«

»So habe ich das nicht gemeint. Hat er einen guten Anwalt?«

»*Hamdullah*, wir nehmen nur die Besten.«

»Wen denn?«

»Jemanden, der in unserem Team spielt.«

Wieder nickte Teddy. Heutzutage gab es viele Anwälte, die das Ganze für ein Spiel hielten, Diebe und Polizei, das kriminelle Team gegen das blaue Team. Er wusste, dass Emelie sie hasste.

»Sie zerstören das Vertrauen in die gesamte Anwaltschaft, mich eingeschlossen«, schimpfte sie.

Kerim fuhr fort. »Ich habe noch keine Ahnung, was ihm vorgeworfen wird. Soweit ich weiß, haben sie ihn noch nicht verhört, aber das ist alles erfundener Mist, wie immer. Sie wollen Ärger stiften, aber sie machen sich nur in die Hose. Ich habe gute Informationen, Leute mit Insiderwissen.«

Teddy fragte sich, was der letzte Teil zu bedeuten hatte, aber er war nicht hier, um Fragen zu stellen. Er wollte ein Geschäft abschließen.

Der Friseur nahm das Handtuch weg. Teddys Haut war warm, feucht und weich.

Das einzige Geräusch war leise Musik, die irgendwo von der Decke kam, *Drill* – Rap-Musik, bei der man nie hört, was sie sagen, aber wusste, dass die Texte immer gewalttätig waren.

Er dachte an das erste Mal, als er vor vielen Jahren mit Isak Nimrod abhing. Sie hatten an dem Tag die Schule geschwänzt und waren ins Gröna Lund gegangen, wo nicht viel los war und sie nicht lange anstehen mussten. Isak wollte mit der Forsbanan fahren, aber als sie sich den schwimmenden Plastikstämmen näherten und das Rattern der Ketten hörten, die sie die Rutsche hinaufziehen würden, bekam Teddy ein flaues Gefühl im Magen. Er war noch nie auf so einem Ding gewesen, und die Forsbanan sah ekelhaft hoch aus. Seine Schritte wurden langsamer. Als nur noch zehn Leute vor ihnen in der Schlange standen, sagte er: »Ich muss mal.«

»Geh doch nachher«, fand Isak.

Aber er konnte nicht in einen dieser Holzklötze steigen, das Blut schoss wie wild durch seine Adern, er musste weg hier.

»Traust du dich nicht?«, fragte Isak grinsend.

Teddy schloss die Augen und sah tanzende weiße Punkte.

»Scheiße, doch«, versuchte er zu sagen, aber es klang eher wie ein Röcheln.

Er hielt sich am Geländer fest, um nicht zu schwanken. Isak grinste weiter. »Bist du ein Feigling oder was?«

»Nein«, sagte Teddy. »Ich habe nie Angst.«

Nach drei Minuten waren sie an der Reihe, Isak saß vorne, Teddy hinter ihm. Er wusste, wenn Isak sich umdrehte, würde er sehen, dass er zitterte. Es schaukelte stärker, als er gedacht hatte, als sie zu den Schienen glitten, die sie nach oben ziehen würden, und weiter hinten gab es lautes Geschrei, als die Leute von der Höhe herabstürzten und das Wasser meterweit spritzte. Es schaukelte und quietschte, der Baumstamm rieb mit seinem lackierten Plastik, seiner falschen Rinde, an den Rändern. Teddy dachte: Jetzt sterbe ich. Er schloss die Augen, zitterte, es war ihm jetzt egal, ob Isak ihn so sah. Der Stamm hielt inne. Dann konnte er nicht anders, als die Augen aufzumachen. Man konnte bis nach Slussen sehen, das Wasser lag da wie ein blau-grün-grauer Teppich, und dahinter, weiter weg, lag Skärholmen, und dahinter Södertälje, mehrere Dutzend Kilometer entfernt, wobei man nicht so weit sehen konnte. Plötzlich hatte Teddy seine Angst vergessen, er hatte wirklich keinen Schiss mehr. Der Kanal schlängelte sich ein wenig nach links und nach rechts, dann ging es steil bergab. Das Wasser rauschte, der Baumstamm rutschte dem unvermeidlichen Sturz entgegen, und für eine kurze Sekunde balancierte er an der Kante, stand vollkommen still, und Teddy füllte seine Lungen mit Luft, bevor sie in die Tiefe stürzten, und er schrie aus voller Kehle, er brüllte, denn es kitzelte im Magen, und er war hier mit einem der härtesten Jungs der Schule, und unter ihnen lag Stockholm. Er konnte machen, was er wollte, sein ganzes Leben war wie der Saltsjön, es lag frei vor ihm. Es war ihm egal, ob sein Vater schimpfte, ob er in der Schule nicht zurechtkam, ob Linda eine verfluchte Nervensäge war. Es war ihm sogar egal, dass das Jugendamt ihn einkassieren wollte, es spielte keine Rolle, dass seine Mutter nicht da war, in diesem Moment, als der Wind durch seine Haare wehte und der Baumstamm vielleicht gleich unten brechen würde, gab es nur ein Gefühl von Offenheit. Er war nicht gefangen. Dieses Land, diese Stadt, selbst Södertälje, boten alle Möglichkeiten.

Dann stürzte der Baumstamm nach vorn.

»Glaubst du an Gott?«, fragte er später, nachdem Isak seine letzten Kronen verspielt hatte.

Sein Freund blinzelte ein paarmal. »Wenn es Gott nicht gäbe, gäbe es mich auch nicht.«

»Was?«

»Wir kommen aus Damour.«

»Damen? Wie die Damen, die wir in der Forsbanan ausgecheckt haben?«

»*Damour*«, wiederholte Isak mit arabischer Aussprache. »Das ist ein Dorf im Libanon. Ich war noch ein Baby, aber sie sind eingefallen und haben die Leute abgeschlachtet wie Schafe, aber das kannst du nicht verstehen.«

»Was zum Teufel …«, sagte Teddy. Er war in Schweden geboren, aber er hatte die Geschichten von Bojan und seinem Großvater gehört, auch in Jugoslawien war damals nicht alles perfekt.

Isak fuhr fort. »Wir zogen in eine andere Stadt, Zhale hieß sie, aber auch sie wurde angegriffen, sie legten den ganzen Ort in Schutt und Asche. Meinem großen Bruder wurde der Schädel eingeschlagen.«

Teddy wusste nicht, dass Isak einen Bruder gehabt hatte.

»Und mein Vater ist immer noch völlig kaputt«, sagte Isak. »Ich höre ihn jeden Morgen weinen, und dann schlägt er mich, weil er findet, dass ich zu laut bin, wenn ich Frühstück mache.«

»Schlägt er dich deswegen?« Bojan gab Teddy hin und wieder eine Ohrfeige, aber nur, wenn er eine ungewöhnlich große Dummheit begangen hatte.

Isak spuckte auf den Boden. »Er schlägt mich wie einen Hund. Er will mich ausknocken.«

»Ausknocken?«

»Er sagt immer: *Wenn du zuschlägst, dann richtig.*«

Im Hintergrund schrien die Leute im Rhythmus der Wikingerschaukel, ihre Stimmen gingen im Wind unter und wurden auf das Wasser hinausgesaugt.

Teddy dachte: Ich habe es gar nicht so schlecht.

Jetzt, fast dreißig Jahre später, würde Isak neu starten. So hieß es zumindest.

»Können wir hier drin reden?«

»Die verstehen kein Schwedisch.« Auch Kerims Gesicht war nun frei. »Und wir durchsuchen den Laden, jeden Tag.«

Der Barbier streckte wieder seine Hände aus und begann, Teddys Hals und Wangen mit Rasieröl zu massieren. Es roch nach Minze und etwas anderem, Moschusartigem, das er nicht benennen konnte – es roch nach Bäumen und Wald.

»Du weißt, wer ich bin«, sagte Teddy.

Kerim antwortete nicht. War das ein Zeichen, dass er weiterreden durfte?

»Du weißt, dass ich Nikolas Onkel bin.«

Die Tätowierungen an Kerims Hals sahen alt und verblasst aus, aber es waren nicht die brutalen Abbildungen, die ihn von den anderen unterschieden, es war seine Ausstrahlung, seine Gelassenheit, die Tatsache, dass es auffiel, dass er in diesem Raum war.

»Erinnerst du dich an Nikola?«

Teddy konnte die Gesichtszüge des Großen Bruders nicht

lesen, konnte nicht einmal seinen Atem hören, nur das rhythmische Schaben des Rasiermessers, als der Barbier es über den Schleifstein führte und schärfte.

»Du erinnerst dich an Nikola, oder?«

Jetzt lachte Kerim, für ihn war alles ein Spiel oder ein Test. »Ich habe gehört, dass er seinen Nachnamen geändert hat. Will er nicht so werden wie du?«

»Sein Vater heißt Lind.«

»Ich weiß, ich weiß. Das war nur ein Scherz. Aber du bist nicht hier, um über ihn zu reden. Ali Zwei hat gesagt, dass du Vorschläge hast. Deswegen sitzt du hier neben mir. Wir sind hier, um übers Geschäft zu reden.«

Am liebsten wäre Teddy aufgestanden, hätte sich umgedreht und Kerim ins Gesicht geschaut. Irgendein Klugscheißer hatte mal gesagt, die Augen seien der Spiegel der Seele. Er hatte keine Ahnung, was die Seele wirklich war, und wahrscheinlich hatte Kerim Celali sowieso keine, doch er stimmte zu, dass viele Menschen richtige Dinge sagen und schön lächeln konnten, aber was sie verriet, waren die Augen. Die Augen waren der Spiegel eines *Lügendetektors*: Sie reflektierten die Signale von Teddys Lügenradar – um einer Person zu vertrauen, musste er in der Lage sein, ihren Blick zu checken. Das konnte er jetzt nicht, in dieser halb liegenden Position. Dieses Treffen verlief hundertprozentig nach den Bedingungen des Großen Bruders.

»Ich kann dir die größte Lieferung besorgen, von der du je gehört hast. *Äzi*«, sagte Teddy.

»Mmm.«

»Zwei Tonnen.«

»Aaah.«

»Ich habe auch schon gecheckt, wie wir sie transportieren, den ganzen Scheiß.«

»Das weiß ich doch. Ali Zwei ist mein Freund, vergiss das nicht. Qualität?« Kerim blieb eiskalt, trotz der enormen Menge.

»Sweet Skunk Automatic.«

»Von *Juanita la Lagrimosa*?«

Teddy kannte die Anbaumethoden nicht, aber er konnte auch nicht den Kopf schütteln. Der Barbier hatte das Rasiermesser in die Hand genommen und hielt es nun an seine Wange.

»Das ist erstklassiges Zeug«, sagte er stattdessen. »Ich habe Proben.«

Das war der Sinn der Probepackung, für die sein Vater ihm Geld geliehen hatte.

»Und wie kommt jemand wie du an so ein erstklassiges Produkt?«

»Weil ich Teddy bin.«

»Ich weiß, wer du bist. Wo kommt das Zeug her?«

»Aus Spanien.«

»Von wem?«

Teddy spürte das Messer an seiner Wange, kalt, Kerim testete ihn, quetschte Infos aus ihm heraus.

»Das behalte ich für mich«, sagte Teddy schließlich, ohne den Mund allzu sehr zu bewegen.

Kerim schniefte, als hätte er eine Line gezogen oder als leide er unter einer ungewöhnlichen Pollenallergie im Herbst. »Das Wichtigste ist die Linie.«

Der Barbier zog Teddys Kopf noch weiter nach hinten. Jetzt war er völlig entblößt, das Rasiermesser lag an seinem Hals an. Drei Millimeter zu tief, dann wäre die Halsschlagader durchtrennt, und er würde innerhalb von fünf Sekunden verbluten.

Kerim sagte: »Wenn man einen Bart hat wie ich, kommt es auf die Linie an, man will nicht aussehen wie ein Penner oder ein Swenne-Hipster aus dem verfluchten Aspudden. Die Linie auf der Wange und die Linie am Hals. Verstehst du? Viele Leute hier fahren schöne Autos und tragen Gucci und AP-Uhren. Viele krümmen sich unter dem Gewicht ihrer schweren Goldketten und posten Fotos davon auf Instagram. Aber ich nicht, ich gehe keine Risiken ein, ich gebe nicht unnötig an oder prahle auf TikTok rum. Alles, was ich tue, ist, zweimal die Woche hierherzukommen und die Linien zu richten. Ich brauche kein Markenzeugs und Bling-Bling-Diamanten. Wer mich kennt, der weiß, wer ich bin, der respektiert mich. Jeder sieht mir an, dass ich auf mich achte. Dass ich kein Messie bin.«

Das Rasiermesser kratzte an Teddys Hals. Er saß regungslos da. »Ich bin wie du«, sagte er. »Ich bin lange genug im Game. Ich halte mich zurück.«

»Aber du warst acht Jahre im Knast.«

»Du hast auch gesessen.«

»Du fährst einen Audi.«

»Der ist Baujahr 2016.«

Das Rasiermesser ruhte auf seinem Adamsapfel. Der Tod war nur ein nervöses Zucken entfernt.

Kerim sagte: »Ich verhalte mich wie ein normaler Bürger. Aber Cash macht einen Ehrenmann aus. Schau dir Isak Nimrod an. Er kann es nicht. Er ist schwach. Er war nie der richtige Mister One. Wie viel verlangen sie für das Gras?«

Der Große Bruder redete konfus, aber Teddy konnte jetzt nicht sprechen, er konnte sein Gesicht nicht bewegen. Stattdessen streckte er die Hände unter dem Friseurkittel hervor. Er hielt erst sechs Finger hoch, dann zehn. Kerim sollte die Summe verstehen. Der Boss schüttelte den Kopf, hielt vier Finger hoch, dann zehn.

Der Barbier tupfte ihn mit einem kühlen Handtuch ab. Teddy hob den Kopf.

Er sah sich im Spiegel: babyglatte Haut, der gerade Pony schwarz, die dunklen Ringe unter den Augen. Er lebte.

Kerim hatte sich erhoben, er stand an der Tür.

Sie hatten sich geeinigt. Waren bei fünfzig Millionen Kronen gelandet. Teddy hatte mit Michaela fünfundvierzig vereinbart. Nach Abzug aller Kosten blieben mindestens vier Millionen für ihn übrig. Das war fantastisch.

Trotzdem, sein Gesicht im Spiegel: sein Mund, seine Falten. Vor allem seine Augen – sie glänzten immer noch vor Angst. Vielleicht war es gut, dass er sein Gesicht nicht dem Großen Bruder hatte zuwenden können.

23
Gabriel

Er ging so leise wie möglich durch den Flur, nahm lautlos die Schlüsselkarte, für die er unterschrieben hatte, und hielt sie an das Schloss, während er absichtlich hustete. Vielleicht würde der Ganove drinnen so nicht mitkriegen, dass er aufsperrte.

Er riss die Tür auf.

Die Zelle war drei mal zwei Meter groß. Auf der Matratze lag Ali Abdulrahman alias Ali Zwei alias A2. In der linken Hand hielt er seinen Schwanz, in der rechten einen Zettel, voll konzentriert auf das, was die linke Hand tat.

»Klopf verdammt nochmal an«, rief er und zog seine Hose hoch.

Gabriel machte die Tür hinter sich zu. »Du bist nicht der Erste, der sich hier einen runterholt.«

Ali Zwei stand auf, er schien sich nicht zu schämen, vielleicht war sein Hass auf die Polizisten so groß, dass er dieses Gefühl übertrumpfte.

»Ich will reden«, sagte Gabriel. Er lehnte sich an die Wand.

»Dann ruf meinen Anwalt an.«

»Das kann ich machen, aber dann dauert es länger, weil dein Anwalt in Malmö ist.«

»Woher zum Teufel weißt du das?«

»Ich weiß nur, dass er dort einen großen Mordfall hat. Er wird erst in ein paar Tagen zurück sein.«

A2 lehnte den Kopf gegen die Wand, die Müdigkeit legte

sich wie ein dunkler Filter auf sein Gesicht. »Worüber willst du reden?« Er war seit vierundzwanzig Stunden in dieser Zelle, und Gabriel hatte alles getan, um seinen Willen zu brechen. Er hatte das Licht brennen lassen, das Essen so gesalzen, dass es ungenießbar war, einen Lautsprecher in der Nachbarzelle installiert, aus dem die ganze Nacht Schreie dröhnten, und dafür gesorgt, dass die Toilette verstopft war, sodass der Kerl in vierundzwanzig Stunden nur einmal hatte pinkeln können.

»Komm, wir gehen in den Verhörraum«, sagte Gabriel.

»Ich werde nichts sagen«, sagte Ali, als er sich in dem kahlen Raum hingesetzt hatte.

Gabriel goss eine Tasse Tee ein und schob ihm ein Glas Honig hin. »Willst du etwas?«

Der Kerl bediente sich ordentlich.

»Du wirst der Geldwäsche verdächtigt.«

»Ich sage nichts.«

»Wir haben eine Reihe von Gegenständen beschlagnahmt, die beträchtliche Summen gekostet haben, und du hast im letzten Jahr kein Einkommen angegeben.«

»Kein Kommentar.«

»Du wirst noch eine Weile hier sein, wenn du so weitermachst.«

»Kein Kommentar.«

»Warum sagst du nichts?«

Ali Zwei schaute über den Rand der Tasse, seine Augen waren dunkel wie eine mondlose Nacht. »Kein Kommentar.«

Gabriel seufzte. »Willst du das wirklich durchziehen?«

Keine Antwort.

»Na gut. Dann schlage ich Folgendes vor: Du kannst mit jedem Polizisten in Stockholm-Süd reden, eigentlich mit jedem

Polizisten in *ganz* Stockholm. Ich werde nicht hier sitzen und meine Zeit vergeuden, wenn du nur schweigst, aber ich kann dir jeden meiner Kollegen vermitteln.«

Es war eine Finte. Er warf einen Köder aus. Wartete auf Alis Antwort.

Der Gangster nippte an seinem Tee.

»Was sagst du?«

»Ich sage: Lutsch meinen Schwanz.«

Das war's.

Gabriel kam zehn Stunden später zurück, mitten in der Nacht.

Er hatte die Matratze aus der Zelle genommen und die Temperatur auf sechzehn Grad heruntergedreht. Aus dem Lautsprecher im Nebenraum dröhnten noch immer Schreie, kein Essen, keine Pinkelpause. Die Lampe hatte zusätzliche Watt, damit es sich wie Tageslicht anfühlte.

Zeinab, Almas Betreuerin, hatte früher am Abend angerufen. »Können Sie und Alma sich Anfang nächster Woche mit mir treffen?«

Ihre Stimme war sanft und ruhig, aber es war klar, dass sie einen konkreten Anlass hatte.

»Alma ist gerade nicht zu Hause, aber ich frage sie später. Ist etwas passiert?«

»In der Schule ist nichts passiert, weil Alma nicht da war, aber manchmal hören wir Dinge, die sozusagen privat sind und von denen wir denken, dass es wichtig ist, sie mit den Sorgepflichtigen zu teilen.«

»Ich bin der Sorgepflichtige.« Warum sagte Zeinab nicht einfach Vater?

»Das weiß ich.«

»Worum geht es dann?«

»Ihre Tochter hat eine Beziehung zu einem Jungen, der angeschossen wurde.«

Gabriel stand am Fenster. Früher hatte Alma immer draußen gespielt, war auf dem Trampolin gesprungen, hatte sich hinter den Thujahecken versteckt und ihre Puppen in der Regentonne gebadet. Jetzt dachte er, er hätte mehr fragen sollen.

»Wer ist es?«

»Er heißt Max Lucrezia García.«

Namen schwirrten ihm durch den Kopf, spanisch sprechende Schläger, lateinamerikanisch aussehende Gangster. Lucrezia García – den Namen hatte er schon einmal gehört. Einer der Schlimmsten der Stadt war mit einer Frau zusammen gewesen, die so hieß.

Ali Abdulrahmans Lippen waren blau, er lag zusammengekauert in einer Pissepfütze auf dem Boden. Kein Essen seit anderthalb Tagen, Kälte, kein Schlaf.

Er zischte, als Gabriel hereinkam.

Gabriel ging in die Hocke. »Lass es uns einfach machen. Ich hole den Polizisten, mit dem du sprechen willst. Ich werde beim Verhör nicht dabei sein. Du redest. Du darfst gehen.«

»Was zum Teufel willst du?«

»Das habe ich doch gerade gesagt. Sag mir einfach, mit welchem Polizisten oder Staatsanwalt du sprechen willst.«

Ali Zwei schlug mit der Hand gegen die Wand. »Ich kenne keinen von diesen Wichsern. Ich weiß nicht, wie ihr heißt.«

Vielleicht war es so: dass er den Namen seiner Kontaktperson nicht kannte. Das war normal bei verdeckten Ermittlungen, man benutzte Decknamen, um nicht aufzufliegen. Aber Ali Zwei hatte ihm bei seiner Verhaftung in Ronna zwei Nummern gegeben. Die eine hatte sich als fiktiv herausgestellt, sie führte zu nichts, wie er vermutet hatte. Die andere funktionierte. André hatte Trojaner eingeschleust, was Ali natürlich einkalkuliert hatte. Es war allerdings eine Nummer, die Kerim Celali nicht kannte. Dem Großen Bruder reichte dieser Verdacht: Keiner seiner Männer durfte Geheimnisse vor ihm haben.

Gabriel machte einen gewagten Schritt. »Okay, wie nennst du deinen Kontakt bei der Polizei oder der Staatsanwaltschaft? Wenn du es mir sagst, kann ich ihn oder sie herholen, und alles wird gut.«

Alis Augen waren rot, seine Haut sah aus, als hätte man sie direkt auf seinen Schädel gemalt. »Ich weiß verflucht nochmal nicht, wovon du redest.«

Gabriel gab Burinex in die Wasserkaraffe, Ali Zwei sollte ein paar Stunden austrocknen, er sprühte Chlorschaum auf die Kleidung, die man dem Ganoven zum Umziehen gab, er senkte die Temperatur in der Zelle auf vierzehn Grad, er ließ weiterhin die Schreie abspielen und sorgte dafür, dass das Essen beschissen schmeckte. Die Kälte würde ihre Wirkung tun. Der Juckreiz würde sich seinen Weg bahnen.

Er konnte den Gedanken nicht ertragen, dass Alma mit dem Sohn des ehemals schlimmsten Gangsterbosses aus Stockholms Süden zusammen war. Es stimmte zwar, dass Isak Nimrod aussteigen wollte, das jedenfalls behaupteten Kerim und die Analysten der Aktionsgruppe Acht, aber trotzdem – es war krank.

Er war angewidert von sich selbst. Er wollte einen Namen oder einen Decknamen von Ali Zwei. Sobald der Ganove ihm sagte, wen er treffen wollte, würde Gabriel sich den Rest zusammenreimen. Wenn es jemand war, der im Bereich Informanten arbeitete, war die Sache klar, oder wenn es Cilla Frank war. Ali musste nur einen Namen nennen, dann konnte Gabriel zwei und zwei zusammenzählen.

Er blieb dabei: Die Zusammenarbeit hatte sich gelohnt. Mord, schwere Waffendelikte, besonders schwere Drogendelikte, Sachbeschädigung, Menschenraub und so weiter und so fort. Alles hatte ein Gewicht, Vor- und Nachteile, und Gabriel hatte klar erkannt, was am schwersten wog. Und jetzt hatte er erfahren, dass Alma mit Nimrods Sohn zusammen war. Vielleicht war das ein Zeichen, ein Signal, dass sich etwas ändern musste.

Der nächste Tag. Leise öffnete er die Zellentür.

Ali Zwei sah aus wie ein geflecktes Gespenst, mit durchscheinender Haut und rotem Ausschlag. Eine große Pfütze Pisse auf dem Boden. Kälte und Gestank.

A2 musste ihm einen Namen liefern. Gabriel hatte den Wachen befohlen, sein Jammern zu ignorieren. »Er bekommt eine Sonderbehandlung von mir, macht euch keine Sorgen.«

Ein Infiltrator in Celalis Organisation bedeutete, dass er selbst enttarnt werden konnte. Das Wissen dieses Infiltrators konnte das Ende seines Lebens bedeuten.

Ali lag auf dem Boden.

Gabriel ging wieder in die Hocke, wie gestern. »Warum hast du mir zwei Telefonnummern gegeben, als ich dich das letzte Mal festgenommen habe?«

Ali rührte sich nicht. »Leck mich.«

»Sag mal, ist es Cilla Frank, die du sehen willst? Kann sie dir helfen?«

»Ich weiß nicht, von wem du redest.«

»Vielleicht nennst du sie anders, aber sie hat meistens ein goldenes Kreuz um den Hals und kleine Kreuze in den Ohren. Ist sie das?«

Ali drehte sich um und setzte sich auf. Seine Lippen waren

spröde. Unter seiner Stirn zeichneten sich die Adern ab. »Du bist das krankeste Bullenschwein, das ich je getroffen habe.«

Ein Geräusch hinter ihm. Die Tür ging auf. Da stand André, Herr Neununddreißig.

»Ich habe eine Anordnung.« Der Blick des Kollegen fiel auf Ali Zwei. »Warum hat er keine Matratze?«

Gabriel wich zurück. »Ich bin hier, um ihm eine zu besorgen.«

André nickte. »Verdammt, ist das kalt hier. Du hast ihn doch nicht zu heftig rangenommen, oder?«

»Nein.«

André stellte sich breitbeinig hin. »Na, das spielt jetzt wohl keine Rolle mehr. Er soll freigelassen werden. Auf Anweisung von Cilla Frank.«

24
Emelie

Sie setzten sich in ihr Büro, Nikola und sie. Sie würden gemeinsam die bisherigen Untersuchungsergebnisse durchgehen.

An der Wand hing ein gerahmtes Poster. Es war ein Bild von Banksy, ein Mädchen, das einen roten Luftballon in Herzform steigen ließ. Emelie mochte es, es strahlte Liebe aus, während so vieles andere in einer Strafverfolgungsbehörde das Gegenteil war. Bei dem Poster musste sie an ihren früheren Arbeitsplatz denken, die Anwaltskanzlei Leijon. Emelies Chef dort, Magnus Hassel, sammelte internationale Kunst und nutzte jeden verfügbaren Raum – sein eigenes Zimmer, die Flure der Kanzlei, Mandantenzimmer und Konferenzräume – für seine private Sammlung. Stanley Whitney und Karin Mamma Andersson hingen Rahmen an Rahmen mit Werken von Bror Hjorth und Videoleinwänden mit Bildern von NFTs. Emelie hatte bei Leijon gekündigt, weil sie keine individuellen Kriminalfälle übernehmen durfte, aber das war nicht die ganze Wahrheit. Tief in ihrem Inneren hatte sie sich immer danach gesehnt: Menschen aus Fleisch und Blut, echte Mandanten, die Möglichkeit, benachteiligten Menschen zu helfen. Sie hatte das getan, was in der Welt der Juristen als großer Sprung galt: von der Arbeit in einer der besten Wirtschaftskanzleien Europas zur Anmietung eines Zimmers in einer Bürogemeinschaft mit einer Sekretärin und drei alten Menschenrechtsanwälten, von denen zwei inzwischen durch deutlich jüngere Talente ersetzt worden waren. »Es ist ein Buyout, ein Sturz von der Elite ins D-Team, man landet bei Leuten, die ihre Kleider bei Åhléns statt bei Nathalie Schuterman kaufen, aber ich bin trotzdem neidisch«, lachte Josephine. Ja, genau. Emelie war ihre eigene Chefin, und das war ihr wichtig. Sie wusste auch, dass sie eine der Besten werden konnte.

Das war vor ein paar Jahren gewesen, vor ihrer Beziehung mit Teddy, vor Lucas.

Jetzt stellte sich die Frage: War sie eine der Besten geworden?

Immerhin hatte sie einem Mandanten aus der Patsche geholfen, obwohl er selbst verhaftet werden wollte. Nikola war nicht er selbst.

Der Vorverhandlungsbericht war aus offensichtlichen Gründen dünn, es ging nur um ein einfaches Vergehen, das zugegeben wurde: Verstoß gegen das Messergesetz. Eigentlich brauchten sie sich nicht einmal zu treffen, sie könnten alles in fünfzehn Minuten am Telefon besprechen. Außerdem war es nicht das erste Mal, dass Nikola in so etwas verwickelt war.

Emelie wollte ihn trotzdem persönlich sprechen.

»Wie geht es dir?«

Nikola rutschte auf seinem Stuhl hin und her, trank einen Energydrink und hatte die Kapuze seines Pullovers über den Kopf gezogen. »Gut.«

Ein paar Minuten lang blätterten sie gemeinsam das Protokoll durch.

Es ging ihm definitiv nicht gut, dachte sie.

Nikola zerdrückte die Dose und warf sie in den Mülleimer. »Dafür hast du mich doch nicht hierher bestellt, oder?«

Er war *street smart*, Nikola, er spürte vieles. Teddy hatte die gleichen sensiblen Antennen, wenn es um die Dinge ging, die

die Menschen lieber verbergen wollten. Emelie fragte sich, was Lucas davon erben würde. »Man kann nie wissen«, sagte Linda. Sie meinte damit Nikola, aber Emelie konnte nicht anders, als sich zu fragen, ob Lucas eines Tages auch dort landen würde, auf der Anklagebank. Konnten Teddys Gene und Lebensentscheidungen einen solchen Einfluss haben?

Sie klappte das Vorverhandlungsprotokoll zu. »Wir haben uns zum ersten Mal getroffen, als du erst neunzehn warst, erinnerst du dich?«

»Natürlich erinnere ich mich. Dieser Hundeführer, den du vor Gericht ordentlich zerlegt hast.«

»Ich kenne dich ziemlich gut.«

»Ja?«

»Du wolltest verhaftet werden.« Emelie ließ die Worte einen Moment wirken. »Du hattest vor irgendetwas Angst, du wolltest in einer Zelle landen.«

»Du warst mit meinem Onkel zusammen.«

»Ich bin auch die Mutter deines Cousins.«

»Ich liebe den Jungen, aber du bist vor allem meine Anwältin. Du darfst dich nicht gegen mich stellen.« Nikola stand auf.

Sie schämte sich, dass sie Teddy hiervon erzählt hatte. Es war kompliziert, sie hätte nie zustimmen dürfen – jetzt war der Interessenkonflikt klar, das konnte dazu führen, dass sie bei der Anwaltskammer angezeigt wurde. »Du bist mir wichtig, Niko«, sagte sie.

Er öffnete die Tür. »Dann solltest du mich in Ruhe lassen und keine dummen Fragen stellen.«

Emelie blieb am Fenster stehen.

Sie konnte ihn nicht allein lassen.

Nikola stieg unten auf der Straße auf einen Elektroroller.

Sie setzte ihre Sonnenbrille und ihren nerdigen Fahrradhelm auf, rannte die Treppe hinunter, stieß die Tür auf und blickte sich um, bis sie ein paar Meter weiter entdeckte, was sie suchte. Einen weiteren Elektroroller.

Nikola bog in die Hantverkargatan ein, er war siebzig, vielleicht hundert Meter vor ihr.

Sie folgte ihm. Der Verkehr war jetzt dicht, Regen lag in der Luft.

Den Hügel hinauf. Vorbei am Kungsholmen-Gymnasium in all seiner Pracht. Sie hatten es gewiss nicht so gebaut, um die Schüler zu ermutigen, sondern eher, um sie zu beeindrucken oder zu unterdrücken.

Nikola bog zum Fridhemsplan ab.

Emelie fuhr hinter ihm her. Ihre Hände wurden kalt.

Der Himmel war dunkel und grau.

Sie sah, wie er den E-Roller an der U-Bahn-Station abstellte.

Eine Stunde später. Sie waren an der Station T-Centralen umgestiegen. Die neuen riesigen, langen Waggons, in denen es kaum Sitzplätze gab, wirkten trostlos. Sie war schon lange nicht mehr mit der U-Bahn gefahren. Überall Überwachungskameras, gelbe Griffe, die von Stangen an der Decke baumelten, in den Waggons saßen nur Menschen, die aussahen, als kämen sie aus einem anderen Land als Schweden oder als hätten sie im Ausland geborene Eltern. Die U-Bahn war eine ethnische Trennlinie in Stockholm – auf manchen Linien fuhren nur die neuen Schweden.

Sie folgte Nikola. Pendlerzug. Wartezeit. Sie saß weiter hinten im selben Waggon und hatte Glück, dass er die ganze Zeit telefonierte.

Dann stieg er aus, und sein Ziel überraschte sie nicht. Nikola wohnte in Södertälje.

Wenn er sie entdeckte, würde sie ihm nie erklären können, was sie hier tat. Sie konnte es nicht einmal sich selbst erklären – den eigenen Mandanten auszuspionieren, das war übel.

Er stieg wieder auf einen E-Roller.

Sie wiederholte dieselbe Prozedur. Fahrradhelm, Sonnenbrille – superdämliches Outfit. Einen Moment später wurde ihr klar, wohin er fuhr.

Reihenhäuser in Helenelund: Nikola parkte und klingelte an einem der Häuser.

Emelie kannte die Adresse. Sie hatte einige große Fälle verteidigt, in denen sie vorgekommen war, aber der Alte, der dort wohnte – sie nannten ihn Gabbe –, war nie verurteilt worden. Bei Hausdurchsuchungen hatte die Polizei nichts gefunden, aber jeder wusste, was hier abgeholt werden konnte. Arsenal und Anti-Arsenal: Waffen und kugelsichere Westen.

Nikola brauchte eindeutig entweder eine Waffe oder eine kugelsichere Weste.

Es war schlimm.

25
Isak

Der Kontrast, als er hereinkam, blendete ihn für ein paar Sekunden. Draußen war die Sonne noch nicht untergegangen. Schweden konnte auch um diese Jahreszeit hell sein, oder vielleicht war Schweden immer hell. Für manche Menschen.

Die Garage war nicht groß, und es standen nur drei Autos darin, wirklich schöne Autos. Ein R8, ein aufgemotzter X5 und sogar ein Ferrari California – ungewöhnlich für Fittja. Wenn man sie herumfahren sah, waren sie gemietet.

Es war ein gefährlicher Ort, aber das war egal. Isak wollte dabei sein, wenn sein Sohn das tat, was er vorhatte. Er würde Max nach Hause bringen.

Er hatte einen alten Bekannten mitgebracht – oder besser gesagt, einen seiner alten Soldaten. Ferat hatte inzwischen eine Freundin, war langsamer geworden, hatte sich von der Straße zurückgezogen, aber hierfür hatte er sich sofort bereit erklärt, sein Job war, einfach mitzukommen und gefährlich auszusehen – zu Isaks Sicherheit.

Skorpionfixer. Isak hatte gesehen, was Max mit dem *Skorpionfixer* vereinbart hatte.

Der Mann, der auf ihn zukam, trug eine große Tasche in der Hand und gab Isak einen Händedruck, der ihm in alle Knochen fuhr, wie ein Jüngling, ein unerfahrener Möchtegern. Drüben an der Wand lehnte Ferat, die Hände in den Jackentaschen, ein Zeichen der Stärke von Isaks Seite.

Der Typ mit der Tasche legte seine Sonnenbrille nicht ab. Er war im Streetstyle gekleidet: Adidas-Sweatpants, Lanvin-Hemd, aber er trug auch eine riesige Goldkette, an der ein tischtennisballgroßes Objekt baumelte. Nach ein paar Sekunden sah Isak, was es war. Es war eine Mini-Handgranate, aus Gold. Was für ein Idiot.

Der Idiot war vermutlich der *Skorpionfixer*.

»Ich nehme nur Bargeld«, sagte der Kerl.

»Ich bin nicht hier, um zu kaufen.«

Der Idiot hob seine Sonnenbrille an: Die Augen sahen unschuldig aus, aber sie waren tot. »Was du machst hier? Bist du nicht Max?«

Er konnte nicht einmal richtig sprechen, drehte die Wortfolge um – *was du machst hier.*

»Ich bin hier, um über meinen Sohn zu sprechen. Er ist Max.«

Der Mann hielt immer noch die Tasche in der Hand, und Isak erkannte, was darin war. Er hatte selbst bei solchen Leuten eingekauft, und bis heute hatte er immer eine Zastava in seinem Zimmer zu Hause. *Essen*, hatte Max geschrieben. Das hieß Waffen, Munition.

Ferat schaute ruhig von seinem Platz an der Wand aus zu.

»Das ist meine Garage«, zischte der Idiot. »Und Gegend. Hast du das verstanden?«

»Ich habe ein paar Fragen.«

»Die Fragen sind mir scheißegal, du verdammter Mistkerl. Verpiss dich einfach.«

Schweigen, schwer wie ein Range Rover in der Garage. Der *Skorpionfixer* legte den Kopf schief und versuchte, Isak anzustarren wie ein MMA-Trottel beim Wiegen.

Das stille Spiel.

Das wütende Spiel.

Das explosive Spiel.

Isak hatte das schon öfter erlebt, als dieser Bubi Fights auf YouTube gesehen hatte. Er legte den Kopf schief, hatte nicht geglaubt, das sagen zu müssen, was er jetzt sagte. »Siehst du nicht, wer ich bin?«

»Ich habe keine Ahnung, *who the fuck* du bist.«

Isak krempelte einen Ärmel hoch, die Buchstaben auf seinem Unterarm waren über die Jahre verblasst, aber sie waren noch zu sehen. *Mister One*, stand da.

Der Idiot ließ die Tasche auf den Boden fallen. »Bist du ... wirklich?«

»Was glaubst du denn?«

Der Ausdruck in den Augen des Typen veränderte sich, jetzt hatte er Schiss. »Oh, Scheiße, *benim* sorry, Mann. Es tut mir leid.«

Er sah fast flehend aus.

Es war traurig: Max hatte diesen Idioten kontaktiert, um Waffen zu kaufen, und Isak hatte ihm zuvorkommen wollen, um herauszufinden, worum es ging, und Max zur Rede zu stellen. Er wollte diesen *Skorpionfixer* befragen und dann warten – Max auf frischer Tat ertappen und ihn zwingen, mit ihm zu kommen.

Da ging das Garagentor krachend auf.

Die Bullen stürmten herein.

Verdammt.

Isak stürzte hinter Ferat ins Freie.

Isak hasste die Bullen nicht nur, weil sie ihn zahllose Male mies behandelt hatten, sondern ganz grundsätzlich. Im Prinzip konnte er nicht verstehen, wie jemand überhaupt Polizist werden wollte. In vielen Berufen musste man von Zeit zu Zeit hart sein, und er hatte schon oft jemandem zeigen müssen, dass dessen Verhalten nicht akzeptabel war, aber das Opfer hatte sich immer dafür entschieden, ein Teil des Spiels zu sein. Die Polizisten hingegen verfolgten jemanden, den sie verdächtigten, und übten dann so viel Druck aus, wie sie konnten. Sie taten es als Autorität, sie hatten alle Unterstützung, finanzielle Mittel, Waffen, gepanzerte Fahrzeuge, Verhaftungen und Gefängnisse – aber sie gingen kein eigenes Risiko ein, sie kamen einfach von oben und drückten nach unten. Es bedurfte eines besonderen Menschentyps, der sich an der Macht erfreute, der es genoss, Zwang auf wehrlose, verletzliche, gefesselte Menschen auszuüben. Der es genoss, andere zu kontrollieren.

Ferat und er hatten Glück, dass es mehrere Ausgänge aus der Garage gab. Nun rannten sie, verfolgt von den Polizisten, wie Hundertmeterläufer über die Bürgersteige von Fittja.

Isaks einziger Vorteil war, dass er diese Straßen und Höfe besser kannte als seinen eigenen Schwanz. Aber es gab auch Nachteile: Er war so müde, dass er nicht mehr keuchte, sondern röchelte. Seine Ausdauer war nicht einmal durch eine Nase Koks aufgepeppt, damit hatte er schon vor Jahren aufgehört.

»Lauf voraus«, rief er Ferat zu.

Der Leibwächter wandte sich zu ihm um. »Nein.«

»Ich kann nicht mehr«, hauchte Isak. »Schau, dass du davonkommst.«

Wenn er verhaftet wurde, würde alles, was er hinter sich hatte lassen wollen, ihn auffressen, und er würde Max nicht ausfindig machen, nicht mit einem Polizeieinsatz, der mitten im Bezirk blinkte und dröhnte wie der schlimmste Zirkus.

Die Polizisten riefen und brüllten, wie sie es immer taten.

Den Krögarvägen hinauf. Seine Beine schmerzten, er bekam kaum noch Luft, und ein paar Meter hinter sich konnte er die beiden Polizisten sehen – oder besser gesagt, sein Bullenradar *spürte* sie. Ferat war verschwunden. Die Hälfte der Straßenlaternen brannte. Der rosafarbene Kindergarten auf der rechten Seite mit seinen grauen Sitzbänken und kleinen Klettergerüsten zeichnete sich in der Dunkelheit ab. Die Fußgängerbrücke über die Straße, die U-Bahn-Gleise hinter den Bäumen, die verglasten Balkone und die Loggias, die Satellitenschüsseln, von denen es trotz digitaler Kanäle und Glasfasernetze immer noch unerwartet viele gab. Alles sah genauso aus wie damals, als Isak hier aufgewachsen war, nichts hatte sich verändert.

Seine Lunge schmerzte.

Die Polizisten schrien.

Vielleicht sollte er aufgeben. Er hatte doch nichts Illegales getan, oder? Sie würden denken, er hätte versucht, Waffen zu kaufen. Vorbereitung oder Versuch eines schweren Waffendelikts – mindestens zwei Jahre.

Dann fiel es ihm ein: Er war schon einmal hier entlanggerannt. Vor mehr als fünfzehn Jahren zusammen mit Teddy, gejagt nach einem Raub an dem kleinen Yachthafen am Meer.

Er warf sich nach links hinunter, über das Gras, zwischen zwei Bäumen – es war krass: Entweder hatte derselbe Busch all die Jahre dort gestanden, oder sie hatten einen neuen gepflanzt, der genauso aussah wie der alte. Isak hoffte, dass das Loch im Zaun, durch das er und Teddy entkommen waren, noch da war. Leider nein: Der Zaun war intakt, neu, etwas niedriger und grün gestrichen, um weniger hinter den Bäumen aufzufallen. Doch dann geschah ein Wunder: Ein U-Bahn-Zug rollte auf ihn zu. Isak sprang über den Zaun und warf sich nach vorne: Die weißen Augen der Scheinwerfer schrien ihm zu, er solle ausweichen.

Über die Gleise, in die andere Richtung, auf die andere Seite. Seine Schulter prallte auf den Schotter, das Gras, es fühlte sich an, als würde sie brechen.

Zurück auf der anderen Seite der vorbeirasenden Waggons standen die Bullenschweine – dort konnten sie niemanden hetzen, nicht wie die Faschisten auf ihn eindreschen. Er bekam einen uneinholbaren Vorsprung.

Zehn Minuten später stand er wieder vor der Garage. Eine kleine Ader pumpte in seiner Stirn, er spürte es, die einzige Bewegung in ihm in diesem Moment. Der Polizist, der davorstand, durfte ihn nicht sehen.

Abends wurde es hier nie richtig dunkel. Es gab Fenster, aus denen grelles Neonlicht strömte, er hielt sich daher im Schatten. Isak sollte hier verschwinden, ein Taxi rufen und wegfahren, aber er musste zurück, Max zuliebe. Die Polizisten waren auf der Suche nach ihm, Ferat und dem *Skorpionfixer*, er wusste nicht, ob dieser Idiot verhaftet worden war, aber er wusste, dass er selbst in die Wolfshöhle gehen musste.

Nur ein einziger Polizist schien den sogenannten Tatort zu bewachen: Er hatte ein blau-weißes Absperrband vor die Garageneinfahrt gespannt.

Polizei. Absperrung.

Der Polizist sprach in sein Funkgerät, stand breitbeinig da und wartete. Er blickte auf die Straße wie Thanos, der Marvel-Riese, der die Welt zerstören wollte. Mit anderen Worten: Der Polizist benahm sich wie ein Polizist.

Isak machte ein paar schnelle Schritte, griff von hinten an, legte ihm einen Arm um den Hals und hob mit dem anderen einen faustgroßen Stein.

»Ich schlage dir den Schädel ein, wenn du auch nur einen Mucks von dir gibst.«

Das Bullenschwein spannte sich an, groß natürlich, stark, aber der Stein war scharf.

»Wenn du eine Anfrage über Funk bekommst, sprich einfach so, als wäre alles normal, verstanden?«

Der Polizist nickte und bemühte sich, ruhig zu wirken. Er hatte eine spitze Nase und übermäßig glänzendes Haar. Isak sah, wie seine linke Hand nach dem Pfefferspray griff.

Er knöpfte das Holster des Polizisten auf und zog die Dienstpistole. »Vergiss es.«

Die Hand des Polizisten erstarrte.

»Wie heißt du?«, fragte Isak.

»Adam.«

»Adam, warum habt ihr heute Abend hier einen Einsatz?«

»Was spielt das für eine Rolle?«

Der Griff der Polizeiwaffe fühlte sich kühl an. Isak drückte sie Adam an den Hals. Er wiederholte einen Satz, den sie sein ganzes Leben lang auf ihn angewandt hatten. »Ich bin derjenige, der hier die Fragen stellt. Warum führt ihr diesen Einsatz durch?«

»Wir bekamen einen Tipp.«

»Du beantwortest meine Frage nicht. Warum seid ihr ausgerechnet heute Abend gekommen?«

Adam schüttelte den Kopf. »Wir wussten, dass jemand eine lizenzierte Handfeuerwaffe erwerben wollte und dass Musse sie verkaufen würde. Es geht um einen Konflikt zwischen jungen Kriminellen hier in Söderort, über den wir Informationen haben.«

Kaufen, lizenzierte Pistole – was für ein verdammtes Polizistengeschwafel.

»Habt ihr die Person festgenommen, die kaufen wollte?«

»Nein, es waren nur erwachsene Männer in der Garage, als wir sie gestürmt haben.«

»Und wer ist es?«

»Wer?«

»Der Junge, der die Waffe kaufen wollte.«

»Ich kenne seinen Namen nicht.«

Isak kannte ihn.

Aus dem Funkgerät des Polizisten war vieles zu hören, aber nichts, was mit ihnen zu tun zu haben schien.

»Wo hast du die Anweisungen für diese Razzia?«

»In meinem Telefon.«

»Dann zeig mir dein Handy, und wenn du dich schneller bewegst als eine bekiffte Schnecke, beende ich das.«

Adam schien den Vergleich zu verstehen. Er griff mit der rechten Hand an seinen Gürtel und zog vorsichtig sein Handy aus der Halterung. Er hielt es hoch, und Isak sah das Bild, das es zeigte. »Das ist die Person, über die wir Informationen erhalten haben und die eine Waffe kaufen wollte.«

Das blaue Licht des Displays beleuchtete das Gesicht des Polizisten auf seltsame Weise. Das Bild von Max war aus der Ferne aufgenommen worden, aber man konnte trotzdem sehen, dass er ernst dreinblickte. Max, so zart, schön, zerbrechlich.

»Warum sollte er eine Waffe kaufen?«, fragte Isak.

Der Polizist schaltete das Display aus. »Wir haben einen Tipp bekommen, dass dieser junge Mann angeschossen wurde und jetzt eine Hinrichtung plant. Es geht nur um Rache.«

Das Blut rauschte in Isaks Ohren. Sein Magen versuchte, sich einen Weg aus seinem Körper zu bahnen. Er hatte geglaubt, den Tiefpunkt erreicht zu haben, aber zum ersten Mal seit vielen Jahren stieg ein Gefühl in ihm auf, das er vergessen hatte. Er war entsetzt.

Er senkte die Waffe des Polizisten. Warf sie weit weg.

Eine Pfütze zu den Füßen des Polizisten.

Nichts war von Bedeutung. Isak hätte noch mehr Angst haben müssen, als sein Sohn verletzt worden war. Aber jetzt wusste er, dass nur eines wichtig war: Max zu finden, ihn aufzuhalten.

26
Teddy

Keine Riesensause, aber fast.

Teddy hatte über einen Strohmann eine Suite im Clarion Sign im Stadtzentrum gebucht. Er konnte es sich kaum leisten, aber Ali Zwei war es ihm wert. Ali war sein Ticket nach oben. Ali war sein Freund – oder wie man heute sagt, ein *Bruder*.

Die Suite sah schon aus, als wären sie in Beirut. Die Typen stießen Jubelschreie aus. Die Mädchen hatten so kurze, enge Röcke, dass sie die Beine umeinander schlingen mussten, um nicht wie Schlampen auszusehen, obwohl sie wahrscheinlich genau das waren. Es war nicht Teddy, der sie hergebracht hatte, aber Typen wie Celali hatten offenbar freie Wahl.

Energydrinkdosen mit Hustensaftresten, Zigarettenstummel auf dem Sofa – wer würde für die Brandschäden bezahlen? Teddy war froh, dass er über den Strohmann gebucht hatte. Wodkaflaschen, Bongs, Ecstasy, Viagra, sogar ein kleines Fässchen mit mindestens zehn Gramm Koks, das jemand einfach liegen gelassen hatte. Ali Zwei war so glücklich wie ein Lottogewinner im Fernsehen.

Die anderen Jungs klopften Teddy auf die Schulter, nannten ihn Bruder, wollten seine alten Kriegsgeschichten von Anfang 2000 hören. Er war eine Legende, sie waren fünfzehn Jahre jünger als er. Die Musik dröhnte, der Typ vom Hotel war schon dreimal dagewesen und hatte sich beschwert: Beim ersten Mal hatte Teddy ihm einen Fünfhunderter gegeben, damit er die Klappe hielt, beim zweiten Mal zwei Fünfhunderter, beim letzten Mal hatte er ihn an sich gezogen und ihm die Luger gezeigt, die er sich von einem Kumpel von Ali geliehen hatte. Als es an der Tür klopfte und ein anderer Hotelgast schreiend dastand, zeigte Teddy dem Idioten nicht nur die Luger, sondern drückte sie ihm ins Gesicht – und dachte dabei an den alten Wichser im Flugzeug nach Mallorca.

Es war leichtsinnig und dumm, aber wenn sie die Freilassung von A2 feierten, durfte niemand das ruinieren. Ali sah, was Teddy tat: Er hielt die Party sauber von Suedis und anderen Losern.

»Teddy, das ist die beste Party, die je für mich geschmissen worden ist.«

»Was genau haben sie dir vorgeworfen?«

»Keine Ahnung. Der verdammte Bulle hat gesagt, ich hätte ihm schon mal zwei Telefonnummern gegeben.«

»Hast du das damals gemacht?«

»Ja. Damit er denkt, dass er die zweite Nummer abhören kann. Verstehst du? Wenn sie mich eh abhören, will ich wissen, welche Nummer sie ficken.«

Um eins klopfte es wieder an der Tür. Teddy versteckte die Pistole in einem der Wassertanks der Toilette. Er war darauf vorbereitet, dass es die Bullen waren. Gleich war der Spaß vorbei.

Es waren nicht die Bullen. Es war der Große Bruder, Kerim Celali höchstpersönlich.

Der Boss kam herein, gefolgt von vier Typen in klobigen Westen. Aber er zeigte zugleich, dass er keine Angst hatte. Der Große Bruder ging voran, stand nicht *hinter* seinen Wachen. Wobei, hier gab es nichts zu befürchten. Jeder hier war sein Freund. Außer Teddy, zumindest noch.

Er wusste auch nicht, ob er das werden wollte. Er wollte die

Ware verkaufen, aber er wollte nie wieder jemandes Soldat sein. Er hatte Jahre seines Lebens dafür bezahlt, ein gehorsamer Hund zu sein.

Celali saß auf dem Sofa, die Beine weit gespreizt. Die Brüder schickten ihm Bräute, schoben ihm Koks hin. Celali schüttelte den Kopf. Aus den Lautsprechern dröhnte Gangster-Rap.

»Mach den Scheiß aus«, sagte er. Jemand drehte den Ton leiser.

»Diese Musik ruiniert unseren Ruf. Glaubt ihr, Mister One hört sich das an?«

Die Jungs schauten überrascht drein. Sie liebten ihre Rapper, Ali Zwei produzierte die Musik, sie feierten die Texte.

Kerim Celali hielt ein Sektglas hoch, jemand schenkte ihm Champagner ein.

»Isak Nimrod«, sagte er. »Ich glaube, er hört Veronica Maggio oder Laleh, also leg Laleh auf. Ich liebe Laleh.«

Die Musik änderte die Stimmung. Kerim Celali war durchgeknallt – er wollte mehr Mister One sein als einfach nur er selbst, aber die Brüder grinsten wieder, die Mädchen wippten im Takt. Ali Zwei zog Lines, als handle es sich um Puderzucker. Teddy saugte die Eindrücke auf, als wäre er im Kino, trank Bier und ließ es sich gut gehen.

»Nalle«, sagte Celali. »Komm her.«

Teddy setzte sich neben ihn auf die Couch. Der Einzige, der ihn Nalle genannt hatte, als sie aufgewachsen waren, war Isak Nimrod gewesen.

»Was ist los mit dir? Willst du dir nichts reinziehen?«

Teddy nippte an seinem Bier. »Ich muss morgen bei meinem Sohn sein.«

»Aber *abiat* ist in einer Stunde oder so vorbei.« Die Pupillen des Bosses waren so groß wie Kokosnussschalen.

»Mein Sohn ist rein wie Schnee. Wenn ich ihn sehe, möchte

ich so sauber sein wie er, er hat es verdient. Und Koks bleibt in deinem Körper, auch wenn du es nicht merkst.«

Kerim nahm den Strohhalm, beugte sich über den Kaffeetisch und bewegte langsam den Kopf auf und ab. »Ich verstehe«, sagte er. »Kinder sind das Reinste, was es gibt.«

Die Nacht ging weiter. Einige Jungs veranstalteten kumpelhaftes MMA im großen Schlafzimmer, andere planten einen Raubüberfall auf das Hermès-Geschäft bei NK im kleinen Schlafzimmer – »Allein die Krawatten sind zwei Mille wert« –, eine dritte Gruppe im Flur verglich Anwälte. Sie wussten, wer Ali Zwei rausgeholt hatte. Teddy hatte Celali angerufen und gefragt, ob Ali Zwei sich nicht von Emelie Jansson vertreten lassen sollte. »Ich habe meine eigenen Anwälte«, hatte der Boss wiederholt. Teddy hatte gesagt: »Du weißt, dass ich ein Kind mit Emelie Jansson habe, sie ist die Beste, das schwöre ich.« Er wusste, wie er es sagen musste.

Teddy musste die Rezeption anrufen und sie bitten, die Lüftung voll aufzudrehen: Der Spliff-Rauch war zu dicht in der Suite. Ein Bruder hatte Sex mit einer Schlampe im Flur. Ein anderer Bruder rollte den Teppich für das Morgengebet im Hauptschlafzimmer aus. Ali Zwei war so betrunken, dass er im En-Suite-Badezimmer wegkippte. Er musste mit kaltem Wasser und einer Brustwarzenzange geweckt werden. Aus den Lautsprechern dröhnten Darin und Oscar Zia.

Der Boss klopfte an ein Champagnerglas, klirr-klirr. Alle verstummten. Sogar die Fick-Geräusche.

»Ali«, sagte Kerim mit klarer Stimme. »Ich weiß, dass die Bullen dich in den letzten Tagen besonders hart rangenommen haben. Deshalb bin ich stolz auf dich. Denn weißt du, wir tun Menschen manchmal weh, aber nur denen, *die es verdient haben*. Die Bullen dagegen ficken in neunzig Prozent der Fälle die, die es nicht verdient haben.«

Der Große Bruder sah Ali an.

»Ich möchte auf dich anstoßen, Bruder.«

Jeder hob sein Glas.

»Und«, sagte Kerim. »Wir sind alle Brüder. Loyal bis in den Tod, oder? *Snitches are a dying breed.* Wenn wir mitbekommen, dass jemand singt, machen wir ihn sofort kalt, das schwöre ich.«

Es wirkte so, als würde sich Stille über das ganze Hotel legen. Teddy fragte sich, warum der Große Bruder ausgerechnet jetzt von Maulwürfen sprach.

Da wurde die Stille durchbrochen.

Die Tür wurde aufgestoßen.

Polizisten stürmten herein.

Die Mädchen schrien.

Wildes Gewühl.

Tränengas im Raum.

Später. Im Gefängnis.

Teddy auf dem Boden. Ein Affe im Käfig. Ein Löwe im Zoo.

Alles war so vertraut, die Kritzeleien an den Wänden, die glänzende Feuchtigkeit der Matratze, sogar der Geruch von schmutzigem Beton. Er war schon oft hier gewesen, aber das war in seinem alten Leben. Vor Lucas.

Er hatte überall blaue Flecken, grün und blau geschlagen, er brauchte seine Pillen, hatte keine Kraft zu lügen.

Die anderen Jungs waren in den Zellen nebenan, er hatte sie am Morgen schreien hören. Die Polizei hatte mindestens sieben Leute festgenommen. Auch Kerim.

Schmerzen in den Rippen. Schmerzen in seinem Kopf.

Er dachte an Lucas. Was würde der wohl denken, wenn er ihn hier sähe? »Papa, willst du spielen?« »Papa, hast du irgendwo Schmerzen?«

Vor seinem eigenen Sohn konnte er keinen Schmerz zeigen.

Er konnte nicht in einer Zelle sitzen, denn dann würde Lucas begreifen, wer und was er war.

Vielleicht sollte er alles beenden. Das Leben war sowieso ein Dreck. Der Tod machte die ganze Scheiße sinnlos, denn alles, wovon er je geträumt hatte, endete damit, wozu also kämpfen? Aber gleichzeitig: Der Tod gab dem ganzen Scheiß auch wieder irre viel Sinn, denn das Leben wurde unbezahlbar, jeder Moment wurde kostbar, jede Sekunde zählte. Zeit, etwas für Lucas zu tun.

Die Tür klapperte.

Gegenlicht.

An der Gestalt erkannte er sofort, wer es war. Sein Rücken schmerzte, als er sich aufrichtete.

»Du bleibst ein paar Tage hier.«

»Ich habe nichts verbrochen«, sagte Teddy.

»Danach kommst du vielleicht in Untersuchungshaft.«

»Was wird mir vorgeworfen?«

Sie ging in die Zelle. Sie schloss die Tür. *FTP* war an die Wand gekritzelt. »Das ist jetzt nicht wichtig.«

Seine Kontaktfrau war nicht unattraktiv, sie erinnerte ihn an Emelie.

»Ich soll also trotz unseres Deals hier sitzen und warten?«

Sie nickte.

Teddy stand auf und verspürte einen Stich in der Rippengegend. »Ich bin dabei, in das gefährlichste Netzwerk in Stockholm-Süd einzudringen und ganz nah an Kerim Celali zu kommen, ich habe Ihnen Informationen gegeben, aber ich kenne nicht einmal Ihren richtigen Namen. Und jetzt soll ich hier sitzen und verrotten?«

»Es würde verdächtig aussehen, wenn alle außer dir inhaftiert würden. Du bist mein wichtigstes Kapital. Mach dir keine Sorgen.«

»Ich soll mir keine Sorgen machen? Ich bin die Ratte, die der Große Bruder töten will.«

Teddy spielte ein doppeltes Spiel. Dealen war nicht nur gefährlich, es war in diesem Augenblick *extrem* gefährlich für ihn.

Seine Kontaktperson verschränkte die Arme. Sie trug kleine Ohrringe in Kreuzform. »Du weißt, warum du das tust.«

Nein, das wusste Teddy nicht wirklich.

Oder vielleicht doch.

DREI

27
Gabriel

Er war sehr zufrieden mit dem Mini-Fitnessstudio, das er in einer Ecke des Wohnzimmers aufgebaut hatte. Ein Spinningbike, ein Gerät mit einer Bank, einer Stange und Gewichten für Kniebeugen, Klimmzüge, Bankdrücken und mehr, und sein ganzer Stolz: die Rudermaschine. Jeden Tag trainierte er darauf. Es hatte nicht nur ein halbes Monatsgehalt gekostet, sondern war auch vom gleichen Typ wie die Geräte im Fitnessstudio der Polizeistation – *für den kommerziellen Gebrauch*. Also für Leute wie ihn, die ernsthaft trainieren wollten.

Alma war jedoch der Meinung, dass er nur Platz beanspruchte, und sie hatte recht. Das Rudergerät war besonders sperrig, obwohl man es zusammenklappen konnte, wenn man es nicht brauchte.

Es war halb acht. Gabriel ruderte mit dem gleichen Ziel wie immer: vier Kilometer in weniger als vierzehn Minuten. Das war nicht Elitelevel, aber auch nicht weit davon entfernt.

Ein Kaffee und eine in Wasser aufgelöste Berocca-Tablette waren alles, was er runtergebracht hatte. Viele seiner Kollegen futterten diverses Zeugs, Eiweißriegel sah man auf der Station häufiger als Bananen und belegte Brötchen. Gabriel hielt es einfach: Fleisch und Fisch, Gemüse und viel Kaffee. Letzteres war das Wichtigste, aber vielleicht lag es auch daran, dass er in diesen Tagen immer müde war – mitten in der Nacht wachte er auf, lag mit weit aufgerissenen Augen und klopfendem Herzen im Dunkeln.

Alma schlief noch.

Die Turnmatte unter dem Gerät glänzte wie schwarze Malerfarbe von seinen Schweißtropfen. Alma fand das ekelhaft, oft nahm sie die Matte und legte sie aus Protest auf sein Bett. Sie war hässlich – aber sie war auch praktisch, so war das Leben, das musste Alma verstehen, nicht alles konnte immer sauber und einfach, schön und Instagram-gefiltert sein. Manchmal brauchte es auch Schweiß und Schutzmaterial.

Das Beste am Rudern war der monotone Rhythmus, die Gedanken flossen so leicht dahin wie das leise Surren der Maschine.

Vor ein paar Wochen hatte sich die Aktionsgruppe Acht getroffen. Gabriel wusste nicht einmal, warum sie so hieß, es gab keine Aktionsgruppe Sieben oder Neun. André meinte, es habe damit zu tun, dass sie in der Region 08 seien, der Region Stockholm, aber heutzutage benutzte niemand mehr Festnetznummern.

Im Sitzungssaal war es kalt gewesen, draußen glitzerte noch der Morgenregen auf dem Asphalt. Ein Heizlüfter wäre angebracht gewesen. Gabriel wartete auf seine Kollegen, er war als Erster gekommen.

Von Skärholmen abwärts war ihr Gebiet. Vårby, Botkyrka, Fittja, Tumba, ganz Södertälje. Nach Angaben des Stockholmer Nachrichtendienstes gab es in diesem Gebiet derzeit neunundzwanzig aktive kriminelle Netzwerke, aber Gabriel wusste, dass die tatsächliche Zahl wahrscheinlich doppelt so hoch war, zuzüglich aller »Freiberufler«. Es handelte sich um lose Konstellationen aus Freunden, Bekannten und Verwandten, die von Zeit zu Zeit zusammenarbeiteten und gemeinsam Verbrechen begingen. Manchmal stellten sie ihre Teams wie in einem Film zusammen. Die Wanderer, die Bombenbauer, die Soldaten, die Mixer, die Auftragskiller, die Späher, die Fahrer, die Kapitäne. Gabriel hatte viele von ihnen eingebuchtet, gedopt mit Informationen von Kerim.

Ein paar wenige Gangster hatten direkten Kontakt zu den Russen, der ’Ndrangheta oder den Kartellen, meist mussten sie über Mittelsmänner in Holland, Spanien oder Montenegro agieren. So viele grenzüberschreitende EU-Projekte auch gestartet wurden, an die Mittelsmänner kam man nicht heran. Laut Geheimdienst hatte die Stockholmer Unterwelt eine Thronfolgerin, die Tochter des ehemaligen Königs, die Stockholm von Mallorca aus belieferte. Sie wussten, wer sie war, sie kannten sogar die Stempel auf dem Kokain in ihren Lieferungen, aber sie hatten nichts gegen sie in der Hand. Die spanische Polizei tat nur so, als würde sie kooperieren, und Kerim Celali war in diesem Fall keine Hilfe, der Große Bruder war eine Ameise im Vergleich dazu.

Sie hatten zu wenig Muskeln. Trotz 34-Punkte-Programmen und Wahlversprechen hatten die Politiker keine Ahnung, auf welchem Niveau die Gangster heute arbeiteten. Aber sie wollten es trotzdem nicht wie Dänemark machen. In Schweden glaubte jeder, dass der schwedische Weg der einzig mögliche sei, und jede Abweichung davon wurde als falsch und unzureichend angesehen. Aber wenn die Netze wirklich geknackt werden sollten, reichte es nicht aus, sich darauf zu verlassen, dass die französische Polizei gelegentlich ein paar verschlüsselte Kommunikationen knackte oder das FBI Beweise platzierte. Die schwedische Polizei musste die Möglichkeit haben, selbst aktiv zu werden. Er hatte jedenfalls sein Bestes getan, um zu helfen.

Cilla Frank setzte sich. Das goldene Kreuz hing wie immer um ihren Hals. Neben ihr saß André. Weder ihm noch den anderen Kollegen im Raum schien die Kälte etwas auszumachen.

Cilla begann, Statistiken herunterzurattern.

Gabriel dachte an Ali Abdulrahman, genannt Ali Zwei. Er wusste, dass er mit dem Kerl zu weit gegangen war. Er empfand Selbsthass, Ekel und Abscheu vor sich selbst, aber was hätte er tun sollen? Cilla oder jemand anders könnte sich wundern, warum er so hart zu A2 gewesen war, aber bis jetzt hatte niemand etwas gesagt.

Vor dem Treffen hatte sie Gabriel einfach befohlen, ihn freizulassen, weil die Beweislage zu schwach war. Ironischerweise war der Gangster sofort wieder verhaftet worden. Er und seine Jungs hatten in einem Hotel in der Stockholmer Innenstadt ein rauschendes Fest gefeiert, auch Kerim Celali war dabei.

Das Problem: Es war nicht die Aktionsgruppe Acht, die zugeschlagen hatte.

Die Festgenommenen standen alle unter Drogeneinfluss, mit Ausnahme von Teddy Maksumic, der nur ein wenig verschreibungspflichtiges Kodein intus hatte. In der Hotelsuite fand die Polizei sieben Gramm Koks. Sonst nichts, keine großen Drogenmengen, kein Bargeld, nicht einmal Waffen. Die möglichen Anklagepunkte waren *peanuts*, und der Jüngste hatte die sieben Gramm auf sich genommen: Höchstens drei Monate Gefängnis würde er bekommen.

Cilla Frank war außer sich. »Sie können sich darauf verlassen, dass ich allen oben in der Chefetage Feuer unter dem Hintern gemacht habe. Wir können mit unserer Gruppe nicht auf langfristige Sicht arbeiten, wenn uns andere Polizisten die Operationen kaputt machen.«

André hob die Hand. »Wer hat den Einsatz veranlasst?«

Es war wirklich kalt hier drin.

»Norrmalm, die City-Polizei, sie haben aufgrund einer Beschwerde des Hotels gehandelt, aber unser Infiltrator war in dieser Nacht dort, in der Suite«, sagte Cilla.

Die Kälte überfiel ihn, Gabriel konnte sich kaum bewegen. Er war letztlich zu dem Schluss gekommen, dass Ali Zwei nicht der Spitzel war. Nicht ein einziges Mal hatte er darum gebeten, mit jemandem zu sprechen, der ein Kontaktmann sein könnte, obwohl Gabriel den Kerl unter wirklich beschissenen Bedingungen eingesperrt hatte. Wenn er ein Verräter gewesen wäre, hätte er versuchen müssen, seine Rolle auszunutzen und seinen Kontaktmann dazu zu bringen, sein Leiden zu verringern.

Gabriel war ein Insekt, das am Rande der Welt krabbelte. Wer war die Ratte, die im schlimmsten Fall seine Karriere ruinieren konnte und die Kerim Celali um alles in der Welt in die Finger bekommen wollte?

Er stand wieder ganz am Anfang. Aber vielleicht auch nicht, vielleicht war er jetzt weiter als vor der Razzia in dem Hotel. Auch Kerim Celali saß in Untersuchungshaft, wegen Verdacht auf Drogendelikte. Wahrscheinlich würde er dort nicht mehr lange bleiben – es waren nicht viele Gramm, und außerdem nahm der Jüngste, wie gesagt, sämtliche Schuld auf sich, auch wenn ihm niemand den alten Trick abnahm. Cilla Frank wollte alle, die unter Drogeneinfluss gestanden hatten, wegen gemeinschaftlichen, einvernehmlichen Drogenbesitzes anklagen.

Gabriel dachte dasselbe wie damals, als er herausgefunden hatte, mit wem Alma zusammen war. Es war ein weiteres Zeichen, ein Signal. Kerim in Haft: Vielleicht ging etwas zu Ende, vielleicht bedeutete das einen Wendepunkt. Er fühlte sich nicht nur leichter, wenn er so dachte, er fühlte sich auch stärker. Ganz bei sich.

Gerade, kräftige Schläge. Seine Rückenmuskeln arbeiteten, wie sie sollten. Er könnte heute durchaus seinen Rekord auf der Rudermaschine brechen. Vielleicht lag es daran, dass er sich nicht konzentrierte, sondern seinen Gedanken freien Lauf ließ.

In den letzten Wochen hatte er sich ein paarmal mit Almas Mentorin Zeinab getroffen. Eine Entscheidung war herangereift. Alma verkehrte in den falschen Kreisen, Alma war mit dem Sohn eines der berüchtigtsten Kriminellen der Stadt zusammen oder zusammen gewesen, sie war nicht gut in der Schule. Wenn Gabriel versuchte, sie darauf anzusprechen, schrie sie ihn an oder verließ das Haus. Nur wenn Zeinab in der Nähe war, blieb sie ruhig.

»Du bist eines der intelligentesten Mädchen, die ich kenne. Du hast so viel zu bieten«, sagte Zeinab, »aber was ist mit Freunden und so?«

Die drei saßen in einer Art Therapieraum in der Schule. »Was meinen Sie?«, fragte Alma.

»Mit wem hängst du so rum?«

»Mit Clara und den anderen.«

»Wie ist es denn so mit Clara und denen?«

»Gut.«

»Wer bist du denn, wenn du mit denen zusammen bist?«

Alma verstummte. An der Wand hing ein Informationsplakat: *Niemand hat das Recht, dich gegen deinen Willen zu verheiraten.*

»Dann bin ich jemand anderes«, sagte sie schließlich.

»Was meinst du?«

Alma war sehr nachdenklich, das sah man. »Ich vermisse meine Mama.«

»Das kann ich verstehen.«

»Bei ihr wurde ich nie unter Druck gesetzt, auf eine bestimmte Art zu sein.«

Gabriel spürte, wie ihm die Tränen kamen. Auch er vermisste Erika. »Bist du immer noch mit dem Typen zusammen, Max?«, konnte er sich nicht verkneifen zu fragen, obwohl er wusste, wie Alma reagieren würde.

Ihre Augen verengten sich. »Halt dich da raus, Papa.«

Zeinab hob die Hand. Wollte sie ihn daran hindern, Fragen zu stellen?

»Wir wissen beide, dass Max kein guter Mensch ist«, sagte er.

»Es war nicht seine Schuld, dass er angeschossen wurde.«

»Sein Vater ist ein Verbrecher.«

»Soll Max für die Taten seines Vaters leiden?«

Gabriel wusste, dass er zu weit ging, aber er wollte sie nur beschützen.

»Ich frage nur deinetwegen«, sagte er und versuchte zu lächeln. »Ist es so ...«

»... falsch«, fügte Alma hinzu. Es war einer ihrer gemeinsamen Witze. Eine Songzeile von Little Jinder.

»Ja, Papa«, fuhr sie fort. »*Es ist so falsch*. Halt dich da raus.«

Nach dem Treffen hatte Gabriel darum gebeten, noch einmal unter vier Augen mit Zeinab sprechen zu dürfen. »Ich weiß nicht, was ich tun soll. So viel wie eben hat sie seit drei Jahren nicht mehr zu mir gesagt. Trotzdem will sie es einfach nicht einsehen.«

Neben dem Plakat über Zwangsheirat hing ein weiteres mit der Aufschrift *Safe at night*.

Zeinab hatte lange Wimpern. »Vielleicht würde es Alma guttun, in einer neuen Umgebung zu sein, eine Perspektive für ihre soziale Situation zu bekommen und sich sicherer zu fühlen.«

»Aber was ist mit ihrem Freund?«

»Vielleicht sind sie gar nicht zusammen. Und sie hat recht, Sie können ihr nicht vorschreiben, in wen sie sich verliebt.«

»Sie ist noch nicht mal siebzehn.«

»Sie müssen sich wie ein Elternteil verhalten.«

Das war der Anfang eines neuen Gedankens. Er musste sich wie ein Elternteil verhalten, die volle Verantwortung übernehmen. Alma brauchte ihn. Der Gedanke begann zu wachsen. Sie sollten umziehen. Er könnte sie nach Göteborg oder Malmö bringen – Städte, die groß genug waren, um entsprechende Polizeiorganisationen zu haben, in denen er Arbeit finden konnte, aber weit weg von Stockholm. Sie könnten ihr Leben hier aufgeben.

Das hatte Zeinab auch gesagt, aber auf eine nettere Art, nämlich dass Alma von einem »neuen Kontext« profitieren würde. Einen neuen Kontext – das würde er ihr geben.

Die trottelige City-Polizei hatte ihm mit der Durchsuchung des Hotelzimmers eigentlich einen Gefallen getan – sie hatte etwas in ihm ausgelöst, einen Ausweg aus der Allianz mit Kerim Celali eröffnet.

In den nächsten Tagen machte er sich mit Volldampf ans Werk.

Er bewarb sich auf eine ausgeschriebene Stelle in Göteborg, wo er die Arbeit einer Spezialeinheit koordinieren sollte. Obwohl es sich um einen Schreibtischjob handelte, waren seine Referenzen tadellos, er bestand die Tests, absolvierte ein Videointerview und kam in die zweite Runde. Die Stelle gehörte praktisch ihm. Außerdem bekam er über einen Kollegen einen Mietvertrag für eine passende Dreizimmerwohnung in Johanneberg. Er unterschrieb die Bewerbungsunterlagen für ein Gymnasium in der Nähe.

Er wollte sich Alma nähern, wenn sie am wenigsten unglücklich schien, also abends, wenn sie müde war.

Sie lag in ihrem Bett, das kalte Licht des Telefons auf ihrem Gesicht, die Bettdecke halb hochgezogen, bekleidet mit ihrem alten Nachthemd, geblümt und kindlich, ein Geburtstagsgeschenk ihrer Mutter vor vielen Jahren.

»Wann?«, war ihre einzige Frage, als er ihr von Göteborg erzählte. Ihre Reaktion war besser, als er erwartet hatte. Vielleicht war sie wirklich nicht mit diesem Max zusammen, vielleicht verstand sie mehr von seiner Situation, als er ahnte. Dann legte sie das Handy beiseite. »Ich laufe von zu Hause weg, wenn du versuchst, mich zu dem Umzug zu zwingen.«

Gabriel setzte sich auf die Kante des Bettes, es war weich, er versank darin. Er hatte keine Lust, mit ihr zu schimpfen. Irgendwo in ihrer Stimme hatte er gehört, dass sie es nicht ernst meinte, dass sie nicht so wütend war, wie sie hätte sein können.

»Ist es wegen ihm, dass du nicht willst?«

Sie zog die Bettdecke hoch. »Wir haben keinen Kontakt. Ich weiß nicht, was er macht.«

Mehr Informationen als sonst. »In zwei Wochen können wir beide ein neues Leben anfangen«, sagte er. In seinem Kopf fügte er hinzu: weit weg von deinem Freund und dem schlechten Umfeld, weit weg vom Großen Bruder, weit weg von dem falschen Leben, das ich führe.

Er stieg vom Rudergerät und wischte sich mit dem T-Shirt die Stirn ab. Sein Herz klopfte wild in seiner Brust, seine Gedanken beruhigten sich nach und nach.

Er stieg auf die kleinen Fußstützen des Trainingsgeräts und griff nach der Stange. Da er weder Talkumpuder noch Handschuhe benutzte, hatte er an den Handflächen mehr Hornhaut als an den Füßen.

Das Kinn über der Stange, die Rückenmuskulatur arbeitete kraftvoll – es war eine weitere seiner Standardübungen, und doch hatte er mehrere Monate gebraucht, bis er überhaupt in der Lage war, zehn richtige Klimmzüge zu absolvieren. Klimmzüge waren in dieser Hinsicht eine faire Übung: Wenn man kräftig war, war es schwerer, sie zu machen – man hob sein eigenes Körpergewicht, seine eigenen Muskeln.

»Schaffst du zwanzig?« Alma stand da in ihrem Nachthemd, rieb sich die Augen und lächelte.

Dass sie um diese Zeit noch auf war und sich in fröhlichem Plauderton mit ihm unterhielt, war unerwartet, vor allem nach der Nachricht zu Göteborg, das gab ihm neue Kraft. »Dein Vater schafft alles«, stöhnte er.

Alma setzte sich aufs Sofa. »Elf, zwölf«, zählte sie.

Rauf und runter, er wog sechsundachtzig Kilo.

»Vierzehn, vierzehn«, zählte sie und lächelte. »Vierzehn.« Wie er damals oft bei ihr, wenn er ihre Seilsprünge gezählt hatte, als sie klein war.

Es klingelte an der Tür.

»Kannst du aufmachen?«, keuchte er.

Alma stand auf. »Vierzehn, vierzehn«, sagte sie.

»Papa, da ist jemand für dich«, rief sie aus dem Flur. Er hörte Männerstimmen.

Kerim Celali betrat das Wohnzimmer, begleitet von zwei Kerlen.

Nein.

Gabriel ließ die Stange los. Arme, Schultern, Teile des Rückens: erschöpft.

Alma stand hinter Celali im Flur und starrte ihn mit großen Augen an.

»Bruder, freust du dich nicht, mich zu sehen?«

Gabriel wischte sich die Stirn. Er hatte gedacht, der Boss wäre noch in Haft. »Das ist kein guter Ort für ein Treffen.«

»Warum nicht? Dein Fitnessstudio.«

»Das ist mein Zuhause.«

»Nicht viele Leute haben eine so große Rudermaschine zu Hause.«

»Lass uns in dein Auto gehen und dort reden.«

Celali setzte sich auf die Couch, ganz außen, als wollte er bereit sein, jederzeit aufzustehen. »Nein, wir machen das hier.«

»Warte.« Gabriel drehte sich zu Alma um. »Schatz, geh bitte in dein Zimmer. Das ist eine Arbeitssache.«

Seine Tochter verzog das Gesicht, verschwand aber im Flur.

»Sie ist hübsch, deine Tochter«, sagte Celali. »Wie alt ist sie?«

»Sie ist nichts für dich.«

»Was meinst du? *So* hübsch ist sie nicht.« Der Boss fletschte seine Zähne. »Sie haben mich vor zwei Stunden entlassen, wir hatten einen Typen, der die ganze Kacke auf sich genommen hat. Haben sie uns natürlich nicht abgenommen, aber weil es nur sieben Gramm waren, fanden sie wohl, ich hätte genug Zeit im Knast abgesessen. Bruder, ich bin persönlich gekommen, um dir zu danken.«

Gabriel wurde klar, dass der Boss dachte, *er* wäre derjenige, der dafür gesorgt hatte, dass kein ernsthafter Vorwurf gegen ihn erhoben worden war.

Er wischte sich wieder die Stirn ab. Das war eine gute Gelegenheit, dem Boss zu sagen, dass er gehen würde. Oder nein, es war nicht nur ein guter Zeitpunkt – es war der *einzige*.

»Ich muss dir was sagen«, sagte er.

Der Boss stand auf und hielt eine kleine Tüte hoch. »Warte«, sagte er. »Ich habe ein Geschenk.«

Er kramte in der Tüte und holte etwas Glänzendes, Goldfarbenes heraus.

»Bruder, das hast du dir verdient.« Er beugte sich zu Gabriel vor. Es war eine dicke Goldkette. Er machte Anstalten, sie Gabriel um den Hals zu hängen.

Gabriel zog den Kopf weg. »Nein. Das kann ich nicht annehmen. Ich muss dir erst was sagen.«

Kerim hielt inne. Er hatte das riesige Teil in der Hand, die Kette sah aus, als würde sie mindestens ein Kilo wiegen.

Gabriel holte tief Luft. »Ich habe einen neuen Job in Göteborg. Ich ziehe von Stockholm weg. Ich werde dir nicht mehr helfen können.«

Er schaffte es nicht, die Hand schützend zu heben.

Kerim schlug zu.

Die goldene Kette traf ihn an der Wange.

Gabriel wankte, alles drehte sich, er sank auf das Sofa, sah Sterne, weiße Lichter. Es war, als wäre alles Blut aus seinem Kopf verschwunden.

Er musste sich hinlegen.

Ihm wurde schwarz vor Augen.

Eine Minute, fünf Minuten, vielleicht zehn Minuten. Er wusste es nicht, aber er konnte wieder sehen, blickte sich um, der Raum drehte sich nicht mehr. Er setzte sich auf, eine Seite seines Gesichts schmerzte höllisch. Einer der Kerle reichte ihm ein Kühlpack, das er erkannte – es stammte aus seiner eigenen Kühltruhe.

Celali war nicht mehr da.

Gabriel versuchte aufzustehen, doch ihm wurde sofort wieder schwindlig. Da sah er ihn: Kerim kam aus dem Flur. Vor ihm ging Alma.

»Darf ich rauskommen?«, fragte sie, obwohl klar war, wer jetzt das Sagen hatte. »Was ist mit deiner Wange passiert, Papa?«

»Alles in Ordnung, Schatz«, sagte er so ruhig wie möglich.

Kerim stellte sich zwischen sie, die Goldkette noch immer in der Hand. Gabriel wusste nicht, ob er oder einer seiner Jungs bewaffnet war, aber die Wahrscheinlichkeit war gering.

»Es gibt zwei Dinge, die ich hasse«, sagte der Boss. »Verräter und Polizisten. Aber du warst in Ordnung, Gabriel, für einen Polizisten, denn du warst wie ein Bruder.«

Alma sah aus, als würde sie gleich in Tränen ausbrechen, er fragte sich, wie viel sie von dem verstand, was Kerim Celali sagte.

»Es gibt noch etwas, das ich hasse, und das sind Leute, die den Schwanz einziehen. Sei kein Weichei, Gabriel. Hast du verstanden?«

Seine Wange wurde taub von der Kälte, als er das Kühlpack

dagegenpresste. »Ich habe einen neuen Job, verstehst du das nicht? Und wir hatten eine Abmachung – wenn Isak Nimrod geht …«

Wieder hob der Boss den Arm mit der Goldkette. »Ich sage dir, was du zu tun hast. Du lehnst den Job ab und bleibst hier in Stockholm. Sonst gibt es Ärger, und zwar nicht nur für dich. Hast du das verstanden?« Er blickte zu Alma.

Mehr brauchte er nicht zu sagen.

Auf dem Boden im Flur lag die goldene Kette, die wahrscheinlich mehrere Hunderttausend Kronen wert war.

Seine Gedanken schwirrten herum wie wilde Tischtennisbälle, unkontrollierbar. Alma war in ihrem Zimmer.

Kerim Celali hatte sie bedroht. Subtil, aber unmissverständlich.

Gabriel hatte sich freier gefühlt, hatte sich auf einen Neuanfang in einem anderen Teil Schwedens gefreut. Wie absurd und naiv. Kerim Celali entzog sich seiner Kontrolle – oder besser gesagt, er selbst stand unter der Kontrolle des Bosses. Diese letzte Erkenntnis schmerzte mehr als der Schlag auf die Wange. Er wurde gesteuert, war gefangen. Machtlos.

Es war krank, und jetzt würde er Alma erklären müssen, worum es hier ging.

Ihm fehlten die Worte.

Dann hörte er Almas Stimme, sie telefonierte mit jemandem.

»Ich bin es, Alma. Können Sie herkommen?«

Mit wem sprach sie?

Gabriel hielt die Luft an und lauschte. Almas Stimme klang ruhiger als erwartet. »Es geht um das Leben meines Vaters und um meins. Bitte, Zeinab, kommen Sie her.«

28
Josephine

Sie ließ ihre Kleider fallen, als Letztes zog sie die Socken aus. Die Wärme des Bodens breitete sich wie rauschendes Blut in ihrem Körper aus.

Dies war der sogenannte Entspannungsbereich der Kanzlei, aber in Wirklichkeit diente er dazu, dass die Anwälte das Gebäude nicht verlassen mussten, um Sport zu treiben und sich um ihre Hygiene zu kümmern.

Josephine sah sich im Spiegel an. Sie fuhr sich mit den Händen über den Bauch, es sah unbeholfen aus, als würde sie sich plötzlich unwohl fühlen. Es musste das Licht sein, das hier drin schlecht war, ungünstig. War es die Andeutung einer Ausbuchtung, die sie an ihrer Hüfte sah? Das konnte nicht sein: Sie lief auf dem Laufband, machte Yoga im Becore und spielte mindestens fünf Tage die Woche Padel. Heute hatte sie sich vierzig Minuten auf dem Stepper ausgetobt. Außerdem war sie in der sechsten Woche der Huel-Diät. Peder hatte nach ein paar Tagen das Handtuch geschmissen, aber sie gab nicht auf.

Die Duschkabine war sehr eng. In einer Viertelstunde hatte sie eine Besprechung, nicht mit einem Mandanten oder einem anderen Anwalt, sondern mit dem Vertreter einer gegnerischen Seite. Es war ungewöhnlich, aber er wollte sie sofort sehen, früh am Morgen.

Dann sah sie, wie sich unten am Boden etwas bewegte: ein Silberfischchen, das zum Abfluss krabbelte. Ungeziefer war das

Ekelhafteste, was Josephine kannte, vor allem solche Geschöpfe, sie waren ein Zeichen von Unreinheit. Sie erinnerte sich an das schmierige Badezimmer in Mälarhöjden, wo sie aufgewachsen war, mit der weißen Badewanne auf kleinen Füßen, die muffig roch und in der sich unheimliche Kriechtiere versteckten. Ab und zu tauchten sie auf, wenn sie sich die Zähne putzte oder das Gesicht wusch, immer wenn sie allein war, immer wenn sie müde war. Schließlich hatte sie sich angewöhnt, bei der abendlichen Körperpflege auf dem Toilettendeckel zu knien. Sie konnte nicht glauben, dass die Kanzlei Leijon diese feindseligen Zerstörer duldete, aber sie hatte es deutlich gesehen.

Sie hielt den Duschkopf vor sich und drehte das Wasser auf, wie sie es immer tat, um die Temperatur zu prüfen, bevor sie die Kopfbrause einschaltete, die ihren ganzen Körper abspülte. Sie mochte es nicht, von der Kälte überrascht zu werden, auch wenn halb Djursholm Eisbäder und Kryokammern für die wohltuendsten Dinge auf Erden hielt – in den Wintermonaten bildete sich eine Schlange am Badesteg unterhalb der Villa Pauli.

Eigentlich mochte sie grundsätzlich keine Überraschungen, aber noch weniger mochte sie Unfälle – in gewisser Weise waren Unfälle der negative Spiegel von Überraschungen.

Leider hatten sie sich in letzter Zeit gehäuft. Die Katastrophen. Angefangen hatte es mit dem verdammten Auto.

Sie war es gewesen, die mit Conrad-Christophs Auto zu Peders Eltern gefahren war, weil sie am Abend zuvor als Erste mit dem Trinken und den Drogen aufgehört hatte. Peder fühlte sich immer noch verkatert und verayahuascart, wenn es so ein Wort gab. »Aber es ist so lieb, dass du das Auto des Grafen ausgeliehen hast«, sagte er. »Mein Bruder wird grün vor Neid.«

Der Verkehr auf der E4 in Richtung Norden war spärlich, der Regen prasselte leise herab. Sie kamen durch Kista, Sollentuna.

Die Vororte reihten sich wie Perlen an der Autobahn auf, erst die gefährlichen, dann die wohlhabenden und schließlich die ländlichen. Das Auto fuhr sich fantastisch: Es war der SUV von Lamborghini, Josephine saß nicht nur hoch oben, sie spürte auch jederzeit die brutale Kraft des Motors unter sich. Sie bog auf den Mälarvägen ab, dann noch einmal. Die Geschwindigkeit war hoch, das Fahren mit diesem Wagen machte extrem Spaß.

Sie nahm noch eine Ausfahrt, und dann noch eine. Kleinere und kleinere Straßen. Von hundertzehn auf der Autobahn auf neunzig, auf siebzig, und jetzt zeigte das Head-up-Display fünfzig an. Scheiß drauf, es waren keine anderen Autos in der Nähe, der Regen hatte aufgehört, das Wetter war klarer, und das Auto war das coolste, das sie je gefahren hatte. Sie fragte sich, ob Conrad-Christoph sich bereit erklärt hätte, ihr dieses Luxusauto zu leihen, wenn er nicht tief in seine Halluzinationen versunken gewesen wäre.

Der Wald um sie herum war dicht.

Sie benutzte ihre sanfteste Stimme. Sie brauchte jetzt mehr Antworten von Peder. »Sag mir, wie schlecht steht es eigentlich um die Firma?«

Da trat wie aus dem Nichts ein Elch auf die Straße.

Josephine schrie auf, bremste und geriet ins Schleudern. Sie hatten keine Chance.

Er war so groß wie ein Elefant.

Er kam auf sie zu, das Auto erfasste ihn.

BUMM.

Die Windschutzscheibe. Der Elch.

Der Wagen völlig außer Kontrolle.

Dann wieder ein Knall.

Ein langgezogenes Hupen.

Airbags.

Stille.

Es tropfte, ihr Gesicht war nass.

Das Auto war zum Stehen gekommen.

Peders Mund stand halb offen. »Alles okay?«

Sie war wirklich nass.

»Hast du irgendwo Schmerzen, Jossan?«

Sie war okay, auch Peder schien okay zu sein.

Sie waren beide ohne größere Schrammen davongekommen. Der Lamborghini Urus hatte ein gutes Sicherheitssystem, überall Airbags. Sie traten auf die Straße.

Das Auto – oh mein Gott. Das Auto.

Die Front sah aus wie ein zerknülltes Stück Papier, die Windschutzscheibe hatte Risse, Rauch kam aus dem Motor.

Der Elch lag reglos auf der Straße.

Jetzt wurde ihr klar: Die Nässe waren Tränen.

Die Polizei war erstaunlich schnell da, oder vielleicht war sie nur verwirrt, weil ihr das Zeitgefühl entglitten war. Es war Peder, der sie gerufen hatte, wie sie später herausfand, denn diese Art von Spezialfahrzeug hatte kein SOS-System.

Das war die erste Katastrophe.

Sie musste ein Formular ausfüllen, die Polizei sperrte die Straße, sie teilten ihr mit, dass sie einen Alkoholtest machen müsse.

Nein.

Peder wurde unruhig, er wusste so gut wie sie, was sie in der Nacht zuvor getan hatten.

Es war die zweite Katastrophe.

Aber vielleicht hatte sie ja Glück: Der Alkoholtest schien nicht anzuschlagen, der Polizist grunzte etwas Unverständliches.

Josephine atmete aus, Peders Schultern senkten sich ein paar Zentimeter.

»Sie müssen mit auf die Wache kommen und eine Urin- und Blutprobe abgeben«, sagte der mürrische Polizist.

Jossan war keine Strafverteidigerin, aber sie hatte die ersten zwei Jahre am Stockholmer Bezirksgericht gearbeitet, bevor sie zu Leijon kam. Sie erinnerte sich an alle Prozesse wegen Trunkenheit am Steuer. Ihr Atem verriet nur Alkohol, in Blut und Urin war alles andere zu sehen. *Yagé*, der Wein der Wahrheit, *Madre*. Ayahuasca. Irgendein verdammter Schamane hatte ihnen etwas zusammengepanscht, das sie hierhergebracht hatte, und jetzt würde sie wegen Fahrens unter Drogeneinfluss angeklagt werden. Das war der Gipfel des Wahnsinns.

Auf der Polizeiwache musste sie noch mehr Papierkram ausfüllen, und der mürrische Polizist ließ sich offensichtlich von der Tatsache provozieren, dass sie ein fünf Millionen Kronen teures Auto zu Schrott gefahren hatte. »Wo finden Sie eine Werkstatt für diese Schönheit?«

Peder blieb beim Auto und wartete auf den Abschleppwagen. Das Abendessen zum neunundsechzigsten Geburtstag seiner Mutter war abgeblasen.

»Ist das nicht Ihr Auto?«, fragte der Polizist. »Der Besitzer muss über diesen kleinen Wildunfall informiert werden.«

Katastrophe Nummer drei: Conrad-Christoph und Fredrika würden es erfahren. Es war ihr so peinlich, dass sie sich fast in die Hose gemacht hätte.

Der Polizist trommelte mit den Fingern auf den Tisch, ein allzu offensichtliches Grinsen auf den Lippen. Konnte er mit seiner Schadenfreude nicht warten, bis sie weg war? Gleichzeitig wurde ihr etwas klar. Der Wagen war auf eine von Conrad-Christophs Firmen zugelassen, und sie war es gewesen, die dieses Unternehmen einst für ihn eröffnet hatte. Sie hatte alle Zugangsdaten, sie konnte die Adresse ändern und alles andere, was nötig war. Fredrika und Conrad würden nie etwas von diesem »Wildunfall«, wie der Polizist es nannte, erfahren. Alle Berichte über den Unfall würden nur an sie weitergeleitet.

»Das Auto gehört meiner Firma«, sagte sie. Nun huschte auch ein Lächeln über ihre Lippen.

Als sie nach Hause kam, googelte sie mehr als je zuvor in ihrem Leben, und je mehr sie klickte, desto breiter wurde ihr Lächeln. Auf Englisch, auf Schwedisch, auf Französisch. Die Suchanfragen waren in allen Sprachen die gleichen: *Kann man Ayahuasca in Urinproben nachweisen? In Blutproben?*

Tatsächlich behaupteten die meisten Websites, dass diese Art von psychedelischer Droge nicht nachweisbar sei. Sie rief einige befreundete Anwälte an, die inzwischen Richter geworden waren, und brachte das klassische »Ich frage im Namen eines Freundes«. Sie bestätigten: Sie hätten noch nie einen Fall gesehen, in dem Ayahuasca in Blut- oder Urinproben gefunden worden sei.

Vielleicht hatte sie doch eine Chance.

Einige Tage später kam das Ergebnis von der Polizei.

Material: Urin

Methode: L42A

Ergebnis: 0,2 µg/ml

Stoff: Tetrahydrocannabinol

Was zur Hölle? *Tetrahydrocannabinol* – THC, also kein Ayahuasca, sondern Cannabis.

Der Schamanenwichser musste Marihuana in die Lebensdrinks gemischt haben. Der Guru hatte sie verarscht und versucht, den Trip mit Gras zu verstärken. Aber was sollte sie tun, in New York anrufen und sich beschweren?

In dem Umschlag von der Polizei befand sich auch ein Bußgeldbescheid. *Wer kleinere Drogendelikte und Trunkenheit am Steuer zugibt, muss nicht vor Gericht. Strafe: zweiunddreißigtausend Kronen.*

Die Kanzlei durfte das nie erfahren. Sie konnte es kaum ertragen, es Peder zu erzählen, obwohl er das meiste schon wusste.

»Ein ramponierter Lambo ist für von Königsmarck ein Furz im Weltall«, sagte Peder und versuchte, sie aufzumuntern. »Und ein Bußgeld von zweiunddreißigtausend ist für uns eine Erbse im Mississippi.«

»Es heißt *Pisse* im Mississippi«, erwiderte Jossan. »Und du hast ja das ganze Geld in ScreenKit gesteckt, also ist es eine ziemlich saftige Summe.«

»Wir werden bald Gewinn machen«, sagte er.

»Versprich mir eins.« Sie nahm Peders Hand. »Erzähl es niemandem. Nicht Fredrika, nicht Conrad-Christoph, nicht deiner Mutter, niemandem. Es ist mir so peinlich.«

Peder drückte ihre Hand. »Gut, Josephine, du hast mein Wort.«

Sie vertraute ihm – vielleicht hatte sie ihn deshalb nie gefragt, warum er so mit Fredrika flirtete.

Nun, sie musste die Reparaturkosten des Wagens über die Versicherung abrechnen, von Königsmarck wusste nichts von dem Vorfall, dafür hatte sie über die Eigentümerfirma gesorgt. Vielleicht würde sie am Ende mit einem blauen Auge davonkommen, nur um zweiunddreißigtausend Kronen ärmer und mit einer dummen Verurteilung wegen eines kleinen Drogendelikts.

Die Versicherungsgesellschaft, um die es ging, versicherte nur Luxusgüter. Die englischsprachige Sachbearbeiterin klang noch wütender als der Polizist, der ihr die Drogenprobe abgenommen hatte. »*Sorry, there is an imposition of a fine here.*« Sie schwafelte weiter, aber Jossan hatte schon abgeschaltet.

Das war die vierte Katastrophe: Die Versicherung würde den

Schaden nicht regulieren. Sie würden die Kosten nicht ersetzen, weil sie unter dem Einfluss von Drogen gefahren war und ein Bußgeld bekommen hatte – *imposition of a fine*, fickt euch doch selbst.

Gehirnimplosion.

Sie wandte sich an die Werkstatt, die das Auto abgeschleppt hatte. Der alte Mann, mit dem sie sprach, war so mürrisch wie der Polizist und die Sachbearbeiterin der Versicherung zusammen. »Es hat leider keinen Sinn, Ihren Urus zu reparieren. Es ist billiger, einen neuen zu kaufen. Soll ich die Versicherung informieren?«

Alle diese Mistkerle waren gegen sie. Das waren alles nichtsnutzige Arschlöcher. Polizisten, Sachbearbeiter, Automechaniker.

Hassexplosion.

So ein neuer Lamborghini kostete fünf Millionen Kronen. Sie war komplett am Arsch.

Sie brachte es nicht über sich, es Peder zu sagen, das war zu viel. Sie wollte die Sache lösen, ohne ihn zu beunruhigen.

Vor etwa zwei Wochen hatte Conrad-Christoph angerufen, als sie in ihrem Büro saß. »Wann möchtest du denn mal das Auto zurückbringen?«

Herzstillstand.

»Klar, klar«, hatte sie gesagt. »Aber wir sind damit bis nach Torekov gefahren, und es steht immer noch da, in einer warmen Garage, weil wir zurückgeflogen sind, hehe.«

Sie war die größte Närrin der Welt – warum sagte sie es ihm nicht einfach und ließ seinen Wutanfall über sich ergehen?

Conrad schwieg drei Sekunden lang, aber die kritische Pause fühlte sich wie Minuten an. »Okay«, sagte er. »Kein Problem.

Aber kannst du ihn bis nächste Woche holen? Ich brauche den Wagen für eine Wohltätigkeitsveranstaltung.«

Nachdem sie aufgelegt hatte, stieß sie einen lauten Schrei aus.

Die Zimmertür ging auf. Dort stand Magnus Hassel. »Alles in Ordnung, Jossan?«

Nichts war in Ordnung, aber was zum Teufel konnte Hassel dagegen machen.

Frisch trainiert, frisch geduscht. Sie joggte durch den Flur, das war einer Partnerin nicht würdig, aber sonst käme sie zu spät. Die Räume waren voll, obwohl es erst acht Uhr war, und sie kam an mindestens fünfundzwanzig Kolleginnen und Kollegen vorbei, die gerade arbeiteten. Rechtsanwaltsgehilfen, *paralegals* und viele Partner. Leijon war in dieser Hinsicht kommunistisch: Die Partner schufteten rund um die Uhr, an jedem Tag des Jahres. Aber es gab einen großen Unterschied zu den anderen: Als Seniorpartner bei Leijon konnte man am Ende des Jahres eine fette Dividende erwarten. Josephine war erst Partner geworden, sie war noch nicht so weit. Aber bald, bald.

Das Treffen mit der Gegenseite würde gleich beginnen.

Sie stand am Panoramafenster des Konferenzraums und wartete. Heute konnte man weit sehen, bis nach Södermalm. Mariahissen und die Zinnen und Türme des Laurinska-Hauses zeichneten sich ab, und noch weiter entfernt lag der Globen, rund und weiß wie ein abgelegter Fußball.

Die Materialien in diesem Raum waren nicht nur natürlich – Stein, Holz und Metall –, sie waren auch auf verschiedene Weise mit Schweden verbunden. Granit, Nussbaum, Eisen aus dem LKAB-Bergwerk in Kiruna. Die Botschaft war klar: Wir sind schwedisch, aber wir spielen auf dem gleichen Niveau wie die wirklich exklusiven Londoner Kanzleien wie Slaughter & May,

Parabis und Stewarts Law – also die mit dem höchsten PEP, *Profit per Equity Partner*. Eine Senior-Partnerschaft nach vier oder fünf Jahren bedeutete im Grunde finanzielle Unabhängigkeit für Generationen. Niemand würde Leijon mit einer gewöhnlichen Wirtschaftskanzlei verwechseln, die mittelständischen Unternehmen bei ihren Vertragssachen und der einen oder anderen M&A-Transaktion half. Niemals – Leijon brachte Unternehmen an die Nasdaq-Börse, Leijon unterstützte die angesagtesten Start-up-Stars, Leijon war *der bevorzugte Berater* von vier der fünf größten schwedischen Unternehmen, Leijon sagte Nein zu Kundenunternehmen, die keine ausreichend hohen Standards in Sachen Nachhaltigkeit und Gleichberechtigung erfüllten. Gleichzeitig strahlte der Konferenzraum nicht die hallende Leere aus wie in den Londoner Kanzleien. Der Mandant spürte mit allen Sinnen, dass er sich nicht nur in einer der besten Anwaltskanzleien Europas befand, sondern in einem kleinen, exklusiven Laden, in dem die Beratung auf ihn zugeschnitten war, persönlich, wie bei einem alten Freund. Selbst die gedämpfte Musik aus den versteckten Lautsprechern war einzigartig und modern: amerikanischer Mumble Rap.

Die Tür öffnete sich, und er trat ein: Kim Barent.

Josephine drehte sich um. »Willkommen, möchten Sie einen Kaffee oder etwas zu trinken?«

Barent nickte und knabberte an einer der Pralinen mit dem Leijon-Logo, die in einer Schale auf dem Tisch lagen. Josephine schenkte Kaffee ein, und sie setzten sich einander gegenüber. Es war derselbe Raum, aus dem Isak Nimrod vor einigen Wochen kurz vor der Vertragsunterzeichnung verschwunden war.

Barent verzog das Gesicht wie ein Baby, das Schokolade hasst. »Ich denke, Sie verstehen, warum ich hier bin.«

»Drohen Sie, meinen Mandanten zu verklagen?«

»Das habe ich bereits angedroht.«

»Sie wissen, dass ich ihn nicht kontrollieren kann. Isak Nimrod trifft seine eigenen Entscheidungen, und bisher haben Ihre Drohungen nicht geholfen. Sie hätten nicht persönlich kommen müssen. Wie Ihnen Ihr Anwalt sicher schon gesagt hat, ist Isak Nimrod mit anderen Dingen beschäftigt. Wenn Sie klagen wollen, können Sie klagen.«

»Ich werde nicht klagen.«

Josephine wusste nicht genau, warum Isak so schwer zu erreichen war oder warum er das Geschäft nicht abschließen wollte, aber ihr war klar, dass es eine persönliche Angelegenheit mit seinem Sohn war.

Kim Barent griff nach einem weiteren Stück Schokolade, obwohl er das erste nicht zu mögen schien. »Ich möchte nicht über meinen Anwalt gehen, um den folgenden Vorschlag zu machen, und ich traue Ihrem Kollegen Magnus Hassel nicht.« Er schluckte die Schokolade hinunter. »Ich möchte, dass Sie sich mit Isak Nimrod in Verbindung setzen und ihm zwanzig Millionen Kronen mehr für den Kauf anbieten.«

Kein schlechtes Angebot, wenn man bedachte, wie verantwortungslos und unseriös Nimrod sich in letzter Zeit verhalten hatte. »Ich werde das an ihn weitergeben«, sagte Josephine mit neutraler Stimme.

Barent stand auf. »Da wäre noch etwas.« Wieder musterte er verstohlen die Pralinen mit dem Leijon-Logo. »Ich werde den Aufschlag in bar bezahlen.«

»In bar?«

»Ja. Genau. Keine Überweisung oder so. Ich zahle zwanzig Millionen bar auf die Hand, aber daran ist Nimrod ja gewöhnt.«

Kim Barent griff in die Bonbonschale und steckte sich die Beute in die Jackentasche.

Josephine saß verwirrt in ihrem Zimmer. Draußen regnete es.

Dass Barent sein Angebot um zehn Prozent aufstockte, um das Geschäft abzuschließen, war an sich nicht verwunderlich, aber dass er bar bezahlen wollte, war bemerkenswert. Andererseits war schon beim ersten Treffen klar geworden, dass Kim Barent ein gerissener Kerl war. Josephine vermutete, dass es bei dem Geschäft um Geldwäsche ging. Ein Klassiker: heruntergekommene Immobilien billig mit Schwarzgeld kaufen, mit Schwarzgeld renovieren, teuer verkaufen, und auf der anderen Seite kam versteuertes und deklariertes Geld heraus, weiß wie gebleckte Promi-Zähne.

Das war der Grund, warum Barent seine Meinung geändert hatte. Das Geschäft war zu gut, um es zu verlieren. Josephine musste an ihre Meldepflicht bei Verdacht auf Geldwäsche denken, in den letzten sieben oder acht Jahren hatte es mehr neue Vorschriften gegeben, als man zählen konnte, andererseits erschien es ihr zutiefst unangenehm und unethisch, ihre eigenen Mandanten anzuzeigen. Hier ging es aber um die möglichen Motive der Gegenseite. Die Frage der Barzahlung würde sich nur stellen, wenn Isak Nimrod die zusätzlichen zwanzig Millionen akzeptierte. Wenn sie ihn denn erreichen konnte.

Ihre eigenen Probleme waren viel realer. Es war nur eine Frage der Zeit, bis der Schlamassel mit dem Auto vor ihren Augen explodieren würde. Warum hatte sie Conrad-Christoph nicht die Wahrheit gesagt? Oder Peder? Andererseits: Es war nicht unmöglich, in Schweden einen ähnlichen Lamborghini als Ersatz für den kaputten zu kaufen.

Fünf Millionen. Woher sollte sie so viel Geld nehmen? Sie hatte etwas in Fonds angespart, aber Peder hatte sein Vermögen verschleudert – oder besser gesagt, in ScreenKit gesteckt. Das Haus war sowieso schon mit Hypotheken überlastet. Vielleicht konnte sie sich etwas von Emelie leihen? Vielleicht war es möglich, Geld von Peders Firma zurückzubekommen?

Es klopfte, Magnus Hassel trat ein.

Magnus war Leijons *rainmaker*, aber auch Schwedens wichtigster Wirtschaftsanwalt. Er zog pro Jahr sicherlich zehnmal mehr Fälle an Land als Josephine und sorgte für den dreißigfachen Umsatz, er war Leijons Aushängeschild Nummer eins, der Mann, der mit den Wallenbergs Golf spielte, mit dem Vorstand des SCA-Konzerns auf die Jagd ging und mit dem Rest der schwedischen Wirtschaftsbosse in Torekov im abgetragenen Bademantel badete. Er war der Partner, der vierzig Rechtsanwaltsgehilfen beschäftigen konnte, während er mit Daniel Ek und dem Klarna-Kollektiv nach Madagaskar reiste, um Pinguine zu jagen. Dass er sich an der Abwicklung von Isak Nimrods Immobilienverkauf beteiligte, war eigentlich merkwürdig. Das war weit unter seinem Niveau.

»Ich habe gehört, du hast Kim Barent getroffen«, sagte Magnus.

Josephine nickte.

»Was wollte er?«

»Er will die Immobilien immer noch kaufen.«

»Obwohl Nimrod wie vom Erdboden verschluckt scheint?«

»Er hat sogar ein höheres Angebot gemacht.«

»Wie viel?«

Josephine dachte wieder an den Lamborghini. »Fünfzehn Millionen«, sagte sie.

»Fünfzehn?«

Der Regen prasselte heftig gegen das Fenster.

»Ja«, sagte Josephine. »Genau fünfzehn.«

29
Teddy

Es war kalt wie in einer verdammten Tiefkühltruhe, was kein Wunder war, denn sie standen in einer Tiefkühltruhe – oder besser gesagt, in einem Tiefkühlraum.

Teddy, Ali Zwei und ein junger Kerl, Jacub.

Sie inspizierten, prüften. Teddy gestikulierte.

»Hier holen wir die Sachen«, sagte er und zeigte auf die Regale, seine Finger fühlten sich an wie unaufgetaute Fischstäbchen, durch und durch gefroren. Er hätte sich etwas Wärmeres anziehen sollen.

Die Planungen für die Lieferung liefen auf Hochtouren, die große Lieferung. Die Probelieferung, dreißig Kilo, war vor ein paar Wochen eingetroffen. Die Qualität war erstklassig. Celali war erfreut.

Die große Menge würde in Impfstoffpackungen kommen. Das brachte Vorteile mit sich, auch wenn es teuer war. Die Hunde konnten den Stoff inmitten von gefrorenem Material nicht so leicht erschnüffeln, und die Transportfahrzeuge hatten dichte, dicke Behälter. Außerdem wurde pharmazeutisches Material vom Zoll nach besonderen Regeln abgefertigt, was das Risiko verringerte. Und es gab noch einen weiteren Vorteil: Michaela besaß Anteile an einem Pharmaunternehmen, sodass sie sich um Outsider keine Sorgen machen mussten.

»*Yani*, das wird krass, Junge«, sagte Ali Zwei und kaute auf seinem Kaugummi herum, als wäre das Ganze ein Kinderspiel.

Teddy mochte weder das Kauen noch den Kaugummi – ein echter G konnte normal reden, ein echter G war kein verdammter Esel.

»Wir werden 'ne Art Krankenhauskleidung tragen, wenn wir das Zeug holen«, sagte er.

Jacub sah überrascht aus. Ali lachte.

Er trug eine Jogginghose, leichte Sportschuhe und eine zu dicke Canada-Goose-Jacke, was zufällig sogar passend war in diesem Kühlraum. »Ich besorge ein paar Männer, die helfen können.«

»Nein, das machen wir selbst.«

Jacub klang beeindruckt.

»Warum?« Seine Augen sahen aus wie die von Olaf in *Frozen*, seine Wimpern waren eiskalt.

»Der Große Bruder will es so.«

A2 nickte. »Dann ist es so. Und du bist ein Profi, Bruder, du bist cool, du hast Eiswasser in deinen Adern.«

Teddy öffnete die schwere Tür, die Temperatur draußen fühlte sich an wie ein Wüstenwind, obwohl es nur neun Grad waren. Er lächelte Ali an.

»Mein Blut war wirklich kurz davor, da drin einzufrieren. Dann hättet ihr mich raustragen, in die Badewanne mit heißem Wasser setzen und mit dem Fön auftauen müssen.«

Die Stimmung hätte nicht besser sein können: Der Fall war wie ein abgekarteter Jackpot-Gewinn. Außerdem war es nur Marihuana. Das wäre in Schweden ohnehin bald legal. Jeder Bürger unter fünfunddreißig wollte es legalisieren. Gras schadete im Grunde kaum. Teddy hatte in seinem Leben schon viel Gewalt gesehen, aber Marihuana war nie der Grund gewesen. Bei Alkohol, Kokain und dem Pillenscheiß war das anders.

Die Lieferung wäre der perfekte Beweis für die Bullen. Danach würde er sein Doppelleben beenden. Und gleichzeitig: Wie war er überhaupt hier gelandet?

In den letzten Wochen hatte er versucht, es zu verstehen, hatte sich gezwungen, der Frage nicht auszuweichen. Jetzt rückte alles näher – er tat Dinge, die ihn schneller umbringen konnten als eine Ameise unter einer sehr flachen Gummisohle.

Damals, im letzten Jahr, hatte er es dermaßen sattgehabt, nicht in Emelies Welt zu passen, in der Grauzone zu leben und sich wie ein Kleinkrimineller durchzuschlagen. Als ihn die Kontaktperson angehauen hatte, wurde ihm klar, dass er ungestraft eine große Nummer werden konnte. Er könnte Karriere machen, seinen alten Status wiedererlangen und gleichzeitig das Risiko minimieren. Außer natürlich, dass er getötet werden könnte. Ratten wurden getötet. Das war das Grundgesetz, die grundlegendste Regel in einer Welt, die den größten Teil seines Lebens ausgemacht hatte. Mehr noch, es war eine Lüge: Es war *nicht* der Karriere wegen, dass er auf den Vorschlag eingegangen war. Es war nicht wegen des Geldes oder des Status. Er selbst wollte es nicht zugeben, aber es war die Kontaktperson, die ihn zu dieser Entscheidung gedrängt hatte, und sie war es auch, die ihm die Erklärungen geliefert hatte, mit denen er das Ganze gegenüber sich selbst rechtfertigen konnte.

Alles hatte damit begonnen, dass er von der Polizei verhaftet wurde, weil er plante, als Mittelsmann für den Verkauf von iPads zu fungieren. Es war nur ein Verhör, Verdacht auf Vorbereitung eines schweren Diebstahls, aber wenn Emelie das herausgefunden hätte, wäre sie so wütend geworden, dass sie seinen Kontakt zu Lucas für immer unterbunden hätte.

Wahrscheinlich war es Schwachsinn, er hätte eiskalt sein sollen, aber als das Verhör beendet und sein Anwalt gegangen war, hatte eine fremde Frau den Verhörraum betreten. Sie bewegte sich langsam und vorsichtig, ihren Namen nannte sie nicht.

»Du bist nicht wie die anderen, Teddy«, sagte sie. Er wartete auf mehr.

»Wir kennen deine Geschichte, du hast acht Jahre gesessen, weil du geschwiegen hast, du hast deine Schuld gegenüber der kriminellen Welt bereits beglichen. Dann hast du mit deiner Ex-Partnerin dieses Netzwerk von widerlichen Missbrauchstätern zu Fall gebracht. Du hast etwas Bemerkenswertes getan.«

Teddy schwieg, weitaus mehr besorgt darüber, was Emelie sagen würde, als über die Konsequenzen der Verdächtigungen selbst. Es war furchtbar, er war ein Narr, und Lucas würde darunter leiden. Die Frau fuhr fort. »Wenn du mein Angebot annimmst, kannst du heute als freier Mann hier rausgehen und weiterhin das tun, was du tust, in gewissen Grenzen.«

Teddy wollte nicht reden, aber er konnte nicht anders, als zu fragen. »Was für Grenzen?«

»Ich möchte, dass du in bestimmten Kreisen verkehrst. Solange du das tust, genießt du Immunität vor Strafverfolgung.«

»Ich arbeite nicht mit den Bullen zusammen.«

Die Frau schenkte seiner Bemerkung keine Beachtung. »Es ist eine neue Welt da draußen, Teddy, und das weißt du auch. Die Regeln, die galten, als du noch aktiv warst, gelten nicht mehr. Heute tut jeder nur das, was in seinem eigenen Interesse ist. Wenn du uns hilfst, dann tust du es, um für all die Scheiße zu büßen, die du in all den Jahren angerichtet hast, für all die Menschen, die du verletzt hast. Du willst clean werden, und ich biete dir die Chance, dich zu revanchieren.«

Es gab heilige Regeln, für ihn so klar wie sein eigener Körper. Seine Glieder, sein Rumpf, sein Kopf existierten, er konnte sich selbst berühren, er konnte Schmerz empfinden, und ebenso körperlich war die Regel, niemals zu verraten, niemals zu verpfeifen. Es war in ihm eingraviert, es tat weh, dieses Gesetz zu brechen.

»Ich werde niemals etwas gegen jemanden unternehmen, den ich kenne«, sagte er.

Die Frau lächelte. Und dann hatte sie es gesagt. *Die Worte brannten sich in sein Gedächtnis ein.* »Das würden wir nie von dir verlangen. Du wirst nichts tun, was mit Dejan oder Isak Nimrod zu tun hat. Aber eines Tages wirst du deinem Sohn ins Gesicht sehen und sagen wollen: Ich habe auch Schweden geholfen.«

Das waren die Worte, die ihn zum Umdenken brachten.

Wenn er an diesen Moment zurückdachte, kam es ihm vor, als hätte er Stunden gedauert, obwohl es nur Sekunden waren. War es das, was man ein Aha-Erlebnis nennt? Oder vielleicht eine Offenbarung? Teddy verstand etwas, er spürte es in seinem Körper, er verstand, dass er am Ende in der Lage sein wollte, vor Lucas geradezustehen.

»Versprechen Sie mir«, sagte er und starrte die Kontaktperson an, »dass Sie, wenn sie mich abknallen, zu Emelie und Lucas gehen und ihnen sagen, dass ich für sie zur Ratte geworden bin. Sie werden ihnen sagen, dass ich mein Leben geändert habe. Für sie.«

Sie gingen zum Auto. Ali hatte einen federnden Gang, wahrscheinlich weil er klein und dünn war und sich strecken wollte.

»Wenn das klappt, werden wir alle im Geld schwimmen«, sagte Teddy.

»Willst du der neue Kerim sein oder was?«

»Kerim ist der Boss.«

Jacub schlurfte neben ihnen durch den Kies. »Heutzutage herrscht Chaos, Teddy. Es gibt keine Bosse mehr wie früher. Jeder ist hinter jedem her.«

Teddy hielt inne. Er dachte an die Worte seiner Kontaktperson. Gleichzeitig fragte er sich, was Jacub wohl gemeint hatte.

Ali Zwei legte Teddy den Arm um die Schultern. »Hör auf zu quatschen. Wir arbeiten für den Großen Bruder. Und wir sind wie eine Familie, oder?«

Schweigend starteten sie das Auto. Sie waren auf dem Weg zur Nachbesprechung mit Mr. Celali *himself*.

Vor ein paar Wochen waren sie alle im Hotel verhaftet worden, Kerim auch, aber Teddy hatte nur Bier getrunken und ein paar Tabletten geschluckt, und für diese hatte er ein Rezept. Die anderen Jungs mussten unterschiedlich lange in U-Haft bleiben.

Sie – seine Kontaktperson – hatte vor der Hauptwache auf ihn gewartet, als er entlassen worden war, allein auf dem Fahrersitz.

»In der Hotelsuite liegt eine Pistole, eine Luger«, sagte er. »Falls Sie mehr Material gegen Kerim brauchen.«

»Ich weiß, wir haben sie gefunden, und wir könnten die Waffe wahrscheinlich mit etwas in Verbindung bringen, in das er verwickelt war, aber wir lassen das, es gibt keine Anklage.«

»Warum?«

Ihr helles Gesicht im Rückspiegel blieb regungslos. »Weil ich will, dass er wieder rauskommt, damit er Fehler macht, damit ich ihn für etwas Großes drankriege. Kerim Celali soll lebenslänglich bekommen. Ich will ihn für immer von der Straße haben.«

Ali Zwei hielt den Wagen an, obwohl es keinen richtigen Parkplatz gab. Sie stiegen aus. Hier standen noch mehr Autos. Teddy erkannte einige. Sie gingen auf den Eingang zu. Der Kulturverein, das Café, das Studio von Ali Zwei, die Billardtische. Einer der Treffpunkte von Big Brother.

Das ungute Gefühl traf Teddy wie der Wüstenwind vor dem Kühlraum. Kerim versammelte nie alle auf einmal, so tickte er nicht. Es war, wie Jacub gesagt hatte: Heute waren die Banden zersplittert, verschiedene Akteure arbeiteten in losen Netzwerken zusammen. Aber der Große Bruder war organisiert, hatte Kapitäne und Soldaten, von denen die meisten jetzt im Billardzimmer saßen. Dior, Abbe und andere. Die beiden Billardtische waren leer, niemand spielte, die Queues hingen in ihren Ständern an der Wand, die Stühle waren an den Wänden aufgereiht. Alle unterhielten sich gedämpft.

Was war hier los?

Er dachte an Nikola: Emelie hatte angerufen und ihm erzählt, dass sie gesehen hatte, wie Nikola zu Gabbe, dem Lager-Typen, gegangen und mit einer Schutzweste herausgekommen war. Er wusste, dass das heutzutage bei Kerims Jungs üblich war, aber bitte nicht bei seinem Neffen.

Seit Wochen hatte er versucht, Nikola zu erreichen, schließlich rief er zurück.

»Niko«, sagte Teddy. »Hast du Ärger?«

»Hab ich immer.«

Nikola klang zu unbekümmert. Teddy merkte, dass er nur so tat.

»Warum läufst du mit einer Schutzweste herum?«

»Tut das nicht jeder?«

»Du wolltest verhaftet werden.«

»Hat Emelie es dir erzählt?«

»Sie ist die Mutter deines Cousins.«

»Sie ist auch meine Anwältin.«

»Blut ist wichtiger.«

Nikola verstummte.

»Ich sorge mich nur um deine Sicherheit, Niko, *porodica je sve.*« Das hatte Bojan immer gesagt – *Familie ist alles* –, aber vielleicht verstand Nikola kein Serbisch, also fügte er hinzu: »Ich bin dein Onkel. Ich liebe dich wirklich.«

Nikola schwieg noch immer, fast konnte man seine Gedanken

hören, ein knisterndes Geräusch, eine Mischung aus Körperbewegung und Seelenvibration.

»Erzähl es mir, vielleicht kann ich dir helfen«, sagte Teddy.

»Ich bin in einem Konflikt gelandet.«

»Mit wem?«

»Ich kümmere mich selbst drum.«

»Worum geht es denn?«

»Ach, es ist nur Blödsinn. Es wurde unnötig aufgebauscht.«

»Wer bauscht es auf?«

Nikola schluckte. »Man kann sich nicht ewig anscheißen lassen, oder?«

»Wer denn?«

»Wie gesagt, ich kümmere mich um meine eigenen Probleme.«

»Aber du hast Angst. Du brauchst Hilfe.«

Nikola klang jetzt härter. »Teddy, bei allem Respekt, aber ich brauche deine Hilfe nicht.«

Er hatte sich nicht genug Mühe gegeben, er wusste nicht, was Nikola trieb, aber es war offensichtlich, dass es nichts Gutes war.

Teddy setzte sich auf einen leeren Stuhl. Ali Zwei setzte sich neben ihn. Jacub blieb an der Wand stehen.

Worauf warteten sie noch?

»Bruder, jetzt kriegen wir gleich was zu sehen«, flüsterte Ali.

Teddy hörte, wie auf der anderen Seite des Flurs eine Tür geöffnet und zugeschlagen wurde.

Alle erhoben sich, wie in einer Kirche oder einer Gerichtsshow im Fernsehen, wenn der Richter eintrat. Gerader Rücken, straffe Haltung.

Kerims Bart war perfekt, mit dem Laser gestutzt. Der Boss stellte sich zwischen die Billardtische. Die Lüftung surrte. Die Tätowierungen an seinem Hals wippten. »Ich werde nie aufhören, mein Leben zu leben, denn ich lebe wie ein König. Und ihr macht das doch auch, oder?«

Einige der Kerle nickten.

Kerim war eindeutig in der Stimmung zu monologisieren. »Sie wollen, dass wir ihrem Weg folgen. Wisst ihr, was sie auf die Waagschale bringen? Studieren, normal arbeiten, von neun bis fünf, ein normales Gehalt, von dem man dann Steuern zahlen muss. Kinder und Kinderbetreuung. Ruhe und Frieden. Das ist doch nicht so schlecht, oder? Das ist ganz okay.«

Die Kerle saßen still da, unsicher. Wovon redete der Große Bruder?

»Ihr wisst, was in der anderen Waagschale liegt, auf unserem Weg. Da sind die Autos, die Rolex, die Weiber. Da ist die Tatsache, dass die Leute zu euch aufschauen, dass ihr Helden seid. Da ist auch die Tatsache, dass die Bullen euch terrorisieren, euch anhalten, euch für Scheiße verhaften, da ist die Tatsache, dass eure Väter, wenn ihr welche habt, schimpfen und eure Mütter weinen. Es gibt die Tatsache, dass ihr mit einer Glock unter dem Kopfkissen und eurer Weste als Decke schläft, dass ihr Benzos schluckt, als wären es Halstabletten. Aber auf dieser Waagschale gibt es noch etwas anderes, das Wichtigste. Versteht ihr das?«

Einige Jungs schüttelten den Kopf.

»Es gibt … wie sagt man noch … Respekt«, sagte Kerim. »Respekt liegt auf dieser Waagschale. Respekt vor den anderen und vor allem Respekt vor euch selbst. Niemand pisst auf euch. Ihr seid Männer.«

Alle nickten, mehr musste er nicht sagen. Diese Waagschale war wirklich schwer.

Teddy fand, dass der Boss ungewöhnlich klar sprach, kaum lokaler Slang, kaum Akzent. Er meinte es offenbar ernst.

»Aber die Sache ist die«, sagte Kerim, »kein Mann, der andere verrät, kann diesen Respekt bekommen, kein Mann, der andere verrät, *kann sich selbst respektieren*. Ein Mann, der andere verrät, ist kein Mann. Ich weiß, dass einer von euch eine Ratte ist.«

Kerim ging zur Tür und schloss sie mit einer behutsamen Bewegung. Das Summen der Lüftung verstummte.

»Ihr gebt mir jetzt alle eure Handys«, sagte er und nickte Ali zu. »Du auch.«

Er hielt eine Rolle Klebeband und einen Stift hoch. »Los geht's.«

Es ging unerwartet schnell.

Einer nach dem anderen händigte sein Handy aus.

Kerim fragte nach dem Code, riss ein Stück Klebeband ab, klebte es auf das Telefon, notierte den Namen und den Code auf das Stück Klebeband. Den von Ali, Jacub, Dior und so weiter.

Teddys Hand war feucht. Er reichte ihm sein Handy. Der Große Bruder schrieb langsam: *Najdan Maksumic – Teddy*, gefolgt von der Zahlenkombination, mit der sich das Telefon entsperren ließ.

Fünfzehn Handys mit Namen lagen auf den Billardtischen. Alle sichtbar, alle eingeschaltet.

»Es ist so«, sagte der Boss. »Ich habe ein paar wirklich gute Neuigkeiten.«

Teddy verstand nicht, was er meinte.

Kerim fuhr fort. »Ich habe Fake-Chats eingerichtet. Versteht ihr? Die Bullen halten sich für so verdammt schlau mit ihren Spitzeln und Infiltratoren, aber ich bin schlauer. Ich mache genau das, was sie wollen, aber sie merken nicht mal, dass ich sie in den Arsch ficke. Ich habe Dinge geschrieben, auf die sie reagieren werden, die sie dazu bringen werden, ihre Ratte zu kontaktieren. Sie werden sich melden.«

Das grüne Tuch des Billardtisches war an mehreren Stellen zerrissen, es sah schlimmer aus als gewöhnliche Ausrutscher, als hätte jemand versucht, zusätzliche Löcher für die Kugeln hineinzubohren.

»Heute werde ich herausfinden, wer die Ratte ist«, sagte Kerim. »Eure Handys sind hier, und ich lasse euch nicht gehen, bevor ich es weiß. Es wird bald einen Anruf oder eine Nachricht auf einem geben. Da bin ich mir sicher.«

Teddy begann zu verstehen.

Kerim starrte sie an, einen nach dem anderen.

Draußen vor den Fenstern hörte Teddy die Stimmen spielender Kinder.

Die meisten Telefone auf dem Billardtisch waren Android-Handys. »Es gibt Red Bull und Kekse«, sagte Kerim. »Wir werden noch eine Weile hier sitzen. Bis ich etwas weiß.«

Teddy fühlte sich krank.

Der Boss hatte ihm eine schlimme Falle gestellt. Wenn Teddy seine Kontaktperson richtig einschätzte, würde sie ihn sofort informieren, sobald sie erfuhr, dass etwas im Gange war. Sie wollte Kerim festnageln, genau wie es der Boss sich ausgerechnet hatte.

»Wir werden hier im Kulturverein sitzen, bis ich weiß, wem ich eine Kugel in den Mund verpasse«, sagte der Große Bruder. Seine Mundwinkel sahen aus wie die des Jokers. Er schien das Ganze zu genießen.

30
Gabriel

Vor Cilla Frank stand ein Teller mit einem dreieckigen Sandwich aus schlichtem weißem Toastbrot, eine dieser britischen Spezialitäten, die kein normaler Schwede aß, außer vielleicht im Flugzeug.

Gabriel war froh, dass sie etwas anderes in der Nähe hatte, das verringerte die Gefahr, dass sie den beißenden Geruch seines Schweißes wahrnahm. Sie könnte misstrauisch werden, aber er hatte keine Wahl – Kerim Celalis Plan lief bereits. Cilla Frank musste ihren Infiltrator kontaktieren, mehr nicht.

Die Chefin der Aktionsgruppe Acht nahm einen großen Bissen von ihrem britischen Sandwich. Daneben stand ein Teller mit zwei Zimtbrötchen. Cilla Frank aß Weißbrot und Brötchen, aber sie wurde nicht dick. Gabriel hingegen mühte sich im heimischen Fitnessstudio ab und vermied schnelle Kohlenhydrate, aber jedes Mal, wenn er in den Spiegel schaute, sah er deutlich die zentimeterdicke Fettschicht um seinen Bauch. Das Leben war ungerecht.

Er räusperte sich. »Ich weiß, wir haben einen Fehler gemacht, aber wir mussten agieren.«

»Warum?«

»Weil sie einen Mord planen. Sie brauchen mir nicht zu sagen, dass wir keine Erlaubnis hatten, die Abhörprogramme zu senden, und Sie hatten klargemacht, dass wir es abbrechen sollten. Jetzt habe ich es trotzdem gemacht. Punkt.«

»Das waren also *Sie*?«

Gabriel vermied eine Antwort, was jetzt kam, war wichtiger. »Sie werden einen Mann namens Munir Mattok hinrichten, sie sind gerade dabei.«

Kerim Celali hatte sich den Namen ausgedacht, er bedeutete etwas in einer Sprache, die er sprach.

»Wer?«

»Ich kann nicht genau sagen, wer, sie benutzen in der Kommunikation immer Decknamen und tauschen die Telefone untereinander aus. Aber es passiert jetzt, in der nächsten Stunde, und ich bin mir ziemlich sicher, dass es Kerim Celali ist, der die Befehle gibt. Das ist unsere Chance, ihn zu schnappen. Das ist Ihre Chance, Cilla.«

»Ihn schnappen, wofür?«

»Anstiftung zum Mord oder versuchter Mord, wenn wir das verhindern können, sonst Mord.«

»Zeigen Sie es mir.«

Gabriel schob ihr die Mitschriften der Chatgespräche hin, die er mit Kerim vereinbart hatte. Kerim hatte sich ein neues Pseudonym zugelegt, um diese speziellen Nachrichten zu verschicken, damit Gabriel sie Cilla Frank zeigen konnte.

Bruder, japp den Wichser Mattok.

Muss das heute sein?

Ja, Bruder. Bevor es dunkel wird.

Tamam.

Aber komm vorher in die Wohnung am Morgårdsvägen 12. Gute Adresse, nicht von außen einsehbar. Dort gebt ihr den Jungs eure Handys, und ich gebe euch die Adresse von dem Wichser.

Gut, einverstanden. Welches Essen sollen wir mitbringen?

Bruder, nehmt ne Walle oder eine Skorpi.

Alles klar, Bruder.

Und dann schickt ihn nach Dschahannam.

Cilla rührte weder das Sandwich noch das Brötchen an, sie saß nur da und blätterte in dem ausgedruckten Chat. Das einzige Leben in ihrem Gesicht kam von der Spiegelung auf dem Computerbildschirm.

Gabriel hoffte, sie würde es von selbst verstehen. Das Wort *japp* kannte sie sicher und wusste, was es bedeutete. Auch *Tamam* sollte sie kennen. Eine *Walle* war eine Walther-Pistole und eine *Skorpi* ein kleines Maschinengewehr, Modell CZ Scorpion, 9 mm. *Dschahannam:* Jeder wusste, was das bedeutete. *Und dann schickt ihn nach Dschahannam – dann schickt ihn in die Hölle.*

Das Ganze sollte jemandem wie Cilla Frank klar sein. Sie verstand den Straßenslang besser als die Gangster selbst. Der Kontext war sonnenklar.

Die Idee baute darauf, dass sie sich für das, was sie las, begeistern würde, dass sie ihren Informanten kontaktieren würde, um mehr zu erfahren. Deshalb war die genaue Adresse wichtig. Derjenige im Kulturverein, der diese geschickt bekommen würde, war die Ratte, die Kerim enttarnen wollte. Und die auch Gabriel entlarven wollte.

Morgårdsvägen 12.

»Cilla, Sie meinten, wir hätten einen Infiltrator in Celalis Netzwerk.«

Ihre Augen wurden zu schmalen Schlitzen. »Ich bin ziemlich sauer auf Sie, das ist Ihnen klar. Ich habe noch nicht entschieden, ob ich Sie wegen des Abhörens anzeigen werde. Und die Identität des Infiltrators, nach der Sie mich schon einmal gefragt haben, werde ich Ihnen nicht verraten.«

Das Brötchen auf dem Tisch sah überraschend weich und lecker aus.

»Darum geht es mir nicht«, sagte Gabriel. »Aber Sie sollten ihn doch wenigstens zum Morgårdsvägen schicken. Das ist unsere einzige Chance, einen Zeugen dafür zu bekommen, dass es wirklich Kerim Celali ist, der die Befehle gibt, und vielleicht den Mord zu verhindern.«

Cilla nahm einen großen Bissen von dem Brötchen.

»Es tut mir leid, dass ich das Abhören nicht gestoppt habe«, sagte Gabriel, »aber Sie wissen, dass ich es aus den richtigen Gründen getan habe. Und jetzt haben Sie die große Chance, das zu tun, was Sie immer wollten. *Wir* haben eine Chance, Celali für immer loszuwerden. Schicken Sie Ihren Infiltrator rein. Dann ist es erledigt.«

Cilla kaute zu Ende. »Was ist mit Ihrer Wange passiert?«

Gabriel hatte sein Bestes gegeben, um die Wunde zu überschminken, die die goldene Kette hinterlassen hatte, mit der Kerim ihn geschlagen hatte.

»Mein Rudergerät ist mittendrin gerissen«, lachte er. »Das hat mich ganz schön aus der Bahn geworfen, aber ich habe trotzdem vier Kilometer in vierzehn Minuten geschafft.«

Flemingsberg: Gabriel rauchte nur gelegentlich, aber jetzt stand er auf dem Dach und qualmte bereits seine dritte Zigarette. Das Bezirksgericht Södertörn lag auf der linken Seite, wie ein Raumschiff aus Glas und Metall, das auf der Straße gelandet war. Die Fassaden der Hochhäuser waren orangebraun, aber weiter hinten waren sie in »ROGGBIV« gestrichen, wie Alma ihm beigebracht hatte, als sie ein Kind war – die Farben des Regenbogens. Sie erhellten die Landschaft vor dem grauen Himmel.

Cilla Frank hatte keine Anordnung gegeben, keinen Befehl.

Würde sie sich mit ihrem Infiltrator in Verbindung setzen oder nicht? Würde sie ihm die Adresse mitteilen? Sie sollte es tun. So hatten es Kerim Celali und Gabriel geplant. Noch einmal: Es würde viele normale Nachrichten und Anrufe auf den Telefonen der Ganoven eingehen, aber nur eine würde die richtige Adresse enthalten.

Er wollte nicht mehr hier sein. Er hatte vorgehabt, mit Alma von Stockholm wegzuziehen, trotzdem fühlte er sich aufgeregt, die Spannung war deutlich zu spüren, und noch etwas anderes. Wenn sie die Ratte überlisteten, würde er auch Cilla Frank hereinlegen. Wenn sie die Ratte überlisteten, würde er gewinnen. Er würde schlauer sein als alle anderen, so wie er es die ganze Zeit gewesen war, all die Jahre. Der Triumph musste weitergehen.

Er dachte wieder an Alma. Nachdem Kerim Celali sein Reihenhaus verlassen hatte, war sie aus ihrem Zimmer gekommen und hatte im Flur gestanden. Sie hatte nichts gesagt, ihn nur angeschaut. Dann war sie in die Küche gegangen und mit einem neuen Kühlpack zurückgekommen. Sie drückte es an seine Wange.

»Lass uns nicht darüber reden«, sagte Gabriel.

Alma nickte stumm. War ihr bewusst, wer gerade in ihrem Haus gewesen war? War ihr klar, in welcher Lage ihr Vater sich befand?

»Vielleicht kann Max' Vater dir helfen«, sagte sie.

Seit zehn Jahren waren sie hinter Max' Vater her, ohne Erfolg, und er hatte versucht, es Alma zu erklären, aber sie hatte nur geseufzt und gesagt, es sei ihr »scheißegal«.

»Du und Max, ihr seid nicht mehr zusammen, oder?«

»Nein, aber trotzdem.«

Es klingelte an der Tür.

Seine Dienstwaffe war leider nicht im Haus.

Er schaute durch den Spion. Zeinab.

»Ich bin so schnell gekommen, wie ich konnte«, sagte sie schnaufend.

Vielleicht war es doch nicht schlecht, dass Alma sie angerufen hatte, dachte er.

»Was ist passiert?«

Seine Wange war geschwollen und blutig.

Sie standen im Flur. Zeinab war einen Kopf kleiner als er, und doch hatte er das Gefühl, dass sie auf ihn herabblickte, aber nicht mit Verachtung, in ihren dunklen Augen lag etwas anderes. Er glaubte, es war Mitgefühl.

»Kommen Sie«, sagte er.

Sie setzten sich aufs Sofa.

Alma setzte sich auf die Bank des Fitnessgeräts.

»Hier wird offenbar hart gearbeitet«, sagte Zeinab und lächelte. »Finden Sie es nicht ein bisschen übertrieben, ein Weltklasse-Fitnessgerät in einem zwanzig Quadratmeter kleinen Wohnzimmer zu haben?«

Sie lachten, besonders Alma.

»Erzählen Sie mir, was passiert ist«, sagte Zeinab.

Das Ganze war nicht nur unangenehm und gefährlich, er verspürte ein Gefühl, das über reine Verlegenheit hinausging. Er wollte wirklich nicht, dass *sie* ihm misstraute. Jeder andere seinetwegen, auch Cilla Frank, aber Zeinab nicht.

»Ein Gangsterboss ist hinter mir her«, sagte er.

Sie sah plötzlich besorgt aus, aber gleichzeitig war sie konzentriert. Das, was Gabriel gerade gesagt hatte, bedeutete ihr wirklich etwas.

Er erzählte ihr mehr. Dass er gegen die Banden im Süden Stockholms vorging, dass er für seine harten Methoden bekannt war, dass er ein Mitglied von Kerims Bande, Ali Zwei, verhaftet hatte, dass das Mitglied wieder freigelassen worden war und dass andere Polizisten dann Kerim und seine Männer bei einer Party verhaftet hatten. Dass Kerim wütend auf ihn gewesen sei, dass Kerim ihn bedroht, geschlagen und vor allem Alma bedroht habe.

Nichts von seinem Pakt mit dem Teufel. Nichts darüber, dass er ein Maulwurf war, einer, der seine eigenen Brüder und Schwestern verriet.

Zeinab rührte sich nicht.

Alma hingegen verzog das Gesicht. »Und was ist jetzt mit unserem Umzug nach Göteborg?«

Sie klang tatsächlich enttäuscht.

Gabriel legte das Kühlpack auf den Couchtisch. »Ich glaube, wir müssen das verschieben. Ich muss hier erst noch ein paar Dinge organisieren.«

Alma stand wortlos auf und ging in ihr Zimmer. Schnelle Trippelschritte.

Seine Wange pochte.

»Und ich dachte, sie will gar nicht umziehen«, sagte Gabriel.

Zeinab beugte sich vor, ihr Gesicht ganz nah an seinem. »Vielleicht hat sie verschiedene Gefühle, was einen Umzug angeht. Vielleicht denkt sie, dass es schwer ist, alles hier zu verlassen, aber gleichzeitig findet sie, dass es schön wäre.«

»Was soll ich ihr sagen?«

»Wichtig ist nur, dass Sie von Ihrer Entscheidung überzeugt sind«, sagte Zeinab.

»Warum ist es so verdammt schwer, Eltern zu sein?«

»Es ist schwer, ein Mensch zu sein.«

Er erinnerte sich an eine Begebenheit aus seiner Kindheit. »Als ich klein war, konnte mein Vater hart sein.«

»Inwiefern?«

»Wollen Sie das wirklich hören?«

Sie nickte.

Gabriel wusste nicht, warum er ihr das erzählen wollte, aber es schien ihm wichtig, eine Erinnerung an eine Zeit mit seinem Vater. »Gabriel«, hatte er gesagt und sein Gesicht fest in beide Hände genommen, so fest, dass es sich anfühlte, als würden die Finger Löcher in die Haut bohren. »Die Wahrheit zu sagen, ist kein Tratschen.« Es war das erste und einzige Mal, dass sein Vater ihm wehgetan hatte.

Zeinab beugte sich über seine verletzte Wange. Er spürte keinen Schmerz, im Gegenteil, der Schmerz verschwand, als ihre kühlen Lippen die verletzte Haut berührten.

Hatte er es ihr gesagt, um einen Kuss auf diese Stelle zu bekommen, die sowohl sein Vater als auch Kerim verletzt hatten, oder um ihr Einverständnis zu bekommen?

Letzteres brauchte er nicht – er hatte getan, was er getan hatte, zum Wohle Schwedens, zum Wohle aller Opfer, aber dennoch brachte er es nicht über sich, ihr die Wahrheit zu sagen.

»Du musst deine Entscheidungen auf deine Weise treffen«, sagte Zeinab. »Und wenn ich ganz egoistisch sein darf, wäre es schön, wenn ihr in Stockholm bleiben würdet.«

Gabriel wollte sich an sie schmiegen, wollte in ihrer Umarmung versinken, aber etwas kribbelte in seinem Nacken.

Alma stand wieder im Zimmer, er hatte sie nicht hereinkommen hören.

Zeinab nickte.

»Wenn wir in Stockholm bleiben«, sagte Alma, »möchte ich nicht, dass noch einmal Fremde in unser Haus kommen. Nur Zeinab darf kommen.«

Er drückte die fünfte Zigarette aus.

Er war drinnen gewesen und hatte so getan, als würde er arbeiten, aber jetzt war er wieder hier. Cilla Frank schob die richtige

Entscheidung hinaus, sie hätte längst Kontakt mit ihrem Infiltrator aufnehmen und ihm die Adresse, das Signal geben sollen. Dann wäre alles klar gewesen. Kerim würde die Ratte finden und mit ihr machen, was er für richtig hielt, *aus und vorbei* – und Gabriel wäre aus dem Schneider.

Die Nadelbäume hinter der Polizeistation bogen sich im Wind. Ein Fieber stieg in ihm auf.

In seiner Tasche ertönte ein Signalton, der wie ein digitaler Wasserfall klang. Es war der Klingelton des Ghost-Handys.

Er wollte nicht rangehen, aber er musste.

»Was zum Teufel ist los?«, brüllte Kerim.

Gabriel behielt den Eingang zum Dach im Auge, niemand durfte jetzt hochkommen und ihn sprechen hören.

»Immer mit der Ruhe, verdammt. Ich habe es schon ein paarmal versucht«, sagte er. »Ich kann nicht mehr tun.«

Kerim atmete wie immer unnötig laut ins Telefon. »Das kann nicht mehr lange so weitergehen, Bruder. Ich werde noch verrückt. Hier kommen endlos Anrufe und Nachrichten rein, und ich arbeite hier wie ein Irrer, um alles zu kontrollieren, mir reicht es. Bald knalle ich jemanden ab, weil ich es nicht mehr aushalte, ich habe eine Knarre im Hosenbund stecken. Wann schickt deine Staatsanwältin die Adresse?«

Der Große Bruder musste sich beruhigen.

Gabriel konnte seine Wut kaum zügeln. »Woher soll ich das wissen? Hab Geduld, sonst wird das nichts. Es kann Stunden dauern, bis sie sich entscheidet.«

Die Tür zum Dach öffnete sich.

Gabriel beendete den Anruf und versteckte das Telefon hinter seinem Rücken. Es war André.

»Halt dich fest, Kollege«, rief er. »Jetzt nehmen wir die ganze verdammte Bande fest.«

»Was?«

»Cilla Frank meint, die Chats, die du ihr gezeigt hast, reichen aus. Mehr braucht sie nicht. Sie will, dass du und ich und der Rest der Aktionsgruppe sie hochnehmen. Wenn wir Glück haben, kriegen wir auch Kerim Celali.«

Nein.

Nein, nein.

So sollte es nicht laufen. Sie sollte ihren Infiltrator kontaktieren, nicht den Boss direkt angreifen.

31
Emelie

Mit Kindern spielen, dachte Emelie – zeig mir eine erwachsene Person, die denkt, dass es wirklich Spaß macht. Vor allem die Mutter, die es lustig findet, mit einem Stock, auf den wahrscheinlich gerade ein Hund gesabbert hat, hin und her zu rennen und zu schreien, dass es ein Laserschwert sei. Und nicht nur winken und schreien, das war nicht genug. Lucas wollte, dass sie durch die unteren Teile des Klettergerüsts krabbelte, sich Namen für verschiedene Baby-Yodas ausdachte, die sie retten mussten, und zu jedem Fechtkampf, den sie hatten, eine Geschichte erzählte.

Nichts hasste Emelie mehr, als sich Geschichten auszudenken. Nach *Es war einmal ...* hatte sie ungefähr so viele Fortsetzungen erfunden, wie sie Zweien in ihrem Juraexamen hatte. Es war immer derselbe Anfang: *Es war einmal eine kleine alte Dame* – sie fand, sie wäre schon kreativ genug, wenn sie sagte, die alte Dame sei sehr klein, und wenn sie das Wort »klein« mit piepsiger Stimme aussprach –, aber Lucas protestierte sofort und wollte etwas über *Star Wars* oder *Guardians of the Galaxy* hören. Emelie hatte keine Ahnung, was die *Guardians of the Galaxy* waren, aber sie wusste sofort, dass das nichts für sie war. Ihr Hygienefaktor: Wenn in einem Film die Worte »Galaxie«, »Superheld« oder »Hobbit« vorkamen, brauchte sie sich den Trailer gar nicht erst anzusehen.

Sie war Anwältin, sie beschäftigte sich mit der Realität und nutzte Gesetze und Vorschriften, um sie in verständliche Zusammenhänge zu bringen. Manchmal erzählten ihre Mandanten Märchen, die aber selten eins der verbotenen Wörter enthielten.

»Komm schon, Mama, du bist ein Mandalorianer«, rief Lucas vom unteren Bereich des Klettergerüsts herauf.

Emelie dachte an Nikola, der sich vor ein paar Wochen eine Schutzweste geholt hatte. Sie hatte mit eigenen Augen gesehen, wie er aus Gabbes Wohnung kam und sie gut sichtbar über seinem normalen Hemd trug. Seitdem hatte sie ihn nicht mehr erreichen können, vielleicht war er sauer, weil sie es Teddy erzählt hatte.

»Mama«, rief Lucas wieder. »Was für eine Waffe hast du?«

Vielleicht waren nicht die Märchen Emelies Problem, sondern die Präsenz. Sich darauf einzulassen, im Augenblick wirklich da zu sein. Bei den alltäglichen Dingen – beim Kochen, beim Aufräumen, beim Anziehen von Lucas – war das kein Problem, aber es wurde ihr schmerzlich bewusst, wenn sie von ihm aufgefordert wurde, ihm beim Spielen zuzuhören. Lucas war ihr Kind, verdammt, warum konnte sie sich nicht ein paar Stunden konzentrieren? Es war ihre wichtigste Aufgabe als Mutter, für ihn da zu sein und ihm zu zeigen, dass seine Welt auch für sie wichtig war. Aber trotzdem gab es Grenzen … Mandalorianer, meine Güte.

»Pippa«, ertönte eine andere vertraute Stimme hinter ihr.

Es war Jossan. Sie hatte angerufen und wollte sich mit ihr treffen. Sie nannte Emelie immer Pippa, weil sie fand, sie sehe aus wie eine Zwillingsschwester von Pippa Middleton. »Du siehst ihr nicht nur ähnlich, du strahlst auch die gleiche königliche Aura aus«, meinte Jossan.

»Aber Pippa Middleton ist nicht königlich, sie ist nur die Schwester einer Adeligen.«

»Das stimmt, aber du bist meine beste Freundin, also können wir sagen, dass ich die royale Berühmtheit bin, und du bist meine Schwester.«

Jossan brachte sie immer zum Lachen, aber heute war sie ernst. Sie lächelte nicht, stattdessen umklammerte sie eine dunkle Goyard-Tasche in Größe XL mit bunter Schmetterlingsdeko, die vermutlich einen horrenden Preis gekostet hatte.

Lucas hatte einen neuen Stock – pardon, ein Laserschwert – gefunden und stieg am Klettergerüst empor.

Jossan stellte die Tasche ab. »Schau mal da rein.«

»Wenn du ein Auge auf den Herrn Mandalorianer wirfst«, sagte Emelie, bückte sich und knöpfte die Tasche auf. Sie schaute hinein.

Bündel von Geldscheinen.

Ein paar andere Eltern saßen auf einer Bank weiter hinten, lachten und sahen aus, als würden sie die Spielzeit im Park genießen. Emelie wünschte sich, sie wäre nie aus Vasastan weggezogen, aber Teddy hatte es dort nicht gefallen. Sie fragte sich, ob man an ihrem Gesichtsausdruck erkennen konnte, dass sie sich in halber Schockstarre befand.

»Das sind fünf Millionen Kronen«, flüsterte Josephine.

Was zum Teufel? Ihre beste Freundin war eine furchtbar krasse Anwältin, auch wenn sie sich schon immer mehr für Taschen, Nahrungsergänzungsmittel und Einrichtungstrends als für Jura interessiert hatte. Aber vor allem war sie eine Freundin, die das Leben leichter machte, die Spaß machte, die in Emelie Freude weckte. Jossan liebte das Schicke, das Oberflächliche, den Status. Sie liebte ihren Status als Kanzleipartnerin, und sie liebte das Geld, aber Emelie hatte noch nie gehört, dass Josephine auch nur daran dachte, etwas Illegales oder Unmoralisches zu tun. Vielleicht lag es daran, dass sie Anwältin war, oder daran, dass sie nie in diese Richtung denken musste – ihre Finanzen waren stabil, vor allem dank Peder –, jedenfalls war ihre Freundin so weit von kriminellen oder auch nur zwielichtigen Machenschaften entfernt, wie es nur möglich war. Und doch stand sie hier in einem Park und präsentierte ihr fünf Millionen Kronen in gebündelten Banknoten. So etwas würde man nicht tun, wenn alles mit rechten Dingen zugegangen wäre.

»Ich brauche deinen Rat«, sagte Josephine.

»Als Freundin oder als Anwältin?«

Ihre Freundin senkte die Stimme noch weiter, obwohl die Eltern auf der anderen Seite der Bank so laut miteinander plauderten, dass man meinen konnte, sie würden Stand-up-Comedy machen.

»Als meine beste Freundin, die auch etwas von Jura versteht. Ich habe ein Problem – oder besser gesagt, Peder und ich stecken tief in der Scheiße.«

Josephine brauchte keine fünf Minuten, um zu erklären, was passiert war, obwohl Emelie wusste, dass dahinter eine viel längere Geschichte steckte. Peder hatte es versaut. Jossan hatte es noch mehr vermasselt. Jetzt versuchte sie, die Situation zu lösen, indem sie ihrem Mandanten fünf Millionen Kronen stahl.

Lucas war der Meinung, dass sowohl Emelie als auch Jossan auf das Klettergerüst steigen sollten, da sie offensichtlich jetzt alle *Tusken Raiders* waren. Sie stellten sich auf den zweiten Absatz. »Ziel anvisieren«, rief er.

»Kann Peder dir nicht mit dem Geld aushelfen?«

Jossan verdrehte die Augen. »Er hat unsere ganzen Ersparnisse genommen und in seine Firma gesteckt.«

»Und wie geht es der Firma? Kann er keinen Kredit aufnehmen?«

»Wir haben darüber gesprochen. Ich versuche, es zu verstehen. Er sagt, er kann es nicht, weil das meiste in festen Inventarien und Anlagevermögen gebunden ist.«

»Nun, du kennst dich mit diesen Dingen besser aus als ich. Und du vertraust ihm?«

»Warum sollte ich nicht?«

»Du weißt, warum. Du sagst mir immer wieder, dass er dich vielleicht betrügt. Mit Madame von Königsmarck.«

»Darüber denke ich nicht nach.«

»Warum?«

»Weil ich nicht zu viele nervige Gedanken gleichzeitig im Kopf haben kann, das ist nicht gut für den Kollagengehalt der Haut. Ich habe vor, dasselbe Auto zu kaufen und es Conrad-Christoph zurückzugeben, ohne dass er es merkt.«

»Du bist krank im Kopf«, flüsterte Emelie und wollte gerade hinzufügen: Gib das Geld zurück, und gib dich nicht mit diesen Snobs ab. Aber es hatte keinen Zweck. Jossan hatte sich offenbar schon entschieden.

»Ich weiß, dass ich krank im Kopf bin, aber ich bin hergekommen, um von dir als Expertin einen Rat zu bekommen. Du hast jahrelang als Strafverteidigerin gearbeitet, du hast ein Kind mit einem Berufsverbrecher. Wie kann ich so ein teures Auto nur mit Bargeld kaufen?«

Emelie wandte sich ab und blickte zu Lucas. Die Wut kam mit einer enormen Wucht herangeschossen, erst in die Arme, dann in den Magen, in die Wangen, sie spürte, wie ihr Gesicht glühte. Sie sollte mit Lucas verschwinden, Josephine war nicht nur eine Idiotin, sie war eine fiese Idiotin: Kam her und nannte Teddy einen Berufsverbrecher.

Und gleichzeitig hatte sie ja recht. Emelie konnte die Wahrheit nicht leugnen. Teddy war zu seinem alten Lebensstil zurückgekehrt, sie hatte es während ihrer gemeinsamen Zeit nicht sehen wollen, und vielleicht hatte er sich damals zurückgehalten, aber jetzt, seit ein paar Monaten, war es offensichtlich. Es waren nicht nur die Zeiten, zu denen er morgens aufzuwachen schien, die Stressfalten unter seinen Augen und die klobige, graue Uhr, die er an seinem Handgelenk trug, sondern auch die Art, wie er sprach, die Worte, die er benutzte, das übertrieben ruhige Bewegungsmuster, das er sich zugelegt hatte. Vor allem aber die Art, wie er die Welt jetzt betrachtete. Sie hatte gehört, wie er mit Lucas darüber gesprochen hatte, dass ein Mann sich verteidigen können müsse und dass man sich nehmen könne, was man wolle, wenn man stark sei. Sie vermutete, dass Teddy in ein Leben hineingezogen worden war, das er nicht leben wollte, dem er vielleicht entfliehen wollte. Er hatte davon gesprochen, dass sie mit Lucas ins Ausland gehen sollten, dass er gerne ein paar Jahre in Serbien oder Spanien verbringen würde. Als ob das für sie in Frage käme, hier hatte sie ihre Kanzlei, ihren Job. Stockholm war ihr Zuhause.

Lucas stand auf dem zweithöchsten Absatz des Klettergerüstes und rief, dass Jossan *She-Hulk* sei. Das Mandalorianer-Spiel war vorbei, offenbar gab es jetzt andere Superhelden.

»Nein, ich bin Thor«, sagte Josephine. »Er ist der rechtmäßige Erbe Odins.« Dann wandte sie sich wieder Emelie zu. *»Impressed?«*

»Ja, in der Tat.« Jossan steckte in der Scheiße, aber ihr Sinn für Humor war intakt. Da ertönte von unten ein Ruf.

»He, Frau Anwältin!«

Eine schlanke Gestalt mit einer Mütze und einem Tuch vor dem Mund. Emelie sah die Augen – sie glänzten dunkel.

»Komm runter.«

»Wir kennen uns nicht«, sagte sie. Sie wusste nicht, wer der junge Mann war, aber alles an ihm vermittelte ihr ein schlechtes Gefühl: sein Tonfall, seine breitbeinige Haltung, die Art, wie er sein Gesicht verbarg, und die Tatsache, dass er einfach so auftauchte.

»Ich will nur reden«, sagte der Typ.

Emelie wandte sich an Jossan. »Bitte, kannst du auf Lucas aufpassen, du bist doch der große Donnergott.«

Sie kletterte hinunter, hinter sich hörte sie Jossan sagen: »Da ich Thor bin, bist du der neue Captain America. Also kannst du von da aus locker runterspringen.«

Der junge Mann trat von einem Fuß auf den anderen. Die Mütze war von Gucci, die Schuhe auch, beide mit dem gleichen Monogramm-Muster. Am Arm trug er eine Taucheruhr. Die Attribute sprachen für sich, aber sie erkannte ihn nicht, es war kein alter Mandant oder ehemaliger Kollege, soweit sie das beurteilen konnte.

»Du warst die Anwältin von Biblosh«, sagte der junge Mann.

Die Eltern drüben auf der Bank hatten aufgehört zu lachen.

Lucas hingegen schien nichts bemerkt zu haben, Jossan hielt ihn auf Trab.

Biblosh – viele in Södertälje nannten Nikola so, weil er die syrische Sprache beherrschte, sie aber auf eine altmodische Art sprach, so wie Teile des Neuen Testaments geschrieben waren.

»Ich weiß nicht, wer du bist«, sagte Emelie. »Und ich bin zur Verschwiegenheit verpflichtet. Also solltest du besser verschwinden.«

»Ich scheiße auf dein Schweigen«, sagte der Kerl. Er ließ die Hände in den Hosentaschen, eine klassische Gangster-Pose, die vermuten ließ, dass er bewaffnet sein könnte. »Ich möchte, dass du Nikola anrufst und ihm sagst, er soll hierherkommen.«

Normalerweise hätte Emelie dieses Großmaul runtergeputzt, sie hatte bei der Arbeit genug mit Kleinganoven zu tun, aber nicht jetzt – nicht mit Lucas, der nur vier Meter entfernt spielte.

Gleichzeitig machte es in ihrem Kopf klick, die Puzzleteile fügten sich zusammen: Nikola, der verhaftet werden wollte, weil er Angst hatte, Nikola, der sich eine kugelsichere Weste besorgt hatte, und jetzt: ein bedrohlicher Minigangster, der zu ihr kam, um ihn ausfindig zu machen. Das war die Person, vor der Nikola Angst hatte.

Emelie zog ihr Telefon hervor. Jossans Tasche mit den Geldbündeln lag immer noch auf dem Boden.

Sie rief Teddy an, er sollte kommen und mit diesem verrückten Burschen reden.

Er nahm sofort ab, aber seine Stimme war nicht zu hören, es knisterte nur im Hörer, dann war er da. »Jetzt passt es nicht, Emelie.«

»Es ist wichtig«, sagte sie.

Teddys Stimme klang hart, gepresst. »Ich bin gerade in einer schwierigen Situation. Es tut mir leid.«

Es klang, als wäre der Lautsprecher an. »Schalt den Lautsprecher aus«, sagte Emelie.

Eine andere Stimme meldete sich am Telefon, mit einem stärkeren Akzent als Teddy. »Hallo, Frau Anwältin, hier ist Kerim Celali. Teddy kann gerade nicht sprechen. Wir sind mitten in einer Sache.«

Klick.

Verdammt.

Sie wandte sich an Jossan und wurde lauter. »Josephine, nimmst du Lucas und holst uns einen Snack?«

Jossan nickte und nahm Lucas an die Hand. Sie machten sich auf den Weg vom Klettergerüst hinunter.

Zurück zu dem Burschen. »Verstehst du denn nicht? Ich bin Anwältin, ich lasse nie einen Mandanten im Stich.«

Der Junge streckte das Kinn vor, dann packte er ihren Arm.

»Lass mich los«, zischte sie.

Er zog die Hand zurück und ließ sie los, als hätte er sich verbrannt. Ihr würde sicher etwas einfallen, aber im Moment wollte sie diesen unheimlichen Kerl nur vom Spielplatz wegbringen und Zeit gewinnen. Sie musste einen Weg finden, Teddy oder die Polizei auf diesen Idioten anzusetzen.

Sie blickte Jossan hinterher, die mit Lucas an der einen und fünf Millionen in einer Goyard-Tasche in der anderen Hand davonspazierte.

Der Bursche stupste sie an. »Du kommst mit mir. Du wirst Biblosh für mich finden. *Jalla.*«

32
Isak

Die Ruhe. Die Harmonie. Das Gefühl, satt zu sein.

Isak saß allein, den Teller vor sich: nur der Spieß selbst war übrig geblieben, oben und unten verkohlt, aber in der Mitte noch hell und holzig. Wie er: Er konnte brennen, aber niemand konnte seinen Kern berühren, er war unversehrt nach all den Jahren. Die Frage, an die er nicht denken konnte, war, ob Max die Hitze aushalten würde.

Das Mittagessen hatte Sofras geliefert, das einzige anständige Restaurant in der Nachbarschaft. Er hatte die Stadt satt – wer nicht –, aber er war froh, dass der Kauf der Wohnung in der Grevgatan auf Eis gelegt worden war. Jetzt brauchten er und sein Sohn Ruhe. Isak hoffte auf Vertrauen und Lösungen.

Max wohnte jetzt bei ihm. Seine Hoffnungslosigkeit war ärgerlich, seine Faulheit ebenso. Seine Müdigkeit provozierte. Das Starren auf die Bildschirme – Isak hatte ihm gleich drei gekauft, um das Spielerlebnis zu maximieren –, der PS5-Controller, den er ständig in der Hand hielt wie eine Verlängerung seines Arms, in seinem Gaming-Sessel fläzend. Es war nicht nur nervig, es war eine Herausforderung, ein Schlag ins Gesicht all dessen, wofür ein Nimrod stehen sollte. Aktivität, Bewegung, Kraft. Gleichzeitig war er unendlich glücklich. Max' Wade heilte gut – solange er verletzt war, hatte er noch mehr Gründe, zu Hause zu bleiben –, jetzt brauchte er keine Krücken mehr. Vielleicht waren es die Videospiele, die ihn von der Straße fernhielten, ganz sicher waren es nicht Isaks Ermahnungen. Die große Frage war, was passiert war. Nein, die größere Frage war, wie sein Sohn sich innerlich fühlte.

Nach dem Vorfall in der Werkstatt war Isak sofort zu dem Freund von Max gegangen, der ihm den Tipp mit Alma gegeben hatte. Er hatte keine Lust mehr, den netten Vater zu spielen.

»Ich möchte, dass du Max anrufst und ihn bittest, herzukommen.«

»Ich weiß nicht, wo er ist.«

»Ich sage es dir nicht zweimal. Hol ihn einfach her, egal wie.«

Es funktionierte. Max' Freunde hatten offensichtlich Kanäle, über die er und María nicht verfügten. Eine Stunde später klingelte es an der Tür. Max stand verschwitzt draußen.

Die Stiche in seiner Wade waren noch zu sehen, und er stützte sich auf eine Krücke.

»Die Scheiße ist jetzt vorbei«, sagte Isak. »Du schläfst heute Nacht hier, Max. Nicht bei deiner Mutter. Nicht bei deiner Freundin.«

Ein paar Stunden nachdem Isak den Bullen in der Garage überwältigt hatte, war Max endlich bei ihm eingezogen. Das war Wochen her.

Später am Abend platzierte ihn Isak auf das Sofa im Wohnzimmer. Er setzte sich auf den Couchtisch. »Jetzt erzählst du mir mal, worum es geht.«

Max' Pickel waren blass und klein. Sein Nacken war muskulös, Isak konnte sehen, dass er trainierte, sein Pony hing gerade herunter, sein Haar war ein bisschen wie das von Russell Crowe in *Gladiator*, nach vorne gekämmt, strähnig.

»Du scheinst schon alles zu wissen.«

»Ich weiß, dass du angeschossen wurdest, und ich weiß, dass

du eine Waffe beim *Skorpionfixer* kaufen wolltest. Sag mir, wer auf dich geschossen hat.«

»Scheiße, das mache ich ganz sicher nicht.«

»So redest du nicht mit mir.«

»Es tut mir leid, aber ich bin verletzt. Kannst du mich nicht einfach in Ruhe lassen, nur für heute Nacht?« Max schloss sich in dem Zimmer ein, das Isak immer für ihn vorbereitet hatte, in dem er aber nie gewohnt hatte.

Ein Tag verging. Isak drängte ihn nicht, stellte keine Fragen, umarmte ihn nur, wenn er in die Küche ging, um Essen zu holen. »Ich war auch schon da, wo du jetzt bist, das weißt du doch.«

Zwei Tage vergingen. Isak wusste, dass er mehr herausfinden musste, aber gleichzeitig musste er vorsichtig sein. Wenn er zu viel Druck ausübte, könnte Max trotz der Krücke wieder abhauen.

Drei Tage vergingen, er versuchte wieder zu fragen, aber Max schnaubte nur.

Isak war den ganzen Tag zu Hause, jede Minute, und wachte wie eine Bärenmutter über seinen Sohn. Alles in Bezug auf die Immobilien ließ er von den Leuten seiner sogenannten Verwaltungsgesellschaft erledigen.

Die Tage vergingen. Isak verachtete sich, seine Schwäche. Er musste Max' Problem lösen.

Nach knapp zwei Wochen betrat er das Zimmer seines Sohnes, ohne anzuklopfen.

Max saß da mit einem Controller in der Hand. Die Krücke lag auf dem Boden. Er war voll konzentriert, fokussiert auf etwas vor ihm. Es schien, als wäre er für einmal entspannt. Keine Angst, kein Schmerz, keine Rachegefühle schienen sich in seinem Kopf zu regen. Isak konnte nichts sagen, er nahm einfach den anderen Controller und setzte sich aufs Bett. Gemeinsam spielten sie PS5: *FIFA* und *GTA*. Die Zeit kroch nicht voran, sie floss dahin. Keine Fragen, keine Haltung, kein Gezischel, kein Vater, der den Starken markieren musste. Vielleicht weil sie sie selbst waren. Max war nur ein Kind. Am Ende musste Isak die Stimmung verderben. »Jetzt will ich es wissen. Wer hat auf dich geschossen, Junge?«

Max konzentrierte sich weiter auf den Bildschirm, die Fußballspieler bewegten sich realistisch über den Platz, auch wenn sie manchmal zuckten, als hätte jemand an ihren Trikots gezogen.

»Du wolltest meine Hilfe, aber jetzt willst du mir nicht sagen, was passiert ist.«

Max ignorierte ihn, er wandte den Blick nicht vom Spiel. »Es ist nicht mehr wichtig«, sagte er.

Isak bewegte sich blitzschnell. Er riss Max den Controller aus der Hand.

»Was zum Teufel machst du da?«

»Jetzt beantwortest du meine Frage.«

Max' Augen blitzten, er wollte aufstehen, aber Isak schob ihn zurück. »Ich will, dass du mir versprichst, dass nichts passiert – dass du keine Dummheiten machst, die du später bereust.«

Kapierte Max das?

Verstand Isak ihn?

»Das bekommst du zurück, wenn du mir erzählst, was passiert ist.«

Sein Sohn griff nach dem Controller. »Papa«, sagte er. »Ich weiß nicht, wie es war, als du jung warst, aber heutzutage verrät man niemanden mehr. Nicht einmal den Feind.«

Stockholm war ein schlimmer Ort, aber Isak konnte alles lösen, wenn Max es ihm nur sagte. Er *musste* alles lösen. Nichts Schlimmes durfte passieren.

Jetzt schlief er, der kleine Max, unter der beschwerten Decke, die Isak für ihn gekauft hatte. Sie wog acht Kilo und sollte für einen tieferen Schlaf sorgen. Vielleicht erinnerte der Druck an die Ruhe der Kindheit, oder noch früher: an das komprimierte Leben in Marías Bauch – die ultimative Sicherheit. Das sollte Max sein: behütet. Aber bei ihm.

Sein Sohn, der angeschossen worden war, der laut Polizei vorhatte, jemanden *auszuknipsen*. Die Worte änderten sich schneller, als Instagram neue Updates senden konnte. Zu Isaks Zeiten hieß es noch *abknallen* oder *kaltmachen*, aber man verwendete eigentlich gar keine derartigen Worte. Meistens musste er sich nur zeigen, er war nie bewaffnet, niemand trug eine kugelsichere Weste. Aber die moralische Logik war glasklar – jemand hatte auf Max geschossen, jetzt wollte Max zurückschießen.

Dann rief Ferat an. »Wie geht's, Chef?«

»Ich bin zu Hause mit Max.«

»Immer noch?«

»Er braucht Ruhe und Frieden. Was hast du auf dem Herzen, Mann?«

»Es passieren Dinge.«

»Was für Dinge?«

»Ich habe gehört, dass Kerim Celali alle seine Männer versammelt hat und etwas Großes plant.«

»Das geht mich nichts mehr an. Mit Celali habe ich nichts zu tun. Er kann versammeln, wen er will.«

Ferat murmelte etwas, immer noch einer der treuesten Soldaten. »Ich wollte nur, dass du es weißt.«

»Danke, Bruder, aber wir werden uns nicht einmischen, zumindest ich nicht.«

Isak wollte raus aus diesem Leben. Er hatte vor, die Anwältin zu kontaktieren, es ein letztes Mal zu versuchen.

Er räumte den Teller in die Spülmaschine. Max war noch nicht aus seinem Zimmer gekommen, obwohl es schon Mittag war. Das war in Ordnung – solange er dort blieb und nicht herumlief, war Isak zufrieden. Er wusste, dass María ihn jeden Tag anrief, aber Max konnte es nicht ertragen, mit ihr zu sprechen. Manchmal rief sie Isak hysterisch an und stellte immer wieder die gleiche Frage: »Bist du zur Polizei gegangen?« Er antwortete jedes Mal im selben Ton: »Du weißt, dass das nicht der richtige Zeitpunkt ist.«

Er stellte den Wasserkocher an, stand da und hörte zu, wie das Geräusch anstieg, bis das Wasser ordentlich sprudelte. Er überlegte, wie er Max zum Reden bringen könnte. Instantkaffee war sein neues Ding, effizient und mild. Zuerst Max, dann Josephine – die Anwältin. Er hatte sie in den letzten Wochen warten lassen, obwohl sie ihn zwanzigmal angerufen und gedrängt hatte, ohne dass er sich zurückgemeldet hatte.

Jetzt rief er sie an. »Ich habe erledigt, was ich tun musste«, sagte er. Es war die halbe Wahrheit.

»Wunderbar, können Sie morgen ins Büro kommen, damit wir alles unterschreiben können?«, sagte sie in ihrem näselnden Upper-Class-Akzent, von dem er wusste, dass er nicht echt war.

»Ich kann vorbeikommen.«

»Dann werden Sie eine Überraschung erleben. Barent ist so scharf auf das Geschäft, dass er Ihnen sogar noch mehr geboten hat, damit es zustande kommt.«

»Ich weiß. Ich habe Ihre Nachrichten abgehört. Aber Sie haben nicht gesagt, wie viel.«

»Lassen Sie uns das morgen besprechen.«

»Nein, wir machen es noch heute. Ich komme jetzt rein.«

Die Anwältin hatte sich gefälligst anzupassen.

Er zog sich an. Die Wildlederjacke würde den Regen nicht gut vertragen, aber er wollte ein Zeichen setzen. Er würde nie einen Anzug oder eine Krawatte tragen. Seine Jacke kostete mehr, als die Anwältin in einem Monat verdiente. Die Schweden wollten nie in der Öffentlichkeit glänzen, sie wollten nicht mit Erfolg und Geld protzen. Aber Geld war Macht, und Isak hatte alle Macht selbst erobert, von unten nach oben – es war etwas Schönes, etwas Mächtiges. Sein Kampf hatte sich gelohnt, der Schritt von der dunklen Seite ins Licht – ohne dass er aus dem Land fliehen musste wie *Kums* Tochter Michaela. Er würde einfach weiterhin sehr reich sein, aber mit weißem Geld – das war wahre Macht.

Aber zuerst: Max.

Alles würde klappen. Er würde ihn bestechen. Das Geschenk war schon bestellt. Das City-Premium-Auto fuhr nicht schneller als fünfundvierzig Stundenkilometer, *Mopedauto* war ein passenderer Name, aber mit allem Drum und Dran kostete es über eine Viertelmillion. Sein Sohn würde herumfahren wie ein König – solange er ihm alles erzählte.

Er klopfte an Max' Tür. Keine Antwort.

Er stieß sie auf.

Das Bett war gemacht, aber leer. Max lag nicht darin.

»Max«, rief er.

Keine Antwort.

Er ging wieder hinunter, rief, keine Antwort.

Ein ungutes Gefühl.

Etwas lockte ihn in sein Schlafzimmer.

Über dem Bett hing das Bild von Slim Aarons: Frauen in Palm Springs, das Wasser im Pool glitzerte, die Berge im Hintergrund waren blau. Es waren Hollywoodstars, deren Namen er nicht kannte – er wusste nur, dass sie das Leben genossen.

Er zog die Nachttischschublade heraus, er hatte zu lange auf der Straße gelebt, um nicht zu wissen, wie wichtig eine geladene

Waffe war. Seine Zastava war immer da, das Elfenbein im Kolben.

Die Schublade war leer.

Was zum Teufel?

Er schaute unter den Tisch. Zog die Schublade erneut heraus. Keine Waffe. Er schaute unter das Bett: keine Waffe. Im Schrank: auch nichts.

Das ungute Gefühl wuchs schnell.

Er schaute unter die Kissen, warf die Decke auf den Boden.

Keine Zastava.

Das Gefühl war wie Krallen in seinem Magen.

Max hatte ihn ausgetrickst, er musste irgendwann letzte Nacht gegangen sein, und er hatte Isaks Waffe mitgenommen.

Das war so krank, dass er nicht mehr denken konnte.

Ein lautes Geräusch ertönte. Keuchen.

Dann wurde ihm klar, dass es sein eigener panischer Atem war.

Er rief Alma an, schickte Nachrichten. Er hatte Lehrer angerufen und diese Mentorin, Zeinab, er hatte Max' Freunde angerufen, deren Eltern.

Schließlich erreichte er den Typen, der ihm von Alma erzählt hatte.

Isak war Mr. Cool gewesen, aber jetzt schrie er wie ein Verrückter ins Telefon. »Hinter wem ist er her? Sag es mir!«

Der Kollege schluchzte, man konnte es hören. »Ich kann nicht.«

»Es ist mir egal, ob du den Mut dazu hast oder nicht. Wer hat auf Max geschossen?«

»Es ist ein ziemlich ernstes Ding«, jammerte der Kollege. »Er hat es mir erzählt. Es ist der Neffe eines alten Freundes von dir.«

Er brauchte keinen Namen zu nennen. Isak wusste, wen er meinte.

Die Lichter der umliegenden Städte wurden zu langen Schlieren, die Hände des Taxifahrers hingen schlaff am Lenkrad, die Dunkelheit lag draußen wie eine Höhle, aus der es nur einen Ausweg gab – man musste ihn finden. Zu dieser Jahreszeit brach die Nacht schnell herein.

Ferat am Telefon. »Also, was sollen wir tun?«

Isak erteilte Befehle – durchsucht noch einmal Marías Haus, durchsucht die Umgebung, durchsucht alles. Sprecht mit allen alten Jungs, ich zahle wieder. Der Deal mit der Anwaltskanzlei würde warten müssen.

»Ist das Karma?«, sagte Isak nach einer Weile.

»Was meinst du?« Ferat klang überrascht.

»Mein ganzes Leben läuft auf diese Scheiße hinaus. Du weißt, alles, was ich getan habe, alles, was ich gestohlen habe, jeder, dem ich wehgetan habe, all die Sünden. Kommt das jetzt zurück?«

»Keine Sorge. Wir werden Max finden.«

»Man kann also alles im Leben tun, ohne jemals dafür zu bezahlen?«

Die Scheinwerfer des Taxis bildeten einen Tunnel aus Licht.

»Kommt drauf an, warum man es getan hat.« Ferat, der Philosoph. »Und du hattest immer einen Grund. Verstehst du, was ich meine? Mein Anwalt nennt das immer Vorsatz. Was war dein Vorsatz?«

»Vorsatz?«

»Was du getan hast, hast du in Übereinstimmung mit den Gesetzen getan, die für uns gelten. Du hast dich immer an die Regeln gehalten.«

»Die Regeln?«

»Du kennst sie. Du hast sie gemacht, verdammt.«

In dieser Stadt gab es keine Regeln mehr, das wusste jeder. Little Juárez. Töten war Teil des Lebens in Stockholm. Isak konnte nicht mehr denken. »Finde ihn einfach, bitte«, sagte er.

Im Auto roch es nach Zigarettenrauch. »Schlimmer Abend?«, fragte der Fahrer.

Isak vermisste die dicke Plastikscheibe, die den Fahrer vom Passagier trennte, aber er fragte dennoch: »Wo kommst du her?«

Sie hielten an einer roten Ampel, deren Licht dem Fahrer eine seltsame Gesichtsfarbe verlieh. »Zhale. Das ist im Libanon.«

»Ich komme auch von dort. Mein Bruder ist dort getötet worden. Bist du Suryoyo?«

»Nein, ich bin melkitischer Katholik.« Das Gesicht des Fahrers schien zu leuchten. »Aber im Grunde sind doch alle Religionen gleich. Man muss ein guter Mensch sein, das ist das Wichtigste. Dass man gut ist.«

Isak kannte einen guten Menschen.

Er griff zum Telefon. War das Verrat an seinem eigenen Sohn? Verriet er Max jetzt?

Er musste ihn warnen. Es ging nicht darum, Max zu verraten, sondern ihn zu *retten*.

Er musste Teddy erreichen.

33
Teddy

Fünfzehn Männer in einem Raum, sechzehn, wenn man den Großen Bruder selbst mitzählte, aber Kerim Celali benahm sich gerade nicht wie ein Mann. Er bellte wie ein Hund, zusammengekauert, mit eingefallenen Wangen und Tränensäcken unter den Augen – er war müde, das sah man ihm an, aber er bellte weiter.

Der Geruch von Gras war schwach – der Boss sog an seiner Vape –, was in die Nase stach, war der Schweiß der Jungs und Kerims Parfüm, Paco Rabanne One Million. Macht, Reichtum und Luxus, hieß es in der Werbung. Heute verströmte es nur Gefahr und Angst. Die ganze Zeit fingerte der Boss an einem der fünfzehn Handys herum, checkte Textnachrichten, Snapchat, verschlüsselte Chats, hörte Gespräche über die Freisprechanlage ab. Dagegen war der Lauschangriff des Staates der reinste Kindergarten. Von wegen Privatsphäre! Die Freundinnen, Mütter, Geliebten der Jungs meldeten sich. Und wenn jemand einen Freund hatte?

»Wenn ihr nicht schwimmen könnt, warum springt ihr dann ins Meer?« Der Boss versuchte, den Philosophen zu spielen, der Boss versuchte, ihnen Angst zu machen. Er wusste nicht einmal, ob die Ratte einer der Jungs im Zimmer war. Aber es gab keinen Zweifel: Wer die falsche Nachricht bekam, würde innerhalb von fünf Minuten tot sein – das schalldichte Studio von Ali Zwei lag im Keller. Nicht einmal die Kinder auf dem Fußballplatz würden die Schüsse hören. Das Meer war tief. Teddy hatte ein doppeltes Spiel gespielt, aber Kerim war schlauer. Der Große Bruder trickste die Betrüger aus.

Teddy hatte noch nie so viel Angst gehabt, und dabei hatte er schon oft dem Tod ins Auge geblickt. War es das wert zu kämpfen? Er dachte an sein Leben, an seinen Werdegang, an die wenigen Lichtblicke, an ein paar Momente mit Emelie, an die Sonnenuntergänge über den Klippen von Fredhäll, wo er im letzten Sommer manchmal mit Lucas gewesen war, obwohl sein Goldjunge nicht schwimmen konnte, die Arme durch die Schwimmreifen abgespreizt wie ein Michelin-Männchen. Und Nikola auf dem Fußballplatz als Kind, er und Teddy allein am Abend, bevor Teddy seine Jahre absaß, als er Nikola ein Paar sauteure Nike-Fußballschuhe gekauft hatte, die im Scheinwerferlicht neongelb leuchteten – die Schüsse aufs Tor in diesem Licht, das glucksende Kinderlachen, wenn Teddy Lucas ins Wasser schwang. Es waren keine langen Momente, aber es waren Momente.

Er musste sich aus dieser Situation befreien.

Vor ein paar Stunden hatte Emelie angerufen, aber Kerim hatte ihm den Hörer entrissen, als er fand, dass sie genug geredet hatten.

»Hallo, Frau Anwältin, hier ist Kerim Celali«, zischte er. »Teddy kann gerade nicht sprechen. Wir sind mitten in einer Sache.«

Teddy fragte sich, was sie wollte, aber Kerim grinste nur. »Deine Ex will immer noch rummachen.«

Einige der Jungs im Raum lachten, aber nicht fröhlich, sondern nervös.

Teddy stützte sein Kinn in die Hände, die Minuten vergingen, er tat so, als würde er dösen, in Wirklichkeit formten sich seine Gedanken zu einem Flehen, einem Gebet. *Du bist nicht gerecht, du bestrafst keine bösen Teufel, kann ich nicht einmal Glück haben? Nur einmal. Ich verdiene es auch zu leben.*

Dann klingelte sein Telefon erneut.

Kerim nahm es vom Billardtisch und reichte es Teddy. »Stell es auf Lautsprecher.«

Es war eine unbekannte Nummer.

Seine Kontaktperson rief nie direkt an, sie schickte immer zuerst eine Textnachricht von einer Fake-Nummer, einen Code, oft nur eine Uhrzeit, die bedeutete, dass er sie zu einer bestimmten Zeit anrufen konnte, aber nicht immer.

War das *das Ende*?

Kerim stand ruhig da und wartete. »Geh ran.«

Wieder brach er in Schweiß aus. Er ging ran.

Teddy erkannte die Stimme sofort.

»Björne.«

Etwas veränderte sich in Kerim Celali, offensichtlich erkannte er auch, wer da sprach, es war Isak Nimrod. Der Boss hob den Kopf, man konnte in seine Nase sehen, die Nasenlöcher zeigten nicht nach unten, sondern öffneten sich in alle Richtungen. Teddy blickte direkt in das dunkle Gehirn des Großen Bruders.

Steif. Kerim wurde *stiff*.

»Was machst du?« Isak Nimrods Stimme klang anders, aber er war der Einzige, der ihn Björne nannte. Sie hatten sich lange nicht gesehen, er und Isak. Mister One, was wollte er?

»Nichts Besonderes. Wie geht es dir?«

»Darüber können wir später reden«, sagte Isak.

Blickdialog – dieser Anruf war nichts, was der Große Bruder einfach so beenden konnte, wie er es bei rund hundert anderen Gesprächen an diesem Tag getan hatte.

Es klang, als würde Isak zögern, als würde er nach Luft ringen. »Mein Sohn heißt Max. Er ist siebzehn Jahre alt.«

»Ein schönes Alter.«

»Mag sein. Max will deinen Neffen umbringen. Nikola. Sie haben einen Konflikt.«

Jetzt war es Teddy, der nach Luft schnappte. Das war kein Scherz, Isak Nimrod würde sich niemals nach Jahren bei ihm melden und über so etwas scherzen, und Teddy wusste, dass Nikola in Schwierigkeiten steckte. »Warum?«

»Ich weiß es nicht genau, und es spielt auch keine Rolle. Ich rufe dich an, weil ich dich kenne, Teddy, du warst wie ein Bruder für mich. Du solltest dich um Nikola kümmern.« Nimrods Stimme klang todernst. »Ich weiß nicht, ob ich meinen Sohn aufhalten kann.«

Teddy konnte den Brechreiz nicht länger unterdrücken. Da hockte er nun, eine Geisel, bald entlarvt, und dann passierte das. Nikola. Der Mageninhalt rauschte seine Kehle hoch, er hielt sich den Mund zu und rannte auf den Mülleimer in der Ecke des Raumes zu. Er bückte sich und kotzte direkt hinein.

Bleiche Gesichter starrten ihn an. Normalerweise hätte Kerim gegrinst, aber nicht jetzt, nach so einem Anruf. Kerim beugte sich vor und legte Teddy eine Hand auf den Rücken. »Worum ging es?«

»Hast du doch gehört«, sagte Teddy.

34
Gabriel

Gabriel hasste es, wenn Alma fluchte. Nicht die geschlechtlichen und sexuellen Anspielungen waren das Schlimmste – Schwanz, Ficken, Fotze und so weiter –, sondern wenn sie die alten Schimpfwörter benutzte, die mit religiöser Bedeutung: Teufel, Hölle. Jetzt dachte er selbst nur noch an dieses letzte Wort. HÖLLE.

Es war ein innerer Schrei, der ihn erfüllte und alle anderen Gedanken verdrängte, es unmöglich machte, sich zu konzentrieren.

Sie waren gerade angekommen, in einem zivilen Lieferwagen. Von außen unscheinbar, auf Observation. Er, André, fünf Kollegen und eben Cilla Frank. Gabriel wusste nicht, dass sie auch bei Einsätzen dabei war, sie war im Innendienst, nicht im Außendienst. Es war unklar, warum sie hier war – und sie hatte auch nicht versucht, es ihm zu erklären.

Der Plan, den er zusammen mit Kerim ausgeheckt hatte, war gescheitert. Sie hätten den Infiltrator längst ausfindig machen müssen, Cilla Frank hätte die Nachricht mit der Adresse und dem Code schicken müssen, aber das war nicht geschehen. Woher Cilla wusste, dass Kerim und seine Männer jetzt hier waren, konnte Gabriel sich nicht erklären, und es war müßig, darüber zu spekulieren. Tatsache war, dass sie in einem Lieferwagen saßen und auf einen Bildschirm schauten, der das zeigte, was die versteckte Kamera auf dem Dach des Wagens sah: den Ausgang des Kulturvereins. Mit anderen Worten: Der Plan hatte sich um hundertachtzig Grad gedreht. Cilla Frank wollte Kerim jetzt für die

Scheiße verhaften, die sie sich ausgedacht hatten. Jetzt gab es handfeste Beweise gegen den Boss: die Chats – die nicht mal echt waren.

Alles war einfach zur HÖLLE gegangen.

Er musste in Erfahrung bringen, wie viele Kollegen ungefähr vor Ort waren.

Cilla holte eine Tüte mit klassischem Warte-Knabberzeug für Polizisten hervor: Chips.

Andrés Pistolenhalfter lugte unter seiner dünnen Fjällräven-Jacke hervor, als er danach griff. »Nehmen Sie das weg«, sagte er und schob sich eine Handvoll in den Mund.

Cilla Frank kaute. »Sie haben ja kaum Salz an den Fingern.«

»Nicht jeder kann den gleichen Stoffwechsel haben wie Sie«, sagte André.

Gabriel schwieg – er versuchte, sich eine Lösung auszudenken.

Seine Kollegen knabberten und warteten. Sie starrten auf den Bildschirm. Erwartungsvoll. Gespannt. Aufgeregt.

Durch die getönten Fenster zeichnete sich der Himmel ab. Er und die dunklen Betonwände des Kulturvereins hatten dieselbe Farbe, während sich der obere Teil des Gebäudes in nichts aufzulösen schien. Die Dunkelheit kam früh.

»Jetzt werden wir die Karriere von diesem Dreckskerl ein für alle Mal beenden«, sagte Cilla. »Wir haben zwei Wagen auf der Südseite und einen auf der Westseite, also insgesamt vierzehn Polizisten in diesem Gebiet. Sie sind Einsatzleiter, Gabriel.«

Gut, wenigstens hatte er jetzt mehr Spielraum.

»Lasst uns die Schweine angreifen«, sagte sie.

Schweine, dachte Gabriel. Solche Worte hatte er noch nie von ihr gehört.

Wie würde sie ihn nennen, wenn sie herausfand, was er getan hatte? DAS HÖLLENSCHWEIN?

Jetzt kam Gabriel ein Gedanke. Er schluckte und schluckte, dann sagte er: »Ich muss pinkeln.«

Die Kollegen saßen still. Schweigend.

»Ich muss mal«, sagte Gabriel wieder.

Cilla Frank öffnete den Mund wie ein Fisch, kein Ton kam heraus.

André kam ihr zuvor. »Nein, mein Lieber. Hier wird nicht gepinkelt. Du musst das tun, was alle anderen auch tun.« Er hielt ihm die leere Pepsi-Max-Flasche hin: eineinhalb Liter. »Wir schauen weg.«

Gabriel versuchte zu lachen, obwohl er wusste, dass er nicht glücklich aussah. »Auf keinen Fall. Einsatzleiter pinkeln draußen.« Er öffnete die dem Kulturverein abgewandte Seitentür und trat hinaus. Er *musste* Kerim warnen. Zehn Meter weiter drehte er sich weg und tat so, als würde er seinen Schwanz herausholen, während er die Nummer auf dem Kryptohandy wählte.

»Ja?« Es war Kerim.

»Alma«, sagte Gabriel mit seiner sanften Vaterstimme. »Der Trainer hat angerufen, er kann dich nicht erreichen.«

Kerim verstummte, jetzt hatte er verstanden. Codesprache, das hatten sie vorher vereinbart – wenn Gabriel anrief und von Alma sprach, war es ein Notfall.

»Was ist los?«, fragte der Boss.

»Es wird ein Spiel geben, aber nicht auf dem Fußballplatz, über den wir gesprochen haben. Es findet auf einem anderen Platz statt. Da, wo du gerade bist.«

Kerim konnte abgehört werden, obwohl das Risiko gering war, weil er selbst ja das Abhören kontrollierte. Trotzdem war es sicherer, so zu reden.

»Wann?«, fragte der Boss.

»Jetzt. Liebling, wirklich jetzt. Bussi.«

»Okay, okay. Ich muss nur noch mein Essen wegräumen.«

Gabriel legte auf und bewegte die Hand, als würde er seinen Schwanz ausschütteln. Er hatte verstanden: *mein Essen wegräumen* – Kerim musste eine Waffe wegschaffen.

Gabriel war gezwungen, die Operation hinauszuzögern.

Cilla hatte ihn scharf kritisiert, als er zurückkam. »Meinen Sie, das ist jetzt der richtige Zeitpunkt?«

André mampfte immer noch Chips. »Wenn ein Mann pinkeln muss, ist das kein Spaß.«

Der Bildschirm zeigte die geschlossene Tür des Kulturvereins, etwa vierzig Meter entfernt. Kerim war drin. Eine Handfeuerwaffe und die Chats würden als Beweise ausreichen, um ihn wegen versuchten Mordes, schweren Waffendelikten und wahrscheinlich noch einer Menge anderer Scheiße zu verurteilen. Zehn, vielleicht vierzehn Jahre. Im schlimmsten Fall achtzehn.

Gleichzeitig war es vielleicht das Beste, was passieren konnte. Gabriel hatte vor, die Stadt zu verlassen. Kerim hatte abgelehnt. Aus seiner Sicht war die Sache einfach. Solange Isak Nimrod blieb, würde Gabriel bleiben, und nun gab es einen Infiltrator. Damit waren alle bisherigen Absprachen hinfällig. Der Boss wollte Hilfe, er *verlangte* eine Lösung. Das Gleichgewicht war aus den Fugen geraten.

Da öffnete sich die Tür des Kulturvereins. Kerim Celali kam als Erster heraus.

Nach ihm strömten etwa zehn junge Männer aus dem Gebäude. Es waren mehr, als Gabriel erwartet hatte. Vielleicht zu viele für ihn, André und die wenigen Kollegen in den Autos. Leise sprach er ins Funkgerät und forderte Verstärkung an.

Kerim hielt eine schwarze Tasche in der Hand. Gabriel glaubte zu wissen – ZUR HÖLLE – Kerim hatte die Waffe offensichtlich nicht im Haus versteckt, er musste Angst haben, dass sie bei der Durchsuchung gefunden würde, er wollte die Waffe einem der Jüngeren geben oder sie hier draußen verstecken.

»Ich habe heute noch zusätzliche Verstärkung angefordert«, sagte Cilla. Sie zeigte durch das graue Autofenster nach oben.

»Was?«

»Man kann sie nicht sehen. Sie sehen aus wie Sterne.«

Gabriel beugte sich vor und suchte den dunklen Himmel ab.

»Drohnen«, sagte Cilla. »Ich habe drei Fachkräfte hinzugezogen. Sie sind am Osteingang stationiert. Wir können Kerim Celali und andere wichtige Leute in seinem Netzwerk festnehmen und alle verfolgen, die zu fliehen versuchen. Und wenn sie versuchen, etwas in die Büsche zu werfen, werden wir auch das sehen.«

Hölle. Das Wort hallte jetzt so laut in seinem Kopf wider, dass Gabriel sich fast die Ohren zuhalten wollte.

»Warum haben Sie mich nicht informiert?«, fragte er. Er war schließlich der Einsatzleiter.

»Ich dachte, Sie würden sich freuen.«

Wie sollte Kerim jetzt seine Waffe loswerden? Er musste es irgendwie hinauszögern. In wenigen Augenblicken würden sie losstürmen und Kerim und seine Männer verhaften.

»Wartet«, sagte er.

André kratzte sich erwartungsvoll am Bart.

Cilla Frank starrte ihn an. »Worauf warten wir noch? Wollen Sie wieder *urinieren*?«

»Das ist zu gefährlich«, sagte Gabriel. »Es sind zu viele.«

»Je mehr, desto besser.«

»Wir müssen warten, wir sind nur elf. Sie werden nicht zögern, auf uns zu schießen, die Situation könnte eskalieren. Nur noch ein paar Minuten, die Verstärkung ist unterwegs. Sie scheinen sich nicht zu bewegen, sie stehen nur da.«

André nestelte an seinem Holster unter der Jacke. Zwei Kollegen richteten ihre Westen.

Kerim brauchte Zeit, um seine Waffe zu entsorgen.

Cilla Frank trommelte mit den Fingern auf den Sitz. Es kam nicht in Frage, dass sie rausging und vielleicht ihr Leben opferte, sie würde hier sitzen und alles beobachten – sie war ja nicht einmal Polizistin.

»Sie haben das Kommando«, sagte sie. »Aber wir haben die Drohnen, Celali wird nicht entkommen.«

Kerim und seine Jungs blieben vor dem Gebäude stehen, einige rauchten, einige telefonierten, andere stiegen auf ihre Motorroller. Gabriel wusste, dass sie erleichtert waren, aber einer von ihnen war eine *unentdeckte* Ratte.

Er konnte es nicht länger als noch ein paar Minuten hinauszögern. Er hatte getan, was er konnte, er hatte Kerim gewarnt.

»Wen wählt ihr?«, fragte André plötzlich.

Ein unangenehmes Schweigen. So sprachen Polizisten nicht über Politik – sie beschwerten sich oft über Gesetze und Vorschriften, aber Parteien mieden sie –, vor allem nicht eine Minute vor einer Explosion.

»Ich wähle ungültig«, beantwortete André seine eigene Frage. »Ich glaube nicht mehr an dieses Land.«

Kopfschütteln. Ausatmen. Kontrolle der Waffen.

Zwei Minuten vergingen. Kerim und seine Jungs standen nur da, lungerten herum, als warteten sie auf etwas.

Im Funkgerät ertönte ein Rauschen. In der Ferne gingen Verstärkungsfahrzeuge in Stellung.

»Tja«, sagte Cilla. »Dann ist es wohl an der Zeit, den Befehl zum Zugriff zu geben, oder?«

Gabriel ignorierte sie. Man konnte die Wachsamkeit des Bosses da draußen sehen, wie er seinen Kopf langsam hin und her wiegte wie ein T-Rex. Aufmerksam. Angespannt. Kerim wusste Bescheid, aber die Frage war, ob er noch bewaffnet war.

Ein Auto fuhr vor, es hielt direkt vor dem Lieferwagen, vor dem Eingang des Kulturvereins. Es kam von der anderen Seite, über den Radweg. Diese Kerle scherten sich nicht um Verkehrsregeln.

»Wenn Kerim in dieses Auto steigt, müssen wir die Ausfahrt blockieren«, sagte Cilla Frank, als gäbe sie hier die Befehle.

Einer von Kerims neueren Männern ging auf das Auto zu. Gabriel erkannte ihn, Najdan Maksumic, genannt Teddy.

Auch Kerim näherte sich dem Wagen.

»Macht euch bereit«, sagte Gabriel.

Das Fenster des Wagens wurde heruntergelassen, Kerim beugte sich vor und schien mit dem Fahrer zu sprechen.

Gabriel blieb keine Wahl. »Wir greifen zu, in fünf, vier, drei …«

Kerim Celali stieg nicht ein.

»Wartet«, befahl Gabriel.

Er erkannte den Fahrer, einen gewissen Nikola, auch der Junge gehörte zum äußeren Kreis des Großen Bruders.

»Wir warten ab«, sagte Gabriel. »Es sieht nicht so aus, als würde Celali fahren.«

Kerim reichte Nikola die Tasche. Gut.

Teddy Maksumic öffnete die Beifahrertür und stieg ein. Kerim blieb stehen.

Der Wagen startete. Fuhr langsam davon. Der Bildschirm flimmerte.

Der Boss fummelte draußen an seinem Handy herum.

Er hatte die Waffe abgegeben, prima.

»Wir haben eine Drohne über uns. Damit folgen wir diesem Auto«, sagte Cilla Frank. »Denn ich glaube, es ist auf dem Weg zu ihrem Waffenlager. Das wäre der Jackpot.«

Es war nicht richtig, dass sie den Drohnenführern Befehle erteilte, aber Kerim war vermutlich aus dem Schneider. Dieser Nikola war hoffentlich schlau genug, die Waffe bei sich zu behalten. Er würde schlimmstenfalls behaupten, dass sie ihm gehörte, und Kerim zuliebe wegen illegalen Waffenbesitzes in den Bau wandern. Doch wenn Cilla Frank recht hatte – wenn sie wirklich zu einem Waffenlager fuhren –, dann drohte die ganze Sache für Kerim noch schlimmer zu werden.

»Zugriff«, zischte Gabriel.

Die Männer nickten.

»Drei, zwei, eins.«

Er riss die Tür des Transporters auf.

Die Waffe in der Hand.

André hinter ihm. Die anderen Kollegen sprangen aus dem Wagen.

»Polizei«, brüllte er. »Runter auf den Boden.«

Kerim grinste nur.

35
Josephine

Best Cars. Ein großes Gebäude mitten in der Stadt. Jossan fragte sich, wie die Autos dorthin gebracht wurden, denn die umliegenden Straßen waren eng und nur für Fußgänger. Aber vielleicht kamen sie durch Tiefgaragen und Unterführungen, von denen es in dieser Stadt viele gab. Die Teilhaber von Allen & Overys zum Beispiel hatten zur Bedingung gemacht, dass in der firmeneigenen Garage mindestens zwei Autos pro Kopf Platz haben mussten. Ihr Sommer-Ferrari musste auch in der City stehen, sonst waren sie traurig.

Der Verkäufer, der breitbeinig vor ihnen stand, trug eine dunkelblaue Weste, vielleicht von Loro Piana oder Brunello Cucinelli – sie wusste, dass Peder total scharf auf eine solche war. Die Gewinnspanne bei Best Cars war offensichtlich hoch.

Junge Frauen liefen in unnötig hohen Absätzen und unwürdig kurzen Röcken herum, sogenannte Showgirls. Diese Art von Autos zog einen bestimmten Typ Mann mit bestimmten Werten an. Das war schon immer so gewesen, auch wenn Jossan gedacht hatte, dass das Showgirl-Geschäft seit dem zwanzigsten Jahrhundert ausgestorben war.

Der Lamborghini war blau. Sie sah keinen Unterschied zwischen ihm und dem Auto, das sie zu Schrott gefahren hatte. Es war das gleiche Modell, mit den gleichen Felgen und Ledersitzen, vielleicht mit anderen Ausstattungsmerkmalen, aber Conrad-Christoph konnte ihn nicht oft gefahren haben und kannte wahrscheinlich nicht einmal ein Drittel der Finessen. Josephine hatte sogar das gleiche Nummernschild bestellt: *Graf 3*.

Lucas' Regenmantel war rot. Er hielt ihre Hand, aber nicht allzu fest, er war neugierig, er wollte die Autos nicht nur anschauen, sondern darin auch probesitzen.

Emelie hatte den Spielplatz zusammen mit diesem merkwürdigen Kerl verlassen und Jossan gebeten, auf Lucas aufzupassen. Das hatte sie gern getan, aber es waren Stunden vergangen, und sie war im Moment nicht die beste Babysitterin – bei einem Verkäufer von Luxusautos, der womöglich zögern würde, ihr einen Lamborghini Urus ST-X zu verkaufen. In bar.

Josephine und Lucas, was für ein Team. Trotzdem dachte sie, dass der Verkäufer in ihr eine potenzielle Kundin erkennen sollte. Sie war Anwältin, Selbstsicherheit und formale Eleganz waren ihre Spezialität.

»Der gefällt mir«, sagte sie und deutete auf den Wagen.

Das Lächeln des Verkäufers wich nicht von seinem Gesicht, aber sein Blick war tot. »Wie schön. Soll ich Ihnen das Auto zeigen?« Er musterte sie abschätzend.

»Wie viele gibt es davon in Schweden?«

»Ich bin der größte Lambo-Händler im Land und habe dieses Jahr nicht mehr als zwei verkauft, also kann ich Ihnen sagen, dass es wahrscheinlich die einzigen zwei sind. Letztes Jahr waren es sechs. Insgesamt also acht.«

Josephine drückte Lucas' Hand fester. »Ich vertrete Conrad-Christoph von Königsmarck«, sagte sie deutlich und buchstabierte jede Silbe des pompösen Namens.

Das Gesicht des Verkäufers veränderte sich. Jetzt stand Skepsis in seinen Augen.

»Den hat er schon. Einen anderen wird er nicht nehmen.«

Klassisches Dunning-Kruger-Syndrom. Ein Mann, der wenig wusste und so selbstsicher klang. Wie David Brent in *The Office*.

Jossan kannte den Laden. Emelie hatte ihr geholfen, sie hatte in letzter Zeit ähnliche Fälle gehabt, sie wusste, wer wirklich hinter der Firma steckte, welche Clans Verwandte in der Spedition hatten.

»Sie wissen nicht, was er haben sollte und was nicht«, sagte sie.

Der ordentlich gestutzte Bart des Verkäufers war tiefschwarz, jede Strähne sah aus, als wäre sie in dieselbe Richtung gekämmt, gebürstet und gewachst worden – sofort änderte er seinen Tonfall. »Kein Problem. Wir können den Wagen direkt zu Conrad-Christoph bringen. Kein Problem für uns. Der hier hat ein beheiztes Lenkrad und etwas andere Nähte in den Sitzen als der, den er hat.«

Josephine hielt immer noch die Tasche mit den fünf Millionen in Scheinen in der Hand. Das mit dem Lenkrad und den Nähten war nicht gut, denn der Graf könnte daran erkennen, dass das Auto nicht dasselbe war. Sie musste hoffen, dass er kein allzu aufmerksamer Fahrer war, schließlich besaß er mehr als ein Dutzend Supersportwagen.

Der Verkäufer verschränkte die Arme und wartete.

»Gut, ich nehme ihn«, sagte sie.

Der Verkäufer strahlte.

»Nun, Conrad-Christoph von Königsmarck nimmt ihn«, fügte sie hinzu. »Vorausgesetzt, Sie nehmen Bargeld.«

»Können wir jetzt fahren?«, rief Lucas.

Der Lamborghini knurrte wie ein wütender Löwe, obwohl sie mit weniger als zehn Stundenkilometern in die Garage rollten. Sie saßen im Wagen, Lucas und sie. Sie war überrascht, dass der Verkäufer ihn ihr sofort mitgegeben hatte. Normalerweise wollten sie die Autos noch einmal vorbereiten und durchchecken, aber sie hatte neben der Barzahlung auch die sofortige Übergabe verlangt.

Der Chip vom Schlüssel des vorherigen Autos hatte das Garagentor problemlos geöffnet.

Sie tat das für Peder, damit er sich nicht schämen musste. Ach, wem wollte sie etwas vormachen? Im Moment tat sie es nur für sich selbst. Peder dachte immer noch, dass die Versicherung für die Kosten aufkommen würde, er wusste nicht, dass sie einem ihrer Mandanten fünf Millionen Kronen gestohlen hatte. Die Realität war bei Weitem nicht so rosig, wie er immer behauptet hatte. Er war derjenige, der angefangen hatte, ihr gegenüber Dinge zu verheimlichen. Vielleicht hatte er nicht gelogen, aber sie war überzeugt, dass er nicht die ganze Wahrheit über den Verbleib ihres Geldes sagte.

»Wer wohnt hier?«, fragte Lucas.

»Hier wohnen die Autos«, sagte Jossan. »Die schönen Autos.«

Ein Privatparkplatz in Danderyd – das war an sich schon ungewöhnlich, doch als alle Lichter angingen und die Sammlung des Grafen in ihrer ganzen Pracht sichtbar wurde, war er völlig baff. Sie hatte ihm gerade erzählt, dass die *schönen* Autos hier wohnten, aber selbst Lucas schien zu begreifen, wie unrealistisch es war, über dreißig Luxusautos auf so engem Raum nebeneinander stehen zu haben.

Josephine parkte zwischen einem Rolls-Royce und einem gelben Sportwagen, dessen Namen sie nicht kannte. Was machten reiche Leute mit all ihrem Geld? Das war die Antwort: Sie kauften Autos, die niemand sah, die nie gefahren wurden, die in Danderyd Staub und Vintage-Wert ansammelten.

Endlich war die Sache aus der Welt. Conrad-Christophs Auto wurde zurückgegeben – oder besser gesagt, ein exakt identisches Auto. Best Cars hatte ihr geholfen, das Nummernschild anzubringen. Sie hatte immer noch Probleme, keine Frage, aber sie schob sie vor sich her wie einen Curlingstein oder einen Karren voller Scheiße.

»Können wir damit fahren?« Lucas zeigte auf einen riesigen Bentley am anderen Ende der Garage.

»Nein, mein Lieber, wir machen jetzt ein Wettrennen. Der Letzte, der das Garagentor erreicht, ist ein alter Saab.«

Lucas rannte in seiner übermütigen Art los – süßer als süß.

Da hörte Josephine Schritte, die nicht von ihnen stammten.

»Warte, Lucas!«

Der Junge rannte weiter auf das Tor zu, aber Josephine blieb stehen. Sie lauschte.

Das Quietschen von Gummisohlen auf dem Garagenboden.

»Ich habe gewonnen«, rief Lucas.

Jossan beobachtete, wie Conrad-Christophs Schatten über den Betonboden wuchs. Er wirkte ungewöhnlich selbstbewusst, trug ein enges T-Shirt und aus irgendeinem Grund eine kurze Sporthose. Hatte er ein Fitnessstudio in der Nähe?

»Die Polizei ist auf dem Weg hierher«, sagte er mit seinem starken Akzent.

Früher war die Oberschicht schwach, sie war fett, faul, untrainiert, sie musste sich nie anstrengen, ihren Körper trainieren. Jetzt war die Oberschicht die fitteste von allen, superfit. Sich um seinen Körper zu kümmern, kostete vor allem Zeit, und wenn es etwas gab, das diesem Grafen in die Wiege gelegt worden war, dann war es genau das: das Fehlen des Bedürfnisses, Zeit für jemand anderen als sich selbst zu haben.

»Du kannst sie anrufen und ihnen sagen, dass alles in Ordnung ist«, sagte Josephine. »Ich habe gerade dein Auto zurückgebracht, tut mir leid, dass es so lange gedauert hat.«

»Das ist mir egal. Du hast mich reingelegt. Der Eigentümer von Best Cars hat mich angerufen.«

»Ich habe dir genau das gleiche Auto zurückerstattet. Was macht das für einen Unterschied?«

»Was soll das heißen, zurückerstattet?«

»Das ist egal«, sagte Jossan. »Ruf einfach die Polizei an und sag ihnen, dass sie umkehren sollen.«

Kleinere Drogendelikte und Drogen am Steuer waren schlimm, aber nicht das Ende der Welt. Einen Mandanten der Kanzlei zu betrügen, war dagegen eine Katastrophe.

Lucas lachte. »So viele Autos«, sagte er fröhlich. »Sind das deine?«

Der Graf drehte sich zu dem Jungen um. »Die sind cool, oder?«

Lucas war fest entschlossen, eines dieser Prachtstücke auszuprobieren.

Jossan ging ein paar Schritte auf ihn zu. Sie musste Conrad-Christoph dazu bringen, die Sache mit der Polizei fallen zu lassen, die Beamten zurückzurufen und ihnen zu sagen, dass alles ein Irrtum war. Aber er verhielt sich seltsam und ungewöhnlich. Männer wie er waren dazu erzogen worden, an der Oberfläche des Lebens zu leben, nie zu tief zu denken, die Dinge immer mit Ruhe zu nehmen, wie das Gemüse, das über der Erde wuchs und keine starken Wurzeln brauchte. Sie wussten, dass alles gut gehen würde, gleichzeitig wussten sie auch, dass sich der Abgrund der Bedeutungslosigkeit wie ein Höllenloch auftun würde, wenn sie anfingen, ernsthaft zu denken. Normalerweise waren sie oberflächlich und zeigten keine Schwächen, aber Josephine fühlte sich bei Conrad-Christoph nie ganz sicher, weil er sich seiner selbst nie ganz sicher zu sein schien. In dieser Hinsicht war der Graf *creepy*: offen nervös. Aber jetzt war er ruhig, ganz anders als sonst, vielleicht weil er die Situation unter Kontrolle hatte, weil er Macht über sie hatte.

Er war schnell. Sie sah nicht, wie es geschah, aber plötzlich hatte er Lucas in seinen Armen.

»Du gehst nirgendwohin«, sagte er zu ihr.

»Tu das nicht. Lass Lucas los, und wir gehen einfach weg und vergessen das Ganze.«

Lucas lächelte unsicher und merkte, dass der Mann, der ihn festhielt, etwas Merkwürdiges an sich hatte und die ganze Situation noch merkwürdiger war.

Der Graf schüttelte den Kopf. »Nein, wir warten auf die Polizei.«

Das war einfach zu viel. Ja, es war ihre Schuld, oder vielleicht zu Beginn noch Peders Schuld. Aber jetzt, in diesem Moment, war es Conrad-Christoph, der sich weigerte, vernünftig zu sein. Damit hätte Josephine leben können, doch sie konnte nicht akzeptieren, dass er Emelies Sohn verängstigte oder verletzte. Sie fühlte sich warm, heiß, an der Grenze zu vulkanisch.

»Lass Lucas LOS«, zischte sie.

Der Graf drückte ihn fester an sich. »Erst, wenn die Polizei da ist und sich um dich kümmert.«

Sie trat ein paar Schritte vor.

»Keinen Schritt weiter.«

Die Hitze in ihr war jetzt so stark, dass sie zu einem Vulkanausbruch führte.

»Lass den Jungen gehen, und ich warte hier auf die Polizei«, flüsterte sie bebend.

»Nein.«

Sie wandte sich direkt an Lucas. »Schatz, du bist der neue Captain America, nicht wahr?«

Lucas nickte verschreckt. »Captain America«, wiederholte er leise.

»Spring wie er zu mir, JETZT«, sagte sie. Dann holte sie aus und trat dem Grafen in die Eier. Er hatte schon Kinder.

Das war mehr, als Jossan je geschafft hatte.

36
Teddy

Sie saßen im Auto, er und Nikola. Sein Herz raste wie das eines Spitzensportlers nach einem Wettkampf. Er musste Luft holen. Hätte nicht jemand Kerim angerufen und ihn dazu gebracht, die Aktion zu stoppen, wäre Teddy in einem Leichensack herausgetragen worden.

Er dachte an das, was im Kulturverein passiert war.

Kurz nach Isak Nimrods Anruf hatte das Telefon geklingelt, diesmal Kerims eigenes. Der Boss hatte auf sein Display gestarrt. Es war wieder etwas Wichtiges, so viel war klar. Kerim nahm ab und hörte schweigend zu. Natürlich war er der Einzige, der den Freisprecher nicht benutzen musste.

»Was ist los?«, fragte der Boss.

Teddy beugte sich über den Eimer, der saure Geschmack des Erbrochenen war noch in seinem Mund. Kerim hatte eine Hand auf seiner Schulter, ganz nah. Teddy konnte ein paar Worte über seine Kopfhörer hören.

»Es wird ein Spiel geben, aber nicht auf dem Fußballplatz, über den wir gesprochen haben. Es findet auf einem anderen Platz statt. Da, wo du jetzt bist«, sagte jemand am anderen Ende der Leitung.

Kerim war todernst. »Wann?«

Die Person am anderen Ende sagte etwas, das Teddy nicht hören konnte.

Kerim antwortete: »Okay, okay. Ich muss nur noch mein Essen wegräumen.«

Er beendete das Gespräch.

Teddy konnte nicht mehr denken. Es waren jetzt zu viele Eindrücke. Erst Kerims Falle, dann der Anruf von Isak Nimrod wegen Nikola und jetzt das.

Mit wem hatte Kerim gesprochen? Er war gewarnt worden, so schien es, und es gab nur einen Verdacht.

Kerim wandte sich von Teddy ab und drehte sich zu den anderen im Raum um.

»Okay, Jungs. Wir brechen das jetzt ab. Ich habe Infos bekommen. Die Bullen werden uns gleich einen Besuch abstatten. Ich muss noch ein paar Sachen erledigen, bevor wir rausgehen.«

Teddy hatte die Erlaubnis bekommen, Nikola anzurufen.

Es war offensichtlich, dass der Große Bruder in einer Art verschlüsselter Sprache gewarnt worden war. *Es wird ein Spiel geben, aber nicht auf dem Fußballplatz, über den wir gesprochen haben,* hatte die Person am anderen Ende gesagt. Teddy wollte diesen Schluss nicht ziehen, aber er konnte nicht anders. Der Anruf war noch unheimlicher als eine Warnung – jemand kannte die Pläne der Polizisten. Es klang, als käme der Anruf von innen.

Konnte es ein Polizist sein? War es wirklich möglich, dass Kerim Celali einen Insider hatte? In Schweden war das undenkbar. Man konnte viel über dieses Land sagen – Schießereien und Bandenkriminalität waren an der Tagesordnung –, aber er hatte noch nie davon gehört, dass jemand die Polizei auf diese Weise unterwandert hatte. Niemand war auch nur annähernd so weit gekommen: *Kum* hatte seinerzeit einen Soldaten gehabt, der eine Polizistin gevögelt und nach jedem Fick Informationen bekommen hatte. Isak Nimrod hatte das Fahndungsregister in die Finger bekommen und alle Verdachtsmomente gegen sich und viele andere sehen können. Aber einen eigenen Maulwurf beim Feind zu haben – das war etwas Unglaubliches, ein Geschenk Gottes. Vielleicht irrte er sich, vielleicht zog er zu viele Schlüsse aus dem Gehörten. Aber er war sich sicher. Das war die Erklärung dafür, wie der Große Bruder so weit kommen konnte. Gewalt und Brutalität reichten nicht aus, er brauchte Hilfe von oben, Hilfe vom Staat, Hilfe von einem echten Big Brother.

In dieser Dunkelheit gab es nur eine positive Sache. Kerims Maulwurf wusste offensichtlich nichts von Teddy, sonst wäre er nicht mehr am Leben.

Und dann war da noch Isak Nimrod, der ihn angerufen und ihm gesagt hatte, dass sein Sohn hinter Nikola her war. Die Scheiße hatte sich aufgetürmt, ein Turm aus Problemen, der dazu bestimmt war, über ihm zusammenzustürzen.

Jetzt saßen sie hier, Nikola war mit dem Auto gekommen und hatte ihn abgeholt. Teddy hatte ihm die Wahrheit gesagt: »Komm und hol mich ab, Nikola, du brauchst meine Hilfe mit Max. Ich habe alles herausgefunden.«

Womit er nicht gerechnet hatte, war die Tasche, die Kerim Celali seinem Neffen überreichte. Der Boss ergriff die Gelegenheit, um Nikola auszunutzen.

Die Dunkelheit draußen drückte gegen die Fenster. Nikola musste erklären, was passiert war, warum er mit Isak Nimrods Sohn in Konflikt geraten war und wie Teddy helfen konnte.

Erst ein paar Atemzüge in der Stille, dann würden sie an einen sicheren Ort fahren. Teddy wollte Nikola zu Dejan bringen.

»Mit den Nimrods spielt man nicht«, sagte er. »Ich dachte, das wüsstest du.«

Nikola hatte die Hände fest um das Lenkrad gekrallt.

»Ich weiß«, sagte er. »Das alles ist ein Missverständnis.«

»Hast du Isaks Sohn die Freundin ausgespannt?«

»Ich habe niemandem ein Mädchen ausgespannt. Scheiße, ich hatte ja keine Ahnung, dass sie mit Max zusammen war. Hätte ich es gewusst, hätte ich mich niemals mit ihr eingelassen. Ehrlich, ich habe Alma nur zweimal getroffen, und sie war diejenige, die ein Date wollte. Dann hat Max von der ganzen Scheiße erfahren und angefangen, mich anzurufen und zu drohen und zu plaudern.«

»Also hat er es auf dich abgesehen?«

»Ja. Und Max ist ein verdammter Nimrod, das hast du selbst gesagt. Max hat es nicht nur auf mich *abgesehen*, er will mich *ausknipsen.*«

»Du hast Glück, dass Isak mich gewarnt hat.«

Es klang, als würde Nikola aufstöhnen. »Ich habe es schon vor Wochen gewusst. Ich habe auf ihn geschossen.«

Teddy wollte sich die Ohren zuhalten, es war zu viel. »Du hast auf einen Nimrod geschossen?«

»Ich lasse mich nicht bedrohen, ich bin kein verdammter Feigling, weißt du? Ich hab ihm ins Bein geschossen.«

»Bist du verrückt? Warum hast du mir das nicht erzählt?«

»Ich wollte dich da nicht mit reinziehen, so was mache ich selbst. Weißt du, wenn es regnet, wirst du nass.«

»Wenn es regnet, sollte man ins Haus gehen.«

»Ich bin ein Mann.«

Ein Mann? Das war nur ein Wort, ohne wirkliche Bedeutung. Dieser giftige Männlichkeitsquatsch, den die jüngere Garde als Religion zu haben schien. Ein Mann? Was zählte, wer Verantwortung übernahm.

Eine Erinnerung: Teddy und Emelie vor ein paar Jahren. Sie saßen in einem neuen Nobelrestaurant, in dem Emelie reserviert hatte. »Drei Monate Wartezeit. Ich habe den Wecker auf meinem Handy gestellt und bin mitten in der Nacht aufgestanden, als sie die Tische freigegeben haben, aber ich musste dreißigmal klicken, bis ich den hier hatte.« Sie hob ihr Glas und prostete ihm zu. Emelie wusste noch nicht, dass sie sein Kind in ihrem Bauch trug.

Ihre andere Hand ruhte auf dem Tisch, weiß wie Schnee, und Teddy beugte sich vor und streichelte sie. »Ich habe etwas für dich.« Er kramte in der Innentasche, die kleine dunkelblaue Samtschachtel fühlte sich viel größer an, als sie war.

»Mach sie auf.« Er schob sie ihr hin.

»Teddy, nicht …« Er hörte vor allem den Klang ihrer Stimme, nicht das, was sie sagte. Emelie hörte sich an, als hätte sie irgendwo Schmerzen.

Einige der anderen Gäste sahen sich neugierig um.

Teddy nippte an dem Wein, der nicht besonders gut war.

Den Ring hatte er bei einem Juwelier in Södertälje anfertigen lassen. Den Stein selbst hatte er in Antwerpen gekauft, in einem Laden, wo noch weniger Fragen gestellt wurden.

Er beugte sich wieder vor. Das Geräusch von Emelies Atem erinnerte ihn wie so oft daran, wie verletzlich sie war und wie verletzlich er war, der sie liebte.

»Mit welchem Geld hast du den gekauft?« Sie drehte den Ring langsam zwischen ihren Fingern hin und her, der Diamant war auffallend groß.

»Meinem eigenen.«

Stille trat ein, Abwesenheit von Worten, Unterhaltung. Teddy fühlte sich unbehaglich, nur für eine Sekunde, aber das genügte, mitten in alles, was gut sein sollte, hatte sich ein Riss eingeschlichen.

»Gefällt er dir nicht?«, sagte er.

»Das ist der schönste Ring, den ich je gesehen habe, aber ich weiß nicht, ob ich ihn behalten kann. Es wäre besser, du kümmerst dich um deine Familie, nicht um mich. Kümmere dich um Linda und Bojan. Und vor allem um Nikola.«

»Damit er nicht so wird wie ich, meinst du?«

Emelie nickte.

Es war kaum Verkehr. Nikola fuhr ruhig und sicher, so wie man es tun sollte, um nicht unnötig angehalten zu werden.

»Halte hier«, sagte Teddy und deutete auf den Straßenrand.

»Was hast du vor?« Nikola bremste nicht ab.

»Ich werfe das Ding in den See.«

Nikola verzog das Gesicht, als hätte er etwas Ekliges gegessen.

»Wer hat etwas von einer Waffe gesagt?«

»Ich bin nicht dumm, Nikola. Ich weiß, was in der Tasche ist, die Kerim dir gegeben hat.«

»Hm, aber ich kann sie nicht wegwerfen. Kerim hat gesagt, ich soll sie verstecken.«

»Ist dir nicht klar, was das für ein Risiko ist?«

»Ja, aber der Große Bruder braucht sein Zeug, und ich muss ihm helfen.«

Sein Neffe war ein größerer Idiot, als er gedacht hatte. Teddy musste Nikola wirklich wegbringen, er würde länger als geplant bei ihm bleiben müssen, bis Teddy sich mit Isak Nimrod in Bezug auf seinen Sohn geeinigt hatte, und dafür mussten sie Probleme mit der Polizei – und mit dem Leben – vermeiden.

Aber niemand würde sterben – Isak Nimrod hatte die Straße verlassen, Teddy würde alles regeln.

Er riss die Tasche auf, die Nikola unter seinen Sitz gelegt hatte. »Ich werfe das Scheißteil weg«, sagte er. »Bleib jetzt stehen.«

37
Gabriel

Dieses zwiespältige Gefühl – immer bei Verhaftungen, aber besonders bei solchen Großeinsätzen: Chaos gemischt mit Kontrolle, Schreie gemischt mit Stöhnen, Adrenalin gemischt mit Blut und Tramadol.

Polizist zu sein war nicht nur eine körperliche und geistige Herausforderung, es ging auch darum, unausgeglichene Situationen zu meistern, indem man selbst aus dem Gleichgewicht geriet, und das alles in einem bestimmten Rahmen. Man brauchte die Energie, sonst würde es kein normaler Mensch schaffen, aber gleichzeitig brauchte man auch die Kontrolle, die einen von den Ganoven abhob.

Inzwischen hatten sie zwölf Personen festgenommen, darunter Kerim Celali. Die Kerle standen aufgereiht an den Wänden des Kulturvereins. Einigen war es gelungen abzuhauen, aber die meisten hatten sie erwischt.

Kerim Celali hatte man gründlich durchsucht, aber nichts gefunden. Trotzdem sollte er verhaftet werden – Cilla Frank saß noch im Auto und beobachtete das Ganze. Sie erklärte, der Boss werde verdächtigt, einen Mord vorbereitet zu haben. Das machte sie über Funk sehr deutlich, die gefälschten Chatgespräche waren daran beteiligt.

Verflucht.

Gabriel öffnete die hinteren Türen des Wagens und stieg ein. Er hatte vor, ihr das Ganze auszureden.

Cilla saß über einen Bildschirm gebeugt, die anderen Kollegen waren draußen und bewachten die Festgenommenen.

»Wir sollten Kerim freilassen«, sagte er.

Cilla sah auf. »Wir haben noch Drohnen in der Luft. Kommen Sie her und sehen Sie sich das an.«

Der Bildschirm war groß. Von oben war ein Auto zu sehen. Es fuhr relativ langsam.

»Sollen wir Teddy Maksumic und Nikola festnehmen?«, fragte sie, ohne auf seinen Vorschlag einzugehen. »Sie haben wahrscheinlich Kerims Waffe, aber wenn wir warten, könnten sie uns zu etwas Größerem führen.«

Das letzte Szenario war extrem gefährlich.

»Da ist noch etwas, das mich beunruhigt«, sagte sie.

Gabriel beugte sich näher. Die Drohne schwebte offensichtlich in geringer Höhe, vielleicht nur acht oder zehn Meter über dem Boden. Das Bild war scharf.

»Sehen Sie sich das an«, sagte Cilla und deutete auf eine kleinere Gestalt. »Da ist jemand, der hinter ihnen herfährt.«

»Mit einem E-Roller?«

»Ja. Und die Person folgt dem Auto, seit wir mit der Suche begonnen haben.« Sie zoomte mit den Fingern heran, unerwartet sachkundig. »Es scheint ein junger Mann zu sein, auch wenn man sein Gesicht nicht sehen kann.«

Der Mann zog etwas aus der Hose, einen dunklen Schatten, einen Gegenstand in der Hand.

Gabriel sah genau, was es war, und die Kamera der Drohne machte es noch deutlicher. »Jemand verfolgt Teddy Maksumic und Nikola mit vorgehaltener Waffe?« Die Schlussfolgerung lag auf der Hand.

»Ja, verdammt, das sieht nach einer Waffe aus«, sagte sie. »Ich rufe die Zentrale an.«

Der Einsatz war von ihr initiiert worden, aber Gabriel war der leitende Beamte vor Ort. Der Mann auf dem Roller steckte die Pistole wieder ein, es war wahrscheinlich nicht einfach, den Lenker und die Pistole gleichzeitig zu halten.

Nikola hatte Teddy aus irgendeinem Grund mitgenommen, vielleicht um Kerims Waffe von dort wegzuschaffen, aber jetzt folgte ihnen jemand. Gabriel wusste nicht viel über die beiden. Teddy stand hauptsächlich für alte Sachen in den Akten, er war vorbestraft, hatte acht Jahre abgesessen, aber aus den letzten Jahren gab es nichts. Er war älter als die anderen und vor ein paar Monaten wie aus dem Nichts aufgetaucht. Was wollte er eigentlich hier?

Nikola war einer von der jungen Garde, aber er hatte keine schweren Verbrechen begangen, zumindest bis jetzt nicht. Einer seiner besten Freunde war vor ein paar Jahren ermordet worden – das hatte ihn offensichtlich nicht von der schiefen Bahn abgebracht.

Gabriel schaute auf den Bildschirm, ohne zu blinzeln. »Zweihundert Meter von dort haben wir noch einen Wagen«, sagte er. »Wir können sie alle festnehmen. Teddy, Nikola, den Mann mit dem Elektroroller.«

Das Auto schien die Geschwindigkeit auf dem schmalen Weg beizubehalten. Er fragte sich, wo sie hinwollten. Er hoffte, dass Teddy und Nikola die Tasche mit der Waffe irgendwo aus dem Auto werfen würden.

»Lassen Sie den Wagen nicht aus den Augen, aber greifen Sie noch nicht ein«, sagte Cilla mit steifer Stimme über Funk.

Die Bildschärfe änderte sich jedes Mal, wenn das Auto unter einer Straßenlaterne durchfuhr, die graue Umgebung wurde beleuchtet, noch bunter, noch klarer. Immer und immer wieder.

Dann hielt das Auto an.

Die Köpfe von Cilla und Gabriel berührten sich fast über dem Bildschirm.

Die Beifahrertür öffnete sich, Teddy Maksumic stieg aus, die Tasche in der Hand. Er kletterte über den Graben in Richtung Wald. Würde er jetzt die Tasche wegwerfen?

Im nächsten Moment kam der Elektroroller, der junge Mann hatte keine Mühe gehabt, am Auto dranzubleiben. Er stieg ab und klappte den Ständer herunter. Im Licht der Straßenlaternen war der Gegenstand in seiner Hand noch deutlicher zu erkennen: hundertprozentig eine Pistole oder ein Revolver.

Diese Person war im Begriff zu attackieren.

»Wir müssen eingreifen«, sagte Gabriel.

Cilla rührte sich nicht.

»Cilla?«, wiederholte er und ärgerte sich über sich selbst, dass er sie überhaupt gefragt hatte. »Wir werden verhindern, was hier passiert.«

Da zuckte sie zusammen. »Müssen wir das?«

»Das ist ein Hinterhalt.«

Teddy war verschwunden, er war in den Wald gegangen.

»Aber wenn nicht, können wir ihnen vielleicht zum Waffenlager folgen.«

»Woher wissen Sie, dass sie dorthin wollen?«, fragte er.

»Ich weiß gar nichts. Ich hoffe es.«

»Eine Hinrichtung. Mord? Wir haben einen Wagen hundert Meter entfernt, er muss eingreifen, er kann in ein paar Sekunden da sein.«

»Abwarten«, zischte Cilla. »Wir warten.«

Sie gab *ihm* Befehle?

Eine Sekunde.

Gabriel ignorierte sie und rief in sein eigenes Funkgerät.

»Wagen 3456, wir vermuten eine Schießerei weiter die Straße runter. Fahren Sie sofort hin.«

»Nein«, rief Cilla gleichzeitig.

Drei Sekunden.

Der Polizist im Wagen antwortete verwirrt: »Was jetzt?«

Der Wagen mit Nikola stand immer noch da.

Fünf Sekunden.

Sechs Sekunden.

Dann sah Gabriel das Mündungsfeuer.

Die Kamera der Drohne erfasste alles. Der Junge, der vom Elektroroller gestiegen war und mit der Waffe auf das Auto zielte: ein stummer Film aus Pixeln und Wut. Gabriel glaubte zu sehen, wie der Kopf im Wagen zuckte, von der Energie der Kugeln hin und her geworfen.

Dann Stille.

Er sah, wie der junge Mann die Waffe wieder wegsteckte. Er sah, wie er den Ständer des Elektrorollers hochklappte. Er sah ihn davonfahren.

Ein Mord live. Eine Live-Hinrichtung auf der Straße.

Das Auto stand weiter da im Schein der Laterne. Glassplitter auf dem Asphalt.

Er hörte jemanden schreien.

Und merkte, dass er es selbst war.

VIER

38
Emelie

Chorgesang. Stimmen. Sakrale Atmosphäre. Minutenlanger Sologesang eines Priesters. Dann wieder der Chor, Emelie vermutete, dass es Kirchenslawisch war. Sie hatte versucht, sich darüber zu informieren.

Die Kirche St. Sava in Enskede gård war so überfüllt, dass sie die Türen offen gelassen hatten, die Leute standen draußen, drängelten sich und versuchten, einen Blick hineinzuwerfen. Sogar die Polizei war da – das hatte mit der Gang zu tun, sie wollten Präsenz zeigen. Sie wusste nicht, dass Nikola so viele Freunde hatte, aber vielleicht war es der Schock, der dazu führte, dass auch Leute, die keine engen Beziehungen hatten, sich verabschieden wollten.

Es roch nach Weihrauch und Myrrhe. Der runde Kronleuchter, der von der Decke hing, war so groß wie ein Auto. Sie versuchte, den Worten zu lauschen, die sie nicht verstand. Vorne stand der offene Sarg. Um ihn herum türmte sich ein Berg von Blumenkränzen. War es seltsam, dass die Beerdigung hier stattfand? Ein in Schweden geborener Mensch wurde nach einer Religion beerdigt, für die er sich nie interessiert hatte.

In ihrer Eigenschaft als Lucas' Mutter saß Emelie in der zweiten Reihe. Vor ihr weinten Bojan und Linda.

Bojan bekreuzigte sich. Linda senkte den Kopf.

Lucas war im Kindergarten, obwohl Linda sich gewünscht hatte, dass er dabei war. Das laute Schluchzen seiner Tante hätte ihn wahrscheinlich erschreckt.

Nikolas Körper wirkte dürr, als wäre der Anzug zwei Nummern zu groß. Er hatte die Arme vor der Brust verschränkt und hielt eine kleine Ikonentafel in den Händen.

War das alles Emelies Schuld?

Sie wusste jetzt, dass der junge Mann, der sie vor ein paar Wochen gezwungen hatte, ihm vom Klettergerüst zu folgen, Max hieß. Man hatte ihn noch nicht gefasst, aber man suchte nach ihm. Er hatte sie zur S-Bahn-Station geschleppt – »weil ich dir nicht traue«. Natürlich hatte er recht, er sollte ihr überhaupt nicht trauen, aber sie hätte nie gedacht, dass er sie körperlich dazu zwingen würde. Auf dem Weg zum Bahnhof hatte er sein Hemd hochgezogen und ihr etwas gezeigt: einen Pistolenkolben, der wie ein Werkzeug aus seinem Hosenbund ragte. Der Kerl war wirklich verrückt. »Ich schwöre, wenn du etwas versuchst, knalle ich dich ab. Wir fahren jetzt nach Södertälje.«

Vielleicht hätte sie um Hilfe rufen können, vielleicht hätte sie bei der nächsten Station davonrennen können, aber die Waffe machte ihr Angst.

Ein fünfundzwanzig Minuten langes Schweigen im Pendelzug. Sie saßen sich gegenüber, das Huddinge-Zentrum rauschte vorbei, die Rolltreppen von Flemingsberg, das Landgericht in der Ferne hinter dem Ica Maxi.

Wie alt mochte der Bursche sein? Fünfzehn, sechzehn? Er bewegte sich ruckartig und schnell, als wäre er von allem um ihn herum überrascht. Sie überlegte, ob sie versuchen sollte, ihn zu überwältigen. Der Waggon war nur spärlich besetzt, aber jemand würde ihr helfen können, wenn sie es nur schaffte, ihm die Waffe abzunehmen. Trotzdem blieb sie sitzen – sie hatte das Gefühl, dass sie diesen Verrückten im Auge behalten wollte, vielleicht war es gut, zu bleiben und dafür zu sorgen, dass er verhaftet werden konnte.

Draußen waren die Graffiti zu sehen, die gelben Blätter und der Bahnhof von Södertälje. Der Zug ruckte und hielt an.

Sie stiegen aus. Der Bahnsteig leerte sich schnell. Die Luft war kalt, es nieselte, klassisches Herbstwetter.

»Ich habe eine Idee«, sagte er. »Gib mir dein Telefon.«

»Warum?«

Er streckte die Hand aus. »Weil du seine Anwältin bist. Und wenn du ihn treffen willst, wird er auftauchen.«

»Niemals.«

»Ich werde nicht zögern«, sagte er und formte mit der Hand eine Pistole.

Der Bursche war so ruhig, er musste verrückt sein.

Emelie gab ihm ihr Handy, sie hatte keine andere Wahl.

»Was ist dein Code?«, fragte er.

Jetzt saß sie hier. Auf einer Beerdigung. Der Bischof hielt eine Rede.

Es war keine Frage, die in ihrem Kopf brannte. Es war eine Feststellung.

Es ist deine Schuld.

Du hättest Max nie dein Handy geben dürfen.

Das ist deine culpa. Blut an deinen Händen. Ein Leben ausgelöscht wegen dir.

Sie schluckte das Gefühl hinunter, sich übergeben zu müssen.

Der Bischof trug etwas, das wie eine Mischung aus einer schwarzen Robe mit goldenen Verzierungen und einem Hogwarts-Umhang aussah.

Seit den Schüssen auf das Auto waren einige Wochen vergangen. Normalerweise fand eine Beerdigung innerhalb von drei Tagen statt, aber die Polizei hatte sich geweigert – die Leiche musste untersucht werden und so weiter.

Die Kerzen, die alle in den Händen hielten, brannten langsam herunter. Die Flammen flackerten sachte. Der Chor sang erneut. Vielleicht lag es daran, wie alles angefangen hatte? Dass sie sich von Anfang an für Teddy entschieden hatte. Dass sie sich auf ihn eingelassen hatte.

Der Bischof schwenkte eine Öllampe über den Boden.

Gemurmel war zu hören. Die Leute redeten, quatschten, störten.

Emelie drehte sich um. Die Menschenmenge teilte sich.

Der Bischof verstummte.

Zwei blau gekleidete Wärter im Gang, dann kam er: Teddy. An Händen und Füßen gefesselt, die Fesseln rasselten laut. Sie hatten ihm erlaubt, an der Beerdigung seines Neffen teilzunehmen, obwohl er in Untersuchungshaft saß.

Emelie schaute ihm nicht in die Augen.

Linda rutschte nervös hin und her und sagte kein Wort. Teddy setzte sich neben sie in die erste Reihe. Die Wärter blieben im Gang und verdeckten die Sicht für die halbe Kirche.

Max war ständig in ihrer Nähe geblieben. Manchmal stieß er sie an, sodass sie die Bedrohung körperlich spürte. Er hatte immer noch ihr Handy.

Aber vor dem Bahnhof stieg er auf einen Elektroroller, ohne sich noch einmal umzudrehen. Es war, als würde er geradeaus ins Leere sprechen. »Wenn du versuchst, ihn zu warnen, bist du auch dran.«

Er fuhr davon.

Sie war allein, die Menschen strömten an ihr vorbei in Richtung Bahnhof. Zwei graue Wolken schienen am Himmel direkt aufeinander zuzusteuern, wie war das möglich? Konnte der Wind in zwei Richtungen gleichzeitig wehen?

Dann war ihr, als wäre sie aufgewacht. Sie drehte sich zu einer Frau um, die gerade vorbeiging.

»Entschuldigen Sie«, sagte sie, »ich bin in einer sehr tückischen Situation und muss telefonieren. Ich habe mein Telefon verloren.«

»Tückisch?« Die Frau trug einen geblümten Schal und lackierte Fingernägel.

»Ja, schwierig, eine Krise ganz einfach. Könnten Sie mir kurz Ihr Telefon leihen?«

Die Frau reichte ihr das Handy.

Emelie kannte Nikolas Nummer nicht. Sie rief die Polizei an. Der Beamte in der Notrufzentrale klang träge.

»Wir müssen einen Mordversuch verhindern«, sagte Emelie.

Sie winkte ein Taxi heran. Sie lieh sich das Telefon des Fahrers und versuchte noch einmal, Teddy zu erreichen, aber er hob nicht ab. Sie versuchte es noch einmal bei der Polizei, aber die sagten, sie wüssten nicht, wo Max sei. Fast schon hysterisch rief sie Linda an, hatte aber auch da kein Glück.

Sie fuhr direkt zur Polizeistation in Södertälje.

Als sie zum Empfang kam, sagte man es ihr. *Es ist zu spät. Ihr Mandant, Nikola, ist gerade erschossen worden.*

Jetzt saß sie da.

Teddy hatte einen breiten Rücken. Er drehte sich nicht um, und doch musste er ihre Anwesenheit in seinem Nacken spüren. Der Bischof sprach wieder, die fremden Worte in schnellem Rhythmus.

Es dauerte über eine Stunde, bis alle am Sarg vorbeigegangen waren. Emelie wartete draußen.

Sie hatte Linda und Bojan umarmt, auf die Wange geküsst und ihre Trauer ausgedrückt. Jetzt stand sie wie betäubt allein zwischen Hunderten von Menschen.

Die Luft war feucht, der Boden nass. Dann hörte sie wieder das Klirren der Fesseln. Teddy und seine Wärter kamen auf sie zu.

Sie sah keine Tränen, aber auf irgendeine Weise weinte er doch, sein Gesicht war verkniffen.

»Hallo«, sagte er.

Emelie trat zwei Schritte vor und verpasste ihm eine Ohrfeige.

Die Wärter schrien und stießen sie zurück. Die Leute um sie herum starrten sie erschrocken an, aber Teddy sagte nichts.

Er wusste, warum sie ihn geohrfeigt hatte. Es war seine Wahl gewesen, die den Weg für das geebnet hatte, was geschehen war.

Die Wärter blieben dicht bei ihm und schoben ihn vor sich her zum Auto. Teddys Rücken sah nicht mehr breit aus – eher gekrümmt. Gebeugt.

Auch sie hatte eine Wahl getroffen.

39
Isak

Der Flughafen Arlanda brauchte ein Facelifting. Ein Flughafen war die Vorhalle eines Landes – oder mehr noch, sein Wohnzimmer: Hier entstand der erste Eindruck, hier wurde das Gefühl für den Ort bereits am Eingang bestimmt. Arlanda war nicht gut gestaltet, nicht schön oder großartig. Es war nicht einmal besonders sauber. War Schweden so geworden? Hässlich und billig. Schäbig und schmutzig.

Vielleicht würden Max und er diesen Ort für lange Zeit zum letzten Mal sehen. Sie standen an der Sicherheitskontrolle und versuchten, wie normale Touristen auszusehen, genervt wie alle anderen von den verrückten Warteschlangen. Gesund und sauber, anständig und reisefertig. Isak hatte seine Uhr ins aufgegebene Gepäck gesteckt. Sein Inneres war alles andere als gesund und sauber. Er befand sich in einem Wirbelsturm, in einem stickigen Tunnel, im freien Fall, er wusste nicht was, er tastete, eilte, floh, bückte sich, um zu helfen. Sein Sohn war ein Mörder.

»Haben Sie irgendwelche Flüssigkeiten oder Computer?«, fragte die Sicherheitsbeamtin.

Max fummelte am Deckel seines Koffers herum: Er begann, seine Unterwäsche und Kapuzenpullover zu durchwühlen. »Ich habe doch das iPad hier reingetan, oder?«

Er musste ruhig bleiben. Max durfte sich nicht so unbeholfen bewegen, durfte keine Aufmerksamkeit auf sich ziehen.

Isak musste Max außer Landes bringen.

Isak hatte ihn vor ein paar Wochen bei María gefunden, in seinem Zimmer, auf dem Boden. Die PlayStation war ausgeschaltet. Stattdessen lagen seine alten Legosteine um Max herum. Seit einer Stunde liefen die Nachrichten. Die jüngste Schießerei, der Mord an einem jungen Mann in Södertälje, es gab nur grobe Informationen, aber Isak verstand, worum es ging. Er hatte Teddy gewarnt, leider zu spät.

»Was machst du da?«

Max' Finger waren schmutzig, seine Stimme flach. »Nichts.«

»Du hast meine Waffe genommen.«

Max baute mit den Legosteinen weiter.

Isak stand über ihm. »Wo ist meine Waffe?«

»Ich habe sie weggeworfen.«

»Was hast du vorher damit gemacht?«

»Nichts.«

Isak versuchte, ruhig zu atmen. »Lüg mich nicht an.«

Max sah überrascht aus.

Das war schrecklich – und mehr als krank, denn Nikola und Isak hatten eine Vorgeschichte. Damals, vor ein paar Jahren, hatte Nikola ihn verschont, obwohl er einiges herausgefunden hatte. Aber jetzt: Diese Geschichte spielte keine Rolle, dieser Schmerz spielte keine Rolle. Das Einzige, worauf er sich konzentrieren musste, war Max.

Aber musste er das? Sein Sohn hatte nur sich selbst die Schuld gegeben. Max hatte viele Chancen gehabt. Er war kein Kind mehr. Isak hatte versucht, ihn aufzuhalten, als er längst hätte loslassen müssen. Außerdem, wer war er, ihn zu kritisieren? Seine eigenen Entscheidungen waren nicht die besten gewesen. Sein Sohn schien zu glauben, dass er eine Art Auftragskiller war, aber Isak wusste, dass man Auftragskiller anheuern konnte, ohne *selbst* einer zu *werden*. Andererseits: Die *andere*

Seite überschattete alles. Max war das Einzige, was er auf der Welt wirklich liebte. Alle anderen Argumente verblassten vor dieser Tatsache. Nichts zählte mehr, wenn er seinen Sohn nicht retten konnte.

Er setzte sich auf den Teppich, es war das erste Mal seit über zehn Jahren, dass er auf einem Fußboden saß, wahrscheinlich das letzte Mal, als er mit Max gespielt hatte. Die Legosteine glänzten in allen Farben, als hätte sie jemand gewaschen und poliert.

Max war *immer noch* ein Kind.

»Wir müssen gehen. Sie werden dich hier suchen. Die Polizei.«

Max drückte zwei Legosteine zusammen. Er schien nicht zuzuhören, aber ausnahmsweise widersprach er nicht.

Später am Abend hatte die Polizei angerufen und Max zum Verhör vorgeladen. Isak hatte ihn lange im Auto herumgefahren, nach Stockholm und wieder zurück, immer auf den Hauptstraßen, immer in Bewegung.

»Ich weiß nicht, wo mein Sohn ist. Wird er verdächtigt?«

Die Stimme des Polizisten war sanft. »Er wird verdächtigt, einen Mord begangen zu haben.«

Isak musste herausfinden, was sie vorhatten, um lange Zeit untertauchen zu können.

»Wir wollen Sie auch befragen«, sagte die Polizei.

»Ich komme sofort.«

Das Gate: In zehn Minuten würden sie das Flugzeug besteigen. Weg aus Schweden, weg von dem Verdacht und dem Risiko, dass sie Max schnappen würden.

Am Anfang war Isak verwirrt gewesen. Er hatte Max in einer Airbnb-Wohnung in der Innenstadt untergebracht und ihm befohlen, rund um die Uhr mit einer PS5, geliefertem Essen und ein paar Freihanteln im Haus zu bleiben. Siebzehn Tage. Max beschwerte sich und jammerte. Isak war knallhart. »Mord, Max. Hast du verstanden? Sie werden dich sofort verhaften.«

»Ich habe nichts getan«, sagte Max.

Er konnte nicht wirklich beurteilen, ob sein Sohn die Wahrheit sagte oder nicht, aber die Polizei irrte sich selten, selbst wenn sie Schweine waren.

»Warum glauben die, dass ich es war?«

Isak hatte keine Antwort, aber das war schon während des Verhörs, das sie mit ihm geführt hatten, klar gewesen, bei dem er kaum etwas gesagt hatte. Diese Sache würde sich nicht so schnell lösen lassen.

Während dieser Tage entwickelte er einen Plan. Max musste das Land verlassen, und Isak wusste, wohin.

Seinem Sohn war es nicht gelungen, vom *Skorpionfixer* eine Waffe zu bekommen, um Nikola zu erschießen. Die Polizei wusste das. Und Isak wusste, dass Max seine eigene Waffe genommen hatte.

»Ich brauche Energie«, sagte Max.

Am Automaten weiter hinten im Terminal gab es Coca-Cola, Cola Zero und verschiedene Energydrinks. »Ich habe letzte Nacht total scheiße geschlafen«, sagte Max. »Es ist cool, aus dieser Wohnung raus zu sein, die Wände waren dünn wie Reispapier.«

Isak hielt seine Karte an das Lesegerät des Automaten.

Es blinkte, und eine rote Diode leuchtete auf.

Er versuchte es noch einmal. Er steckte die Karte sogar in den Schlitz des Geräts.

Was war los, warum funktionierte seine Karte nicht mehr? Er wusste, dass er Geld hatte und dass noch mehr kommen würde. Der Verkauf der Immobilien sollte bald abgeschlossen sein. Josephine hatte ihn vor einigen Wochen kontaktiert und ihm mitgeteilt, dass Kim Barent sein Angebot erhöht hatte. Es gab nur einen Haken: Er wollte die zusätzlichen fünfzehn Millionen in bar bezahlen.

Isak war skeptisch. Am liebsten wäre er jetzt weg, weg von der Straße und dem Cash, aber die Anwältin hatte darauf bestanden. »Es ist zu gut, um es abzulehnen, wir finden sicher eine Lösung für alles.«

Aber der Deal zog sich hin, und das war Isaks Schuld. Er wollte verkaufen, doch er hatte nicht die Kraft dazu, er musste sich um Max kümmern. Außerdem stimmte etwas nicht: Josephine rief ihn fast jeden Tag an, vielleicht war Barent *zu sehr* daran interessiert, dass er das Geschäft in bar abschloss.

Max sah mürrisch aus, er musste seinen Energydrink selbst bezahlen. Ein verwöhntes Kind. An den Wänden hingen Werbeplakate für verschiedene Kreditkarten mit Punktesystemen für Flugreisen. Vielleicht sollte Isak die Karte wechseln. Ein kleiner Teil von ihm mochte es, dass die Kreditkarte nicht funktionierte – es ließ ihn für ein paar Minuten an etwas anderes denken, die Situation mit Max vergessen.

Die Flugbegleiter standen am Gate und bereiteten sich darauf vor, sie an Bord zu lassen.

»*Wir begrüßen die Passagiere des SAS-Fluges nach Mallorca*«, rief eine flinke Stimme.

Die Schlange bildete sich schneller als erwartet, alle wirkten gestresst, obwohl sie nummerierte Plätze hatten, die ihnen niemand wegnehmen konnte.

Eine Frau und ein Mann traten vor und schoben sich an Isak und Max vorbei.

»Wir kommen alle an Bord, Sie brauchen nicht zu drängeln«, sagte Isak.

Der Mann und die Frau drehten sich um. Ernste Gesichter. Kein Gepäck.

Leise wiederholte er den letzten Gedanken: Sie hatten *kein Gepäck.*

Es war zu spät.

»Wir sind von der Polizei«, sagte der Mann und hielt eine Art Ausweis hoch.

Isak drehte sich um. Er zog an Max, sie mussten weg.

»Lauf, Junge«, flüsterte er.

Hinter ihnen standen drei identische Personen – ohne Gepäck. Es war *wirklich* zu spät.

Der Polizist klang beinahe traurig. »Sie sind verhaftet.« Max trat ein paar Schritte zur Seite.

Sie mussten sich geirrt und Isak mit seinem Sohn verwechselt haben.

Der Mann drehte sich zu Max um. »Du kannst in das Flugzeug steigen, wenn du willst. Aber wir nehmen deinen Vater mit.«

»Papa?« Max' Gesicht war durchscheinend, die Arterien unter der Haut sichtbar, ein Venen-Delta.

Der Polizist redete weiter auf Isak ein. »Sie stehen im Verdacht, schwere Steuervergehen und schwere Buchhaltungsdelikte begangen zu haben. Wir nehmen Sie mit zum Verhör.«

»Was zum Teufel …«

Der Polizist packte ihn fester am Arm. »In Ordnung, immer mit der Ruhe. Sie kommen mit mir.«

Isak gegen fünf. Es könnten sogar noch mehr Polizisten sein. Isak gegen den Rest der Welt. So wie es immer war.

Das musste Kim Barents Schuld sein, der Typ machte wohl Ärger, weil sich der Deal so lange hinzog. Aber die Kreditkarte, die hier in Arlanda nicht funktioniert hatte – die konnte Barent nicht manipulieren. Es mussten die Bullenschweine sein, die seine Konten gesperrt hatten. So wie sie es immer taten, wenn sie die Leute nicht für richtige Verbrechen festnageln konnten. Erst jetzt, nach all den Jahren, waren sie hinter seinem Geld her.

Es war so mühsam.

Isak hatte vorgehabt, etwas zu vollziehen, was noch niemand getan hatte, und jetzt wurde er von der Polizei verhaftet. Gleichzeitig kribbelte sein Magen vor Freude – sein Sohn würde nach Spanien fliegen. Max würde davonkommen.

40
Teddy

Das Auto holperte über den Schotter. Die Wärter saßen auf dem Vordersitz und unterhielten sich, als wäre nichts geschehen. Sie waren gleichgültig, kaltherzig, sie hatten zu viele Tragödien gesehen und keine Energie, für noch eine weitere zerstörte Familie Empathie zu empfinden.

Die Handschellen wetzten. Seine Wange brannte. Er wusste, dass er kaputt war, das war er seit dem Mord, aber jetzt brach die ganze Scheiße wieder auf. Der Gefängnisarzt hatte ihm irgendein Antidepressivum verschrieben, das nichts linderte.

Nikolas Vater, der bei der Beerdigung neben ihm gesessen hatte, lebte in Barcelona. Teddy hatte ihn seit mehr als fünfzehn Jahren nicht mehr gesehen.

Linda nickte ihm zu, aber sie durfte ihn nicht umarmen. Bojan rührte sich nicht.

Emelie, die in der Reihe dahinter saß, starrte geradeaus, so scharf, dass ein Blinder sie hätte sehen können, aber sie interessierte sich überhaupt nicht für ihn.

Wer konnte es ihr verdenken? Nikola war tot, darum ging es bei der Beerdigung. Er hatte keinen Platz in dieser Trauer, er musste seine Verzweiflung allein ertragen.

Ali Zwei war nach vorne gestürmt, die Wärter versuchten, ihn zurückzuhalten. »Mein Bruder«, sagte er, »ich weine mit dir, Teddy. Wir werden uns rächen.«

Teddy sah auf seine Hände hinunter. Seine Haut war so matt wie das Metall der Handschellen. Bilder gingen ihm durch den Kopf. Zuerst hatte er nicht bemerkt, was das knallende Geräusch war. Es war seltsam, Schüsse waren nichts Ungewöhnliches, zumal er selbst schon ähnliche Waffen in der Hand gehabt hatte. Trotzdem begriff er es nicht.

Er stand dreißig Meter weiter im Wald. Bereit, Kerims Revolver wegzuwerfen. Die Tasche in der Hand, fünfzig Meter weiter ein kleiner See, eine dunkle Fläche, die nach Moos und Schlamm roch.

Er rannte zurück zum Auto.

Die Windschutzscheibe war zerbrochen.

Er riss die Fahrertür auf. Er verstand es immer noch nicht, bis er sah, wie Nikola sich bewegte, zuckte.

Er hatte die Waffe in der Hand, ließ sie auf den Boden fallen, warf sich nach vorne, überall Blut, Nikolas Hals, Schultern, Brust, Kleidung: nass. Teddy versuchte zu sehen, wo er getroffen worden war. Nikola gurgelte, spuckte Blut, schrie unverständliche Worte. Dann fiel er in unnatürlicher Haltung gegen das Lenkrad.

Teddy beugte sich vor, lauschte in die Stille und versuchte, seinen Atem zu hören.

Er legte seinen Mund an Nikolas, sein eigener Gaumen war voller Blut und Speichel. Er versuchte, Luft einzuatmen.

Gleichzeitig schoss ihm ein anderer Gedanke durch den Kopf: Er musste die Waffe loswerden, die Kerim Celali Nikola gegeben hatte, aber nicht jetzt, wo sein Neffe vor seinen Augen verblutete.

»Nikola«, sagte er. »Kannst du mich hören?«

Jemand hupte im Hintergrund.

»Bitte.«

Er versuchte, Nikola über die Sitze zu legen, seine Beine ragten heraus. Überall Blut und Scherben. Er sah seinen Neffen an, aber nicht wirklich, er nahm nichts bewusst wahr, Nikolas zerschmetterter Oberkörper gehörte zu jemand anderem.

Teddy presste seine Hände auf Nikolas Brust. Er drückte, Kompression, versuchte sich zu erinnern, wie man das machte.

Draußen hörte er Schreie. Alles war verschwommen.

Herzmassage. Drei-vier-fünf.

Wann sollte er wieder Luft hineinpusten?

»Wir übernehmen jetzt«, rief ihm jemand zu.

Sechs-sieben-acht.

»Ich sagte, wir übernehmen jetzt.«

Teddy blickte in das flache Gesicht eines Uniformierten, der sich gegen den Wagen lehnte. Wie waren sie so schnell hergekommen? Die Schüsse dröhnten noch in seinen Ohren.

Der Polizist stieß ihn weg, beugte sich vor und begann, Nikola auf die Brust zu drücken.

Es spielte keine Rolle.

Teddy wusste schon, dass es zu spät war.

Er war wegen eines schweren Waffendelikts verhaftet worden. Er erinnerte sich weder an die Verhöre noch an das, was sein Anwalt oder der Staatsanwalt gesagt hatten. Er wusste nicht einmal mehr, wie es zu seiner Verhaftung gekommen war.

Er saß zum zweiten Mal innerhalb weniger Monate in einer Zelle, und es war schlimmer als je zuvor, selbst nach acht Jahren.

Die Trauer füllte seinen Kopf und verdunkelte seinen Blick. Sie warf ihn ins Meer, wie Müll, und trieb ihn in verschiedene Richtungen, aber immer in die gleiche, nach unten, wo kein Licht hinkam, wo die Düne nur mit verrottendem Abfall gefüllt war.

Er wusste, dass er in seiner Verlorenheit so tief sinken konnte, wie er wollte. Hinab in den Schlamm, an einen Ort, aus dem er nie wieder herauskommen würde, wo der Schmerz wie Zement in seinem Blut erstarrte.

Die Gefängniswärter erzählten, dass Kerim und viele von den anderen auch in Gewahrsam genommen worden waren.

Er hatte keine Kraft, darüber nachzudenken.

Aus Minuten wurden Stunden. Die Stunden dauerten Tage.

Er saß wochenlang.

Das Einzige, woran er gedacht hatte, war sein Antrag, an Nikolas Beerdigung teilzunehmen, aber jetzt, im Auto des Gefängnisdienstes, quälten ihn andere Fragen. Dinge, mit denen er sich nicht hatte beschäftigen können.

Es war ein verrückter Zufall. Er hatte seinem Neffen helfen wollen. Kerim Celali hatte die Gelegenheit genutzt und Nikola seine Waffe gegeben.

War Isak Nimrods Sohn der Schütze?

Sie fuhren auf die Autobahn. Die Scheiben waren getönt, alles draußen sah grau aus, was es wohl auch war. Die Begleiter unterhielten sich über Frauenfußball.

Nebel, Kopfschmerzen, schlechter Schlaf. Teddy musste hier raus, das wusste er – er wollte herausfinden, wer Nikola getötet hatte, aber das war nicht alles. Seine Kontaktperson war am selben Tag aufgetaucht, an dem er verhaftet worden war, am selben Tag, an dem er versucht hatte, seinen Neffen zu retten.

»Du kannst nicht alle zwei Monate hier landen«, sagte sie gefühllos. »Ich kann dich nicht jedes Mal rausholen.« Ihr goldenes Kreuz baumelte wie immer an der Außenseite ihrer Bluse.

»Sie haben einen Maulwurf in Ihren Reihen«, sagte er.

Die Kontaktperson faltete die Hände. »Was meinst du damit?«

»Ich habe gehört, wie Kerim mit jemandem im Kulturverein gesprochen hat. Jemand, der ihn gewarnt hat.«

Sie unterhielten sich eine Weile, oder besser: Die Kontaktperson versuchte, ihn auszuquetschen. »Was genau hast du gehört?« – »Was hat Kerim noch gesagt?« – »Was hat er über seinen Infiltrator erzählt?«

Teddy hatte keine Antworten, er brachte kaum ein Wort heraus. Diese Kontaktperson war einfach zu krass: Sein Neffe war gerade erschossen worden, und jetzt sollte er sich an der Aufklärung beteiligen, als wäre er ein Bulle.

Am nächsten Tag kam sie wieder.

»Geht es heute besser?«

Teddy lag auf seiner Matratze, er konnte nicht einmal mehr weinen.

»Sei froh, dass du im Wald warst, als die Attacke passiert ist«, sagte die Kontaktperson. »Aber um die Sache mit dem schweren Waffendelikt kommst du vermutlich nicht herum.«

Teddy setzte sich auf. *Sei froh.* Sie wusste es also nicht, es gab nichts, was im Augenblick erfreulich war. Diese Frau, die ihn leiten sollte, wusste nicht, dass es sein Neffe war, der ermordet worden war, sonst hätte sie so etwas nicht gesagt.

»Was weißt du über den Mann, der erschossen wurde?«, fragte sie.

»Nicht viel«, sagte er. »Was wissen Sie denn?«

»Nikola Lind«, seufzte Cilla. »Wir haben nicht viel über ihn. Er hat mal in einem Heim gesessen, war ein Bestandteil von Kerims Netzwerk.«

Jetzt war es hundertprozentig sicher, dass sie nichts über seine Beziehung zu Nikola wusste. Es war verrückt – wie konnte sie so ahnungslos sein?

»Sie können gehen«, sagte er.

»Nein, wir müssen noch mehr über das reden, was du mir gestern erzählt hast. Über den Warnanruf, den Kerim bekommen hat, dass wir einen Infiltrator bei uns haben könnten.«

Sie hockte sich an die Wand, um auf gleicher Höhe mit ihm zu sein, was für ein Miststück.

»Sie können gehen«, wiederholte er.

»Wir konnten nicht verhindern, was passiert ist«, sagte sie und lehnte sich an die Wand, als wäre es ihre Zelle.

»Das ist mir egal. Ich kann nicht mit Ihnen arbeiten, wenn Sie einen Maulwurf haben.«

»Ich werde den Maulwurf ausräuchern.«

»Es ist zu spät, ich bin vielleicht schon verbrannt. Dann bin ich tot.«

»Du bist nicht verbrannt, sonst hätte Kerim euch nicht so im Kulturverein versammelt.«

»Das spielt keine Rolle. Irgendjemand bei euch wird mich verraten.«

»Du musst mir vertrauen.«

Teddy legte sich wieder hin. Auf so einen Blödsinn wollte er gar nicht erst eingehen. Einer Kontaktperson von den Bullen vertrauen? Gleichzeitig musste er an Lucas denken. Wenn Teddy für ein schweres Waffendelikt verurteilt wurde, wartete eine jahrelange Gefängnisstrafe auf ihn. Lucas' Kindheit?

»Ich kann dafür sorgen, dass du nicht verurteilt wirst«, sagte sie, als hätte sie seine Gedanken gelesen. Er hatte sie schon einmal so reden hören – Immunität vor Strafverfolgung.

»Wie?«

»Ich werde es arrangieren, aber unter einer Bedingung.«

Er hatte gewusst, dass so etwas kommen würde.

Sie stand auf. »Ich sorge dafür, dass du verlegt wirst, aber es kann bis zu drei Wochen dauern, bis eine Verlegung genehmigt wird. Die Mühlen der Bürokratie mahlen langsam. Früher oder später landest du in der Zelle schräg unter der von Kerim Celali, in Nummer 34. Stopfe ein bisschen Toilettenpapier in den Spülkasten und spüle ein paarmal, dann wird der Ablauf von Wasser befreit. Ich werde dafür sorgen, dass Celali die gleiche Methode kennt. Ihr werdet miteinander kommunizieren können wie mit einem Telefon.«

»Worüber sollten wir reden?«

»Wir wollen ihn wegen versuchten Mordes verurteilen. Was wir jetzt haben, reicht nicht. Er hatte nicht einmal eine Waffe, als wir ihn festgenommen haben.«

Der Wagen hielt. Teddys Handschellen wurden überprüft, bevor er aus dem Auto stieg. Sie schlossen seine Tür von außen mit einem Klick auf.

»Es ist gut gelaufen«, sagte einer der Beamten. »Bis auf die Ohrfeige.«

Nichts war gut gelaufen.

»Da wärst du wieder im Hotel Flemingsberg«, sagte der andere.

Einer ging vor ihm, einer hinter ihm. An manchen Türen hielten sie Taschenlampen hoch oder gaben Codes ein, an anderen drehten sie ihre Gesichter zu den Überwachungskameras, damit der zentrale Wachmann sie öffnen konnte.

»Es ist der Wilde Westen in Stockholm, die Haftanstalt ist überfüllt.«

»Und?«

»Du musst den Raum wechseln«, sagte der erste Wärter. »Von jetzt an bist du in Zelle Nummer 34.«

Es war noch kein Monat vergangen. Die Mühlen der Bürokratie hatten gemahlen. Teddy hatte nicht einmal Ja gesagt.

41
Gabriel

Die Sig Sauer P226 war Standard, heute übten sie mit einer aufgeschraubten Laserzielvorrichtung. Dann nahm jeder von ihnen eine M5 desselben Kalibers und eine Schrotflinte in die Hand – die würden sie benutzen, wenn sie sich gegen Hunde verteidigen mussten –, und schließlich schoss Gabriel ein paar Runden mit dem G36 von Heckler & Koch. Letzteres war ein automatisches Gewehr und gehörte nicht zur normalen Ausrüstung der Polizei, aber von der Aktionsgruppe Acht wurde erwartet, dass sie die gleichen Situationen meisterte wie die Task Force. Das erforderte Schlagkraft.

Mit einem automatischen Gewehr zu schießen, war wunderbar, das Gefühl ließ sich in einem Wort zusammenfassen: Kraft. Das G36 war auch viel moderner als die automatischen Gewehre, die er in der Armee benutzt hatte, aus leichtem Material mit zuverlässiger Optik. Der Griff war beidseitig bedienbar, was Gabriel als Linkshänder entgegenkam. Der Schaft, der bei Einsätzen in engen Räumen eingeklappt werden musste, ließ sich mit einem Handgriff absenken. Der Abzug hatte das perfekte Gewicht. Der Rückstoß gegen die Schulter erzeugte einen Rhythmus, die leichten Stöße ließen die Wange erzittern, das Klirren der Patronen auf dem Boden klang wie Wassertropfen durch die Ohrenschützer.

Die Wahrheit war, dass er das G36 noch nie in der Praxis benutzt hatte.

Dreißig Runden waren schnell verschossen. Rauch quoll aus der Mündung.

André lachte neben ihm. »Das Ding passt dir wie angegossen, wirklich. Vielleicht solltest du eins mit nach Hause nehmen?«

Mal wieder ein onkelhafter Vergleich: *André classique* – aber Gabriel konnte nicht lachen. Die Angst drückte wie eine Gewichtsweste auf seine Brust. Seit Wochen wartete er darauf, entdeckt zu werden. Jeden Tag wuchs die Angst, obwohl sie eigentlich eher abnehmen sollte.

Der Infiltrator von Cilla Frank musste über die Vorgänge im Kulturverein berichtet haben. Dass Kerim Celali von jemandem gewarnt worden und die Falle geplatzt war. Der Boss selbst hatte Gabriel erzählt, er habe »den Jungs gesagt, ich hätte Informationen bekommen und dass wir Besuch von den Bullen bekommen«. Kerim war ein größerer Idiot als er selbst.

In ihm wuchs noch etwas anderes. Nachts, wenn er einschlief: die Bilder der Drohne, das Mündungsfeuer der Waffe, die den Jungen im Auto getötet hatte. Morgens, wenn er sich aufgerafft und Alma geweckt hatte, saß er in der Küche, die erste Tasse schwarzen Kaffee vor sich, und wartete darauf, dass die Eier in der Pfanne gar wurden. In seinem Kopf zischte Cilla Franks Stimme: »Wir warten.«

Auf dem Dach der Polizeistation, die Zigarette in der Hand, die Glut fraß sich hinein wie die Kälte, die seinen Körper durchdrang, der Geschmack von Blut in seinem Mund, dasselbe Blut, das er in jener Nacht vor dem Lieferwagen ausgespuckt hatte, als er hinausgestolpert war, nachdem seine Kollegen berichtet hatten, der Täter sei auf den Radweg abgebogen und verschwunden, als sie verkündet hatten, der Junge im Auto sei gestorben.

Nikola Lind hieß er.

Es war immer noch ein ungeklärter Mord. Gabriel hatte das

Gefühl, dass niemand versuchte, den Fall aufzuklären. Es war nicht die Polizei, die ihn getötet hatte – aber sie hatten eine Streife etwa hundert Meter entfernt, als er und Cilla Frank die Waffe in den Händen des Täters sahen. Es wäre noch Zeit gewesen, Nikola zu retten, wenn sie sich nicht eingemischt hätte. Er war angewidert, von sich selbst und seinen Kollegen, vor allem aber von ihr, Cilla Frank. *Wir warten.*

Der Mord und die Ermittlungen waren nicht sein Gebiet – er musste auf der Straße sein und etwas bewirken, praktisch. Deshalb hatte er seinen Pakt mit dem Teufel geschlossen, um Verbrechen, Gewalt und Elend zu bekämpfen und Tragödien zu verhindern. Aber zuzusehen, wie ein Junge von einem unbekannten Mörder hingerichtet wurde, ohne sein Leben zu retten, war nicht nur falsch, es war grundlegend falsch. Es zerstörte alles, wofür er stand.

Cilla Franks Schuld. Cilla Franks Entscheidung. *Abwarten.* Cilla Frank mit Blut an den Händen.

Gleichzeitig war auch er nur wenige Kilometer vom Tatort entfernt gewesen, er war derjenige, der die Befehle gegeben hatte. Er war derjenige, der Kerim Celali ausnützte, aber er hatte seine Ohren davor verschlossen, was sein Handeln zur Folge hatte, er hatte seine Augen davor verschlossen, wer eigentlich wen kontrollierte. Die große Frage, an die er nicht einmal denken konnte, war: Hatte der Große Bruder ihn die ganze Zeit benutzt?

Wegen der gefälschten Chats saß Kerim in Untersuchungshaft. »Der Chat ist ein starkes Indiz«, sagte Cilla Frank, »aber wir konnten das angebliche Mordopfer nicht finden. Ich bin mir nicht sicher, ob es überhaupt existiert.«

Sie begriff immer noch nicht das Ausmaß dessen, was Kerim versucht hatte.

»Was ist mit Ihrem Infiltrator, kann er nicht etwas herausfinden?«

»Ich habe Ihnen doch gesagt, dass eine Kontaktperson nicht über ihre Quellen sprechen darf. Über meine Infiltratoren kann ich nichts sagen. Aber Sie haben recht, ich werde sehen, ob ich mehr herauskriegen kann. Es wäre der Sieg meines Lebens, wenn ich diesen Irren für immer aus dem Verkehr ziehen könnte.«

Vielleicht war das Gabriels Chance, wirklich auszusteigen. Zu ändern, was schiefgelaufen war, ohne mit Alma in eine andere Stadt ziehen zu müssen.

Und was war mit ihr? Mit Alma stimmte etwas nicht, es war schlimmer als sonst. Sie weigerte sich strikt, in die Schule zu gehen, blieb einfach zu Hause in ihrem Zimmer oder schloss sich auf der Toilette ein. Sie betätigte die Toilettenspülung und duschte am laufenden Band. Hatte sie eine Essstörung? Hygienehysterie? War es eine Folge davon, dass Kerim Celali ihn mit der Goldkette geschlagen hatte?

»Holen wir uns einen Döner zum Mittagessen?«, fragte André, als sie die Waffen dem zuständigen Ausbilder zurückgegeben und den Pulvergeruch abgewaschen hatten.

Gabriel schüttelte den Kopf. »Nein, ich muss nach Hause zu Alma. Sie weigert sich, in die Schule zu gehen.«

Das stimmte. Mindestens zweimal am Tag sah er nach ihr. Wenn er nach Hause kam, war sie in ihrem Zimmer. Sie wollte nicht reden.

Später am Abend tat er etwas, was er noch nie getan hatte: Er schickte Zeinab eine Nachricht. *Wie wäre es mit einem Drink oder vielleicht einem Kaffee?*

Sie trafen sich im Café Fresh im Zentrum von Skärholmen. »Ich trinke um diese Zeit keinen Kaffee«, sagte sie.

»Dann hätten wir uns auch in einer Kneipe treffen können. Auf einen Martini.«

Zeinab schüttelte den Kopf. »Ich trinke auch keinen Martini.«

Sie bestellte einen Früchtetee. Gabriel nahm eine Cola Zero. Der Tisch war klein und rund, er rückte näher an sie heran.

Sie hatten oft über Alma gesprochen, jetzt musste er über etwas anderes reden.

»Der Job, den ich habe, ich weiß nicht, ob er zu mir passt.«

Sie fragte, warum, wie er sich fühle, ob er schon immer so empfunden habe. Gabriel war kein Mann der Worte, aber er versuchte es. Er erzählte ihr von dem Jungen, der erschossen worden war, von Nikola, von der Staatsanwältin, die das Eingreifen verzögert hatte.

Zeinab hörte zu. »Ich glaube, in vielen Berufen muss man eine Rolle spielen«, sagte sie. »Man nimmt eine Art Position ein und kann dann nicht mehr davon abweichen. Das wäre nicht nur illoyal gegenüber deinem Beruf, sondern auch gegenüber den Entscheidungen, die du getroffen hast.«

»Macht es das besser?«, fragte er. Sie hatte das Wort »Rolle« benutzt, aber sie wusste nicht, wie recht sie damit hatte.

»Vielleicht nicht, ich glaube, dass man in seiner Position als Polizist ständig vor schwierigen Entscheidungen steht, aber das Ganze, was man tut, ist trotzdem eine gute Sache.«

Er führte das Glas an die Lippen. Die Cola war eiskalt.

Zeinab rückte den Stuhl noch näher an ihn heran, die Stuhlbeine scharrten dabei. »Du willst etwas Gutes bewirken, und ich muss sagen, das macht dich ziemlich unwiderstehlich.«

Im Flur roch es schon nach verbranntem Toast.

Alma saß am Küchentisch, aber die beiden Scheiben Brot lagen ungegessen vor ihr.

Er hatte sich von Zeinab verabschiedet, als Alma angerufen und ihn gebeten hatte, nach Hause zu kommen.

Das Scharren der Stuhlbeine hallte noch in seinen Ohren. Gabriel setzte sich neben sie, nicht ihr gegenüber.

»Mir geht es schlecht.«

»Ich weiß, Schatz. Ich habe dich gehört.«

»Was gehört?«

»Du hast dich im Bad übergeben.«

Alma stocherte in einem der Brote herum, der geschmolzene Käse lag wie dünnes Öl auf der Oberfläche. Genau so hatte sie das immer geliebt, als sie sieben war, als ihre Mutter noch lebte und mit den Käsescheiben durch die Küche lief, um sie auf das noch warme Sandwich zu legen.

»Papa«, sagte sie, »ich bin schwanger.«

Er konnte nicht anders. Er packte den Teller und schleuderte ihn weg.

»Wovon redest du?« Er wollte nicht schreien, aber er tat es.

»Ich habe mich getestet. Mein Gott, ich bin schon in der zwanzigsten Woche.«

Er stand über ihr. Es war unwirklich, er sah sich von außen, als würde eine Überwachungskamera von der Decke filmen. Zwanzigste Woche – wie konnte ihm das entgehen? Wie konnte *sie* es übersehen? Eine Weile war sie anders gewesen. Dann wurde ihm klar: Vielleicht wusste sie es schon lange.

Er beugte sich über sie, bereit, etwas Dummes zu sagen, aber er überlegte es sich anders. »Wer ist der Vater?«

Almas Augen waren groß und klar. »Das spielt keine Rolle. Ich werde mich um alles kümmern.«

»Sag mir, wer der Vater ist.«

Sie wollte das Baby in ihrem Bauch behalten, da war er sich ziemlich sicher.

Sie sagte: »Max.«

»Und wo ist er?«

»Er ist seit Wochen weg«, schluchzte sie. »Er antwortet nicht einmal auf meine Anrufe. Und in der Schule weiß niemand etwas.«

Später im Schlafzimmer verstärkte die fahle Dunkelheit alles, verwischte nichts. Gabriel hatte Zeinab bestimmt hundertmal angerufen, aber jetzt hob sie nicht ab, wahrscheinlich schlief sie. Er brauchte sie. Seine sechzehnjährige Tochter war von einem verschwundenen Gangster schwanger. Er würde Großvater werden. Alma würde Mutter werden.

Er wusste, dass es so nicht weitergehen konnte.

Er hatte die letzten Tage damit verbracht, sich zu fragen, was seine Verantwortung war.

Jetzt wusste er: Er musste das Leben seiner Tochter und seines zukünftigen Enkels schützen.

Er musste die Sache mit Kerim in Ordnung bringen.

Der Boss war eingesperrt, aber er war noch da.

Gabriel wusste, er tat das Richtige. Er würde ihn besuchen und beenden, was nie hätte beginnen dürfen.

Der Boss würde ihm zuhören.

Es würde ein leichter Abschluss sein.

42
Josephine

Zu Hause. Sonntag. Sie und Peder. Das hier würde gemütlich und schön, aber auch praktisch und schmutzig sein. Sie standen im Garten und wiesen den Gärtner an. Die Frühjahrszwiebeln würden jetzt, im Herbst, gepflanzt werden. Jossan trug Handschuhe und eine Arbeitshose, natürlich in denselben Farben.

Sie hatten das hier schon viermal gemacht, aber heute war es wie Safttrinken direkt nach dem Zähneputzen.

Es war alles Jossans Schuld. Eigentlich aber auch nicht.

Es war Peder, der, um seine Firma zu retten, seinen McLaren verpfändet hatte, was dazu führte, dass sie Conrad-Christophs Auto geliehen hatte. Der Rest war Geschichte. Es war, als wäre sie nicht für ihn da, wenn es um diese Fragen ging, warum hatte er sie nicht vor einem Jahr gewarnt, dass es mit ScreenKit nicht gut lief? Mein Gott, sie war immer noch Partnerin in einer der besten Anwaltskanzleien des Landes. Unternehmen zu helfen, war ihr Lebenselixier.

Er inhalierte sein Asthmaspray. »Du hättest ihm doch gegen das Schienbein treten können, oder?« Peders Stimme war hoch und erinnerte an Vanheden in den alten Jönssonligan-Filmen, die Jossan als Kind mit ihrem Vater gesehen hatte. »*Was ist mein Mensch für ein Mensch?*« – mit näselnder, anklagender Stimme.

Sie drückte eine Zwiebel in die warme Erde. Eigentlich hätte der Gärtner das selbst machen können, aber Jossan fand es lustig zu helfen. »Was hätte das für einen Unterschied gemacht?«

Wieder Schweigen. Das war Peders Art, seinen Ärger zu zeigen, den Mund zu halten, was nichts damit zu tun hatte, dass er keine Antwort hatte, sondern nur dazu diente, den Druck auf sie zu erhöhen.

Conrad-Christoph hatte sie bei der Polizei wegen Betrugs angezeigt, und sie würde verurteilt werden, vielleicht nicht wegen Betrugs, aber wegen Veruntreuung. Sie hatte die Adresse der Eigentümergemeinschaft selbst geändert, den Polizeibericht über den Unfall selbst entgegengenommen und dann die gesamte Kommunikation mit der Versicherungsgesellschaft selbst geführt, ohne Conrad-Christoph über irgendetwas zu informieren.

Peder dachte, dass der Graf seine Anzeige zurückziehen könnte, aber Josephine war Anwältin, sie wusste, dass es formal nicht möglich war, eine polizeiliche Anzeige zurückzuziehen – in den Augen des Staates war das jetzt geschehen, und nun kontrollierte die Staatsanwaltschaft die Ermittlungen. Aber gleichzeitig: Wenn Conrad-Christoph um eine weitere Vernehmung bat und sagte, alles sei ein Missverständnis gewesen, würde die Polizei die Ermittlungen einstellen, weil die Sache in ihren Augen nicht so ernst war.

Für sie war es umso schlimmer. Wenn sie verurteilt würde oder auch nur bekannt würde, dass sie im Verdacht stand, einen Mandanten betrogen zu haben, würde sie nicht nur im Handumdrehen ihren Job verlieren, sondern sie würde auch nirgendwo anders eine Anstellung finden. Autofahren unter Drogeneinfluss war zwar ein schweres Vergehen, würde aber nie an die Öffentlichkeit gelangen, da es sich um einen Bußgeldbescheid handelte. Einen Mandanten zu verraten, war hingegen die größte Sünde, die ein Anwalt begehen konnte.

Unmittelbar nach dem Vorfall in der Garage war sie zu Emelie gefahren, um Lucas dort abzusetzen, aber sie war nicht zu Hause und ging auch nicht ans Telefon.

Schließlich rief sie an: Offenbar hatte der Verrückte, der sie im Park bedroht hatte, jemanden erschossen. Das war das Irrste, was Josephine je gehört hatte – aber andererseits, als sie es Peder erzählte, sagte der nur: »Das ist die Schuld der Linken.«

Auch bei der Arbeit lief es nicht normal. Kim Barent hatte sie immer wieder gedrängt, den Deal endlich abzuschließen, aber Isak war nicht aufgetaucht, wie er es versprochen hatte, und danach war er kaum noch zu erreichen gewesen. Barent flippte aus, Isak sei »unverantwortlich«, er habe »sich lächerlich gemacht« und sei »ein *Anfänger,* der es bereuen würde«. In ihrer Welt war es nicht gerade *comme il faut*, dass Mandanten und Kollegen so miteinander sprachen, aber noch weniger, dass sie zwanzig Millionen in bar boten. Sie verstand nicht, warum Isak so zögerte, aber es schien ihm nicht gut zu gehen. Für sie ging es um ihre Existenz: Barent hatte ihr zwanzig Millionen gegeben, und Isaks Zustimmung zu fünfzehn Millionen war ihre einzige Chance, das, was sie für den Lamborghini ausgegeben hatte, zurückzubekommen. Sie würde die Verträge, Treuhandkonten und Transaktionsaufzeichnungen so fälschen, dass Isak Nimrod nichts merkte und Barent seine Grundstücke bekam. Isak musste nur endlich dem Verkauf zustimmen.

Im Nachhinein wirkte ihr Verhalten unglaublich dumm. Was hatte sie sich nur dabei gedacht, fünf Millionen Kronen von Kim Barent zu klauen?

Jetzt war die Chance vorbei. Gerade hatte sie erfahren, dass Isak verhaftet worden war. »Der verfickte Deal ist geplatzt!«, rief Barent. Natürlich – was dachte er denn?

Schlimmer war es für sie selbst.

Zurück von den Gedanken – Konzentration auf die Frühjahrszwiebeln. Peder strich sich ein paar Schuppen von den Schultern, die wie Schnee am Weihnachtsabend herabrieselten. »Du kannst nicht wegen eines Verbrechens gegen Conrad verurteilt werden. Du hast ja ein gleichwertiges Auto zurückgegeben«, sagte er. »Kann ich irgendetwas tun?«

Josephine hatte die Hände voll mit kleinen Tulpenzwiebeln. Peder dachte, dass sie das neue Auto mit dem Geld der Versicherung gekauft hatte. Sie hatte es immer noch nicht über sich gebracht, ihm zu sagen, dass die Versicherung das abgelehnt hatte. Das letzte kleine Detail behielt sie für sich: fünf Millionen Kronen.

Ein Piepton aus der Küche signalisierte, dass der Geschirrspüler fertig gewaschen hatte.

»Ich habe eine Idee«, sagte Peder.

Der Eingangsbereich der Wohnung in der Sturegatan war so groß wie ein Padelplatz. Überall standen ausgestopfte Tiere und diese verdammten Jeff-Koons-Hunde, glänzend und generisch. Das offensichtlichste Zeichen für schlechten Geschmack war nicht, dass man hässliche oder billige Kunst an den Wänden hatte, sondern dass man den gleichen Mist wie alle anderen hatte – das sichere Zeug, das Zeug, von dem jeder schon wusste, dass es schön *und* teuer war. Nathalie Djurberg und Peter Frie und die internationalen Trumpfkarten: Warhol als Nummer eins, Picasso als Nummer zwei, Richter als Nummer drei und dieser verdammte Hundefabrikant als Nummer vier. Männer, Männer, Männer. Schwätzer, Schwätzer, Schwätzer.

Conrad-Christoph stand am anderen Ende des Raumes. Er wartete. »Fredrika wird in einer Viertelstunde hier sein. Wenn sie dich hier sieht, ruft sie die Polizei.«

»Aber du nicht?« Josephine trug immer noch ihren Mantel, sie schwitzte.

»Ich möchte hören, was du zu sagen hast.«

Conrad war als reicher Mann geboren worden, aber wenn sein Gehirn reines Kokain gewesen wäre, hätte der Erlös nicht einmal für ein halbes Mittagessen in der Brasserie Astoria gereicht, hatte Josephine schon vor langer Zeit festgestellt. Es genügte zu hören, wie schlecht sein Schwedisch nach all den Jahren immer noch war.

Sie selbst hielt bei jeder Silbe inne, um die Ernsthaftigkeit ihrer Drohung zu unterstreichen. »Wenn du die Anzeige nicht zurückziehst, erzähle ich allen von Fredrika und Peder.«

Sie setzte alles auf diese Karte. Die Idee kam von Peder.

Der Graf stand so still wie die glitzernden Hunde von Koons. »Was meinst du damit?«

»Sie schlafen miteinander, das weißt du so gut wie ich. Sie tun es schon lange. *Ils baisent.* Und ich werde es allen erzählen. Du bist ein betrogener Ehemann. Gehörnt, wenn du das Wort schon mal gehört hast. Sie wird sich wahrscheinlich von dir scheiden lassen, wenn das rauskommt, und dann verlierst du nicht nur diese Wohnung, sondern kannst dir auch diese Scheißhunde nicht mehr leisten.«

Seine Augen traten hervor wie Eierhälften.

Verbaler K.o., dachte Josephine. Der steht nicht mehr auf.

Seine Schwäche, sein Mangel an Intelligenz, seine Unfähigkeit, Zusammenhänge zu analysieren. Peder hatte zugegeben, dass er und Fredrika eine Affäre hatten, aus der aber nie etwas Ernstes geworden war. Flirtnachrichten und angebliche Treffen, die laut Find my iPhone nicht an den angegebenen Orten stattgefunden hatten. Der Graf hätte die gleichen Merkwürdigkeiten erkennen können. So dumm war er nicht.

Josephine war enttäuscht von Peder, aber auch stolz auf ihn. Warum konnte sie nicht selbst die Wahrheit sagen?

Conrad-Christoph fummelte mit hochrotem Gesicht an seinem Telefon herum: »Fredrika kommt gleich, geh jetzt.«

»Sind wir uns einig?«, sagte Josephine und trat ein paar Schritte vor.

Der Graf trug samtene Pantoffeln mit aufgesticktem Familienwappen. Widerwillig streckte er die Hand aus. *»Je suppose.«*

Unten auf der Straße konnte sie nicht anders, als vor Freude einen lauten Schrei auszustoßen. Ein Schrei der Macht, ein Siegesschrei. Ein paar Kinder starrten sie an – in diesem Land sprach man nur laut, wenn man betrunken oder verrückt war.

Dann klingelte das Telefon. Es war Kim Barent.

»Ich habe Ihnen zwanzig Millionen Kronen für Isak Nimrod gegeben.«

Im Park auf der anderen Straßenseite waren die Bäume kahl. Sie wusste, worauf dieses Gespräch hinauslaufen würde.

»Und jetzt gibt es keinen Deal mehr. Nimrod wollte abhauen und wurde verhaftet. Also …«

Sie kam ihm zuvor. »Ich habe Sie verstanden. Natürlich bekommen Sie Ihr Geld zurück.«

Es war, als hätte sie sich das Handy besonders tief ins Ohr gesteckt, alle Geräusche außer seiner Stimme waren blockiert. »Gut. Ich erwarte, dass Sie mir das Geld zurückgeben. Am besten noch heute.«

Fuck. Fuck.

Pisse. Scheiße.

Hatte sie wieder laute Selbstgespräche geführt? Die Kinder im Park sahen sie an, als wäre sie betrunken, schwer gestört und gleichzeitig high von Kokain.

Sie hatte zwanzig Millionen in bar bekommen. Für fünf Millionen hatte sie einen Lamborghini Urus ST-X Street gekauft.

Die Rechnung war ebenso einfach wie erschreckend.

Das Problem mit dem Grafen hatte sie gelöst.

Nun stand sie vor einem viel größeren Problem.

43
Teddy

Der Brief war offensichtlich schon vom Gefängnispersonal gelesen worden. Die Hälfte des Umschlags war abgerissen und durch ein schmutziges Stück Klebeband ersetzt worden – sie versuchten nicht einmal zu verbergen, dass sie an allem herumgefummelt hatten.

Teddy zog ihn vorsichtig heraus, um nicht zu riskieren, dass noch etwas kaputtging. Er fragte sich, wann der Brief abgeschickt worden war, wie lange es gedauert hatte, bis er durch ihre klobigen Finger gegangen war. Er lebte Lichtjahre entfernt, wie das Bild eines Sterns, in dem die Wirklichkeit, die man wahrnahm, schon alt war, wenn sie auf die Augen traf.

Hallo, Teddy.

Der Brief war von Linda, das sah er an ihrer Handschrift: unsauber, mit großen Kringeln an den as und os, keine Buchstaben hingen zusammen, aber sie schrieb hundertmal schöner als er.

Ich weiß nicht, ob du dich an das erste Mal erinnerst, als Tata mit uns nach Serbien gefahren ist. Es war kurz vor Ausbruch des Krieges, und du hattest zum Geburtstag eine Wasserpistole bekommen, die du aus irgendeinem Grund mitnehmen durftest. Ich war bestimmt ein Drittel der Zeit klatschnass. Erinnerst du dich an die Geschichte, die uns Opa erzählt hat?

Die Ustaša hatten ihn in ein deutsches Gefangenenlager gesteckt. Sie hatten kaum zu essen, und er und die anderen bekamen Lungenentzündung, Typhus und Tuberkulose. Unter zweihundert Männern, die dort ankamen, überlebten nicht einmal fünfzig. An Ostern fand ein deutscher Gefängniswärter heraus, dass sie weder Fleisch noch Eier essen wollten, um an das Leiden Jesu zu erinnern. Der Wärter bestellte zusätzliche Lebensmittel und veranstaltete ein Festmahl. Schon vor dem Fastentag waren sie am Verhungern, Opa hatte vier Zähne verloren und war so schwach wie ein zweijähriges Kind.

Der Wärter rief ihnen zu: »Wer isst, braucht die ganze Woche nicht zu arbeiten.« Einer konnte nicht widerstehen. Der Wächter riss ihn zu Boden, hielt ihm den Mund auf und fütterte ihn. Da griff Opa ein.

Wie kann man so etwas wagen, fragte ich mich. Die Antwort von Opa war einfach. Würde. Der Wächter war im Begriff, die Ehre des Mannes und damit auch die Ehre unseres Opas mit Füßen zu treten. Danach erging es Opa nicht gut. Du weißt doch, wie verkrümmt seine Arme waren.

Teddy, du hast mit dieser Tradition gebrochen. Du hast gekämpft, als du aus dem Gefängnis kamst, aber jetzt hast du alles vergessen. Die Familie ist das Wichtigste. Porodica je sve. Du hast Nikola ins Gefängnis gebracht. Du hast ihn zum Verbrecher gemacht, obwohl du die ganze Zeit wusstest, wie gefährlich das ist.

Es ist deine Schuld, was passiert ist. Und jetzt ist Niko tot. Ich will nie wieder etwas mit dir zu tun haben.

Ich bin nicht mehr deine Schwester. Wir gehören nicht mehr zur selben Familie. Du bist für mich gestorben.

Linda

Teddy stand auf, warf den Brief auf den Boden und schrie. Er schlug mit den Händen gegen die Wand, warf sich aufs Bett und brüllte.

Da draußen war immer jemand gewesen, der auf ihn wartete. Linda und sein Vater – und Nikola: Das war der Preis für sein kriminelles Leben. Die Strafe dafür, dass er Nikola zu einem ähnlichen Leben inspiriert hatte. Jetzt war er allein. Er stand in ewiger Schuld.

Das Bett knarrte. Er beruhigte sich und sah hinaus. Das Metallgitter über dem Fenster war weiß gestrichen. Die Bäume in der Ferne waren dürr und nackt, ohne Energie und Vitalität.

Er versuchte, sich an seinen Großvater zu erinnern, aber er sah kein Gesicht vor sich. Das Einzige, woran er sich erinnerte, war ein Geruch, ein bestimmter Seifenduft, von dem er wusste, dass er Maya hieß. Er erinnerte sich auch an den fröhlichen Tonfall seines Großvaters, wenn er ihn *žaba* nannte, den kleinen Frosch.

Der einsame kleine Frosch.

Jetzt hatte er nur noch Lucas. Seinen eigenen kleinen *žaba.* Er stellte ihn sich vor. Wenn er und Lucas in der Eisdiele spielten und Teddy fragte: »Was kostet das?«, und Lucas mit seiner selbstbewussten Stimme antwortete: »Eine halbe Stunde.« Oder war es Nikola, an den er sich erinnerte? Die Gesichter verschmolzen, die Bilder gingen ineinander über, vermischten sich wie die Zutaten in einem Schnellkochtopf. Ein Winterspaziergang mit Bojan, der Lucas gefragt hatte, ob er wisse, wohin die Enten gingen, wenn das Wasser zugefroren war, und Nikola hatte mit noch selbstbewussterer Stimme geantwortet: »Sie sind im Schwimmbad, baden und duschen.« Er erinnerte sich an sein eigenes Lachen, als er seinen Sohn zum ersten Mal ein Schimpfwort hatte sagen hören, und beim Abendessen zu Hause hatte Nikola Teddys Nudeln bewertet: »Die sind verdammt gut.« Oder war es Lucas?

Er musste nachdenken, sich aus der Verwirrung lösen. Die Kontaktperson hatte ihm Anweisungen gegeben, hatte versprochen, ihn freizulassen, wenn er Celali aushorchte. Er sollte Informationen über den Fortgang der Mordermittlungen bekommen, aber er hatte nicht die Kraft, danach zu fragen.

Er zwang sich aufzustehen.

Die Toilette war aus Edelstahl, nicht aus Porzellan. Sie hatte keinen Deckel. Die Spülung war kein Knopf, den man drückte, sondern ein Plastikhebel, den man zog.

Er öffnete den Deckel des Spülkastens und legte so viel Toilettenpapier hinein, dass das Wasser fast über den Rand trat, dann spülte er ein paarmal, genau wie die Kontaktperson es ihm gesagt hatte.

Er beugte sich über die Klobrille. »Hallo?« Der Ton war hohl, hallte nach.

Er rief. »Bruder?«

Nichts geschah.

Er wiederholte die Prozedur eine Stunde später und noch eine Stunde später. Die ganze Nacht hindurch.

Um vier Uhr morgens bekam er eine Antwort. »Wer ist da?« Die blecherne Stimme klang wie diejenigen, die er als Kind durch die Metallrohre eines Klettergerüsts gehört hatte.

»Teddy.«

Ein Gurgeln oder Husten. Dann erkannte er, dass es Kerim war, der lachte. »Bruder, du bist ein Genie.«

»Weißt du, ich hab so oft hier gesessen, dass ich diesen Ort besser kenne als meinen eigenen Arsch.« Das glucksende Geräusch von Kerim Celalis Gelächter hallte wieder durch das Rohr, begleitet vom abgestandenen Geruch des Abwassers.

»Das mit Nikola tut mir leid«, sagte der Boss.

»Danke.«

»Wir können nicht so lange reden. Wenn sie reinkommen und uns über den Toiletten hängen sehen, ist es vorbei. Hast du Infos von deinem Anwalt?«

Teddy hatte keinen Anwalt, er begnügte sich mit dem, den das Gericht für ihn bestellt hatte. Das war ein sechzigjähriger Mann, der freundlich, aber gelangweilt wirkte.

»Nein, nichts«, sagte er. »Worüber denn?«

»Draußen läuft alles wie geplant. Das Zeug wird geliefert.«

»Ich habe noch nicht grünes Licht gegeben.«

»Nein, nein, aber wir können es trotzdem machen. Wir reden morgen weiter.«

Teddy hob den Kopf von der Klobrille und sah zur Tür, lauschte. Auf dem Flur war es ruhig, aber oben beim Boss war es vielleicht anders. Das war ein Anfang – genau das, was die Kontaktperson von ihm wollte. Wenn sie weiter so durch die Rohre redeten, würde der Boss irgendwann etwas sagen, auf das sie reagieren konnte.

Er setzte sich auf das Bett.

War sein Leben das hier wert?

So viele Jahre war er eingesperrt gewesen, und jetzt musste er mit dem Verlust von Nikola leben.

In Lindas Augen musste er auch mit einem schlechten Gewissen leben.

Vielleicht musste er sogar Isak Nimrods Sohn umbringen.

Trotzdem: Lucas.

Lucas existierte, und solange es ihn gab, würde es auch Teddy geben.

44
Gabriel

Entweder war es die Nervosität oder das Mittagessen, wahrscheinlich beides. Er und André waren zu Ica gefahren und hatten eine Tüte Eintopf gekauft, den sie in der Küche der Polizeistation gekocht hatten. Außerdem hatten sie jeder zwei Eier halb gebraten, die André nach schwedischer Tradition verkehrt herum auf den Eintopf legen wollte – und dann obszöne Mengen HP-Soße darüber gegossen.

»Weißt du, wofür HP steht?«, fragte André.

»Houses of Parliament. Was denkst du von mir?«

Andrés Grinsen hätte besser zu einem Achtjährigen gepasst. »Nein, HP ist die Abkürzung für Höllisches Pupsen.«

Vielleicht hatte er recht, dachte Gabriel, als er in der zentralen Wachstube des Gefängnisses Flemingsberg stand und einen Polizeiausweis vorzeigte, den er früher am Tag aus dem Zimmer eines Kollegen mitgebracht hatte. Er wollte nicht unter seinem eigenen Namen registriert sein, wenn er Kerim Celali besuchte, und die Wachen hinter dem Plexiglas schauten sich das Foto nie genau an.

Wie sollte das funktionieren? *Alma ist schwanger*, sagte sich Gabriel immer wieder. Jedes Mittel war erlaubt.

Die Schlösser öffneten sich automatisch, sie sahen ihn auf den Überwachungskameras. Wenn niemand Verdacht schöpfte, würden die Filme nach zweiundsiebzig Stunden gelöscht, erst dann wäre er hundertprozentig in Sicherheit.

Auf dem Flur empfing ihn ein Wärter und führte ihn zur Zelle. Fast alle, die heute im Strafvollzug arbeiteten, waren Einwanderer oder Einwanderer der zweiten Generation. »Ortaliener«, wie André jeden nannte, der eine Nuance dunkler war als Magdalena Andersson, das reimte sich auf *Italiener*. Auch Gabriel war in Andrés Augen ein *Ortaliener*, und dass es so viele neue Schweden im Strafvollzug gab, lag wahrscheinlich an der schlechten Bezahlung, vielleicht aber auch daran, dass diese Behörde eine Quote hatte, was auch für den Polizeidienst geplant war.

André verschlang den Rindfleischeintopf wie Brei. »Das Einzige, was fehlt, ist Rote Bete«, sagte er zwischen zwei Bissen. »Und beim Fleisch gehe ich einen Kompromiss ein. Die Typen bei Scan können nicht richtig schlachten.«

Gabriel aß viel langsamer, er hatte keinen Appetit.

Um zwanzig nach vier legte André das Besteck weg und lehnte sich zurück. »Ich habe nachgedacht«, sagte er.

»Worüber?«

»Darüber, warum sie Quoten für die Polizei wollen.«

»Da musst du etwas genauer sein.«

»Hast du Lust, dir meine Theorie anzuhören?«

Gabriel nahm einen Bissen. »Bis ich aufgegessen habe.«

André legte los. »Ich glaube, dass die christliche Moral während der Aufklärung ausgehöhlt und durch die Idee ersetzt wurde, dass alle Menschen eine angeborene Würde haben, unabhängig davon, ob sie den christlichen Tugenden entsprechen oder nicht. Jeder Mensch wurde als gleichwertig angesehen, weil jeder ein Selbst hat, etwas Inneres und Einzigartiges, das von unschätzbarem Wert und gleichwertig ist. Dann erkannten die Philosophen, dass das innere Selbst egoistisch sein kann, dass die Menschen im Allgemeinen ziemlich schmutzig sind, vor allem im Mittelalter, und sie fügten hinzu, dass man andere respektieren muss, ehrlich und freundlich sein muss und so weiter. In den verschiedenen Menschenrechtserklärungen der Vereinten Nationen heißt es, dass es nicht ausreicht, ein Selbst zu haben, sondern dass man auch andere respektieren muss. Diese alten christlichen Tugenden, die eigentlich durch die Idee ersetzt wurden, dass alle Menschen gleich sind, sind also in gewisser Weise zurückgekehrt. Verstehst du?«

Gabriel hatte André noch nie so lange und so tiefgründig sprechen hören – war es die HP-Soße, die das aus ihm herausholte, wie eine Art spirituelle Droge?

»Du meinst, wir sind alle irgendwie Christen?«

»Nein, ich bin sicher kein Christ, das weißt du. Ich meine, wir haben angefangen, Tugenden auf eine neue Art zu bewerten. Zum Beispiel schätzen wir einen Vergewaltiger nicht so hoch ein wie einen ehrlichen Bürger.« Er fuhr fort. »Das innere Selbst eines jeden Menschen, sein wahres Selbst, sein volles Potenzial, die Möglichkeit, sich selbst zu verwirklichen, wurde vor allem im zwanzigsten Jahrhundert extrem wichtig, weil es das Selbst war, das dem Menschen Würde verlieh, und nicht die alten Tugenden wie Frömmigkeit oder Zugehörigkeit zu einer bestimmten sozialen Schicht oder Ähnliches. Mit anderen Worten: Das Selbst wurde extrem wertvoll. Man wollte anerkannt werden, man wollte gesehen werden. Und das hat zu der Identitätspolitik geführt, die wir heute erleben, zu dieser ganzen Idee von Quoten in der Polizei. Jeder will anerkannt werden. Kapierst du?«

Gabriel nickte stumm. Er verstand überhaupt nichts, aber er wollte André nicht enttäuschen. Es musste die HP-Soße sein, die seinen Kollegen zu einem politischen Hobbytheoretiker ersten Ranges gemacht hatte.

»Identitätspolitik ist nicht immer falsch, sie ist gut, um Diskriminierung aufzudecken und anzuprangern, aber sie ist in anderer Hinsicht problematisch, weil sie leicht zu einem Ersatz für komplexere Erklärungsmodelle wie wirtschaftliche Ungleichheit wird. Darüber hinaus bedroht eine unverhohlene Identitätspolitik die Meinungsfreiheit, indem sie die Ansichten einiger privilegiert mit dem, was sie sind, gleichsetzt. In dieser Ideologie wird von Schwarzen erwartet, dass sie auf eine bestimmte Art und Weise denken, und diese Meinung ist wichtiger als die von Weißen, die auf eine andere Art und Weise denken sollen. Das größte Problem der Identitätspolitik ist jedoch, dass sie ständig eine entsprechende Identitätspolitik der extremen Rechten nach sich zieht. Das politisch korrekte Gerede hat die Schwedendemokraten mobilisiert. Es ist idiotisch, sich auf der Grundlage von Gruppenzugehörigkeiten zu organisieren, die für Nicht-Gruppenzugehörige nicht zugänglich sind. Das ist umgekehrter Rassismus.«

Gabriel schüttete noch mehr HP-Soße über seinen Eintopf, vielleicht würde ihm das helfen, den ganzen Kram zu kapieren. Er hatte André immer für einen Konservativen gehalten, aber das klang ganz anders. Es war ein echter Schwachsinn, rechts- und linkskritisch gemischte, gequirlte Rindereintopfkacke. Außerdem wusste in den Bereichen, in denen die Aktionsgruppe Acht aktiv war, niemand, was Aufklärung, Identitätspolitik oder *das innere Selbst* waren, und er auch nicht. Aber er hatte viel schlimmere Sorgen.

Kerim Celalis Grinsen war so breit, dass es seinen Kopf zu spalten drohte, als er bemerkte, dass Gabriel ihn besuchen kam.

»Mein Lieblingspolizist«, rief er.

Nicht mehr lange, dachte Gabriel.

»Wir haben draußen etwas Krasses am Laufen.«

Wie konnte der Boss etwas am Laufen haben, wenn er hier saß?

»Wir ziehen die größte Lieferung aller Zeiten durch.«

Gabriel wollte mehr wissen. »Wann?«

Kerim saß auf dem Bett und grinste immer noch. »Darum brauchst du dich nicht zu kümmern.«

Gabriel zog die Luft durch die Nase ein, es roch hier nach alter Banane. Plötzlich spürte er ein Brennen auf der Wange, dort, wo Kerim ihn mit der Goldkette getroffen hatte. Er straffte sich. »Es ist etwas passiert, das bedeutet, dass ich aufhören muss. Ich werde Vater.«

Kerims Erwiderung folgte umgehend. »Du hast doch schon ein Kind.«

Die Luft hier war abgestanden und schwer.

»Ja, aber ich kriege noch eins. Ich kann so nicht weitermachen, es ist zu gefährlich, ich denke, du verstehst das.« Gabriel hatte es sich gut überlegt, er wollte Alma nicht mit hineinziehen.

»Bullshit«, sagte Kerim.

»Das ist kein Bullshit.«

»Du machst weiter. Vor einiger Zeit hast du gesagt, du ziehst nach Göteborg. Jetzt redest du vom Kinderkriegen.«

Gabriel hatte gedacht, Kerim würde mehr Verständnis für Erziehung aufbringen, verdammt, er war eine Nervensäge.

Aber diesmal waren sie auf Augenhöhe, Gabriel ließ sich nicht beirren. Kerim konnte hier in Haft nicht durchdrehen.

»Ich höre auf«, sagte Gabriel.

Die Adern an Kerims Hals zogen sich zusammen. »Ich weiß, dass du mich runterziehen kannst«, sagte er. »Aber ich kann dich auch versenken, weißt du?«

Gabriel würde jetzt keinen Rückzieher mehr machen.

Es klang, als würde Kerim knurren. »Wenn ich falle, fällst du auch. Wir sind Brüder.«

Gabriel versuchte, seine Stimme sanft und hart zugleich klingen zu lassen. »Niemand wird fallen, wir werden einfach unseren eigenen Weg gehen. Es ist zu gefährlich, wenn ein Infiltrator bei dir ist. Ich werde ein Kind bekommen.«

»Nein.«

»Was meinst du mit nein?«

»Du wirst mir helfen, aber nicht so, wie du denkst«, sagte der Boss. »Ich weiß, dass sie nach Beweisen gegen mich suchen, also muss ich hier raus. Das wirst du organisieren. Du wirst mich hier rausholen. Ich werde türmen.«

Sieben Schlösser surrten, sieben Türen klickten, jede wog dreihundert Kilo. Gabriel war auf dem Weg nach draußen. In seinem Kopf drehte es sich schneller als die automatische Drehtür im Ausgangsflur. Er konnte dafür sorgen, dass Kerim lebenslänglich bekam, aber der Große Bruder konnte umgekehrt auch dafür sorgen, dass er selbst für viele Jahre ins Gefängnis wanderte.

Wie konnte er nur so naiv sein – wieder einmal. Erst dachte er, Kerim würde seinen Umzug akzeptieren, dann, dass der Boss wegen eines ungeborenen Kindes nachgeben würde. Der Große Bruder wollte mehr. Er klammerte sich fest und saugte ihn aus wie ein höllischer Blutegel. Er verlangte immer das Unmögliche. Es würde nie aufhören.

45
Emelie

Sie hatte Lucas auf das Sofa im Wohnzimmer gesetzt, einen Bildschirm in den Händen und Kopfhörer auf den Ohren.

»Was willst du mal werden, wenn du groß bist?«, hatte Emelie ihn vor ein paar Tagen gefragt.

»Filmarbeiter«, hatte Lucas geantwortet. Das bedeutete, die ganze Zeit Filme zu schauen – YouTube oder den Kinderkanal, das war seine Version von einem glücklichen und erfolgreichen Leben, vielleicht hatte er recht. Das wirkliche Leben war hart.

Normalerweise durfte er keine Kopfhörer tragen, Emelie wollte verstehen, was er sich ansah. Auf YouTube gab es viel seltsames Zeug, auch wenn der Algorithmus vernünftigerweise erkennen musste, dass der Zuschauer ein Kind war. Jetzt wollte sie nicht, dass *er sie* hörte. Der Telefontermin mit Teddy war seit letzter Woche gebucht, das Gespräch würde abgehört werden, aber immerhin nicht von Lucas.

»Mein Beileid«, war das Erste, was sie sagte. Sie durfte nicht über die Ermittlungen im Mordfall Nikola sprechen, das war nicht erlaubt, aber ihm ihr Beileid auszusprechen, das sollte doch gehen.

»Mir tut es auch leid.«

»Was wird dir vorgeworfen?«

»Schweres Waffendelikt«, sagte Teddy. »Aber ich bin unschuldig und kann wegen der laufenden Ermittlungen nicht mehr sagen …«

»… das ist alles vertraulich, ich weiß. Aber wenn du verurteilt wirst, bekommst du mindestens fünf Jahre, das ist dir doch klar, oder?«

»Ich weiß.«

Emelie wischte nebenher den Küchentisch ab, während sie zuhörte und sich fragte, ob er auf die Ohrfeige zu sprechen kommen würde, die sie ihm verpasst hatte.

Teddy stellte eine Menge Fragen über Lucas.

Sie war spät ins Bett gegangen, hatte sich bis fast vier Uhr hin und her gewälzt und sogar vergessen, die Jalousien zu schließen. Sie wachte auf, als das erste Sonnenlicht hereinbrach. Ans Einschlafen war nicht mehr zu denken, aber sie versuchte es trotzdem, naiv, denn nichts war schlimmer als die Trägheit der ersten Stunden eines schlaflosen Morgens. Sie konnte sich so früh nicht mehr konzentrieren, wie sie es vielleicht in der Zeit vor Lucas' Geburt noch konnte.

Sie drückte den Hörer näher an den Mund. »Ich habe das alleinige Sorgerecht beantragt.«

Teddy verstummte.

Es war nicht ihre Schuld. Teddy hatte sich für sein Leben entschieden, und Emelie hatte es wirklich versucht.

Es klang, als würde er schniefen. »Vielleicht werde ich entlassen.«

»Ja, vielleicht, aber soll Lucas damit aufwachsen, was meinst du? Mit einem Vater, der in Gefängnissen ein und aus geht. Auf den geschossen wird.«

»So bin ich nicht mehr.«

Emelie hörte nicht mehr zu. Teddy quatschte davon, dass sie nichts verstand, dass sie nicht wusste, was los war, dass er nicht der war, für den sie ihn hielt, dass er eigentlich eine ganz andere Rolle spielte, als alle dachten. Was hieß das, eine andere Rolle?

Gar nichts. Er konnte jede Rolle haben, die er wollte, er hatte sicher nichts mit dem Mord an Nikola zu tun – aber jetzt saß er im Gefängnis, und das war nicht gut für Lucas.

Vor ein paar Tagen hatte sich Linda bei ihr gemeldet, teils um rechtlichen Beistand zu bekommen, teils um zu reden und zu weinen.

»Hast du etwas von Teddy gehört?«, fragte Linda.

»Noch nicht. Er ist in Haft.«

»Ich habe ihm einen Brief geschrieben.«

»Es kann ein paar Tage dauern, bis er ankommt.«

»Das macht nichts. Irgendwann kann er ihn lesen. Emelie?«

»Ja?«

»Wie konnte das passieren? Warum bin ich nicht so geworden?«

»Wie Teddy und Nikola, meinst du?«

»Ja.«

»Ich weiß es nicht. Jeder Mensch ist anders. Tut mir leid.«

Lindas Stimme hörte sich eher wie ein Quäken an. »Nikola war auf dem besten Weg, aus der Scheiße rauszukommen, du weißt ja, wie wir uns abgemüht haben, Elektrikerausbildung und so. Dann haben sie seinen besten Freund Chamon erschossen, und dann ist er rückfällig geworden. Es ist nicht möglich, hier zu leben. Ich breche jetzt den Kontakt zu Teddy ab. Ich breche den Kontakt zu deiner Familie ab.«

»Bitte, Linda …«

Sie hatte schon aufgelegt.

Teddys Stimme war jetzt lauter. »Du weißt, dass ich mich gebessert habe«, sagte er. »Du weißt, wie sehr Lucas mich braucht, er braucht einen Vater.«

»Er hat einen Vater, aber es ist kein guter Vater«, sagte Emelie knapp. Sie hatte keine Lust mehr, darüber zu reden.

Teddy schnaubte, sprach schneller, so hatte sie ihn noch nie gehört, er klang wie ein anderer Mensch, vielleicht war es gar nicht so verwunderlich: Sie nahm ihm das Letzte, was er hatte.

»Dann habe ich einen Vorschlag«, sagte er schließlich und klang fast wie immer. »Ich lasse die Sache auf sich beruhen, ich überlasse dir das volle Sorgerecht für Lucas, ich werde nicht mit dir streiten, aber unter einer Bedingung.«

Jetzt hörte sie aufmerksam zu. »Was ist deine Bedingung, Teddy?« Es würde etwas Unmögliches sein – dass Lucas jedes Wochenende bei ihm war, oder noch schlimmer, dass sie wieder zusammenzogen und anfingen, zusammenzuleben, als wäre nichts geschehen. Wie sollte das gehen, wenn er eingesperrt war?

»Ich möchte, dass du meine Anwältin bist, dass du mir hilfst, hier rauszukommen.«

Vom Sofa kam ein Schrei: »Ich habe Hunger, Mama. Ich will Papas Spaghetti, die sind verdammt lecker.«

46
Isak

Bergsgatan. Kungsholmen. Ein schöner Stadtteil von Stockholm – nicht der schönste, aber wahrscheinlich der schwedischste. In Östermalm, dem teuersten Teil der Stadt, lebten Diplomaten, die reichsten Syrer und Iraner, die sich hier niedergelassen hatten und nirgendwoanders hinziehen wollten, sobald sie es sich leisten konnten. Hier auf Kungsholmen sahen die Menschen noch genauso aus wie damals, als er vor über dreißig Jahren hergekommen war.

Isak stand vor dem Kronoberger Gefängnis, er war durch das Tor nach draußen spaziert, nicht als freier Mann, aber immerhin als *entlassener* Mann. Fünf Wochen lang war er wegen des Verdachts auf schwere Steuervergehen, schwere Buchhaltungsdelikte und viele andere Kleinigkeiten, die er schon wieder vergessen hatte, inhaftiert gewesen. Sie meinten, er müsse nicht länger hier bleiben, aber er sei immer noch ein Verdächtiger, und es würde später einen Prozess geben.

Aber das war im Moment nicht sein Problem. Sein Problem war, dass er nichts hatte.

Die Farbe des Himmels erinnerte ihn an den Betonboden seiner Zelle. Ihm war kalt. Als sie ihn in Arlanda festgenommen hatten, hatte er sich für einen Urlaub im Ausland mit Max angezogen gehabt, aber jetzt war der Herbst rau, die Kälte war nicht mehr etwas, das nur am Abend herbeikroch. Außerdem roch die Kleidung nach Gefängnis, obwohl sie in einem Pappbeutel auf ihn gewartet hatte.

Er nahm sein Handy in die Hand: Der Akku war leer, es hatte im selben Beutel gelegen wie seine Kleidung. Weiter drüben in der Scheelegatan verschandelten kleine Mopeds die Geräuschkulisse. Er sollte in ein Restaurant gehen und nach einem Ladegerät fragen. Ferat oder einen der anderen Männer anrufen.

Sie hatten versucht, seinen Willen zu brechen, indem sie ihn jeden zweiten Tag verhörten: Sie spielten den guten Bullen, den bösen Bullen, sie spielten die ganze Skala durch, lehnten sich vor, lehnten sich zurück, boten Zigaretten und Schokolade an, fragten nach seiner Familie – sie schienen nicht einmal zu wissen, dass sein Sohn unter Mordverdacht stand –, sie lächelten, lachten über schlechte Witze, versuchten, Muster in seiner Art zu sprechen, in seinem Verhalten zu erkennen. Sie versuchten herauszufinden, wann er log. Obwohl sie in der Abteilung für Wirtschaftskriminalität an komplexen Ermittlungen arbeiteten, verhielten sie sich immer noch wie Anfänger oder *Newbies*, wie Kim Barent vielleicht gesagt hätte.

»Ich warte auf den Prozess, ich traue weder Ihnen noch dem System. Alles, was ich sage, wird gegen mich verwendet, also werde ich von jetzt an meinen Mund halten.« Er hatte sein Mantra. Das Einzige, was ihn wirklich interessierte, war, ob Max auf der Insel zurechtkam.

Sein Anwalt liebte ihn, Isak Nimrod verstand die Tricks besser als die Erfinder der Tricks selbst. Isak Nimrod hielt den Mund und atmete durch die Nase. Isak Nimrod trank freundlich den Tee, den ihm die Bullen anboten, und lächelte.

Jetzt hatten sie ihn freigelassen, aber er war deshalb noch lange kein Gewinner.

Das Leben im Gefängnis war wie das Leben draußen, nur schneller und komplizierter, kompaktere Zeiteinheiten, obwohl alles zäh und langweilig war. Vielleicht war es gerade die Tristesse, jeder Tag glich dem anderen, die Unterschiede verschwammen, bis sich eine ganze Woche wie eine einzige lange Stunde anfühlte. Er hatte Zeit zum Nachdenken gehabt, er hatte schon gewusst, was mit ihm geschehen würde, wenn er entlassen würde, aber jetzt überraschte ihn die Erkenntnis, sie war aggressiv, brutal: Er hatte *nichts*, und sein Sohn wurde des Mordes verdächtigt.

Sie behaupteten, er schulde dem schwedischen Staat über vierzig Millionen Kronen an Steuern und Bußgeldern. Sie hatten seine Kreditkarten gesperrt, seine Bankkonten eingefroren, seine Autos beschlagnahmt, sein Haus und sein Sommerhaus konfisziert und die Kontrolle über seine Immobilienfirma übernommen. Sie hatten sogar die monatlichen Unterhaltszahlungen eingefroren, die María für Max erhielt.

»Deshalb lassen wir Sie gehen, weil wir Ihr Vermögen gesichert haben«, hatte einer der schlauen Polizisten verkündet, als ob Isak es nicht selbst gemerkt hätte.

Handyakku leer. Kein Geld auf der Kreditkarte. Die Schlösser an den Türen waren ausgewechselt, das Gartenhäuschen zugenagelt, der Strom abgestellt. Er wusste nicht einmal, ob Max noch in Spanien war. Sein Anwalt hatte ein paar Anrufe von seinem Sohn bekommen, aber der Idiot hatte nicht gefragt, wo er war. Vielleicht war der Anwalt gar nicht so dumm: Wenn sein Sohn international gesucht wurde, konnte man nicht ausschließen, dass sie versuchten, sein Telefon abzuhören, also war es klug, ihm nicht zu sagen, wo man war.

Er würde Geld brauchen, um Max bis zur Klärung der Situation unterzubringen. Er wollte ihn nicht in einem geschlossenen Jugendheim, im Gefängnis oder unter der Erde verrotten lassen, von Teddy ausgelöscht. Sein Sohn würde unter anderen Umständen leben als er, nicht in einen Teufelskreis geraten. Kein *What goes around comes around.*

Irgendjemand musste sich darum kümmern, er konnte gutes Geld dafür bezahlen – aber im Moment hatte er nicht einmal Geld für eine Busfahrkarte.

Er musste mit María reden. Er brauchte Kohle. Er hatte Ferat und alte Geschäftspartner, die er fragen könnte, aber das brachte er nicht über sich. Er war ein mittelloser Versager, ein Verlierer, der nichts mehr hatte, dessen Sohn von allen gejagt wurde.

Er brauchte Menschen, die nicht von den Konflikten auf der Straße betroffen waren.

Er musste zu der Wirtschaftsanwältin gehen, sie konnte ihm helfen.

Er machte sich auf den Weg zu Josephines Büro. Der Wind blies durch seinen Pullover, er könnte hier genauso gut nackt herumlaufen. Der Rathausturm sah dunkelrot aus, blutig. Ihm war nicht nur kalt, die Kälte war in ihm, belagerte sein Herz. Würde er es überhaupt bis in die Innenstadt schaffen?

Die Schweden sahen ihn an, als wäre er ein wildes Tier – sie hatten sowieso keine Ahnung, wozu er fähig war.

47
Teddy

Sieben Quadratmeter, daran sollte er sich gewöhnen. Er atmete flach, die Luft wollte nicht bis in seine Lunge hinab. Er lauschte in die Toilette und versuchte, an nichts zu denken. Es war unmöglich.

Emelie hatte auf seinen Lösungsvorschlag nicht reagiert. Er wusste, dass es nach ihren Anwaltsregeln nicht möglich war, ihn zu verteidigen – er war der Vater ihres Kindes –, aber andererseits: Jetzt wollte sie ihm Lucas wegnehmen, das sollte es erleichtern. Sie war die beste Anwältin, die er kannte, und die einzige, die ihm einfiel, die ihn hier rausholen konnte, außer seine Kontaktperson schaffte es auf eine hässliche Art und Weise.

Er legte sich auf das Bett.

Die Sehnsucht nach Nikola durchbohrte sein Gehirn und zerschnitt die anderen Gedankengänge wie ein Winkelschleifer. Sollte er sich rächen? Musste er? Im Moment musste er an andere Dinge denken, er musste verstehen, was hier vor sich ging. Durch den Toilettenablauf hatte er einige wirklich seltsame Dinge gehört.

Er hatte jeden Tag in der Mittagspause mit Kerim geredet, wenn ihr Gespräch vom Klappern und Rauschen der Gänge übertönt wurde. Er hatte herausgefunden, dass Ali Zwei immer noch draußen war und sich um die Lieferung kümmern würde, aber Ali brauchte Informationen, Telefonnummern, Chat-Pseudonyme, Lastwagenfirmen, Fährzeiten, Orte und Zeiten. Teddy war sich nicht sicher, ob er das alles preisgeben wollte.

»Wie kann ich dir vertrauen, dass du das nicht selbst durchziehst?«

»Bruder, ich sitze, wo ich sitze. Ich brauche dich noch.«

»Ich sitze auch hier, und ich bin derjenige, der das Ganze organisiert hat. Das ist mein Deal.«

»Bruder, ich kannte dich vor einem halben Jahr noch nicht, aber weißt du, was die Schweden sagen? Jetzt *sitzen wir im selben Boot*. Kennst du diesen Ausdruck? Verstehst du das? Jetzt vertraue ich dir, und du vertraust mir. Wir sind Brüder.«

Die Lieferung war unterwegs, es würde passieren. Außergewöhnlich schweres Drogendelikt – das bedeutete achtzehn Jahre, aber dazu musste Teddy als Zeuge aussagen.

Kerim hatte sogar das Datum genannt, er war schlau, Heiligabend war eine gute Nacht. Aber es wurde noch krasser: Der Polizeispitzel hatte Kerim besucht. Teddy hatte ab und zu auf gut Glück gelauscht, er wusste nicht einmal, warum, vielleicht um den Kopf freizubekommen, er hatte gelernt, dass er nicht mehr als vier Blätter Toilettenpapier brauchte, um den Ablauf zu leeren. Vor ein paar Tagen hatte er den Boss mit jemandem reden hören, und es klang nicht so, als würde er mit einem Wärter, seinem Anwalt oder seinen eigenen inneren Dämonen sprechen.

Es war der echte *Maulwurf*, die Person, mit der Kerim gesprochen hatte, als er im Kulturverein gewarnt worden war. Das musste das größte Fiasko in der Geschichte der schwedischen Polizei sein: Sie hatten einen Maulwurf, der gerade den brutalsten Boss im Süden Stockholms besuchte.

Teddy hatte alles gehört.

»Es ist etwas passiert, das bedeutet, dass ich aufhören muss. Ich werde Vater«, sagte der Maulwurf, und man hörte, dass er gestresst war. *»Es ist zu gefährlich, wenn ein Infiltrator bei dir ist.«*

Der Maulwurf wusste, dass es ihn gab. Teddy sollte nicht

überrascht sein – und doch schlug sein Herz dreimal so schnell. Kerims Verdacht zu zerstreuen war etwas, das er beherrschte, er wusste, wie der Boss dachte, worauf er reagierte, aber ein Polizist, der seine Brüder betrog? Was war das für ein Mensch?

Heute würde es geschehen. Er hatte sie nicht selbst kontaktieren können, nur darauf gewartet, dass sie kommen würde. Einer der Wärter hatte angekündigt, dass er Besuch habe, der gleich da sei.

Jetzt würde er es ihr sagen. Bald würden sie in der Lage sein, den Maulwurf bei den Bullen zu enttarnen, und er würde ihr sagen, dass Celali die größte Lieferung des Jahres plante, er würde ihnen genug geben, um den Boss für achtzehn Jahre hinter Gitter zu bringen.

War er dazu bereit? War er frei genug? Frei von dem, was er war und immer gewesen war? Er hatte im Gefängnis Bücher darüber gelesen, Knausgård und andere. Da draußen, in der Wirklichkeit, gab es so viele Dinge, die Gesetzen folgten, die seit Urzeiten in Mustern feststeckten, ohne Willen, ohne die Fähigkeit, sich selbst zu kontrollieren: Lava, die floss und erstarrte und zu Bergen wurde, das Wasser in den Seen, das als Nebel aufstieg und in den Wolken zu Regen wurde, Winde, die aus allen möglichen Gründen aufkamen, die er nicht verstand, Wasser, das aus den Bergen sickerte und Täler und Höhlen schuf. Elektrizität, die in Blitzen den Himmel bis zur Erde erhellte, die Sonne, die aufging, der Mond, der um die Erde kreiste. Irgendwann vor langer Zeit war das Leben entstanden, die allerersten Amöben – oder was auch immer sie waren – hatten sich von den Regeln, von den mechanischen Gesetzen befreit. Das Leben bestand aus den gleichen Stoffen wie die Lava, das Wasser und die Atome der Sonne, aber die Amöbe kümmerte sich nicht um all das und konnte tun, was sie wollte, mehr oder weniger unabhängig von den Systemen.

Dass diese Freiheit in den ersten paar Millionen Jahren begrenzt war, spielte keine Rolle im Vergleich zu dem großen Sprung, den das Leben gemacht hatte. Aber was kam danach? Lebendig zu sein bedeutete frei zu sein, und die Amöbe hatte sich zum Menschen entwickelt, was bedeutete, dass sie selbst entscheiden konnte: Sie war frei von der ewigen Mechanik. Oder war er das? Sein ganzes Leben lang war er ein Verbrecher gewesen, mit einer kurzen Unterbrechung, als er versucht hatte, mit Emelie zusammenzuleben. Er hatte geglaubt, in eine Form gepresst zu sein, die ihn zu dem machte, was er war, dass er nur den Gesetzen der Natur folgte. Wie frei war er wirklich?

Heute trug sie ihr Kreuz nicht um den Hals, jedenfalls war es nicht zu sehen, vielleicht hing es unter dem Pullover. Aber sie trug hohe Absätze, das Gefängnis war ihre Partymeile, die Begegnung mit ihm ihr elegantes Rendezvous.

Als Erstes betätigte sie die Toilettenspülung. Er verstand – sie wollte, dass Wasser im Abfluss war, damit niemand von der anderen Seite mithören konnte.

»Sie hätten früher kommen sollen, ich dachte, Sie wollten mich einmal die Woche besuchen«, sagte er.

»Ich hatte keine Zeit. Hast du etwas gehört?«

Und ob er das hatte.

»Gibt es Fortschritte bei den Ermittlungen?«, fragte er zurück.

»Welche Ermittlungen?«

Sie wusste immer noch nicht, dass Nikola sein Neffe war, sonst hätte sie seine Frage sofort verstanden. Wahrscheinlich lag es daran, dass er einen anderen Nachnamen trug, Nikola *Lind*.

»Der Typ, der mit mir im Auto saß.«

»Die laufen auf Hochtouren, du wurdest verhört, oder?«

Natürlich war er befragt worden. Fünfmal.

»Und was hast du über das Abflussrohr erfahren?«, fragte sie. »Was hast du gegen Kerim Celali in der Hand?«

Teddy drehte sich zu ihr um und widerstand dem Impuls, sie am Hals zu packen und nicht mehr loszulassen. »Die Lieferung ist noch in Planung. Sie soll im Januar ankommen. Viel mehr habe ich noch nicht herausgefunden.«

Er wollte nicht sofort alle Karten auf den Tisch legen.

»Und die Sache mit dem Infiltrator bei uns, dem Maulwurf? Hat er etwas dazu gesagt?«

»Nichts. Ich habe nichts davon gehört.«

Sie stand auf. »Na dann. Dann haben wir uns nichts mehr zu sagen.«

»Sie haben versprochen, mich hier rauszuholen.«

»Es gab Bedingungen, die du noch nicht erfüllt hast.«

»Die Bedingung war, dass ich durch das Abflussrohr mithöre, und das habe ich getan.«

Sie betätigte erneut die Toilettenspülung. »Du musst noch mehr mithören. Ich brauche genaue Daten.«

Teddy ging auf sie zu, ganz nah, eine ihrer Augenbrauen zuckte. Sie roch nach Männerparfüm.

»Nur noch eines: Ich möchte meinen Anwalt wechseln«, sagte er. »Ich bitte darum, dass mir Emelie Jansson zugeteilt wird.«

FÜNF

48
Gabriel

Die Entbindungsstation war kleiner, als er gedacht hatte. Er hatte sich ein richtiges Krankenhaus oder eine Klinik vorgestellt, er konnte sich nicht erinnern, dass es so ausgesehen hatte, als er und Erika hier gewesen waren, als sie mit Alma schwanger gewesen war. Aber vielleicht hatte er sie auch gar nicht hierher begleitet, vielleicht war er auf der Straße gewesen, um die Ganoven zu jagen – er hatte seinen Job immer als seine Hauptberufung angesehen.

Zeinab ging neben ihnen her.

»Ist sie deine Freundin?«, hatte Alma gefragt, als er vorgeschlagen hatte, dass ihre Mentorin mitkommen sollte.

Gabriel kratzte sich an den Bartstoppeln. »Nein, aber es wäre schön, wenn eine Frau dabei wäre, oder? Ich mag sie.«

Das war vielleicht das Ehrlichste, was er seit Langem zu Alma gesagt hatte.

»Bist du in sie verliebt?«

»Es geht nicht mehr um mich, es geht um dich und was in dir drin ist.«

Der rote Wachsbezug der Sofas im Warteraum erinnerte an die Sofas im Polizeirevier, auf die man kotzen und bluten konnte, ohne dass die Reinigung ein Problem darstellte. An der Wand hingen hübsche Poster mit Informationen in mindestens acht verschiedenen Sprachen.

Alma und Zeinab saßen schweigend nebeneinander.

Sein Bein zitterte – er war derjenige im Raum, der am meisten gestresst war.

Die Hebamme hatte eine überdeutliche Art zu sprechen, die sehr nervte, aber es war Almas Termin, Gabriel saß am anderen Ende des Raumes. Zeinab nahm neben Alma Platz.

»Zuerst nehmen wir ein paar Proben«, sagte die Hebamme und betonte das R, als wäre es ein Witz: Prrroben. Blutdruck, dann Bluttests. Alma ging in einen Becher pinkeln.

Die Tür zum Warteraum stand einen Spalt offen.

»Hat Alma eine Beziehung zu dem Vater?«, fragte die Hebamme.

»Wir wissen nicht, wer der Vater ist«, sagte Gabriel, der den Namen des feigen Idioten, der untergetaucht war, nicht nennen wollte.

Alma wog sich, und die Hebamme erkundigte sich nach ihrer Krankengeschichte und ihren Medikamenten. »Ich muss wissen, ob es irgendetwas gibt, das die Schwangerschaft verkomplizieren könnte, oder ob eine genauere Überwachung notwendig ist.«

»Ich weiß es nicht. Papa? Habe ich gefährliche Krankheiten gehabt?«

»Nein, aber ich kann mich nicht mehr an alles erinnern, als du klein warst. Könnte es ein Problem geben?«, fragte er und wandte sich der Hebamme zu. »Alma ist in der siebenundzwanzigsten Woche.« Er hatte alles gründlich gegoogelt – sie hätte schon vor drei Monaten hierherkommen sollen.

»Das glaube ich nicht, aber ich sehe Alma zum ersten Mal. Normalerweise treffen wir uns in der achten Woche, aber das war ja nicht der Fall.«

Es gab nur einen Idioten in diesem Raum, und das war er. Gleichzeitig war er froh, dass die Hebamme sanft war, nichts Anklagendes lag in ihrer Stimme.

»Ich wollte vorschlagen, dass wir heute einen Ultraschall machen, das ist Routine und längst überfällig. Was meinst du, Alma?«

Das Licht ging aus, Alma musste ihr Hemd hochziehen, ihr Bauch war runder, als er gedacht hatte, es war offensichtlich, dass sie schwanger war.

»Das könnte sich ein bisschen kalt anfühlen«, sagte die Hebamme in Zeitlupe und spritzte eine Art durchsichtiges Gel auf Almas Bauch, bevor sie die Sonde herauszog. Weiße Linien erschienen auf dem Bildschirm.

Alma drehte den Kopf sehr stark, um etwas zu sehen. »Sieht alles gut aus?«

»Warte«, sagte die Hebamme. *Waaarte.*

Zeinab erhob sich hinter Gabriel. Sie hatte Tränen in den Augen.

Langsam bewegte die Hebamme die Sonde. Die Linien veränderten sich, das Bild flimmerte.

»Jetzt«, sagte die Hebamme. Gabriel entdeckte nichts, was auch nur annähernd wie ein Mensch aussah, das Bild drehte sich um sich selbst, immer neue Winkel, neue Körperteile schienen aufzutauchen.

»Schau her«, sagte die Hebamme.

Jetzt erkannte er es: einen Kopf. Eine Nase, ein Mund, die Augen geschlossen. Das Gesicht war klar, die Züge scharf, die stumpfe Nase eine Kopie dessen, wie Alma als Baby ausgesehen hatte. Die perfekte Form der Stirn, das Kinn zum Körper hin gesenkt, die kleinen Hände und geballten Finger, das Wunder des Lebens, ein schwarz-weißer Fleck, der dennoch klarer war als alles, was er je gesehen hatte.

»Alles gut?«, fragte Alma.

Die Hebamme fummelte an der Tastatur des Geräts herum. »Alles perfekt.«

»Können wir das Geschlecht sehen?«

»Wenn du möchtest.«

Alma drehte sich zu ihm um. »Papa, ich wette, es ist ein Junge.«

Er strich ihr über die Wange, sie war das Schönste auf der Welt. »Da wette ich nicht dagegen«, sagte er.

Draußen war es kalt, ein so klarer, makelloser Tag, dass es fast in Ordnung schien, dass die nächsten Monate grau, kalt und dunkel sein würden. Er wollte Alma und Zeinab nach Hause bringen. Auch innerlich fühlte er sich klar, irgendwie frisch. Vielleicht sollte er Zeinab anbieten, bei ihnen zu bleiben, zum Abendessen.

Er drückte auf den Funkschlüssel, um den Wagen zu öffnen.

Ein nebenan geparkter 3er BMW fuhr los, hielt aber sofort vor ihm. Auf dem Fahrersitz saß jemand, den er erkannte: Ali Zwei.

Irgendwie armselig, sich für eine schicke Automarke wie BMW zu entscheiden, sich aber keinen 5er oder noch besser eine M-Klasse leisten zu können. Warum überhaupt BMW wählen, wenn man nicht das volle Programm fuhr? Da war ein neuer Volvo oder sogar ein Toyota besser.

Ali Zwei stieg aus. Gabriel erinnerte sich an ihn aus der Zelle, blass und gequält, jetzt hatte er sich einen dichten Bart wachsen lassen, er bewegte sich langsam, mit Autorität.

Gabriel wünschte sich seine Dienstwaffe herbei.

»Wir müssen reden«, sagte Ali Zwei.

Gabriel sah aus den Augenwinkeln Almas Gesicht, ihr Unterkiefer stand hervor, ihr Mund war halb geöffnet, wie ein stummer Schrei.

»Nicht hier.«

»Doch, hier«, sagte Ali. Die Abscheu stand in sein Gesicht geschrieben, als trüge er eine Maske.

Gabriel drehte sich zu Alma und Zeinab um. »Steigt in den Wagen, ich komme gleich nach.«

Sie gehorchten, ohne zu fragen.

Sie gingen ein paar Meter zur Seite. Gabriel wollte nicht, dass Ali Zwei in Almas Nähe kam. Auch nicht in die von Zeinab.

Er versuchte zu schlucken. »Du kannst nicht einfach so bei meiner Familie auftauchen.«

»Das ist nicht deine Entscheidung.«

»Kerim ist derjenige, mit dem ich spreche, niemand sonst.«

»Du weißt, wo Kerim ist: Ich gebe die Befehle.«

Die Spucke schaffte es nicht einmal bis zur Hälfte seiner Kehle. »Was willst du?«

»Du hast versprochen, ihn rauszuholen. Das ist jetzt schon Wochen her. Nichts ist passiert.«

»So einfach ist das nicht. Er ist schon einmal getürmt.«

»Was spielt das für eine Rolle? Das ist Jahre her. *Make it happen*. Sag uns, wie wir es machen sollen.« Ali Zwei stand da, die Hände in den Hosentaschen, die Augen wie kleine schwarze Gewehrmündungen.

Was sollte Gabriel sagen? Er hatte es sich selbst zuzuschreiben. Einerseits war es ein Segen, sofern der Boss dafür achtzehn Jahre weggesperrt würde. Andererseits musste er kooperieren, erst mit Kerim Celali und jetzt mit Ali Zwei. Sie waren in seine Familie, in sein Innerstes eingedrungen.

Ali schien zu hören, was er dachte. »Du wirst niemals entkommen, Gabriel, verstehst du?«

Sein ganzer Körper spannte sich an, eine schnelle Reaktion. Er wollte zuschlagen, diesem Abschaum ins Gesicht schlagen, ihm die Nase brechen. Aber nein, er musste sich zurückhalten. Eine Lösung finden.

Er hatte eine Idee. »Der Transport«, sagte er. »Ihr könnt ihn befreien, wenn er in einem Wagen zum Haftprüfungstermin transportiert wird.«

Ali Zwei lachte trocken. *»Ihr?«*

»Genau, das ist eine Schwachstelle. Das Transportpersonal ist nicht bewaffnet, und die Wagen sind nicht gepanzert.« Er sah Ali an. Jeder Anflug von Hass war aus seinem Gesicht gewichen, jetzt sah man dort nur Schadenfreude.

»*Wir* werden ihn befreien. Du auch.« Ali Zwei spuckte auf den Boden. *»Snitch.«*

Im Auto war es still. Alma saß mit ihrem Handy da, wieder wie eine normale Sechzehnjährige, überhaupt kein Interesse, sich zu unterhalten, die Nase hypnotisch tief in YouTube, Instagram, Snapchat oder was auch immer.

Zeinab saß auf dem Rücksitz.

Sie fuhren an Heron City vorbei, die beleuchteten Schilder sahen winzig aus, was nur der Fall war, wenn der Himmel groß und blau war.

»Willst du mit uns zu Abend essen?«, fragte Gabriel.

Zeinab lehnte den Kopf zurück. »Ich weiß, was du machst«, sagte sie.

»Was meinst du?«

Sie drehte sich zu ihm um, ihre Miene wirkte verbissen. »Ich habe gehört, was er gesagt hat.«

Gabriel wollte den Wagen anhalten und aussteigen. Meinte sie, was er dachte?

Zeinabs Kiefer arbeiteten wieder und versuchten, etwas in ihrem Inneren zu zerquetschen.

»Er hat dich einen *snitch* genannt, ich habe es gehört«, sagte sie.

49
Josephine

Flughafen-Lounges waren nie besonders elegant, aber wenn man nicht mit dem eigenen Flugzeug reiste oder zumindest einen Jet teilte, waren sie ein Muss. Es war eine unmögliche Vorstellung, draußen am Gate zu sitzen, zwischen schreienden Kindern, Tausenden von Reiserückkehrern und neurotischen Rucksacktouristen, die eine Banane kauten, ohne den Mund zu schließen, wie Peder zu sagen pflegte.

Krautsalat, Gulaschsuppe, kalte Tomaten und eine Einrichtung, die so generisch war wie die eines Drei-Sterne-Hotels: graue, halbweiche Sessel, helles Licht und runde Teppiche, die das Gefühl von kleinen Inseln der Ruhe vermitteln sollten. Eigentlich gab es nur einen Vorteil gegenüber dem Rest des Flughafens: die Bar. Nicht, weil dort eine besondere Sorte oder außergewöhnlich guter Champagner serviert wurde – sondern weil sie schlicht war. Josephine war bei ihrem dritten Gin Tonic angelangt. Die Reise fühlte sich an wie eine Fahrt durch einen dunklen Tunnel, ohne zu wissen, was sich am anderen Ende befand. Sie sah nicht einmal die Kurven, die zum Ende führen könnten.

Der Flug ging in zwei Stunden. Es war Isak Nimrod, der sie darum gebeten hatte.

Seit dem Autounfall fühlte sie sich irgendwie anders – sie schlich nicht mehr durch den Tunnel, sie rannte. Vorbei war es mit der stattlichen, klugen, kühlen Härte, die sie an sich bewundert hatte, die ihr aber auch – ohne es zu merken – Angst gemacht hatte. Heute hatte sie Angst, aber sie war auch ein Mensch, der sich nicht um Konventionen scherte, sie *wollte* Angst haben. Sie hatte Conrad-Christoph in die Eier getreten, sie hatte Kim Barent fünf Millionen gestohlen und dann den Grafen unter Druck gesetzt, seine Anzeige zurückzuziehen. Sie wusste, dass sie verrückte Entscheidungen getroffen hatte, aber das interessierte sie nicht mehr.

Barent hatte zuerst gedroht, es ihrem Chef zu sagen und sie saftig zu verklagen – das war unangenehm, aber nicht lebensgefährlich. Das Geld war bar übergeben worden, ihre Chefs würden ihm nicht glauben, und vor Gericht hätte er keine Chance. Ein paar Tage später meldete er sich wieder, diesmal in einem anderen Ton: »Wenn ich mein Geld nicht bekomme, wird Ihr Leben unangenehm.« Mehr hatte er nicht gesagt, das war auch nicht nötig. Sie wusste nicht genau, wer Kim Barent war, aber es war Isak Nimrod gewesen, der ihn als Käufer für sein Immobilienimperium an Land gezogen hatte. Barent war *shady*, er stammte aus der Unterschicht Stockholms. Aber das größte Risiko war, dass Isak selbst herausfand, was sie getan hatte. Schließlich hatte sie unleugbar vorgehabt, ihn um das Geld zu betrügen, wenngleich es dazu nicht gekommen war.

Vor ein paar Wochen hatte eine der Sekretärinnen gemeldet, dass ein Mandant ohne Termin am Empfang wartete. »Sagen Sie mir, ob ich ihn bitten soll, an einem anderen Tag wiederzukommen.«

»Nein, warum sollte ich das wollen?«

Die Sekretärin räusperte sich. »Am besten schauen Sie es sich selbst an.«

Als sie Isak Nimrod sah, verstand sie. Er trug nur ein T-Shirt von Balmain – wenn er nicht mit dem Taxi gekommen war, war er damit draußen halb erfroren. Irgendetwas sagte ihr, dass er kein Taxi genommen hatte. Gegen ihn wurde wegen schwerer Finanzdelikte ermittelt, er hatte in Untersuchungshaft gesessen – die Finanzpolizei hatte sie sogar angerufen und befragt, obwohl die Beamten wussten, dass sie zur Verschwiegenheit gegenüber ihren Mandanten verpflichtet war.

Sie führte ihn in einen der Besuchsräume.

»Sie scheinen zu frieren«, sagte sie.

»Mmm«, murmelte er.

»Warum haben Sie nicht angerufen und einen Termin mit meiner Sekretärin vereinbart?«

»Mein Akku ist leer.«

»Möchten Sie Kaffee oder Tee?«

»Ich hätte gern ein Red Bull und einen Spliff«, sagte er.

»Unser Service kann das arrangieren.« Josephine merkte zu spät, dass sie routinemäßig geantwortet hatte.

Das Lederpolster des Konferenzstuhls quietschte, als er sich darauf sinken ließ.

Josephine setzte sich vorsichtig. »Sie sind kein einfacher Mandant«, sagte sie lächelnd und hoffte, dass er es verkraften würde. »Erst sind Sie nicht zu erreichen, dann rufen Sie an und vereinbaren einen Termin, aber Sie kommen nie und lassen sich stattdessen verhaften.«

Isak lachte trocken. »Sie haben mich vor vierzig Minuten freigelassen, dann bin ich direkt zu Ihnen gekommen, und Sie beschweren sich.«

»Ich beschwere mich nicht.«

»Und ich bin ein umgänglicher Mensch, wenn die Umstände normal sind. Aber sie haben mir alles weggenommen.«

»Die Abteilung für Wirtschaftskriminalität?«

»Unter anderem.«

»Sie haben mich vernommen.«

»Natürlich, sie haben alle vernommen. Die machen mich fertig. Leute wie mich darf es hier nicht geben.«

»Wegen der Steuern und der Buchhaltung, meinen Sie?«

»Sie kennen mich nicht.«

»Nein, das ist nicht mein Job. Haben Sie mir etwas zu sagen?«

Wahrscheinlich war Isak gekommen, um den Deal mit Barent doch noch durchzukriegen.

»Sie müssen wissen, dass ich meinen eigenen Weg gehen musste. Hätte es Möglichkeiten für jemanden wie mich gegeben, hätte ich wie jeder erfolgreiche Mann in Södertälje zehn Dönerläden oder fünfzehn Reinigungen besessen, aber die Regeln waren nicht für mich gemacht. Ich hätte die Kraft gehabt, etwas Gutes zu tun, aber Schweden hat mich unterdrückt.«

Josephine konnte nicht an sich halten. »Ist das Ihre Verteidigungsrede?«

Die Sekretärin klopfte an die Tür und kam mit einem Tablett herein, Kaffee und eine Cola Zero.

»Sie sehen es ja selbst«, sagte Isak. Ihre Worte schienen ihn nicht zu verärgern. »Ich bekomme ja nicht mal ein Red Bull von meiner eigenen Anwältin.«

»Auch kein Gras, fürchte ich.«

Er schüttelte resigniert den Kopf.

Josephine hätte ihn gar nicht erst hereinlassen oder zumindest versuchen sollen, das Treffen sofort zu beenden. Isak hatte einen Pflichtverteidiger, der sich um seine Probleme kümmerte, und es war zu spät, das Geschäft mit Barent zu retten.

»Sie haben einen Pflichtverteidiger, der Ihnen helfen kann«, sagte sie.

»Natürlich, aber jetzt sitze ich hier und habe ein Problem, das Sie für mich lösen können.«

Jossan trank einen Schluck Kaffee, er war heiß. »Und das wäre?«

Isak Nimrod wog die ungeöffnete Colaflasche in der Hand und sah aus, als wollte er sie mit voller Wucht gegen die Wand schleudern.

»Ich weiß, dass Sie das Geld genommen haben.«

Josephine verbrannte sich die Zunge, den Gaumen, es tat höllisch weh. Sie klammerte sich am Tisch fest, um dem Impuls zu widerstehen, aufzustehen und wegzulaufen.

»Mein Anwalt hat es mir erzählt, als ich im Gefängnis war«, sagte Isak. »Barent hat ihn unablässig angerufen, um ihm wie ein Papagei vorzubeten, was für ein Arschloch ich bin und was für ein Arschloch meine Wirtschaftsanwältin ist. Das sind Sie.« Er verstummte, lehnte sich in seinem Stuhl zurück und wirkte fast entspannt, obwohl sein Blick auf sie gerichtet war wie der eines Alligators auf seine Beute. »Sie wollten mich ficken. Wie zum Teufel wollten Sie damit durchkommen?«

Eine Wegscheide.

Sie könnte es leugnen – es würde einen Shitstorm geben, aber vielleicht käme sie damit durch. Wie gesagt, Barent hatte ihr nur Bargeld gegeben, es gab keine Quittungen, keine Beweise. Gleichzeitig war da etwas mit Isak Nimrod. Er hätte jemand anderen schicken können, um ihr das zu sagen, er hätte nicht nur im T-Shirt kommen müssen, direkt aus dem Gefängnis in Kronoberg.

Sie entschied sich. »Es ist wahr«, sagte sie offen. »Ich habe mir das Geld von Barent geliehen, weil ich die ganze Zeit geahnt habe, dass das Geschäft leider nicht zustande kommen würde.«

Isaks Krokodilsaugen zuckten nicht.

»Ich habe nie Geld von Ihnen genommen, und für den unwahrscheinlichen Fall, dass der Kauf mit Barent zustande gekommen wäre, hätten Sie Ihre zwanzig Millionen bekommen. Natürlich.«

Isak starrte sie weiter an, Haifischaugen, Kobraaugen. »Ich mag Sie, Josephine, Sie scheinen anders zu sein, aber in ganz Schweden gibt es niemanden, der mich anlügen kann.«

Eine neue Wegscheide. Isak gab ihr die Chance, die Richtung zu ändern. Sie seufzte: »Okay«, nahm einen weiteren Schluck von dem immer noch zu heißen Kaffee. »Sie haben recht. Ich habe ernste finanzielle Probleme. Ich habe mir das Geld von Kim Barent geliehen, in der Hoffnung, dass Sie nichts davon erfahren. Jetzt muss ich es Barent zurückzahlen.«

Ein Funkeln in seinen Augen. »Genau. Und nicht nur Barent ist enttäuscht. Jetzt haben Sie auch mich verletzt.«

»Aber Sie haben nichts verloren, das Geschäft hat Ihretwegen nicht geklappt.«

Er schien ernsthaft darüber nachzudenken.

»Sie sind jetzt mehr als nur meine Anwältin«, sagte er. »Sie werden mir helfen, denn es ist so: Der Staat hat den größten Teil meines Vermögens beschlagnahmt, aber ich bin nicht komplett blank, ich habe einiges beiseitegeschafft, der Zaster muss nur ins System eingeführt werden, unter dem Radar. Ich werde weiterhin Geschäfte machen. Verstehen Sie das?«

Josephine verstand sehr gut. »Das ist nicht mein Gebiet, wir machen hier seriöse Beratung und …«

»Warten Sie«, Isak hob die Hand. »Ich habe private Probleme, und damit meine ich nicht die Strafanzeigen gegen mich, sondern meinen Sohn. Es geht hier nicht um eine normale Beratung, *Josephine*. Es geht darum, das Leben meines Sohnes zu retten.«

Josephine – so hatte er sie noch nie genannt. Sie war jetzt sicher mehr als nur seine Anwältin.

»Sie werden mir helfen, ein System aufzubauen, damit mein Sohn für mindestens fünf Jahre im Ausland leben kann. Verstehen Sie?«

Josephines Mund war voller Schleim, verätzt vom Kaffee, sie wollte Isak Nimrod einfach nur weghaben. Gleichzeitig wollte sie zuhören.

»Das Erste, was Sie für mich tun werden, Jossan«, fuhr er fort, »ist, eine Million Kronen in bar nach Mallorca zu bringen und dort auf einer Bank zu deponieren. Im Gegenzug sorge ich dafür, dass Kim Barent Ihnen keine Schwierigkeiten bereitet. Dass er mit seiner Forderung wartet. Ich helfe Ihnen.«

Jetzt benutzte Isak ihren Spitznamen, *Jossan*. Er betonte das a genauso wie Peder, es klang fast spanisch.

Sie erhob sich von dem langweiligen Loungesessel. Unter normalen Umständen mochte er bequem sein, aber nicht für sie in diesem Moment. Die EU hatte die Fünfhunderter abgeschafft, weil sie von Kriminellen und anderen zwielichtigen Gestalten benutzt wurden. Aber Josephines weites Isabel-Marant-Kleid verbarg nicht nur die fünfhundert 200-Euro-Scheine, die sie sich mit doppelseitigem Klebeband auf den Bauch geklebt hatte, es sah auch so exklusiv aus, dass man meinen konnte, sie würde heute tatsächlich mit ihrem eigenen Jet fliegen.

Zu Peder hatte sie nur gesagt, dass sie beruflich zu einem Mandanten reisen müsse. Das stimmte. Von nun an würde sie nur noch Informationen zurückhalten, sie wollte nicht mehr aktiv lügen.

Sie leerte ihren Gin Tonic – es war ein Täby, ein einfacher Bombay Sapphire mit Schweppes Tonic, ganz ohne Finesse. Trotzdem: Sie war ein Millionen-Dollar-Baby, das zum Gate wankte, buchstäblich gesprochen.

50
Teddy

Die Geschworenen wurden nicht namentlich genannt, aber die Vorsitzende Richterin hieß Lena, mit kleinen Zähnen und einer heiseren Stimme, die darauf schließen ließ, dass sie ein Genussmensch war. Emelie hatte ihm erzählt, dass sie bekannt dafür war, gerecht, aber streng zu sein, und sie mochte keine Beteiligten, die zu oft um Pausen baten oder in der Nase bohrten.

Auf der anderen Seite saß die Staatsanwältin, die gerade mitten in ihrem Plädoyer war. Teddy bemühte sich, still zu sitzen, die Hände unter dem Tisch zu halten und dem Kauderwelsch zu lauschen. Nichts blieb hängen, der Vortrag der Staatsanwältin entglitt ihm ebenso wie seine Versuche, sich zu überlegen, was er sagen würde, wenn er an der Reihe war. Immer wieder juckte es ihn irgendwo, er wollte sein Handy checken – obwohl es beschlagnahmt war –, er wechselte die Sitzposition, wollte aufstehen und eine Runde gehen oder um eine Pinkelpause bitten. Nein, nicht um eine Pause bitten – das gefiel der Frau Richterin Lena nicht. Konzentriere dich jetzt. Gehorche Lena. Warum fiel es ihm so schwer, jemandem zu gehorchen? Aber das stimmte nicht, er war immer *Kum* gefolgt, hatte ihm *zu sehr* gehorcht. Es gab nur eine Art von Autorität, die er hasste – von denen, die von der anderen Seite kamen und ihm ihre Systeme aufzwingen wollten.

Der Gerichtssaal im Amtsgericht Södertörn war nicht besonders groß, aber das war auch nicht nötig. Die Plätze waren leer.

Nicht Linda, nicht Bojan, nicht einmal einer von Kerims Jungs. Teddy hatte wenigstens auf jemanden von der alten Garde gehofft, vielleicht Dejan, aber der war offenbar in Russland – Teddy konnte nur vermuten, was er dort trieb. Wäre Nikola noch am Leben, würde er sicher hier sein und ihm zuhören, ihn unterstützen.

Emelie war seine Pflichtverteidigerin, sie saß neben ihm. Sie war befangen, aber offensichtlich hatte sie genug Mumm, darauf zu pfeifen. Die Hauptverhandlung sollte nur einen Tag dauern, die Anklage war simpel.

Najdan Maksumic (»Teddy«) hat in Södertälje vorsätzlich eine Schusswaffe, einen Magnum-Revolver Kaliber 44, besessen, ohne dazu berechtigt zu sein. Die Straftat ist als schwer einzustufen, weil die Waffe eine besonders gefährliche Beschaffenheit zeigt, weil sie in einem kriminellen Milieu mitgeführt wurde, in dem zu befürchten war, dass sie für kriminelle Zwecke verwendet werden würde, und weil die Straftat auch in anderer Hinsicht als besonders gefährlich einzustufen ist.

Emelie trug eine Jacke und eine Bluse mit Kragen, hohe Absätze waren unter dem Tisch zu erkennen, er sah ihre hellen Knöchel dort unten. Scheiße. Er hatte gedacht, er habe schlau mit ihr verhandelt, indem er sie zum Einlenken gebracht hatte angesichts ihrer Forderungen in Bezug auf Lucas und indirekt auch auf sich selbst, aber nun stand er da wie ein hungriger Hund, der dem Geruch frisch gekochter Fleischbällchen gefolgt war und dessen Sabber bis zum Platz der ollen Vorsitzenden zu sehen sein musste.

Emelies Gesicht war unbeweglich, sie schien überhaupt nicht zuzuhören, was die Staatsanwältin über die Autofahrt, die Drohne, die Teddy und Nikola überwacht hatte, die Schießerei und die Funde, die die Polizisten im Auto gemacht hatten, erzählte. Emelie fehlte es nicht an Emotionen, das wusste er, sie war einfach ein Vollblutprofi.

Jetzt war es an der Zeit, dass sie ihren Fall vortrug. »Ich werde deinen *case* vortragen, aber nicht alles, die Schlussfolgerungen hebe ich mir für das Plädoyer auf«, hatte sie zuvor im Haftraum erklärt.

»Es wird also alles am Anfang entschieden?«

»Nichts wird am Anfang oder am Ende entschieden. Alles wird durch die Beweise entschieden, durch die Zeugen.«

Es gab nicht viele Personen zu befragen, nur ihn selbst, den Polizisten, der die Waffe bei ihm gefunden hatte, einen Experten des Nationalen Forensischen Zentrums und einen weiteren Zeugen. Jetzt musste er sich konzentrieren.

Emelie beugte sich über den Tisch und konzentrierte sich voll und ganz auf die Richterin. Von Zeit zu Zeit wandte sie sich an einen der Geschworenen. »Teddy Maksumic gibt zu, dass er den Revolver mitführte, aber er bestreitet, dass es seine Waffe war. Er hat erst wenige Sekunden vor dem Eingreifen der Polizisten bemerkt, dass sich eine Waffe in der Tasche befand. Die Tasche war in Besitz von Nikola, der bei dem Vorfall getötet wurde.«

Es war nicht schön, aber die Strategie war klar: Teddy musste seinem toten Neffen die Schuld geben, wenn er damit durchkommen wollte.

Die Richterin zur Staatsanwältin. »Ein Kommentar?«

Die Staatsanwältin sah aus, als hätte sie Amphetamine oder chemische Präparate geschluckt. »Nur damit ich die Grundlage der Position von Najdan Maksumic verstehe. Er sagt also, es war nicht seine Waffe, sondern die seines Neffen?«

Emelie nickte. »Oder jemand anderem. Er wusste nichts von der Waffe bis etwa dreißig Sekunden vor der Schießerei, als er sie fand und beschloss, sie in den Uttransjön zu werfen. Er weiß nicht, ob sie Nikola *gehörte*, aber es war Nikola, der die Tasche mit der Waffe in seinem Besitz hatte.«

»Das sagen die immer.« Die Staatsanwältin wandte sich an die Vorsitzende Richterin. »Ich bin sicher, dass auch Euer Ehren genug hat von diesen Schuldzuweisungen.«

Emelies Gesicht war so ruhig wie eine Betonwand. Sie war schön wie ein Fresko.

»Was ist mit den Fingerabdrücken?«, fragte die Staatsanwältin.

Auch Emelie wandte sich direkt an die Richterin, es war ein Spiel. »Teddy, wie er normalerweise genannt wird, hat den Revolver angefasst, um ihn wegzuwerfen, weil es sich für seinen Neffen nicht gehörte, eine Waffe zu besitzen.«

»Aber sie lag vor Teddys Füßen.«

»Ist es nicht zu früh, um jetzt zu plädieren?«, fragte Emelie.

Die Richterin wippte auf dem Schreibtischstuhl und bewegte die Rückenlehne hin und her.

»Anwältin Jansson hat recht, die Staatsanwaltschaft wird Gelegenheit haben, in den Schlussplädoyers zu argumentieren.«

Fair, aber hart. Und nicht in der Nase bohren.

Die Verhandlung wurde fortgesetzt. Der befragte Polizeibeamte hatte die Waffe auf dem Boden neben der Fahrertür gefunden, wo Teddy versucht hatte, Nikolas Leben zu retten.

»Die Waffe lag etwa eineinhalb Meter außerhalb des Autos«, sagte der Polizist.

»Und wo im Auto hatte Teddy gesessen?«, fragte die Staatsanwältin.

»Er saß nicht auf einem Sitz, als ich ihn fand, er versuchte, dem Angeschossenen erste Hilfe zu leisten.«

»Ja, aber der Erschossene saß auf dem Fahrersitz, nicht wahr?«

»Die Antwort lautet ja.«

»Und die Waffe lag anderthalb Meter von dort entfernt?«

»Das ist richtig.«

»Hatte sich Teddy über die Fläche bewegt, auf der die Waffe lag?«

»Ja, das hatte er, seine Fußspuren waren dort.«

Nicht das Verhör war das Schlimmste, sondern die Analyse der Fingerabdrücke.

Die Gerichtsmedizinerin zerlegte jeglichen Widerspruch, Emelie hatte nicht einmal Nachfragen im Kreuzverhör. Teddy hatte die Waffe offenbar betatscht wie ein Zweijähriger – seine Abdrücke waren *all over the place*, kein einziger stammte von Nikola.

Die Staatsanwältin lächelte nicht, aber Teddy war sich sicher, dass ihre Mundwinkel zuckten – sie war mehr als zufrieden. Das waren schon mal sechs Jahre Knast.

Scheiße.

»Dann möchte die Verteidigung einen Zeugen aufrufen, nicht wahr?«, sagte die Vorsitzende Richterin.

Die Tür am Ende des Raumes öffnete sich, und die Zeugin trat ein.

Es war das erste Mal, dass Teddy ihren richtigen Namen hörte. Cilla Frank. Er hatte zwei Frauen, die ihm halfen, zwei Lebensretterinnen, wie Emelie zu sagen pflegte. Sie war seine Verteidigerin, und er hatte verlangt, dass seine Kontaktperson zu seinen Gunsten aussagte. Das war der Deal: Er würde Kerim belauschen, sie würde ihn rausholen.

Emelie war skeptisch gewesen, eine Staatsanwältin als Zeugin zu laden, jemanden von der Gegenseite, aber Teddy hatte darauf bestanden, ohne ihr zu sagen, woher er von Cilla Frank wusste. »Ich weiß, dass die Frau, die die Drohnenüberwachung verfolgt hat, mir helfen kann. Ruf sie einfach als Zeugin auf.«

»Wie heißt sie?«

»Das weiß ich nicht, das musst du herausfinden.«

Er war sich zu neunzig Prozent sicher, dass die Kontaktperson ihr Wort halten würde. Und gleichzeitig: Bullenschweine blieben Bullenschweine.

Drei Stunden später.

Er und Emelie saßen im Untersuchungsgefängnis und warteten. Die Verhandlung war zu Ende. Die Vorsitzende Richterin hatte versprochen, das Urteil sofort zu verkünden, jetzt, in ein paar Minuten.

Es roch nach Zigarettenrauch, obwohl das Rauchen hier seit fünfzehn Jahren verboten war. Die Graffiti an den Wänden sprachen für sich. *FTP. Allahu Akbar. Fittja Forever.*

»Eine Kollegin von mir hat letztes Jahr von einem Mandanten ein Baby bekommen«, sagte Emelie und lächelte. »Sie hatten Sex in diesem Zimmer, sie konnte nicht widerstehen, hat sie gesagt.«

Teddy stand auf. Emelie saß auf der Bank. Ihr Knöchel war blass und glatt – mein Gott.

»*True story*«, sagte Emelie. »Der Mandant wurde wegen eines schweren Drogendelikts zu vierzehn Jahren verurteilt und sollte nach Verbüßung der Strafe nach Montenegro abgeschoben werden.«

Jetzt musste er die Wahrheit sagen. Er hatte ein Leben geführt, das sie nicht gutheißen konnte, aber in Wirklichkeit war er auch für die Polizei tätig gewesen. Er hatte getan, was er getan hatte, um Lucas ein guter Vater zu sein. Er musste es ihr sagen, um es sich von der Seele zu reden. Deshalb hatte er sie gebeten, seine Pflichtverteidigerin zu sein – im Falle einer Verurteilung wollte er immer noch die Möglichkeit haben, sich zu erklären.

Der Lautsprecher rauschte. »*Das Urteil wird in Saal fünf verkündet.*«

Emelie stand auf. »Du wirst Lucas vielleicht doch noch jeden zweiten Sonntag sehen«, sagte sie und öffnete die Tür. »Vorausgesetzt, wir bekommen jetzt ein gutes Urteil.«

Teddy wollte mit einer AK47 in die Luft schießen, er wollte Emelie hochheben und herumwirbeln, sie küssen. Er wollte auch Cilla Frank küssen, die ihm vor dem Saal gratulierte. Er wollte sogar die Vorsitzende Richterin küssen, Lena, oder wie auch immer sie hieß.

Er war freigesprochen worden. Die Anklage wurde abgewiesen.

Zu verdanken hatte er es der Aussage von Cilla Frank. Sie hatte ausgesagt, sie sei dabei gewesen und habe den Kulturverein während des Einsatzes beobachtet. Die Polizei hatte auch einige Fotos gemacht, aber keine, auf denen dieses besondere Ereignis zu sehen war. Cilla Frank sagte, sie habe gesehen, wie ein Kerim Celali einer Person im Auto eine Tüte reichte, und es sei nicht Teddy gewesen, der sie erhalten habe.

»Könnte in der Tasche eine Handfeuerwaffe gewesen sein?«, hatte Emelie gefragt.

»Gut möglich. Wenn man bedenkt, wie schwer sie aussah, lautet die Antwort ja.«

»Was Nikola in die Hand gedrückt wurde, könnte also der Revolver gewesen sein?«

»Das ist wahrscheinlich.«

Bingo. Die Waffe gehörte nicht Teddy. Es war Nikola, der sie besessen hatte. Teddy hatte nur versucht, sie wegzuwerfen.

Während der Verhandlung war ein weiterer Zuhörer in den Saal gekommen. Ali Zwei trug ein glitzerndes Hemd von Philipp

Plein und sah aus wie die Karikatur eines Gangsters. Irgendwie war Teddy trotzdem froh, dass er gekommen war.

Vor dem Eingang des Amtsgerichts hielt ein BMW. Ali saß auf dem Fahrersitz. Unauffällig zu sein, wie Big Brother zu sagen pflegte, war nicht seine Sache. »Verabschiede dich von deiner Anwältin«, sagte er. »Wir beide gehen jetzt feiern.«

Teddy spürte, wie er zitterte. »Ich sollte es ruhig angehen lassen.«

»Nein, nein«, sagte Ali. »Jetzt ist Party angesagt.«

Teddy öffnete die Beifahrertür und setzte sich auf den geschwungenen Ledersitz.

Das Mikrofon, das Cilla Frank ihm gerade aufgezwungen hatte, schabte in seinem Schuh. Sie hatte ihn in einen Konferenzraum gezerrt, sobald er den Gerichtssaal verlassen hatte, während Ali Zwei den Wagen holte.

»Ich habe versprochen, dich rauszuholen, und ich habe mein Versprechen gehalten. Aber jetzt bringst du mir Kerim, lebenslänglich.« Das hatte sie gesagt.

51
Gabriel

Er war nie ein Verkäufer gewesen, ganz im Gegenteil. Er glaubte an etwas Reales, so sehr, dass er mit dem Teufel schlief.

Jetzt befanden er und Alma sich in der vielleicht ekelhaftesten Verkaufseinrichtung, die er je besucht hatte: einem Babyladen, und später am Tag würde er das Unmögliche tun müssen: Kerim Celali zur Flucht verhelfen. Almas Augen waren groß – es war noch nicht viele Jahre her, dass sie in einem Hochstuhl gesessen und diese Babyflaschen gehalten hatte. Gabriel wollte positiv sein, er musste es zu einer angenehmen Erfahrung machen.

Es war grauenvoll.

Babyfon mit Temperatur-, Sauerstoff- und Herzfrequenzmessung.

Luftbefeuchter im Schlafzimmer.

Ofenschutzgitter, Ohrenschützer, Bewegungsmelder, Schnuller mit Filterkapseln, die die Luft von Schadstoffen, Viren, Schimmelpilzen und anderen Kleinstpartikeln – was auch immer – befreiten.

Es war nicht der Gedanke an Sicherheit an sich, der ihn beunruhigte – er wagte nicht einmal daran zu denken, dass dem Fötus in Almas Bauch etwas zustoßen könnte –, sondern die Hysterie, die aus diesen übertriebenen Produkten sprach. Das war etwas ganz anderes: das Ausnutzen von Angst, um zu verkaufen.

Gabriel konnte den Gedanken nicht ertragen, dass jemand diese Angst ausnutzte, sie vergrößerte, sich an seinen Albträumen bereicherte. Er selbst würde dafür sorgen, dass die Person, die in ganz Stockholm die meiste Angst verursachte, noch heute freikam.

Alma fummelte an ein paar Lätzchen herum, als wären sie aus Gold.

»Mit dem Rest können wir warten«, sagte Gabriel. »Wir sind nur hier, um einen Autositz zu finden, und wenn das Baby früher kommt, müssen wir es von der Entbindungsstation mit nach Hause nehmen können.«

»Ich weiß, aber …«, Alma wandte sich wieder der Lätzchenabteilung zu. In den letzten Tagen hatte sie angefangen, in halben Sätzen zu sprechen und dann nur noch abwesend zu lächeln. Nach dem Motto: Du verstehst schon.

Das tat er nicht.

Die Autositze waren bis unter die Decke in Regalen gestapelt. Die Verkäuferin sah aus wie Mitte sechzig und hatte Haare am Kinn. Selbst wenn man alt war, konnte man die doch sicher entfernen?

»Es gibt verschiedene Sicherheitsstufen«, erklärte sie.

Alma schaute auf ihr Handy. Gabriel versuchte, sich die Details anzuhören.

Seitenaufprallschutz. Fünf-Punkt-Gurt. Gepolsterte Seitenwände.

Das muss der einfachste Job der Welt sein, dachte er.

»Das Leben Ihres Kindes ist das Wichtigste, was Sie haben«, sagte die Frau.

Stimmt.

»Der Körper von Kleinkindern ist zerbrechlich, sie sind im Straßenverkehr vielen Gefahren ausgesetzt«, fuhr sie fort.

Unbehagen.

»Die teureren Modelle werden extra getestet, um mögliche Risiken auszuschließen. Man kann nie genug testen, oder?«

Angst.

Gabriel war bereit, jeden Preis zu zahlen.

Alma fragte: »Kann man das in einem anderen Design kriegen? Vielleicht Gucci?«

Sie gingen zum Auto. Gabriel trug den wahrscheinlich teuersten Autositz des Jahrzehnts.

Der Kies auf der Straße war schmutzig und mit altem Papier, Tabletten, Plastik und Zigarettenkippen übersät. Gabriel dachte, die Schweden hätten das Rauchen aufgegeben, aber die Menge der Zigarettenstummel sprach Bände – er selbst rauchte viel zu viel, wenn ihm der Stress zu schaffen machte. Er wollte aufhören, damit sein Enkel den Dreck nicht einatmen musste.

Da kam eine Nachricht von André. Einer von Kerim Celalis Kumpels war vom Bezirksgericht Södertörn freigesprochen worden, Teddy Maksumic, der in dem Auto mitgefahren war, in dem der junge Mann später erschossen wurde.

Das Urteil hing mal wieder am beschissenen seidenen Faden, schrieb André. *Aber wer hat zu seinen Gunsten ausgesagt?*

Keine Ahnung. Gabriel sah Punkte auf dem Bildschirm, André schrieb gerade eine Antwort.

Die Nachricht des Kollegen kam mit einem Pling. *Cilla Frank hat für Teddy ausgesagt. Wenn der Schiri so pfeift, kann man nix machen.*

Gabriel sollte etwas antworten. André schien alles mit Fassung zu tragen und benutzte seinen üblichen Sportjargon. Er musste nachdenken.

Ein Klassiker: Der Zweck heiligt die Mittel, wenn der Zweck gut genug ist. Aber jetzt? Kerim war in Haft, Kerim konnte den Zweck nicht mehr rechtfertigen. In gewisser Weise war Gabriel schuld – hätte er den Boss in den letzten Jahren nicht beschützt, säße dieser schon länger im Knast. Und Zeinab hatte gehört, wie man ihn einen *snitch* genannt hatte. Doppelleben für die Bosse. Doppelzüngigkeit gegenüber den Kollegen, gegenüber André und all den anderen Brüdern und Schwestern im Korps. Doppelmoral gegenüber der eigenen Moral. Er hatte es niemandem erzählt, hatte es in sich behalten wie ein wasserdichtes U-Boot ohne Druckausgleich. »Ich habe Probleme«, hatte er zu Zeinab gesagt, nachdem Ali Zwei gegangen war.

Sie war beim Auto geblieben und hatte sich geweigert, sich seinem Haus zu nähern. »Du hast wirklich ein Problem.«

»Komm«, sagte er und versuchte, ihre Hand zu ergreifen.

Sie hatte die Arme wie ein Gitter vor der Brust verschränkt.

»Ich habe mit ein paar Kriminellen da draußen Informationen ausgetauscht.« Er sprach schnell, das war ihm klar. »Um die Polizeiarbeit effektiver zu machen. Das ist ein Teil der Geheimdienstarbeit. Es war sehr effektiv, ich konnte schwere Verbrechen verhindern und aufklären.«

Das Gitter war noch da.

»Aber das ist jetzt vorbei«, sagte Gabriel. »Sie haben sich nicht richtig verhalten.«

Zeinabs Gesicht verriet nicht, was sie von seiner Erklärung hielt, sie zuckte nicht einmal mit der Schulter. »Du kannst mich anrufen, wenn *du* dich richtig verhalten hast. Wenn du wirklich mit diesen Leuten Schluss gemacht hast.«

Sobald sie nach Hause kamen, würde er den Autositz zusammenbauen und dann Mittagessen machen.

»Ich bin müde, ich war letzte Nacht mehrere Stunden wach«, sagte Alma.

Auch Gabriel hatte mies geschlafen. »Warum machst du nicht ein Nickerchen, wenn wir zu Hause sind?«

Der Gurt lag in einem schönen Bogen über ihrem Bauch.

Sein Telefon klingelte, er kannte die Nummer nicht, aber er nahm ab. »Geht los, Mann«, sagte Ali Zwei in trägem Kanakenschwedisch.

»Wir haben vier Uhr ausgemacht.«

»Es wird früher.«

Gabriel drehte sich zu Alma um. »Ich muss noch was erledigen.«

Er bog ab, sie mussten auf der Autobahn die Richtung wechseln. Neue Entfernungen verglich er immer mit derselben Strecke, und zwar der Autofahrt zum Sommerhaus seiner Mutter, von Älvsjö nach Vettershaga waren es siebzig Kilometer. Alle anderen Wege waren proportional zu dieser Strecke, so begriff er Entfernung.

Verdammt, verdammt.

Er war dazu gezwungen. Sowohl der Boss als auch A2 hatte das deutlich gemacht. Und dann war da noch das andere Problem: die Ratte. Wer auch immer es war, er konnte jederzeit hinter Gabriels Geheimnis kommen, besonders jetzt, wo sogar Ali Zwei von ihm wusste. Wenn er aufflog, bedeutete das das Ende seiner Karriere als Polizist, eine Anklage wegen groben Fehlverhaltens und wahrscheinlich noch Schlimmeres. Beihilfe zu schweren Rauschgiftdelikten. Beihilfe zu Mord? Es wäre eine Riesenschande, nicht vor seinen Kollegen, nicht vor André oder Zeinab – sondern vor Alma.

Der Plan war einfach. Die Transporter der Strafvollzugsbehörden variierten ihre Routen und Zeiten, manchmal holten sie einen Verdächtigen vier Stunden vor der geplanten Anhörung ab, manchmal dreißig Minuten vorher. Vor allem aber hatten sie dunkle Heckscheiben, sodass man nicht sehen konnte, wen sie transportierten. Bei einem Befreiungsversuch bestand also immer die Gefahr, dem Falschen zu helfen. Gabriels Aufgabe war es, in das Gefängnis zu gehen und in dem Korridor herumzuhängen, in dem Kerim saß. Sobald er sah, dass sie den Boss herausbrachten, würde er ein Signal geben.

Fünfzehn Minuten später hatte er die Sicherheitskontrolle passiert und stand im Aufzug, der ihn zum Zellentrakt brachte.

Er fuhr in den siebten Stock, trat durch die Metalltüren und betrat den Korridor, in dem Kerim saß. Normalerweise traf man Verdächtige in den speziellen Besuchsräumen auf einer anderen Etage, aber Polizisten hatten das Recht, sich auch hier oben aufzuhalten. Manche wollten in Abwesenheit der Anwälte mit den Verdächtigen sprechen, manche mit dem Gefängnispersonal.

Gabriel postierte sich an dem kleinen Glastisch, der wie ein Empfangstresen aussah. Eigentlich war es nur eine Wachstube, aber drinnen an der Wand hingen Postkarten, meist von ehemaligen Häftlingen, die sich für den freundlichen Umgang bedankten.

Der Wärter nickte, Gabriel kannte ihn. »Was gibt es heute?«

Gabriel wusste, was zu sagen war. »Ich wollte Muhammed Jibran sprechen. Aber ich muss mich noch ein bisschen vorbereiten.«

Wieder nickte der Wächter. »Ich verstehe, kein Problem.«

Gabriel wartete und behielt die Tür von Kerims Zelle im Auge.

Alma saß unten auf dem Parkplatz im Auto und wartete. Das Ganze war krank. Drei Projekte. Das erste, den Boss zu retten. Das zweite, sich selbst zu retten. Das dritte, sie zu retten.

Er dachte an den Vorfall vor ein paar Wochen, als sie ihn gebeten hatte, »Max zu benachrichtigen«.

Er war losgefahren, um den Jungen zu suchen. Laut Geheimdienstberichten war er nirgends zu finden. Doch Gabriel beschloss, nicht Max' Mutter, María Lucrezia García, sondern seinen Vater, Isak Nimrod, zu fragen.

Er hätte nicht so lange warten sollen.

Die Villa war umzäunt und von Büschen umgeben. Ordentlich und gepflegt. Er war über das Tor gesprungen.

Neben der Eingangstür standen weiße Säulen, wie in einem griechischen Tempel oder eher wie in einem vulgären Haus in Beverly Hills. An den Wänden und über der Tür waren zahlreiche Überwachungskameras angebracht – aber keine Alarmzentrale würde Zeit haben zu reagieren. Die Pflanzen in den Blumenbeeten waren im Winter kahl, aber offensichtlich gut gepflegt.

Gabriel schüttelte sich und versuchte, möglichst ungezwungen und entspannt zu wirken.

Die Türklingel spielte ein unerwartet angenehmes Liedchen – er hätte nicht gedacht, dass die Gangsterlegende Isak Nimrod eine so fröhliche Melodie hatte.

Er hörte Schritte im Haus.

Dann öffnete er: Isak Nimrod, in Strumpfsocken.

Ein Knall.

Er traf ihn an der Schulter, aber es war nicht der Schmerz, der ihn überraschte, sondern die Wucht. Gabriel stolperte über die Schwelle und stieß gegen den Türrahmen.

Nimrod war schon im Carport.

Gabriel rannte hinterher. Nimrod sprang in das Auto, die Tür war noch offen. Gabriel packte ihn.

»Was zum Teufel machst du da?«

Der Motor sprang an.

Gabriel zog Nimrods Hand vom Schalthebel.

Nimrod versuchte ihn wegzustoßen und schlug ihm ins Gesicht.

Sie kämpften wie Teenager, versuchten Schläge auszuteilen, ohne einen ordentlichen Treffer zu landen.

Der Motor ging aus.

»Ich lasse mich nicht noch einmal einsperren«, knurrte Nimrod.

Gabriel hatte solche Situationen tausendmal geübt und Hunderte Male im echten Leben durchgemacht. Einen wild gewordenen Mann zu bändigen und starke Muskeln in den Griff zu bekommen, das war seine Spezialität. Trotzdem würde er Nimrod nicht lange festhalten können.

»Ich bin nicht hier, um dich festzunehmen«, keuchte er.

»Du bist ein Bulle«, keuchte Nimrod noch heftiger, woher auch immer er das wusste.

»Deshalb bin ich nicht hier.«

Nimrod entspannte sich für eine Sekunde, vielleicht aus Überraschung.

Gabriel sagte: »Ich werde Großvater, und du wirst Großvater. Vom selben Kind. Es ist ein Junge.«

Zurück im Korridor. Der Geruch im Untersuchungsgefängnis war eigenartig: sauber und schmutzig zugleich. Der Wärter surfte gelangweilt auf seinem Computer und ignorierte die Überwachungskameras. Gabriel stand über seine Papiere gebeugt und tat so, als würde er Protokolle studieren und sich auf ein informelles Verhör vorbereiten.

Es war eine peinlich lange Zeit vergangen, der Wärter musste sich fragen, was er da tat. Gabriel hatte noch nie fast eine Stunde in einem Gefängnisflur gestanden, er fragte sich, was André sagen würde, wenn er es herausfand, oder Cilla Frank. Er fragte sich, wie es Alma unten im Wagen ging.

Dann klickte die schwere Tür, und zwei Männer in hellblauen

Hemden und gebügelten Hosen traten ein. Es war das Transportpersonal.

Sie gingen langsam den Gang entlang, der Wärter begrüßte sie, stellte ein paar belanglose Fragen. Sie waren auf dem Weg zur richtigen Zelle.

Gabriel musste nicht stehen bleiben, um zu sehen, wie Kerim hinausgeführt wurde.

52
Emelie

Emelie hatte sich selbst immer als eine Maschine betrachtet, sie wusste, dass sie mehr konnte als die meisten anderen, dass sie klüger war und mehr Energie hatte. Sie erinnerte sich an das erste Mal, als ihr das bewusst wurde. Sie war auf dem Heimweg von der Alfred-Dalin-Schule, ihr Fahrrad stand vor der Turnhalle, ihre beiden besten Freundinnen, Isabella und Hanna, hatten sie verlassen – ihre Troika bildete immer andere Allianzen, ein ständiges Dreiecksdrama, und diese Woche war sie die Ausgestoßene. Wahrscheinlich saßen die sogenannten Freundinnen schon bei Isabella, aßen Toast und tranken O'Boy. Als Emelie auf ihr Fahrrad stieg, bemerkte sie das hervorstehende Dach der Turnhalle, es war hoch, aber nicht so hoch, wie sie immer gedacht hatte. Sie hatten an diesem Tag Völkerball gespielt und dann Trapez geübt, und die Decke der Turnhalle war ihr unerreichbar vorgekommen, die Seile hingen von einer Höhe herab, die sie nie erreichen konnte. Jetzt fühlte es sich nicht mehr so an, sie merkte, dass sie hochklettern konnte. Sie lehnte das Rad an die Wand. Das Rohr bot nicht viel Halt, aber es gab kleine Ankerpunkte, an denen ihre Zehen sich abstoßen konnten. Sie war stark, aber vor allem war sie mutig. Endlich stand sie da oben. Jönköping lag unter ihr, sie war die Herrin des Hügels, sie konnte den ganzen Weg nach Hause sehen. Ja, sie war anders als Isabella und Hanna, sie dachte, sie würde weiter und schneller vorankommen als die beiden. Sie wusste nicht, warum, aber sie war sich sicher.

Heute arbeitete Isabella als Zugbegleiterin, Hanna führte ein Café. Die meisten ihrer alten Freunde waren noch in Jönköping, und von denen, die nach Stockholm gezogen waren, hatte es keine so weit gebracht wie sie mit ihrer eigenen Kanzlei. Trotzdem merkte sie langsam, dass der Stress seinen Tribut forderte.

Die Hauptverhandlung mit Teddy war vor ein paar Stunden zu Ende gegangen. Jetzt stand sie vor dem Kindergarten, um Lucas abzuholen. In der Zwischenzeit hatte sie sieben Telefonate zu verschiedenen Fällen geführt, war zu einem Termin mit einem Mandanten ins Büro gefahren und hatte bei Coop zu Abend gegessen, weil die Online-Bestellung aus irgendeinem Grund nicht geklappt hatte – sie hatten Makrelen statt Hühnerbällchen geliefert. Lucas würde Makrelen schneller ausspucken als Spinat, Emelie auch.

Die Garderobe im Kindergarten hatte einen ganz besonderen Geruch. Es war nicht nur das Aroma von Kies und Feuchtigkeit, sondern roch hartnäckig nach Dreck von Kinderschuhen, schmutzigen Latzhosen und feuchter Wäsche aus dem Wäschetrockner. Sogar an der ansonsten unverwüstlichen Metallfarbe war Dreck ein Teil der DNA dieses Raumes.

Eine Frau stand in der Tür.

»Ist Lucas da?«, fragte Emelie, bevor sie merkte, dass sie nicht wusste, ob sie die Frage an ein anderes Elternteil oder eine aushelfende Erzieherin stellte.

Es war gefährlich gewesen, die Rolle der Pflichtverteidigerin für Teddy zu übernehmen. Wenn die Richterin oder die Staatsanwältin herausfänden, dass sie ein gemeinsames Kind hatten, würden sie dies der Anwaltskammer melden. Sie bekäme Schwierigkeiten, denn ein Anwalt muss von seinem Mandanten unabhängig sein, und selbst wenn sie sich hundertprozentig unabhängig von ihm fühlen würde, könnte er sie rund um das Sorgerecht für Lucas unter Druck setzen. Das würde zu einer

Verwarnung führen, vielleicht sogar zum Ausschluss aus der Anwaltskammer. Trotzdem war sie stolz. Sie hatte gewonnen. Die Aussage der Staatsanwältin als Zeugin hatte alles entschieden. Aber wer war sie? Als sie den Gerichtssaal verließen – Teddy war ein freier Mann –, hatte die Staatsanwältin ihn in ein nahe gelegenes Verhörzimmer gezerrt.

In was genau war Teddy verwickelt?

Lucas war gekommen, hatte sich auf den Boden gesetzt und mühte sich mit seinen Stiefeln ab. Sie wollte, dass er selbst versuchte, sie anzuziehen, aber sie wusste, dass er rasch aufhören und sie ihr Prinzip aufgeben würde.

Die Mutter oder die aushelfende Erzieherin – oder wer auch immer es war – machte Fotos mit ihrem Handy und begann etwas zu schreiben. Postete die Kuh Fotos vom Kindergarten auf Instagram? Von Lucas?

Emelie hasste diese Überschneidungen. Nicht nur, dass die Mauer zwischen dem Privaten und dem Öffentlichen längst eingerissen war, das Einreißen selbst war zum Fetisch geworden – Emelie hatte gerade einen Artikel von Greta Thurfjell in *Dagens Nyheter* darüber gelesen. *Es ist die niedergerissene Grenze selbst, die zur Ware wird. Egal, wie sehr man glaubt, ein marxistisches Immunsystem zu haben, eine konsumistische Lebensauffassung dringt in den Kopf oder, schlimmer noch, in das Herz ein. In der Spätmoderne ist alles käuflich: dein Haus, deine Kinder, deine Beziehung, dein Gesicht, ganz zu schweigen von deinem Körper und deinem Gefühlsleben.*

»Nimm das Telefon weg«, sagte Emelie.

»Was hast du gesagt, Mama?«, fragte Lucas.

»Es war nicht an dich gerichtet, Schatz.« Emelie tippte der Instagram-Mutter, der Aushilfserzieherin, auf die Schulter. »Hör auf, Fotos von meinem Kind zu posten.«

Die Frau starrte sie an, das Display des Telefons in ihrer Hand leuchtete noch immer. »Schon gut. Ich werde das Gesicht unkenntlich machen.«

Emelie hob Lucas hoch, dem die Stiefel von den Füßen baumelten. »Was du da postest, ist Scheiße. Die Welt geht unter, der Neffe meines Mannes wurde ermordet, und du meinst, es wäre an der Zeit, Kinder zu exponieren, um deine Popularität zu steigern.«

Der Gummipuffer war so dick wie eine Luftmatratze, und trotzdem knallte die Tür unerwartet laut, als Emelie sie zuschlug.

»Du hast ›Scheiße‹ gesagt«, sagte Lucas.

Emelie dachte vor allem daran, dass sie Teddy ihren *Mann* genannt hatte.

In den letzten Wochen hatte sie versucht, mehr über den Mord an Nikola herauszufinden. Er war ihr Mandant gewesen, und obwohl er tot war, hatte sie immer noch gewisse Befugnisse. Außerdem hatte Linda sie gebeten, sie als Beraterin zu vertreten. Sie war Opfer eines Verbrechens, ihr Sohn war ermordet worden. Emelie hatte Einsicht in die Voruntersuchung beantragt.

Max Lucrezia García war der Sohn von Isak Nimrod. Sie kannte Nimrod durch Teddy, in seiner Jugend waren sie, wie Teddy sagte, in Södertälje »aktiv« gewesen, aber das Bemerkenswerte war, dass Nimrod auch ein Mandant von Jossan gewesen war.

Max war der Junge, der sie am Klettergerüst bedroht hatte, derselbe Junge, der ihr Handy benutzt hatte, um Nikola anzulocken. Sie hatten ihr Handy nicht gefunden, aber sie hatten gesehen, was auf Nikolas Handy stand.

Hallo, ich würde dich gerne am Brunnsängs-Sportplatz treffen. Viele Grüße Emelie.

Sie musste sich fast übergeben, obwohl sie schon gewusst hatte, dass es auf diese Weise vor sich gegangen war.

Max hatte Nikola aus Eifersucht töten wollen. Max hatte versucht, sich in einer Garage eine Waffe zu besorgen, aber die Polizei hatte den Ort gestürmt, wo sie von einem Verrückten gestört worden waren, den sie nicht identifizieren konnten.

Ihr schlechtes Gewissen nagte an ihr. Dass ihr Telefon benutzt worden war, dass Nikola geglaubt hatte, er würde sie treffen, als der Mörder ihn verfolgte.

Sie sah sich die Protokolle der Tatortuntersuchung an. Sie versuchte, die Analyse der gefundenen Kugeln zu verstehen. Die Patronenhülsen lagen allesamt am Straßenrand, aber einige der Kugeln waren mehrere Hundert Meter entfernt gefunden worden, andere gar nicht. Sie untersuchten die Patronen auf DNA, fanden aber nichts, was mit dem Register in Verbindung gebracht werden konnte. Sie studierte die Bilder der Überwachungskameras entlang der Straße: verschwommene Aufnahmen in der Dunkelheit. Der Junge auf dem Elektroroller, der Nikolas Auto folgte. Kreuzungen, Radwege, rote Ampeln. Aber es gab nicht viele Bilder, die meisten Kameras waren auf Schaufenster gerichtet, nicht auf die Straße. Am Ort der Schießerei gab es keine Überwachungskameras. Die Aufnahmen der Drohne waren nicht aufgezeichnet worden. Sie analysierte die Wege der Suchhunde, die den Tatort in immer größeren Kreisen umrundet hatten, ohne eine Spur zu finden. Sie untersuchte die Telefonmitschnitte, die Nikolas Telefonate, die Gespräche mit den Bandenmitgliedern und mit Linda und Bojan zeigten. Auszüge aus den Protokollen des Stromversorgers. Sie las die forensische Analyse des Elektrorollers selbst, der fünfhundert Meter entfernt auf einem Radweg gefunden worden war – voller DNA an den Griffen, aber keine Übereinstimmung mit Max Lucrezia García.

Erschwerend kam das Verhalten des Jungen hinzu: Er reagierte nicht auf die Aufforderungen der Polizei, sich zu stellen. Er war seit Wochen unauffindbar, niemand hatte von ihm gehört. Wer nichts zu verbergen hatte, musste sich nicht verstecken.

Sie dachte daran, wie Nikola versucht hatte, sich festnehmen zu lassen, und wie er sich eine kugelsichere Weste besorgt hatte. Offensichtlich wusste er, dass Max schon länger hinter ihm her war.

»Ich habe Hunger«, sagte Lucas, was bedeutete, dass er etwas Süßes wollte. Emelie brachte manchmal Apfelschnitten mit, aber nicht heute. Die Zeit hatte nicht gereicht. Die Tüte von Coop enthielt nur gefrorene Hühnerfrikadellen und Nudeln.

»Wir treffen nur schnell noch jemanden.«

»Aber ich habe jetzt Hunger«, sagte Lucas.

Sie saßen auf einem der weichen Sofas in einer Ecke der Cadier Bar, dem noblen Restaurant im Erdgeschoss des Grand Hôtel.

Lucas war eingeschlafen, obwohl er Bärenhunger hatte. Die Coop-Tüte lag zwischen Emelies Füßen, die Hühnerfrikadellen waren inzwischen wahrscheinlich aufgetaut.

War sie eine schlechte Mutter?

Sie hatte Jossan in den letzten Wochen angerufen, um sich zu erkundigen, wie es mit Conrad-Christoph gelaufen war, vor allem aber, um herauszufinden, was sie über Isak Nimrod wusste. Sie ging weder ans Telefon, noch antwortete sie auf ihre Nachrichten auf Instagram.

Peder betrat die Bar und sah sich um. Er trug ein hellblaues Hemd und eine Strickjacke mit Lederdetails an den Knöpfen, die teuer aussahen. Sein Haar war schräg gekämmt, aber im Nacken wirr, als hätte er heute Morgen nur die Hälfte geschafft.

Emelie und Lucas waren tief in das Sofa versunken, er bemerkte sie nicht.

»Hier«, rief sie. Es war ein guter Platz für ein Treffen, die Sofas waren perfekt für Lucas.

Peders Gesicht hellte sich auf. »Macht ihr ein Nickerchen? Zu viel Kindergarten heute?«

Lucas schnarchte. Peder umarmte Emelie und setzte sich ihr gegenüber. Er war wie Josephine, brachte alle zum Lachen. »Wie ich sehe, hast du auch das Abendessen mitgebracht«, sagte er und zeigte auf die Coop-Tüte.

»Das hier ist viel zu teuer, also habe ich den Koch gebeten, stattdessen unsere Hühnerfrikadellen zu machen.«

Sie lachten und redeten noch eine Weile. Über Lucas, über Emelies Kanzlei, über ScreenKit. Über Jossan.

»Ich habe hundertmal versucht, sie zu erreichen. Ist sie krank oder so?«

Peder rutschte auf dem Sofa ein Stück näher. »Könnte man meinen, aber sie ist auf Mallorca und arbeitet.«

»Warum?«

»Keine Ahnung, der Mandant wollte es so, und du kennst sie ja. Die fleißigste Ameise unten den fleißigen Ameisen. Loyal bis zum Burnout.«

»Ist sie ausgebrannt?«

»Vielleicht. Es war in letzter Zeit etwas chaotisch, um es mal so zu sagen.«

Emelie dachte an die Scheine in der Tasche, an die fünf Millionen Kronen, die Josephine ihr gezeigt hatte. »Hat das etwas mit Geld zu tun?«, fragte sie.

»Hauptsächlich mit Autos«, antwortete er.

»Sie hat es ja geschafft, sich mit dem ganzen Bargeld so einen Lamborghini zu kaufen.«

Peder setzte sich auf die Kante des Sofas, so nah wie möglich zu Emelie. »Bargeld?«

Emelie wusste, dass sie rot wurde – offensichtlich hatte sie etwas gesagt, was Peder nicht wusste.

»Ich wollte dich fragen«, sagte sie, ohne zu antworten, »ob du weißt, wie ich Jossan erreichen kann. Ich möchte sie was zu einem ihrer Mandanten fragen. Isak Nimrod.«

»Ich kenne die Namen ihrer Mandanten nicht.« Es schien, als hätte Peder die Frage nach dem Geld vergessen. »Warum willst du das wissen?«

Emelie legte eine Hand auf Lucas' Brust und spürte, wie sie sich sanft hob und senkte. Er schlief noch. »Nimrods Sohn wird verdächtigt, einen Mord begangen zu haben.«

53
Isak

Das Meer lag unter ihnen wie ein ewig blauer Teppich, der Horizont war sanft, der Himmel wölbte sich über ihnen in einem freundlich kühlen Ton, hoch und klar. Es war ein herrlicher Anblick.

Isak war vor ein paar Tagen hier angekommen. Er war im Laufe der Jahre mindestens dreißigmal auf Mallorca gewesen. Zuerst die Ausflüge mit den Kumpels nach Magaluf und Palmanova in den frühen 2000er Jahren, als sie obszöne Mengen Bier auf den Happy-Hour-Katamaranen tranken, perverse Mengen Kokain im Ritzo und im Pascha schnupften und in den Bars oben in El Terreno wahnsinnig viele Mädchen flachlegten, sowohl britische Touristinnen aus Manchester als auch Einheimische. Danach war er zurückgekehrt, manchmal zusammen mit Max, als seine finanzielle Situation anders ausgesehen hatte und Max immer noch bereit gewesen war mitzukommen. Teure Wochenendausflüge nach Palma, Luxushotels oben in Son Vida, gemietete Fincas in Alaró mit eigenen Tennisplätzen, 25-Meter-Pools und acht Badezimmern. Vor fünf Jahren hatte er sich ein eigenes Haus gekauft, das Geld floss über einen Makler in Stockholm, dann über eine Bank in Dubai und schließlich über einen Anwalt hier auf die Insel. Aus schwedischer Sicht sah die Transaktion wie eine teure Rechnung einer Baufirma aus. Das Penthouse in Illetas war sein letzter Besitz, von dem die schwedischen Behörden nichts wussten.

Isak kannte Mallorca, aber er war noch nie hier gewandert. Er hatte noch nie die Berge gesehen – oder besser gesagt, er war noch nie *in* den Bergen gewesen. Wie konnte ihm der schönste Teil der Insel bisher entgangen sein? Vielleicht sogar der schönste Teil der Welt.

Die Schweißflecken waren unter seinem College-Hemd nicht zu sehen, aber sie waren da, da war er sich sicher. Er wusste nicht, wie weit sie gelaufen waren, von Deià nach Sóller, vielleicht sieben oder acht Kilometer, aber unbekannte Strecken fühlten sich immer länger an, als sie waren. Wenn er eine neue Strecke joggte, war die Erschöpfung beim ersten Mal immer größer, als wenn er dieselbe Strecke noch einmal zurücklegte. Oder wenn er in ein neues Hotelzimmer zog, kam ihm der Korridor viel länger vor, als wenn er dasselbe Zimmer das nächste Mal aufsuchte.

Sich auf unbekanntem Terrain zu bewegen, war normalerweise kein Problem, aber manchmal war es schmerzhaft. So ging es ihm jetzt. Er musste Max erzählen, was er von Almas Vater erfahren hatte.

Eigentlich hätte er es ihm gleich bei der Ankunft sagen sollen. Er verstand nicht, warum er sich zurückgehalten hatte, vielleicht weil er gehofft hatte, das Mädchen würde abtreiben. Gleichzeitig wusste er, dass es nicht dazu kommen würde – sie war schon zu weit fortgeschritten, und ihr Vater hatte deutlich gemacht, dass sie das Kind behalten wollte. *Isak* wollte *auch*, dass sie das Kind behielt. Vielleicht war die Wahrheit, dass er nicht wusste, was er sagen sollte, und Angst vor der Reaktion seines Sohnes hatte.

Max ging neben ihm her, das langärmelige Hemd einer teuren Marke um die Taille gebunden. An ihm sah man den Schweiß deutlich.

Isak erinnerte sich an die Zeit, als er vier Jahre alt und noch nicht so distanziert gewesen war – wie Max ihn nicht nur umarmt, sondern sich um ihn geschlungen hatte, sich auf seinen Kopf und seine Brust legte und seine Beine wie ein Affenbaby über seinen Bauch drückte. Jetzt war er vielleicht ein Mörder, der bald Vater wurde.

Er hatte seinen Sohn verwöhnt. Die Stone-Island-Pullover, die er ihm gekauft hatte, weil er wusste, wie wichtig Äußerlichkeiten in einem bestimmten Alter sind. Er hatte das Dienstmädchen in Marías Haus bezahlt, damit Max ein würdiges Zuhause hatte. Zahllose Male hatte er ihm ein Uber bestellt oder Ferat oder einen seiner Jungs beauftragt, Max zum Training oder zu Freunden zu fahren. Als Max acht Jahre alt war und sie zum ersten Mal nach Gröna Lund fuhren, bezahlte Isak heimlich für alle Zahlen am Glücksrad. Max sprach immer noch von der riesigen Schokolade, die er gewonnen hatte. Mein Sohn soll ein Gewinner sein, hatte Isak gedacht, mein Sohn wird denken, dass alles möglich ist, dass kein Hindernis zu groß ist. Aber vielleicht hatte er, indem er alle Hindernisse aus dem Weg geräumt hatte, das Gefühl geschaffen, dass es nichts mehr zu überwinden gab.

Max hielt inne, kramte in seiner Hosentasche und zog ein Nasenspray heraus. »Ich glaube, ich bin süchtig danach«, sagte er und inhalierte tief. Er wollte nur über banale Dinge reden, das war so, seit Isak hier war – und da wusste sein Sohn noch nicht einmal etwas von der großen Sache.

»Sollen wir uns kurz hinsetzen und was essen?«

Die Steine waren scharf und grob, nicht glatt und rund wie in Schweden.

»Ich glaube, ich habe noch nie erlebt, dass du Snacks mitgebracht hast«, sagte Max.

»Würdest du heute lieber in einem Beach Club oder auf einer Yacht herumliegen?« Isak reichte ihm das Paket mit Keksen, das er bei Eroski gekauft hatte. Die Wahrheit war, dass sie nicht mehr ewig Geld haben würden, eher im Gegenteil.

Isak hatte noch nie auf diese Weise darüber nachgedacht. Er hatte seinen Sohn an einer der internationalen Schulen angemeldet, die keine Fragen stellten, solange er versprach, das Schulgeld in Höhe von zwanzigtausend Euro zu bezahlen – eine Summe, die er ohne das Geld, das Josephine mitgebracht hatte, nicht hätte aufbringen können. Die Schule wusste, dass der Schüler Schwede war und Max hieß, aber er war unter einem anderen Nachnamen eingeschrieben. Ein vorbestelltes Taxi holte ihn jeden Morgen und jeden Nachmittag ab. Das Leben musste schrecklich langweilig sein, aber nicht so langweilig, wie in einer schwedischen Gefängniszelle zu sitzen – was Isak gerade selbst ausprobiert hatte.

Ein einsamer Vogel saß auf dem nächsten Felsen und beobachtete sie.

»Wann erzählst du mir, was du getan hast?«, fragte Isak.

Max hielt einen Keks zwischen den Fingern. Er musterte ihn und schien nachzudenken, der Keks schien sich ein wenig aufzulösen, als würden seine Fingerspitzen in die Oberfläche eindringen, eine Textur, die verschwand, wenn man zudrückte.

In der Unterwelt war es nicht üblich, über Verbrechen zu sprechen, vor allem, wenn sie nicht aufgeklärt waren, wenn man nicht bestraft wurde, wenn sie sich auf viele Jahre summieren konnten und vor allem, wenn andere daran beteiligt waren. Wer nichts wusste, konnte nicht verdächtigt werden, etwas zu verraten.

»Ich bin dein Vater, du weißt nicht alles über mich, aber wenn ich dir helfen soll, muss ich es wissen.«

»Ich habe nichts getan.«

»Hast du nicht? Du hast meine Zastava aus dem Nachttisch geklaut.«

»Fuck.«

»Sag so was nicht. Du wurdest angeschossen und hast mich um Hilfe gebeten, du wurdest gejagt.«

»Pff.«

»Wer hat dich angeschossen, war es Nikola?«

»Scheißegal.«

»Wir müssen die Polizei dazu bringen, die Anklage gegen dich fallen zu lassen.«

»Ja. Natürlich.«

»Sie wissen, dass du Nikola gesucht hast, dass du eine Anwältin bedroht hast, um ihn zu finden. Du warst sauer wegen Alma und weil er dich angeschossen hat.«

Max zitterte und senkte den Blick.

»Nimm den Kopf hoch, Max.«

»Ich habe nichts Falsches getan.«

»Es wird nicht reichen, das den Polizisten zu erzählen. Glaub mir.«

»Du hast keine Ahnung, was passiert ist.«

Isak musste es jetzt sagen, er *musste* ihm sagen, dass Alma schwanger war.

»Liebst du Alma?«, fragte er stattdessen.

Max zerdrückte den Rest des Kekses und warf die Krümel auf den Boden. »Was spielt das für eine Rolle?«

Isak hatte vorgehabt, es ihm zu sagen. Jetzt zögerte er.

Später. Max war schon in eine Art Salon geführt worden, mit einer fünf Meter hohen Decke und einer Ritterrüstung in der Ecke. An den Wänden hingen gerahmte Fotos, auf denen immer dieselbe Frau zu sehen war: professionell fotografiert, gestylt, bis zur Unkenntlichkeit retuschiert. Aber Isak hatte sofort erkannt, wer es war.

Der Schweiß war getrocknet, sie waren vor weniger als einer Stunde vom Berg heruntergekommen.

Isak blieb im Flur stehen. Ein Dienstmädchen stellte geschnittenes Obst hin, Ananas, Kiwi und ganze Erdbeeren, die eindeutig süßer waren als die in Schweden.

Es war Zeit, eine alte Geschäftspartnerin zu treffen, Michaela. Er wusste, dass viele sie jetzt die *Kim Kardashian der Weißen* nannten oder die Königin des Mittelmeers oder noch krasser: *Nova Kuma*.

Er hatte ihren Vater nicht gut gekannt, aber sie waren sozusagen im selben Business gewesen.

Er hoffte, dass Max sich nicht zu sehr langweilen würde und vor allem, dass er das Gespräch, das Isak gleich führen würde, nicht hören konnte.

Michaela schwebte herein. Flip-Flops, Sonnenbrille und Strandkleid, sie war *Nova Kuma*, so kleidete sie sich: eine superluxuriöse Ibiza-Nomadin. Eine Frau, die das Leben genoss, ohne viel Aufhebens zu machen, und die die Macht hatte, sich teurer zu kleiden, als es sich die meisten Schweden vorstellen konnten.

Drei Küsse auf die Wange. Höflichkeiten.

Ernst dreinblickende Typen im Hintergrund mit Ohrstöpseln und den Händen vor dem Schritt, wie Spieler in einer Freistoßmauer. Sie sollten sich entspannen, Isak war auf fremdem Terrain.

Michaela führte ihn auf die Terrasse. »Du hast doch auch ein Haus hier auf der Insel, oder?«

Isaks Haus war schön, die Dachterrasse siebzig Quadratmeter groß, aber nichts im Vergleich zu dem hier – Michaela war nicht nur in einer anderen Liga, sie spielte einen ganz anderen Sport, sie hatte einen eigenen Hubschrauberlandeplatz auf dem Grundstück.

»Ein ganz kleines, in Illetas.«

»Findest du nicht, dass es dort zu viele Schweden gibt?«

Die Aussicht war unglaublich, die Wände des Infinity-Pools waren aus Glas, sodass man durch das Wasser im Pool das Meer dahinter sehen konnte. Die Pinien und Palmen, die Yachten, die auf dem Mittelmeer schaukelten: Es war wie ein Gemälde.

»Mein Sohn geht dort zur Schule«, sagte er.

Michaela gab ihm mit einer Geste zu verstehen, dass sie sich setzen sollten. Die Kissen des Sofas draußen waren steif. Ein Mann mit Schnurrbart kam mit einem Getränkewagen heraus. Die Wachen standen überall verteilt. Kartellstimmung.

Michaela lächelte womöglich, es war nicht leicht zu erkennen. Viele Bräute, die er kannte, liebten es, an ihrem Gesicht herumzudoktern und sich Zeug in ihre Lippen und ihr Kinn spritzen zu lassen – aber er wusste nicht, dass es möglich war, so viele Eingriffe vorzunehmen, wie es *Nova Kuma* offenbar getan hatte. Auf den Fotos im Flur war sie wahrscheinlich gar nicht so stark retuschiert worden.

Es gab Fische, und es gab *große* Fische. Er musste das jetzt gut über die Bühne bringen.

»Ich habe gehört, dass du verhaftet wurdest«, sagte sie und legte ihr Handy auf den Tisch.

»Wurden wir nicht alle mal verhaftet? Dein Vater hat sicher auch ein paarmal gesessen.«

Ihr Lächeln verschwand. »Ich weiß nicht, wovon du redest.«

Oh, Scheiße. Scheiße.

Sie griff nach dem Getränkewagen und öffnete eine Flasche Bier. »Ich liebe dieses alkoholfreie Bier, das sie jetzt machen.«

Sie schien seine plumpe Bemerkung schon vergessen zu haben. Sie unterhielten sich noch eine Weile: über den neuen Yachthafen in Cala Nova, über das Wahnsinnshaus, das der Glücksspielmilliardär in Bendinat bauen ließ, über die dritte schwedische Bäckerei in Palma.

Jetzt musste er zur Sache kommen, denn durch das Panoramafenster des Salons konnte er Max sehen.

»Michaela, ich glaube, du könntest dich für ein Geschäft interessieren, das ich gerade am Laufen habe. Es geht um Immobilien. Du bekommst günstige Konditionen.«

»*For you only*?« Sie lachte, und er hoffte, dass es nicht spöttisch gemeint war.

»Es ist kein Geheimnis, dass ich unter Druck stehe«, sagte er. »Das Finanzamt ist hinter mir her. Normalerweise würde ich wie ein Löwe kämpfen, bis zum letzten Blutstropfen. Aber jetzt brauche ich Geld, schnelles Geld sozusagen. Ich bin bereit, meine Immobilien in Södertälje, Botkyrka und Järva zu verkaufen. Für dreißig Millionen Kronen.«

Er reichte ihr den Stapel Papiere, die für den Verkauf an Kim Barent vorbereitet worden waren: Auflistungen der Immobilien, Mieteinnahmen, Besichtigungen, Wertgutachten und so weiter.

Michaela trank die Bierflasche aus und rührte die Papiere nicht an. »Wo ist der Haken, außer dass gegen dich ermittelt wird?«

»Reicht das nicht?«

»Ist die Steuer schon vom Preis abgezogen?«

»Ja, sämtliche Steuern, du brauchst dir also keine Sorgen zu machen. Sie werden nicht hinter dir her sein.«

»Nein?«

»Der Bestand ist mindestens das Fünffache wert. Ich habe bereits einen anderen Käufer gefunden.«

»Dann verkaufe doch an deinen zweiten Käufer.«

»Ich möchte an dich verkaufen.«

»Also frage ich noch einmal: Wo ist der Haken?«

Isak wandte sich ab. Er schaute wieder zu Max, der wie immer über sein Handy gebeugt war. »Der Haken ist«, sagte er, »dass das gesamte Vermögen von der schwedischen Regierung eingefroren wurde und beschlagnahmt werden kann.«

Bierschaum spritzte aus Michaelas Mund, als sie lachte.

Jetzt war er am Arsch.

»Isak, du hast meinen Vater gekannt. Ich respektiere dich.« Michaela wischte sich mit dem Handrücken über den Mund, eine Bewegung, die auch ihr Vater hätte machen können. »Ich kaufe alles, jede Wohnung, jeden Keller, jede Garage, *was auch immer*, aber unter einer Bedingung.«

Es klang zu gut, um wahr zu sein.

»*Du* wirst die juristischen Probleme lösen, ohne mir Probleme zu bereiten. Hast du verstanden?«

Er nickte, als wäre das eine erwartete Antwort, und versuchte, ruhig zu wirken.

»Wir sind hier nicht in Marbella«, sagte Michaela. »Hier fahren die Leute nicht sinnlos Ferraris, und die Huren laufen nicht offen durch die Straßen. Keine Öl-Araber und keine Kanaken mit Dealer-Taschen. Wir sind nicht vulgär. Wir machen anständige Geschäfte, Geschäfte, die die Behörden nicht auf den Plan rufen. Und damit fahren wir bisher sehr gut.«

Das war mehr als deutlich.

»Mit wem machst du Geschäfte?«, fragte er.

»Solche Dinge behält man für sich.« Michaela lächelte schief. Er sah sein eigenes Spiegelbild in ihrer Sonnenbrille. »Aber ich habe den Kontakt zu deinem alten Viertel nicht ganz verloren. Ich schicke manchmal Sachen rüber.« Michaela griff wieder nach dem Getränkewagen. »Möchtest du noch etwas trinken?«

Da klingelte ihr Telefon. Sie schnappte es blitzschnell und drückte den Anruf weg.

Isak hatte es trotzdem geschafft, den Namen auf dem Display zu sehen. Damit hatte er nicht gerechnet.

Björne. Das hatte dort aufgeblinkt. Es gab nur einen Menschen auf der Welt, den er und Michaela so nennen würden: Teddy Maksumic.

Was zum Teufel? Hatte *Nova Kuma* ein Business mit Teddy am Laufen?

Isak fuhr langsam, das letzte Stück hinunter nach Illetas war kurvenreich. Max klebte immer noch am Handy. Die Gegend war um diese Jahreszeit wie ausgestorben, es war wirklich so, wie Michaela gesagt hatte: ein Suedi-Ort – und die Schweden kamen erst, wenn die Weihnachtsferien begannen.

Ich habe gute Nachrichten. Du wirst Vater. Sein Kopf war jetzt voll mit anderen Gedanken, er konnte es nicht sagen.

Alles wird gut. Wir können Alma und das Baby holen, wenn es ein paar Monate alt ist.

Michaela war bereit, seine Immobilien zu kaufen und ihn finanziell zu entlasten, solange er die rechtlichen Fragen klärte. Das war ein unglaublicher Schritt.

Ich verstehe, wenn das komisch ist, aber du wirst es schaffen, Max. Du wirst ein guter Vater sein.

Er hatte bereits eine Anwältin einfliegen lassen, um die letzten Reste dessen, was er noch besaß, zusammenzukehren.

Vater zu sein, ist das Beste auf der Welt.

Josephine war Wirtschaftsanwältin in einer der besten Anwaltskanzleien Stockholms – er hatte nicht gedacht, dass er sie für so etwas brauchen würde, aber vielleicht hatte er es geahnt.

Es ist nicht immer leicht, Vater zu sein. Man darf sein Kind nicht zu sehr verwöhnen und es ihm nicht zu leicht machen.

Josephine hatte vorgehabt, ihn zu betrügen, aber heute war

das nur von Vorteil, denn jetzt wusste er, wie sie tickte. Sie hatte ihm geholfen und dafür gesorgt, dass sein letztes schwedisches Geld hier gelandet war.

Halt dein Kind fest, Max. Lass es niemals los.

Josephine würde austüfteln müssen, wie er alles *Nova Kuma* verkaufen konnte.

Dann kam ihm ein anderer Gedanke: Björne – Teddy. Michaela hatte gesagt, sie würde ab und zu Zeug in seine alte Hood schicken. Es konnte nur eine Art von Ware sein. An Teddy.

Er öffnete den Mund, aber er schluckte die Worte hinunter, sie würden nicht richtig herauskommen. Er musste es Max morgen sagen.

54
Teddy

»Heute wird es ein Gemetzel geben«, sagte Ali Zwei.

Jacub lachte.

Teddy tat sein Bestes, um auch zu lachen.

»Jetzt mache ich Dönersoße aus dir, *wallah*«, sagte A2.

Jacub versuchte aus Spaß wegzulaufen. Es gab Gerangel.

Teddy fühlte sich dumpf, wieder wie betäubt auf Xanor.

»Ich schwöre, es wird … wie heißt das … wie heißt das … Masskaken geben.«

Jacub stupste Ali an. »Du bist ja zu doof zum Reden. Das nennt man ein Massaker. Und ich werde dich massakrieren.« Jacub lachte so laut, dass man es wahrscheinlich bis zur Metrostation hören konnte.

Nach der erfolgreichen Befreiungsaktion waren die Jungs besonders gut gelaunt. Teddy war nicht dabei gewesen, aber laut Ali war der Coup unerwartet glatt verlaufen.

»Wir sind einfach dreihundert Meter vor der Gefängnisgarage vor das Auto gefahren, haben mit ein paar Knarren gewunken, und der Große Bruder ist ausgestiegen. Hat weniger als zwanzig Sekunden gedauert.«

»Krass.«

Ali Zwei zuckte mit den Schultern. »Es war nicht mal krass. Nur hopp, hopp, weißt du. Jetzt ist der Boss raus.«

Teddy wusste es bereits. Nur wenige Minuten nach der Befreiung hatten die Zeitungen mit der Berichterstattung begonnen.

Berüchtigter Gangsterboss auf der Flucht.

Der Druck auf Teddy wuchs um ein Vielfaches. Achtsamkeit, Meditation, die Fähigkeit, äußere Ablenkungen auszublenden, den Körper zu spüren, im Augenblick zu sein, schlechte Gedanken durch sich hindurchfließen und verschwinden zu lassen. Mit einem Mikrofon im Schuh war das alles Quatsch. Es war wie ein großes Stück Kies, wobei er es eigentlich gar nicht spürte. Es war purer Phantomschmerz, es fraß sich in ihn hinein.

Er hätte sich weigern können, Cilla Franks Wanze unter die Leiste eines seiner schwarzen Nike Air Max zu kleben, zumal er den Gerichtssaal gerade als freier Mann verlassen hatte. Gleichzeitig war es ihre Aussage, wegen der er auf freiem Fuß war, und er hatte versprochen, ihr zu helfen.

Was ihn wirklich zur Kooperation bewegte, war etwas anderes. Er musste herausfinden, wer der Polizeispitzel war, sonst war es nur eine Frage der Zeit, bis Kerim ihn entlarven würde, und dann war es vorbei. Außerdem war er, solange er Cilla Frank um sich hatte, einigermaßen immun gegen die Bullen. Vielleicht würde er diesen Schutz in mehr als einer Hinsicht brauchen. Vielleicht würde er sich früher oder später für Nikolas Tod rächen.

Trotzdem: Er hätte nicht zustimmen dürfen, ein verstecktes Mikrofon zu tragen. Cilla Frank hatte darauf bestanden. »Deine mündlichen Aussagen reichen nicht mehr aus. Kerim Celali ist zu schlau.«

»Aber er ist doch in Haft, installieren Sie doch stattdessen eine Wanze in seiner Zelle.«

»Das geht nicht, die Mitarbeiter des Gefängnisses arbeiten so nicht mit uns zusammen.«

»Dann verkabeln Sie doch Ali Zwei.«

»Das ist unmöglich. Du siehst doch, was passiert. Ich glaube, Celali plant seine Rückkehr.«

Sie hatte recht, mehr als er ahnte. Hätte er nicht selbst in Untersuchungshaft gesessen, hätte Ali Zwei ihn bestimmt in die Fluchtpläne einbezogen.

Sie fuhren heute ins Ultimate Gym auf Skärholmen. Ali wollte mit Jacub ein paar Sparring-Runden absolvieren, der behauptete, er habe in der Junioren-MMA gekämpft.

Die Halle war viel größer, als Teddy erwartet hatte. Es war, als würde man einen Hangar betreten, nur mit weichem Boden und in Schaumstoff gehüllten Säulen. An den Wänden hingen Boxsäcke und TRX-Bänder, Regale mit Pratzen, Handschuhen, Helmen, Schienbeinschonern und Fausthandschuhen. Sogar einen Genitalschutz konnte man sich ausleihen. An einigen Stellen hingen große Bilder der Helden dieses Ortes: derer, die es in die UFC geschafft hatten. Abubakarov Ahmadovich, Benjamin Anderson, Welcome Ncita und Cassandra »Cassy« Bolin.

Am anderen Ende stand der Käfig.

Jacub feuerte einige der Jungs an, die darin herumstanden und sich gegenseitig Schläge verpassten.

Ali Zwei war sichtlich gut gelaunt und schlenderte gemütlich umher.

Sie gingen in den Umkleideraum, Ali und Jacub zogen sich um. Ein kluger Mensch, ein Akademiker mit einer guten Nase zum Beispiel, könnte eine Doktorarbeit über den Geruch dort drin schreiben.

Emelie war gestern zu ihm nach Hause gekommen – oder besser gesagt, sie stand vor seiner Tür. Sie weigerte sich, die Wohnung zu betreten.

»Du wirst Lucas nicht sehen, auch nicht mit jemand anderem«, sagte sie.

»Aber du meintest doch, ich bekomme ihn jedes zweite Wochenende.«

Sie schmatzte mit den Lippen. »Wir hatten auch abgemacht, dass du deine Ansprüche an Lucas zurückstellst, wenn ich dich verteidige. Ich glaube, es ist zu gefährlich für Lucas, mit dir zusammen zu sein. Du verkehrst in einem schlechten Milieu.«

Sie standen einander gegenüber. Emelie hatte die Hände in die Manteltaschen gesteckt.

»Ich werde Lucas nie aufgeben«, sagte er.

Sie schwiegen beide.

Teddy dachte an all die verschiedenen Arten von Stille. Die dichte Stille an Orten, die verschlossen und verriegelt waren: eine Zelle, der Arrest, ein Gefängnis. Die dumpfe Stille in den Ohren, wenn man Kopfhörer mit Geräuschunterdrückung trug. Die leere Stille der Toten, Nikola, Teddys Mutter, und dann die schwere Stille *der Sterbenden*. Es gab die leere Stille derer, die aufgehört hatten zu glauben, die große Stille in einer verlassenen Kirche, und es gab die leise Stille, wenn sich jemand vor sich selbst versteckte. Und dann war da noch diese unangenehme Stille, die den Raum füllte zwischen Menschen, die nicht wussten, was sie einander sagen sollten. Teddy hatte sich gewünscht, dass sie in die Wohnung kam, jetzt wollte er nur noch, dass sie ihre Meinung änderte.

»Eins noch«, sagte Emelie. »Du sollst wissen, dass ich die Polizei angerufen habe, sobald ich ein Telefon hatte.«

»Okay.«

»Ich bin auch hingefahren, zur Polizeistation. Ich habe ihnen gesagt, dass Max Nikola sucht, dass er mit dem Elektroroller losgefahren ist, um ihn zu finden.«

»Ich weiß, dass du das gemacht hast.«

»Aber du weißt nicht, dass ich Zugang zu den Ermittlungsunterlagen habe. Ich weiß, dass meine Informationen weitergegeben wurden. Es gibt einen Bericht, der aufgrund meiner Anzeige erstellt worden ist, und es gibt auch einen Bericht über den Vorfall, aus dem hervorgeht, dass zum Beispiel Cilla Frank den Bericht zur Kenntnis genommen hat.«

»Wann?«

»Zeitgleich mit der Razzia.«

»Na los«, rief Jacub. »Jetzt kriegt Klein Ali ein paar aufs Maul.«

Teddy folgte ihnen in die Halle, er war als Freund hier, die jüngeren Kerle wollten Spaß haben, das war ein weiteres Zeichen der Akzeptanz. Er war nicht mehr nur ein Geschäftskontakt oder ein oberflächlicher Bekannter von Ali, er war ein Bruder.

Sie gingen zum Käfig. Ein großer Mann mit kahlgeschorenem Kopf und Boxernase lief herum und gab den Jungs Anweisungen.

»Immer mit der Ruhe«, sagte Teddy. »Schlagt euch nicht die Zähne aus.«

Ali Zwei haute ihm locker auf die Schulter. »Du solltest dich umziehen und mitkommen.«

Teddy blieb stehen und zog Ali am Arm. »Ich möchte, dass du etwas weißt. Ich bin dankbar für all die Liebe, die du mir geschenkt hast, seit das mit Nikola passiert ist. Das werde ich nie vergessen.«

Ali Zwei drehte sich um und umarmte ihn. Eine richtige Umarmung, nicht nur ein Schulterklopfen. »Ich weine mit dir, Bruder.«

Teddy musste ernst aussehen. Nein, er musste nicht ernst *aussehen*, das war echt. Er verriet Ali, der seit Monaten sein Freund war.

Er dachte daran, was Emelie ihm erzählt hatte: Cilla Frank wusste von Emelies Bericht über Max' Jagd auf Nikola.

Ali und Jacub kletterten in den achteckigen Käfig, die schwarz gepolsterten Pfosten wackelten, das Gitter klapperte.

»Wo sind die ganzen *ring girls*?« Teddy grinste.

»Die kommen schon noch«, rief Ali aus dem Käfig. »Wenn sie sehen, wie ich meinen *arm triangle choke* gegen Jacub ausführe.«

Teddy stand neben dem Gitter. Der Oberkörper von Ali Zwei glänzte vor Schweiß, obwohl sie noch gar nicht angefangen hatten.

Der kräftige Mann mit der Boxernase kam auf ihn zu. Er war ungefähr in Teddys Alter, und auf seinem T-Shirt stand *Instructor*. »Wer bist du?«, fragte er.

»Ich gehöre zu Jacub.« Teddy deutete auf das Achteck.

»Alles in Ordnung, Gino«, rief Jacub. »Er gehört zu mir.«

Die Blumenkohlohren des Trainers waren kraus, seine Unterarme so breit wie Oberschenkelmuskeln. »Du darfst hier drin keine Schuhe tragen.«

Das Mikrofon glühte. »Ich schaue nur meinen Brüdern zu.«

»Aber du musst die Schuhe ausziehen«, sagte Gino, der Ausbilder.

Teddy versuchte es mit einem Scherz. »Das wird nicht lustig, verstehst du, das wird stinken.«

Die Nase des Trainers war so flach, dass seine Augenbrauen zuerst die Tapete berühren würden, wenn er gegen eine Wand lief. »Zieh deine Treter aus«, sagte er. »Alle hier drinnen tun das.«

Jacub trat an den Rand des Käfigs. »Gibt es ein Problem?«

Ali Zwei stand da, das Kinn in die Luft gereckt.

Teddy konnte seine Schuhe nicht ausziehen, er wusste nicht, ob die Wanze davonfliegen würde. Er änderte seine Strategie und lächelte nicht mehr. »Du sagst mir nicht, was ich tun soll.«

Ringen mit den Augen. Um-die-Wette-Starren. Blick-MMA.

Teddy sah aus den Augenwinkeln, wie Ali Zwei und Jacub den Käfig verließen und näher kamen.

»Schuhe ausziehen«, sagte der Trainer, ohne mit der Wimper zu zucken.

Die Jungs im Hintergrund hatten aufgehört zu schlagen, die Stille war schwer wie ein Medizinball in einer Turnhalle.

Das war das Problem mit der Straße. Man musste eine Menge Scheiße tun, ohne zu blinzeln, und das war das Verrückte daran: Wenn man blinzelte, konnte man genauso gut tot sein. Teddy hatte irgendwo gelesen: Die Straße ist ein Vampir, sie saugt einem das Blut aus.

Er schlug schnell zu.

Etwas knackte und knirschte unter seinen Fingerknöcheln.

Der Trainer schrie vor Schmerz auf. Blut spritzte auf den Boden. Wahrscheinlich war er ein Profi – aber selbst Profis konnten nicht mit einer gebrochenen Nase und Blutspritzern in den Augen umgehen.

Es brach das totale Chaos aus. Aus allen Ecken stürmten Kerle mit erhobenen Fäusten herbei.

Ali Zwei und Jacub versuchten, sie auf Abstand zu halten.

Teddy beugte sich im Getümmel vor, riss das verdammte Mikrofon los und warf es weg.

Ali schob die Jungs aus dem Weg, brüllte Schimpfwörter. Jacub blieb in Deckung, senkte das Kinn und brüllte noch hässlichere Worte.

Teddy trug immer noch seine Nike Air Max.

55
Gabriel

Die Tage vergingen. Er war mit Alma zu einer weiteren Untersuchung im Gesundheitszentrum gewesen, das Baby wuchs, wie es sollte, man konnte das kleine Ding immer deutlicher sehen. Er rief Zeinab an und schickte ihr Nachrichten, aber sie antwortete nicht. Er arbeitete, als ginge es um sein Leben: Überwachung, Hausdurchsuchungen, Verhaftungen. Die Aktionsgruppe Acht hatte noch nie so viel zu tun gehabt – seit Kerim Celali geflohen war, hatte sich das Chaos auf den Straßen in einen Weltkrieg verwandelt. Er wartete darauf, dass sich der Boss meldete, um ihm zu danken, aber es gab immer noch kein Lebenszeichen von ihm. Er trainierte härter als je zuvor, fünfzehn Klimmzüge mal drei, zwanzig Klimmzüge mal vier, ruderte drei Kilometer in zehn Minuten. Er ging noch einmal mit Alma in den Babyladen, kaufte Wickelauflagen, Babyflaschen und Überwachungskameras für Tausende von Kronen, dachte nach, plante, sprach mit André darüber, warum Cilla Frank zu Teddys Gunsten ausgesagt hatte, es war seltsam, es war verdächtig. Er mailte Zeinab, kommentierte sogar auf ihrem Instagram-Account: *Können wir nicht reden?* Keine Antwort. Er suchte unter verschiedenen Adressen nach Max, er suchte nach Max' Vater – keiner von ihnen schien noch in Schweden zu sein, einer der Klassenkameraden des Jungen sagte, Max könnte auf Mallorca sein, die Familie hatte dort offenbar ein Haus. Nachts konnte er nicht einschlafen, er trank keinen Kaffee mehr, machte um halb elf das Licht aus – und lag trotzdem bis halb zwei wach. Cilla Frank war wütend. Sie sprachen mehrmals am Tag, er tauschte sich immer wieder mit André aus, mit anderen Kollegen, Kerim Celali war immer noch auf der Flucht. Gabriel trainierte härter, joggte zwanzig Kilometer in fünfundachtzig Minuten – die Dezemberkälte schnitt ihm in die Lungen, aber sie machte seinen Kopf frei. Sein Antrieb war, wegzukommen, Alma zu beschützen: Es gab für ihn nichts mehr zu gewinnen, nichts Positives, nur noch Pushfaktoren. Eine Ratte hätte ihn jederzeit verraten können. Sie hatten mit einer Mentorin darüber gesprochen, wie Almas Schulausbildung aussehen würde, wenn das Baby da wäre, aber es war nicht Zeinab, die sie trafen, sie hatte sich krankgemeldet. Almas idiotischer Freund weigerte sich, sie zu kontaktieren, er war in Spanien nicht auffindbar. Dann tat Gabriel das, was er schon lange hätte tun sollen, er suchte Max im Fahndungsregister. Verdammt – ihm wurde klar, warum der Kerl verschwunden war. Der Vater des Kindes in Almas Bauch war der Hauptverdächtige im Mordfall Nikola. Dem Mord, den er selbst durch die Drohnenkamera beobachtet hatte.

Wie konnte er das übersehen haben? Wahrscheinlich, weil er nicht an den Ermittlungen beteiligt war, sondern nur einen Bericht über seine Beobachtungen des Geschehens geschrieben hatte. Er wusste, was passiert war, er interessierte sich für Kerims Jungs, aber er hatte den Namen des Verdächtigen nicht überprüft. Das war nicht nur dumm, sondern auch verantwortungslos gegenüber seiner Tochter.

Jetzt rief Cilla Frank an. »Ich glaube, ich höre auf.«

»Was ist passiert?«

Er wusste schon, was passiert war.

»Ich dachte, wir wären besser als das in diesem Land.«

»Was meinen Sie?«

Ihre Stimme klang härter, als er sie je zuvor gehört hatte. »Bei uns gibt es ein Leck. Wir haben einen Verräter in unseren Reihen.«

Er brachte keinen Ton heraus. In seinem Mund war kein Speichel mehr, sein Gaumen war eine Wüste.

Cilla erwartete keinen Kommentar. »Wir haben die Flucht analysiert. Sie wussten genau, welchen Wagen sie abfangen mussten, obwohl innerhalb einer Stunde sieben verschiedene Transporte das Gefängnis verließen.«

»Könnte jemand von der Transportfirma mit ihnen unter einer Decke stecken?«

»Wir haben uns ihre Telefongespräche angesehen. Das glauben wir nicht.«

Er wollte fragen, woher ein Polizist genau wissen sollte, in welchem Wagen Celali saß, aber er schwieg. Eine solche Frage hätte Cilla Frank dazu bringen können, den Wachmann auf dem Flur des Gefängnisses zu befragen.

Cillas Stimme klang jetzt so hart, als würde sie mit zusammengebissenen Zähnen sprechen. »Ich werde diesen Bastard finden. Ich habe meinen Trumpf, meinen Infiltrator.«

Er sollte seine Sachen packen, wie er es bereits geplant hatte, und sofort mit Alma abreisen. Das ging natürlich nicht. Cilla Frank würde ihn durch ganz Skandinavien jagen, wenn herauskam, was er getan hatte, sie würde ihn durch ganz Europa jagen, durch die ganze Welt. Es gab keine Möglichkeit zu entkommen, nicht einmal das Land zu wechseln. Vor allem jetzt nicht, wo er Großvater werden würde, das konnte er Alma nicht antun. Aber Cilla Frank würde ihn wahrscheinlich nicht entlarven können ohne Informationen von ihrer eigenen Ratte. Dass er in dem Gang gewesen war, in dem sich Celalis Zelle befand, war kein ausreichender Beweis, falls Cilla es überhaupt herausfand.

Seine Gedanken waren geradlinig, logisch wie mathematische Gleichungen. Sie waren eine eigene Sprache mit einer strengen Grammatik, die Regeln folgte. Es gab nur eine Schlussfolgerung, einen rationalen Endpunkt: Der Infiltrator musste sterben. Um Almas willen und um des Kindes willen.

Es war keine schöne Schlussfolgerung, aber es war unvermeidlich.

André war auch in der Umkleidekabine, das Handtuch um die Hüften geschlungen, der Körper feucht, nicht vom Duschen, sondern vom Schwitzen. Er war obszön fit, aber aus irgendeinem Grund konnte Gabriel an nichts anderes denken als an seinen Schwanz. André hatte getan, was man tun muss, wenn man zum Islam konvertiert. Gabriel wandte das Gesicht ab, der Schmerz bei einer Beschneidung war zu groß, er konnte da jetzt nicht dran denken.

Ansonsten waren sie hier allein. André gehörte wie er zu denen, die immer am längsten blieben und im Fitnessraum der Polizeistation trainierten. Vor ein paar Tagen hatte er darauf hingewiesen, dass *Cilla Frank zu Teddys Gunsten ausgesagt hatte.*

»André«, sagte er leise, vor allem um zu zeigen, dass er unter vier Augen sprechen wollte. »Weißt du, dass wir einen Maulwurf haben?«

André öffnete seinen Spind, ließ die Tür aber weit offen, ohne etwas herauszunehmen. »Ich habe davon gehört, alle reden davon. Cilla hat mich auch angerufen und es mir erzählt. Irgendwie wussten sie, in welchen Transporter man Celali setzen würde.«

»Genau.« Gabriel lehnte sich an die Wand und tat ganz entspannt, obwohl sein Herz so schnell schlug, dass es auf der Außenseite seines Hemdes zu sehen war. »Ich kann nicht aufhören, über eine Sache nachzudenken. Wer von uns hat dafür gesorgt, dass Teddy Maksumic davonkommen konnte?«

»Sie.«

»Und wer hat die Razzia im Kulturverein angeordnet, *nachdem* Kerim Celali vermutlich seine Waffe abgegeben hat? Damit er ungestraft davonkommt.«

»Sie.«

André zog seine Unterhose unter dem Handtuch hoch – vielleicht hatte er Angst, sich nackt zu zeigen.

»Sie ist immer diejenige, die sich einmischt, wenn etwas schiefläuft«, sagte Gabriel.

André rollte ein Deo unter einer Achselhöhle hin und her, es roch nach Seife und Grapefruit, aber auch nach Handdesinfektionsmittel. »Vielleicht sollten wir sie im Auge behalten.«

Genau so.

Ein Plan in Bewegung, eine Idee, um Cilla Franks Infiltrator zu finden.

56
Josephine

Die meisten Schweden, die sich auf der Insel niederließen, liebten das Wetter, sie kamen wegen des warmen Herbstes und des milden Winters und wegen des *Laid-back*-Lebensstils. Für Jossan war es hier komisch, fünfzehn Grad tagsüber, etwas kühler in der Nacht und am Morgen. Keine kahlen Bäume, kein Schnee, nicht einmal Frost. Gleichzeitig war nichts von dem, was draußen geschah, von Bedeutung. Sie hatte noch nie in ihrem Leben so hart gearbeitet, und das hieß einiges – als sie neu bei Leijon war, hatte sie über diejenigen gelacht, die siebzig Stunden pro Woche arbeiteten. Sie selbst hatte in ihrem ersten Jahr mehr als dreitausend Stunden gezählt. Jeder in der Branche wusste, dass das etwas Außergewöhnliches war, dass diejenigen, die das schafften, Tiere waren, dass sie Maschinen waren, dass sie praktisch eine Neunzig-Stunden-Woche brauchten. Die vergangenen zehn Tage ließen Neunzig-Stunden-Wochen wie Urlaub erscheinen.

Sie hatte ein Zimmer im Hotel Cort, gegenüber der öffentlichen Bibliothek von Palma, vor dem Fenster mit Blick auf den Platz stand ein achthundert Jahre alter, knorriger, krummer Olivenbaum, aber sie schlief nie dort. Isak hatte eines seiner Gästezimmer in ein Büro verwandeln lassen. Dort schlief sie, dort arbeitete sie.

Ihre erste Aufgabe war es, Geld aufzutreiben. Ihre zweite Aufgabe war es, das Geld ins System zu bringen, damit Isak es leichter verwenden konnte. Vor ein paar Tagen hatte sie ihren eigentlichen Auftrag bekommen. Das, was Isak als »andere Geschäfte« bezeichnet hatte.

Sie las die Verträge, bis ihre Augen so trocken waren, dass sie doppelt sah. Isak schickte seinen Sohn los, um Augentropfen zu kaufen, und forderte sie auf weiterzumachen. »Sie wissen, dass Sie gut bezahlt werden.« Mietverträge, Erbpachtverträge, Bauverträge, Finanzierungsverträge, Anteilsübertragungen, Grundstücksanpassungen, Baugenehmigungen und vor allem Kaufverträge. Sie aß Nudeln und trank Tee, bat Max, mit dem Moped zu Ikea in Son Malferit zu fahren und schwedische Süßigkeiten zu kaufen. Sie rückdatierte Verträge, eröffnete neue Konten, bat Isak, Strohmänner anzuheuern, führte Videotelefonate mit Trustmanagern in Dubai, traf sich mit fünf Bankern und ebenso vielen sogenannten Finanzberatern, Experten auf einem einzigen Gebiet: Geldwäsche. Sie aß Fizzypops und Marabou-Schokolade. Max kam mit Kopfschmerztabletten und Handcreme – sie hatte mitbekommen, dass er hier übernachtete, aber mehr wollte sie nicht wissen. Isak selbst sagte nur: »Kommen Sie voran?« Sie schlief im Gästebett, ohne die Tagesdecke abzunehmen, sie roch nach Schweiß, es gab ein eigenes Bad mit Dusche und Bidet, wenn sie sich wusch, dann in weniger als zwei Minuten. Sie bestach Leute in Schweden, die im Grundbuchamt und im schwedischen Unternehmensregister arbeiteten, ließ Dokumente rückdatieren, baute Firmenstrukturen auf, gründete Briefkastenfirmen. Sie schickte kurze Bildnachrichten an Peder: *Alles in Ordnung. Die Weihnachtsbeleuchtung hängt jetzt* – obwohl sie das Foto gar nicht selbst gemacht hatte. *Ich arbeite sehr hart und rechne auch saftig ab.* Peder fragte, wie hart. Er schrieb: *Emelie möchte, dass du sie anrufst.* Jossan hatte gerade keine Zeit. Er wollte wissen, ob er sie vor Weihnachten besuchen könnte. *Ich hoffe, dass ich vor Weihnachten fertig bin,* antwortete sie. Das war wohl nicht der Fall. Sie sprach mit Magnus Hassel, bat die Anwaltsgehilfen um Hilfe bei den nicht-kontroversen Teilen, den Anmeldeunterlagen, den Bankkontakten, den Lagerfirmen. Sie drehte die Zeit zurück, ließ ein Immobilienimperium so aussehen, als wäre es vor einem halben Jahr übertragen worden, um die Regeln des Zwangsvollstreckungsgesetzes zu umgehen. Sie hatte Sandkörner in den Augen, träumte von Vollstreckungsbescheiden und Zwangsvollstreckungen, davon, dass die Paragraphen lebendig wurden und sie mit ihren dünnen Beinen zum Strand jagten, den sie an Tagen, an denen die Vorhänge nicht ganz zugezogen waren, durch das Fenster sah. Sie schrieb Peder eine Nachricht: *Ich liebe dich, aber dieser Auftrag bringt mich um. Am besten reden wir ein paar Tage lang nicht.* Er antwortete, indem er sie anrief.

»Ich komme dich am Wochenende besuchen. Ich habe den SAS-Flug gebucht, der um halb vier landet«, sagte er.

Zwei Tage später. Eigentlich hatte sie mit einigen Beratern aus Dubai einen *call* und sollte einen Kaufvertrag für zwei Mietshäuser in Norsborg überarbeiten. Stattdessen saß sie mit Peder im Tennisclub von Palma beim Brunch.

Peders Augen bewegten sich wie die der Roboterpuppe in *Squid Game.* »Da drüben sitzt Christer Gardell«, flüsterte er. »Und das ist der Typ, der IntelZap verkauft hat.«

Normalerweise wäre Josephine beeindruckt gewesen. Im Tennisclub von Palma verkehrten mehr Milliardäre als in der Villa Pauli, wenn das überhaupt möglich war.

Sie ließ sich das Lachstatar schmecken und konnte nicht anders, als in Gedanken noch einmal die Termine mit dem mallorquinischen Anwalt durchzugehen, mit dem sie sich morgen treffen sollte, einem von Michaelas Handlangern. Mit etwas Glück würden sie den Deal jetzt absegnen.

Peder rutschte näher zu ihr. »Wow, Carl von Hoff ist auch da.« Er nickte in Richtung des Jungunternehmers – Jossan erkannte ihn an seinem massiven Kiefer, Fredrika hatte ihr erzählt, dass von Hoff spezielle Gummibälle kaute, um eine männlichere Linie zu bekommen.

»Wir waren mit elf auf derselben Segelschule«, flüsterte Peder.

Carl von Hoff kam in Turnschuhen von Givenchy auf sie zu – mit echten Kristallen entlang der Sohle. Kostenpunkt: ein Mopedauto. Über Carl von Hoff wurde viel geredet. »Er ist ein bisschen verrückt, aber ein lustiger Typ«, hatte Fredrika gesagt, als bekannt wurde, dass Carl zu seinem vierzigsten Geburtstag mit dem Hubschrauber nach St. Tropez geflogen und auf dem Weg dorthin auf dem Mont Blanc gelandet war, wo er mit seinen Mitreisenden russischen Kaviar gegessen und Champagner getrunken hatte. »Was für ein lustiger Kerl« – so nannte man in ihren Kreisen verrückte, weltfremde Superstars. »Einmal hat er eine Rolex Daytona gekauft, die, die Paul Newman hatte, ganz spontan, er ist einfach in den Laden gegangen und hat zugeschlagen. Für zwei Millionen. So ein lustiger Kerl.« Ein bestimmter Typus von Männern, bei denen Geld immer im Überfluss vorhanden war, brauchte verrückte Eskapaden, um sich lebendig zu fühlen.

»Oh, hi«, sagte Carl von Hoff.

Peder stand auf, um dem Milliardär die Hand zu schütteln, aber Carl mit den Kristallschuhen ging an ihm vorbei. Stattdessen begrüßte er jemanden am nächsten Tisch. »Na, Calle«, sagte die Person. »Bist du wieder mit dem Hubschrauber runtergedüst, du Verrückter?«

Peder setzte sich schnell wieder. Er zwinkerte Josephine zu. »War ich jetzt peinlich?«

Sie nickte. Im selben Moment sah sie, wie sich jemand anderes an den Nachbartisch setzte. Oh nein.

Sie duckte sich über das Lachstatar. Das könnte noch peinlicher werden als Peders gesellschaftlicher Fauxpas.

Es war zu spät.

»Jossan, meine Lieblingsanwältin«, brüllte Isak so laut, dass sich sogar von Hoff umdrehte.

Es war ein seltsames Gefühl, Nimrod hier zu sehen.

Er stapfte herbei, mit seiner Louis-Vuitton-Mütze, den regenbogenfarbenen Gucci-Shorts und den Pool-Slippern mit dem großen C-Monogramm auf der Oberseite.

Josephine stand auf, wischte sich den Mund ab, die Serviette war nicht aus Stoff, sondern aus steifem Papier. »Das ist mein Mandant«, sagte sie zu Peder und drehte sich zu Isak um, »und das ist mein Lebensgefährte, Peder.«

Peder aß weiter. Sie hatte ihm nicht gesagt, dass sie hier für einen Gangster arbeitete. Auf dem Papier war Isak Nimrod ein seriöser Immobilienmakler, aber alles an seiner Erscheinung schrie nach Gangster, ganz gleich, wie kultiviert er sich zu geben versuchte. Die übertrieben auffällige Kleidung, die vielleicht zu einem amerikanischen Rapper passen würde, der ebenso übertrieben langsame, schlendernde Gang und die allzu aggressive Syntax, wenn er sprach. Vor allem aber waren seine Haare, sein Teint und seine Augenfarbe zu dunkel. Es gab in Djursholm Typen, die waren adoptiert oder südeuropäischer Abstammung, manchmal sogar syrischer oder persischer Abstammung, aber sie achteten immer darauf, dass sie sehr kurze Haare hatten, glatt rasiert waren und auch in einem sanften Ton sprachen. Das war nicht Isak Nimrods Stil.

»Komm, komm«, sagte er und zog mit beiden Händen Josephines Sessel über die Terrasse. Peder sah aus, als wollte er das Essen ausspucken. Isak winkte den Kellner herbei. »*Un Dom Pérignon, por favor.*« Max saß auch am Tisch, aber er hob nicht einmal den Kopf, sondern starrte weiter auf sein Handy, dessen Display ein kaltes Licht auf seine Pickel warf.

Isak schenkte Champagner aus und sprach über die Qualität der verschiedenen Tennisplätze und die verschiedenen Geräte im Fitnessstudio. Peder versuchte, mit jedem, den er auf der Insel kannte, zu kontern. »Kennst du den, kennst du die?«

Es war ein Schauspiel, bei dem Josephine unwillkürlich lächeln musste.

»Der einzige Mensch auf dieser Insel, den ich kenne, ist Bert Milton«, sagte Isak viel zu laut. Die Leute drehten sich um. Bert Milton – der ehemalige Besitzer des Porno-Imperiums – lebte angeblich auf Mallorca. Das Wort »peinlich« bekam eine neue Bedeutung.

»Übrigens«, sagte Isak. »Max und ich haben in vierzig Minuten einen Tennisplatz reserviert, warum spielen wir nicht ein Doppel?«

Josephine hatte eigentlich nur drei Bereiche in ihrem Leben, in denen sie sich besonders hervortat. Der erste war das Wirtschaftsrecht, insbesondere Transaktionen und noch spezieller ATA und STA. Der zweite war ihr Sinn für Stil und Raffinesse. Sie hatte nicht die größte oder ausgefallenste Garderobe oder die beeindruckendste Taschenkollektion, aber sie wusste, dass sie *die richtigen Sachen* hatte. Drittens hatte sie ein sehr gutes Ballgefühl, vor allem in Sportarten, bei denen man die Arme benutzen musste, und ganz besonders wenn man dazu einen Schläger benutzte. Sie war gut im Tischtennis, Badminton, Padel, aber am besten war sie im Tennis.

Sie mieteten Schläger und Kleidung, sogar Schweißbänder.

Max konnte nicht gut aufschlagen, aber er hatte eine sehr ordentliche Rückhand. Peder sollte an der Grundlinie bleiben, verwechselte jedoch offenbar Tennis mit Padel und bewegte sich vor und zurück wie ein Yo-Yo. Isak schien nicht einmal die Grundtechniken zu beherrschen, ihm gelang kein einziger Topspin, aber irgendwie platzierte er den Ball öfter als alle anderen an den Außenlinien. Er strahlte wie die mallorquinische Julisonne.

Dass man ihnen vom Restaurant aus beim Spielen zuschauen konnte, war heikel – oder besser gesagt, es war nicht heikel, vor allem nicht für Jossan, denn sie war die Beste auf dem Platz, obwohl sie seit ihrer Ankunft nicht mehr trainiert hatte. Aber sie schämte sich für ihr Outfit: Normalerweise wollte man in L'Etoile Sport oder Tory Burch spielen.

»Ich habe ein Bootcamp absolviert und mit dem Snus aufgehört«, flüsterte Peder so, dass nur sie es hören konnte.

»Ich kann Menschen ohne Laster nicht ausstehen«, rief Isak vom anderen Ende des Feldes. »Sie bilden sich leicht ein, den anderen moralisch überlegen zu sein.«

Es war ein offener Angriff. Sie spürte, wie Peder sie kurz ansah – da war mehr als nur Unbehagen in diesem Spiel.

Der Sport der Gentlemen. Der Sport der Weißen. Der Nicht-Isak-Kanake-Nimrod-Sport.

Isak kämpfte, schrie und fluchte. Zuerst die üblichen Schimpfwörter: »Scheiße«, »verflucht«, »verdammt«. Dann hässlichere Wörter: »Schwanz«, »Fotze«, »Hurensohn«, letzteres an sich selbst gerichtet, weil er Jossans Schmetterball knapp verfehlt hatte, aber trotzdem – es war absolut nicht in Ordnung, vor allem, weil der halbe Tennisclub von Palma dem Gebrüll zuhörte.

Er war ihr Mandant, wenn er ihr sagte, sie solle springen, würde sie fragen, wie hoch, aber dennoch hob sie den Ball auf und hielt ihn in die Luft. »Das reicht, Isak.«

»Das nächste Mal erwische ich ihn«, sagte er.

»Das habe ich nicht gemeint«, sagte sie. »Ich meinte, dass Sie nicht weiter so rumbrüllen können.«

Max sah sich aufmüpfig um.

Isak trat in den Sand. »Okay, Sie haben recht, Josephine. Sie sind auch hier meine Beraterin, aber ich will gewinnen.«

Josephine schlug auf.

Peders Gesichtsfarbe glich der des Sandplatzes.

Irgendwann trat er unnötig nahe zu ihr heran. »Ich habe neulich Emelie getroffen«, sagte er.

Isak bewegte sich auf der anderen Seite des Netzes.

»Warum denn?«, fragte sie.

»Fünf Millionen in bar, was hast du dir dabei gedacht?«

Sie drehte sich zu ihm um.

»Dieser Max könnte ein Mörder sein«, flüsterte Peder.

Da schlug Isak auf. Sie ließ Peder stehen und schlug einen Return.

Eine halbe Stunde später war es vorbei, Sieg in drei Sätzen für Josephine und Peder.

Isaks Hemd war dunkel vor Schweiß, er trat ans Netz. Max wischte sich die Handfläche an der Hose ab.

»Gutes Spiel«, sagte Isak und streckte erst Jossan und dann Peder die Faust entgegen. »Sogar von Ihnen, mein lieber Freund aus dem Bootcamp. Danke für ein gutes Spiel.«

»Danke ebenso.« Josephine zog sich zum anderen Ausgang zurück, sie wollte jetzt zurück ins Hotel, duschen, sich ausruhen. Gleichzeitig hatte sie keine Lust auf eine Diskussion mit Peder.

Isak blieb am Netz stehen. »Eine Sache noch, Jossan, ich brauche Hilfe in einem neuen Fall«, sagte er. »Nicht das Immobiliengeschäft, eine ganz andere Sache. Hat nichts mit Recht zu tun.«

Peder griff nach ihrer Hand, aber sie entzog sich ihm. »Worum geht es?«

Ihr Mandant bückte sich und hob einen Tennisball auf. »Es geht um Logistik und Transport. Eine Lieferung von Mallorca nach Schweden. Ich erzähle Ihnen später mehr. Ich muss nur wissen, ob Sie mir dabei helfen.«

Josephine wusste, dass sie ein sehr offener Mensch war, leicht zu lesen. Peder schätzte ihre Geradlinigkeit. Jetzt hatte er offenbar von den fünf Millionen erfahren. Aber was er über Max, Isaks Sohn, gesagt hatte, war fast noch merkwürdiger. *Mörder?*

»Natürlich helfe ich Ihnen«, sagte sie. Es fühlte sich an, als würde sie auf der Straße zu einem Überholmanöver ansetzen und zu spät merken, dass ein Wagen entgegenkam.

57
Teddy

Jetzt kannte er ihren Namen, aber in seinem Kopf war sie noch immer *die Kontaktperson*. Es war riskant, sie zu treffen, etwas, das er nicht tun sollte, aber er hatte eine Idee, die zu gut war, um sie zu verwerfen. Sie hatte getan, worum er sie gebeten hatte.

Die Idee war einfach: Teddy hatte den Verräter in den Reihen der Polizei durch das Abflussrohr des Gefängnisses sprechen hören. Nun hatte Cilla Frank heimlich die Stimmen der Polizisten in ihrem Team aufgenommen. Wenn Teddy sie hörte, würde er vielleicht die Stimme des Maulwurfs erkennen, des Polizisten, der eigentlich in Kerim Celalis Team spielte.

Sie hatten sich in Haddads Späti verabredet. Der Lebensmittelladen in Norsborg hatte zwei Eingänge, einer lag an der Kasse, am anderen hockte der Besitzer immer an einem kleinen Tisch, trank türkischen Kaffee, plauderte mit den Kunden und behielt alles im Auge. Der Laden war nicht groß, aber im hinteren Bereich gab es einen Raum mit Joghurt, Milch, Butter und, warum auch immer, Tüten mit Eiweißpulver.

Es war Mittag, und um diese Zeit war es hier ziemlich leer.

Teddy nickte Haddad *himself* zu, er kannte den alten Mann nicht, hatte aber von Ali Zwei gehört, dass er ein netter Kerl sei, der sich nicht einmischte. Sein Haaransatz war so tief, dass er fast die Augenbrauen berührte.

»Kaffee, mein Freund?«

Teddy schüttelte den Kopf. Es hatte etwas Beruhigendes, sich gegenseitig als Freund zu bezeichnen, *habibi*, auch wenn man sich noch nie begegnet war. Emelie hatte ihm einmal erklärt, was der Yoga-Gruß *namaste* bedeutete: *einander näherkommen* oder dass man *das Göttliche im anderen respektierte.* Mit jemandem befreundet zu sein, bedeutete, sich näherzukommen, das hatte etwas Wertvolles, auch wenn es zur Routine wurde.

Teddy stand bei den Chipstüten und blickte auf die Regale. Cilla Frank musste jeden Moment kommen, er selbst war etwas zu früh dran.

Es roch nach Kühlschrankluft. Energydrinks schienen der Renner zu sein, ein fünf Meter langes Kühlregal enthielt mindestens fünfzig verschiedene Sorten, wie ein Schnapsladen für Taurin-, Koffein- und Allesmögliche-Flaschen.

Er dachte an die Schlägerei im MMA-Club, an den Tumult, bei dem Ali Zwei schließlich eine Waffe gezogen und geschrien hatte, er werde »jeden Wichser hier kaltmachen, wenn sie nicht Leine ziehen«. Ali litt zweifellos unter Aggressionsproblemen, aber in diesem Moment war es sein größter Vorteil.

»Warum hast du Stress mit ihm angefangen, warum hast du dir nicht einfach die Schuhe ausgezogen wie alle anderen auch?«, fragte A2 später im Auto.

»Wir waren doch nicht in der Moschee, oder?«

Ali lächelte nicht. »Ich mache keine Witze über serbische Kirchen, also solltest du auch keine Witze über Moscheen machen.«

Die Gereiztheit lag wie eine Wolke Pfefferspray im Auto. Aber Ali konnte so wütend sein, wie er wollte, solange er aufhörte, sich zu fragen, warum Teddy sich geweigert hatte, seine Schuhe auszuziehen.

Das Regal mit den Kartoffelchips platzte aus allen Nähten. Als Teddy noch klein war, gab es vier oder fünf Sorten Chips, aber jetzt kamen jeden Monat neue Geschmacksrichtungen auf den Markt. Wie bei allem anderen auch waren die Verbraucher ständig versucht, etwas Neues auszuprobieren, weil sie von dem, was es bereits gab, gelangweilt waren. *Sourcream & Onion* war das Beste, aber die Mechanismen des Kapitalismus mussten dafür sorgen, dass die Menschen unzufrieden waren, damit sie nach etwas anderem verlangten, nach Zwiebelchips *mit Meersalz und einer Prise Chili*. Die Räder müssen rollen, die Käufer müssen kaufen wollen.

Nikola hatte Chips geliebt.

Die Trauer traf ihn wie ein Blitz im Kopf und breitete sich in seinem Magen aus. Teddy wusste nicht, dass Traurigkeit so wehtun konnte, er wollte sich hinsetzen, sich auf die Chipstüten fallen lassen, von hier verschwinden. *Gib mir Nikola zurück*. Er wusste, wie dumm es war, seine Gedanken in diese Richtung schweifen zu lassen, besonders jetzt, wo er ein wichtiges Treffen vor sich hatte. *Aber warum wurde Nikola umgebracht und nicht ich?*

Er brauchte Emelie jetzt, nicht nur als Mutter für Lucas oder als seine Anwältin, sondern auf eine sanftere Art. Er wusste nicht, wie, aber etwas war da, etwas in ihm wollte sich ihr nähern, sie umarmen, einfach bei ihr sein, neben ihr auf dem Sofa sitzen, irgendeine Fernsehsendung anschauen und dumme Kommentare über nichts austauschen.

Emelies Verhalten war genau das Gegenteil. Er hatte Lucas seit seiner Verhaftung vor über einem Monat nicht mehr gesehen, und Weihnachten stand vor der Tür. Auch wenn Emelie stinksauer war wegen all dem Mist und Lucas beschützen wollte, sollten sie sich wenigstens an Weihnachten sehen. Er war immer noch sein Vater, und jeder brauchte einen Vater. Die Jungs in Kerims Netzwerk sprachen nie über ihre Väter, wahrscheinlich, weil sie nie für sie da waren. Vielleicht vereinfachte er, vielleicht verteidigte er nur sein eigenes Verhalten. Er hatte getan, was er getan hatte, um Lucas stolz zu machen, aber jetzt wusste er nicht mehr, ob es das wert war.

Warum tauchte Cilla nicht auf? Es würde nur ein paar Minuten dauern: einfach nur die Aufzeichnungen der Polizisten der Aktionsgruppe Acht anhören. Die Stimme des Infiltrators identifizieren.

Wo war sie?

Er musste gehen. Sie konnten sich später treffen, das hier war ein schlechtes Zeichen. Sie war Staatsanwältin und Polizeichefin, eine vielbeschäftigte Frau.

Er griff nach einer Chipstüte, riss sie auf, nahm ein paar beeindruckend große Chips, *Sauerrahm & Zwiebel*. Ein merkwürdiges Gefühl kribbelte in seinem Hinterkopf. Er blickte auf, es war der alte Haddad, der ihn anstarrte.

»Ich bezahle gleich«, sagte Teddy. »Mach dir keine Sorgen.«

58
Gabriel

André hatte GPS-Tracker wie Grassamen verstreut. Ein Bombenteppich, eine Universallösung, ein flächendeckendes Netz aus winzigen Peilsendern. Sie waren in Cilla Franks Privatwagen, in ihrem Dienstwagen und sogar an ihrem Elektrofahrrad zu Hause. André hatte sie in ihre Mäntel und Jacken eingenäht. Ein Peilsender steckte in der Batterie ihres Laptops und einer in der Hülle ihrer Kopfhörer. Einen winzigen hatte er sogar unter die Schnürsenkel ihrer Winterstiefel gesteckt. Nur auf ihr Handy hatte er keinen Zugriff.

Die Voraussetzung dafür war, dass sie keine Ahnung hatte, dass sie beobachtet wurde, und nicht wusste, dass man sie verdächtigte. Wenn sie anfing, ihre Sachen gründlich zu durchsuchen, würde sie mehr Peilsender finden als alte Haare.

»Sie schnallt so wenig wie die Freier, die wir früher abgehört haben«, sagte André.

Gabriel hoffte, dass er recht hatte, auch wenn Cilla Frank kein notgeiler Schwachkopf war.

Sie hatten ihre Bewegungen in den letzten Tagen in Echtzeit verfolgt und nach ungewöhnlichen Mustern gesucht, nach Anomalien.

Heute stieg Cilla Frank mitten am Tag in ihren Privatwagen. Sofort schrillten die Alarmglocken.

Sie sagte ihren Kollegen, dass sie ihr krankes Kind abholen müsse, fuhr aber nicht zur Schule ihrer Kinder. Gabriel rannte in die Garage: Er hatte bereits einen Kollegen um Erlaubnis gebeten, sein Auto nutzen zu dürfen, um nicht erkannt zu werden. Er trat das Gaspedal so hart durch, dass der Motor des Volvos kräftig aufjaulte.

Er konnte mehrere Hundert Meter Abstand halten, er sah sie die ganze Zeit auf dem Navi – aber wenn sie anhielt und ausstieg, mussten er oder André in der Nähe sein, sein Kollege saß in einem anderen Auto. Es bestand die Gefahr, dass sie ihren Mantel nicht mitnahm oder aus irgendeinem Grund die Schuhe gewechselt hatte.

Der Verkehr war spärlich. Am Straßenrand glitzerte der Reif.

Cilla Frank fuhr zu schnell.

Gabriels Arme waren verspannt, er schob es auf das viele Training. Er wusste, dass er in letzter Zeit zu hart an seinen Klimmzügen gearbeitet hatte. Er sollte die Schultern senken, sie nach hinten drücken, die Rückenmuskulatur arbeiten lassen und nicht das ganze Gewicht auf den Bizeps legen.

André verpasste nichts. »Wechsle die Spur«, sagte er. »Sie biegt nach Norsborg ab.«

Gabriel hatte manchmal genug von Andrés sportlichen Ausdrücken, aber er war froh, ihn dabeizuhaben.

Cilla Franks Auto hielt vor dem Einkaufszentrum Norsborg. Gabriel fuhr sehr langsam.

Er sah sie aussteigen. Dann verhielt sie sich merkwürdig. Sie stieg wieder ein, dann wieder aus und stand einige Minuten an einer Wand. Sie schaute immer wieder auf ihr Handy, blickte aber auch ein bisschen zu oft zum Parkplatz. Ganz sicher nicht aus Angst vor einem Strafzettel. Gabriel saß ganz still, unter das Lenkrad gebeugt, er hatte aus einem bestimmten Grund an dieser Stelle geparkt: In seiner Windschutzscheibe sollte sich der Himmel spiegeln. So konnte sie ihn nicht sehen.

Als sie losging, wartete er besonders lange, bevor er ausstieg. Er sah den blauen Punkt auf dem GPS, sie war noch zu orten.

Gleichzeitig verschickte er mehrere Nachrichten auf seinem Handy.

Vor ein paar Jahren hatten die Politiker beschlossen, diese Gebäude hier abzureißen, aber es war nichts passiert. Lose Stromleitungen säumten die Wände, Werbeschilder von Geschäften, die es nicht mehr gab, hingen schief in ihren Halterungen. In der Ferne sah man die achtstöckigen Häuser mit den einst weißen Metallbalkonen, die jetzt vom grauen, schmutzigen Regen gezeichnet waren.

Sie geht zu Fuß weiter, ab jetzt kann ich allein übernehmen, schrieb er. *Vielen Dank, André.*

Der Kollege antwortete. *Ein Spiel dauert neunzig Minuten. Bist du sicher, dass ich nicht bleiben soll?*

Er rief ihn an. »Ich will nur sehen, mit wem sie sich trifft. Und die anderen werden Fragen stellen, wenn wir beide zu lange weg sind.«

In diesem Augenblick verließ die Staatsanwältin mit schnellen, sichtlich gestressten Schritten den Parkplatz, nicht wie sonst mit sicherem Auftreten. Gabriel blieb im Auto sitzen.

Plötzlich hielt Cilla inne und kramte in ihrer Handtasche. Sekunden später hatte sie einen dunklen Schleier, einen Hidschab und eine Sonnenbrille aufgesetzt – die perfekte Verkleidung für eine Kontaktperson, die sich mit ihrem Informanten trifft. Sie verschwand hinter den Häusern.

Aber das spielte keine Rolle. In ihrer Handtasche hatte sie einen GPS-Tracker. André war ein Genie.

Er rief den Boss an.

»Aaah, Bruder«, antwortete Kerim. Er klang high.

»Hast du meine Nachricht bekommen?«

»Ja. Norsborg.«

Cilla Frank blieb vor einem Geschäft stehen, das auf der Karte eingezeichnet war: Haddads Livsmedel AB.

»Ich glaube, die Ratte ist in Haddads Mini-Supermarkt«, sagte Gabriel.

»Gut. Wir sind auf dem Weg.«

»Schafft ihr es rechtzeitig?«

»Ja. Mach dir keine Sorgen, Bruder. Ich habe meine besten Jungs losgeschickt. Sie machen die beiden kalt.«

Sie legten auf.

Gabriel lehnte den Kopf an die Kopfstütze, er musste fort von hier, damit ihn niemand sah. Er hatte Kerim Celali zur Flucht verholfen, der Boss sollte dankbarer sein. Dann ein anderer Gedanke. *Ich habe meine besten Jungs losgeschickt.* Und dann: *Sie machen die beiden kalt.*

Er war dumm, wahnsinnig naiv. Er wollte herausfinden, wer die Ratte war, und wollte, dass Kerim Celali es erfuhr. Aber jetzt? *Sie machen die beiden kalt.*

Eine Staatsanwältin war im Spiel.

59
Emelie

Manche Dinge änderten sich nie. Der Ton der Richter im Gerichtssaal während der Hauptverhandlung war stets der gleiche: sachlich, aber zugleich fragend. Die Weihnachtsdekoration in der Kungsgatan, die kleinen baumelnden Sterne, die kaum leuchteten, waren stets unscheinbar und zu klein. Die unpersönliche Inneneinrichtung der Schulen war immer hell, nie aus natürlichen Materialien, und ständig roch es nach organischen Reinigungsmitteln und Stress. Emelie saß in einem solchen Raum mit einer sogenannten Mentorin, einer Lehrerin mit besonderer Verantwortung für bestimmte Schüler. Die Mentorin hieß Zeinab, und gemeinsam warteten sie auf Alma.

Als Strafverteidiger war man immer mehr oder weniger allein. Die Arbeit bestand darin, einen Verdächtigen oder einen Kläger zu vertreten. Es war nicht die Art von Teamarbeit, die man in einer Wirtschaftskanzlei vorfand, wo vielleicht fünfzehn Anwälte an ein und derselben Transaktion oder einem Schiedsverfahren arbeiteten. Trotzdem wollte Emelie sich in dieser Angelegenheit mit jemandem austauschen. Sie hatte versucht, mit Jossan zu reden, aber die war wie vom Erdboden verschluckt. Peder hatte ihr gesagt, dass sie auf Mallorca sei, er würde sie anrufen und ihr ausrichten, dass sie sich bei Emelie melden solle – aber die Botschaft schien nicht angekommen zu sein.

Jossan hatte ihr ganzes Erwachsenenleben lang hart gearbeitet, ihr zweiter Vorname war Druck und ihr Nachname Stress, und Emelie wusste, dass sie mit extremen Arbeitsbelastungen cooler umging als alle anderen. Vielleicht hatte Josephine einfach kein Interesse mehr an ihr, das war schon einmal passiert, Hanna und Isabella hatten sie in der Oberstufe verlassen, und das war auch gut so. Manchmal fühlte sich Emelie wie eine soziale Vagabundin, jemand, der sich von Mensch zu Mensch bewegen, neue Zusammenhänge finden, von Beziehung zu Beziehung wandern musste. Die einzige Konstante war bislang Lucas – und auch Jossan. Nicht einmal Teddy hatte lange gewährt.

In den vergangenen Tagen hatte sie zusätzliche Informationen aus dem Ermittlungsverfahren angefordert, damit sie Nikolas Telefondaten analysieren und schauen konnte, wie er sich in den Stunden vor dem Mord bewegt hatte. Sie erstellte Zeitleisten, Sekunde für Sekunde, studierte Satellitenkarten und zeichnete seine Bewegungen auf. Nikola. Max. Nikola, Max.

Max hatte Nikola zu einer Adresse gelockt und war ihm von dort auf einem Elektroroller gefolgt, nachdem Celali ihm gesagt hatte, er solle am Kulturzentrum vorbeifahren.

Brunnsängs IP. Bragevägen. Stenbergavägen.

Nikola zu Fuß. Max auf dem Roller. Am Anfang. Dann stieg Nikola in ein Auto. Max folgte ihm mit dem E-Roller.

Die Tür zum Besprechungsraum schwang auf. Ein Mädchen kam herein. Sie trug einen übergroßen College-Pulli, der eher einem Zelt als einem Kleidungsstück glich, und eine noch viel weitere Jeans, die unten abgeschnitten war und deren Fransen über den Boden schleiften.

Es war Alma. Irgendwie sah sie älter aus, als Emelie erwartet hatte. Vielleicht lag es am Make-up.

Dann merkte sie es, und Emelie zuckte vor Überraschung zusammen. Emelie hatte Alma noch nie im wirklichen Leben getroffen, aber jetzt sah sie trotz des weiten Pullis, dass das Mädchen hochschwanger war.

Eine Dreiecksgeschichte: Max war eifersüchtig auf Nikola wegen Alma, und Alma war schwanger. Konnte Max das wissen? Wusste es Nikola?

Niemand hatte es ihr gesagt, in den Akten der Voruntersuchung war es nirgends vermerkt.

»Was ist denn jetzt wieder los?«, fragte Alma.

Zeinab erklärte. »Emelie ist eine Anwältin, die an einer sehr ernsten Mordermittlung arbeitet. Sie muss dir einige Fragen stellen.«

Alma wollte kehrtmachen, aber Emelie war schneller, stand auf und schloss die Tür.

»Weißt du, wo Max ist?«, fragte sie.

Das Mädchen hatte nicht einmal Zeit gehabt, sich zu setzen.

Zeinab hatte einen mitleidigen Gesichtsausdruck, die Stirn in Falten gelegt, den Mund halb geöffnet.

Almas Stimme klang trotzig. »Nein, woher soll ich das wissen? Die Polizei hat mich das schon hundertmal gefragt.«

»Bist du mit ihm zusammen?«

»Wir *waren* zusammen.«

»Du hast nichts von ihm gehört?«

Schweigen.

»Ist er derjenige, der …?«, fragte Emelie und zeigte auf Almas Bauch.

Alma hatte Tränen in den Augen.

»Es ist so«, sagte Emelie, »ich habe den Ermordeten, Nikola, vertreten, und jetzt vertrete ich seine Mutter, die Klägerin. Ich weiß, dass Nikola sich lange Zeit bedroht gefühlt hat.«

»*Sie* sind Nikolas Anwältin?«

»*War*. Ich war mehrmals seine Anwältin.« Sie überlegte, ob

sie ihr sagen sollte, dass Nikola auch der Neffe ihres Ex-Mannes war. »Ich habe Nikola gut gekannt. Ich habe mich um ihn gekümmert.«

»Es gab so viele Gerüchte und so viel Scheißgerede«, rief Alma plötzlich. »Alle lügen.« Sie stand auf.

Zeinab legte ihr eine Hand auf den Arm. »Na, na, Alma, Emelie macht dir doch keine Vorwürfe.«

»Ich kannte Nikola kaum.« Almas Stimme war jetzt leiser, resigniert. »Max hat sich eingebildet, dass Nikola und ich zusammen waren, aber wir haben uns nur zweimal gesehen.«

»Was heißt ›gesehen‹?«, fragte Emelie.

Alma wischte sich mit dem Ärmel ihres Pullovers eine Träne aus dem Auge. »Das heißt, ich war bei ihm zu Hause.«

Emelie glaubte zu verstehen. »Und was hat Max gemacht, als er es erfahren hat?«

»Sie haben gestritten, glaube ich. Nikola hat ihn verletzt. Dann gab es ein riesiges Chaos.«

»Hast du schon mit der Polizei gesprochen?«

»Ich kann mich nicht hinsetzen und Dinge erzählen, bei denen ich mir nicht sicher bin.«

Emelie beugte sich vor und versuchte, so sanft zu sprechen wie möglich. »Du musst nicht wissen, was Max getan hat oder was er gedacht hat. Du sollst mir nur sagen, was du gehört hast.«

Alma berührte flüchtig ihren Bauch, dann zog sie ihre Hand zurück. »Max hat gesagt, er hätte das Okay von *The Importer* bekommen.«

»*The Importer*? Wer ist das?«

Das Mädchen schüttelte plötzlich den Kopf. »Ich will nicht mehr darüber reden.«

Zeinab legte ihr noch einmal die Hand auf den Arm, aber es war zu spät. Alma stand auf. Sie öffnete dic Tür und ging hinaus.

Sobald Emelie im Taxi saß, holte sie ihr iPad aus der Aktentasche, auf dem alle Protokolle gespeichert waren.

The Importer. Was meinte Alma damit?

Sie scrollte. Die Polizei hatte viele Telefone abgehört, Nikolas eigenes, Teddys, von Nikolas Freunden, aber nicht Max, den hatten sie nicht gefunden.

Vielleicht war *The Importer* ein Pseudonym. Sie versuchte es auch zusammengeschrieben – *Theimporter.*

Es gab keinen Treffer. Der Name kam in dem Material nicht vor. Trotzdem ging er ihr nicht aus dem Kopf.

60
Isak

Hin und her. Im Kreis herum. Wie der Leopard in seinem Käfig im Zoo von Faruk Yalçin, in dem er einmal gewesen war, in einem anderen Leben. Er war 1986 nach Schweden gekommen, die meisten Erinnerungen an seine Kindheit waren verschwommen, aber die Tiere im Zoo von Faruk Yalçin stachen hervor. Er erinnerte sich sogar an die Worte seines Vaters. »Für ein echtes Raubtier kann der Geruch von Fleisch so aufregend sein wie für dich, Isak, der Fernseher. Deshalb stirbt er da drinnen auch nicht vor Langeweile. Siehst du das Stück Fleisch, das sie reingetan haben? Er hat immer noch Hunger.«

Der Tisch auf der Terrasse war gedeckt, das Restaurant hatte nicht nur das Essen geschickt, einer der Köche stand selbst in der Küche und bereitete alles vor. Die gewöhnlichen Touristen kannten das Essen im Iberostar Premiumhotel in Portals nicht, aber Isak schon. Sein *Rubiasteak* kam aus Jiménez de Jamuz auf dem Festland, zweihundert Ochsen durften in Ruhe grasen, abhängen und chillen – sie produzierten das beste Entrecôte Europas. Max liebte es, aber er war jetzt gerade beim Training.

Isak wartete auf Josephine.

In den vergangenen Tagen hatte er versucht, so zu tun, als würde er die Insel genießen. Er ging auf den Markt in Santa Catalina und betastete Avocados und Tomaten, was völlig unnötig war, weil sie immer perfekt waren. Einmal am Tag spielte er Tennis mit Leuten, die wie er waren: ein Ex Bandido, der auf der Insel einen Friseursalon betrieb, ein Finanzganove, der sich einem Gerichtsbeschluss entzog, und ein ganz normaler Milliardär, der sein Geld mit Online-Glücksspielen verdient hatte. Alles, woran er wirklich dachte, war der Deal, den er mit Michaela abschließen musste, und das andere Projekt, an dem sie indirekt beteiligt war. Er hatte vor, ihre Drogen zu nehmen. *Nova Kuma* war unerwartet offen gewesen, als sie ihm erzählt hatte, dass sie mit seinem Viertel zu tun hatte, und er hatte gesehen, wie Björne – Teddy – angerufen hatte.

Er hatte nicht auf der faulen Haut gelegen. Jetzt, wo alles im Arsch war, wo er wegen Finanzkriminalität angeklagt werden sollte und der Staat sein Vermögen eingefroren hatte, wo er gezwungen war, für eine lächerliche Summe an Michaela zu verkaufen, jetzt, wo er Geld brauchte, um für Max zu sorgen, war es wichtig, sich an eines zu erinnern: Er war immer noch Isak Nimrod. Keiner seiner Männer kannte sich mit schwedischen Sprichwörtern aus, aber das Wichtigste wussten sie alle: Wenn man in das Spiel einsteigt, muss man das Spiel auch mitmachen. Nicht umsonst nannte man ihn Mister One. Zu Hause in Stockholm gab es noch genug Leute, die mit ihm sprachen, er hatte Ferat und andere, die immer noch loyal wie Brüder waren.

Diese Leute hatten tiefer gegraben, und jetzt wusste er das meiste. Die Lieferung war bereits auf der Insel in Marmorplatten verladen worden und würde rund um Heiligabend im Hafen von Södertälje eintreffen. Michaela mochte ihn um sein Immobilienimperium betrogen haben, aber er würde sie um den Stoff betrügen. Zwei Tonnen Gras, eingebettet in feinstem Marmor, auf der Straße mehr als hundert Millionen Kronen wert. Wenn er es schaffte, den Scheiß zu verticken, würde er unterm Strich besser dastehen als vorher.

Vielleicht war er bescheuert. Vor weniger als vier Monaten war er noch einen Millimeter davon entfernt gewesen, das alles hinter sich zu lassen, aber Gott hatte es anders gewollt. Jetzt wollte er nicht mehr raus, er wollte einen letzten *heist* begehen, nur noch ein letztes Mal, das ganz große Geld – dann würde er gegen die Vorwürfe kämpfen und sich dann wirklich abseilen, wie er es von Anfang an vorgehabt hatte, das war ein Versprechen. Es klang wie ein Klischee, wie aus einem Film der 1990er Jahre, aber er hatte einen Plan für ein anderes Leben gehabt, und dieser Plan war immer noch da. Er musste nur noch diese Lieferung abfangen, und er war fertig.

Jossan arbeitete Tag und Nacht, um das Immobiliengeschäft legal abzuwickeln. Es wäre ein perfektes Instrument für Michaela, um Geld zu waschen, genau wie Barent es vorgehabt hatte. Unter dem Einkaufspreis kaufen, zum Marktpreis verkaufen: Auf der anderen Seite kam sauberes Geld heraus. Außerdem war Rechtsanwältin Jossan mit der anderen Sache beschäftigt. Er hatte sie gefragt, ob sie auch beim Transport helfen könne. Die Marmorplatten waren nicht leicht, das normale Gewicht einer Arbeitsplatte betrug neunzig Kilo, aber diese Platten waren vierzig Millimeter dick, was hundertzwanzig Kilo pro Platte bedeutete. Es waren achthundert Platten, also über neunzig Tonnen Stein, um zwei Tonnen Gras zu verbergen. Außerdem brauchte man dieselbe Anzahl von Platten, die absolut sauber sein mussten, aber dasselbe Gewicht hatten. Sie mussten außenrum liegen für den Fall einer Stichprobenkontrolle. Zusammengefasst: Er brauchte drei LKWs, je nach Straßenklasse – nicht alle Straßen hielten den gleichen Druck auf der Vorderachse aus –, er wollte nicht wegen Schlampereien angehalten werden. Er brauchte Gabelstapler und ein Team, er brauchte Fahrer und einen Chef zur Überwachung, er brauchte mindestens zehn verschiedene Abladestellen und weitere Teams. Außerdem brauchte er Zertifikate und Dokumente, die belegten, dass der Transport ihm gehörte, dass er verzollt und abgefertigt war und so weiter. Vor allem aber brauchte er einen Plan, wie er den Coup durchführen sollte. Letzteres bereitete nur ihm Kopfzerbrechen, Josephine hatte damit nichts zu tun. Er wollte Schwedens größte Lieferung aller Zeiten an sich reißen. Er war immer noch Mister One.

»Wir sind jetzt im Hafen«, hatte Josephine heute Morgen gesagt.

»Mit den Lastwagen?«

Die mallorquinischen Kinder gingen im Winter in die Segelschule, und auf dem Meer waren viele kleine weiße Segel zu sehen.

Sie musterte ihn. »Nein, nein. Mit Michaela ist alles unter Dach und Fach. In vier Stunden ist *signing*, dann brauchen sie noch etwa zehn Tage bis *closing*.«

»Erklären Sie mir das, sodass ich es auch verstehe.«

»Die Verträge sind unterschrieben. Alles, was unterschrieben werden muss, ist unterschrieben. Der Kauf findet statt. Dann hat sie zehn Tage Zeit, um die Immobilien zu besichtigen, alle Eintragungen und Verpfändungen vorzunehmen, die Eigentumsurkunden vorzubereiten und so weiter. Wenn alles erledigt und genehmigt ist, geht das Geld ein, und erst dann wird ihr Unternehmen als Eigentümer eingetragen. Dann ist das Geschäft abgeschlossen, *closing*. Das nennt man dann *Vereinbarung* und *Zugang*.«

Er würde ein Fünftel des tatsächlichen Wertes seines Grundstücks bekommen, aber es war zu spät, es sich anders zu überlegen. »Danke«, sagte er, »muss ich noch etwas unterschreiben? Ich wollte gerade auf den Markt gehen, um Tomaten zu kaufen.«

Josephine zeigte wieder ihre Zähne, ihr Lächeln war nicht nur süß, da war noch etwas mehr, eine Energie. »Sie haben doch schon eine Vollmacht für mich unterschrieben. Ich werde mich um alles kümmern. Wir werden nicht so ein Chaos haben wie bei Kim Barent. In ein paar Stunden ist alles erledigt. Sie können also in Ruhe Ihre Tomaten aussuchen.«

Isak musste selbst lachen, denn aus irgendeinem Grund musste er an ihr Tennismatch denken. »War sonst noch was?«, fragte er.

»Wie geht es Max?« Es war das erste Mal, dass sie diese Frage stellte.

»Ganz gut, glaube ich.«

Ihre Stimme klang auf einmal angespannt. »Was wissen Sie über die Vorwürfe, die man ihm in Schweden macht?«

Isak blickte wieder aufs Meer hinaus, wo ein Ausbilder ein Spantenboot zwischen den kleinen Segelbooten hin und her steuerte. »Ich weiß weniger, als Sie vermuten, aber das macht nichts. Ich bin sein Vater, und Väter sind für ihre Kinder da.«

Sie lächelte. »Das ist schön gesagt, ich bin nicht ironisch, und ich denke, Sie sollten feiern, wenn das hier vorbei ist.«

Er nahm an, dass sie meinte, wenn der Vertrag in vier Stunden unterschrieben sein würde.

Dann kam sie zurück, Josephine, mit diesem Lächeln. Das Lächeln, das ihm sagte, dass nun alles erledigt war. Die Papiere waren unterschrieben, die Vereinbarung getroffen, die Aktiva verkauft, das weiße Geld würde in zehn Tagen bei ihm eintreffen, beim *closing*.

»Glückwunsch«, sagte Josephine.

»Setzen Sie sich«, sagte Isak.

Er reichte ihr eine Flasche Wein. Sie hatte ihm gesagt, er solle feiern, also hatte er es organisiert, mit seinem eigenen *chef*, Rubiasteak vom Iberostar Hotel und gutem Wein.

»Moment«, sagte Jossan. »Michaela hat mir eine ihrer eigenen Flaschen mitgegeben, damit ich mit Ihnen anstoßen kann.«

Meisterhafte Taktik. *Nova Kuma* wollte offenbar die Großzügige spielen, die Almosen gibt. Er nahm die Flasche entgegen. Ein Granbazán. Isak hatte von dem Produzenten gehört. Er öffnete sie und schenkte erst Jossan ein, dann sich selbst. Er hob das Glas. »Prost.«

Obwohl er kein Weinkenner war, schmeckte er, dass dieser Wein fantastisch war. Die Königin des Mittelmeers schickte eine Botschaft – aber er würde bald eine noch stärkere Botschaft zurückschicken, und sie würde nie erfahren, dass sie von ihm kam.

Die Sonne ging unter, der Himmel hatte die Farbe, die Holzkohle annahm, wenn der Moment kam, in dem man das Fleisch auf den Grill legen sollte. Er dachte wieder an den Augenblick, als Jossan ihn auf dem Tennisplatz zurechtgewiesen hatte.

»Ich möchte Ihnen danken, Josephine.« Ihm wurde warm.

»Ich habe hart gearbeitet. Vielleicht so hart wie noch nie.«

»Das habe ich nicht gemeint«, lächelte Isak. »Ich möchte Ihnen dafür danken, dass Sie mich im Tennisclub zurechtgestutzt haben. Ich bin jetzt dort.«

»Wo?«

»Da, wo Sie mich haben wollten. Ich bin kein Mann mehr, der so redet und solche Worte benutzt. Ich bin fertig mit diesem Leben, der Verkauf, bei dem Sie mir gerade geholfen haben, ist der Anfang vom Ende.«

»Was für ein Leben wollen Sie jetzt führen?«

Die Säure des Weins blieb in seinen Wangen, zog sich zusammen. »Dasselbe Leben, das Sie führen.«

Jossan strich sich das Haar zurück. »Nein. Bitte nicht. Leben Sie nicht dieses Leben. Bleiben Sie so, wie Sie sind. So sind Sie viel sexyer.«

Sexyer, hatte er richtig gehört?

Es kribbelte in ihm, etwas entzündete sich, seine innere Kohle begann zu glühen. Dann kam Max auf die Terrasse, die Haare nass, der Trainingsanzug noch verschwitzt. Er verschränkte die Arme und atmete heftig.

Irgendetwas stimmte nicht.

»Du bist so verdammt krank im Kopf.« Max machte kaum den Mund auf, als er sprach.

»Was ist passiert?«

»Ich werde Vater, und du hast nichts gesagt.«

Isak stand auf. »Das habe ich nicht gewusst. Wirst du Vater?«

»Wenn du noch einmal lügst, wirst du sehen …«

»Aber bitte, Max …« Isak stand jetzt ganz nah bei ihm, in seinem Kopf drehte sich alles. Er wollte seinen Jungen einfach nur in die Arme nehmen, er schämte sich.

»Alma sucht mich schon seit Wochen, aber niemand hat ihr gesagt, wo ich bin. Also hat sie mit ihrer Mentorin Zeinab gesprochen, die hat mit anderen Leuten geredet, die auf Snap gesehen haben, dass ich hier bin, und dann hat sie die Schulen hier kontaktiert, und jetzt hat meine Lehrerin angerufen und gesagt, dass Alma möchte, dass ich mich melde, und …«

»Sch… ich verstehe.« Isak streckte die Arme aus. Max brauchte einfach eine Umarmung, er musste sich beruhigen.

PENG.

Seine Nase explodierte. Brannte. Max hatte ihm ins Gesicht geschlagen.

Isak taumelte zurück. Max ging weg.

Josephine kam zu ihm.

Isak sah Sterne, der Schmerz war brutal.

Aus der Dunkelheit erklang Josephines Stimme.

»Soll ich Eis holen?«

61
Teddy

Eigentlich war er ihr nur fünfmal begegnet, das erste Mal, als sie ihn rekrutiert hatte, drei weitere Male in der Arrestzelle und das letzte Mal, als sie für ihn vor Gericht ausgesagt hatte. Teddy kannte Cilla Frank nicht, aber jetzt, als sie den kühlen Laden betrat, konnte er, obwohl sie einen Schleier trug, deutlich sehen, wie gestresst sie war. Ihre Bewegungen waren unsicher, ihre Augen hatten nichts Laserartiges an sich, sie rieb sich nervös die Finger und zupfte an ihren Klamotten herum.

»Entschuldige die Verspätung, aber ich musste sichergehen, dass mir niemand folgt.«

Teddy stand immer noch mit der Chipstüte in der Hand da. Er war schon viel zu lange hier, zwischen Joghurt und Margarine. Das war gefährlich. Der alte Haddad hatte ihn mehrmals gefragt, worauf er warte, ob er helfen könne, ob Teddy einen Kaffee wolle. Cilla reichte ihm ein Paar große graue Kopfhörer. »Ich habe die Stimmen aller Polizisten der Aktionsgruppe Acht aufgenommen, etwa eine Minute pro Person. Hör es dir an.«

Die Polster der Kopfhörer umschlossen seine Ohren, die Geräusche um ihn herum wurden gedämpft, es war seltsam, dass er all die Geräusche nicht wahrgenommen hatte, bis sie verschwanden. Dann schaltete Cilla Frank das Tonband ein.

Zuerst sprach ein Mann, der eine Art Vortrag hielt, in dem er eine Razzia beschrieb. Seine Stimme war melodisch und selbstsicher. Es war die falsche Person.

Eine neue Stimme. Ein anderer Mann. Rau, dunkel, schottischer Dialekt. Es war auch nicht die Stimme, die Teddy durch das Rohr in der Zelle gehört hatte.

Eine andere Stimme. Heller, fast singend.

Cilla Frank umklammerte ihr Telefon. Die Aufnahme lief weiter.

Eine vierte Stimme, ruhig und ohne Dialekt. Teddy erkannte sie sofort. Das war er, das war die Stimme, die Teddy durch die Toilette gehört hatte, die Person, die er im Gefängnis mit Kerim Celali hatte reden hören.

»Wer ist das?«, fragte er.

Cilla hielt die Aufnahme an. »Erkennst du die Stimme?«

»Hundertprozentig. Das ist der Richtige.«

»Sein Name ist Gabriel Dolk.« Cilla Franks Stimme versagte. »Das hätte ich nicht gedacht …«

Teddy nahm die Kopfhörer ab. Die Kühlschränke um ihn herum brummten.

»Aber jetzt weiß ich es«, sagte sie. »Und ich möchte dir sagen, dass ich dir unendlich dankbar bin für das, was du tust. Ich verstehe, dass die Sache mit Nikola Lind sehr hart für dich war.«

Offenbar wusste sie immer noch nicht, dass Nikola sein Neffe war, sonst hätte sie seinen Vor- und Nachnamen nicht so benutzt.

»Ich habe dich von der Drohne aus im Auto gesehen, ich habe die Schüsse gesehen, alles«, fuhr Cilla fort. »Aber ich wusste nicht, was passieren würde.«

Wovon redete sie? Teddy wusste, dass sie den Kulturverein beobachtet hatte, aber nicht, dass sie alles *gesehen* hatte, das Auto und den Mörder, das hatte ihm niemand gesagt. Und außerdem: Emelie hatte herausgefunden, dass ihre Informationen weitergegeben worden waren.

»Wir hatten auch ein paar Hundert Meter weiter eine Streife, aber die haben es nicht geschafft. Das tut mir leid. Wir hatten ja keine Ahnung.«

Die Information war weitergegeben worden.

Cilla Frank log ihm ins Gesicht.

Die Chipstüte raschelte in seiner Hand. Seine Kontaktperson hätte den Mord an Nikola verhindern können, sie hatte gesehen, wie der Mörder ihnen mit vorgehaltener Waffe gefolgt war, obwohl sie Emelies Bericht kannte.

Er schaute auf die Tüte hinunter: seine Faust, weiß vor Anspannung, als er sie ballte. Am liebsten hätte er ihr ins Gesicht geschlagen.

Sie hätte den Mord verhindern können. Er wollte etwas sagen, aber er hielt sich zurück, spannte sich noch mehr an, ballte die Faust noch fester, ohne sie zu heben. Es war nicht der richtige Moment. *Sie hatte ihn verraten, die Polizei hatte ihn verraten.*

Dann bemerkte er, dass sein Telefon vibrierte. Jemand rief ihn an. Es war Ali Zwei.

»Bruder, warum gehst du nicht ran?« Ali sprach schnell.

»Ich bin doch dran.«

»Ich habe dir zwanzig Nachrichten geschickt und zehnmal angerufen.«

»Was ist los?«

»Wir machen die Ratte kalt. Wir wissen, wo sie ist.«

»Wovon redest du?«

Ali klang aufgeregt, voller Energie. »Wir haben einen Tipp bekommen. Er ist in einem Supermarkt in Norsborg. Du musst sofort dorthin kommen. Du musst helfen.«

Bloß weg hier.

Teddy drehte sich zu Cilla um. »Ich muss los.«

Sie hielt immer noch ihr Handy in der Hand. »Ich möchte, dass du dir die Stimme noch einmal anhörst.«

»Nein. Sie sind auf dem Weg hierher, sie wissen, dass wir hier sind. Ich gehe zuerst raus. Sie warten zwei Minuten und nehmen dann den anderen Eingang, damit wir nicht zusammen gesehen werden.«

»Aber …«

Er hörte nicht mehr hin. War schon auf dem Weg nach draußen.

Haddad stand auf. »*Habibi*, trink einen Kaffee.«

Teddy rannte auf eine der Türen zu. Hier drinnen durften sie ihn nicht sehen.

Jemand hatte sie verpfiffen, jemand war Cilla Frank gefolgt, oder er war derjenige, der es vermasselt hatte.

Er sprintete los.

Kaugummi und Snusreste. Betonplatten und Vogelscheiße. Um die Ecke, weg vom Laden.

Er keuchte, ohrenbetäubend laut. Trotzdem konnte er hören, was passierte. Was nicht passieren durfte.

Schüsse. Zehn, elf, zwölf. Es war nicht zu überhören.

Sie ballerten wild drauflos.

Es war krank.

Sie killten eine Staatsanwältin. Cilla Frank.

Sie töteten seine Kontaktperson, die Einzige, die wusste, dass er im Auftrag der Polizei handelte.

Teddy bog um die nächste Ecke. Er hörte Gebrüll, erkannte Alis Stimme. Er sah sie kommen.

»Hey«, rief Teddy.

Ali und der andere vermummte Kerl blieben stehen. Man konnte sehen, dass es Jacub war.

Sein Herz schlug mit zweihundert Schlägen in der Minute.

»Was machen wir jetzt?«, fragte Teddy.

Alis Zähne sahen im Kontrast zum schwarzen Stoff der Balaklava besonders weiß aus.

»Du bist zu spät dran, wir sind schon fertig.«

»Habt ihr die Ratte gefunden?«

»Wir müssen weg hier, und du auch.«

Jacub war schon auf dem Weg zu einem wartenden Auto.

»Habt ihr die Ratte gefunden?«, fragte Teddy noch einmal.

In der Ferne ertönten Polizeisirenen.

Ali Zwei zog seine Haube herunter. »Ich glaube schon«, sagte er. »Ich glaube, wir haben den Wichser gefunden.«

SECHS

62
Gabriel

Es gab eine Zeit, da hatten sie drei Weihnachtskalender, die sie zusammen öffneten, er, Alma und Erika. Zum einen den normalen Fernsehkalender mit ziemlich albernen Bildern – Alma jedoch liebte es, das steife Papier zu knicken, um die perforierte Klappe zu öffnen und irgendein wirklichkeitsfremdes Bild zu entdecken. Sie hatten auch einen Hautpflegekalender – das war Erikas Idee gewesen – vierundzwanzig Döschen mit Cremes, Lippenbalsam und Körperpeeling in etwas, das eher wie eine Art Pappschachtel aussah. Weder sie noch Alma schafften es, alle Produkte aufzubrauchen, aber sie liebten das luxuriöse Gefühl. Schließlich der heilige Schokoladenkalender, das war Gabriels Wahl, obwohl Alma ihn essen durfte. Für Gabriel genügte es, das Leuchten in ihren Augen zu sehen, wenn sie sich die hellbraune Schokolade mit Einprägungen auf die Zunge legte und so laut schmatzte, dass Erika sich die Ohren zuhielt.

Es hatte eine Zeit gegeben, in der Alma ein glückliches kleines Mädchen gewesen war, in der Erika amüsierte Grimassen geschnitten hatte, in der er ein junger Polizist gewesen war und geglaubt hatte, etwas bewirken zu können, in der er sie für eine glückliche Familie gehalten hatte.

Jetzt hatte er dazu beigetragen, dass eine Staatsanwältin in Lebensgefahr schwebte.

Heute blieb er zu Hause.

Alma trottete die meiste Zeit im Wohnzimmer auf und ab. Sie

hatte einen richtig dicken Bauch, Woche dreiunddreißig. »Du hast dieses Jahr keinen Schokoladenkalender gekauft«, sagte sie.

»Ich weiß, tut mir leid, bei der Arbeit war so viel los. Und jetzt ist schon der dreiundzwanzigste Dezember.«

»Das ist kein Problem für mich. Dreiundzwanzig Tage kann ich locker aufholen.«

Das war das erste Mal seit Tagen, dass Gabriel lachte.

Er war das dümmste Arschloch der Stadt. Er wollte den Infiltrator enttarnen, Kerims Leute dorthin schicken, aber nur, um in den Laden zu gehen und zu fotografieren oder zu filmen, mit wem auch immer sie sich traf, nicht um zu versuchen, sie hinzurichten. Nicht, um seine eigene Chefin umzubringen.

Das einzige Glück in dieser Scheiße war, dass sie überlebt hatte. Cilla Frank war gerissener, als man dachte. Sie hatte ihren Infiltrator mit einer Schutzweste unter der Kleidung getroffen. Jetzt lag sie im Krankenhaus. Fünf Kugeln hatten die Kevlarplatten durchschlagen und sie verletzt, drei davon mit geringer Aufprallgeschwindigkeit, die nur die Weste trafen und sie nicht mehr als oberflächlich verwundeten. Zwei Kugeln waren in ihren Magen eingedrungen, die Blutung hätte sie beinahe das Leben gekostet.

Gleichzeitig regte sich ein anderer Gedanke in seinen trüben Tiefen: Vielleicht wäre es besser, wenn sie verschwände.

Der Große Bruder war ein Idiot, ein verrückter Hund, ein filterloser Killer. Neue Gedanken wuchsen in Gabriel heran. Er war derjenige, der den Boss zur Strecke bringen und dafür sorgen musste, dass Celali lebenslänglich bekam. Es war alles seine Schuld: Er hatte die ganze Sache ins Rollen gebracht, er hatte geglaubt, Menschen wie Kerim Celali könnten für das Gute eingesetzt werden. Und dann wieder derselbe Gedanke: Tief in seinem Inneren hatte er gehofft, dass sie die Person auslöschen würden, die seine Existenz bedrohte – aber dabei hatte er sich vorgestellt, dass sie die Ratte erledigen würden, nicht eine Staatsanwältin, die gegen das organisierte Verbrechen kämpfte.

Cilla Frank lebte, aber ihr Schicksal hing an einem seidenen Faden. Sie lag bewusstlos im Karolinska-Krankenhaus, weit weg von der Welt, aber die Ärzte äußerten sich zuversichtlich.

Die Medien liefen heiß. Politiker schrien auf Twitter in Großbuchstaben in die Welt hinaus: DAS GEHT ZU WEIT. DER MORDANSCHLAG IST EIN ANGRIFF AUF UNS ALLE. Die Aktionsgruppe Acht war in Aufruhr. Die Chefs saßen in Meetings zusammen, sprachen von Vertrauenskrise und neuen Arbeitsmethoden. Die Kollegen wollten Blut sehen. André wollte militärisch vorgehen, den Angreifern in die Knie schießen und sie in den Mälaren werfen.

In der Vergangenheit hatte es Angriffe auf Polizisten gegeben, aber ein solcher Angriff auf eine Staatsanwältin war extrem. Es war, als hätte man ihnen den Atomkrieg erklärt.

Andrés Fragen waren noch schlimmer. »Warum hast du mir gesagt, dass ich zurückfahren soll? Wusstest du, dass etwas passieren würde? Warum warst du so hart zu Ali Zwei, als er in Haft war? Er könnte darin verwickelt sein.« André erinnerte sich daran, wie Gabriel den Gangster behandelt hatte, als er herausfinden wollte, ob er die Ratte war. »Warum haben wir Ali Zwei laufen lassen, als wir ihn wegen der Rolex festgenommen haben?« André erinnerte sich an all die seltsamen Dinge, die Gabriel in den letzten Monaten getan hatte, auch wenn er das Muster noch nicht zu erkennen schien. Aber er konnte es riechen, es war offensichtlich. Gabriel hatte den größten Fehler seines Lebens begangen. Vielleicht würde bald André dafür sorgen, dass man ihm ins Knie schoss und ihn im Mälaren versenkte. Bildlich gesprochen. Seelisch.

Wahrscheinlich zum fünften Mal in den letzten Tagen stand er vor Haddads Supermarkt. Der Platz davor war nicht mehr abgesperrt. Die Patronenhülsen waren aufgesammelt, die Straße nach Schmauchspuren, Haaren und Blut abgesucht. Die Überwachungskameras waren geleert und ausgewertet worden – bemerkenswert war, dass die Kamera im Laden nichts mitgefilmt hatte. Der alte Haddad hatte im Verhör ausgesagt, sie sei nie eingeschaltet gewesen, aber er log, das sah Gabriel sofort. Wahrscheinlich hatte er das Videomaterial gelöscht, um den vielen Fragen über all jene zu entgehen, die in seinem Laden gewesen waren.

Die Angst war groß, die Kultur des Schweigens ein Fundament aus Beton, auf dem alles ruhte. Da jeder wusste, dass niemand auspacken würde, war jeder, der den Mund aufmachte, ein bunter Vogel. Das Plappermaul fiel auf wie ein einsamer Damhirsch auf einem Feld.

Und doch stand Gabriel jetzt hier. Der alte Haddad war durch die Fenster zu sehen, an seinem Tisch neben dem Eingang, die Kaffeemaschine wie immer vor sich. Das Leben war in seine gewohnte Routine zurückgekehrt, so ungewöhnlich war es nicht, dass es hier zu Schießereien kam. Unfassbar.

Es schneite, kleine, winzige Flocken, die dicht herabfielen und neu und sauber waren, aber diese Gegend würde nie wieder sauber werden, zu viel Blut war geflossen.

»Guten Tag«, sagte Gabriel.

Haddad wirkte zunächst glücklich. »Hallo, mein Freund. Willst du einen Kaffee?« Dann sah er, wer da gekommen war. »Nicht Sie schon wieder.«

»Wir sind noch nicht fertig, mein Freund.«

Haddad stand auf. »Sie haben mich viermal befragt. Das reicht.«

»Ich werde Sie nicht verhören, aber haben Sie Zeit für einen Spaziergang?«

»Einen Spaziergang?«

»Genau.«

»Woher soll ich das wissen?«

Gabriel hatte keine Lust auf eine lange Diskussion, er packte Haddad am Arm. »Kommen Sie einfach mit.«

Schweigend gingen sie auf den Wald zu. Die Schneeflocken schmolzen auf dem Asphalt zu einer glitschigen, glitzernden, körnigen Masse.

»Wie lange leben Sie schon in Schweden?«, fragte Gabriel.

»Was macht das für einen Unterschied?«

»Es kann interessant sein, die Entwicklung zu verstehen.«

»Sagen Sie einfach, was Sie zu sagen haben.«

»Wissen Sie«, fuhr Gabriel fort, »vor langer Zeit haben Kriminelle eine Entscheidung getroffen, die wir die Logik des Verbrechens nennen könnten. Sie haben ausprobiert, wie viel sie zum Beispiel mit Überfällen auf Geldtransporter oder mit Drogen verdienen können, und haben das ins Verhältnis gesetzt zu den Gefängnisjahren, die sie riskieren. Je höher die Zahl, desto mehr Geld pro Gefängnisjahr. Das war nicht fair, aber zumindest rational.«

»Vielleicht.«

»Das ist nicht mehr so. Es gibt nichts Rationales mehr, es hat alle Grenzen überschritten.«

»Worum geht es?« Der Alte klang tatsächlich interessiert.

Weiter hinten lag der Wald. Die dunklen Nadelbäume erinnerten an Menschen, arme Obdachlose, in zottelige, zerschlissene Decken gehüllt. Gabriel ging langsamer. »Es ist eine Spirale aus Blutrache, Statusdenken, Clanstrukturen, Machoidealen,

Ad-hoc-Reaktionen, die sich so oft gedreht hat, dass niemand mehr weiß oder sich die Mühe macht, danach zu fragen. Was bleibt, ist Hass, purer und destillierter Hass, eine Kultur des Ekels, in der Tod oder lebenslängliche Haft das einzige Endziel sind, etwas anderes erwartet niemand. Zu Isak Nimrods Zeiten war das anders, da gab es noch Regeln. Damals herrschte die Logik des Verbrechens.«

»Ich erinnere mich an Nimrod. Mister One.«

Gabriel zückte sein Handy. »Ich zeige Ihnen jetzt Fotos von verschiedenen Leuten, die mit Cilla Frank im Laden gewesen sein könnten. Ich möchte wissen, wen Sie gesehen haben.«

»Ich habe niemanden gesehen, das habe ich Ihnen schon gesagt.«

»Die Sache ist die, ich weiß, dass Sie lügen.« Gabriel hielt inne. »Diese Überwachungskameras lösen Alarm aus, wenn sie versehentlich ausgeschaltet werden, aber diese hier hat vor dem Vorfall keinen Alarm ausgelöst. Sie haben den Inhalt danach gelöscht.«

Es war ein Bluff, aber das wusste der alte Mann nicht.

Sie erreichten den Waldrand. Beide sagten eine Weile nichts.

Gabriel hielt inne und hielt sein Handy hoch. »Haddad, wen hat Cilla Frank dort getroffen?« Langsam scrollte er durch die Fotos. Ali Zwei. Teddy Maksumic, Jacub, Dior und so weiter. Alles bekannte Namen.

Haddad schaute nicht wirklich hin, sein Blick wanderte zu den Bäumen.

»Haben Sie Angst?«

Keine Antwort.

»Schauen Sie hin, Haddad.«

Eine Weile standen sie so da. Die Kälte kroch unter ihre Kleider. Bild für Bild. Gabriel hatte mindestens fünf Fotos pro Person aus diversen Ermittlungsunterlagen.

Der Alte schüttelte den Kopf. »Das kann ich Ihnen nicht sagen. Sie müssen meine Lage verstehen. Ich wohne in diesem Viertel. Jeder weiß, dass ich jeden Tag in meinem Laden bin.«

Verdammt, Gabriel sollte seine Waffe ziehen, sie dem alten Dreckskerl über die Rübe ziehen und diesen rückgratlosen kleinen Feigling außer Gefecht setzen. »Kommen Sie schon«, sagte er stattdessen. »Sagen Sie einfach irgendetwas. Sagen Sie etwas, das mir hilft. Ich verspreche, ich werde nirgendwo erwähnen, dass die Information von Ihnen stammt. Verstanden? Egal, was Sie mir geben, ich werde allein daran arbeiten und es so aussehen lassen, als hätte ich es selbst herausgefunden, ohne Sie.«

Der alte Mann erschauderte. »Ich muss zurück in den Laden.«

»Bitte«, sagte Gabriel.

Der Alte setzte sich in Bewegung, blieb aber noch einmal stehen und drehte sich um. »Sauerrahm & Zwiebeln«, rief er.

Das Schnelllabor war nicht größer als eine Behindertentoilette und sah auch so aus, nur ohne den Toilettensitz. Gekachelte Wände, Fliesenboden, ein großes Waschbecken und ein Metalltisch mit Maschinen und Geräten für DNA-Analysen, Blutanalysen und so weiter. Hier wurden nur Schnelltests durchgeführt. Wollte man die Ergebnisse als Beweismittel in einem Gerichtsverfahren verwenden, mussten die Proben an das nationale kriminaltechnische Zentrum geschickt werden.

Er war in die Asservatenkammer gegangen und hatte eine der Kisten von der Cilla-Frank-Schießerei geholt. Sie enthielt eine Tüte Chips, Estrella, *Sourcream & Onion*, die vor dem Laden gefunden worden war. Man hatte sie als Abfall eingestuft, aber trotzdem eingesammelt. Sie wurde nicht analysiert, da niemand dachte, dass die Täter während einer Hinrichtung Chips gegessen haben könnten.

Vielleicht hatte die Ratte genascht.

Gabriel hatte die Tüte um die Öffnung herum abgewischt. Spuren von fettigen Fingern waren noch zu sehen. Das meiste durfte von den Chips selbst stammen, aber mit etwas Glück hatte sich derjenige, der sie gegessen hatte, die Finger abgeleckt. *Sourcream & Onion* vermischt mit Speichel.

Das Gerät sah aus wie ein Drucker – der Kunststoff war normal grau, das Display hellgrau, die Luke eine Nuance dunkler. Er hatte die Abstriche in eine bestimmte Flüssigkeit getaucht, die sich nun in einem Röhrchen befand und analysiert wurde. Normalerweise dauerte das nur ein paar Minuten, aber es war einerseits wichtig, dass genug DNA vorhanden war, und andererseits, dass diese mit jemandem aus der Datenbank verglichen werden konnte. Inzwischen musste die Polizei von jedem, der einer Straftat verdächtigt wurde, die mit einer Gefängnisstrafe geahndet werden konnte, einen Abstrich nehmen: Die Datenbank war riesig.

Der Apparat brummte leise.

Gabriel beugte sich zum Computerbildschirm auf dem Tisch hinüber. *Sequenzierung abgeschlossen. Organische Spuren gefunden. DNA suchbar.*

Yes.

Zahlenkombinationen und verschiedene Codes, das bedeutete, dass sich genug DNA von einem Menschen auf der Chipstüte befunden hatte.

Er klickte auf *Abgleichen*.

Der Computer arbeitete. Er zählte Millionen von DNA-Profilen und verglich sie mit dem Gefundenen.

Einen Namen jetzt, einen Namen.

Abgleich erledigt. Er klickte darauf.

Die Ergebnisse deuten darauf hin, dass die DNA von Najdan

»Teddy« Maksumic (Grad +4) stammt, oder von einem seiner nahen Verwandten.

Gabriel hatte die Ratte gefunden.

Er hätte es längst wissen müssen, als Cilla Frank zu seinen Gunsten ausgesagt hatte.

Das Telefon klingelte, es war Alma.

»Papa«, sagte sie atemlos und aufgeregt. »Max ist hier.«

Gabriel klickte das Suchergebnis auf dem Computerbildschirm weg, niemand sollte es sehen.

»Was sagst du, Schatz?«

»Max ist aus Mallorca zurück und will, dass ich mitkomme.«

63
Josephine

»Ich will dieses Jahr mit Freunden feiern, warum machen wir nicht beides?« Jossan strich mit der Hand über die Terrazzoplatte der Kücheninsel. Sie hatte sie selbst bei Bror Törner ausgesucht, auch wenn die Idee, Terrazzo statt Marmor oder Sandstein zu verwenden, von ihrem Innenarchitekten stammte.

»Wir fahren zu meinen Eltern, wie sollen wir das zeitlich schaffen?«, sagte Peder. Er trug eine Kaschmirweste, obwohl es in ihrer Küche mindestens zweiundzwanzig Grad warm war, *»mein Weihnachtsgeschenk an mich selbst«*, wie er sagte. Jossan wusste, dass es nicht die Marke war, die Peder gern hätte.

»Ich dachte an das Mittagessen.«

»Es ist Tradition, dass wir mittags und abends bei ihnen essen.«

»Wir sind noch nicht lange genug zusammen, um Traditionen zu haben.«

Peder richtete den Hemdkragen unter seiner Weste. »Nein, aber es ist Tradition für mich. Ich bin in den letzten sechsunddreißig Jahren jeden Heiligabend dort gewesen und habe nicht vor, das in diesem Jahr zu ändern.«

»Müssen wir uns wirklich aufteilen?« Ihre Gefühle waren zwiespältig. Sie blickte ins Wohnzimmer. Kleine Nikoläuse, Tischdecken, Quasten und überall weißes Moos.

Für Jossan war Weihnachten wichtig, aber für Peder war es heilig, eine Religion. Es ging nicht um Glauben oder Spiritualität – Peder sprach nie über die Evangelien oder die Botschaft von

Weihnachten, wie es Josephines Großmutter tat –, aber die Dogmen von Weihnachten waren unveränderlich. Es musste auf eine bestimmte Art und Weise gefeiert werden, und wenn Jossan auch nur daran dachte, es abzuwandeln – »vielleicht sollten wir die Adventskerze dieses Jahr ins Fenster statt neben den Herd stellen« –, schloss er nicht nur den Mund, sondern auch die Augen und schüttelte wild den Kopf. »Ich kann nicht einmal mit jemandem in einem Raum sein, der so etwas Radikales vorschlägt.« Er scherzte, obwohl er jedes Wort ernst meinte.

Peder nahm sein Asthmaspray in die Hand, doch statt zu inhalieren, räusperte er sich. »Sind wir nicht schon aufgeteilt?«

»Was meinst du?«

»Du warst viel länger auf Mallorca, als wir je zuvor getrennt waren, und du hast nicht einmal angerufen.«

»Ich habe angerufen.«

»Nur wenn ich dich vorher angerufen habe.«

»Du warst sogar unten.«

Er sagte nichts. Sie wussten beide, wie es abgelaufen war, sie hatte ihn kaum gebeten zu kommen, und als er versucht hatte, mit ihr über die fünf Millionen und den Verdacht gegen Max zu sprechen, hatte sie sich einfach weggeduckt. Vielleicht hatte er recht, Peder. Jetzt wurde ihr klar, dass sie ihn während ihrer Zeit auf der Insel nicht oft vermisst hatte, aber das lag daran, dass sie so viel gearbeitet hatte, das musste so sein.

»Bitte«, sagte sie, »das könnte lustig werden.«

Peder ließ die Schultern hängen. »Ich weiß nicht. Wen willst du denn einladen? Von Königsmarck wird ganz sicher nicht können, Conrad-Christoph hat zu große Schmerzen im Hodensack.« Er grinste.

Sie hatte gedacht, dass es irgendwie lustig wäre, Isak Nimrod einzuladen, aber wahrscheinlich konnte er nicht. Vor allem war sie sicher, dass Peder ihn nicht dabeihaben wollte, nach dem Tennismatch auf der Insel hatte er sie merkwürdig angesehen. »Ist er wirklich dein Mandant?«

Josephine hatte nur eine richtige Freundin. »Ich habe an Emelie und Lucas gedacht«, sagte sie. »Emelie möchte vielleicht ihren Ex mitbringen, kennst du ihn?«

»Nein.«

»Er heißt Teddy.«

»Teddy? Mit Vornamen?«

»Ja, er hat einen Namen, der auf y endet. Ich weiß, was die Kriminalstatistik über diese Namen sagt. Er war acht Jahre im Gefängnis.«

Normalerweise hätte Peder wahrscheinlich einen Lachanfall bekommen. Jetzt war es das Asthma.

Ica Maxi am Tag vor Heiligabend war Himmel und Hölle zugleich. Die Auswahl an Weihnachtsschinken, Heringen und Lachsfilets war wunderbar, die Avocados waren so fein wie in Palma, und all die Mandarinen, Clementinen und Satsumas, die Ica aus irgendeinem Grund »kleine Zitrusfrüchte« nannte, sahen fast poliert aus, wie sie in meterhohen Stapeln überall im Laden lagen. Die Massen, die sich um die Lebensmittel drängten, waren höllisch, es war Dantes siebter Kreis, wie eine Panik bei einem Travis-Scott-Konzert. Die Menschen schienen zu glauben, dass am Weihnachtstag eine Hungersnot ausbrechen würde, dass Schwedens Lebensmittelvorräte zu Ende gehen würden, dass diese Prinzenwürste die letzten wären, die sie jemals sehen würden.

Josephine war wie ferngesteuert, sie zoomte heran und weg, konzentrierte sich nur auf das Essen, das sie finden musste, und ließ den Rest ihrer Gedanken woandershin wandern.

Alles war vorbereitet. Isak selbst nannte es seinen *heist*. Jossan hatte nicht die Absicht, ihn zu fragen, warum er diesen Begriff benutzte. Sie wusste nicht, was transportiert wurde, sie wusste nicht, warum, aber sie wusste, dass er in Schweden wegen Finanzdelikten belangt werden würde. Wie immer war es ihre Aufgabe, dem Mandanten zu helfen. Emelie sprach ständig von den ethischen Regeln der Anwälte, von ihrem Auftrag. *Die erste Pflicht eines Anwalts ist es, seinem Mandanten gegenüber loyal und treu zu sein.* Sonst verschwendete Josephine nur wenige Gedanken an diese Grundsätze, Emelie arbeitete mit Kriminellen, sie hingegen mit Risikokapitalgebern und Großunternehmern – normalerweise. Ihre Mandanten waren zwar selten moralisch, aber sie hatten zumindest keine kriminelle Geschäftsidee. Außerdem schufen sie Arbeitsplätze und Wohlstand für ganz Schweden, wie Peder zu sagen pflegte, wenn sich die Medien darüber aufregten, dass Geld in Steueroasen versteckt wurde und Superreiche weniger Steuern zahlten als ein normaler Gemeindeangestellter.

Es war nicht die Pflicht eines Anwalts, die sie jetzt antrieb, es war nicht einmal die Hoffnung, Geld zu verdienen. Isak hatte ihr bereits genug gegeben, um über die Runden zu kommen und ihre Schulden bei Kim Barent zu begleichen. Sie war frei, auch wenn er ihr jetzt zusätzliche Honorare anbot. Sie spürte einen neuen Antrieb, eine andere Energie, die sie nicht gewohnt war.

Sie hatte eine Kette von Firmen und Konten eingerichtet, die mit einigen Offshore-Firmen verbunden waren, und hatte ein kleines Transportunternehmen außerhalb Stockholms erworben. Sie bezahlte mit üblichen liquiden Mitteln, aber auch mit Aktien. Jossan präsentierte die Idee als ein neues Storskogen, jeder Kleinunternehmer kannte heutzutage das Arrangement: Verkaufe an ein Konglomerat – Kasse machen, aber weiterhin an den Aktien des Großunternehmens beteiligt bleiben. Sie hatte einen Deal mit einem der vielen Lebensmittellieferanten ausgehandelt, die in den letzten Jahren die Straßen Stockholms mit ihren unterbezahlten, ungebundenen Boten bevölkerten. Sie gab vor, eine *dark kitchen* im Industriegebiet Ulvsunda zu vertreten, die Pizza, Sushi und Kebab zur Hälfte des Preises von Restaurants verkaufen konnte, weil sie weder Gäste noch Fenster zu einer teuren Straße brauchte. *Dark kitchens* waren das neue Ding – in fünf Jahren würde es in Stockholm kaum noch normale Restaurants geben, weil sie preislich nicht mithalten konnten. Schon gar nicht, wenn auf den Mopeds auch noch andere Dinge transportiert wurden. Sie hatte Geld verschoben, *walking accounts*, mal wieder einen Abstecher nach Dubai gemacht, Strohmänner engagiert, Dokumente registriert. Nichts war illegal. Nichts war hundertprozentig legal. Sie hatte einen Manager in einer der Inselfirmen zum stellvertretenden Geschäftsführer ernannt und eine Videokonferenz mit den Fahrern abgehalten. Sie hatten neue allgemeine Anweisungen bekommen, aber eigentlich ging es nur darum, wie sie sich morgen verhalten sollten. Frohe Weihnachten.

Das Ziel war klar: Isak hatte nur etwa ein Fünftel des Wertes seines Immobilienportfolios erhalten, als er es an Michaela verkauft hatte, jetzt würde er ein letztes Investment tätigen. Was auch immer im Hafen von Södertälje auf ihn wartete, er sah darin die Chance, das, was er gerade verdient hatte, zu verzehnfachen.

Er stand drüben bei den Tomaten. Sie hatten sich in dem riesigen Supermarkt verabredet. Offenbar wollte er das, was er zu sagen hatte, nicht per Telefon erledigen.

»Ich vermisse sie so sehr«, sagte er.

»Die Tomaten in Palma?«

»Ja, und nicht nur die, ich vermisse das, was ich für mein neues Leben gehalten habe.«

Josephine wog ein paar dieser kleinen Zitrusfrüchte in der Hand. Sie dachte an Peder, er liebte Mandarinen, er konnte acht auf einmal verschlingen.

»Und Max?«, fragte sie. »Was ist passiert?«

Isak war immer noch braun gebrannt und sah aus wie ein Inselbewohner: Stoppeln, kurzärmeliges Hemd und weite Leinenhosen. »Max ist hier irgendwo, in Schweden. Er hat einen Flug genommen, und ich weiß, dass er bei mir war, um ein paar Sachen zu holen, aber er antwortet nicht auf meine Anrufe, und er ist auch nicht bei seiner Mutter.«

»Warum haben Sie es ihm nicht gesagt?«

Isak stand dicht vor ihr, sein Mund berührte fast ihr Ohr. Ihr Ohrläppchen kribbelte, und noch etwas anderes kribbelte, weiter unten. »Ich bin mit vierundzwanzig Vater geworden, und schau, was daraus geworden ist. Max ist erst siebzehn.«

Josephine blieb stehen. »Warum wolltest du mich hier treffen?«

»Ich wollte wissen, ob alles unter Kontrolle ist.«

Jetzt beugte sie sich zu seinem Ohr vor. Hauchte hinein, berührte es vielleicht. »Natürlich. Das wusstest du bereits.«

64
Teddy

Ali Zwei, Jacub, Dior, Abbe und die anderen. Die Jungs des Großen Bruders: die meisten mit mehr neuropsychiatrischen Diagnosen als Buchstaben im Alphabet, abwesende Väter, zerrüttete Kindheiten, Unmengen von Vorstrafen, Aggressionsprobleme, aufgewachsen in Arbeiterfamilien, die Ärmsten von allen, schwer belastet mit Gefühlen der Entfremdung, der Frustration und dem Racial Profiling Die Soldaten des Großen Bruders: alle bewaffnet, alle in kugelsicheren Westen, gewaltbereit, voller Hass auf die Polizei und noch mehr Hass auf alle Tunten und Schwuchteln. Einige von ihnen: ehemalige Clanchefs, jetzt Kerim-Anhänger, auf der Suche nach Geld und noch mehr auf der Suche nach einem Ventil für die Vulkane in ihren Herzen – wenn sie nur ein Prozent von dem wüssten, was Teddy getan hatte, würden sie ihn wochenlang foltern.

Jetzt standen sie da wie eine Grundschulklasse, mit halb geöffneten Mündern und offenen Ohren. Keiner von ihnen würde morgen Weihnachten feiern können, sie waren sowieso nicht evangelisch, also war es nicht so schlimm. Morgen würden sie zwei Tonnen Gras bekommen, umhüllt von Marmorplatten – die Idee mit tiefgefrorenen Medikamentenlieferungen war gescheitert, als sich die Transportbedingungen geändert hatten. Die größte Fracht aller Zeiten. In vier bis fünf Wochen, wenn alles verkauft wäre, würden sie alle Millionäre sein. Am reichsten er und Kerim Celali. Wenn alles nach Plan lief, würde das Zeug auf der Straße für mehr als hundertfünfzig Mille verkauft werden, und einiges davon würde in Teddys Tasche wandern.

»Ihr braucht Handschuhe und Haarnetze oder Mützen, wir wollen keine DNA-Spuren hinterlassen«, sagte er.

Die Jungs grinsten.

»Wir werden mehrere Stunden für das Umladen brauchen. Wir haben alle Genehmigungen, und Heiligabend ist eine gute Nacht, weil wir kein Risiko eingehen wollen. Die Bullenschweine haben keinen Bock, an einem Feierabend zu arbeiten.«

Die Jungs grinsten noch breiter.

»Zieht blaue Jeans, einfarbige Baumwollhemden aus hellem Stoff und unauffällige Funktionsjacken an.«

»Warum?« Ali Zwei wollte einfach nur eine Jogginghose tragen.

»Das sind die gängigsten Stofffasern, die sind für die Bullen schwerer zu analysieren und zuzuordnen.« Teddy hielt eine Plastiktüte hoch. »Wisst ihr, was das ist?«

Die Jungs schüttelten die Köpfe.

»Ich war gerade beim Friseur und habe Haare gesammelt. Die werde ich morgen überall verstreuen, ich werde dafür sorgen, dass sich am Tatort DNA von vielen Unbekannten befindet.«

Die Jungs brachen in lautes Gelächter aus. Sie hatten begriffen, wer der Klügste in der Klasse war.

In Teddy regte sich noch eine Sorge. Cilla Frank lag immer noch im Krankenhaus, im Moment war niemand bei Bewusstsein, der wusste, dass er ein Infiltrator war, niemand bei der Polizei, der ihm Immunität gewähren konnte, der Verdächtigungen und Anschuldigungen verschwinden lassen konnte. Cilla Frank würde früher oder später aufwachen, hoffte er. Er selbst war bei den Männern gewesen, die sie beinahe umgebracht hätten, direkt vor dem Laden. Wenn er auf irgendeiner Kamera zu sehen war, wenn irgendein Zeuge sich traute, ihn zu verpfeifen, wenn seine DNA im Laden war, dann war *er* im Arsch, dann würde *er* wegen versuchten Mordes verurteilt werden. Es gäbe keinen Zweifel angesichts seines *track record*. Er würde lebenslänglich bekommen.

Zugleich: Cilla Frank hatte nicht versucht, den Mord an Nikola zu verhindern. Sie hatte es verdient – *karma is a bitch*. Er war total naiv gewesen zu glauben, dass eine Staatsanwältin nett sein würde, dass der schwedische Staat besser sein würde als Big Brother. Sie waren alle gleich scheiße, gleich verkommen, egal wie sie sich nannten: Psychopathen, Bosse, Staatsanwälte. Keine Seite war netter als die andere – oder besser gesagt, Cilla Franks Seite war schlimmer, weil sie vorgab, gut zu sein, der Große Bruder war wenigstens ehrlich. Sie war nicht die Einzige, die ihn betrogen hatte. Das war ihre ganze Behörde, die ganze Gesellschaft.

Und nun die Lieferung, die von Anfang an geplant gewesen war, um Kerim Celali zu belasten. Manche nannten es ein provoziertes Verbrechen, andere ein provoziertes Beweisstück. Egal, er war der Köder gewesen und die Lieferung die Falle, die zuschnappen sollte. Jetzt, wo Cilla nicht mehr da war, lohnte es sich nicht mehr weiterzumachen. *Wollte* er überhaupt weitermachen? Er konnte die Sache abblasen, sich eine Ausrede einfallen lassen, dass die Ware nie verschickt worden war, dass sie auf der Reise schimmelig geworden war, dass jemand anderes sie schon abgeholt hatte.

Zu guter Letzt wusste er jetzt, wer Kerims Mann bei den Bullen war. Ein Polizist namens Gabriel Dolk. Teddy war ihm noch nie begegnet, und der Große Bruder hatte seinen Namen nie erwähnt.

Alles krachte gleichzeitig zusammen, alles auf einmal. Der Turm aus Scheiße fiel in sich zusammen.

»Ali, du tönst die Scheiben, Jacub, du besorgst die Krähenfüße,

Dior und Abbe, ihr ladet die Vorschlaghämmer, Big Bags und die Signalblocker ein.«

Sie standen im Musikstudio des Kulturvereins. Dort war es heiß wie in einer Sauna in den Vereinigten Arabischen Emiraten. Ali Zwei hatte es nach Wanzen abgesucht, sie verhielten sich wie eine Terrorzelle, die Telefone blieben draußen.

Sie verließen den Raum. Jeder hatte einen Auftrag bekommen.

»Hey«, sagte Jacub, »ihr zwei kommt mit mir auf eine Tour. Kerim lässt euch grüßen.«

Ali schaute Teddy an, Teddy schaute Ali an. Jacub wich ihren Blicken aus. Jemanden auf eine Tour mitzunehmen, konnte nur eines bedeuten.

Jacub saß am Steuer. Ein neuer Mercedes, ein Elektroauto. Das Armaturenbrett war ein langer Bildschirm, der bis zum Beifahrersitz reichte.

»Bist du ein *chabo* geworden?«, fragte A2.

»Weil ich ein Elektroauto fahre?«, erwiderte Jacub.

Ali lachte, es schien ihn nicht zu stören.

Jacub drehte sich um. Sein Gesicht lag im Schatten, seine Augen im Dunkeln, aber Ali Zwei schien etwas zu erkennen. Er hörte auf zu lachen.

Das einzige Geräusch im Auto war das Surren der Seitenspiegel und vielleicht Teddys eigener Herzschlag. Er schloss die Augen und glaubte, Bilder aus seinem Leben zu sehen, aber alles, was erschien, war das Gesicht von Nikola und dann das von Lucas.

Sein Handy vibrierte. Eine Nachricht von Kerim: *A2 ist R.*

Teddy verstand.

Er war sich nicht sicher, ob das die Sache besser machte, eine Traurigkeit erfasste ihn, presste sein Herz zusammen. Ali Zwei bedeutete ihm etwas, er war ein verrückter Bastard, ein gewalttätiger Mensch, aber trotzdem. Ali hatte ihm seine Musik gezeigt, er hatte ihn gegen den Trainer im Ultimate Gym verteidigt. Vor allem aber hatten sie in den letzten Monaten fast Tag und Nacht zusammen abgehangen, über alles geredet, über alles gelacht, zusammen geweint. Ali Zwei war sein Freund. Jetzt wollte Kerim, dass er starb.

Teddy legte seine Hand auf den Bildschirm und verbarg, was er zurückschrieb. *Warum?*

Die Antwort kam schnell. *In dem MMA-Käfig im Ultimate Gym war ein Mikro. Und er hat einem Polizisten eine nicht registrierte Nummer gegeben.*

Können wir nicht warten?, schrieb Teddy. *Im Moment gibt es viel zu planen.*

Kerim antwortete sofort. *Genau. A2 kann nicht da sein, wenn die Lieferung kommt. Du weißt, was zu tun ist.*

Nein, Teddy wusste nicht, was zu tun war.

Jacub hielt den Wagen an. Sie hatten bereits einen Zwischenstopp gemacht und ihre Handys bei Dior abgegeben. Eine klassische Vorsichtsmaßnahme, fast *old school.* Ihre Handys sollten nicht in der Nähe von Ali geortet werden.

Ali Zwei begann zu begreifen, er weinte jetzt. »Leute, kommt schon, was habe ich falsch gemacht?«

Teddy öffnete die Tür.

»Teddy, du bist mein Bruder, bitte.«

»Steig einfach aus«, sagte Teddy.

Jacub stand schon draußen. Er hielt zwei dunkle Gegenstände in der Hand und reichte Teddy eine der Pistolen.

Nein.

Der Wald war dunkel rund um die Scheinwerfer, die noch an waren. Die Bäume schluckten alle Geräusche, die Stille dröhnte in seinen Ohren. Der Schnee fühlte sich an, als wäre er von Menschen gemacht, als würde er nachgeben und ihn verschlingen, wenn er ihn betrat. Ali stolperte los.

»Hat Kerim euch das befohlen?«, schluchzte er. »Das stimmt nicht.«

Teddy würde Ali Zwei nicht erschießen, *no way*. Ali war wie ein kleiner Bruder. Es fühlte sich wirklich so an, das waren nicht nur leere Worte, Ali hatte sich für ihn eingesetzt.

Der Kolben der Waffe war kalt.

»Auf die Knie, du kleiner Wichser«, sagte Jacub.

Die Kälte drang überall ein, von der Waffe über den Arm bis in den Kopf. Die Bäume beugten sich über sie.

Ali Zwei tat, was ihm gesagt wurde, und weinte wie ein Baby.

Teddy machte zwei Schritte nach vorne und stellte sich vor Jacub. »Scheiß drauf«, sagte er und drehte sich zu Ali um. »Verschwinde einfach von hier und verlass Stockholm heute Nacht. Hast du verstanden?«

Jacub entsicherte seine Waffe. »Nein.«

»Lass uns ihm eine Kugel ins Knie jagen«, sagte Teddy. »Er weiß, was los ist.«

Ali hatte sein Gesicht in die Hände gestützt, als würde er nicht mehr zuhören, als hätte er aufgegeben.

»Nein«, sagte Jacub.

Teddy machte noch einen Schritt auf ihn zu. Der nasse Schnee sickerte durch seine Mesh-Turnschuhe. »Bruder, gib mir die *gun*, ich kümmere mich darum.«

»Nein«, sagte Jacub zum dritten Mal und wich mit der Knarre aus.

Teddy war schneller und packte die Waffe an der Mündung.

Es reichte nicht, Jacub hielt seine Pistole mit festem Griff. Er riss sie an sich, Teddy verlor den Halt, stolperte rückwärts.

Jacub hob die Waffe.

Der Knall dröhnte in den Ohren.

Die Funken aus der Mündung waren wie ein Feuerwerk in der Dunkelheit.

Ali Zwei kippte nach vorn. Das Blut auf dem Schnee sah aus wie ein dunkles, ausgefranstes Tuch, ein Picknick in der Winternacht.

Teddy stürzte zu ihm. Presste die Hände auf die Brust seines Freundes. Bilder in seinem Kopf. Nikola im Auto. Nikola über dem Sitz. Nikola auf der Trage. Er hatte schon einmal versagt.

Zu viele Tote.

Er versuchte, die Jacke auf Alis Brust zu pressen, um das Blut zu stoppen.

Alis Augen waren weit aufgerissen, sein Mund bewegte sich. Blutblasen bildeten sich. Ein Flüstern. Er versuchte etwas zu sagen.

Jacub hob die Waffe, vielleicht wollte er wieder schießen. Teddy war das egal, er musste seinen Freund retten.

Er beugte sich über Alis Gesicht und drückte weiter auf seine Brust.

»Du«, röchelte Ali.

»Komm schon, Bruder, du schaffst das«, sagte Teddy.

»Du«, wiederholte sein Freund mit schwacher Stimme. »Du bist die Ratte.«

Teddy sah ihm in die Augen. Ali wusste es.

Sein Freund strengte sich an, seine Brust hob sich mit einem Atemzug.

»Ich habe dir nie die genaue Adresse genannt. Ich habe nur gesagt, der kleine Supermarkt in Norsborg, davon gibt es wahrscheinlich fünf, aber du bist ausgerechnet zu Haddad gegangen.«

Teddy konnte seinen Freund nicht mehr ansehen, trotzdem versuchte er weiterhin, den Blutstrom mit der Jacke aufzuhalten.

Ali röchelte. »Ich habe Big Brother nichts gesagt …«

Jacub stand jetzt etwas weiter weg, hielt aber immer noch die Knarre in der Hand. »Lebt der Hurensohn noch oder was?«

Teddy flüsterte Ali zu: »Warum?«

»Weil …«, die Blutbläschen füllten den Mund seines Freundes, »… weil du ein Bruder bist. Ich wollte …«, Ali rang mit sich. »Ich wollte dich beschützen.« Er röchelte.

Dann hauchte er den letzten Rest an Luft aus, der noch in ihm steckte, und im nächsten Moment war Ali tot, sicherlich kein reiner und feiner Mensch, aber immer noch Ali.

65
Gabriel

Gabriel hatte normalerweise nichts gegen Gegensätze. Eine gewaltsame Verhaftung im Vergleich zu einem ruhigen Abend zu Hause mit Netflix, eine chaotische Jagd nach einem mutmaßlichen Mörder im Vergleich zu Dehnübungen im heimischen Fitnessstudio und einer Joggingrunde gefolgt von einem kalten Bad. Aber im Moment hasste er Gegensätze. Schweiß mitten im Winter. Dunkelheit mitten am Tag. Panik im Körper eines Mannes, der nach außen hin ein stabiler, selbstbewusster Kerl war, nämlich er selbst. Eine Tochter, die sich wie eine Verrückte benahm. Ein ungeborenes Kind, das eine Mutter haben sollte, die sich kümmerte, aber wiederum: die sich wie eine Verrückte benahm. Das Einzige, was in seinem Kopf keinen Kontrast erzeugte, war Zeinab. Sie hatte den Kontakt zu ihm abgebrochen, seit sie ihn verdächtigte, ein Spitzel zu sein. Das war konsequent und ehrenhaft. Jetzt brauchte er sie mehr denn je, er musste ihre Hand halten, im spirituellen Sinne.

Gabriel fuhr zu ihrem Haus und klingelte.

Zeinab trug eine Jogginghose und ein ungewaschenes T-Shirt, auf dem Küchentisch sah er einen Computer. Wahrscheinlich arbeitete sie von zu Hause aus.

»Ich will nichts mit dir zu tun haben«, sagte sie.

»Es geht um Alma, sie ist verschwunden. Ich brauche Hilfe bei der Suche.«

Zeinab nahm einen Mantel vom Haken. »Okay, ich weiß nicht, was du treibst, aber ich kann es vergessen, um Almas willen.«

Sie suchten überall. Wäre Zeinab nicht gewesen, hätte er längst geweint, geschrien und die Polizei gerufen. Er *war* die Polizei – und doch war er so machtlos wie eine Maus.

Alma war nicht zu Hause, nicht bei einem Freund, sie war nicht in der Schule, sie hatten dort nachgesehen, obwohl sie wegen der Weihnachtsferien geschlossen war, sie war an keiner von Max' Adressen, niemand war dort. Gabriel hatte sie angerufen, ihr Nachrichten geschickt, sogar versucht, sie über Snapchat zu erreichen.

Draußen war es eiskalt, der Tag so schwarz wie das Herz eines Gangsters. Vorgestern war der dunkelste Tag des Jahres gewesen. *Jetzt wendet sich das Blatt*, sagten die Positiven dazu. *Jetzt befinden wir uns tief in der Dunkelheit, und es ist Scheiße*, sagte der realistisch denkende Mensch.

Almas sogenannter Ex-Freund hatte sie heute irgendwie abgeholt. Gabriel versuchte herauszufinden, was das zu bedeuten hatte. Zeinab wusste es auch nicht.

Gabriel wurde bald Großvater. Max, der Mörder, wurde bald Vater.

Alles war bizarr geworden. Eine höhere Macht hatte ihn gestraft. Er hatte gesündigt, war mit dem Teufel ins Bett gegangen. Jetzt meinte jemand, es sei Zeit für *payback*.

»Und wenn sie im Krankenhaus ist?«, sagte Zeinab.

Sie saßen im Auto. »Was? Und das Kind kriegt? Sie ist doch erst in der dreiunddreißigsten Woche.«

»Da kann man problemlos gebären.«

Zeinab hatte noch nicht zu Ende gesprochen, da war Gabriel schon am Telefon und rief einen alten Kollegen an, der bei der Notrufzentrale arbeitete.

»Wir haben keine Anrufe oder Alarme erhalten, die sie betreffen«, sagte der Ex-Kollege nach einer Weile. »Aber sie könnte in einem Krankenhaus oder in einer Geburtsstation in der Gegend sein, ohne einen Krankenwagen gebraucht zu haben.«

Eine Viertelstunde später stürmten sie in die Hebammenpraxis. Auf dem Weg dorthin hatte er das Blaulicht verwendet, das Adrenalin schoss noch durch seinen Körper.

Die roten Sofas sahen ungemütlich aus, und die niedlichen Poster mit den Bildern von dicken Bäuchen fühlten sich unangenehm aufdringlich an.

»Wo ist Alma?«, rief er.

Die werdenden Mütter und Väter schauten erschrocken. Eine Hebamme – oder was auch immer sie war – deutete auf ein Zimmer. »Sie können hier nicht einfach so reinplatzen.«

Gabriel riss die Tür auf. Zeinab musste es dem Personal erklären.

Alma saß auf einem Stuhl, zusammengesunken, müde, aber es war nicht sie, die von der Hebamme behandelt wurde. Es war Max.

»Papa«, sagte sie. »Was machst du hier?«

»Ist etwas passiert?«

»Du brauchst nicht hier zu sein. Alles ist in Ordnung.«

»Warum gehst du dann nicht ans Telefon?«

Die Hebamme hatte Sommersprossen und feuerrotes Haar. In der Hand hielt sie ein kleines Röhrchen, das sie vorsichtig in eine Halterung steckte. »So, jetzt sind wir fertig«, sagte sie. »Und wer sind Sie?«

»Ich bin der Vater von Alma. Was machen Sie hier?«

Die Hebamme wandte sich zuerst an Max, dann an Alma. Das war offensichtlich ihr *call*.

Max öffnete den Mund. »Ich habe einen Vaterschaftstest gemacht.«

Gabriel nahm Almas Hand. »Jetzt kommst du mit mir nach Hause, mein Schatz. Du solltest nichts mit ihm zu tun haben.«

»Hör auf.« Ihre Stimme klang brüchig, aber sie weinte nicht.

Max stand auf. »Wann bekommen wir ein Ergebnis?«

Die Verwirrung der Hebamme war offensichtlich, sie drehte sich auf ihrem Stuhl hin und her und wusste nicht, wen sie ansehen sollte. »Morgen.«

Max machte einen Schritt zur Tür und drehte sich zu Alma um. »Ich muss es wissen, Alma. Es ist einfach so.« Dann ging er hinaus.

Gabriel reagierte nicht einmal. Max wurde des Mordes verdächtigt, er musste verhaftet und verhört werden. Aber nicht jetzt, Gabriel hielt es nicht aus, er wollte Alma nicht noch mehr weinen sehen, wollte sie nicht noch mehr unter Druck setzen.

Auf dem Heimweg übernahm Zeinab das Steuer. Gabriel saß neben Alma auf dem Rücksitz und hielt sie einfach fest. Sie lehnte ihren Kopf an seine Schulter und starrte wie betäubt geradeaus.

Was bedeutete es, dass Max sich testen lassen wollte? Dass er vielleicht doch nicht der Vater des Kindes war. Wenn ja, dann war es gut. Dann überkam ihn wieder Panik: Wenn Max nicht der Vater war – dann war es wahrscheinlich Nikola.

Nein.

NEIN.

Das Quietschen von Reifen unterbrach ihn. Etwas knallte gegen die Autotür. Almas Kopf schlug gegen seine Schulter.

Alles bebte. Das Auto schlingerte und kam quer auf der Straße zum Stehen.

»Was ist los?«

Zeinab hatte beide Hände fest um das Lenkrad gekrallt.

»Scheiße, Scheiße, Scheiße.« Ihre Nase blutete, sie musste gegen das Lenkrad oder das Armaturenbrett gekracht sein.

Draußen: Irgendein Idiot war vor ihnen abgebogen und hatte sie fast von der Straße gedrängt.

Gabriel erkannte das Auto. Es war ein Fiat. Der Wagen von Kerim Celali.

Der Boss stieg aus, er war allein.

»Wer ist das?«, fragte Zeinab.

Kerim klopfte nicht und bat Gabriel auch nicht, das Fenster herunterzulassen. Er stand einfach draußen, der Dampf, der aus seinem Mund kam, sah aus wie eine Atombombenwolke, die von den Scheinwerfern angestrahlt wurde.

»Geh nicht raus«, sagte Alma.

Gabriel öffnete die Tür. »Ich kümmere mich darum.«

Es war noch kälter als zuvor.

Der Boss hob nicht die Hand, nickte nicht einmal.

»Was machst du da?«, fragte Gabriel. »Soll ich dich verhaften? Du bist auf der Flucht.«

Einige Autos rauschten mit neunzig Stundenkilometern dicht an ihnen vorbei. Sie standen hier schlecht und perfekt zugleich – es war unmöglich für jemanden, sie auszuspionieren.

»Wenn einer sich fragt, was hier los ist, dann bin ich das«, sagte der Boss.

»Bist du krank im Kopf?«, sagte Gabriel.

»Weil wir versucht haben, die Staatsanwältin loszuwerden?«

»Das geht so nicht.«

»Du verdammter Heuchler. Du wolltest die Ratte genauso loswerden wie wir.«

»Cilla Frank ist keine Ratte. Ihr könnt verdammt nochmal nicht einfach eine Staatsanwältin abknallen.«

»Mein lieber Gabriel. Du schnallst es nicht. Ich dachte, ich hätte dir alles erklärt. Ich dachte, du wüsstest, dass die Zeiten sich geändert haben. Wir erschießen, wen wir wollen, verstehst du?«

Kerim war nicht nur lästig, er war ein Tyrann, eine empathielose Bedrohung für die Gesellschaft.

»Es ist vorbei. Ab jetzt haben wir nichts mehr miteinander zu tun.« Gabriel sprach Klartext.

Der Boss fletschte die Zähne. »Sag mal, es war doch Ali Zwei, den sie dort getroffen hat, oder?«

Gabriel wusste es, er hatte DNA gefunden. »Ich habe keine Ahnung.«

»Schade.« Kerim warf einen Blick zu Alma, die hinter der grauen Fensterscheibe zu sehen war. »Du wirst mir noch bei einer Sache helfen.«

»Nein, nix da.«

Kerim ignorierte ihn und hörte nur sich selbst zu. »Morgen kommt eine große Lieferung in Containern an. Marmorfliesen. Im Hafen von Södertälje. Ich will … wie sagt man dazu … eine Nullzone. Verstehst du das? Null Polizei. Wir sind nicht viele, nur Jacub, Dior, Abbe, Teddy und ein paar andere. Das wird eine Weile dauern. Du wirst dafür sorgen, dass keiner kommt und uns die Sache verpfuscht, du wirst uns beschützen.«

Gabriel drehte sich um, öffnete die Wagentür und setzte sich. Zeinab und Alma: Die Sorge in ihren Augen versetzte ihm einen Stich ins Herz. Er beugte sich vor. »Frohe Weihnachten, Kerim«, sagte er, »und ein gutes neues Jahr.« Er schloss die Tür.

Der Große Bruder konnte ihn am Arsch lecken.

Er beugte sich zu Zeinab. »Lass uns jetzt nach Hause fahren.«

»Müssen wir umziehen, Papa? Müssen wir jetzt alles zurücklassen?«, fragte Alma.

Er legte wieder den Arm um sie. »Nein, mein Schatz. Wir müssen nicht umziehen. Aber ich muss morgen arbeiten, obwohl Weihnachten ist.«

»Wirst du an Heiligabend arbeiten?«, fragte Zeinab vom Fahrersitz aus.

Ja, er würde arbeiten. Die ganze Aktionsgruppe Acht würde arbeiten. Razzia im Hafen von Södertälje, Drogen. Verhaftung der führenden Köpfe der Bandenkriminalität im Süden Stockholms.

Frohe Weihnachten.

66
Emelie

Heiligabend, der 24. Dezember. In vielen anderen Teilen der Welt war das kein besonderer Tag, zum Beispiel auf Mallorca, wo Jossan offenbar die letzten Wochen verbracht hatte. Aber hier in Schweden war es der wichtigste Tag des Jahres, auf den sich alle am meisten freuten.

Emelie hätte unten in Jönköping mit ihrer Mutter und ihrem Vater feiern können, vielleicht auch mit ihrer Cousine, aber ihr Vater würde sich betrinken und Lucas unpassende Geschichten erzählen, und ihre Cousine war *zu* perfekt. Sie war nicht nur eine gut ausgebildete Kinderärztin mit soliden Wertvorstellungen und einem reichen Sozialleben, sondern auch eine Expertin darin, mit ekelhafter Bescheidenheit über ihre vermeintlichen Unzulänglichkeiten zu sprechen – sie hatte es noch nicht geschafft, den Marathon unter drei Stunden dreißig zu laufen, sie machte sich Sorgen, dass ihr Kind Schwierigkeiten haben würde, sich zwischen all seinen Freunden zu entscheiden, sie dachte viel darüber nach, wie schlecht sie beim Kauf von Bio-Hafermilch war.

Emelie hatte sich sehr gefreut, als Josephine sie gefragt hatte, ob sie und Lucas Weihnachten in Djursholm verbringen wollten. Es erinnerte sie an ihre Schulzeit, als es wichtiger war, zum richtigen Kreis zu gehören, und es weniger zählte, einen freien Willen zu haben. Jetzt konnte sie beides verbinden: Jossan war voll in Ordnung, und sie war ihre beste Freundin. Obendrein völlig durchgeknallt, weil sie zum Beispiel darauf bestanden hatte, auch

Teddy einzuladen. Lucas war überglücklich. »Was schenkt mir Papa zu Weihnachten?«, fragte er.

»Der Weihnachtsmann bringt die Geschenke«, sagte Emelie. »Nicht Papa.«

Das Wohnzimmer von Josephine und Peder war fantastisch. Lucas blieb zwischen den offenen Flügeltüren stehen und schaute einfach nur, Emelie hatte ihn noch nie so reagieren sehen. Der Raum war prunkvoll, aber nicht protzig oder kitschig. Auf dem Kaminsims lagen Fichtenzweige und weißes Moos. In den Fenstern hingen zarte, beigefarbene Weihnachtssterne. Die Bezüge der Sofakissen waren durch rot-weiße Muster ersetzt worden, und auf dem Tisch standen so viele Kerzen, dass es aussah wie in einer Werbeanzeige für die Feuerwehr. Von der Decke hing eine Girlande aus weißen Kerzenständern, und auf dem Boden standen große Glaslaternen mit riesigen Kerzen.

Doch nicht die Menge der Dekoration war entscheidend, sondern wie gut alles aufeinander abgestimmt war. Die Kissen passten zum weißen Moos, das Rot der Kerzen zu den Bändern am Weihnachtsbaum in einem der Fenster, die Amaryllis zu den roten Beeren in den Kränzen. Neben dem Kamin stand der Weihnachtsbaum, so prächtig geschmückt, dass die Nadeln kaum zu sehen waren, darunter lagen Päckchen. Das Ganze hatte etwas Magisches an sich, das Gefühl, von der Weihnachtswelt umgeben zu sein, so wie es früher gewesen sein mochte oder wie man es sich vorstellte.

Lucas lief in den Raum.

»Warte, warte, Lucce, denk an die ganzen Kerzen. Wir müssen hier drinnen aufpassen.«

Josephine saß schon auf dem Sofa. »Du darfst alles anfassen, außer die Kerzen, und du darfst nicht am Tannenbaum ziehen, er könnte umfallen«, sagte sie und hob Lucas hoch. »Und wir machen heute keine Kissenschlacht. Weißt du, warum?«

»Weil der Baum sonst kaputtgeht«, sagte Lucas.

Peder kam mit einem Tablett voller Drinks herein, er war wie immer gut gekleidet, Jackett, rote Krawatte und Slipper mit Troddeln. »Hallo, Lucas«, rief er. »Komm mit in die Küche, ich mache dir einen Weihnachtscidre.« Dieses Essen konnte kaum Peders Vorschlag gewesen sein, aber er schien gut gelaunt zu sein.

Emelie setzte sich auf das Sofa. Teddy war noch nicht da, wahrscheinlich verspätet. Typisch für ihn. »Wie war Mallorca?«, fragte sie.

Josephine nahm einen Schluck von dem Drink, den Peder als Apfel-Toddy mit Calvados beschrieben hatte. »Ich habe noch nie in meinem Leben so hart gearbeitet«, sagte sie und erzählte von ihren Tagen dort, dem Schlafmangel, dem wenigen Essen und so weiter.

Emelie sollte ihr Fragen zu ihrem Mandanten Isak Nimrod stellen, nur vielleicht nicht jetzt am Weihnachtsabend. Aber sie konnte nicht aufhören, darüber nachzudenken, was Alma ihr erzählt hatte: Wer war *The Importer*?

Es klingelte an der Tür.

Josephine stand auf. »Da kommt dein Ex«, sagte sie und ging zur Tür, um sie zu öffnen.

Emelie hörte die fröhlichen Stimmen aus dem Flur. Jossan lachte, wie man halt mit Teddy lachen konnte, Peder erzählte Witze, und Lucas zwitscherte natürlich fröhlich – wie immer, wenn er mit seinem Vater zusammen war. War es wirklich eine gute Idee, Weihnachten mit ihrem ex-kriminellen Ehemann zu feiern, der nicht mehr ex-kriminell zu sein schien?

Dann machte etwas in ihrem Kopf klick.

The Importer. Theimporter.

Ihr Gehirn rotierte, die Gedanken wirbelten umher. Emelie: eine Maschine. Eine Königin der juristischen Schlussfolgerungen. Sie hatte das Material des Ermittlungsverfahrens durchgesehen. Irgendwo hatte sie diesen Decknamen schon einmal gesehen, und jetzt erinnerte sie sich, wo: im Abhörprozess gegen Kerim Celali.

Theimporter war einer der Decknamen des Bosses. Es war Kerim Celali.

Er meinte, er hatte das Okay von The Importer, hatte Alma gesagt. Mit anderen Worten: Max war von niemand anderem als Kerim Celali selbst autorisiert worden, Nikola aus dem Weg zu räumen.

Josephine und Peder hatten das Essen von einem Catering-Service bringen lassen. Sie sagten nichts darüber, aber die leeren Verpackungen, die Emelie im Mülleimer unter der Spüle sah, ließen darauf schließen.

Geschnittener Hering mit brauner Butter und Preiselbeeren, gebackener Knollensellerie, in Rote Bete eingelegter Lachs, der an den Rändern schön rot war, und dann Frikadellen und Prinzenwurst für Lucas.

»Habt ihr nichts mit Huel drin?«, fragte Emelie. »Ich dachte, ihr seid immer auf so einer Diät.«

Peder lachte so laut, dass er fast vom Stuhl fiel.

Teddy saß Emelie gegenüber und verzog keine Miene. Er war wütend auf sie, weil sie das alleinige Sorgerecht für Lucas verlangt hatte, das wusste sie, aber er musste einsehen, dass sie keine Wahl hatte, nicht bei den Lebensentscheidungen, die er traf. Außerdem hätte er ja für heute auch absagen können. Trotzdem: Teddy wirkte wie betäubt, wie weggetreten.

Peder schenkte Bier ein, Josephine füllte die Schnapsgläser.

Sie sangen »Einer geht noch«. Teddy nippte kaum an seinem Schnaps.

Lucas wollte »Hallo, Weihnachtsmann« singen, Josephine schenkte Weihnachtsmost ein, sie sangen »Hallo, Weihnachtsmann«, Peder sprach über sein Geschäft und erzählte ein paar Geschichten über seinen Vater, der immer Golf spielte und noch jagte, obwohl er einen Elch kaum auf fünf Meter Entfernung sehen konnte, Lucas wollte wieder »Hallo, Weihnachtsmann« singen, Jossan schenkte noch mehr Weihnachtsmost ein, sie sangen »Hallo, Weihnachtsmann«, und Teddy sagte: »Nee, jetzt trink mal lieber Wasser, Lucas, Weihnachtsmost ist nicht so gesund.«

Er war mies gelaunt.

Lucas ließ sich nicht beirren. »Papa, du feierst Weihnachten zu wenig«, sagte er. »Du hast nicht einmal das Weihnachtslied gesummt.«

Alle lachten, nur Teddy nicht. Er murmelte irgendetwas. Es war Emelie ein Rätsel, dass er überhaupt hergekommen war, wo er doch geistig nicht hier zu sein schien.

Gleichzeitig sollte Emelie ihm erzählen, was sie über Kerim Celali herausgefunden hatte. Dass er Mitwisser des Mordes an Nikola war. Der sogenannte Boss hatte sein Einverständnis gegeben.

Nach dem Abendessen setzten sie sich wieder ins Wohnzimmer, es war Zeit für die Bescherung. Peder schob ständig seinen Hemdsärmel hoch und schaute auf seine goldene Uhr, vielleicht hatte er schon genug von ihnen. Teddy blickte genauso oft auf sein Handy.

Peder brummte. »Ich muss raus und nach der Post sehen.«

Jossan hielt das Gespräch am Laufen. Teddy rutschte auf dem Sofa hin und her, während Lucas ihn als Kletterbaum benutzte.

Fünf Minuten später rief Jossan: »Hier kommt der Weihnachtsmann.«

Sie liefen zu den Fenstern im Flur, Teddy hielt Lucas hoch, damit er hinausschauen konnte. Draußen schleppte sich ein alter Mann mit Weihnachtsmannanzug und Bart vorwärts, Peder machte das gut. Lucas kicherte, als kitzelte ihn jemand, so etwas hatte er noch nie erlebt. Ein richtiges Weihnachten. Es schneite sogar.

Emelie stand neben Teddy, Schulter an Schulter. Lucas' Lachen, Teddys starke Arme, die Lucas hielten, sie streiften sich, die Härte, die Muskeln, die Wärme. Eine kleine Familie. Sie wollte, dass sie in jedem Moment wie diesem zu zweit wären. Es hätte so sein können, aber Teddy hatte alles ruiniert.

Die Stimme des Weihnachtsmanns war knarrig, Lucas hatte noch nicht herausgefunden, dass es Peder war. »Ich muss jetzt zur nächsten Familie.«

»Ich kann mitkommen«, fand Lucas.

Peder eilte hinaus, um sich umzuziehen. Jossan ging in die Küche, um Kaffee zu machen.

Bald würde es vorbei sein. Emelie und Lucas würden nach Hause fahren, vielleicht könnten sie sich einen Film ansehen, allein.

Sie saß an einem Ende des Sofas, Lucas auf dem Teppich davor mit dem Formel-1-Auto, das er vom Weihnachtsmann bekommen hatte. Teddy am anderen Ende des Sofas.

»Ich habe ein Weihnachtsgeschenk für dich«, sagte Teddy, der es wohl schon eine Weile hinter seinem Rücken versteckt hatte, denn plötzlich hielt er ein nachlässig eingepacktes Geschenk von der Größe einer Sahnetüte in der Hand.

»Ich habe nichts für dich.«

Lucas blickte vom Boden auf. »Du hast mich.«

Teddy lächelte. »Das stimmt, mein *žaba,* kleiner Frosch.«

Vorsichtig riss Emelie das Geschenkpapier auf. Es war eine Parfümflasche. Sie las: *Schwarzes Opium.*

»Danke, das wäre nicht nötig gewesen.«

»Für mich bist du, wer du bist«, sagte er.

Sie rutschte in die Mitte des Sofas. »Teddy, wir müssen etwas besprechen. Ich habe etwas herausgefunden.«

Er stand auf. »Es tut mir leid, aber ich muss gehen.«

»Lass es uns auf Englisch machen, damit der kleine Mann es nicht versteht.«

»Nein.« Er schob die Hände in die Hosentaschen. »Ich kann das wirklich nicht. Ich bin nicht sauer, aber ich muss los.«

»Es dauert nur fünf Minuten.«

»Ich habe jetzt keine Zeit für etwas Wichtiges.«

»Was hast du denn vor? Es ist Heiligabend.«

Er antwortete nicht, sondern ging einfach in den Flur.

Da kam Josephine mit den Kaffeetassen herein. »Jetzt trinken wir Kaffee.«

Teddy schüttelte den Kopf. »Ich muss jetzt leider gehen. Vielen Dank, Jossan. Grüß Peder von mir.«

Emelie stand ebenfalls auf. »Mach keine Dummheiten«, sagte sie leise.

»Frohe Weihnachten«, sagte Teddy.

»Frohe Weihnachten«, sagte Jossan.

67
Isak

Er war auf einem Dach – oder besser gesagt, er war auf ein paar Containern. Sydhamnen. Södertälje. Es war keiner der großen Häfen Schwedens, die von Göteborg, Malmö und Trelleborg waren viel größer, aber klein war er auch nicht. Die Reihen der übereinandergestapelten Container schienen kein Ende zu nehmen, zumindest wenn es hell war. Jetzt war es so dunkel wie im Arsch einer thailändischen Nutte, und er konnte nur ein paar Meter weit sehen.

Eigentlich hätte er dafür mindestens drei Männer gebraucht, aber er hatte seine Wahl getroffen. Er wollte nicht noch mehr von Ferat und den anderen verlangen, sie hatten getan, was sie konnten, den Rest musste er alleine schaffen. Außerdem hatte Jossan für Fahrer und Verlader gesorgt, Leute, die nicht wussten, womit sie es zu tun hatten – so war es sicherer. Zwei Tonnen Cannabis, verpackt in hohlem Marmor, sollten auf drei Lastwagen verladen werden. Isaks Idee war einfach: ihnen folgen, herausfinden, wo sie das Zeug versteckt hatten, und später, heute Nacht, alles klauen. Rein und raus. Es sollte ein Kinderspiel werden. Er war wieder im Spiel, voller Tatendrang. Er brauchte das Geld. Es war eine Frage des Hungers, nicht des Appetits.

Der Aufstieg war nicht einfach gewesen. Er hatte einen Pick-up gemietet und eine Leiter mitgebracht, einen Hafenarbeiter bestochen, damit er ihm die Codes für die Tore gab, und einem weiteren Hafenarbeiter ein paar Scheinchen zugesteckt, damit er hierherkommen und sich umsehen durfte. Er musste an einer Position liegen, von der aus er sehen konnte, wie sie die Ladung herausholten und testeten, damit er wusste, dass es das richtige Zeug war, aber auch, damit er das tun konnte, was er in Kürze vorhatte. Wichtig war, dass er nah genug dran war.

Er trug Unterwäsche und einen Overall und fühlte sich wie ein Suedi im Quadrat. Er war alles andere als ein Naturbursche, denn er war noch nie gesegelt, langlaufen gegangen oder in den Bergen gewandert. Das lag nicht nur daran, dass er nicht hier geboren war. Seine Erinnerungen an das Leben vor 1986 waren spärlich, alles, woran er sich erinnerte, waren die Fußballplätze und Schulkorridore von Södertälje. Er sprach kaum Arabisch, aber er kannte jedes Slangwort aus dem schwedischen Wörterbuch, er erinnerte sich an niemanden aus dem Libanon, außer an seinen Bruder, aber er kannte jeden Mann von hier. Vor allem erinnerte er sich an Teddy, den er immer Nalle und Björne genannt hatte. Er dachte an die Zeit, als sie in Gröna Lund gewesen waren, als sie Achterbahn gefahren waren, Frauen nachgestellt und das Abenteuer geliebt hatten. Sie hatten nicht nur über Mädchen und Fußball gequatscht, so hatte Isak noch nie mit jemandem geredet: Er hatte ihm von der Zeit im Libanon erzählt, von seiner Mutter, die das Geräusch der Granaten auf Band aufgenommen hatte, und sogar von seinem Vater. Von den Ohrfeigen, den Stößen, den Schlägen auf die Arme. »Ich habe eine extra Matratze unter meinem Bett«, hatte Teddy gesagt. Es war eine einfache Aussage, kein Versprechen, seinen Vater aufzuhalten oder die Sozialamtstante in der Schule zu benachrichtigen. Und doch bedeutete das Angebot, dass Isak jederzeit bei ihm pennen könnte, mehr als alles andere, was ihm jemals jemand gesagt hatte.

So waren die Jahre vergangen. Sie hatten zusammen Ladendiebstähle in der Innenstadt begangen, am S-Bahnhof Leute ausgeraubt, waren herangewachsen, hatten Pickel und Muskeln bekommen, hatten im Freizeitzentrum abgehangen, sich bewaffnet, die Motorradgangs vertrieben, die in Södertälje Fuß fassen wollten, waren von *Kums* Männern entdeckt worden. Teddy war mit den Serben gegangen, Isak mit seinen Jungs: den Syrern, Assyrern, Chaldäern, sogar ein paar Irakern, obwohl sie Moslems waren, aber er und Maksumic waren immer in Kontakt geblieben. Er hatte Dummheiten gemacht, Teddy hatte Dummheiten gemacht, sie hatten beide ein paar Jahre gesessen, Nikola hatte ein paar Dinge über Isak herausgefunden, sie waren nicht immer auf derselben Seite gewesen, aber trotzdem: Teddy war für ihn das, was einem echten Freund am nächsten kam. Jemand, der ihn kannte wie einen Bruder, auch wenn sie sich nicht sahen oder voneinander hörten. Nicht wie ein *Bruder*, wie all diese Halbstarken heutzutage sagten, wie Kerim Celali, die für jemanden starben oder töteten, sondern wie ein Bruder, der einen liebte, auch wenn man Mist baute, der einen liebte, auch wenn man zeigte, dass man schwach war, schlecht, illoyal.

So wie Isak jetzt – er würde Teddy ausrauben. Es war nicht schön, es war schmutzig, aber es war das Letzte, was er tun würde. Teddy hatte ihn sogar vor ein paar Tagen angerufen, um mit ihm über Max zu reden. Was glaubte er eigentlich, wer Isak war – er würde seinen Sohn niemals ausliefern.

Der Gedanke, der in den letzten Monaten in seinem Kopf herumgegeistert war, bestand darin, dass er dieses Leben, die Straße, verlassen sollte. Er tat das hier nur, um Max zu retten. Es war der Staat, der ihn dazu gezwungen hatte, der ihm sein Vermögen genommen hatte, und es war Michaela, die den Preis zu hoch angesetzt hatte, die ihn in diese Ecke gedrängt hatte, wo ihm jetzt keine andere Wahl blieb. Etwas Böses zu tun, um etwas Gutes zustande zu bringen. Einem Kind ein menschenwürdiges Leben zu schenken.

Auch einem Enkelkind. Das hatte etwas Wunderbares. Sowohl Max als auch dem Enkelkind einen Neuanfang zu ermöglichen. Vielleicht könnte Alma das Kind mitnehmen und mit ihnen auf Mallorca leben. Sie und Max könnten die Schule beenden. Sie könnten gemeinsam für das Kind sorgen. Er, Isak Nimrod, der ehemalige Mister One, wäre der beste Großvater der Welt. Er würde das Kind lieben, wie noch nie ein Kind geliebt worden war, schon gar nicht er selbst.

Teddy musste das verstehen.

Unter ihm regte sich etwas. Ein Lastwagen rollte heran und parkte an der nächstgelegenen Containerreihe. Zwei weitere Autos folgten, ein Fiat, ein Audi.

Es war noch nicht einmal sieben Uhr, aber es war schon seit Stunden dunkel.

Er setzte die Nachtsichtbrille auf. Sie war nicht auffällig, keine Spezialbrille. Er hatte das Teil bei Synsam gekauft, *Roadpilot II* hieß es und war für Leute gedacht, die nachts schlecht sahen, aber im Winter Auto fahren wollten. Die Gläser waren gelblich, das Gestell aus gelb getöntem Kunststoff, das verstärkte die Kontraste.

Jungs in Jeans und Windjacken in der Kälte. Er konnte Teddy und Kerim Celali erkennen. Ihnen würde bald warm werden. Er sah, wie sie die Container öffneten, Gabelstapler herbeifuhren, und er sah das Wichtigste: Sie brachen ein paar Platten auf und untersuchten das Produkt.

Er kroch an den Rand und kramte in seinem Rucksack.

Jetzt musste er ins Schwarze treffen.

Die GPS-Dinger waren so klein wie Cent-Münzen und stark magnetisch.

Er wartete, bis der Gabelstapler an einen der Lastwagen heranfuhr, das Brummen des Motors bildete die Geräuschkulisse.

Er ließ das erste Teil fallen.

Klirr. Es war lauter, als er erwartet hatte.

Er war sich ziemlich sicher, dass es haften geblieben war. Die Typen unter ihm bewegten sich unruhig, er konnte nur ein paar Worte verstehen, aber dann hielt der Gabelstapler an. Nun konnte er besser hören, was sie sagten.

Teddys Stimme. »Was war das für ein Geräusch?«

»Sind Fliesen kaputtgegangen?« Jemand anderes.

Dann Kerims raue Stimme. »Vielleicht. Fahr weiter, Bruder. Fahr weiter.«

Isak kroch rückwärts. Er würde die Prozedur bei den beiden anderen Lastwagen wiederholen. Dann würde er hinunterklettern und sich ins Auto setzen. Von dort aus konnte er die Lastwagen im Auge behalten.

Da sah er: Auf dem Dach eines anderen Containers leuchtete etwas kurz auf. Ein Lichtkegel, an und aus.

Was war das, lag da noch jemand? Nein, das konnte nicht sein. Es war Heiligabend und der Hafen seit Stunden geschlossen.

Isak kletterte die Leiter hinunter und lehnte sie an den Container. Vorsichtig öffnete er die Wagentür und setzte sich. Hier drinnen war es noch kälter als draußen. Er fröstelte.

Er hatte noch eine andere Ausrüstung dabei, falls etwas schiefgehen sollte, aber alles schien in Ordnung zu sein. Jetzt musste er nur noch darauf warten, dass sich seine beiden Tonnen in Bewegung setzten.

68
Teddy

Er hasste Gegensätze. Immer. Er wünschte sich einen kontinuierlichen Fluss von Dingen, die er tun konnte, er brauchte Ausgeglichenheit. Er war ein offensichtlicher Idiot – warum hatte er zugestimmt, ein Infiltrator zu sein, wenn er sich ein ruhiges Leben wünschte? Aber man musste das große Ganze sehen. Es war wie mit Orangen: Sie waren immer eklig schwer zu schälen, sie tropften, man bekam klebrige Finger, man brauchte Servietten, aber es lohnte sich immer, wenn man fertig war. Nichts war so süß, aber auch so gehaltvoll wie eine reife Orange. Manchmal musste man etwas einstecken, um an das gute Große zu gelangen. Vor Lucas geradestehen können. Die kleinen Dinge: das Risiko, die Klebrigkeit. Die Gewalt.

Jetzt war er da, wo er war. Alle Überlegungen waren eigentlich Quatsch, bedeutungslos. Teddy blutete innerlich, Nikola und Ali Zwei waren tot, Cilla Frank hatte versagt, Schweden hatte versagt.

Ihm rann der Schweiß unter der Jacke herab, obwohl draußen Minusgrade herrschten. Die schweren Marmorblöcke klapperten, als sie auf die Lastwagen geladen wurden, im Gegensatz zu dem weichen, frischen Cannabis in ihrem Inneren. Die Muskeln taten weh, der innere Triumph: Gras im Wert von hundertfünfzig Millionen.

Die Gegensätze.

Ein süßlich riechender Dampf umgab die Jungs. Sie tranken Red Bull und schufteten. Kerim redete die ganze Zeit, die Zähnchen des Bosses bewegten sich – Big Brother war ein Nager, er war die Ratte, nicht Teddy.

»Also«, sagte Kerim, »wir fahren nicht auf der Autobahn E4. Wir nehmen den Bergaholmsvägen.«

Teddy wischte sich mit dem Handrücken über die Stirn. »Die Lastwagen haben keine Zulassung für so eine kleine Straße.«

Kerim schnaubte: »Bruder, die sind für meinen Schwanz zugelassen«, dann machte er einen Schritt auf Teddy zu, jede Spur von Humor war aus seinem Gesicht verschwunden. »Wir haben Krähenfüße, wir haben Waffen. Wir nehmen eine andere Strecke, ich traue niemandem. A2 hat versucht, uns zu ficken. Kapierst du das?«

Ein Schauer überlief Teddy.

Bald würden sie hier fertig sein.

Er dachte an die Weihnachtsfeier bei Jossan. Es war netter gewesen, als er gedacht hatte, auch wenn er nicht alles in vollen Zügen hatte genießen können – die Gedanken an Ali und Nikola gingen ihm nicht aus dem Kopf. Aber so sollte es sein: eine Familie, ein Zuhause. Er fragte sich, was Emelie ihm hatte sagen wollen, aber er musste das hier erst zu Ende bringen. Er war derjenige, der die Lieferung organisiert hatte, auch wenn die Jungs von Big Brother geholfen hatten – bald würde Teddy ein reicher Mann sein.

Er hatte die Hafenwache und den Zoll bestochen und sich den Heiligen Abend ausgesucht, an dem es hier leer, dunkel und ruhig war, und doch hatte er gerade ein Geräusch gehört. Es klang, als hätte jemand Steine auf die Lastwagen geworfen. Teddy drehte eine Kontrollrunde, spähte zwischen den Containerreihen umher, leuchtete mit der Taschenlampe in alle Ecken und lief im Zickzack durch den Hafen. Wenn sie hier verhaftet würden, drohten ihnen achtzehn Jahre Gefängnis für besonders schwere Drogendelikte.

Da sah er jemanden weiter hinten am Zaun. Ein Mann in Jacke und Kapuze, mit dicken Handschuhen – offensichtlich gekleidet, um lange draußen zu bleiben. Er stand da und rauchte. Auf dem Gelände.

Teddy ging hin.

Der Mann hatte extrem kleine Füße, die Stiefel sahen aus, als würden sie Lucas passen.

»Was machen Sie hier?« Teddy leuchtete ihn an.

Hellblaue Augen im Schein der Taschenlampe. »Ich arbeite hier. Und Sie?«

»Ich arbeite auch. Aber es ist geschlossen, es ist Heiligabend.«

»Ich weiß.«

»Und?«

»Und was?«

»Gehen Sie nicht nach Hause zu Ihrer Familie?« Teddy wollte nicht drohend klingen, aber dieser Mann musste hier weg.

»Ich gehe gleich nach Hause«, sagte der Mann und drückte seine Zigarette aus. »Aber so feiere ich Weihnachten nicht. Ich bin konvertiert.« Er ging langsam auf das Tor zu.

Teddy scharrte mit den Füßen im Schnee. Er hatte gedacht, sie wären allein hier.

69
Gabriel

Die Männer der Aktionsgruppe Acht hatten ihre Posten bezogen.

Die Kälte war beißend. Es fiel pulvriger Schnee. Gabriel trug doppelte Unterwäsche, Wollsocken und eine Mütze, er fühlte sich wie ein lappländischer Jäger in einer maritimen Umgebung, er hatte sogar Gelwärmer in seinen Stiefeln. Doch die dünnen Handschuhe waren nicht für die Kälte gemacht, seine Finger drohten zu brechen wie Eiszapfen. Er bewegte sie, ballte sie immer wieder zur Faust, seine Finger durften nicht taub werden, vor allem der Zeigefinger.

Sie lagen auf den weißen Containerdächern und in den Gängen zwischen den Reihen am Kai. Sechzehn Polizisten. Männer und Frauen, die er gut kannte, darunter auch André, der drüben an den Toren stand. Seine Kollegen, die er verraten hatte.

Er war schwer bepackt, bald auch schneebedeckt. Die Nachtsichtkamera auf der Brust, die Reservewaffe – die MP5 –, die Schutzweste, die normale Dienstwaffe in einem Holster um den Oberschenkel, Pfefferspray mit einer zusätzlichen Flasche, Blendgranaten, Funkgerät und andere Kommunikationsausrüstung, Handschellen, Multitool und der Rest des üblichen Zeugs in seinem Gürtel. Einen ballistischen Helm trug er nicht – die Aktionsgruppe Acht war kein Einsatzkommando in diesem Sinne. Aber er hatte Knieschützer, und darüber war er froh. Das Dach war kalt, hart, unwirtlich.

Zugleich hatte er seine Bedingungen durchgesetzt. Unterstützung durch Hubschrauber oder Drohnen hatte er abgelehnt, ebenso Hunde oder Streifenwagen. Er wollte nicht zu viele Leute vor Ort haben, er hatte den Zoll und die regionale Einsatztruppe aus dieser Razzia herausgehalten. Das Gleiche galt für die Generaldirektion, nur die Aktionsgruppe Acht wusste von der Operation.

»Ich habe Teddy Maksumic getroffen«, sagte André über Funk.

»Wo?«

»Ich hab kurz eine Stange Wasser in die Ecke gestellt, und da ist er aufgetaucht.«

»Hast du gepinkelt?«

Von einigen Kollegen war Gelächter zu vernehmen.

»Wir sind schon über zwei Stunden hier. Ich musste mal. Und wenn ich mich recht erinnere, hast du das beim Einsatz am Kulturverein auch gemacht.«

»Ich verstehe, das hier dauert. Sie sind nicht gerade Profis im Verladen«, sagte Gabriel. »Was hat Teddy da gemacht?«

Teddy durfte den Hafen nicht verlassen, Gabriel wollte ihn hier haben.

»Ich glaube, er hat sich nur umgesehen. Er schien mich nicht zu verdächtigen. Ich habe ihm gesagt, dass ich auf dem Weg nach Hause bin. Aber worauf warten wir noch?«

»Das weißt du. Wir sind doch alles durchgegangen.«

»Ich habe das Gedächtnis eines senilen, dementen und betrunkenen Goldfisches.«

»Sie müssen erst das meiste aus den Containern ausladen, sonst können wir sie nicht für die gesamte Menge hopsnehmen.«

»Mein Gott, Schweden …«, murmelte André. »Bald müssen wir uns zwischen den Cannabispflanzen verstecken, um irgendwas beweisen zu können.«

Wieder lachten die Kollegen. André war eine Stimmungskanone, ein Spaßvogel. Aber vor allem war er ein loyaler Polizist.

Der Lastwagen unter ihm quietschte, als er hin und her fuhr.

Eine Erinnerung. Marbella vor ein paar Jahren. Gabriel hatte vor dem Schwimmen im seichten Wasser seine Badekappe gewaschen. Er spannte sie eng um den Kopf und warf sich dann nach vorne ins kalte Wasser. In Schweden betrachtete man einundzwanzig Grad als brütend heiß, aber hier fühlte es sich kühl an. Es war Kerims Geld, mit dem er die Reise bezahlt hatte. Gabriel nahm normalerweise kein Geld, aber diesmal hatte Celali darauf bestanden. Alma musste weg, nur für eine Woche, und es hatte nichts dagegengesprochen, sich ein Upgrade beim Hotel zu leisten.

Sobald er den hellen Sandboden unter sich sah, spürte er die Euphorie, die ihn in solchen Momenten oft überkam. Nach ein paar Minuten verflog sie wieder, er war aber doch immer aufs Neue überrascht davon. Vielleicht war es die Schwerelosigkeit, die Fähigkeit, unter Wasser zu sehen, oder die Aufregung über das, was er entdecken würde, die sie auslöste, die Kraft, sich dem Meer auszuliefern, Teil eines anderen Elements zu werden. Kleine silbern glitzernde Fische schwammen an ihm vorbei, ohne sich um seine Anwesenheit zu scheren. Nach einigen Metern öffnete sich der Boden wie ein Abgrund, die Schwerelosigkeit schien noch magischer, in über zehn Meter tiefem Wasser zu schwimmen und den Blick nach unten zu richten, war eine doppelte Erfahrung, rational und nachvollziehbar durch die Naturgesetze von Auftrieb und Haltung, aber gleichzeitig voller intuitiver Gefahr und Leichtsinn. Wie der Beruf des Polizisten. Er wusste, was er tat, er war dafür ausgebildet, aber gleichzeitig leider auch nicht. Der Meeresboden war dunkel dort unten, *the sea floor*, wie Alma in der Schule gelernt hatte. Dieser Ausdruck hatte etwas Schönes, als wäre das Meer ein Zimmer, ein Zuhause, mit einem gemütlichen Boden, aber auch, dass es nicht unbedingt geschlossen war, dass darunter noch mehr sein konnte. Schwarze Felsen und Algen waren zu sehen, größere Fische bewegten sich in zwei Metern Tiefe. Plötzlich hatte er das Gefühl, dass ihn jemand oder etwas aus der Tiefe beobachtete. Er blickte sich um, versuchte eine Stelle zu finden, an der die Sonnenstrahlen weiter nach unten reichten. Er entdeckte nichts. Vielleicht war es der Oktopus, den sie vor ein paar Tagen gesehen hatten, oder ein großer Fisch, aber das Gefühl blieb: Jemand beobachtete ihn. Er war nicht allein hier. Da war etwas mit einem Bewusstsein und sah, was er tat. Er musste zurück. Die Gewässer des Mittelmeers waren wirklich nichts im Vergleich zum Roten Meer, den Gewässern um Flores vor Indonesien oder anderen tropischen Meeren, keine großen Korallenriffe oder Unmengen bunter Fische, aber die Felslandschaften waren elegant. Erst jetzt spürte er die Kälte, die Haut an seinem Arm kribbelte, ein leichter Druck lag auf seiner Brust. Er schwamm mit kräftigeren Zügen, die Meereslandschaft wogte hin und her wie ein lautloser Reggae-Rhythmus. Er wurde müde, eine seiner Waden zog sich zusammen, sie war empfindlicher nach einem Muskelfaserriss vor ein paar Jahren, aber er legte sich noch mehr ins Zeug, schwamm noch schneller, er wollte weg von hier. Die See war ein Ort der Gefahr, eingebrannt in die Psyche der Menschheit, zumindest für Landratten wie ihn. Er hatte einmal gelesen, dass in der alten schwedischen Mythologie der Wald immer für etwas Gutes stand, in den die Menschen gingen, um Frieden zu finden, um eins zu werden mit der Natur, um ihre Spiritualität zu finden, während in der späteren christlichen Kultur der Wald für das Unbekannte und

Gefährliche stand, wo die Menschen Gefahr liefen, sich zu verirren. Wie der Wald in *Hänsel und Gretel*, wo tief drinnen die Hexe lauerte, oder der Wolf bei *Rotkäppchen*. Das Meer war nun sein Schreckgespenst. Was ihn aus dem Abgrund angestarrt hatte, machte ihm zutiefst Angst. Jemand hatte ihn entlarvt.

Endlich spürte er wieder den Boden unter den Füßen, er war erschöpft, ihm war warm – wahrscheinlich hatte er mehrere Deziliter geschwitzt, ohne es zu spüren. Die Wade krampfte sich zusammen, als wollte sie explodieren. Er zitterte am ganzen Körper.

Er stand eine Minute im flachen Wasser, bis sich sein Puls ein wenig beruhigt hatte. Alma winkte ihm zu, ohne zu wissen, was er da draußen erlebt hatte.

»Es ist so schön, wenn es tief wird«, sagte sie.

»Ja«, schnaufte Gabriel.

»Ich liebe es, wenn es sich öffnet«, sagte sie. »Wenn man in das dunkle Blau starrt.«

»Die Tiefe«, fuhr er keuchend fort. »Vielleicht sollte ich die Tiefe meiden.«

Jetzt war es so weit. Er hatte alles gesehen. Sie waren fast fertig mit den Containern da unten. Kerim und seine Männer waren müde, ihre Bewegungen langsam und fahrig, ihre Stirnen glänzten im Schein der Fackeln. Die Ladung, eine Form von Steinplatten, war riesig, es mussten mehrere Tonnen sein. Für Gabriel waren die Drogen nur ein Vorwand.

Er hatte Satellitenbilder studiert und den Einsatz bis ins Detail geplant. Jeder in der Gruppe wusste, wie er vorgehen musste. Die Täter hatten zwei Autos neben den Lastwagen geparkt und ein Auto weiter hinten, einen Pick-up. Es fehlte nur noch eine Kleinigkeit: Gabriel hätte sich gewünscht, dass Teddy bewaffnet gewesen wäre. Ironischerweise würde ihm das die Arbeit erleichtern. Normalerweise hätte er Kerim irgendwie kontaktieren können, ihn dazu bringen können, jemanden zu manipulieren. Aber nicht jetzt – Kerim wusste nicht, dass Gabriel an diesem Einsatz beteiligt war, der Boss hatte freies Geleit verlangt und behauptet, es sei seine letzte Forderung.

Vielleicht hatte Gabriel Glück, vielleicht trug Teddy doch eine kleine Pistole.

Dann ging Teddy wieder auf das Tor zu. Vielleicht wollte er sich vergewissern, dass André wirklich das Gelände verlassen hatte. Die Gelegenheit war günstig.

Gabriel zog sich die Sturmhaube über das Gesicht und flüsterte in das Mikrofon des Headsets: »Alle bereit?«

Die Kollegen waren dabei.

»Auf drei, verstanden?«

Einstimmiges Ja.

Gabriel zählte. »Eins, zwei, drei.«

Er schloss die Augen und hörte das dumpfe Geräusch der Blendgranaten, die auf dem Boden aufschlugen. In seinem Kopf zählte er weiter. Durch seine Lider sah er das helle Licht.

Dann riss er die Augen auf und brüllte los.

Kerims Männer waren verwirrt. Der Schnee wirbelte. Die Hölle war ausgebrochen, aber sie hatten noch nicht kapiert, was los war.

Gabriel sah den roten Punkt seines Laserzielgeräts auf einem der Lastwagen. Die Ganoven würden noch eine Weile halb blind sein. Das Licht der Blendgranaten war so grell, als würde man direkt in die Sonne schauen – der Effekt wurde noch dadurch verstärkt, dass sie im Halbdunkel explodiert waren.

Einer der Kollegen rief: *»Polizei. Runter auf den Boden!«*

Gabriel hob die Waffe ans Kinn. Durch das Zielfernrohr suchte er nach Teddy. Abseits von den anderen.

Er sah ihn. Zwanzig Meter vom Rest des Chaos entfernt, rannte er auf die Tore zu. Seine Fußspuren im Schnee sahen schwerfällig aus.

Eine perfekte Gelegenheit.

Er sprang vom Container, zweihundertneunzig Zentimeter, der Schnee war weich.

Gabriel rief ihm nicht zu, er solle stehen bleiben oder sich hinlegen. Er wollte, dass Teddy weglief, er wollte, dass er noch weiter von den anderen weg war. Er wollte mit ihm allein sein.

Nur er gegen Teddy.

Er senkte die Waffe nicht, er lief einfach hinterher.

Hinter einer Ratte her, die sein Leben ruinieren konnte.

70
Josephine

Eine Rallye auf Schnee. Gefährlicher konnte eine Fahrt nach Södertälje kaum sein, das Auto rutschte und schlingerte, aber Josephine redete sich ein, dass es aufregend war.

Isak hatte sie vor einer Dreiviertelstunde angerufen, anscheinend war alles schiefgelaufen, aber sie wusste nichts Genaues.

Sie hatte bei Peders Eltern gesessen und auf den Nachtisch gewartet, der aus geschälten Orangenscheiben mit Sahne, Granatapfelkernen und gehackten Pistazien bestand. Sie wusste das so genau, weil sie es gewesen war, die am Abend zuvor in der Küche die dünne Haut von den Scheiben geschält hatte.

Der Umgang mit Peders Mutter war immer eine Gratwanderung – die Erwartung weiblicher Gesellschaft beim Kochen, das Verständnis für die Nöte und Verrücktheiten der Männer, kleine Tests von Manieren, aber vor allem eine stille Frage, die in der Luft hing: Bist du gut für ihn, Josephine? Bist du die richtige Zuchtmaschine für meinen Sohn? Peders Mutter war mittleren Alters, zugleich immer höflich, witzig, aber nicht dumm: Sie hatte als leitende Personalchefin in einem der größten schwedischen Unternehmen gearbeitet. Jetzt, im Ruhestand, widmete sie sich hauptsächlich der Wohltätigkeitsorganisation ihrer Familie. Sie hatte keine Ahnung, dass Josephine vor ein paar Monaten auf dem Weg zu ihrem Geburtstag ein Fünf-Millionen-Kronen-Auto zu Schrott gefahren hatte.

Sie waren nur zu viert. Peder, Josephine und seine Eltern.

Peders Bruder war bei der Familie seiner Frau. Sie hatten Weihnachtsschinken mit Honig und Zimt gegessen und diskutiert, ob die Moderaten zu ihrer alten Politik zurückkehren sollten. Bei eingelegten Karotten mit Hofmeistersoße – eigentlich modern – sprachen sie über die unnötige Kritik an Freischulen und privaten Gesundheitslösungen. »Die Menschen arbeiten immer noch am besten, wenn sie etwas davon haben«, sagte Peders Vater. »Das hat sich nicht geändert, ganz egal wie sehr die Faulpelze hetzen.« Golden gebratener Blumenkohl mit Paniermehl und Zitrone – auch modern – und eine Diskussion über das Schneeräumen auf dem Hof. Draußen schneite es so stark, dass Peders Vater von einer arktischen Weihnachtsstimmung sprach.

Die ältere, reifere Oberschicht war in mancher Hinsicht seltsamer als die junge. Sie hatten sich aus freien Stücken für diesen Lebensstil entschieden. Als sie jung waren, konnte man ihnen Unreife und mangelnde Einsicht in das Leben vorwerfen, man konnte erwarten, dass sie später die wahren Werte des Lebens entdecken würden, dass sie ausbrechen und ihren eigenen Weg wählen würden, dass die Zukunft eine Art Veränderung und Befreiung bringen würde. Sie waren gefangen in ihrer unbewussten Klasse, sie waren verhärtet in ihren Überzeugungen.

Josephines Handy vibrierte.

Es war kein Anruf von Isak, auch keine Nachricht. Als sie sich gestern in dem Laden getroffen hatten, hatten sie vereinbart, dass sie über Instagram kommunizieren würden. Ein Profil, das er vor ein paar Tagen mit einer gefakten E-Mail-Adresse erstellt hatte. Es gab nur einen einzigen Beitrag: ein Foto einer verschwommenen Landschaft, von dem Jossan wusste, dass es in den Bergen Mallorcas aufgenommen worden war. Nun gab es darunter einen Kommentar. *Es geht in die Hose. Kannst du kommen?*

Jossan schrieb eine Antwort auf diesen Kommentar. *Nein.*

Hier herrscht Panik. Bitte.

Nein. Es ist Heiligabend.

Es dauerte nur wenige Sekunden, bis seine Antwort auftauchte. *Sonst ist alles im Arsch. Du musst kommen.*

Josephine nahm die Stoffserviette von ihrem Schoß, wischte sich sorgfältig den Mund ab, faltete sie zusammen und legte sie neben den Teller. »Entschuldigt mich, aber ich muss los.«

Peders Vater hielt in seiner Erzählung über irgendeinen Nachbarn inne, der das falsche Streusalz für seine Auffahrt benutzt hatte. Auch er wischte sich den Mund ab, als wollte er Josephines letzte Bewegung nachahmen.

Die Mutter legte das Besteck mit einem Knall ab.

Peder schob den Stuhl zur Seite. »Was?«

»Es geht um Arbeit«, sagte Jossan.

Draußen auf dem Flur stellte Peder sich vor die Haustür. »Das ist unverschämt.«

»Ich weiß, tut mir leid. Aber was soll ich tun?«

»Wer ist der verantwortliche Partner für den Fall?«

»Verantwortlich ist relativ, das ist mein Fall. Ich bin der Partner.«

Peder blockierte die Tür. »Geht es um den Mallorca-Job?«

Sie nickte.

»Für diesen Isak?«

»Genau.«

Er fing an, mit den Fingern zu schnipsen. Sie wusste, dass sie jetzt etwas sagen musste. Seit Wochen hatte sie ihr eigenes Ding durchgezogen, und irgendwie hatte Peder das akzeptiert, obwohl er sogar auf Mallorca nach dem Geld gefragt hatte. Jetzt war es an der Zeit. Schließlich hatte sie das alles von Anfang an für Peder getan.

»Es ist nicht alles so, wie du denkst, aber wenn es um Isak geht, kannst du mir hundertprozentig vertrauen.«

»Was ist nicht so, wie ich denke? Du hast immer noch nicht erklärt, warum du fünf Millionen in bar hattest. Und weißt du eigentlich, wer Isak Nimrod ist?«

Josephine machte einen Schritt zur Tür. »Ich verspreche, es dir zu erzählen, aber ich habe jetzt keine Zeit. Du warst auch nicht ganz ehrlich zu mir.«

»Was soll das heißen?«

»Du hast unsere Ersparnisse geplündert, dein Auto und unser Haus verpfändet. Du hast Kredite aufgenommen, und ich habe dich nicht in Frage gestellt.«

»Das war für ScreenKit.«

»Das war *nicht* für dein Unternehmen«, sagte Josephine. Sie war nicht nur Anwältin, sie war eine der besten bei Leijon, eine Wirtschaftsanwältin *de luxe*. Peder hatte gedacht, sie würde nicht verstehen, was er getan hatte. Aber sie hatte das Geld verfolgt, die Transaktionen, die Konten. »Ich glaube, du hast es gut gemeint, aber es ist passiert.«

Sie hatte aufgeschlüsselt, was passiert war: Bitcoin, Ethereum, Terra Luna, NFTs und andere noch waghalsigen Kryptowährungen. Peder hatte jeden Cent verspekuliert, war wahnsinnige Risiken eingegangen, hatte alles auf eine Karte gesetzt, wahrscheinlich um schnelles Geld zu machen.

Peders Augen waren weit aufgerissen. Es sah aus, als würde er nach Luft schnappen, aber er ließ das Asthmaspray in der Tasche.

»Es ist so, Peder«, fuhr Josephine fort, »ich werde all diese Kredite zurückzahlen, ich werde deine und meine Finanzen in Ordnung bringen. Alles, was weg ist, werde ich wieder reinbringen. Wenn du mich jetzt arbeiten lässt. Ich verspreche es dir.«

Das Licht im Flur war warm und dunkel. Peder trat zur Seite.

Josephine öffnete die Tür. »Danke, mein Schatz. Du wirst es nicht bereuen.«

71
Teddy

GTA in echt. *CoD* im wirklichen Leben. Menschen rannten umher, Jacub brüllte, Dior wurde zu Boden gedrückt und fluchte wüst. Abbe und Kerim waren verschwunden, sie wurden gejagt. Rauch, Blitze, drei, vier Schüsse. Und vor allem: überall Polizisten, wie Fliegen auf Scheiße, Ratten auf Müll, wie Würmer in einem sterbenden Körper.

Die Schneeflocken flatterten in der Luft und hüllten die ganze Szene ein, es wirkte nahezu still, obwohl alle Lärm machten. Teddy rannte, er musste weg. Wenn er es bis zum Tor schaffte, konnte er in der Dunkelheit verschwinden, aber ein verdammter Bulle war hinter ihm her. Ein gesichtsloser Wichser mit Sturmhaube und einer MP5 in der Hand. Ein Albtraum. Ein PlayStation-Spiel in der Realität, in echt.

Der Polizist holte auf, wahrscheinlich durchtrainiert wie ein Elitesoldat. Teddy war müde vom Verladen, sie hatten über drei Stunden geschuftet. Er stolperte und rutschte durch den Schnee. Er würde es nicht schaffen. Er würde festgenommen werden, alles wäre in wenigen Sekunden vorbei. Eine totale Katastrophe. Ein Scheitern ohne Ende.

Da geschah etwas. Ein neuer Ton im Gebrüll, neue Stimmen in den Schreien.

Etwas brannte in den Augen. Es roch seltsam. Juckte in seinem Gesicht.

Tränengas.

Er drehte sich um. Es waren nicht die Bullen, die Tränengasgranaten geworfen hatten, wie er feststellte – denn sie trugen keine Masken. Es war jemand anderes. Sie schrien. Die Jungs schrien. Sie kratzten sich alle im Gesicht, einige versuchten, den Mist mit Schnee abzuwaschen.

Das Tränengas zerkratzte seine Nase und seine Augen, aber er war weit genug weg.

Wer hatte das getan?

Der Polizist, der ihn verfolgte, blieb stehen und versuchte, sein Gesicht mit einem Handtuch oder einem Mundschutz zu bedecken. Das war Teddys Chance.

Er rannte weiter in Richtung Tor.

Da sah er etwas. Auf einem der Container stand eine Gestalt, die nach unten schaute, es war kein Polizist, keine Uniform, keine Ausrüstung. Vielleicht war es der Typ, der die Tränengasgranaten abgefeuert hatte, wer auch immer es war.

Weg von dem Killerbullen, weg von den Drogen. Er sah deutlich die Tore, der Bewegungsmelder hatte das Licht eingeschaltet. Er sah auch, dass sie verschlossen waren, die Bullen waren nicht dumm, sie hatten alle Fluchtwege verriegelt.

Das war krank. Er würde ausgerechnet jetzt verhaftet werden, wo er keine Kontaktperson mehr hatte, die ihn beschützte. Der irre Polizist mit der MP5 näherte sich.

Teddy griff nach seiner Waffe.

Da sah er andere Scheinwerfer. Einer der Lastwagen kam auf ihn zu. Instinktiv wollte er ausweichen, aber aus irgendeinem Grund blieb er stehen.

Der Laster fuhr viel zu schnell.

Der Polizist, der ihn verfolgte, warf sich zur Seite.

Der Lastwagen raste vorbei.

Quietschen, Adrenalin, Schreie. Er hielt.

Kerim öffnete die Beifahrertür. »Steig ein, Bruder«, rief er. »Es geht ab.«

Der Boss lachte fünf Minuten ohne Unterbrechung. Jetzt saßen sie nebeneinander im Führerhaus, es war fast gemütlich. Heiligabend auf der Straße. Ringsum frisch gefallener Schnee, die Scheinwerfer wie ein heller Tunnel vor ihnen durch den Wald. Kein Verkehr, es war ruhig und warm, das Einzige, was fehlte, war ein bisschen Weihnachtsmusik und ein Weihnachtsmann.

Der Boss hatte den Laster gekapert, Teddy gerettet und war direkt durch das Tor gefahren – ein Gangsterheld.

»Wir halten hier«, sagte Kerim.

Sie sprangen heraus und verteilten die Krähenfüße, damit die Bullen vom Hafen sie nicht verfolgen konnten. Natürlich gab es mehr Polizisten, aber im Moment war es seltsam ruhig. Kein Hubschrauber war zu hören, kein Blaulicht zu sehen. Vielleicht feierten alle mit ihren Familien. Die frohe Botschaft von Weihnachten.

Weit würden sie sowieso nicht fahren. Das hier war Plan B. Den Lastwagen würden sie unten in Brogärdet im Wald verstecken.

»Bruder, jetzt sind wir allein«, sagte Kerim.

»Wahrscheinlich.«

Kerims Zähne waren weiß. »Ich habe keine Ahnung, wer uns mit dem Tränengas gerettet hat, aber ich habe auch keine Ahnung, wer uns an die Bullen verpfiffen hat.«

»Vielleicht A2.«

Der Große Bruder lächelte weiter, aber das Lächeln erreichte nicht seine Augen.

»Du hast Ali gemocht, oder?«

»Du nicht?«

Der Motor des Lastwagens dröhnte.

»Ich traue niemandem. Ich schicke, wen ich will, es ist mir egal.«

»Ins Paradies?«

»Ja.«

»Warum?«

»Was fragst du?«

»Will es nur wissen.«

»Schau dir den Schnee an«, sagte Kerim.

Teddy verstand nicht, was er damit meinte.

»Als ich ein paar Monate hier war, hat es zum ersten Mal geschneit«, fuhr der Boss fort. »Mein Bruder und ich sind nur in T-Shirts rumgelaufen und … wie sagt man … Schlafanzughosen. Der erste Schneeball, der mich getroffen hat, war weich, aber trotzdem der kälteste, den ich je gefühlt habe. Es war kalt hier. Mein Bruder hat nur gelacht. Ich habe versucht, meinen eigenen Ball zu formen, aber das war schwer, der Schnee flutschte durch die Finger. Dann kam meine Mutter und meinte: ›Seht ihr, Schweden ist super.‹ Aber ich weiß noch, was ich dachte. Sie hatte nicht recht, Schweden war nicht super, denn in Schweden hat uns niemand gesehen, niemand hat sich um uns gekümmert. Wir waren ganz allein. Im Irak lebten wir alle zusammen, Oma und Opa waren oft bei uns, fast immer, und ich ging zu den Pfadfindern oder spielte mit meinem Bruder und meinen Cousins in den Bergen. Und immer hat jemand gesehen, was ich gemacht habe, Mama, Papa, Onkel, Großvater, jemand hat auf uns aufgepasst, nicht nur, weil ich damals klein war, bei meinem älteren Bruder war es genauso, sondern weil man sich um uns gekümmert hat, sogar die Revolutionskameraden meines Vaters mochten uns. Man fühlte sich zusammengehörig, es gab … wie sagt man … eine Gemeinschaft. Wer sich nahestand, stand sich wirklich nahe. Aber hier: Mein Vater war noch gar nicht hergekommen. Meine Mutter war den ganzen Tag nicht da. Mein Bruder hing mit älteren Jungs rum und dealte. Meine Schwedischlehrerin ließ uns fast nur am Computer üben, und manchmal kam eine Alte vom Sozialamt und füllte mit uns Papierkram aus. Hier waren wir allein. Und dann kam es, wie es gekommen ist.«

Kerim bremste ab. Hier würden sie abbiegen, in den Wald.

Es war gut, dass es schneite, dann würden ihre Spuren verwischt.

»Was ist passiert?«, fragte Teddy.

»Sie haben mir meinen Bruder weggenommen, und ich habe nie aufgehört, innerlich zu weinen.«

Das hatte Teddy nicht gewusst, aber jetzt war auch nicht die Zeit für ein langes Gespräch. Er fragte nicht, wer Kerims Bruder getötet hatte, aber die Ironie war ihm nicht entgangen: Der Große Bruder war eigentlich kein großer Bruder, er war ein kleiner, trauriger Bruder.

Kerim hielt den Lastwagen an. Noch immer strömte heiße Luft aus der Lüftung. Der Wald ringsum war schwarz.

Der Boss stieg aus. In der Dunkelheit konnte man den Reservewagen erkennen, den Teddy heute Morgen einen der Jungs hier hatte parken lassen. Aber sein Plan B war davon ausgegangen, dass sie mehrere sein würden, nicht nur zu zweit.

Kerim stapfte durch den Schnee. »Morgen schicke ich ein paar Kids los, um die Sachen hier zu holen. Jungs, die noch nicht volljährig sind.«

»Wir brauchen ein Alibi«, sagte Teddy.

Der Boss klickte in Richtung des Fluchtwagens, das Geräusch der Entriegelung hallte durch den Wald, die Scheinwerfer des Wagens blitzten auf. »Das hier war die ganze Zeit deine verdammte Idee. Sag mir doch, wie kriegen wir ein Alibi?«

Teddy hatte das alles geplant in der Gewissheit, eine Kontaktperson zu haben, die ihn beschützen konnte. Jetzt waren sie allein. *Er* war allein. Kerim wirkte völlig von der Rolle.

Teddy konnte sich nur eine Person vorstellen, die ihm helfen könnte.

72
Gabriel

Schweiß und Tränengas. Schnee und Pfefferspray.

Gabriel war nicht mehr bei seinen Kollegen, er verfolgte den Lastwagen. André hatte ihm hinterhergestarrt, das hatte er im Rückspiegel gesehen, aber er rief ihn nicht an. Gabriel meldete sich nur über Funk: »Ich nehme die Verfolgung auf, allein.«

Er war kurz davor gewesen, Teddy zu packen, als das Tränengas explodiert war. Jemand musste mindestens drei Granaten abgefeuert haben. Sie hatten Kerim, Teddy und die anderen Männer einwandfrei im Auge gehabt, aber einen Dreckskerl mussten sie übersehen haben. Es war eine Katastrophe, dass Kerim in einem der Lastwagen entkommen konnte – für ihn privat war es eine noch größere Katastrophe, dass Teddy entkommen konnte.

Die Straße war schneebedeckt. Gabriel fuhr langsamer, als er eigentlich gekonnt hätte, um die Reifenspuren nicht zu übersehen. Er schaltete das Blaulicht aus und beschränkte sich auf das normale Scheinwerferlicht. Er musste diskret vorgehen.

Er folgte den Spuren Richtung Süden, es gab nicht viele Ausfahrten, aber bei jeder Möglichkeit hielt er an und untersuchte den Schnee auf der Straße. Es sah so aus, als wäre der Lastwagen auf dem Nyköpingsvägen weitergefahren.

Er hörte die Meldungen seiner Kollegen über Funk. Sie fragten nur sporadisch, wie es bei ihm lief, aber es war offensichtlich, dass sie die Gefangenen durchsuchten, den Hafen absuchten und das Gebiet absperrten. Vielleicht würden sie denjenigen finden, der sie mit Tränengas beschossen hatte.

Die Bäume am Straßenrand sahen bleich aus, ihre langen Stämme tauchten nacheinander aus der Dunkelheit auf und sprangen auf ihn zu. Er tastete nach seiner Waffe. Dann sah er etwas auf der Straße, kleine schwarze Steine. Er bremste scharf, er glaubte zu wissen, was es war. Er stieg aus und bückte sich. Krähenfüße. Sie waren einfach gebaut, wahrscheinlich selbstgemacht, aus gebogenem Betonstahl, zusammengeschweißt, nicht geschliffen, eine billigere und schnellere Lösung, aber genauso verheerend für die Reifen.

Er trat einige mit dem Stiefel weg. Es lagen Hunderte vor ihm im Scheinwerferlicht, egal wie sehr er sich Mühe gab, er würde einige im Schnee übersehen und riskieren, mit platten Reifen liegen zu bleiben. Den Lastwagen würde er nicht mehr einholen können.

Er stieg wieder ins Auto. Er schaltete das Funkgerät aus und vergewisserte sich, dass sein normales Telefon ausgeschaltet war. Dann rief er Kerim an.

»Du verdammtes Arschloch«, schrie der Boss.

»Schrei nicht.«

»Du solltest aufpassen, du Vollidiot.«

»Haben sie zugeschlagen?«

»Was denkst du?«

Gabriels Herz klopfte wie verrückt, er musste jetzt ruhig klingen. »Ich schwöre, ich habe es nicht gewusst. Ich habe heute einen Tag frei, es ist Heiligabend. Ich habe sofort angerufen, als ich es erfahren habe.«

Kerim war außer sich. »Du kannst auf meinen Schwanz schwören. Du rufst zu spät an. Sie haben alles genommen bis auf einen Lastwagen.«

»Wo ist der denn?«

»Kann dir egal sein.«

»Aber wo bist du?«

»Warum fragst du das?«

Die Krähenfüße waren jetzt völlig vom fallenden Schnee verdeckt. »Ich weiß, wer die Ratte ist«, sagte Gabriel. »Wir müssen uns treffen.«

73
Emelie

Es war okay, dass sie jetzt nur zu zweit waren für den restlichen Weihnachtsabend. Lucas und sie waren den ganzen Nachmittag bei Jossan gewesen, hatten sich Donald Duck angesehen, der Lucas überhaupt nicht interessiert hatte, aber er hatte ein wenig von seinem scheinbar unerschöpflichen Bedürfnis nach einem Vater gestillt. Das Essen war fantastisch gewesen, Peder lustig, Josephine ebenfalls lustig und Teddy erstaunlich normal, nur dass er mittendrin gegangen war. Er würde sicher nicht mit Linda feiern, aber vielleicht wollte er heimlich bei Bojan vorbeifahren und ihm ein Geschenk mitbringen.

Sie saß mit Lucas auf dem Sofa und aß ein leichtes Abendessen aus den Resten, die sie von Jossan mitgebracht hatten, Prinzenwürstchen und Lachscarpaccio. Lucas fuhr immer noch mit dem Formel-1-Auto herum, das er bekommen hatte. Emelie hatte ein paar Kerzen angezündet, sie hatte vorgestern einen Baum gekauft, aber noch keine Zeit gehabt, ihn zu schmücken. Lucas fand es trotzdem schön. Im Fernsehen lief *Das wunderbare Weihnachtsfest* mit Karl-Bertil Jonsson, aber sie konnte sich nicht konzentrieren. Sie hätte Teddy noch ein paar Minuten bei Josephine zurückhalten sollen, um ihm von Kerim Celali zu berichten.

Es klingelte an der Tür. Seltsam, an Heiligabend kam niemand unangemeldet. Ein Kurier konnte es nicht sein, der lieferte nicht um diese Zeit. Es konnte nicht von der Arbeit sein, die kamen nie nach Hause. Es konnte kein Bekannter sein, Josephine oder sonst jemand, jeder hatte heute Abend etwas vor, und jeder hätte vorher angerufen.

Langsam ging sie den Flur entlang, ein flaues Gefühl machte sich in ihrem Magen breit. Lucas' Winterstiefel standen im Schuhregal und trieften noch vom geschmolzenen Schnee.

»Wer ist da?«, fragte sie laut. Sie wollte nicht einmal durch den Spion schauen, irgendetwas hielt sie zurück.

»Ich bin es«, hörte sie durch die Tür. »Wir müssen reden.«

Drei Minuten später saßen sie im Wohnzimmer. Teddy, sie, Lucas und: Kerim Celali.

Verdammt.

Sie hatte gefragt, ob sie Waffen bei sich hätten, und sie hatten verlegen genickt und im Flur herumhantiert. Sie hoffte, dass sie alle Magazine herausgenommen und alles Illegale weggeräumt hatten. Sie wollte keine Waffen im selben Raum wie Lucas haben.

»Ich hab Mist gebaut«, sagte Teddy, als wäre er zu spät zu einem Treffen oder zum Kitaabholen gekommen.

Lucas saß auf seinem Schoß.

Im Fernsehen schimpfte Karl-Bertil Jonssons dicker Vater über die Kommunisten. Draußen schneite es immer noch.

»Was hast du gemacht?« Sie wusste, dass ihr die Antwort nicht gefallen würde.

»Wir werden von der Polizei gesucht«, sagte Teddy, jetzt auf Englisch, damit Lucas es nicht verstand.

»Weswegen?«

Kerim drehte sich auf dem Sofa um.

»Es hat keinen Sinn, jetzt darüber zu reden«, sagte Teddy. »Aber ich verspreche, es später zu erklären. Wir brauchen ein Alibi. Kannst du sagen, dass wir seit fünf Uhr hier bei dir waren?«

Im Fernseher schrie Karl-Bertil Jonssons dicker Vater: »*Was?! Das war mein Teller.*«

Emelie hätte Teddy am liebsten geschlagen – er war so bescheuert.

»Bitte?«, sagte Teddy, immer noch auf Englisch. »Das ist eine ernste Sache, und es ist nicht so ausgegangen, wie ich es mir vorgestellt habe. Wenn ich dafür verurteilt werde, werden Lucas und ich uns viele, viele Jahre nicht mehr sehen.«

Sie stand auf und wechselte ins Schwedische: »Können wir in der Küche reden? Nur du und ich?«

Teddy drehte sich zu Kerim um. »Ich kümmere mich darum.«

Kerim nickte. Seine Tattoos sahen grau aus.

Die Teller und die Flasche mit dem Weihnachtsmost standen noch in der Küche. Als Teddy hereinkam, zog sie ihn am Arm ans andere Ende des Esstisches, so weit wie möglich von der Tür entfernt.

Sie flüsterte. »Der Kerl, der da drüben sitzt, hat den Mord an Nikola genehmigt.«

74
Teddy

Sein Schädel brannte von innen. Etwas in seinem Bauch wollte sich einen Weg nach draußen bahnen. Erinnerungen aus dem Auto blitzten vor seinem inneren Auge auf: Nikolas zerfetzter Körper, seine aufgerissenen Augen, das Blut in seinem Mundwinkel.

Die Küche kam ihm eng vor. Emelie flüsterte schnell, Teddy war sich nicht sicher, ob er alles mitbekam, aber er verstand genug. Er kannte den Decknamen *Theimporter* gut, und dieser Deckname hatte dem Mörder offenbar grünes Licht gegeben. Das war nichts Ungewöhnliches in einem Bandenmilieu. Wenn man jemanden töten wollte, musste man um Erlaubnis fragen. Kerim hatte also die ganze Zeit gewusst, wer seinen Neffen ermordet hatte. Kerim hatte den Mord an Nikola gebilligt.

Teddy hatte dem Falschen gedient, er hätte Kerim schon längst umlegen sollen. Zugleich hatte er *eigentlich* der Polizei gedient, alles, was er bis heute getan hatte, diente einem höheren Ziel – auch dieses Ziel war falsch. Die Bullen waren genauso große Schweine wie Big Brother.

Er hörte ein Geräusch aus dem Flur, es klang, als wollte Lucas etwas sagen.

Teddy reagierte schnell.

Er hörte, wie die Haustür zugeschlagen wurde. »Lucas?«

Er schaute ins Wohnzimmer, es war leer.

»Lucas?«, wiederholte er und dann: »Kerim?«

Emelie stand mit blassem Gesicht im Flur. »Sie sind nicht da.«

Beide begriffen, was geschehen war. Kerim war nach draußen verschwunden und hatte Lucas mitgenommen.

Teddy riss die Haustür auf. Im Treppenhaus hörte er keine Geräusche, aber die Aufzugseile quietschten. Das rote Licht über den Fahrstuhltüren zeigte das Erdgeschoss an. Dort stieg Kerim gerade mit Lucas aus.

Teddy rannte los. Er hatte keine Schuhe an, keine Jacke. Das machte nichts. Er musste nach unten. Er hörte, wie im Erdgeschoss die Eingangstür auf- und zuging. Er stürzte die Treppe hinunter, stolperte, wäre fast hingefallen.

Er kam unten an. Riss die Tür auf.

Es hatte aufgehört zu schneien, draußen lag nur noch eine weiße, flauschige Decke. Es war still. Vor dem Tor stand eine Fichte, um deren Äste eine blinkende Lichterkette gewickelt war.

Kerim trat aus dem Schatten, eine Glock in der Hand. Er hielt die Waffe lässig, den Lauf angewinkelt, fast so, als würde er sie gleich fallen lassen. Doch das schwarze Auge der Mündung starrte Teddy an. Und Lucas, wo war Lucas?

Dann sah er fünfzehn Meter entfernt auf dem Parkplatz ein Auto mit eingeschalteter Innenbeleuchtung. Er erkannte den Mann auf dem Fahrersitz. Der Kerl, den er durch die Abflussrohre des Gefängnisses mit Kerim hatte reden hören. Alles an dem Typen schrie Bulle. Gabriel Dolk war ein Maulwurf, ein Verräter, ein Pseudo-Polizist. Neben Gabriel, im warmen Licht des Wagens, saß Lucas.

Teddy rief: »Ich weiß, wer du bist.«

Es war klar zu sehen, dass das Schwein – der Maulwurf – reagierte. Er hatte ihn durch die Fenster des Wagens gehört, er hatte verstanden, was Teddy wusste. Das Gesicht von Gabriel Dolk hatte die gleiche Farbe wie der Schnee.

Kerim richtete die Waffe auf ihn. »Ganz ruhig, Mann.«

»Sag ihm, er soll Lucas gehen lassen«, sagte Teddy.

»Ich habe den Film über Elizabeth Holmes gesehen«, sagte Kerim. »Weißt du, es stimmt alles.«

Teddy drehte sich zu ihm um. »Elizabeth wer?«

Der Boss lachte auf. »Scheiß drauf. Bruder, ich werde dich nicht nur ausknipsen und auf deinem Grab tanzen. Ich werde mir auch deine Familie holen, jeden, den du kennst.«

»Meine Familie?«

Teddy versuchte, in der Kälte nicht zu zittern. »Ich habe keine Familie«, sagte er.

»Deinen Sohn.« Kerim deutete mit einem Kopfnicken auf den Wagen.

»Erzähl mir lieber von dem Film.«

Kerim drehte sich wieder zu ihm um. »Es ging um die Frage, wie Menschen lügen können. Sie haben Tests mit Würfeln und einem Lügendetektor gemacht. Weißt du, was dabei rausgekommen ist?«

»Keine Ahnung.«

»Sie haben festgestellt, dass Menschen sehr leicht lügen können, wenn sie glauben, dass sie für eine gute Sache lügen, verstehst du?«

»Nein.«

Kerim hörte auf zu lachen. »Menschen haben kein Problem damit zu lügen, solange sie glauben, dass sie etwas Gutes tun.«

Er streckte den Arm aus und hob die Glock.

Die Lichter am Baum blinkten. Teddys Füße waren eiskalt, die Socken schützten ihn nicht.

75
Josephine

Sie standen im Schnee und starrten durch die Windschutzscheibe nach draußen. Sie waren ohne Licht durch den finsteren Wald gekrochen und hatten kaum hierher gefunden. Isak keuchte noch immer, als hätte er einen Zehntausend-Meter-Lauf hinter sich. Auf seiner Stirn glitzerte der Schweiß.

Josephine hatte ihn vor wenigen Minuten in einem Industriegebiet außerhalb des Hafens von Södertälje aufgelesen. Autohäuser, riesige Parkplätze mit nagelneuen Mercedes und Opel, breite Straßen. Sie waren allein unterwegs. Sie glaubte nicht, dass sie noch Alkohol im Körper hatte, aus irgendeinem Grund hatte sie bei Peders Eltern keinen Alkohol getrunken, dafür aber vorher bei sich zu Hause umso mehr.

»Es ist nicht alles im Arsch, aber fast«, war das Erste, was Isak gesagt hatte, als er sich neben sie auf den Beifahrersitz gesetzt hatte. Er sah völlig durchgefroren und mitgenommen aus, er hatte lange auf sie gewartet, sich versteckt. Es war reines Glück, dass er es überhaupt aus dem Hafengebiet geschafft hatte, ohne entdeckt zu werden.

»Vielleicht solltest du dich erst einmal bedanken«, sagte sie.

»Es tut mir leid. Du bringst mir Manieren bei.« Er nahm sein Handy und begann, ihr anhand der Karte auf dem Display zu sagen, wo sie entlangfahren sollte. »Einer der Lastwagen ist noch da«, zischte er. »Und ich habe einen Peilsender angebracht. Wir werden ihn finden.«

Am liebsten hätte Jossan ihm ins Gesicht geschlagen. Er war ein Idiot, weil er nicht sofort abgehauen war, als er die Polizei bemerkt hatte. Jetzt redete er nur noch von dem Lastwagen, er musste verrückt geworden sein. Das Schlimmste war, dass er sie angerufen hatte. Sie war Anwältin, sie passte genauso wenig in diese Situation wie Isak in das Büro, in dem alles vor Monaten begonnen hatte.

Sie hatte es sich selbst zuzuschreiben. Sie wollte überhaupt nicht darüber nachdenken, wie sie hier gelandet war, aber niemand hatte sie gezwungen. Sie hatte immer weitergemacht, sie hatte für das hier gearbeitet, um das zu kriegen, was sich auf den Lastwagen befand.

Sie hatte hier nichts zu suchen, na ja, irgendwie schon, aber das konnte sie ihm nicht sagen.

Etwas weiter vorne auf der Straße war der Schein der Blaulichter deutlich zu sehen.

Sie bremste.

Isak drehte sich zu ihr um. »Was machst du da?«

»Du siehst es doch. Willst du verhaftet werden oder was?«

»Warum sollte ich?« Isak legte eine Hand auf ihre Schulter. »Es ist alles in Ordnung. Fahr weiter.«

Vorsichtig drückte sie auf das Gaspedal. Die Blaulichter blinkten noch immer.

Sie kamen näher. Vier Polizeiwagen standen in einer Reihe, Absperrbänder waren ausgerollt.

Mitten auf der Straße stand ein leuchtendes Schild, das auf die Gegenfahrbahn wies.

Josephine fuhr langsam, ihr Herz klopfte so heftig, dass ihre Brust zu platzen drohte. Schnell drehte sie sich zu den Polizisten draußen um, wollte sie aber nicht zu lange anstarren. Sie fuhr noch langsamer, einige der Polizisten hielten lange Gegenstände in den Händen, es sah aus wie Besen. Sie merkte, dass sie schwitzte und ihre Lippen sich unwillkürlich bewegten. »*Nein, nein, nein*«, flüsterte sie.

Ein Polizist näherte sich, ging aber nur in Richtung Absperrband.

Sie rollten mit fünfzehn Stundenkilometern weiter.

Isaks Gesicht war jetzt entspannt, eiskalt.

Sie kamen durch. Im Rückspiegel sah sie die Polizeiautos. Sie waren nicht angehalten worden.

Sie beschleunigte.

»Das ist ein gutes Zeichen«, sagte Isak.

»Die Polizisten?«

»Nun, sie hätten nicht vier Polizeiautos geschickt, um die Krähenfüße wegzuräumen, wenn sie den Lastwagen gefunden hätten. Wir können ihn uns noch holen.«

Er zeigte auf einen Seitenweg. »Bieg hier ab.«

Sie waren eine noch schmalere Straße entlanggefahren. Josephines Atmung beruhigte sich, niemand folgte ihnen, die GPS-Karte leuchtete weiterhin auf Isaks Bildschirm.

»Dein Auto steht also immer noch am Hafen?«, fragte sie.

»Ich konnte nicht damit wegfahren, also ja, es steht noch da. Aber keine Sorge, sie können es nicht mit mir in Verbindung bringen. Ich habe es gestohlen.«

»Gestohlen?«

Er grinste. »Ein paar alte Kniffe habe ich noch drauf. All das hier habe ich vor vielen Jahren von Teddy gelernt. Man muss nur ein Auto älter als Baujahr 2007 finden und es kurzschließen.«

Wieder deutete er zur Seite. »Hier ist es. Hier rein, hundert Meter.«

Sie bog ab, und sie fuhren den holprigen weißen Waldweg entlang.

Eine Lichtung.

Sie hielt an. Isak stieg aus. Sie erahnte den großen Lastwagen in der Dunkelheit. Die Bäume ringsum waren hoch, die Äste der Fichten waren vom Schnee beschwert, sie sahen müde aus.

»Dann gucken wir mal«, sagte Isak und kletterte auf die Ladefläche des Lastwagens. Er schob einen Riegel hoch und zog eine der Türen auf, sie öffnete sich langsam und schwer.

Jossan stieg aus. Sie trug einen warmen Mantel und eine Mütze, aber die Kälte fuhr ihr trotzdem in die Glieder.

Isak leuchtete mit einer Taschenlampe auf der Ladefläche. Vom Boden bis zur Decke stapelten sich Paletten mit Steinplatten. Dahinter war nichts zu sehen. Er ging weiter hinein.

»Der Stoff liegt nicht außen«, sagte er. »Er müsste in der dritten Reihe hinten sein. Kannst du die hier nehmen?«

Jossan nahm ihm die Lampe ab und ließ den Lichtstrahl über den Marmor gleiten.

Isak atmete schwer. Er hatte die Gurte gelöst und die oberste Platte heruntergezogen. Sie wusste genau, wie viel sie wog.

Er schob die Platte vor sich in den schmalen Raum neben den Paletten, sie schrammte über den Boden des Lastwagens. Er stöhnte. Schließlich schaffte er es, sie in den Schnee hinabzukippen.

Er tastete nach einem Stein unter dem Schnee, das Licht der Lampe filterte sich im Dunst seines Atems. Er hob den Stein hoch, ließ ihn auf die vierzig Millimeter dicke, wunderschön geäderte Marmorplatte prallen, die mit einem lauten Knall zerbrach.

Isak bückte sich und tastete nach Hohlräumen.

Josephine reichte ihm die Taschenlampe.

Isak grunzte. »Die hier scheint leer zu sein.«

Zwanzig Minuten später lagen vier weitere zerbrochene Platten auf dem Boden neben dem Lastwagen.

Isak war so verschwitzt, dass es aussah, als wäre er schwimmen gewesen. Der aus seinem Mund aufsteigende Dampf schien den ganzen Wald zu erfüllen. Er hob den Kopf, sein Blick war jetzt wild, die Pupillen klein.

»Wir wurden gefickt. Oder besser gesagt, diese Fotze von der Insel muss Teddy reingelegt haben.«

Sie verkniff sich ein Lachen. Die Situation war bizarr. »Michaela hat also eine leere Fracht geschickt?«

Doch Isak lachte laut und bitter. »Die Tochter des alten *Kum* gewinnt immer.«

Jossan schaltete die Taschenlampe aus. Die Dunkelheit legte sich um sie, körperlich, als würden sie von etwas eingehüllt, doch der Schnee wirkte wie ein weites Meer aus Grau. »Die Frauen gewinnen«, sagte sie. »Das muss man doch anerkennen.«

76
Gabriel

Er wollte nicht hier sein, aber es war der einzige Weg, um Teddy zu schnappen. Vor allem wollte er nicht, dass ein Kind neben ihm im Auto saß, aber jetzt hatte diese Ratte auch noch geschrien, dass sie wusste, was er getan hatte – wer er war.

Oh Gott.

Er hatte Kerim noch einmal angerufen und begriffen, dass dieser bei Teddy und dessen Ex war. Er hätte nie gedacht, dass Kerim so krank sein könnte, ein Kind zu entführen, aber der Boss war mit dem Jungen auf dem Arm aus dem Haus gerannt und hatte ihn in seinem Auto gelassen.

Der Kleine war vielleicht drei Jahre alt und schien nicht wirklich zu kapieren, was vor sich ging. Kerim war zu der Eingangstür zurückgegangen, aus der dann Teddy gekommen war. Das war ungefähr zwei Minuten her.

Jetzt sah er Kerim reden, eine Waffe auf Teddy gerichtet, er konnte nicht hören, was sie sagten, er *wollte* es nicht hören.

Nur eins hallte in seinem Kopf wider: *oh Gott.*

Er dachte an Alma und das Baby in ihrem Bauch. Er dachte an Zeinab und an Cilla Frank. Er dachte auch an André.

Er öffnete die Wagentür. Die Kälte strömte herein. »Komm«, sagte er zu dem Jungen. »Lass uns hier verschwinden, du gehörst zu deinen Eltern und nicht hierher zu mir.«

Teddy wusste, wer Gabriel war, seine Karriere als Polizist war wohl sowieso vorbei.

Er stieg aus, blieb einen Moment stehen und lauschte.

»Ich hätte dich schon längst kaltmachen sollen«, hörte er den Boss sagen. »Du denkst, es gibt Spielregeln.«

Gabriel ging um den Wagen herum, öffnete dem Jungen die Tür, half ihm aus dem Auto und nahm ihn bei der Hand. Das Kind musste erst einmal weg, dann musste Gabriel irgendeine Möglichkeit finden, wie er in dieser Lage agieren konnte.

Kerim wollte Teddy umbringen.

Der Junge blickte zu seinem Vater. »Weißt du, was du tun sollst?«, flüsterte Gabriel.

Der Junge schüttelte den Kopf.

»Du wirst weglaufen«, sagte er. »Lauf so schnell du kannst, zum Beispiel eine Runde ums Haus.«

Da sah er etwas, das sich im Schatten hinter dem Gebüsch, hinter dem Baum bewegte. Eine Frau.

Sie kam näher, es war diese Anwältin, Emelie, und auch sie hielt eine Waffe in der Hand.

Der Junge machte ein paar unsichere Schritte, dann beschleunigte er, als wüsste er genau, wohin er wollte. Gabriel begriff zu spät. Der Junge rannte auf Teddy zu, obwohl er eigentlich zu Emelie hätte laufen sollen. Der Junge rannte direkt vor die Pistolenmündung des Großen Bruders.

Gabriel setzte sich in Bewegung.

Der Boss drehte sich um, sah den Jungen kommen. Ein Grinsen, eine wölfische Fratze – Kerim spürte, dass seine Überlegenheit noch größer wurde.

»Nein, Lucas, komm nicht her, Schatz«, sagte Teddy, aber der Junge wollte nur in die Arme seines Vaters. »Geh zu Mama.«

Die erhobene Glock. Die Weihnachtsbaumbeleuchtung schimmerte schwach. Emelies Gesicht wirkte steif, als hätte die Kälte es eingefroren.

Teddy hob den Jungen hoch. »Du hast grünes Licht für den Mord an Nikola gegeben«, sagte er.

»Natürlich«, zischte der Große Bruder. »Dass der Junge mich um Erlaubnis gefragt hat und nicht seinen eigenen Vater, zeigt, wer der Boss ist. Ich wollte, dass Isak Nimrod Ärger kriegt, damit er schneller verschwindet.«

»Du bist krank.«

Kerim schnaubte. »Du bist von der alten Schule, Mann, du kapierst es nicht.«

Emelie trat einen Schritt näher. Hob die Waffe. »Lass ihn gehen«, sagte sie und hielt die Waffe fest mit beiden Händen.

Kerim drehte sich um. »Was zum Teufel machst du hier?«

»Ich hole meinen Sohn.«

Todesmodus. Kurz vor einer Schießerei. Einer der brutalsten schwedischen Irren des letzten Jahrzehnts könnte alle drei in Sekundenschnelle hinrichten.

Gabriel musste eingreifen. »Das reicht.«

Kerim fuhr herum und sah ihn an. »Geh zurück zum Auto.«

»Nein.«

Teddys Augen waren weit aufgerissen. Emelie stand zwischen ihnen. Lucas wirkte als Einziger ruhig und glücklich, weil er in den Armen seines Vaters sein durfte.

Kerim zischte: »*Wallah*, ich schieße jetzt. Sag der Fotze, sie soll verschwinden.«

Emelie sprach mit bebender Stimme. »Kerim, lass meinen Sohn gehen.«

Zu viele Spieler auf einem Feld.

Kerim gegen Teddy. Emelie gegen Kerim. Lucas in der Mitte. Und Gabriel selbst in der anderen Ecke. Er musste handeln.

Er sah, wie der Große Bruder mit der Glock zielte. Der Finger am Abzug krümmte sich.

Jetzt.

»Das kannst du nicht machen«, sagte Gabriel. »Wir wissen jetzt, wer er ist.« Er deutete mit einem Nicken auf Teddy.

»Scheiß drauf«, rief Kerim. »Ich mache ihn kalt.«

»Lass die Waffe fallen«, sagte Gabriel. »Ich befehle es dir. Oder ich verhafte dich.«

»Ha«, lachte Kerim, den Finger am Abzug.

Gabriel hatte sich auf diese Scharade eingelassen, um Schweden besser zu machen. Er hatte das, was er getan hatte, aus einem guten Grund getan, auch wenn in letzter Zeit alles vor die Hunde gegangen war.

Er musste zurück.

Er hob seine Dienstpistole und zielte auf Kerim, entsicherte sie.

Emelies Hände zitterten deutlich.

»Du kleines Bullenschwein«, schrie der Große Bruder. »Ich bin Mister One, ich lasse mir von so einer Tunte nichts befehlen. Ich bin hier der König, und ich mache, was ich will. Hast du das verstanden? Du bist genauso dreckig wie Teddy hier. Du bist ein Nichts. Du bist nur eine kleine Fotze.«

Da knallte es. Ein Dröhnen in den Ohren.

Kerim Celali fiel zu Boden.

Teddy stand immer noch vor ihm, Lucas im Arm.

Der Boss blutete aus dem Mund. Es sah fast unwirklich aus, wie er da im Schnee lag, die Arme in einer seltsamen Pose.

Emelie umklammerte ihre Waffe.

Aber sie hatte nicht geschossen.

Gabriel war nun frei.

Zwei Wochen später

Teddy

Der Schnee war schon seit Tagen geschmolzen. Er lief die Pflastersteine hinunter, sickerte aus den Blumenbeeten rund um den Spielplatz und tropfte von den Dächern der Klettergerüste.

Januar. Ein neues Jahr. Neue Regeln. Der Winter war grau, nicht weiß. Wie seine Seele, wie die Seelen der meisten Menschen.

Sie hatten sich aus drei Gründen an diesem Ort versammelt. Erstens war der Kulturverein immer noch von der Polizei geschlossen. Zweitens wollte Teddy unterstreichen, dass es sich um einen Neuanfang handelte, auch wenn ein rauer Platz unter freiem Himmel vielleicht nicht der optimale Ort für ein Treffen war. Der letzte Grund war der wichtigste: Er wollte nicht, dass jemand zuhörte.

Jacub, Dior, Abbe, ein paar andere, alle in der gleichen Lage. Sie waren freigelassen worden. Die Bullen hatten nur ein paar Hundert Gramm in den Lastwagen gefunden und nichts in den Containern. Glück im Unglück. Teddy wusste nicht, was passiert war, vielleicht war bei der Lieferung etwas schiefgegangen, und sie hatten versehentlich echte Marmorplatten bekommen, vielleicht war die echte Ware irgendwo unterwegs von Piraten gekapert worden. Seit Tagen versuchte er, Michaela zu erreichen. Sie wusste sicher schon, dass etwas schiefgelaufen war, aber er musste sie *face to face* sprechen und ihr das Desaster erklären. Sie musste begreifen, dass er nicht derjenige war, der alles vermasselt hatte.

»Jungs«, sagte er deutlich. »Ich bin froh, dass ihr gekommen seid. Wir müssen über das reden, was im Hafen gelaufen ist.«

Jacub trug die flauschigste Jacke, die er je gesehen hatte, und sah aus wie ein blauer Luftballon. »Worüber sollen wir reden?«

Es konnte eine Herausforderung sein, es konnte reine Neugier sein. Teddy wusste es normalerweise, aber Jacub war so jung, dass er es vielleicht nicht verstand.

Die Jungs standen da, die Hände in den Taschen, das Kinn in die Luft gestreckt, vielleicht bewaffnet, und warteten auf Antworten.

»Kerim ist weg«, sagte Teddy. Das wussten alle, aber keiner ahnte, was wirklich passiert war. Er war selbst erstaunt und ließ den Blick über die Jungs wandern. »Wir machen weiter.«

Ein tropfendes Geräusch vom Klettergerüst.

Teddy war sein ganzes Leben lang ein Teil der Straße gewesen, bis auf die Zeit, als er mit Emelie zusammengelebt hatte, aber gescheitert war, ein Spitzel der Polizei geworden war und sich so wieder ins Leben gekämpft hatte. Er konnte es selbst kaum glauben, aber jetzt, nach all den Jahren, war er ein richtiger Krimineller. Vielleicht war es egal, wie er hier gelandet war, er war der, der er immer sein sollte. Jetzt würde er sein Potenzial ausschöpfen. Er arbeitete nicht mehr für die Bullen. Er arbeitete für niemanden mehr.

Er hatte Cilla Frank von einem Prepaid-Handy aus angerufen. »Ich bin raus.«

Sie wusste sofort, mit wem sie es zu tun hatte. »Warum?«

Cilla war eine harte Nuss, das musste er ihr lassen. Angeschossen und erst frisch aufgewacht, trotzdem kein Bullshit-Nettigkeitsgeplauder.

»Es ist Ihre Schuld, dass Nikola tot ist«, sagte er.

Sie schwieg einen Moment, und als sie sprach, war ihre Stimme so fest und klar wie immer. »Ich habe ihn nicht erschossen.«

»Was spielt das für eine Rolle? Sie haben mich verraten, für mich ist es vorbei.«

»Ich dachte, du wolltest deinem Sohn in die Augen sehen können.«

»Das kann ich auch. Es war eine Schande, dass ich für jemanden wie Sie gearbeitet habe.«

Sie hatten versagt, nicht er. Er würde ein ehrenwerter Boss sein, und egal, was passierte, er würde ehrenwerter sein als die Polizisten.

Teddy musste jetzt mit den Jungs reden, er durfte sich nicht verrennen. Er durfte nicht gestikulieren oder sich unnötig bewegen. Es war wichtig, still zu stehen und sich Zeit zu nehmen, sie mussten akzeptieren, dass er nichts überstürzen wollte. »Wie gesagt, wir werden unser Business fortsetzen«, wiederholte er. »Wir wurden im Hafen reingelegt, aber wir hatten Glück.«

»Woher wussten die Bullen davon?«, fragte Jacub.

»Wir hatten eine Ratte unter uns, aber es war nicht Ali Zwei. Die Ratte ist jetzt tot.« Teddy hielt inne, um die Nachricht sacken zu lassen.

Einige der Jungs nickten. Es fühlte sich immer gut an, wenn ein Spitzel den Preis bezahlte. Sie wollten, dass Kerims Tod einen Sinn hatte und dass es Teddy war, der die Ratte beseitigt hatte.

»Von jetzt an werde ich mich um euch alle kümmern. Macht euch keine Sorgen. Alles wird wieder so wie früher.«

Jacub starrte ihn weiter an, sein Blick so hart wie das Metall einer Halbautomatik. Ahnte er etwas – hatte er etwas von dem gehört, was Ali Zwei noch gesagt hatte?

Teddy schaute ihn direkt an. »Wer nicht für uns ist, ist gegen uns.«

Er ging nach Hause. Ein neues Jahr. Neue Regeln. Vor allem für ihn selbst, er war frei, er war in eine neue Rolle geschlüpft. Er würde ein Unternehmen gründen. Süd-Stockholm würde es bald erfahren.

Kum, Isak Nimrod, Kerim Celali, jetzt war er dran.

Gestern hatte er seinem Vater das Darlehen zurückgezahlt, zweihunderttausend Kronen.

»Das brauchst du nicht«, hatte Bojan gesagt. »Behalte das Geld, ich helfe Linda auch manchmal.«

Teddy hatte die Hand gehoben, plötzlich sah sein Vater noch älter aus, als er war, er war irgendwie zusammengesunken, geschrumpft. »Ich werde dich nie wieder um Geld bitten, *tate*. Ich werde ab jetzt für dich sorgen.«

Bojan lachte.

»Ich meine es ernst, lach nicht«, sagte Teddy. »Mama ist weg. Nikola ist weg. Jetzt gibt es nur noch uns. Du und ich.«

Bojan lachte nicht mehr. »Linda ist auch noch da. Vergiss sie nicht. Und Lucas.«

Teddy nahm die Schachtel Xanor in die Hand und drückte eine Tablette heraus.

Bilder schossen ihm durch den Kopf. Lucas, der sich an seinen Arm klammerte. Emelie mit einer Pistole in der Hand, seiner Pistole. Kerims leerer Blick in die Luft. Nikolas blutiges Gesicht. Alis Flehen. Gabriels starrer Griff um seine Waffe.

Er nahm noch eine Tablette heraus. Dann drehte er die Hand und ließ die ganze Pillenschachtel auf den Boden fallen. Er war ein neuer Teddy – oder besser gesagt, er war der Original-Teddy. Er brauchte den Scheiß nicht mehr.

Der leblose Körper von Nikola.

Jetzt war es zu spät, wieder umzukehren.

Ein BMW, 5er Hybrid, hielt an der Bordsteinkante. Das Fenster wurde heruntergelassen. »Steig ein«, sagte der Fahrer, der nicht älter als achtzehn aussah.

Die Sitze waren aus rotem Leder und fühlten sich luxuriös an. Teddy setzte sich auf die Rückbank.

Der Mann reichte ihm ein Handy, an dem Kopfhörer angeschlossen waren. »Jemand möchte dich sprechen.«

Teddy ahnte, wer es war. Er steckte sich die Stöpsel in die Ohren.

Michaelas Gesicht erschien auf dem Display, ihre Sonnenbrille so golden und groß wie immer. Er erkannte ihre Terrasse, das Mittelmeer, das sich in der Ferne am Horizont abzeichnete. Die App, mit der sie anrief, kannte er noch nicht: CryptoX.

»Du hast versucht, mich zu erreichen«, sagte sie. Im Hintergrund war das Plätschern des Infinity-Pools zu hören.

»Du weißt sicher schon, was passiert ist.«

Sie nahm die Brille ab und beugte sich zur Kamera vor. *Die Kim Kardashian der Weißen*, die Königin des Mittelmeers. Die neue Patin – *Nova Kuma*. Vielleicht würde sie ihn jetzt töten.

»Natürlich«, sagte sie. »Es war eine Finte. Ich musste die Lieferung vortäuschen, weil ich herausgefunden hatte, dass jemand die Ware klauen wollte.«

»Die Polizei?«

»Nein, ich weiß es nicht. Nächstes Mal musst du es besser machen.«

Nächstes Mal. Das klang gut. Er verstand, auch wenn er es nicht verstand. Irgendwie hatte Michaela geahnt, dass jemand das Zeug klauen würde, also hatte sie einfach Leergut geschickt. Er dachte an die Person, die das Tränengas auf die Bullen gefeuert hatte.

»Ich habe jetzt jemanden in Schweden. Ihr könnt direkt verhandeln. Ich mische mich nicht ein«, fuhr Michaela fort. »Wenn du Geschäfte machen willst, meine ich.«

Er nickte. »Ich arbeite gerne mit dir zusammen.«

»Gut. Dann habe ich nur noch eine Frage. Hast du die Kontrolle?«

»Ich bin so, wie dein Vater war.«

»Die Zeiten haben sich geändert.«

Er wusste, dass sie recht hatte.

Isak

Das Gerichtsgebäude war größer, als er es in Erinnerung hatte. Der Turm mit seinem grünen Kupferdach schien fast den Himmel zu berühren. In einer halben Stunde würde die Hauptverhandlung beginnen: schweres Buchhaltungsdelikt, schweres Steuerdelikt. Isak hatte schon viele Prozesse erlebt, als Angeklagter und als Zuschauer, aber das war in der Vergangenheit, in seinem alten Leben. Jetzt sollte er nicht hier sein.

In den letzten Tagen hatte er nicht einmal einen Platz zum Schlafen gehabt. Seine Wohnung und sein Land waren an Michaela verkauft worden, und das Geld, das er erhalten hatte, befand sich auf Konten in Spanien und Dubai und durfte hier in Schweden nicht gesehen werden, weil die Regierung sofort Maßnahmen ergreifen würde. Er überlegte, ob er irgendwo Bargeld abheben sollte, ob er sich digitale Kreditkarten besorgen sollte, die mit versteckten Konten verbunden waren und so fort, aber die Situation ließ das nicht zu. Wenn das herauskäme, hätte er noch mehr Beweise gegen sich.

Mit etwas Glück würde er nur ein paar Jahre im offenen Vollzug bekommen. Schließlich wurden Finanzdelikte in diesem Land nicht sehr hart bestraft.

Letzte Nacht hatte er bei Ferat, der ihm seine Wohnung überlassen hatte, auf dem Boden geschlafen. Max hatte in einem Bett neben ihm gelegen, immer noch auf der Flucht vor der Polizei. Zweifellos war es erniedrigend, so dazuliegen, aber es war auch seine einzige Chance, mit seinem Sohn zu sprechen.

Der Raum war abgedunkelt, und der spezielle Geruch, den er an den Orten wahrnahm, an denen Max sich aufhielt, war sehr präsent: Eau de Toilette von Polo Ralph Lauren. Es war Isak selbst, der ihm das Parfüm zum Geburtstag geschenkt hatte. Bei dem Abendessen, das Ferat organisiert hatte, hatten sie nicht miteinander gesprochen. Sie hatten nicht geredet, als Isak versucht hatte, wie ein normaler Vater auf dem Sofa im Wohnzimmer zu sitzen und fernzusehen; Max interessierte sich weder für normales Fernsehen noch für normale Väter. Sie hatten nicht einmal gesprochen, als Isak ins Bad ging und sich neben Max das Gesicht wusch, der sich gleichzeitig mit Anti-Akne-Lotion eincremte.

Vater und Sohn, wortlos nebeneinander. Die Gedanken wirbelten durcheinander, wiederholten sich, kehrten zurück, er konnte sich nicht gegen die Dunkelheit und den Negativismus wehren. Was der Staatsanwalt verlangen würde. Ob Max einwilligen würde, allein nach Mallorca zurückzukehren, sich weiterhin fernzuhalten. Max auf der Insel ohne Isak, das war wohl das Rezept für eine Katastrophe. Das einzig Positive war, dass Kerim Celali anscheinend erschossen worden war. Vielleicht würde das bedeuten, dass die Polizei ihre Aufmerksamkeit von Max abwenden würde, dass sie neue Spuren verfolgen würde.

Es war nicht nur ein großes Versagen, es war eine Tragödie. Er war vielleicht nicht der beste Vater der Welt, vielleicht nicht einmal der beste Vater im Süden Stockholms, aber er hatte es gut gemeint, er hatte es versucht. Er hatte Max alles geben wollen, für ihn sorgen, ihn beschützen wollen. Isak hatte von der Gewalt gelebt, und er hatte die Gewalt zurückbekommen, aber das sollte nicht alles zunichtemachen, was er für seinen Sohn zu erreichen versucht hatte. Vielleicht hätte er ein ganz anderer Mensch sein sollen, aber so nah an den Abgrund konnte er nicht gehen. Er wusste, wenn er es sich eingestehen würde, würde er fallen.

Hunde bellten auf der Straße.

Max bewegte sich, vielleicht schlief er auch nicht.

Das Kissen war unbequem. Die aufblasbare Matratze, die sein Bett sein sollte, war noch unbequemer, sie passte sich seinem Körper nicht an.

Die Hunde auf der Straße bellten wieder.

Max veränderte seine Position auf dem Bett.

»Schläfst du nicht?«, flüsterte Isak.

»Nein. Ich bin es nicht gewohnt, ein Walross auf dem Boden zu haben.«

»Haha, sehr lustig. Ich finde, wir haben es bequem.«

»Total.«

»Denkst du an die Ermittlungen?«

Max drehte sich weg, zur Wand. »Nein.«

Er würde keine Chance haben, wenn er sich nicht vorbereitete.

»Max«, sagte Isak. »Ich verstehe, was passiert ist, mit dir und Alma und Nikola und allem. Nikola hat dir die Frau weggenommen, du bist wütend geworden, Nikola hat auf dich geschossen. Dann wolltest du es ihm zurückzahlen, Auge um Auge.«

Max schwieg.

»Aber eines verstehe ich nicht. Warum hast du *mich* nicht um Hilfe gebeten?«

Sein Sohn murmelte etwas Unverständliches als Antwort.

»Was hast du gesagt?«

Max' Stimme war ruhig. »Wenn man zuschlägt, dann richtig. Man muss den Job selbst erledigen.«

Isak wusste, woher das kam. Er war es, der das immer gesagt hatte. *Man muss den Job selbst erledigen*. Ein Spruch, der Rat eines Vaters. Max hatte ihn beim Wort genommen. Richtig zugeschlagen, selbst.

Es gab keine Worte. Der Kreis schloss sich hier. Sein Leben, seine Entscheidungen, die sich in einer ewigen Spirale wiederholten. Sein Versuch, aus Max einen Mann zu machen, seine Art zu denken. Isak konnte dem Abgrund nicht mehr ausweichen.

Wenn man zuschlägt, dann richtig.

Man muss den Job selbst erledigen.

So verhält sich ein Mann. Lass nie jemanden auf dich treten.

Er musste etwas sagen, starrte ins Leere und holte tief Luft. »Max, du sollst wissen, dass ich dich liebe.«

Die Stille im Raum war beklemmend.

»Ich habe dir nichts von Almas Schwangerschaft erzählt, um dich zu schützen.«

Die Hunde draußen hielten die Luft an. Das Zimmer war dunkel wie ein Grab.

»Max, das verstehst du doch, oder?«

»Ich werde kein Vater«, sagte Max mit fast unhörbarer Stimme. »Alma hat den Fötus getestet, und ich habe mich getestet. Es ist nicht meine DNA. Das Baby ist nicht von mir.«

Isak wusste nicht, was er sagen sollte, er fühlte sich schwer, seine Kehle zog sich zusammen. »Oh Gott«, keuchte er.

Max war immer noch auf der Flucht, und Isak selbst stand vor Gericht und war gescheitert – Michaela musste gemerkt haben, dass er die Lastwagen irgendwie entführen wollte, anders war es nicht zu erklären, dass sie eine leere Ladung geschickt hatte. Aber mitten in all dem, mitten in der Scheiße, hatte er noch ein Licht gesehen, eine kleine Flamme, die ihn aufrecht hielt: das Kind. Er würde Großvater werden, sein Sohn würde Vater werden. Das hatte ihn kämpfen lassen, vielleicht nicht auf die legalste Weise, aber immerhin. Er hatte gespürt, dass es irgendwo ein Ziel gab. Und jetzt das – es gab kein Kind, es gab keinen Enkel.

Am Morgen waren sie gleichzeitig von einem Klopfen an der Tür geweckt worden. Die Polizisten, die im Treppenhaus standen, waren höflich, aber auf Zack. Sie warteten ruhig, erteilten Max Anweisungen. »Zieh dich an«, sagten sie, »du kommst mit uns.« Sie legten ihm Handschellen an, noch bevor er seine Jacke angezogen hatte.

Max war jung, die Strafe würde verkürzt werden, aber immer noch viel zu lang für ihn sein.

Isak konnte kaum hinsehen, er konnte nicht. Es kostete ihn Mühe, ihm in den Aufzug nach unten zu folgen. Zwei Polizeiwagen standen auf der Straße. Max hatte schon vor Wochen einen Anwalt bekommen, Isak hatte unzählige Male mit ihm darüber gesprochen, was passieren würde, wenn er verhaftet würde. Alles folgte den Regeln.

Jetzt musste er damit umgehen können.

Die Polizisten schoben Max in den Streifenwagen.

Die Beifahrertür war noch offen, Isak musste etwas sagen.

Max kauerte auf der Rückbank. »FTP, *fuck the police*«, zischte er.

»Junge«, rief Isak. »Du schaffst das.«

Max drehte sich zu ihm um. »Du kannst mich auch mal.«

Der Schnee auf den Bürgersteigen war geschmolzen und hinterließ eine gleißende Nässe. Es war, als würde das graue Tageslicht nicht ganz durchdringen, als läge ein Teil der Straße noch im Halbdunkel. Als wäre es Nacht, mitten am Tag.

Isak hatte hier angefangen, jetzt war er wieder auf der Straße, ein Mann der Nacht, mit der Nacht in sich, aber es gab einen Unterschied. Er würde niemals aufhören zu kämpfen.

Er stieg die breiten Steinstufen zum Eingang des Gerichtsgebäudes hinauf. Ihm konnte alles passieren. Niemals würde er seinen Sohn aufgeben.

Gabriel

Große automatische Drehtüren: Im hellen Eingangsbereich des Krankenhauses drängten sich wie immer vor allem Menschen aus den unteren Schichten der Gesellschaft, Alte und Kranke, Arme und Schwache, Migranten und Krankenschwestern. Dann gab es Menschen wie ihn, die entweder zu Besuch kamen oder einfach nur Pech hatten. Auf ihn traf beides zu. Er war auf dem Weg zu Alma, sie hatte gerade entbunden, es war viel zu früh, aber er hatte auch Pech gehabt, die ganze Sache war in die Hose gegangen.

Er wusste nicht, wie Teddy Maksumic herausgefunden hatte, dass er der war, der er war, aber es war klar, dass er es wusste. Trotzdem war nichts passiert. Kein Chef hatte sich bei ihm gemeldet, kein Gespräch unter Kollegen, nicht einmal André hatte etwas gesagt. Vielleicht hatte Cilla Frank alles ausgeheckt, aber sie war nach dem Mordanschlag immer noch krankgeschrieben. Teddy war ein Schurke, ein Berufsverbrecher, sein Wort würde nicht viel zählen. Mit etwas Glück würde Gabriel bleiben, das Leben würde weitergehen wie bisher – nur besser, denn Kerim Celali war tot. Gabriel hatte ihn erschossen. Den internen Ermittlern erzählte er eine andere Geschichte: Er erwähnte weder Emelie noch Lucas, das hätte nur zu schwierigen Nachfragen geführt. Er setzte darauf, dass auch Teddy und Emelie nichts sagen würden und Lucas selbst nicht befragt würde. Stattdessen erzählte er fast die Wahrheit: Er sei bei der Razzia im Hafen dabei gewesen, habe die Verfolgung des flüchtenden Lastwagens aufgenommen, sei in entgegengesetzter Richtung einem Fahrzeug begegnet, in dem er Kerim Celali gesehen habe, habe gewendet und die Verfolgung aufgenommen, und als er an der Adresse angekommen sei, habe er Kerim Celali tot aufgefunden. Er wusste nicht, wer geschossen hatte. Er hätte Teddy beschuldigen können, aber das war gefährlich. Man würde keine Schmauchpartikel an ihm finden, Zeugen im Haus hätten sehen können, dass er keine Waffe in der Hand hatte. Außerdem wusste Teddy, wer er war. Die Kultur des Schweigens war in der Gegend, in der Emelie wohnte, nicht so ausgeprägt wie in unruhigeren Gegenden, aber sie war da. Niemand würde es wagen, über den Mord an einem Gangsterboss zu reden. Er bohrte einen Schraubenzieher in den Lauf seiner Dienstpistole und zerkratzte die Wände – wenn jemand die tödlichen Kugeln mit seiner Waffe vergleichen würde, gäbe es keine Übereinstimmung.

Das war nicht sein Plan gewesen, aber jetzt schien es unvermeidlich. Er hatte geglaubt, Teddy loswerden zu müssen, dabei war Kerim das Problem gewesen. Gabriel hatte gehandelt, wie es ein Polizist tun würde.

Die Stimme im Aufzug kündigte das Stockwerk mit einer ungewöhnlich sanften und menschlichen Stimme an. Dieser Teil des Krankenhauses hieß Entbindungsstation Süd.

Es roch nach Zitronen und Vanille. Vielleicht wurden die Entbindungsstationen parfümiert. Zimmer 345. Die Vorhänge waren zugezogen, über dem Bett lag fahles Winterlicht. Alma schlief, neben ihr lag das Baby. Das Baby, der Junge. Erst wenige Stunden alt. Sein Enkel.

»Alma«, flüsterte er und stellte die Pralinenschachtel und die Tüten mit den Geschenken hin. In der einen war eine Rassel für den Jungen, in der anderen ein goldenes Armband für sie – er hatte die Goldkette verkauft, mit der Kerim Celali ihm ins Gesicht geschlagen hatte.

Alma streckte sich. Sie trug einen weißen Krankenhauskittel, ihr Haar sah ungewaschen und zerzaust aus, wie damals, als sie noch klein war. Sie hatte nicht gewollt, dass er bei der Geburt dabei war, aber sie hatte der Hebamme gesagt, sie solle ihm Bescheid geben, wenn alles vorbei sei.

»Hallo, Papa«, sagte Alma. Sie war wunderschön im grauen Licht des Fensters, seine kleine Tochter, müde und doch stark.

Er setzte sich auf die Bettkante und strich ihr über die Stirn. »Wie geht es dir?«

»Uns geht es gut. Alles ist gut gegangen. Es hat neun Stunden gedauert.«

»Ich weiß, ich habe die ganze Zeit im Auto gewartet, hier draußen auf dem Parkplatz. Und er, geht es ihm gut?«

»Ja, ja, er hat alles richtig gemacht, er hat laut geschrien, seine Hautfarbe war gut, sein Gaumen ist intakt. Dann hat er einfach geschlafen.«

»Er hat noch nichts gegessen?«

»Er hat ein bisschen genippt, bevor er eingeschlafen ist.« Sie lächelte müde. »Es ist eine Frage der Gewohnheit, bei ihm und bei mir.«

Alma klang erwachsen, ihre Worte waren präzise. Gabriel wollte den kleinen Jungen streicheln, ihn in die Arme nehmen, an ihm riechen, seine Haut an seiner spüren, aber er musste warten, bis er aufwachte.

Alma nahm seine Hand und drückte sie fest. Sie verzog das Gesicht.

»Was ist los, mein Schatz?«

Alma schluchzte. Gabriel beugte sich vor, um zu hören, was sie sagte.

»Er wird Nikola heißen«, flüsterte sie. »Nach seinem Vater.«

Er fiel fast vom Bett und saß mit offenem Mund da.

Es war gut, dass Max nicht der Vater war, aber er verstand, warum sie weinte, der Kleine hatte keinen lebenden Vater.

Dann spürte er etwas im Nacken, ein Gefühl, dass sie nicht allein waren. Er drehte sich um. In der Tür stand Teddy.

»Hast du Zeit zum Reden?«, fragte der Ganove. »Draußen.«

Sie standen bei den Aufzügen, Leute kamen und gingen, aber sie waren außer Hörweite.

»Dein Enkel ist der Sohn meines Neffen«, sagte Teddy.

»Was machst du überhaupt hier? Wie kannst du nur so verdammt unverschämt sein?«

»Hör zu.«

»Nein, ich werde nicht zuhören. Verschwinde von hier.«

Teddy sprach mit ruhiger Stimme. »Du gehörst jetzt mir.«

Sein Magen drehte sich um.

»Deine Tochter und dein Sohn gehören zu meiner Familie. Ich werde mich um den Kleinen kümmern, ihm wird es an nichts fehlen. Alles wird gut.«

»Ich weiß, was du getan hast«, sagte Gabriel.

»Und wem willst du es sagen? Ich weiß, was *du* getan hast. Aber ich werde Cilla Frank nicht helfen. Der Große Bruder ist tot, dafür sind wir dankbar, jetzt gibt es einen neuen Anführer.«

»Wen?«

Die Falten unter Teddys Augen ließen ihn nicht müde aussehen, sondern wie jemanden, dem man zuhören musste. »Ich dachte, du hättest das verstanden.«

Gabriel wollte den Blick nicht abwenden, aber er konnte es nicht ertragen.

»Das Erste, was du für mich tun wirst«, sagte Teddy mit noch ruhigerer Stimme, »ist, dafür zu sorgen, dass ich morgen Nachmittag nicht beschattet oder abgehört werde. Du und ich werden über ein Streaming-Videospiel auf einer PlayStation kommunizieren. Wenn du also noch keine Konsole hast, kauf dir heute eine. Dein Enkel wird es dir in vier oder fünf Jahren danken.«

Er war auf dem Weg nach draußen.

Der kleine Nikola war noch nicht aufgewacht, aber Gabriel war zurückgekommen und hatte mit Alma die Geschenke ausgepackt. Die Kleider hatte er zusammen mit Zeinab gekauft, sie waren von bester Qualität und von Marken, von denen er wusste, dass Alma sie liebte, Baby Dior und so weiter. Ein halbes Polizistengehalt, aber Kerims Goldkette war schwer gewesen.

Die Eingangshalle des Krankenhauses war immer noch voller Menschen. Trotzdem entdeckte er sie schon von Weitem. Zeinab war auf dem Weg nach oben, um Alma, den Jungen und ihn zu besuchen. Er hatte ihr gesagt, dass sie sich hier treffen würden. Sie stand an der Rezeption und wartete auf ihn.

Gabriel ging an der Wand entlang. Sie wandte sich um. Zu Beginn hatte sie ihn besser durchschaut als jeder andere.

Jetzt war alles wieder auf den Kopf gestellt.

Gabriel tat, als würde er telefonieren.

Zeinab suchte ihn, er sah ein Lächeln, vielleicht hatte sie ihn doch entdeckt.

Er wandte das Gesicht ab und schaute geradeaus. Kämpfte gegen den Instinkt an, sich umzudrehen und ihr in die Augen zu sehen.

Er ging durch die Drehtüren ins Freie.

Wieder hinaus auf die Straße.

Josephine

Die Tennishalle war neu, nicht nur aus Plastik und Metall, sondern auch aus edlem Holz, Sandstein und Messing. Neben ihr stand Peder. Auf der anderen Seite des Netzes standen Fredrika und Conrad-Christoph.

»Dreißig Prozent gehören mir«, sagte Fredrika. »Hauptsächlich zum Spaß. Tennis ist immer noch das Original.«

Josephine tippte den Ball ein paarmal auf den Boden. Sie wusste, dass Fredrika gerade ein großes Paket Klarna-Aktien verkauft hatte, Aktien, die sie einst *günstig* hatte kaufen können.

»Ich liebe die Umkleideräume hier, man fühlt sich wie in einem Hotel«, sagte Peder.

»Wir benutzen sie nie«, sagte Fredrika. »Wir duschen zu Hause, ihr nicht?«

Jossan schlug auf.

Sie wusste, dass Peder hier duschen wollte, weil sie mit seinem McLaren hierher gefahren waren und er auf dem Heimweg nicht die Sitze vollschwitzen wollte. Ansonsten war er überglücklich. Josephine hatte seinen Autokredit und viele andere Dinge geregelt. Peder fragte nicht, woher das Geld kam, aber wenn er gefragt hätte, hätte sie gesagt, es sei ein Bonus für die Arbeit auf Mallorca. Und so war es auch, irgendwie.

»Geld stinkt nicht«, hatte Isak einmal gesagt. Das war natürlich ein Klischee, aber es stimmte hundertprozentig, solange das Geld ordentlich gewaschen war. Und was war der Unterschied zwischen Fredrikas Geld und ihrem? Fredrika hatte ihr Vermögen von ihrem Vater geerbt, der in den Achtzigerjahren, als die Sowjetunion noch die Sowjetunion war, Geschäfte in der Ölindustrie gemacht hatte.

Jeder auf diesem Tennisplatz war auf seine Weise ein Betrüger.

Jeder in dieser Halle.

Der Klang eines McLaren sei anders als der jedes anderen Autos. Zumindest behauptete Peder das: »Jedes Luxusauto hat seinen eigenen Klang, dieser hier ist tiefer als ein Ferrari und kerniger als ein Lamborghini.«

Sie fuhren am Naturkundemuseum und an Frescati vorbei, die sechs hellblauen Hochhäuser, in denen sie Jura studiert hatte, sahen langweilig aus. Vielleicht war es die Langeweile, die sie antrieb. Sie fragte sich, warum sie überhaupt Anwältin geworden war, denn alles, was sie über die Arbeit eines Anwalts wusste, hatte sie aus den Medien erfahren. Jossan hatte *Boston Legal* und *Suits* geliebt. Der Beruf erschien ihr aufregend und intellektuell herausfordernd, und er bot zumindest manchmal die Möglichkeit, für Prinzipien und Rechte einzutreten. Für die es sich zu kämpfen lohnte, um anderen Menschen wirklich zu helfen. Das war der Hauptgrund, warum sie sich für ein Jurastudium an der Universität Stockholm beworben hatte – sie wollte jemand sein, der sich für den Einzelnen einsetzte. Doch in den viereinhalb Jahren ihres Studiums passierte etwas, und das schien auch einigen ihrer Kommilitonen zu passieren, unter anderem Emelie. Vielleicht war es der Hype um das Geld, das man in Wirtschaftskanzleien verdienen konnte, oder vielleicht war es einfach die Erkenntnis, dass die Arbeit im sicheren Hafen des Staates als Richter oder Staatsanwalt nicht besonders sexy war, als die Studenten begannen, über ihre Zukunft nachzudenken. Für Josephine war es jedenfalls selbstverständlich gewesen, nach dem Studium in einer großen Wirtschaftskanzlei zu arbeiten. Denn sie wusste, dass es noch einen anderen Grund gab: Sie hatte Angst. Schon während des Studiums war ihr klar geworden, dass eine bestimmte Art von Recht mit einer bestimmten Art von Menschen und Fällen zu tun hat, mit Fällen, deren tragischer Verlauf einen treffen und emotional belasten kann. In Wirtschaftskanzleien würde das nie passieren – da ging es um nichts wirklich Wichtiges, sondern nur ums Geld. Der Berufseinstieg als Wirtschaftsanwalt war ein Schutz: vor zu viel Emotion und vor zu vielen realen Werten.

Mittlerweile wusste sie etwas Neues über sich. Sie liebte die Aufregung, sie liebte die emotionale Bedeutung, sie wollte nicht mehr loslassen. Und noch etwas: Die Wertsteigerung konnte exponentiell sein. Skalierbarkeit war das Nonplusultra. Die Margen waren extrem hoch.

»Kannst du mich hier absetzen?«, sagte sie zu Peder.

»Was?«

»Ja, ich gehe eine Runde joggen.«

»Du gehst jetzt joggen?«

»Ja, dachte ich mir.«

Peders Lippen waren zusammengepresst. »Es sind nur vier Grad draußen«, sagte er.

Josephine gab ihm einen Kuss auf die Wange. »Ich bin heute nicht sehr müde vom Spielen, die von Königsmarcks sind zu schlapp, und solange es über dem Gefrierpunkt ist, kann man problemlos laufen.«

Das dumpfe Brummen des Wagens verstummte. Peder sagte nichts mehr, seine Lippen waren immer noch zusammengepresst.

Josephine kannte den Wald hinter der Universität so gut wie die Gegend um die Anwaltskanzlei Leijon. Während ihres Studiums war sie fast jeden Tag dort spazieren gegangen. Der Anteil an Laubbäumen war für Stockholmer Verhältnisse ungewöhnlich hoch, aber der ganze Frescati war wahrscheinlich von Gustav III. oder einem anderen französisch geprägten Despoten angelegt worden.

Der Boden war feucht, jedoch nicht so feucht, dass etwas in ihre Tennisschuhe eindringen konnte. Irgendwie tat ihr Isak leid, er hatte sich wirklich ändern wollen, aber er hatte auch versucht, jemanden zu täuschen. Unten auf Mallorca hatte Josephine die Verhandlungen über das Immobilienportfolio geführt, dann hatte sie Michaela kennengelernt, und am Ende hatten sie ihre eigene Vereinbarung getroffen. Jossan hatte ihr erzählt, was mit der Lieferung nach Stockholm passieren würde – dass Isak vorhatte, das ganze Ding zu kapern –, und im Gegenzug hatte Michaela Josephine einen neuen Auftrag und einen saftigen Vorschuss gegeben.

»Es wird sowieso bald legalisiert«, hatte Michaela gesagt. »Als Anwältin verstehst du das doch, oder? Dann sind wir die Größten. Heute giltst du als Verbrecher, morgen ist es das heißeste Start-up der Welt.«

Michaela hatte recht. Es war wichtig, die Chance zu nutzen, *früh und günstig zu kaufen*. Das war die Zukunft. Sie würde *Klarna für Weed* aufbauen. Ein Start-up. Das nächste *unicorn*.

Ab heute war sie Michaelas Ansprechpartnerin vor Ort. Josephine war ihre *consigliera*. Mit dem Vorschuss hatte sie Peder geholfen, seine Schulden loszuwerden. Das Geld roch nach Erdbeeren.

Jetzt war sie kurz davor, ihren ersten Kunden zu treffen. Sie liebte die Aufregung, aber in diesem Moment konnte sie sich einer gewissen Beklemmung nicht erwehren. Auch dieser Mann war getäuscht worden.

Teddy ging langsam und vorsichtig den Weg entlang. Vielleicht hatte er Angst, dass Josephine die Polizei gerufen hatte oder dass Michaela ihm etwas antun wollte.

»Hallo«, sagte er zögerlich.

Sie umarmten sich nicht.

»Wie geht es Lucas?«, fragte Josephine.

»Es geht ihm gut. Wir verreisen bald.«

Teddy wollte das Persönliche offenkundig raushalten, vielleicht war das auch gut so, Geschäft war Geschäft, und sie vertrat die andere Seite. Tatsächlich vertrat sie die schwerste Kundin, die sie je gehabt hatte.

»Sechshundert Kilo. Zwanzig Millionen«, sagte sie.

»Komm«, sagte Teddy. »Lass uns spazieren gehen.«

Emelie

Der Strand war so lang, dass sie das Ende nicht sehen konnte. Viele Kilometer, vielleicht Dutzende, nur Sand, Palmen und warmes Wasser, obwohl Lucas den Kinderpool der Ferienanlage bevorzugte. »Das ist Schlamm«, sagte er über den Strand.

Thailand war nicht Emelies Ding. In ihrem Kopf war Phuket uninteressant und *mainstream*. Außerdem sollte man nicht unnötig so weit fliegen. Sie hatte zwar eine Klimakompensation entrichtet, aber tief in ihrem Inneren wusste sie, dass sie sich damit nur freikaufen wollte.

Ihr Bild vom touristischen Thailand stimmte – es *war* tatsächlich *mainstream* –, und die Sorge um das Klima bereitete ihr Unbehagen, aber es war wunderbar, hier zu sein. Keine Arbeit, die störte, alle Mahlzeiten serviert, ein schöner Kinderclub für Lucas, Wärme und Licht, Sonne und Massagen, freundliches Personal und vor allem: eine Art Abwesenheit von Schweden. Die Entfernung selbst sorgte dafür, dass sie sich noch mehr entspannen konnte.

Sie war nicht hier, um zu fliehen, sondern um Abstand zu gewinnen. Sie hatte einen Mord beobachtet, ohne ihn der Polizei zu melden.

Gabriel hatte Kerim Celali vor ihren und Lucas' Augen erschossen. Aber Kerim hatte ihren Sohn gepackt und war kurz davor gewesen, Teddy zu erschießen. Es mochte nicht richtig gewesen sein – Emelie glaubte, wenn überhaupt, an Gerechtigkeit durch ein ordentliches Verfahren –, aber in diesem Moment hatte sie nur instinktiv reagiert: Sie hatte daran gedacht, den Gangster selbst zu erschießen, mit einer Waffe, die sie in ihrem eigenen Hausflur gefunden hatte.

Rechtlich gesehen hatte der Polizeibeamte in einer Art Notstand gehandelt, und es gab auch ein gesetzliches Recht für Polizeibeamte, Gewalt anzuwenden; vor Gericht wäre er wahrscheinlich von der Verantwortung für sein Handeln befreit worden. Kapitel 24, Abschnitt 4 des Strafgesetzbuches besagte, dass eine Notsituation vorlag, wenn Leben, Gesundheit, Eigentum oder ein anderes wichtiges, gesetzlich geschütztes Interesse bedroht war, aber das waren nur Theorien. Sie würde Gabriel Dolk nicht anzeigen, Teddy würde ihn nie anzeigen, Lucas hatte nicht begriffen, was geschehen war.

Als sie dort unter dem Lichterglanz des Weihnachtsbaumes gestanden hatten, hatte Teddy ihr gesagt, sie müsse sich keine Sorgen machen, er würde sich um alles kümmern.

Sie vertraute Teddy.

Der Sand war warm. Lucas war im Kinderclub. Die Sonne ging gerade unter, das Licht war rosa und diesig.

Sie hatte in vielen Dingen versagt, aber sie wollte ihr Kind nicht im Stich lassen.

Sie war immer noch vor Gericht tätig, sie wusste, dass sie Max jetzt verhaftet hatten. Bei der Vernehmung hatte er einiges erzählt. Wie der Konflikt mit Nikola angefangen hatte, wollte er nicht sagen, aber Nikola hatte ihm ins Bein geschossen. Einige Wochen später stahl Max eine Waffe, bedrohte Emelie und lockte Nikola mit ihrem Telefon in eine Falle. Aus irgendeinem Grund hatte Nikola geahnt, dass ihm Ärger drohte, aber dann hatte Max ihn stattdessen verfolgt.

Vier Jahre absitzen, um volljährig zu werden. Ganovengesetz. Max riskierte vier Jahre Jugendstrafe. Wäre er ein paar Monate älter gewesen, hätte er wahrscheinlich lebenslänglich bekommen. Vier Jahre Jugendgefängnis, um ein voller Mensch zu werden, ein Mensch, von dem seine Kumpanen wussten, dass er immer loyal und gehorsam war, und der nicht zögern würde, einen Menschen zu töten, der ihn gedemütigt hatte.

Das Leben eines Jungen war ausgelöscht worden. Das Leben eines anderen Jungen zerstört.

Emelie ging zurück zum Resort. Der Bungalow war schon von Weitem zu sehen, er hatte sogar einen eigenen kleinen, drei Meter langen Pool. Dieser Ort war nicht billig, aber er war es wert.

Ihre Füße sanken tiefer in den Sand, die Palmen beugten sich nach vorne, als wollten sie nach dem Meer greifen. Von oben ertönte Musik, in einem der Restaurants fand heute Abend eine Art Show statt.

Weiter oben, bei den Pools, sah sie die beiden.

Lucas rannte, so wie er immer rannte, energievoll und heiter. Hinter ihm kam Teddy.

Lucas warf sich in ihre Arme, Teddy blieb ein paar Meter vor ihr stehen. Er würde in einem anderen Zimmer des Hotels wohnen, nicht so luxuriös wie der Bungalow, aber immer noch gemütlich und schön.

»Papa ist jetzt da«, sagte Lucas und fing an, im Sand zu buddeln.

Teddys Gesicht war entspannt. Sie hatten beschlossen, dass er die letzte Woche dabei sein würde.

»Wie war es bisher?«, fragte Teddy.

»Gut.«

»Hätten wir nicht unter einem Dach wohnen können?«

Sie versuchte, aus seiner Stimme herauszuhören, was er wollte. »Vielleicht, aber ich finde, wir sollten es so halten.«

»Von jetzt an werden die Dinge anders sein«, sagte Teddy.

»Inwiefern?«

»Finanziell. Ich werde bald viel mehr Geld verdienen. Vielleicht kann ich Lucas dann öfter sehen?«

»Du weißt, dass es nicht darum geht.«

»Worum geht es dann?«

Der Sand war immer noch warm und angenehm. Sie vergrub ihre Zehen. Sie sah Teddy an.

»Es geht darum, wer du sein willst, Teddy. Nur darum.«

JENS LAPIDUS

bei btb

SCHWEIGEPFLICHT

Übersetzt von Susanne Dahmann – 640 Seiten, 978-3-442-71819-1

Emelie ist frisch gebackene Anwältin, Teddy ist ein Ex-Knacki, der für ihre Firma Spezialnachforschungen betreibt und sich fortan auf der anständigen Seite des Lebens bewegen will. Doch dann wird in einem Sommerhaus auf den Stockholmer Schären ein Toter gefunden und ein Karussell setzt sich in Fahrt, das alles in Frage stellt, wofür die beiden angetreten sind.

KREUZVERHÖR

Übersetzt von Susanne Dahmann – 640 Seiten, 978-3-442-71952-5

Die dunkle Seite Stockholms: Seit Jahren werden junge Mädchen von einem geheimen Täterring missbraucht. Anwältin Emilie vertritt eines der jungen Opfer. Katja ist schwer traumatisiert, stellt sich aber dennoch den quälenden Fragen der Staatsanwaltschaft, um die Peiniger dingfest zu machen. Als Katja brutal niedergemetzelt wird, setzen Emilie und ihr Freund Teddy alles daran, den Mörder zu finden.

Paradise City

Übersetzt von Max Stadler – 464 Seiten, 978-3-442-71952-5

Schweden in naher Zukunft. Die Polarisierung der Gesellschaft hat neue, beispiellose Ebenen erreicht. Zum Schutz der Privilegierten wurden Mauern errichtet, um die Bewegungen der Menschen in der ›Sonderzone‹, einer Art No-Go-Area, einzuschränken. Obwohl Gefahr droht, beschließt die Innenministerin eine Kundgebung in einer dieser Zonen abzuhalten und wird trotz aller Sicherheitsmaßnahmen entführt. Daraufhin setzt die Polizei auf einen unorthodoxen Plan: Sie wollen Emir, einen verurteilten Verbrecher, der sich derzeit im Gefängnis befindet, undercover hinter die Mauern von Järva schicken, um sie zu retten.

btb